Péter Nádas

LENI WEINT

Essays

Aus dem Ungarischen von
Akos Doma, Heinrich Eisterer, Heike Flemming,
Ruth Futaky, Zsuzsanna Gahse, Hildegard Grosche,
András Hecker, Andrea Ikker, Lacy Kornitzer,
Ilma Rakusa und Timea Tankó

ROWOHLT

Nähere editorische Angaben sowie
Einzelcopyrightvermerke im Anhang

Lektorat Katharina Raabe

1. Auflage Oktober 2018
Copyright © 2018 by Rowohlt Verlag GmbH,
Reinbek bei Hamburg
Satz Janson BQ PostScript (InDesign) bei
Dörlemann Satz, Lemförde
Druck und Bindung CPI books GmbH, Leck, Germany
ISBN 978 3 498 04699 6

INHALT

BEHUTSAME ORTSBESTIMMUNG

*Ausgehend von der genauen Betrachtung eines
einzelnen Wildbirnenbaums*

Seit ich in der Nähe dieses gigantischen Wildbirnenbaums lebe, brauche ich mich nicht mehr fortzubewegen, um in die Ferne zu sehen oder in die Zeit zurückzublicken.

Die Zweige der Wildbirne sind dicht mit kleinen runden bauchigen Blättern bewachsen, glänzend und hart wie Rindsleder. Ihre belaubten Äste neigen sich bis zur Erde, die Hauptäste stemmen die ebenmäßige Kugelkrone gegen den Himmel, schirmen die Hitze ab, dämpfen das Licht, lassen die Niederschläge abprallen.

Auch anderswo im Landstrich Göcsej, auf seinen Hügeln, an den Südosthängen der langgestreckten Höhenzüge, findet man vereinzelte Wildbirnenbäume. Von Ende August bis Anfang Oktober werfen sie zu Unmengen ihre herben Früchte ab und bedecken damit die magere Erde. Die Einheimischen verarbeiten das Fallobst zu Schnaps und Essig, und beides ist von unvergleichlicher Qualität.

Seine Fruchtbarkeit ist das Verderben des Wildbirnenbaums.

Nach schweren Wolkenbrüchen, wenn Bäume und Pflanzen keine Feuchtigkeit mehr aufnehmen, können die Hauptäste das Gewicht der Früchte nicht länger tragen und brechen. Solche

Sommerkatastrophen verwüsten die Laubkronen, sie werden verwundbar, aber selbst in diesem zerrauften Zustand, immer stärker verwitternd, halten sie sich jahrhundertelang. Unser gigantischer Wildbirnenbaum hat seine ebenmäßige Krone bewahrt. *Arbores excelsae*, wie es in der Fachsprache der Forstwissenschaft heißt, ein hervorragendes Exemplar seiner Gattung. Wenn auch einmal, an einem dösigen Sommernachmittag, ein gewaltiges Krachen die Stille zerriss und gleichzeitig der Boden unter mir schmerzlich aufstöhnte. Ich rannte hinaus, um zu sehen, was geschehen war, abgebrochen lag da ein mächtiger Seitenast. Auf den ersten Blick konnte ich gar nicht ermessen, welche Tragödie sich ereignet hatte. Als wäre ihm ein Arm abgerissen. Ich zersägte ihn, im Herbst wurde er in unserem Kachelofen zu Wärme. Seitdem bekümmert mich, dass er fehlt. Ich versuche den Baum so anzuschauen, dass ich seine Wunde nicht sehe. Im Laufe eines Jahrzehnts hat das Laub anderer Äste die Lücke in der Krone auch fast wieder gefüllt. Beinahe möchte ich sagen, unser Wildbirnenbaum weiß wohl, was er wann tun muss. Allmählich stellt er die Vollkommenheit wieder her, zumindest den Anschein der Vollkommenheit.

Zum zweiten Mal schreibe ich unser Wildbirnenbaum, obwohl ich ihn niemals als Eigentum betrachtet habe. Eher ist es umgekehrt. Ich empfinde es als besonderes Glück, seit zwei Jahrzehnten in seiner Nähe leben und ihn in voller Blütenpracht, dicht belaubt oder über Monate ganz kahl sehen zu dürfen, wenn ich von meiner Arbeit aufblicke.

Wie die ältesten Bewohner erzählen, hat sich das Dorf schon zu ihrer Jugend an Sommerabenden, wenn die Hitze nicht weichen wollte, unter dem Baum versammelt. Demnach muss er bereits vor achtzig Jahren eine beachtliche Größe gehabt haben. Solange wir keinen Zaun hatten, kamen die Alten zur Dämmerstunde mit ihrem Bier und setzten sich an unseren weißen Gartentisch unter dem Baum, und wenn die Nacht hereinbrach, unterhielten sie sich, leise, immer noch. Man muss dazu wissen, dass die Temperatur unter einer so großen Wildbirne auch in der drückendsten Sommerhitze erträglich bleibt. Inzwischen lebt von diesen Alten keiner mehr.

Ergänzend möchte ich sagen, dass die Einheimischen unter dem, was sie Dorf nennen, nicht einfach den Ort mit seinem geographischen Namen verstehen. Sie gebrauchen das Wort im Sinne von Welt, ähnlich wie die Franzosen, wenn sie von *tout le monde* sprechen. Das Dorf ist gleichbedeutend mit *tout le monde*, wer jedoch außerhalb dieses Umfelds lebt, zählt natürlich nicht dazu. Damit halten sie es ein wenig so wie die Spartaner, die Lesbier, die Athener und die übrigen Griechen, die alle, die keine Griechen waren, für Barbaren hielten. Oder zumindest für animalische Wesen, die nichts von ihren Göttern wussten und nicht ihre Sprache sprachen, mithin keine Menschen waren. Oder so wie jenes aus deutschen, polnischen, ungarischen, tschechischen und italienischen Söldnern zusammengetrommelte Heer, das einst unweit des Dorfes gegen die furchterregenden Türken kämpfen sollte. Die Krieger der verschiedenen Nationalitäten wurden in der Nacht vor der Schlacht von so heftigem Zorn ergriffen, dass sie mit ihren Waffen übereinander herfielen. Sie konnten es nicht ertragen, dass die anderen anstelle normaler Rede eher tierische Laute von sich gaben und die Sprache normaler Menschen nicht verstanden. So metzelten sie sich gegenseitig nieder, schlugen einander in die Flucht und verschafften damit dem gefürchteten Feind freie Bahn, der dann für viele Jahrhunderte fast alles verwüstete.

Bei uns gehören die Bewohner naher Dörfer zur vorhandenen Welt dazu, die Bewohner entfernterer Dörfer nicht.

Wahrscheinlich verhält sich das so, weil nach langwierigen, komplizierten, geheimen und öffentlichen Abstimmungsmanövern alle im Dorf ganz plötzlich etwas in gleicher Weise tun müssen, während andere in anderen Dörfern fraglos etwas ganz anderes anders und zu einer anderen Zeit erledigen müssen, und das definiert den Unterschied. Wenn das Dorf die Zeit zum Kartoffelsetzen oder zur Maisernte gekommen sieht, steht außer Frage, dass jeder Kartoffeln setzen oder Mais ernten muss, und also setzt das Dorf Kartoffeln oder erntet Mais. Lange habe ich diese koordinierten und wetterabhängigen Aktivitäten mit Befremden beobachtet, doch mit meinen Alleingängen immer das Nachsehen gehabt. Tue ich etwas nicht so und nicht dann, wie und wann das Dorf es tut, mache ich mir im physischen Sinne des Wortes das Leben schwer. Was das Verhältnis von Himmel und Erde, von Boden und Niederschlag angeht, kann auch das Dorf auf nichts anderes setzen als auf Wahrscheinlichkeit. Nur dass keine abweichende Meinung eines Einzelnen es daran hindert, sich dieser Wahrscheinlichkeit zu unterwerfen. Es ist ein so tiefer und auf alle Lebensphänomene ausgedehnter Zwang, dass sich ihm das an individuelle Entscheidungen gewöhnte Bewusstsein nur schwer unterordnen kann.

Wenn das Dorf etwas tut oder wahrnimmt, dann haben weder die Handlung noch die Wahrnehmung ein Subjekt; eine Person beziehungsweise die an der Handlung oder Wahrnehmung beteiligten Personen werden rituell vom kollektiven Bewusstsein verschlungen. Heute setzt das Dorf Kartoffeln. Natürlich gibt es immer tonangebende Leute, die auf die langwierige, kompliziert und geheimnisvoll vorbereitete Entscheidung wahrscheinlich größeren Einfluss gehabt haben als andere, nachdem sie aber einmal gefallen ist, unterwerfen sich ihr ausnahmslos alle, und die Rolle einer einzelnen Person hat keine Bedeutung mehr. Egal, ob ihre Einschätzung richtig oder falsch gewesen ist. Im Laufe von zwanzig Jahren habe ich in Zusammenhang mit den gemeinsamen Entscheidungen noch nie von einem nachträglichen Vorwurf gehört. Es wird höchstens vermerkt, dass es in diesem Jahr so, in einem anderen Jahr anders gemacht worden ist. Die Verantwortung dafür wird nicht mit dem Namen einer Person verknüpft, auch nicht mit dem eigenen – selbst im Falle augenfälliger Versäumnisse nicht. Die Dinge sind schon im Universum geregelt, und sie geschehen auch so.

Bei mir hat es mindestens zehn Jahre gedauert, bis ich akzeptiert habe, dass ich beim Mähen auch bei größter Hitze eine lange Hose und ein langärmeliges Hemd tragen und das Hemd bis zum Kragen zuknöpfen muss. Wer es anders macht, kann seine Körpertemperatur nicht richtig regulieren, der Schweiß erkaltet auf der Haut, die Bremsen peinigen ihn zu Tode.

Der Begriff Dorf hat jedoch noch einen weiter gefassten, abstrakteren Sinn. Er umfasst nicht nur alle, die zu uns gehören, ihre Wahrnehmungen und Handlungen, alle, die uns durch Blutsbande nahestehen samt ihrem Tun oder Lassen, sondern auch den vollkommen kollektiven Bewusstseinsinhalt, an dem jeder teilhat. Außerhalb des Dorfwissens existiert kein Wissen.

Ich will eine Geschichte erzählen, um diesen Wortgebrauch zu erhellen beziehungsweise die unanfechtbare und wasserdichte Vorstellung von der Welt, die dahintersteht.

Im Zweiten Weltkrieg ging die Front mehrmals über diese Gegend hinweg. Einmal, als die Russen dabei waren, die Deutschen zu vertreiben, desertierten sechs deutsche Soldaten von ihrer Einheit und versteckten sich in einem nahe gelegenen Weinberg auf dem Dachboden des Kelterhauses. Nicht dass sie sich gerne ergeben hätten, aber sie hatten genug vom Krieg. Das Dorf respektierte ihren Entschluss und versteckte sie sechs Jahre lang. Was nicht heißt, dass sie sechs Jahre lang nicht vom Dachboden herunterkonnten, im Gegenteil, sie lebten und arbeiteten draußen auf den Feldern wie alle anderen auch. Im ersten Frühling verletzte sich einer der Soldaten mit dem Pflug am Fuß, bekam eine Blutvergiftung, hohes Fieber und starb innerhalb weniger Tage. Das Dorf wusste, dass der Mann mit dem Tode rang, dennoch holte niemand einen Arzt. Der in einer entfernten Ortschaft lebende Bezirksarzt zählte nicht zum Dorf. Auch der Pfarrer nicht, deswegen wurde der Tote ohne Pfarrer beerdigt.

Das undurchdringliche und wasserdichte Weltverständnis, das den einen Deutschen das Leben kostete, machte jedoch die anderen fünf so unverletzlich und frei, dass sie nach kurzer Zeit nicht nur bei ortsansässigen Landwirten arbeiteten, sondern auch in benachbarten Dörfern als Tagelöhner beschäftigt waren. Dem stand nichts im Wege, denn die Bewohner der benachbarten Dörfer sind ebenfalls *tout le monde*, und über das, was jeder weiß, muss nicht geredet werden, und jemand anderer kann es tatsächlich nicht wissen. Deswegen meine Feststellung, dass ich in einer Gegend lebe, wo die Menschen in prämodernen Begriffen denken.

In den dunkelsten Jahren des Kalten Krieges, als die ganze ungarische Gesellschaft von einem unglaublichen Netz von Spitzeln und Geheimagenten überzogen war, genossen die fünf deutschen Männer nicht nur vollkommenen Schutz; eines schönen Tages, als sie ihr Heimweh nicht mehr bezähmen konnten, brachten die Einheimischen sie sogar über die nahe gelegene österreichische Grenze. Über Stacheldraht, über Minenfelder, den gefürchteten Eisernen Vorhang hinweg.

Man bekommt das Gefühl, dass das Leben hier nicht aus persönlichen Erlebnissen, nicht aus Erinnern und Vergessen, sondern aus tiefem Schweigen besteht.

Was auch verständlich ist, sind doch die mit individuellem Bewusstsein gesegneten Menschen gezwungen, immer etwas mehr zu sagen, als sie wissen, während man in einem prämodernen Umfeld als Einzelner wesentlich weniger sagt, als jeder weiß.

In dieser von Wäldern durchzogenen stillen Gegend, an deren westlichem Rand die Landstraße immer noch dort verläuft, wo die Römer sie einst erbaut haben und die lateinischen Namen der Provinzstädte so dauerhaft sind wie der Spitzname eines nahen Bekannten, schlägt die Erde starke und regelmäßige Wellen. Asphaltierte Straßen wurden erst von englischen und amerikanischen Ölgesellschaften in den dreißiger Jahren des zwanzigsten Jahrhunderts angelegt, als Geologen in den Tiefen dieser schön gewellten Erde große Ölvorkommen entdeckten. Die Straßen folgen größtenteils dem Verlauf der ehemaligen Fahrwege, sie steigen aus den von unbedeutenden Bächen durchzogenen Tälern zu den Hügeln auf, um sich dann behutsam in ein anderes Tal hinabzusenken, wo zwischen Weiden und Hainbuchen ebenso Schilf, Teichsimse, Dotterblume und Wasserschwertlilie auf den Bulten wachsen und ein ebensolches namenloses Bächlein dahinplätschert. Täler und Hügel ziehen sich von Nordwesten nach Südosten. Die Dämmerung hüllt sie in dichten Dunst, den erst der nächste Morgen lichtet. Eine düstere Landschaft, deren heutige Formation nicht durch die Erdbewegungen und nicht durch die Fluten des einstigen Meeres, sondern durch die von den Alpen herabgleitenden Schnee- und Eismassen am Ende der Eiszeit entstanden ist. Wer auf einer Anhöhe innehält und in die Richtung blickt, wo er die sanfte Adria und die Halbinsel Istrien vermutet, vernimmt noch etwas von dem zehntausend Jahre anhaltenden unheimlichen Knirschen und Poltern der Moräne. Oder zumindest lassen die physischen Gegebenheiten der Landschaft ihn den unheimlichen Klang und das Maß des einstigen Zerstörens und Aufbauens erahnen.

Die kleinen Ortschaften auf den Hügelkuppen liegen so nah beieinander, dass das Dorf nicht nur die Glocken herüberläuten hört, dank deren es weiß, dass jemand gestorben ist, jemand zu Grabe getragen, eine Hochzeit abgehalten, in einer weiter entfernten Kirche ein Neugeborenes getauft wird oder dass es einfach nur Mittag, Abend oder Morgen geworden ist und das Leben danach gleichmäßig und ereignislos in den gewohnten Bahnen weiterläuft; bei klarem Wetter sind zwischen Zwetschgen- und Apfelbäumen sogar die ersten Häuser zu erkennen.

Nicht nur das Wissen, auch das Hören und Sehen funktioniert auf der Ebene des entpersönlichten Kollektivs. Man hört und sieht gemeinsam. Immer von neuem überrascht es mich zutiefst, dass es genügt, wenn jemand neue, noch nie gezeigte Kleider trägt, um nicht mehr erkannt zu werden. Plötzlich versteht man, dass die Menschen im Zeitalter vor der Individualisierung tatsächlich durch Verkleidung zu täuschen waren. Mehr noch, kommt ein Fremder ins Dorf, sind die Einheimischen unfähig, sein Alter einzuschätzen. Sie haben dafür keinen Blick, wahrscheinlich weil sie ihr Augenmerk nicht auf das Äußere, sondern auf den Charakter, die Eigenschaften richten. Im Hinblick auf das äußere Erscheinungsbild können sie sich gegebenenfalls auch völlig konträr verhalten. Obwohl sie allen Fremden gegenüber auf eine maßlose, geradezu peinliche Weise misstrauisch sind, lassen sie gleichzeitig jeden, der Anzug und Krawatte trägt und irgendein Papier vorweist, ohne Bedenken ins Haus. Dementsprechend geben sich Schleichdiebe als Steuerbeamte oder Landmesser aus. Der Trick gelingt immer. Jedem Fremdwort schreiben die Dorfbewohner eine zu seinem Klang passende Bedeutung zu und bauen es so in ihre Sprache ein. Sie unterscheiden nur Grundfarben, Gelb, Rot, Blau, weshalb Farben braun genannt werden, die anderswo Lila, Ocker oder Beige heißen. Dunkelbraun, Dunkelgrau oder Dunkelblau gelten auch im Kleidergeschäft der nahen Kleinstadt als Schwarz. Falls jemand bezweifelt, dass differenziertes Farbempfinden nicht auf einer naturgegebenen menschlichen Fähigkeit, sondern auf Übereinkunft beruht und sich manchmal sogar aus lokalen Konventionen herleitet, hier kann er sich davon überzeugen.

Die Kenntnis dieser tiefsitzenden prämodernen Eigenschaften hilft uns zu verstehen, warum diese Region den tödlichen Versuchungen der europäischen Geschichte – Nationalsozialismus, Faschismus und Bolschewismus – erlegen ist. Da tritt plötzlich einer auf und spricht, persönliche Intentionen verfolgend, im Namen eines kollektiven Bewusstseins. Für das prämoderne Bewusstsein ist die persönliche Intention hinter der Deklaration jedoch nicht erkennbar.

Wenn irgendwo Rauch aufsteigt, weiß das Dorf, wer Feuer gemacht hat, riecht das Dorf, was er verbrennt. Die Welt ist überschaubar, ein jeder im Auge zu behalten. Jemanden, der über das im Auge zu Behaltende hinausgeht, kann sich das Dorf nicht vorstellen.

Als im Frühling 1990 jeder Bürger der frisch gegründeten Republik erstmals frei wählen konnte, bat mich der Gemeindevorsteher, ihm doch zu sagen, wen das Dorf wählen solle. Er kam wie einer, den das Dorf geschickt hat. In der Tat war er vom Dorf geschickt worden, denn soweit das Auge reicht und noch ein gutes Stück weiter, hatte kein Mensch irgendeine Ahnung vom Sinn und Inhalt politischer Freiheit. Vielleicht in ein paar fernen Großstädten, Prag, Warschau, Wien, Berlin oder Budapest, doch auch dort nur einige wenige. Die Diktatur war ja 1989 auch nicht zusammengebrochen, weil die Völker Ost- und Mitteleuropas allmählich zu der Überzeugung gelangt wären, die Weltordnung der liberalen Demokratie und der Marktwirtschaft sei doch besser und gerechter als die des real existierenden Sozialismus oder des noch nie realisierten Kommunismus, da sie dem Einzelnen eine größere Portion Glück bietet. Schön wäre es, wäre es so gewesen. Doch die Wahrheit ist, dass die Völker Ost- und Mitteleuropas, dem Gebot ihres animalischen Egoismus und Überlebenstriebs gehorchend, hartnäckig auf einem Minimum an Privateigentum und Selbstbestimmung bestanden; dass sie darauf bestanden, sich zu beschaffen oder wiederzubeschaffen, was ihnen zusteht. In dieser Absicht hatten sie gemeinsam jenes System untergraben, das danach strebte, dem uralten menschlichen Hang zur Kollektivität und dem mindestens ebenso alten Wunsch, dass der Mensch gleich sei, schon hier auf Erden, dank Diktatur, Terror, Massenmord, der rigiden Beschränkung von Rede-, Versammlungs- und Pressefreiheit, eine märchenhafte Form zu verleihen.

Hätte ich dem Gemeindevorsteher gesagt, wen das Dorf wählen soll, dann hätte es seine Stimme zweifellos der Partei oder dem Kandidaten gegeben, denen ich meine gab, ich habe es aber nicht gesagt. Nicht dass ich die Verantwortung des ausgesprochenen Wortes gescheut hätte. Sondern weil ich vom ersten Moment an die Auffassung, die ich mir selbst von politischer Freiheit und Demokratie gebildet hatte, nicht verleugnen wollte. Ich habe lieber kurz dargelegt, welche Anschauungen die einzelnen Kandidaten meiner persönlichen Meinung nach vertreten und mit welchem Vor- oder Nachteil das Dorf demgemäß im Zusammenhang mit welchem Kandidaten zu rechnen hätte. Währenddessen sah ich dem Gemeindevorsteher an, dass er mein Verhalten als Zurückweisung empfand und meinem Vortrag seiner Enttäuschung wegen nur teilweise folgen konnte. Unmutig ging er davon, sozusagen unverrichteter Dinge, mit mehr Zweifeln beladen, als er gekommen war. Es war mir immer noch lieber, als wenn ich ihn auf seiner magischen und mythischen Bewusstseinsebene erreicht und so getan hätte, als sei ich ein Schamane, der ihm Dinge sagen kann, die anderen vorauszusehen nicht möglich sind. Inzwischen ist auch er tot, und noch heute erfüllt mich ein Gefühl von Zufriedenheit, dass ich ihn zwar enttäuscht, ihm aber hinsichtlich des Grundcharakters der Demokratie nichts vorgemacht habe.

Das Dorf musste die Erfahrung machen, dass es zum ersten Mal in seiner Geschichte nicht mehr über eine unanfechtbare, von den Ereignissen der Außenwelt wasserdicht abgeschlossene Meinung verfügen kann. Jeder muss einzeln über seine persönliche Meinung entscheiden, was diese Meinung natürlich höchst fragil und das persönliche Leben höchst gefährlich macht.

In jenen heißen Sommernächten, von denen die Dorfältesten erzählen, hat man unter der Wildbirne leise gesungen. Alle, die es erzählen, betonen, leise.

Das Dorf hat leise gesungen.

Sicherlich wollte das Dorf die Nacht nicht ungebührlich stören.

Die Mentalität der Einheimischen weist bis heute starke magische und mythische Bewusstseinsinhalte auf, obgleich die Welt um sie herum offenkundig in eine ganz andere Richtung geht. Ich werde ein paar leichter verständliche Beispiele anführen, damit wir uns diese eigenartige Spaltung klarmachen können.

Die Einheimischen wissen zum Beispiel, dass die Menschen sich anderswo grüßen, da sie auch auswärts arbeiten gehen, doch innerhalb des Dorfes ist der Gruß nach wie vor unbekannt. Auch die Bewohner der umliegenden Dörfer grüßen sich nicht. Sie verabschieden sich auch nicht voneinander. Wenn sich Nachbarn, Verwandte oder Bekannte auf der Straße oder im Bus begegnen, fangen sie statt eines Grußes auf der Stelle zu sprechen an und reden so lange, bis der andere außer Hörweite ist. Alles andere wäre unhöflich. Sie fragen auch nicht, wie es um das werte Befinden steht. Höfliche Erkundigungen dieser Art erregen bei ihnen eher Betroffenheit und Schrecken. Hinsichtlich des täglichen Seelen- und Körperzustands gibt es nämlich keine abstrakten Reflexionen, obgleich sie gerne und ausführlich über die qualvollsten Krankheiten berichten und stolz die Blessuren an ihren Körpern vorzeigen. Womöglich schlagen sie die Röcke hoch und schieben die Hosen herunter, um zu demonstrieren, dass sie trotz allem überlebt haben. Während des Gesprächs hören sie einander nicht zu, der Dialog ist ihnen unbekannt. Sie haben keine Meinung zu diesem und jenem, sondern reden unausgesetzt, erzählen eine einzige große Geschichte. Sind mehrere zur Stelle, dann reden sie sozusagen parallel übereinander hinweg, manchmal zu dritt oder zu viert, als sprächen sie ihre unpersönlichen Monologe auf ein einziges, endloses Tonband. In solchen Fällen entsteht ein fürchterliches Stimmengewirr, trotzdem registrieren sie die Behauptungen und Äußerungen in den Erzählungen der anderen genau, analysieren und interpretieren sie vom Standpunkt des kollektiven Bewusstseins und fügen sie dann an entsprechender Stelle in die große Chronologie der Dorfgeschichte ein.

Es ist nicht möglich, die Behauptungen und Äußerungen aufgrund späterer Erkenntnisse oder früherer Trugschlüsse zu korrigieren. Das wird nicht toleriert, und es wird auch gar nicht erst versucht. Der Vorgang der Korrektur ist vollkommen unbekannt, deswegen ist es nicht nur nicht möglich, Missverständnisse aufzuklären, es ist auch nicht möglich, unbekannte Begriffe einzuführen oder falsch verstandene Begriffe zu berichtigen. Wahrscheinlich ist es nicht möglich, weil das Zeitempfinden und die örtliche Zeitrechnung anders sind. Damit sich im kollektiven Bewusstsein etwas ändert, bräuchte es wahrscheinlich noch die Erfahrung mehrerer hundert Jahre, die von der eigenständigen Äußerung eines Einzelnen nicht ersetzt werden kann. Die Eigenart des Zeitempfindens geht auch daraus hervor, dass es in der großen dorfgeschichtlichen Erzählung zwar Tage gibt und an diesen dicht aufeinanderfolgende Ereignisse, doch wie bei den antiken Geschichtsschreibern keine Jahreszahlen.

Es wird stets viel gemeinsam gearbeitet. Man arbeitet in möglichst großem Kreis, die ganze Familie arbeitet mit den Angehörigen anderer Familien zusammen, mit denen sie aus irgendwelchen Gründen in eine wirtschaftliche Verbindung treten muss. Während der Arbeit wird unaufhörlich geredet, zuweilen anhaltend geschrien, da beim Gerede unter freiem Himmel beträchtliche Entfernungen zu überbrücken sind. Die Lautstärke übertrifft immer die individuelle Notwendigkeit. Für fremde Ohren klingt das wie ein sonderbares Arbeitslied, das jeder, den gemeinsamen Rhythmus einhaltend, mit erhobener Stimme sich selbst vorträgt. Als müsste sich jeder andauernd den Sinn der gemeinsamen Arbeit bestätigen.

Über den Wert des Geldes ist jeder genauestens im Bilde, über den Zusammenhang von Geld und Arbeit nicht weniger. Im internen Leben des Dorfes ist Geld trotzdem kein Zahlungsmittel, und daher lässt sich der Wert der hier verrichteten Arbeit wohl kaum in Geld ausdrücken. Wenn jemand von auswärts kommt, um eine Arbeit zu verrichten, wird er bezahlt, innerhalb der Dorfgrenzen aber macht bis auf den heutigen Tag niemand irgendetwas für Geld. Ein außenstehender Beobachter erhält natürlich selten Einblick in diese Naturalwirtschaft. Es wird Tauschhandel mit Materialien, Naturalien und Arbeit betrieben, der Marktwert der Transaktionen aber wird nicht von äußeren Faktoren, sondern von den jahrhunderteweit zurückgehenden inneren Marktbedingungen bestimmt. Die mit Geld oder Geldmarkt nichts zu tun haben. Merkwürdigerweise auch dann nicht, wenn es sich um Waren handelt, die für Geld erworben wurden. Wie etwa Backsteine, Dachziegel, Brunnenringe oder Betonträger, die im internen Kurs durch Arbeit, Naturalien oder irgendwelche anderen Güter ablösbar werden, wenn auch keinesfalls für jeden.

Man behält nicht nur über Jahrzehnte hinweg im Gedächtnis, wer wem wann was gegeben und im Tausch dafür bekommen hat beziehungsweise schuldet, sondern diese Tauschhandelsakte prägen auch das Verhältnis von Familien und Personen untereinander entscheidender als irgendetwas sonst. Dieses dem Fremden unbekannte und unüberschaubare System von Interessen ist irgendwann in grauer Vergangenheit entstanden und geht einer nicht absehbaren Zukunft entgegen. Und da somit der Wert von Beziehungen wesentlich höher ist als der Wert einzelner Dinge und die einzelnen Dinge wiederum nicht in kommerzielle Werte konvertierbar oder in Geld einwechselbar sind, gibt es innerhalb der Dorfgrenzen keine Forderungen und Schulden im klassischen Sinn. Wenn ich etwas bekommen habe, ist es unausbleiblich, dafür auch zu geben, doch das auf gegenseitigem Vertrauen beruhende, niemals schriftlich fixierte Geschäft kann so lange auf Eis gelegt werden, bis der Partner etwas braucht, das ich ihm geben kann. Weder hat es der eine eilig, die virtuelle Forderung zu begleichen, noch der andere, die virtuelle Schuld einzutreiben, er macht gar keine Anstalten dazu, im Gegenteil, er will ja gar nichts Gleichwertiges zurückbekommen. Anscheinend liegt diesen Geschäften die Erfahrung zugrunde, je mehr Schuldner jemand in Reserve hat und je ansehnlicher die Schuld, umso größer seine Chancen, in Notlagen Hilfe zu bekommen. Was vor wenigen Jahrzehnten noch Voraussetzung zum Überleben war.

Natürlich sind auch Betrug, Diebstahl und Gewalt, Willkür und sexuelle Exzesse keine unbekannten Phänomene. Für diese Fälle gibt es Sanktionen und für diese wieder verschiedene Abstufungen, jedoch erinnern weder Verfahren noch Strafe an Verfahren und Strafen, wie sie in den verschiedensten modernen Gesellschaften oder schon in den näher liegenden Städten üblich sind. Schon allein deswegen nicht, weil man Betrüger, Diebe, Gewalttäter oder Verrückte nicht aus dem Dorf entfernen kann. Das ginge nur mit behördlicher Hilfe, doch im Laufe von zwanzig Jahren ist dergleichen nicht vorgekommen, und soweit man den Erzählungen glauben darf, auch früher nicht. In zwanzig Jahren habe auch ich den Eindruck gewonnen, dass kein Dorf ohne ein paar Verrückte existieren kann, es zumindest immer einen Dieb geben muss. Der Diebstahl gemahnt zumindest daran, dass man auch selbst nichts anderes ist als ein fürchterlicher Parasit am Leib der Natur und mit seinen heimlichen Passionen eine ziemliche Last auf dem Rücken der Gesellschaft. Es gibt Übergeschnappte, Diebe, verirrte Schafe, sie alle sind Angehörige von Familien, die in engen verwandtschaftlichen Beziehungen zu anderen Familien stehen, die aber nicht nur untereinander, sondern mit allen anderen enge Beziehungen des Gebens und Nehmens unterhalten.

Eigentlich wäre nichts zu machen, das Dorf muss jedoch im Interesse von Ruhe und Ordnung etwas tun.

Wenn ein außergewöhnlicher Vorfall das Dorf erschüttert, wird zuerst ein schnelles Abstimmungsverfahren eingeleitet. Aus der Notwendigkeit dieser Prozedur wird rückblickend verständlich, warum jeder ständig über alles und jedes Bescheid wissen muss. Wer war wo, wer hat was gesehen, was ist wann und wo geschehen. Solche Fragen muss in diesen bedrohlichen Stunden jeder beantworten. Aus den Antworten ergibt sich selbst dann noch ein Bild, wenn keiner etwas gesehen hat, denn jeder kennt die Gewohnheiten von jedem, und so wird in diesem Fall das Ausschlussverfahren angewendet. Der Verdächtige ist schnell ausgemacht, im Allgemeinen ein Rückfalltäter. Was wiederum das Dorf nur in der Überzeugung bestärkt, dass Verbrechen unvermeidlich sind und man höchstens das Ausmaß des Schadens begrenzen kann. Welche Person gemeint ist, teilt man sich untereinander durch allgemeine Andeutungen mit, so dass der Name nicht ausgesprochen werden muss. Die äußerste Grenze des Namhaftmachens ist erreicht, wenn man sagt: «Ich weiß es, aber ich sage nicht, an wen ich denke. Du weißt es ja selbst.» Und so ist es wirklich. Per Ausschlussverfahren weiß es das Dorf, aber es weiß es, als hätte es dieses Wissen vom ersten Augenblick an gehabt. Jeder weiß, um wen es sich handelt, obwohl niemand seinen Namen ausgesprochen hat.

Mit der Verurteilung wartet man so lange, bis eine größere

Gruppe mit dem Verdächtigen an einem Ort versammelt ist. In seiner Gegenwart tragen sie das Geschehene vor und beobachten ihn. Entsetzliche Augenblicke. Und das ist noch die mildeste Strafe. Es gibt die Prügelstrafe, es gibt die regelmäßige Prügelstrafe, es gibt das Anzünden der Scheune und das Anzünden des Hauses, und es gibt Mord. Einer ist zufällig in den Brunnen gefallen. Als ich vor vierzig Jahren zum ersten Mal in das Dorf kam, habe ich selbst noch den verkohlten Dachstuhl eines Hauses gesehen.

Über die schwereren Strafen sprechen sie auch untereinander nicht. Als drückendes Schweigen, als schwarze Löcher leben sie in der großen Erzählung fort.

Ich kann nicht sagen, dass das Dorf tot ist. Es lebt. Allerdings haben sich in den letzten Jahren die Lebensbedingungen grundlegend verändert, ein Teil der Bevölkerung ist abgewandert, die Abgeschlossenheit hat sich beträchtlich gelockert. Seit langem gibt es keine so schweren Delikte mehr, dass das Dorf zu den am strengsten verschwiegenen Mitteln greifen müsste. Bei der Vollstreckung einer verbalen Verurteilung dagegen bin ich selbst noch Zeuge gewesen.

Während der langen Jahre der Diktatur hatte sich dank dieses Systems familiärer, die Geldwirtschaft außer Kraft setzender Beziehungen, das schwere Sanktionen kennt, eine sogenannte zweite Wirtschaft oder auch Schattenwirtschaft aufgebaut, durch die die Gesellschaften Ost- und Mitteleuropas imstande waren, die auf den gemeinsamem Besitz von Produktionsmitteln gegründete Planwirtschaft nicht nur zu umgehen, sondern sie sich regelrecht dienstbar zu machen. Wodurch sie zwar über Jahrzehnte den Glauben an die Notwendigkeit und Heiligkeit des Privateigentums verteidigten, paradoxerweise jedoch den kollektivistischen Charakter ihres Denkens vertieften. Im kollektiven Bewusstsein wurden, wenn auch aus der Not heraus, Betrug und Diebstahl in den Rang von einhellig akzeptierten natürlichen Phänomenen erhoben. Das kollektive Bewusstsein betrachtete es nicht länger als Vergehen, Genossenschaften und Staatsbetriebe, die wichtigsten Institutionen des kollektiven Besitzes, zu bestehlen und zu betrügen. Im Gegenteil, das kollektive Bewusstsein billigte es und ermunterte dazu. Wenn ich die Gemeinwirtschaft bestohlen habe, dann habe ich als mutiger und freier Mensch gehandelt, denn ich habe mir im Namen von jedermann Genugtuung verschafft für all das, was im Namen der Kollektivität gegen mich verübt worden ist, beziehungsweise ich habe mir etwas von dem zurückgeholt, was mir gehören könnte oder tatsächlich gehört hat. Die allgemeinen ethischen Barrieren, die zum Schutz des öffentlichen Eigentums errichtet worden sind, lösten sich im kollektiven Bewusstsein buchstäblich auf. Im zwanzigsten Jahr der Diktatur fragte niemand mehr danach, ob wenigstens eine nominelle Rechtfertigung für sein Handeln vorhanden war, jeder nahm sich, was er sah und wegschleppen konnte, und das hat sich als ethisch anerkanntes, politisch sogar wünschenswertes Verhalten im kollektiven Bewusstsein festgeschrieben. Die demokratische Wende hat die Grundstruktur des gesellschaftlichen Bewusstseins nicht verändert. Binnen weniger Jahre wurden zwar Privatisierung und Reprivatisierung vollzogen, doch das konnte den am Gleichheitsprinzip orientierten, in den Jahren der Diktatur erheblich vertieften Kollektivismus dieser Gesellschaften nicht befriedigen, wie es andererseits nicht verhindern konnte, dass die früher fundierte Wirtschafts- und Bewusstseinsstruktur in Form einer die ganze Gesellschaft durchdringenden Korruption weiterwirkt. Was das Funktionieren der Demokratie gefährdet oder unmöglich macht.

Von der Betrachtung des Birnbaums ausgehend, ist die Geschichte des Dorfes auch deshalb so gut überschaubar, weil von großen Ereignissen, alles umwälzenden Veränderungen kein Nachhall bleibt.

Als hätte Giuseppe Tomasi di Lampedusa eigenhändig über jede Toreinfahrt geschrieben: «Es muss sich sehr viel ändern, damit alles beim Alten bleibt.»

Der erste richtige Lärm, den ich hier in der Nacht hörte, war das Dröhnen von Flugzeugen, riesigen Transportmaschinen über uns, die unterwegs in den Kosovokrieg waren. Seit Frieden herrscht, ist wieder Stille.

Unter dem großen Wildbirnenbaum wurde manchmal zum Gesang musiziert, leise, erzählt man. Wahrscheinlich gab man mit solcher uralten Rücksicht auf die Nacht den Göttern zu verstehen, dass man sich nicht leichtfertig vergnügte und die erdgeschichtliche Stille nicht stören wollte. Damals gab es im Dorf nur ein einziges brauchbares Musikinstrument, einen Kontrabass, den ein Heimkehrer nach dem Ende des Ersten Weltkriegs von der italienischen Front mitgebracht hatte. Aber niemand erinnert sich mehr, mit welchem Musikinstrument der Gesang vorher begleitet wurde.

Man stelle sich den tiefen Klang des Kontrabasses, den Gesang der vielen gleichstimmigen Kehlen, das Schreien der Eulen und das Zirpen der Grillen in der reglosen Sommernacht vor.

Wenn nur Mond und Sterne die Szenerie beleuchten.

In dieser Gegend kannte man früher keine Zäune, die Gemüsegärten wurden durch Hecken vor streunenden Tieren geschützt. Die Häuser wurden aus Pfählen erbaut, mit Lehm verputzt und abgedichtet.

Die letzte Hexe ist erst Ende des achtzehnten Jahrhunderts bei lebendigem Leibe verbrannt worden.

Bis Ende des neunzehnten Jahrhunderts war der Schornstein unbekannt, der Rauch vom Herd zog durch eine Öffnung über der Küchentür ab.

Die Elektrifizierung wurde Mitte der sechziger Jahre des zwanzigsten Jahrhunderts durchgeführt.

Als ich als junger Mann zum ersten Mal hierherkam, ging der Tag im Dorf bereits mit der Dämmerung zu Ende, in den Küchen leuchtete nur das Herdfeuer, kein Petroleum, kein Öllämpchen. Auch heute noch begeben sich die sparsameren oder geizigeren Alten, sobald es dunkel wird, langsam zur Ruhe. Durch die Landschaft eilt auch kein Zug, der Fremdgeräusche erzeugen und die überflüssige Vorstellung erwecken könnte, er würde einen hier heraus- und in ferne Welten bringen. Ende des neunzehnten Jahrhunderts, als das Eisenbahnnetz der österreichisch-ungarischen Monarchie den verschiedenen Wirtschaftsinteressen entsprechend seine endgültige Form erhielt, setzte die katholische Kirche durch, dass die Bahnlinie nicht bis in diese Gegend verlegt wurde – sie hoffte, dadurch die Ordnung der Sitten aufrechtzuerhalten. Seither gibt es keinen Bahnanschluss. Nur die Wälder des Fürsten Esterházy wurden durch eine Schmalspurbahn mit der fernen Hauptstrecke verbunden.

Wie ein Märchenspielzeug in einer Modelllandschaft tuckert sie bis heute mit Brennholz beladen an den stillen Waldrändern entlang.

Es dürfte unbezweifelbar sein, dass sich das Dorf in den warmen Sommernächten unter dem großen Wildbirnenbaum der rituellen Kontemplation hingab, gewissermaßen dem kollektiven Bewusstseinsinhalt Rechnung trug. Und wer sich dies vergegenwärtigt, blickt in eine Zeit von tausend Jahren vor dem Christentum zurück. Das in dieser Gegend in Wirklichkeit erst achthundert Jahre alt ist. Nach der Landnahme lebte in den hiesigen Siedlungen ein Geschlecht, das lange Zeit auch durch Anwendung brutalster Methoden nicht mit den Institutionen des christlichen Königtums auszusöhnen war. In diesem westlichen Grenzgebiet des ungarischen Königreichs, das Palisaden und Erdwälle unpassierbar machten und wo die tüchtigsten Burgsassen von den frühmittelalterlichen Königen von ihrer Dienstpflicht befreit und in den Adelsstand erhoben wurden, haben sich die alten Gebräuche und Götter noch über zweihundert Jahre lang erhalten. Sie werfen ihre Schatten bis in die Gegenwart und stehen den Seelen der hier Lebenden näher, als diese wahrhaben wollen.

Was in der Geschichte der europäischen Christenheit nicht ohne Beispiel ist. Weitaus größere, bedeutendere Gebiete sind über längere Zeiten heidnisch geblieben, und Spuren dieser Jahrhunderte haben sich auf der geistigen Landkarte des Kontinents bis heute als Unterschiede im Entwicklungsstand erhalten.

Oben im fernen Norden zum Beispiel, in den weiten bewaldeten Gebieten zwischen der Nordsee und den bis heute unberührten Masurischen Seen, zwischen Weichsel und Memel, wo einst die Pruzzen, Prussen oder, mit ihrem heute üblichen Namen, die Preußen lebten, hat sich etwas ganz Ähnliches abgespielt. Die Bekehrung der Preußen hatte der Prager Bischof Adalbert zu seiner Sache gemacht, der auch bei der Bekehrung der Ungarn eine wichtige Rolle spielte. Es lohnt sich, seine Lebensgeschichte kurz zu rekapitulieren, weil darin Verbindungen und Zusammenhänge sichtbar werden, die schon vor Urzeiten das Leben innerhalb jener größeren geographischen Einheit bestimmten, welche der zeitgenössische politische Sprachgebrauch gern von «Europa» abtrennt und mit dem Begriff Mittel- oder manchmal Osteuropa belegt, manchmal auch mit beiden zugleich, obschon er die Grenzen Europas nicht lokalisieren kann oder zu lokalisieren wagt, trotz der unerlässlichen Anstrengung, sie zu definieren.

Würde sich jemand dieser schwierigen Aufgabe unterziehen, dann müsste er zunächst angeben, wo sich das Zentrum des Kontinents befindet und was im Verhältnis dazu als Peripherie gelten soll. Dazu aber müsste man den historischen Begriff Europas erst einmal aus dem Kontext nationalistischer und kolonialistischer Mythologien verschiedener Provenienz befreien, um die Geschichte des Kontinents als deren Wechselwirkung und

Beziehung, als einen komplizierten und vielseitigen Prozess der Akkulturisation zu beschreiben. Dann aber würde klar werden, dass geographische Begriffe zu eng sind, um die Geschichte und Kultur Europas darzustellen. Die Religionsgeschichte Russlands zum Beispiel unterscheidet sich tiefgreifend von der Geschichte der europäischen Länder, die keine Verbindung zum byzantinischen Christentum hatten, während sich die Geschichte seiner Kunst, Philosophie und Mentalität nicht als Spezifikum aus ihr herauslösen lässt; während der europäische Kontinent geographischen Begriffen nach am Ural endet, endet doch die europäische Geschichte nicht dort. Geistreicher als die Willkür geographischer Begriffe war Metternichs Bemerkung im Jahr 1814. Auf dem Wiener Kongress, auf dem die Gesandten der europäischen Monarchien über das Schicksal des Kontinents entschieden, befand er, «Europa endet bei der Wiener Landstraße». Dahinter beginnt der Balkan, wo bekanntlich keine menschlichen Wesen leben.

Doch wie dem auch sei, jener treffliche Mann namens Adalbert, der 955 als Graf von Libice das Licht der Welt erblickte und mit knapp dreißig das Prager Bistum unter der Bedingung übernahm, ausreichende Machtbefugnisse zum Ergreifen außerordentlicher Maßnahmen zu erhalten, um den Sittenverfall aufzuhalten und die gute Ordnung wiederherzustellen, sah nach wenigen Jahren ein, dass seine Maßnahmen zu nichts führten. Aus seiner Geschichte wird evident, was Adalbert unter dem Niedergang sittlicher Normen verstand. Dass eine Dame aus einer vornehmen Familie ihren Ehemann betrog, noch dazu mit dem Priester, der ihr Beichtvater war, gehörte nicht dazu. Mit derart banalen Vorkommnissen gab er sich nicht ab. In Zorn versetzte ihn vielmehr, dass der Ehemann seine Gemahlin nach heidnischem Brauch selbst hinrichten wollte, was nicht nur die Mitglieder beider Familien, sondern ganz Prag für rechtskonform befanden.

Adalbert hielt die kollektive heidnische Regression für unsittlich. Wie überhaupt die prämoderne Regression vom Standpunkt der Demokratie nicht der günstigste Nährboden ist. Sie verringert den Wirkungsgrad der demokratischen Institutionen erheblich.

Adalbert ließ die Dame von seinen Dienern rauben und in ein Nonnenkloster sperren. Er rechnete nicht damit, dass auch unter den Bräuten Christi Anhängerinnen der heidnischen Riten waren und es der vornehmen Familie daher nicht schwerfiel, den Aufenthaltsort der Dame zu erkunden. Die Diener der Familie raubten das sündige Weib zurück, und so konnte der Ehemann es zur größten Zufriedenheit aller eigenhändig abschlachten. Aus Angst vor dem Volkszorn verließ Adalbert seinen Bischofsstuhl und suchte mit seinem Gefolge bei den heidnischen Ungarn Zuflucht, wo er sich mehr Erfolg erhoffte. Er hatte durch seine Gesandten erfahren, Geisa, der Fürst der ungarischen Stämme, zeige sich bereit, den christlichen Glauben anzunehmen. 994 trifft Adalbert am Sitz des ungarischen Fürsten ein, wo es ihm gelingt, mehrere ungarische Edelleute zu taufen, wir wissen allerdings nicht, wie lange er sich hielt. Wir wissen hingegen, dass er seinen Hofkaplan Astrik zurückließ, der in Missionsangelegenheiten Ratgeber am Hof des ersten ungarischen Königs wurde und im Frühling 1001 mit einer Huldigungsabordnung zu Papst Silvester II. nach Rom aufbrach.

Zu dieser Zeit weilte der arme, verjagte Adalbert schon nicht mehr unter uns Lebenden.

Von seinem weiteren Schicksal wissen wir nur, dass er sich kurze Zeit im fernen Norden, am Hofe des Herzogs Boleslaw, aufhielt, und vermutlich war er dem Ruf des polnischen Herzogs nicht nur gefolgt, um endlich die heidnischen Preußen zu bekehren, sondern weil man am Prager Hof nichts von seiner Rückkehr auf den Bischofsstuhl wissen wollte.

Seit das größte Bauwerk des Kalten Krieges, die Berliner Mauer, gefallen ist und jene Länder wieder zugänglich sind, die, eingezwängt zwischen den starken europäischen Demokratien und der russischen Diktatur, bis dahin ein isoliertes Dasein fristeten, haben Scharen andächtig staunender Touristen und agiler Unternehmer die von der menschlichen Zivilisation unberührte, von dunklen Wäldern und kristallklaren Seen bedeckte polnische Landschaft wiederentdeckt, wo Bischof Adalbert samt seinem Gefolge von den heidnischen Preußen umgebracht wurde. Nur vermöge eines hohen Lösegeldes gelang es Herzog Boleslaw, den Leichnam des Bischofs in seinen Besitz zu bringen, um ihn den Regeln seiner neuen Religion gemäß beizusetzen. Danach jedoch mussten noch mehr als zweihundert Jahre ins Land gehen, bis die polnischen Herzöge es wagten, an die gewaltsame Bekehrung der preußischen Nachbarn überhaupt nur zu denken. Schließlich einigte sich Herzog Konrad 1226 in Palästina mit dem Großmeister des Deutschen Ordens, der beim römisch-deutschen Kaiser und beim Papst um Bestätigung bat, dass er für seine missionarische und kolonisierende Unternehmung auch wirklich in den Besitz des Kulmerlands und Preußens käme, wie ihm der polnische Herzog versprochen hatte. Ein halbes Jahrhundert dauerte der im Namen christlicher Nächstenliebe geführte blutige Missionskrieg. Von solchen alten Zeiten schweigt selbst unser gigantischer Wildbirnenbaum.

Nicht weit von ihm entfernt gibt es jedoch eine uralte Edelkastanie, die von Forstkundigen auf achthundert Jahre geschätzt wird. Jedes Jahr pilgere ich mehrere Male zu ihr. An einem stillen Waldrand steht sie, auf der Kuppe eines Hügels.

Vermutlich war sie gerade zu der Zeit zum Baum herangewachsen, als die Bekehrung der Einheimischen endlich gelang. Was in dieser Gegend nicht viele konkrete Spuren hinterlassen hat. In Lebensgewohnheiten oder Redensarten findet sich kaum ein

Hinweis. Man ruft Jesus Christus oder die Jungfrau Maria nicht an, betet nicht zu ihnen, lästert sie nicht, allenfalls führt man Gott im Munde, wenn jemand in Schwierigkeiten ist. Von den Siedlungen, die sich auf den Hügeln ducken, hat bis heute nicht jede eine Kirche, wofür die große Armut nicht unbedingt als Erklärung reicht. Bis heute aber wird die Messe noch in jenen drei kleinen Kirchen abgehalten, deren Fundamente von den Missionaren des frühen Mittelalters gelegt worden sind. Auch eine Kapelle oder ein Kreuz am Wegrand gibt es im weiten Umkreis kaum. Viel Zeit dürfte in diesen uralten Siedlungen zur Befestigung des Christentums nicht gewesen sein, noch dürften die Methoden, mit denen die Nächstenliebe vertieft wurde, hinreichend überzeugt haben. Allenfalls Grabsteine und aus Holz gezimmerte Glockentürme erinnern daran, dass hier Christen leben.

Als dann das erste frei gewählte ungarische Parlament das Verhältnis von Staat und Kirche gesetzlich regelte und diese zum ersten Mal in ihrer Geschichte einander nicht mehr über- oder unter-, sondern nebengeordnet waren, wollte ich einem Nachbarn, einem älteren Mann, mit dem ich im Bus saß, meine Freude darüber kundtun. Er schwieg lange. Dann antwortete er bekümmert, ihm wäre es nicht lieb, wenn seine Enkelkinder am Sonntag mit Gendarmen zur Kirche gebracht würden, wie es einst mit ihm geschehen war.

Die Namen der Siedlungen sind immer aus zwei Wörtern zusammengesetzt, einem Familiennamen und einer die Art der Besiedelung bezeichnenden Beifügung, altungarisch in der Bedeutung von Rodung beziehungsweise Sitz oder Niederlassung: Eck, Egg. Jedes Dorf ist ursprünglich ein Sitz oder die Niederlassung einer Adelsfamilie. Dort leben die Nachfahren jener zum Grenzschutz verpflichteten Burgsassen, die 1178 zur Belohnung für ihren jahrhundertelangen Dienst und ihre erfolgreiche Bekehrung von König Béla III. beziehungsweise einige

Jahrzehnte später von Andreas II. von ihrer Dienstpflicht befreit und geadelt wurden. Die Namen mancher Adelsfamilien verweisen nicht auf ungarische, sondern auf türkische, kumanische, slawische oder sogar wallonische Herkunft. Es ist auch bekannt, dass sie heute nicht mehr genau da leben, wo sich ihre Ahnen niederließen. Ursprünglich lagen die Dörfer nicht auf den Hügelkämmen, sondern in den breiten Tälern, an den leicht ansteigenden Hängen neben den Bächen. Wie sich aus Ausgrabungen, die Ende des neunzehnten Jahrhunderts durchgeführt wurden, aus neueren Untersuchungen und der Auswertung der sichergestellten Funde ergibt, gehen diese alten Siedlungen jedoch noch auf viel frühere Zeiten zurück. Steinwerkzeuge und Tonscherben belegen, dass sich die ältesten Ureinwohner den Ort bereits im Neolithikum zur Besiedelung ausgewählt haben. Auf dem Gebiet des nächstgelegenen Nachbardorfes wurden Gegenstände aus dem Boden geholt, die von einer bedeutenden Kultur der Kupferzeit zeugen, unter anderem der Torso einer großen, reich verzierten Frauenstatue und Goldmünzen, die ein ganzes Tongefäß füllten. Die Siedlungen blieben auch während der frühen und späten Bronzezeit und der Eisenzeit bewohnt, später hinterließ die für lange Zeit hier lebende keltische Bevölkerung ihre Spuren. Die römischen Eroberer fanden noch keltische Siedlungen vor, Feuerstätten von Siedlern italischer Herkunft sind erhalten. Es folgten Wellen awarischer, vereinzelter germanischer, mährischer, fränkischer und schließlich slawischer Besiedlung. Ich habe selbst noch Tonscherben aus der Römerzeit gefunden. Sie kommen beim Pflügen oder Jäten zum Vorschein oder werden vom Regen ausgeschwemmt. Die über mehrere tausend Jahre durchgehend bewohnte Stelle an den Hängen neben dem Bach ist auch ohne besondere archäologische Kenntnisse auszumachen. Sie ist kahl und auffällig eben geblieben und von einer andersartigen Vegetation umgeben.

Diese bis in die Frühgeschichte zurückreichende Kontinuität wurde von den türkischen Eroberern unterbrochen. Den Bewohnern der Adelsniederlassungen im Umkreis blieb nichts anderes übrig, als sich von der Nähe des Wassers auf die sichereren Hügel zurückzuziehen, die damals noch Wald bedeckte. Die Wege folgten im frühen Mittelalter dem Lauf der Bäche, und diese Spurenlinie ist im Frühling ebenso sichtbar wie im Herbst, wenn die Vegetation des Sommers sie noch nicht oder nicht mehr verdeckt. Die umherstreifenden Türken fielen auf diesen Wegen in die Dörfer ein, trieben das Vieh fort, leerten die mit Feldfrüchten gefüllten Gefäße und raubten die Kinder als Sklaven. Selbst wenn sie die Schilfdächer der Häuser, die kaum größer waren als Hütten, nicht in Brand steckten –, das alles war für die Überlebenden gleichbedeutend mit dem Hungertod im Winter. Auch den Dörfern auf den Hügeln gelang es während der anderthalb Jahrhunderte der türkischen Okkupation kaum zu überleben. Als die Armee des österreichischen Kaisers die Türken Ende des siebzehnten Jahrhunderts endlich auf den Balkan zurückdrängen konnte, zählte das Dorf gerade noch siebzehn Seelen. Diese siebzehn Menschen bewahrten dann unter den großen Bäumen noch etwas von dem tausendjährigen Wissen, von dem auch ich mir noch einiges aneignen konnte.

Ich weiß noch, dass mitten auf meinem Hof unter dem großen Wildbirnenbaum das Dorf in warmen Sommernächten leise sang, und dieses Wissen habe nunmehr auch ich weitergegeben, jetzt aber gibt es keine auserwählten Bäume mehr, und auch das Dorf singt nicht mehr.

Deutsch von Heinrich Eisterer

IN DER KÖRPERWÄRME
DER SCHRIFTLICHKEIT

Europa, die mit ihrem auf phönizischen Ursprung hindeutenden Namen aus dem Dunkel prähistorischer Zeit hervortritt und bei Hesiod als eine der vierzig älteren Töchter von Tethys und Okeanos und eine der vier Frauen von Zeus erwähnt wird, Europa liest und schreibt natürlich nicht. Die Bewohner jenes Kontinents, der ihren Namen trägt, sind der Ansicht, dass jeder, der schreiben gelernt hat, auch schreiben kann. Vermutlich hindert sie dieser peinliche Irrglaube daran, es jemals wirklich zu lernen. Europa ist seit ewigen Zeiten ein in seiner Bestialität dösendes, dummköpfiges Ungeheuer. Zuweilen stöhnt es auf seinem stinkenden, zwischen die großen Meere gezwängten Lager, faucht, wälzt sich grimmig hin und her.

In manchen Sagen wird behauptet, Europas Atem dufte nach Safran. Rubens malt sie rüde als fettes Weib, das sich im Augenblick der Entführung mit einem Leopardenfell bedeckt. Immer schon hatte Europa mehr Fett und Gold als brauchbares Wissen. Europa ist seit Urzeiten Analphabetin und wird es bis ans Ende der Zeiten bleiben. Da hilft es auch nichts, dass einzelne Individuen schreiben können und manche sogar lesen. Vielleicht ist es nicht überflüssig zu erwähnen, dass das Wort Analphabet sich im Griechischen auf Personen bezieht, die nicht nur der Schrift

35

unkundig, sondern auch in der Gerichtsbarkeit unwissend sind. Unfähig, Verträge zu schließen und vor Gericht ihr Recht zu verteidigen. Schnaubende Haustiere. Schon in der Antike dürften ein solches prähistorisches Wesen oder ein solcher Zustand eine ziemliche Last, ein Klotz am Bein der Gesellschaft gewesen sein. Das Gericht konnte als Grundlage seines Urteils nur jene Umstände berücksichtigen, die von den streitenden Parteien schriftlich vorgelegt wurden. *Quod non est in actis, non est in mundo.* Was nicht aktenkundig ist, existiert nicht.

Was natürlich bedeutet, dass es vor der Antike einen Urzustand gab, in dem das Reden zum Dasein vollauf genügte. Ich aber schreibe. Das Individuum hat sich zweifellos mittels der Schriftlichkeit aus dem Urschleim herausgearbeitet. Seit mehr als vierzig Jahren setze ich mich jeden Morgen zehn vor acht an meinen mit handgeschriebenen Blättern bedeckten Tisch. Wer hat schon ein vergleichbares Mittel, um dem anderen von seiner Existenz Mitteilung zu machen. Obzwar sich auch mit Schreiben nicht mehr von der Persönlichkeit wiedergeben lässt, als es eine halbwegs gelungene Skizze vermag. Die Körperwärme teilt sich durch Berührung mit. Wenn es nicht gelingt, einander wenigstens skizzenhaft von der Körperwärme des eigenen Seins Mitteilung zu machen, bleibt unser aller Dasein taub und blind, unempfänglich für soziale und körperliche Berührung, dann sinken wir alle wie ein Mann ins Chaos zurück. Was bereits des Öfteren geschehen ist in der schreckensvollen Geschichte Europas und zweifellos auch noch weiterhin geschehen wird.

Damit es nicht geschehe, müsste sich jeder jeden Tag selbst aus dem Urschleim der eigenen Dumpfheit herausarbeiten.

Wer von diesem erfolglosen oder erfolgreichen Geschäft täglich schreibend Rechenschaft gibt, in dem keimt nach ein paar Jahrzehnten womöglich die Hoffnung auf, dass er das Schreiben vor seinem Tode doch noch lernen wird.

Das Schreibenlernen kann man nicht mit Schreiben beginnen. Ich selbst zum Beispiel nehme nach dem Schreiben jeden Nachmittag das Nichtschreiben auf; um am nächsten Tag schreiben zu können, muss ich jeden Tag erfahren, wo die Grenze zwischen meiner Realität und der Realität meines Schreibens liegt. Naturgemäß verschiebt sich diese Grenze täglich. Was immer ich sonst noch tue oder nicht tue, alles muss im Hinblick auf das Schreiben geschehen. Ich darf mich nicht zu spät und nicht zu früh hinlegen, und ich muss darauf achten, wie tief ich die unvermeidbaren Einwirkungen anderer im Schlaf oder Wachen eindringen lasse. Ob sie bis ins Knochenmark gehen oder bereits in der Epidermis steckenbleiben. In jüngeren Jahren habe ich beispielsweise so schlafen gelernt, dass ich meine Träume schon während des Träumens deute und beim Aufwachen so in meinem Bewusstsein verankere, dass ich sie später nicht vergessen kann. Die Realität des Traumes soll in der Realität des Schreibens ihren Platz finden. Am Rande des Wahnsinns beginnt man die Struktur des eigenen Bewusstseins zu erkennen, und das ist wichtig, um die anderen verstehen zu können. Schon allein deswegen, weil man die gemeinsame Muttersprache, die am nächsten Tag Material und Gegenstand des Schreibens sein wird, ohne den Sprachgebrauch der anderen nicht verstehen kann.

Seither verbringe ich jeden Morgen die erste Stunde in klassischer Analyse, mit der Zergliederung und Neuordnung des Bewusstseinsinhalts. Ich knüpfe da an, wo die Mönche am Ende des Mittelalters aufgehört haben. Wenn mich jemand bei solchen Gelegenheiten beobachtet, sieht er einen, der sich zwingt, nichts zu tun, blöde aus dem Fenster glotzt und jeden Tag fast das Gleiche sehen muss. Während sich draußen die Leute abzuhetzen beginnen, herrscht bei mir die größtmögliche Ereignislosigkeit. Die vielen kleinen Nuancen der Betrachtung erhellen mit der Zeit vieles. Aber nicht alles und nicht von selbst.

Durch die absichtslose Betrachtung erweist sich der menschliche Bewusstseinsinhalt als so üppig und reich an Details, dass ein einzelner Mensch zu seiner Aufarbeitung mehrere Leben benötigen würde.

Im Nachdenken über sich selbst gibt es keinen Moment, an dem man nicht aus sich heraustreten müsste. So ist man gezwungen, alles in den Konditional zu setzen und sein Denken in einem System von Parallelverbindungen weiterlaufen zu lassen. Was allenfalls von einem Computer zu leisten wäre. Als hätte man sich während des Nachdenkens ununterbrochen abzufragen, ob andere denken, was ich denke; oder umgekehrt, ob ich denke, was andere sich anderer wegen zu denken gezwungen sehen.

Man hat noch gar nicht zu schreiben begonnen und weiß schon, dass man nicht zu Ende kommen wird, weil man nicht zu Ende kommen kann, das braucht einen aber nicht aus dem Konzept zu bringen. Man kann das Ganze getrost wieder von vorn anfangen und dann noch einmal von vorn. Der Sprachgebrauch fremder Personen enthält Hinweise auf den fremden Bewusstseinsinhalt, und die verschiedenen sprachlichen Zeichen liefern zumindest die Umrisse der Struktur eines anderen Denkens. Doch es ist schwer, auf diesem Weg Anfangs- und Endpunkte fürs Schreiben zu finden. Weil es sie nicht gibt. Von dieser Erkenntnis wird man nur in jungen Jahren gelähmt. Das eigene Leben und das Leben anderer besteht, o Graus, aus ewigen Wiederholungen. Woraus sollte es sonst bestehen. Man isst, entleert sich, macht Liebe und alles wieder von vorn. Nach Anfang und Ende haben schon andere gesucht. Wenn Gott nicht zu finden ist und auch keine Erklärung für den Mangel, dann genügt es vielleicht, die Wiederholungen zu erkennen, auszuwerten und zu den eigentümlichen Wiederholungen der anderen in Beziehung zu setzen. So erhält man doch einen kleinen Einblick in die Natur der Schöpfung. Und wenn man jeden Morgen einiges davon schafft und es gelingt, sich mit dem Ergebnis selbst noch ein wenig zu überraschen, dann kann man mit diesem Wissen langsam an das am Vortag verlassene Manuskript herangehen.

Für mich ist wichtig, dass es seit Jahrzehnten mit der Hand geschrieben wird und an der Handschrift sogleich Unterschiede, Ähnlichkeiten und Übereinstimmungen zwischen all den vorangegangen Tagen und dem heutigen zu sehen sind. Diese Ebenen muss ein Schreibender erkennen können. Was auf dem Typoskript oder am Bildschirm nie möglich sein wird. Das Manuskript eröffnet eine Einsicht, die niemand wahrnehmen möchte. Man erblickt etwas, das nach sofortiger Korrektur verlangt. Mit Korrekturen lässt sich die Qualität des Manuskripts verbessern oder verschlechtern, doch was das Schriftbild des Vortages angeht, da ist nichts zu machen. Ob befriedigt oder unbefriedigt, man hat es als die einzige Realität zur Kenntnis zu nehmen.

Das Schriftbild ist persönlich, die persönliche Schreibweise wiederum ist in eine größere Tradition eingebettet, die kontinentale Eigenheiten, aber keine kontinentalen Grenzen kennt. Meine eigene Schreibweise ist zwar stark eingebunden in ein Geflecht von geheimen Beziehungen und komplizierten Zusammenhängen der europäischen Literatur, doch diese geheimen Beziehungen folgen ja gerade ihrer Natur, wenn sie die ethnischen, sprachlichen, religiösen und nationalen Grenzen überschreiten. Sie überschreiten sie selbst dann, wenn sich der Kontinent in das Schwert seiner eigenen ethnischen, sprachlichen, religiösen und nationalen Unterschiede stürzt und in einen prähistorischen Zustand zurücksinkt.

Deutsch von Heinrich Eisterer

GROSSES WEIHNACHTLICHES MORDEN

In zwei aufeinanderfolgenden Nächten habe ich mir zweimal bis zu Ende angesehen, wie der ehemalige rumänische Staatspräsident und seine Frau zum Tode verurteilt und hingerichtet wurden. Es waren zwei verschiedene Dokumentarfilme, aber zur Darstellung des rituellen Geschehens wurde natürlich dasselbe Filmmaterial verwendet, daher unterschieden sie sich in ihrer Wirkung kaum.

Diese Filme haben wieder moralische und ästhetische Grundfragen in mir wachgerufen, auf die ich in den vergangenen zehn Jahren keine Antwort gefunden hatte. Mit kühlem Kopf beobachtete ich mich dabei, die Ermordung eines Despoten zu genießen. Ich nahm zur Kenntnis, dass ich mich für diesen Genuss im Grunde schämen müsste, was ich aber nicht tat. In mir war kein Erbarmen, und ich empfand auch kein Mitleid mit dem Ehepaar.

Ich bin ein Anhänger von rechtmäßigen Urteilen. Trotzdem schwieg mein Gewissen gleichgültig. Ich bin kein Anhänger der Todesstrafe. Dennoch hat die Brutalität des Vorgehens mein moralisches Empfinden nicht verletzt. Aus dem stillschweigenden Bewusstsein, dass ich gegen diese himmelschreiend rechtlose und dilettantische Komödie Einspruch erheben müsste, es aber keinen Einspruch gab, beziehungsweise dass es in mir eine zweite, das Recht einfordernde humane Person geben müsste, die sich gegen meine moralische Gleichgültigkeit und ästhetische

Anspruchslosigkeit verwahrt, es aber eine solche Instanz nicht gab: aus diesem Bewusstsein erwuchs eine eigentümliche Leere.

Der niedrige Genuss liegt in gefährlicher Nähe zum edlen Vergnügen. Vielleicht ist das so, weil wir für die beiden unterschiedlichen Arten der Lust keine gesonderten Nervenstränge haben. Auch Lust und Schmerz können sich berühren. Nicht nur beim Menschen, auch beim Tier. Jede Lust beschleunigt den Atem und bringt ihn zugleich ins Stocken, sie erzeugt die Empfindung, als sei der Kreislauf für Bruchteile von Sekunden unterbrochen. Das Gefühl wollüstigen Erstickens vernebelt das Bewusstsein. Das ist der Physiologie aller Säugetiere gemeinsam. Die Verlaufskurve heftiger politischer Erregungen oder religiöser Ekstasen unterscheidet sich kaum von der steigenden Kurve beim Liebesakt. Das moralische Urteilsvermögen setzt aus, die Selbstreflexion pausiert. Nicht nur in den Extremitäten, auch in den Lenden und im Bauch, in den Eingeweiden und in der Ring- und Schließmuskulatur kommt Spannung auf. Auch wenn jemand einen Despoten ermordet oder wenn man zuschaut, wie andere einen Despoten ermorden. Konträre, krampfartige Muskelkontraktionen und Muskelspannungen. Deshalb sind die politischen oder religiösen Ekstasen der Massen ein so überwältigender Anblick. Deshalb ist die Hysterie der Masse so furchterregend. Letztlich ist es eine Entscheidungsfrage, was man öffentlich und was man heimlich tut. Verängstigte Hunde werden starr, in ihrer Freude lassen sie winselnd Wasser, vor Wut sträubt sich ihnen das Fell. Der Kriminologie ist dieses Phänomen bekannt. Diebe, Räuber und Mörder urinieren häufig in der lustvollen Erregung vor der Tat und ejakulieren, während sie die Tat begehen.

Unter normalen Umständen wird man die zur niedrigen Lust gehörenden Affekte und Emotionen streng überwachen. Das hat gute Gründe. Wenn der Mensch die empfindlichen, verletzlichen Grenzen zwischen Hass und Liebe, zwischen Niedrigem und

Edlem nicht wahrt, wenn er das intime System der Physiologie nicht ausschließlich der edleren Lust vorbehält, wird er sofort vom Chaos der Verdächtigungen, der Rache, des unbesiegbaren Verlangens nach Genugtuung, der Gier, des Neids, der Selbstsucht, der Eitelkeit und der Raffgier verschlungen. Und manchmal nicht nur er allein. Es genügt eine einzige zur Hysterie neigende Person, um die anderen mit in den Abgrund zu reißen. Jugoslawien ist auf diese Weise verschlungen worden. Die Ukraine, Russland, Ungarn, Rumänien, die Slowakei und Kroatien sind nur von einer dünn gewordenen Haut davor geschützt.

Der Schlaf der Vernunft gebiert Ungeheuer, die unkontrollierten Phantasien des Hasses aber Vampire. Von der Gefahr, die man für sich selbst bedeutet, können einen nur die letzten, wach und nüchtern gebliebenen Bereiche der Vernunft zurückhalten.

Als hätte man befürchten müssen, dass sie aus dem kahlen Saal fliehen, hatte man das verängstigte Ehepaar zwischen zwei Tische mit Stahlbeinen und die Wand gedrängt. Vielleicht war es kalt in dem Raum, oder die uniformierten Mitglieder des Standgerichts hatten den Despoten nicht erlaubt, die Mäntel abzulegen. Sie hatten es eilig. Sie mussten die Sache so schnell wie möglich hinter sich bringen. Eine gesetzliche Vollmacht besaßen sie nicht. Und auch wenn sie eine gehabt hätten, sie wollten die beiden abschlachten, wie sie ihre heißgeliebten und gern gekraulten Säue am frühen Wintermorgen abschlachten. Auch politische Erwägungen spielten eine Rolle. Solange die Despoten noch lebten, war jeder Restaurationsversuch legitim, und das wiederum hätte für die Mörder das Ende bedeutet. Wer wen zuerst tötet, darum ging es hier. Elena Ceauşescu trug einen pelzgefütterten hellen Mantel. Sie hatte ihn eng um sich gezogen, so schützte sie sich. Sie fror, aber wahrscheinlich eher aus Angst. Obgleich man nicht behaupten könnte, sie sei nicht bis zuletzt beherrscht geblieben. Sie wusste, was ihr bevorstand, und sie sagte es auch.

Nicolae Ceauşescus Selbstbeherrschung funktionierte weniger gut. Obwohl er das bevorstehende Ende nicht gleich erkannte. Ich bin mir sicher, dass ihn nicht nur seine grundsätzliche Beschränktheit vor dieser Einsicht bewahrte. Der damals Einundsiebzigjährige war vierundvierzig Jahre lang Mitglied des Zentralkomitees gewesen. Zu lange, um sich auch nur einen einzigen noch funktionsfähigen Flecken im Hirn erhalten zu haben. János Kádár hatte niemand umbringen wollen, doch in der Stunde der Wahrheit konnte er den Verstand vor dem Wahnsinn schützen, indem er sich in den dunklen Abgrund des Altersschwachsinns warf. Ceauşescu blickte nur seine Frau an, rollte seine schlauen kleinen Augen und grinste gequält vor Nervosität, seiner Miene war anzusehen, dass er nicht begriff, was da vor sich ging und wie er Herr der Lage werden könnte.

Er trug einen schweren dunkelgrauen Wintermantel. Wahrscheinlich gab es in einer Geheimklausel des Warschauer Pakts eine Vorschrift, das Tragen dieser traurigen, unförmigen Wintermäntel betreffend. János Kádár war der größte Mantel zugewiesen worden, auch Frau Kádár bekam einen ziemlich großen. Schiwkow einen zu kleinen. Husák einen völlig verschnittenen. Man trug dazu große dunkle Hüte. An dem unglückseligen Tag hatte sich das rumänische Staatsoberhaupt eine Pelzmütze auf den Kopf gesetzt. Und um dem Beispiel seiner Frau zu folgen, die sich besser im Griff hatte, stützte er sich mit dem Arm auf dem Tisch auf und klammerte sich an seine Pelzmütze, knautschte und drückte sie. Er schaute auf die Uhr, ob nicht bald jemand zu ihrer Rettung herbeigeeilt käme. Er betrachtete die Uhr, als ob er sich im Stillen sagte, nun ja, ich verstehe nicht, aber die richtige Parteikonferenz wird schon noch beginnen.

Der Kameramann holte mal die beiden Ceauşescus ins Bild, mal die Mitglieder des Standgerichts. Nirgendwo fand er einen Punkt im Raum, von dem aus er alle Teilnehmer gleichzeitig hätte sehen können. Aber Nahaufnahmen konnte er auch von niemandem machen. Zudem wackelte, zuckte, zitterte die Kamera in seinen Händen, während er sich damit unentschlossen drehte. Nicht nur weil er von seiner Arbeit nichts verstand, sondern weil er seinen Schrecken und seine Rachegelüste nicht im Zaum halten konnte. Er brachte seine persönlichen Gefühle nicht mit seiner Aufgabe in Einklang.

Es ist der perfekte Dilettantismus, der diesem Film ästhetische Vollendung verleiht. Man kann ihn schneiden, wie man will, es ändert nichts. Alle Gegenstände, Licht, Darsteller, Stimmen, Requisiten in diesem Film sind niederträchtig, hässlich und dilettantisch. Die Fenster sind verdunkelt, eine Tür ist nicht zu sehen. Aus Diktaturen gibt es kein Entrinnen. Wir wissen seither nicht genau, wo wir stehen. Auch der Kameramann kann da nicht heraus, dazu müsste ihm noch irgendetwas anderes außer dem Mord in den Sinn kommen. Die Freiheit wird niemandem geschenkt. Der Kameramann identifiziert sich mit den heftigen Gefühlsausbrüchen der zitternden Mitglieder des Standgerichts, und wir folgen den unberechenbaren Schwenks seiner Kamera. Gemeinsam mit dem Standgericht könnten wir den Durchbruch der Gerechtigkeit erleben, eine kathartische Erkenntnis wäre die Folge. Doch das geschieht nicht. Die beiden Despoten werden im Zeichen kleinlicher Rachegelüste zum Tode verurteilt.

Anders hätte es auch nicht kommen können, denn die Richter und die Despoten gleichen sich bis in die Sprache hinein. Sie sind gleich dumm, gleich hässlich, ungebildet, grob und banal. Was aber vom Standpunkt der Wahrheit das Wichtigste ist: Ihrem Benehmen und ihren Worten fehlt das, was einem Menschen Würde verleiht. Und eine Wahrheit ohne Würde hat man noch nie gesehen.

Inzwischen ist ein Jahrzehnt vergangen. Während ich den würdelosen Kamerabewegungen folge, hin- und herschweifend zwischen Menschen, die ihre Würde verloren haben und nichts verstehen, habe ich gar nicht gemerkt, dass meine Erregung, meine Befriedigung und die Lust nicht meinem Wunsch nach Wahrheit, sondern nach Rache entspringen. Die Sache ist noch peinlicher. Despoten gehen immer ohne Würde in den Tod, aber diese beiden bezähmen zumindest ihre Angst. Die Mitglieder des Gerichts jedoch fürchten nicht nur, kaum Zeit genug zu haben, die beiden umzubringen, wobei sie dann selbst von anderen niedergemetzelt würden; noch schlimmer ist ihre Furcht, zwei solche Giganten umbringen zu müssen. Sie können sich nicht von der Vorstellung ihrer Zwergenhaftigkeit befreien. So unbefangen haben wir uns noch nie in der Weltgeschichte gesehen.

Als vor der Hinrichtung die Hände der beiden Despoten mit einer harten und scharfkantigen Wäscheleine auf dem Rücken zusammengebunden werden, hören wir aus dem Mund von Elena Ceauşescu den einzigen menschlichen Satz in diesem Schauspiel. Sie seien zum Tod bereit, doch sie verwahrten sich gegen diese Behandlung. Sie bangen nicht um ihre Würde, sondern immer noch um ihr Ansehen. Die Angst der Soldaten hingegen kennt keine Grenzen, so dass man befürchten muss, sie könnten ihr skandalöses Treiben nicht zu Ende bringen. «Wovor habt ihr solche Angst?», hört man die Frau mitten im Handgemenge schreien. Und damit das schreckliche Selbstbildnis einer Diktatur vollendet wird, spricht in der letzten Szene sogar der, der schweigen müsste. Wir sind bereits draußen auf dem Hof, als der Kameramann sich hinter der Kamera hervor an den Arzt richtet. Die Hand des Arztes zittert so sehr, dass er mit dem Stethoskop die Halsschlagader nicht finden kann. Zumindest aber müsste er unter das Augenlid schauen. Auch das geht nicht, er zittert am ganzen Körper.

«Heb den Kopf hoch, wir wollen sehen, dass er tot ist!» Der Arzt zögert einen Augenblick. Er ist sich nicht sicher, ob er die

Bitte des Kameramanns erfüllen kann. Wenn er das tut, wenn er seine Rolle als Arzt aufgibt, zertrennt er ein viele tausend Jahre altes Gelöbnis, das seine Person und seinen Beruf noch mit einem letzten dünnen Faden an Hippokrates bindet. Wenn er das tut, wird er das entsetzliche Urteil aller Diktaturen vollstrecken: Nichts ist heilig. Und er tut es. Er hebt den toten Kopf Nicolae Ceauşescus hoch und zeigt ihn uns. Er zieht das Unterlid herunter, damit wir in das tote Auge des Diktators blicken können.

Indem wir uns diese zerstörerische Wahrnehmung zumuten, tragen wir die Logik der Diktaturen ins nächste Jahrtausend hinüber.

Deutsch von Zsuzsanna Gahse

PARASITÄRE SYSTEME

Vom geistigen und mentalen Trümmerhaufen,
den uns der Kalte Krieg hinterließ

Es begann wie eine harmlose Truppenübung mit Alarm.
Ich erhielt mit zwei Kameraden die Aufgabe, gewisse braune Umschläge von den Generalstabsoffizieren zu den Chiffrierern und, sobald diese fertig waren, weiter zu den Funkern zu bringen. Sodann die ganze Operation in umgekehrter Richtung. Wochen waren vergangen, ehe ich begriffen hatte, dass ich nicht in eine andere Kaserne versetzt worden war, sondern mich im Hauptquartier des ungarischen militärischen Nachrichtendienstes befand. Eile vortäuschend, kamen und gingen wir mit den braunen Umschlägen über den Kasernenhof, in den der Novemberhimmel den Kohlenrauch der Umgegend herabdrückte.

Mir war es ziemlich gleichgültig, was ich während meiner zweijährigen Dienstzeit zu tun hatte. Es war schon ein Glück, dass ich nicht vor lauter Untätigkeit verrückt zu werden brauchte, sondern in meinem Beruf arbeiten konnte. Alles war vergittert, abgesperrt, ohne Erlaubnis durfte man nicht einmal die Dunkelkammer verlassen. Ich hatte Akten zu reproduzieren, Ausweisfotos anzufertigen und alberne Amateuraufnahmen der Offiziere zu vergrößern. Eine dramatische Nachricht jagte die nächste, und wir konnten uns in den verwinkelten Gängen der Gebäude freier bewegen. Mit Zwischenfällen rechnete jetzt wirklich niemand mehr. Nach der Kubakrise lebte man in der Gewissheit, dass keine Seite sich mehr vorwagen würde.

In der Diktatur modifiziert sich die Bedeutung des Geheimnisbegriffs, wie sich in ihr die Bedeutung eines jeden Wortes modifiziert.

Während er mir den rot versiegelten und streng geheimen Umschlag entgegenstreckte, erzählte mir der bei den Chiffrierern diensthabende Rekrut, was dieser enthielt. Der Sicherheitsrat war einberufen worden. Und wenn schon, wen interessierte das. Die Großmächte provozierten einander unablässig, man kam gar nicht mehr hinterher, wofür der Sicherheitsrat alles einberufen wurde. Die Frage lautete viel eher, wie sollte man aus all den Lügen und Verzerrungen heil herauskommen. Unverzerrte Fakten waren nicht zugänglich, man tauschte also vertrauliche Informationen aus, kehrte damit in die Vorgeschichte der Kommunikation zurück und glaubte nur, was man mit den eignen Augen sah. Das von den Großmächten gegen einander geschürte Misstrauen versteinerte in den Köpfen und führte zu der Überzeugung, dass es Fakten nicht gab, Exaktheit unmöglich war und nur Worte, nichts als leere Worte existierten.

Wenige Stunden später aber wurden die Grenzen tatsächlich geschlossen. Österreich ließ den Schiffsverkehr auf der Donau stoppen. Worauf Rumänien und Ungarn mit ähnlichen Maßnahmen reagierten. Ich bat meine Kameraden, mit aufzupassen, was vor sich ging. Einem gelang es, in einem leeren Büro mit einem Funkgerät allein zu bleiben. Wie sich herausstellte, tagte der Sicherheitsrat tatsächlich. Irgendwas war in Bewegung geraten, Nachrichtenströme von Agenten und Militärattachés, die Eile auf dem Hof mussten wir nicht mehr vortäuschen. Präsident Tito übersandte der ungarischen Regierung eine Protestnote wegen der Verletzung der internationalen Donau-Schifffahrtsrechte. Die

Donauflotte wurde in Alarmbereitschaft versetzt. In den neutralen Staaten Europas wurden als Truppenübungen getarnte Generalmobilmachungen angeordnet. Am verdächtigsten erschien, dass sowohl der für seine Lügen berüchtigte Ungarische Rundfunk als auch das sehr unzuverlässige Radio Freies Europa nichts von alledem wissen wollten. Wir waren eingeschlossen.

Am nächsten Vormittag wurden die Machtdemonstrationen fortgesetzt. Es gab Hinweise, dass die Verteidigungsminister der Warschauer-Pakt-Staaten in Prag zusammentrafen. Die braunen Umschläge wurden gar nicht mehr versiegelt. Aus den großen europäischen Hauptstädten wurden die Botschafter zum Rapport zurückbeordert. Ebendort wurden russische Diplomaten und Journalisten der Geheimtätigkeit beschuldigt und ausgewiesen. Die noch geheimeren Agenten verrichteten ihre Arbeit weiter und notierten lebhafte Truppenbewegungen an der italienischen Grenze. Sie meldeten, die U-Boot-Anleger auf den norwegischen Basen seien wie leergefegt. Die Straßen zu den türkischen Flughäfen von Militär gesichert. Und wir beobachteten, dass die Offiziere des Generalstabs, von denen manche bisher in Zivil gewesen waren, ab jetzt sämtlich Uniform trugen, mit Pistolentaschen. Das Radio berichtete noch immer nichts, und der rauchige Novembernebel lastete schwer auf dem stillen Kasernenhof.

Es gab einen ranghohen jungen Offizier mit großen melancholischen Augen, der jede Gelegenheit nutzte, um mit mir ins Gespräch zu kommen. Er beobachtete, wie ich mit meinen Kameraden zum Mittagessen ging, folgte mir oder sprach mich zwischen den beiden Gebäuden auf dem Hof an. Seine Annäherungsversuche waren unmissverständlich. Ich ergriff sogleich die Chance, ihn zu erpressen, und stellte ihm die Frage, ob es sich wirklich nur um eine Truppenübung handele, ob wir es nicht eher mit dem Ernstfall zu tun hatten. Er war ein schlanker dunkelhäutiger Mann mit scharfen Zügen, sein schwarzes Haar fiel ihm ständig in die Stirn. Wir standen im Halbdunkel auf einem Gang, er zuckte leicht mit den Achseln, starrte mich mit trauriger Augen an und erwiderte nichts. Wenn man aus dem Fenster blickte, sah man auf der kleinen Budaer Straße die Menschen gehen, als wäre nichts geschehen. Wie sollte ich meine Lieben warnen, und war es nicht geradezu meine moralische Pflicht, die ahnungslose Außenwelt zu unterrichten? Auf allen Tischen standen Telefone herum, aber als Rekrut bekam man ohnehin keine Verbindung in die Stadt. Die Glaubwürdigkeit der Gefahr wurde dadurch verstärkt, dass die Flut der Nachrichten an diesem Tag für mehrere Stunden unterbrochen war. Als hielte die Welt ihren schrecklichen Atem an und versänke noch einmal in Nachdenken.

Im Morgengrauen musste ich den Kameraden, der mich im Dienst ablöste, mit der Nachricht aufschrecken, dass sich in Kansas die Abdeckung des Raketensilos geöffnet habe.

Mit offenem Mund starrte er mich an, sprang aus dem Bett, wir standen uns von Angesicht zu Angesicht gegenüber, mein peinliches Zittern übertrug sich auf ihn. Wir wussten, was uns erwartete.

Er kleidete sich an und lief davon, während ich mich auszog. Ich musste mich in das gleiche Bett legen. Wälzte mich in der Wärme seines Körpers.

Wenn die Verschlussöffnung senkrecht steht, heißt das *peace*. Wenn man den gewissen Schlüssel hineinsteckt und in die Horizontale dreht, heißt das *war*.

Umsonst stellte sich nach einigen Stunden heraus, dass das Ganze nur eine Simulation gewesen war. Die Ohnmacht, die Isolation, die Angst, die erzwungene Sprachlosigkeit und Passivität hatten eine weitere Furche ins Gedächtnis gegraben, und Misstrauen setzte sich als bleibende Erfahrung darin fest. Es wurde zur psychischen Realität meines Lebens. Inzwischen wissen wir, wie wir zu dieser Realität gekommen sind, aber sie lässt sich nicht mehr aus dem Gedächtnis tilgen, und auch wenn niemand den besagten Schlüssel herumgedreht hatte, es wird doch begreifbar, wie das paranoide Denken des Kalten Krieges den gesunden Menschenverstand zerfraß.

Zum selben Zeitpunkt, als mir auf dem verrauchten Hof des Hauptquartiers der ungarischen Militärspionage bewusst wurde, dass man mich hereingelegt hatte und es keine andere Wirklichkeit für mich gab, einigte sich George Blake, einer der erfolgreichsten Militärspione aller Zeiten, im literarischen Zirkel eines Londoner Gefängnisses gerade mit zwei vor der Entlassung stehenden Mithäftlingen über die Umstände seiner Befreiung und war es Günter Guillaume soeben gelungen, in den Parteiapparat der deutschen Sozialdemokratie einzudringen, woraufhin er just zu diesem Zeitpunkt seinen profitablen Tabakhandel in Frankfurt aufgab. Zum selben Zeitpunkt, als sich auf einer Straße in Saigon ein junger buddhistischer Mönch mit Benzin übergoss und in Brand setzte, zog kaum zweihundert Meter weiter Botschafter Henry Cabot Lodge einen Trennstrich zwischen paranoidem Denken und *common sense*, indem er an Präsident Kennedy schrieb, «wir haben uns auf einen Weg begeben, von dem es kein ehrenhaftes Zurück gibt».

Die Archive sind offen. Man kann jetzt erfahren, wie die beiden parasitären Weltsysteme ineinander verschränkt waren, wie sie aufeinander wirkten, wem in dem einen oder dem anderen jeweils welche Rolle zufiel und welche Rollen sie sich jeweils selbst zugedacht hatten. Ich saß im geheimen Machtzentrum der einen Weltordnung. Zwar gab man acht, dass ich nicht in die Nähe operativen Materials gelangte, und darauf achtete ich auch selbst. Denn ich konnte nicht von mir behaupten, ein zusätzliches Leben zu haben. Aus blankem Selbstschutz hielt ich mich an alle Regeln, um niemanden auf die Idee zu bringen, dass ich auch zu etwas anderem benutzbar sein könnte als zu dem, wozu ich schon benutzt wurde. Bloß nichts erfahren. Als müsste jemand, der hundertmal am Tag durch dieselbe Tür ein und aus gehen muss, achtgeben, dass er die Klinke nicht berührt.

Allein schon aus der Sicht meiner schriftstellerischen Intentionen interessierte es mich brennend, was da vor sich ging. Und doch tat ich nicht aus Vorsicht so, als sei ich desinteressiert. Ich musste mich selbst täuschen. Was ich erfuhr, war mehr als genug, um es als moralisch inakzeptabel zu erachten. Trotzdem kam es mir nie in den Sinn, den Dienst aus moralischen Gründen zu verweigern. Ich glaubte, Glück zu haben, dass ich meine doppelbödige Realität aus einer so außergewöhnlichen Perspektive beobachten konnte. Gelegentlich stellte ich mir genüsslich vor, was wäre, wenn ich mein Leben auf diesen abenteuerlichen und gefährlichen Weg lenken würde.

Es gab eine prinzipielle Verhaltensregel, an deren Ernst nicht zu zweifeln war. Die Rekruten durften außerhalb der Kasernenmauern unter keinen Umständen irgendjemanden wiedererkennen. Es war nicht mehr lange hin bis zu meiner Entlassung, als ich einmal in einer fast leeren Straßenbahn spürte, dass ein Blick auf meinem Nacken ruhte. Tatsächlich stand auf der offenen Plattform der junge Offizier in Zivil. Mir war unbegreiflich, wie er dahin gekommen war, doch ohne Zweifel verdankte er seinen hohen Rang außergewöhnlichen Leistungen, und unerwartet auf einer fahrenden Straßenbahn zu erscheinen war gewiss nicht die moralisch fragwürdigste. Holpernd fuhr die Bahn mit uns die Verpeléti-Straße entlang, noch waren wir nicht auf die Brücke eingebogen. Er kam näher. Hätte ich gewollt, so hätte ich mir ein in jeder Hinsicht gefährlicheres Leben aussuchen können. In seinen großen dunklen Augen lag etwas Hochdramatisches, sie bedurften, so seltsam es klingt, meiner Hilfe. Während wir über die hallende Petőfi-Brücke zuckelten, versagte ich sie ihm mehrmals und konnte es doch nicht unterlassen, seinen Blick ebenso oft zu erwidern. Wortlos ringend standen wir Seite an Seite.

Wir hielten uns fest, jeder in seine eigene Traurigkeit versunken, und warteten, dass der andere in seiner Erregung jene Verhaltensregeln verletzte. Von den Lippen, den Augen des anderen ließ es sich erwarten, erhoffen. Unsere Traurigkeit unterschied sich nicht in ihrem Grad, sondern in ihrem Charakter, was sie noch anziehender machte. Auf dem Boráros-Platz stieg ich so schnell wie möglich aus. Stumm folgte er mir. Der Winter 1964 war ungewöhnlich streng, mit knirschenden Schritten überquerten wir den Platz, der unter schmuddeligem Schnee gefroren war. Ich musste in der dunklen Menschenmenge lange auf den Bus warten. Einer in die Körperwärme des anderen gehüllt, standen wir in der Eiseskälte. Wer in Diktaturen aufgewachsen ist, ergibt sich mitunter allzu gern dem Verdacht, dass er erpressbar gemacht werden soll. Er traut den eigenen Augen nicht. Er wird wie eine Dornenpflanze, fügt sich dorrend ins vorgeschriebene Leben ein. Inmitten zusammengepferchter Menschen fuhr ich mit dem Dreiundzwanziger-Bus davon.

In der Diktatur ist es sehr schwer, für sich ein Verhältnis zwischen Beteiligung und Ablehnung zu bestimmen. Es mussten noch vier Jahre vergehen, und schließlich war nicht ich es, sondern die vereinten Streitkräfte des Warschauer Paktes, die es ein für alle Mal bestimmten, als sie am 21. August 1968 die Tschechoslowakei überrannten. Heute weiß ich, was ich bei meiner Entscheidung damals noch nicht wissen konnte. Während die Scheibenwischer der ungarischen Militärfahrzeuge auf der Fahrt nach Prag vor lauter Spucke auf den Windschutzscheiben nicht mehr funktionierten und die ungarischen Soldaten dahinter zitterten und weinten, verständigte Präsident Johnson Generalsekretär Breschnew in einem vertraulichen Telegramm, dass er das Abkommen von Jalta respektieren werde. Doch man musste weder das vertrauliche Telegramm noch den Text auf dem Wisch von Jalta kennen, um zu begreifen, dass die eigene Kultur zusammenbrach und wir alle unter den Trümmern verschüttet werden würden. Auch das nahm Europas demokratischer Westen in Kauf. Die in seine ritualisierten Proteste gehüllte Lebenslüge ließ sich nicht länger kaschieren. Er hatte auf Handlungsfreiheit verzichtet, und im Gegenzug konnte er seine Separation verstärken. (Wer sich für diese Entwicklung interessiert, möge zu Wilfried Loths fundierter Studie *Die Teilung der Welt. Geschichte des Kalten Krieges 1941–1955* greifen.) Was Gleichheit und Solidarität betraf, so beschränkte der Westen sich auf den internen Gebrauch, und selbst dort reduzierte er beides auf Chancengleichheit und sozialen Ausgleich. Die Brüderlichkeit strich er aus seinem Wortschatz. Auf universalistische Ideen verzichtete er zwar nicht, praktisches und pragmatisches Denken hatte deren Wirkungskreis aber streng zu begrenzen. Bei politischen Entscheidungen verzichtete er auf das Primat des Gemeinwohls und taufte rohen Geltungsdrang und Eigeninteresse auf den Namen ökonomische Notwendigkeit. Unvermeidlich wurde damit auch der Geist der Kritik von Opportunismus abgelöst. In Ermangelung eines Besseren kündigte ich, zog fort, wendete mich ab, um meine Seele zu retten, obwohl ich nur zu gut wusste, dass es keine Absage, keine Askese gab, die einen nicht lächerlich machte.

Die beiden großen Abschnitte des Kalten Krieges, die der Konfrontation und der Koexistenz, gehören wahrscheinlich zu den bestdokumentierten Epochen der Menschheit. Im Prinzip hindert einen nichts daran, einmal die unterschiedlichen Absichten und Handlungsebenen von krankhafter Simulation und pathologischer Dissimulation der einander gegenüberstehenden parasitären Systeme zu analysieren. Ihre gemeinsame Realität ließe sich vermutlich am genauesten darstellen, indem man zeigt, wie die ineinandergreifenden Produktionsmechanismen von Schein funktionieren.

Allenfalls ein paar einsame Historiker bekunden Interesse für die gemeinsame Vergangenheit. Die öffentliche Meinung sträubt sich schon dagegen, dass so etwas wie eine gemeinsame Vergangenheit überhaupt Erwähnung findet.

Die Bürger der neuen Demokratien im Osten haben den totalen Gedächtnisverlust gewählt. Sie fragen sich lieber nicht, was während der lang andauernden Isolation vor sich gegangen ist, denn es würde ihnen schwerfallen, die trostlose Realität ihrer chiffrierten Sprache und paranoiden Rollenspiele mit ihrem gegenwärtigen Anspruch in Einklang zu bringen. Sie müssten ihre egalitäre Sozialisation dann nach ihren individuellen Ansprüchen neu zuschneiden. Das bringt man nicht fertig. Versuchte es jemand aber doch, dann würde er merken, dass er in der Isolation der Diktatur Erfahrungen gesammelt hat, die gut fürs Überleben, jedoch nicht für das durchs Überleben gewonnene Leben sind. Dann würde er merken, dass er viel von den Strategien des Egoismus versteht, aber wenig von Eigenverantwortung und dass auch die anderen wenig davon verstehen, so dass sich ein eigenständiges Leben mit ihnen nicht vernünftig organisieren lässt. Er hat die reproduktiven Fähigkeiten seines Intellekts entwickelt, nicht die produktiven. Noch als Erwachsener kennt er die kreative Kraft seiner Persönlichkeit nicht, ist aber ungemein stolz auf die Hypertrophie seiner grenzenlosen Findigkeit, deren er sich eigentlich schämen müsste. Er würde merken, dass mit seinem infantilen Egoismus im Rahmen der Gesetze nichts anzufangen ist. Nicht als ob sein infantiler Egoismus im Kapitalismus keinen Spielraum hätte, Spielraum gibt es genug, sondern weil der Egoismus der großen alten, eingespielten liberalen Demokratien im Lustprinzip und nicht im Zwang zu überleben gründet. Die beiden Arten des Egoismus sind nicht aus moralischen Gründen unvereinbar, sie sind es aus generischen.

Hinter dem hedonistischen Egoismus, der im Lustprinzip gründet, steht eine reiche, mehrere jahrhundertealte Vergangenheit – von der ursprünglichen Kapitalakkumulation, dem Sklavenhandel, über die Eroberungskriege bis zu den Verbrechen des Kolonialismus, abgefedert durch einen aufgeklärten Gesellschaftsvertrag, dem gemäß die animalische Besitzgier und der rohe Trieb der Genusssucht durch Selbstdisziplin und eine Kultur der Selbsterkenntnis eingehegt bzw. von Mechanismen der Solidarität und der sozialen Sicherheit abgelöst werden müssen. Hinter dem Egoismus des Überlebenmüssens dagegen steht bis heute nichts als die kleinbäuerlich und kleinbürgerlich modifizierte animalische Besitzgier sowie der traditionelle Kapitalmangel der osteuropäischen Gesellschaften. Anstelle eines moralischen Konsenses und einer Ästhetik der Transparenz artikuliert sich höchstens lautes Selbstmitleid darüber, dass man der ewige Verlierer der Geschichte sei. In der Tat erscheint der wachsende geschichtliche Rückstand nicht mehr aufholbar. Das in internationalen Abkommen festgeschriebene Verbot brutaler Handlungen ist ein lästiges Hindernis für jene, die die auf dem Überlebenszwang beruhende egalitäre Sozialisation weiter gelten lassen, fördern, ja zur ökonomischen Notwendigkeit erklären wollen.

Im Interesse deines Glücks und des Glücks deiner kleinen Familie darfst du die geschriebenen Gesetze umgehen, ist ein Vertrag so viel wert wie das Papier, auf dem er steht, zählt das gegebene Wort nicht, darfst du den feindlichen Staat bedenkenlos ausbeuten. Es gibt viele, die das versuchen, aber setzt jemand das traurige Programm tatsächlich um und akkumuliert ein beträchtliches Kapital, dann muss er feststellen, dass sein neues Unternehmertum unter den Bedingungen der Globalisierung nicht weit reicht. Aufgrund der ungleichzeitigen Entwicklung wird Europas geographisch größere Hälfte heute von offenen Gesellschaften gebildet, in denen die Menschen nicht als Einzelne, sondern en bloc wettbewerbsunfähig sind. Die Beseitigung des Ungleichgewichts zwischen beiden Regionen wäre für die starken Demokratien nur dann wünschenswert, wenn es im Bereich ihres Interesses läge, mit dem bleibenden Nachteil der Integration zu leben. Im Augenblick aber vergrößert es ihren Vorsprung eher, dass die Grenzen des Schengener Abkommens mit den Grenzen des Kalten Krieges identisch sind und somit der in der Kalten-Krieg-Phase der Separation entstandene moralische Konsens jenseits der Grenze seine Gültigkeit verliert. Es wird in den neuen Demokratien auch in Zukunft keine signifikante Mittelklasse geben, und was nicht ist, das braucht man auch nicht zu fürchten. Die Region verfügt über keine politische Vertretung, die von extremistischen Ideen unbeeinflusst, tatkräftig und in wünschbarer Weise diplomatisch handlungsfähig wäre. Die Regierungen der großen alten Demokratien aber wollen und können nicht weiter als vier Jahre vorausblicken.

In Europa bestehen also zwei große Systeme, die aufgrund der Unterschiede ihrer inneren Struktur nicht nur unfähig sind zur Integration, sondern, wie zu befürchten, auch nur schwerlich in der Lage sein werden, in Frieden miteinander zu leben. Der Krieg in Jugoslawien war nur das erste Anzeichen dafür.

Der historisch bedingte Unterschied zwischen den beiden Regionen ist infolge der totalitären Systeme und des Kalten Krieges heute größer denn je. Am Beispiel Deutschlands lässt sich ablesen, wie die Unterschiede auf beiden Seiten des Kontinents zur Stärkung von politischem Extremismus führen können. Bundeskanzler Schröder hat Recht, dass der Neonazismus kein ostdeutsches Problem darstellt, dennoch ist er deshalb wieder zu einem deutschen Problem geworden, weil die Westdeutschen das Wesen dieses Unterschieds bis heute nicht zur Kenntnis genommen haben. Der auf egalitärer Fürsorge und Aufsicht basierende Staat ist vor zehn Jahren zusammengebrochen, das geheime Erbe seiner Lebensstrategie hingegen intakt erhalten geblieben. Es bestand kein Grund, warum es nicht erhalten bleiben sollte. Ist dieser Staat doch nicht deshalb zusammengebrochen, weil der Kapitalismus seinem Wesen nach humaner als der Sozialismus wäre, auch nicht deshalb, weil die Menschen, die unter der Diktatur litten, die Demokratie für besser erachteten und zu deren Anhängern wurden, und auch nicht deshalb, weil sich die undifferenzierte, der Kreativität widerstrebende innere Struktur der sozialistischen Gesellschaften in einer Welt, die ihre dritte technologische Revolution erlebt, als wettbewerbsunfähig erwies, sondern er ist deshalb zusammengebrochen, weil die von animalischer Besitzgier geleiteten, im Namen egalitärer Ideen an Versorgungsmängel und Entbehrung gewöhnten Menschenmillionen den sozialistischen Staat im Lauf der Jahrzehnte wie Maulwürfe unter sich weggefressen haben. Auch sie wollten Bananen, und nun haben sie ihre Bananen gekriegt. Nun fressen sie die Demokratie unter sich weg, etwas, wofür sie weder über Erfahrungen noch Kenntnisse verfügen. Wäre das der Fall, dann hätten wenigstens die neuen demokratischen Parteien und die neuen demokratischen Regierungen im Osten nicht eine führende Rolle in der Legalisierung der Korruption, in der Ausbeutung und Kriminalisierung der Gesellschaft übernommen. Oder würden sich wenigstens die auf ihre Universalität so stolzen Kirchen auch für etwas anderes interessieren, als wie und wo sie, unter dem Vorwand der Wiedergutmachung, den Ärmsten noch etwas wegnehmen können.

Dem Bürger der neuen Demokratien stehen grundsätzlich keine brauchbaren Affekte oder Emotionen mehr zur Verfügung, aber gerade das ist in seiner neuen Lage das Altbekannte. Mit großer innerer Überzeugung konnte er wieder zum alten Rollenspiel zurückkehren. Er erlaubt sich wieder, nach seinen parasitären Intentionen zu handeln und nach den Regeln egalitärer Ideen zu urteilen. Er will sich unter allen Umständen bereichern, wünscht sich jedoch einen sozial ausgleichenden Staat, in dem jeder außer ihm Steuern zahlt, in dem die Steuergelder gleichmäßig verteilt werden, er aber am meisten davon profitiert. Wenn es nicht so läuft, dann wünscht er sich einen nationalistischen Polizeistaat, der mit rassistischer oder historischer Begründung seinem Nachbarn nicht zugesteht, was ihm selbst natürlich zusteht. Die Bürger der neuen Demokratien sind in einer Weise zur Simulation zurückgekehrt, als wären sie nicht einmal dem Gesetz nach freie Menschen. Wie sie einst den Sozialisten mimten, mimen sie heute den Demokraten. Doch warum sollten sie auch nicht Simulanten bleiben, da ja auch die Bürger der alten Demokratien die Dissimulation nie abgelegt haben. Auch sie hatten es nicht eilig damit, die mentalen und geistigen Folgen ihrer Kalte-Kriegs-Vergangenheit unter die Lupe zu nehmen.

Als könnte aufgrund des Materials in den geöffneten Archiven das Bild nicht auch viel differenzierter sein, behielten sie die Vorstellung einer bipolaren Welt bei. Der ehemalige Bundeskanzler Kohl beschwor im Augenblick der Wiedervereinigung die Vision blühender Landschaften, um die Realität der neuen Bundesländer nicht zur Kenntnis nehmen zu müssen, über die Kanzler Schröder noch zehn Jahre später aufgrund chronischen Mangels an persönlicher Erfahrung als etwas ihm völlig Fremdes denken wird. Kohls schweres Informationsdefizit und Schröders Ignoranz entstammen der gleichen aus dem Kalten Krieg herrührenden Dissimulation. Der eine spiegelt lieber Unwissenheit vor, um die Tatsachen elegant leugnen zu können, von denen er zwar eine Ahnung hat, die er aber nicht als Teil seiner eigenen Nationalgeschichte zu akzeptieren gedenkt. Wo man das Leben im Zeichen geographisch getrennter Bedingungen, auf universelle Ideen und Prinzipien gegründet, einzurichten gedenkt, wird Dissimulation zum notwendigen Teil des Lebens. Die westeuropäische Linke hat fast vierzig Jahre lang die realsozialistische Realität ignoriert, eine Realität, deren sich die Rechte wiederum für das eigene Argumentationssystem bediente. Und das wäre auch in Ordnung so, hätten sie ihre zuverlässigen Informationen und den propagandistischen Schein konsequent auseinandergehalten. Das ist beiden nicht gelungen. Infolge des Kalten Krieges wurde ihr eigener Wirklichkeitssinn schwer beschädigt, und mit den Tatsachen dieser Beschädigung überschrieben sie sozusagen die gemeinsamen universellen Prinzipien.

Im Diskurs über den Kalten Krieg steht die antikommunistische Argumentation, die dank ihrer einstigen Verbreitung in der Literatur noch immer als «traditionelle», kanonisierte Lesart vom Kalten Krieg gilt, unverändert der antiimperialistischen Argumentation gegenüber, die die Historiker als «revisionistische» Grundauffassung bezeichnen. Nach der Ersteren hat der gewaltsame und hinterhältige Expansionsdrang der Sowjetunion, nach der Letzteren der wirtschaftliche Imperialismus der Amerikaner zum Kalten Krieg geführt. Beiden Argumentationen ist gemeinsam, dass das Übel jeweils von der anderen Seite bewirkt wird, und wenn es wirklich von der anderen Seite kommt, warum sollte ich mich dann dafür verantwortlich fühlen. Die westlichen Politiker gaben zwar vor, Mitleid mit den Opfern der östlichen Diktaturen zu haben, taten bei anderer Gelegenheit jedoch lächelnd so, als ob sie dort begangene Verbrechen gar nicht wahrnähmen. Wo der ökonomischen Notwendigkeit der Vorrang über politische Prinzipien eingeräumt wird, begründet man das Aufgeben jener universellen Prinzipien, auf die man das gemeinsame Leben dem Anschein nach gründen will, unter Berufung auf Rationalität mit pragmatischen Argumenten. Die Berliner Mauer ist eingestürzt, die für die Ewigkeit eingerichtete Politik der friedlichen Koexistenz hat ihren Sinn verloren, aber die bipolare Weltsicht ist mitsamt ihren Ritualen, ihren Argumentationsstrukturen und ihrer ganzen Lebenslüge erhalten geblieben.

War die Konfrontationspolitik des Kalten Krieges wirklich notwendig? War die politische Entzweiung der beiden großen historischen Regionen Europas wirklich unvermeidlich? Hat nicht die Doppelbödigkeit der Politik der friedlichen Koexistenz Schäden verursacht, die nur noch schwer zu beheben sind? Zumindest diese drei naiven Fragen bezüglich der gemeinsamen Vergangenheit hätte man sich in diesen zehn Jahren stellen müssen. Denn wenn die Konfrontation nicht begründet war, dann fragt sich doch, was war der Irrtum und wessen Irrtum war es. Wenn die gewaltsame Teilung des Kontinents (und der Welt) nicht notwendig war, unter welchen Voraussetzungen wäre dann ihre Vereinigung möglich? Wenn mit der doppelbödigen Politik der friedlichen Koexistenz der dritte Weltkrieg vermeidbar war, doch gerade dieser Vorteil es nicht zugelassen hat, die für die Ewigkeit eingerichtete bipolare Welt aufrechtzuerhalten, wo lag dann der Fehler und welche praktischen Verluste ergeben sich aus der fehlerhaften politischen Rechnung?

Mangels Fragen können die Bürger der alten Demokratien in Ruhe an jenen Vermutungen und Vortäuschungen festhalten, mit deren Hilfe sie jahrzehntelang erfolgreich die soziale und moralische Realität ihrer Separation zu kaschieren vermochten. Sie haben sich für partielle Amnesie entschieden, messen weiterhin mit zweierlei Maß und bieten den neuen Demokratien eine dazu passende gelenkte Isolation an, denn anstelle von Integration wünschen sie sich eine kontrollierte Separation.

Es ist kaum zu glauben, dass sie nicht wüssten, mit welcher Gefahr sie spielen.

Deutsch von Akos Doma

ANVERTRAUTES LEBEN

Skizze zweier psychoanalytischer Grenzfälle

Mich haben die Kommunisten zugrunde gerichtet.» Was für eine dramatische Mitteilung, dachte ich und konnte nicht umhin aufzulachen. Es klang wie ein Scherz. Ich fragte, wie er das meine. Mein Lachen galt nicht nur der Tatsache, dass ein gut aussehender und durchaus gesund wirkender junger Mann vor mir stand, sondern vor allem meiner eigenen Überraschung. Wir hatten uns schon öfter unterhalten, ohne dass er mir aufgefallen wäre. *Esse est percipi.* Was nicht unbedingt heißt, dass wir wirklich alles merken, was wir wahrnehmen. Ohne den herausfordernden Satz hätte ich nicht einmal registriert, wie unbearbeitet seine Emotionen waren. Fehlt diese Arbeit an sich selbst, gibt es kaum etwas, was den anderen für uns auch nur bemerkbar macht. Erst Jahrzehnte später, im Zustand des klinischen Todes, ist mir klargeworden, dass unser Hirn zwar jede einzelne Wahrnehmung bei ihrem Eintreten speichert wie auch den Vorgang der Auswertung dieser Wahrnehmungen mit all ihren wirklichen und vermeintlichen Motivationen und schließlich auch die theoretischen und ethischen Endergebnisse der Auswertung, dass es das derart Gespeicherte jedoch nicht in drei, sondern vier verschiedene Formen differenziert und an vier verschiedenen Plätzen abrufbar hält: erstens als Originalwahrnehmung, von der man meist gar nicht weiß, dass man sie im Lagerhaus seines Kopfes gespeichert hat; zweitens als an die Phasen der emotionalen und rationalen Aufarbeitung gekoppelte Wahrnehmung, d. h. als bleibenden Eindruck und feste Empfindung, die im Wachzustand zur Orientierung dienen; drittens als unter dem Aspekt von Interesse und moralischem Urteil bewertetes und überarbeitetes Material, das Hilfsmittel zum Handeln wird; schließlich bildet es zwischen diesen verschiedenen Formen einen multifunktionalen Zusammenhang, der sich einerseits mit der individuellen Denkstruktur und damit mit der phylogenetisch und sozial determinierten kollektiven Systemstruktur decken dürfte, andererseits eine undurchschaubare Fülle darstellt, worin die Originalwahrnehmungen meist unter der hohen Schwelle des Bewussten bleiben und nur in Notsituationen hervorgeholt werden können.

In meiner erklärlichen Verwirrtheit sah ich natürlich auch, dass im Habitus des stattlichen jungen Mannes tatsächlich etwas war, was ihn unscheinbar machte. Er war bewusst getarnt. Trotz seiner körperlichen Erscheinung wusste er sich völlig in seine Umgebung einzuschmiegen. In der Diktatur ist das eine der Faustregeln zum Überleben. Fast zornig, beleidigt stieß er den Kopf nach vorn und wiederholte seine dramatische Behauptung. Er meine es genau so, wie er es gesagt habe, die Kommunisten hätten ihn zugrunde gerichtet. Eine mit bloßen Augen nicht wahrnehmbare persönliche Katastrophe erhob er auf die Ebene des Kollektiven. Womit er die reale körperliche Mitteilung auch verbal unterstrich. Hier stehe ich in meinem ganzen emotionalen Fiasko, sagte sein Körper, ich liefere mich dir aus, und du lachst. Schweigend verharrten wir auf dem leeren Marktplatz der toten Kleinstadt. Er vertraute mir sein Leben an. Obwohl er mir noch lange, sehr lange nicht verriet, welche Not ihn dazu trieb, wodurch das Leben ihm so sehr zur Last geworden war. In ihren Nöten vertrauen die Menschen in der Diktatur einander ihre Sorgen an. Doch das nehmen sie selbst nicht ganz ernst. Während sie von ihren Sorgen sprechen, befiehlt ihr Überlebensinstinkt ihnen gleichzeitig zu schweigen. Sie benutzen das Sprechen auch nicht zur Offenbarung, sondern in erster Linie zum Selbstschutz; während des Sprechens beobachten sie, wie und warum der andere unter dem Schutz von Konventionen an den Dingen vorbeiredet, welche offenen Flanken er bietet. Das ist die eigentliche Information im Dialog. Ich jedoch wollte von ihm wissen, welche Rolle er mir in seinem zugrunde gerichteten und emotional entleerten Leben zugedacht hatte, wollte das von ihm selbst hören. Ich nahm die Mitteilung des Körpers ernst. Auf meine Fragen verkrampften sich seine Muskeln vor lauter Anstrengung, im Hals, in den Armen. Autisten ringen so mit dem Engel des Ausdrucks. Er wollte sprechen, war jedoch mit seinen Händen, seinem Hals beschäftigt. Wusste nicht, wo mit der Geschichte beginnen. Ihm fehlte der Anfang der Geschichte, und darauf ist niemand gefasst. Mangels öffentlichen Dialogs sind in der Diktatur auch die Wege des inneren Monologs nicht eingefahren. Nicht nur dort, auf jenem Platz, noch jahrelang war er nicht in der Lage, mir sein Problem zu benennen, obwohl ich mir redlich Mühe gab, geeignete Sprechkonstellationen dafür zu schaffen.

Nach Monaten, als er ganz richtig spürte, dass ich ermüdete, mein Interesse nachließ, weil ich nicht eine Aufgabe erfüllen konnte, deren Gegenstand wir nicht benannten, begann er zu drohen, zu erpressen. Wenn ich ihm nicht hülfe, dann begehe er eben Selbstmord, so wortwörtlich. Doch er konnte auch weiterhin nicht sprechen. Ich konnte es auch nicht an seiner statt tun. Ab und zu konnte ihm schon meine bloße Gegenwart helfen, d. h. allein schon die Tatsache, dass er grundsätzlich mit meiner Gegenwart rechnen konnte. Ein Glück, dass ich mich nicht in Hypothesen über seine Misere verstrickte. Denn die Wirklichkeit erwies sich als weitaus komplexer, als ich sie mir je hätte vorstellen können. Obgleich sie bei aller Komplexität auch ziemlich banal war.

Sein Alkoholismus war nicht zu übersehen. Wenn er sich bis zum Nachmittag keinen Alkohol beschaffen konnte, zitterte er schon, bekam Wutanfälle. Im Lauf der Monate war er, vor meinen Augen, in diesen kritischen Zustand geraten. In dem auch ich sozusagen mit ihm steckte. Ich musste mit dem direkten Fragen aufhören, mich bemühen, keinerlei Kommentare abzugeben, kein Wort mehr. Trotzdem hatte ich nicht den Eindruck, dass es um eine Suchtkrankheit ging. Sein Alkoholismus war nicht ungefährlich, doch er war Begleiterscheinung; nicht Ursache, sondern Wirkung. Er litt unter einem Gefühl anhaltender und endgültiger Aussichtslosigkeit, was natürlich mit den Kommunisten nicht viel zu tun hatte, schon deshalb nicht, weil im großen Sowjetreich kein einziger Kommunist mehr lebte, sie waren reihenweise hingerichtet worden oder hatten ihre Überzeugung von sich aus aufgegeben, und dennoch stand sein Leiden in einem faktischen Zusammenhang mit dem realen Zustand dieses selbstzerstörerischen, auf kriminellen und paranoiden Handlungsmustern aufgebauten Imperiums. Er zappelte als ein Gefangener von Scheinheiligkeiten und Fassaden in einer trostlosen, jeder Individualität beraubten Umgebung, die er mit seiner Kraftlosigkeit und falschen Begrifflichkeit noch trostloser machte. Mit einem wiederkehrenden Satz machte er mich darauf aufmerksam, dass er überhaupt keine Freuden mehr kenne. Was man im Übrigen weder übersehen noch beim Wort nehmen konnte. Obwohl er sich auf Anhieb mit fast jedem verstand, sein Humor, seine Phantasie, seine Empathie glänzend funktionierten. In seinen Beziehungen erwies er sich als ausdauernd, obwohl er sich als Zyniker geben zu müssen glaubte, um die erotische Spannung in seinen Beziehungen mit bitteren und spitzfindigen Kommentaren aufheben zu können. Wenn das nicht ging, verhielt er sich eher unsolidarisch, neigte eher zum Verrat, dessen Folgen er nicht einsah. Als Fluchtweg wählte er die Verstellung. In der charmanten Maske von Unschuld und Arglosigkeit schmuggelte er sich dann in die Herzen derer zurück, die er noch tags zuvor im Stich gelassen oder verraten hatte. Aber wie auch immer, er war stets auf der Hut, dass diese Beziehungen eben nur an der Oberfläche blieben. Sich tiefer einzulassen, konnte er nicht wagen, denn zusammen mit den einfachsten Genüssen wäre auch sein Problem hervorgetreten, das er der Natur der Sache nach mit der auserwählten Person, Frau oder Mann, hätte teilen müssen. Lieber rang er mit seinen geheimen Wünschen, wodurch sich seine Depression noch vertiefte, sein suizidaler Drang bis zur Unerträglichkeit zunahm, ihn zwang, noch öfter und noch mehr zu trinken, im Zustand der Betrunkenheit noch mehr Energie auf die Wahrung seiner Nüchternheit aufzuwenden. Und so fort.

Etwas später, als mir bei aller Vorsicht keine andere Wahl mehr blieb, als ihn durch Berührung meiner Zuneigung zu versichern – nicht durch Umarmen, nein, das wäre zu viel gewesen, verfiel er doch schon beim kleinsten Anzeichen von Besitzergreifung in Panik und trat die Flucht an, aber dann doch wenigstens dadurch, dass ich ihn mit beiden Händen an den Armen fasste, um ihn quasi mit dem Vorschuss auf eine Umarmung zurückzuhalten und dem von Gewinsel und Weinkrämpfen begleiteten suizidalen Anfall etwas entgegenzusetzen –, etwas später spürte ich, dass dieser stattliche Mann tatsächlich einem entwurzelten Baum glich. Es gab bei ihm weder Wärme noch Kühle. Die nicht einzuordnende Körperbeschaffenheit hätte auch Hippokrates in Verlegenheit gebracht. Da war weder Saft noch Trockenheit. Den ersten Selbstmordversuch hatte er mit sechzehn gemacht. Seine Eltern waren in die Berge gefahren. Er hatte für alles vorgesorgt, alles genau geplant und berechnet, und wenn seine dreihundert Kilometer weit entfernte Mutter das zwanghafte Gefühl, dass sich ihr Sohn in einer tödlichen Gefahr befinde und sie sofort zurückfahren müsse, auch nur eine halbe Stunde später befallen hätte, wäre sein Atem von den Medikamenten schon blockiert gewesen.

Ich war mir sicher, dass er nicht schizophren war. Einen Psychologen konnte ich ihm nicht empfehlen, er hatte mehrere sitzengelassen und wollte nichts von ihnen wissen. Auch hatte ich mit der ungarischen Psychologie selbst schon verheerende Erfahrungen gemacht. Schließlich konnte man nicht um des eigenen Seelenheils willen jeden bekloppten Psychologen und verbitterten Psychiater vorher heilen. Ich wusste von ein paar in die innere Emigration oder in verwandte Wissenschaften geflüchteten Analytikern, die jedoch bereits gefährlich überlastet waren. Die Behörden duldeten ihre lebensrettende Tätigkeit als Beweis für die Aufweichung der Diktatur, setzten ihnen aber mit ihren Geheimdiensten nach. Außerdem wusste ich von einigen kleinen, äußerst engagierten Zirkeln analytisch ausgebildeter Kinderpsychologen. Nach anderthalb Jahren angestrengter Bemühungen hatte ich jedoch den Eindruck, dass es von ausgebildeten Fachleuten nichts mehr zu erwarten gab, dass es nichts mehr zu erhoffen, nichts mehr zu verlieren gab. Ich wagte es.

Es war skandalös, was ich tat, obwohl mich kein wissenschaftliches Argument dazu bringen könnte, es zu bereuen. Meine Scharlatanerie könnte sogar strafbar sein, wenn sie nicht schon verjährt wäre. Zu meiner Entschuldigung sei gesagt, dass ich hin und wieder mit einer der analytisch ausgebildeten Kinderpsychologinnen besprach, was ich tat. Nicht alles, doch fast alles. Sie hielt mich nicht zurück, billigte nichts, leitete mich nicht, das hätte ihr Verantwortungsbewusstsein gewiss nicht gestattet, doch ab und zu deutete sie die Situation ziemlich scharfsinnig. Zu der Geschichte gehört, dass sie mich schon einmal bei einer solchen

Kurpfuscherei, nämlich bei meiner Selbstanalyse, begleitet hatte. Zu der es nicht durch einen Entschluss gekommen, in die ich vielmehr unter dem Einfluss meiner Lektüre hineingeschlittert war, immer tiefer, ich kannte zwar das Verbot, verstand es und billigte es, aber es führte kein Weg mehr zurück. Es kam für mich nicht in Frage, ins Elend eines animalisch unreflektierten, in den Fesseln von Stereotypen gefangenen Lebens zurückzukehren. Ich war endlich frei, hatte zu meinem Verantwortungsbewusstsein für mich selbst und andere gefunden.

Im denkwürdigen Sommer 1968, als ich, obwohl mir äußerlich von diesem Zwang nichts anzumerken war, in jeder Minute darüber nachsann, wann, wo und womit ich mich umbringen könnte, hatte ich von Miklós Mészöly einen großen Stoß Fachliteratur bekommen. Zur Geschichte der Diktaturen gehört nämlich auch, dass die meisten psychologischen und philosophischen Klassiker jahrzehntelang nicht zugänglich waren. Mészöly lieh dem ahnungslosen Berufskollegen jene hektographierten Schriften, die eine kleine Gruppe von Wissenschaftlern und Künstlern in den fünfziger Jahren aus fremden Sprachen übersetzt und mit Hilfe von Indigopapier und Schreibmaschine vervielfältigt hatten, damit sie auch während des größten Terrors mit dem wissenschaftlichen Ausland Schritt halten konnten. Unter den sorgsam gebundenen, stark zerlesenen Manuskripten fand ich unter anderem Carl Gustav Jungs Studien «Über die Archetypen des kollektiven Unbewussten», die «Einleitung in die religionspsychologische Problematik der Alchemie» und «Zur Psychologie östlicher Meditation», die in der heutigen Werkausgabe im Band *Bewusstes und Unbewusstes* enthalten sind. Ich muss dazu bemerken, dass diese Arbeiten mein Leben in eine andere Bahn gelenkt, mich tiefgreifend verändert haben. Wie ich auch sagen muss, dass diese Umstellung eine äußerst schmerzvolle war. Freud und damit die merkwürdigen und bestürzenden Signale meiner

Assoziationsreihen folgten erst danach. Ich lernte, wach zu schlafen, also meine Träume während des Schlafs für die spätere analytische Arbeit festzuhalten. Diese spezielle, physisch sehr anstrengende Operation wird vom Gehirn bereitwillig durchgeführt. Es findet eine spezielle Speicherkapazität für die Träume, die Assoziationsketten und den analysierten Traumgehalt und hält sie bereit, damit ich sie gegebenenfalls miteinander in Zusammenhang bringen kann. Dadurch lernte ich Querverbindungen herzustellen, etwas, das ohne einen Therapeuten eigentlich nicht machbar ist. Jedenfalls verschmolzen infolge der ständigen Öffnungszeiten für Assoziationsketten und Querverbindungen Tag und Nacht miteinander. Diese dauernde geistige und seelische Bereitschaft verhinderte, dass Depression und Todestrieb in ihrem ursprünglichen Ausmaß zurückkehrten, doch es war zu befürchten, dass die Belastung mich in den Wahn treiben würde. Zu meinem großen Glück fiel dem calvinistischen Dorfgeistlichen, einem sehr resoluten, sanftmütigen, etwas dumpfen, doch in beiden Testamenten und in deren Ursprungssprachen, dem Hebräischen, Aramäischen, Lateinischen und Griechischen, ebenso wie in den Übersetzungen Luthers und Károlis bewanderten Mann, meine schwere Gefährdung auf. Jeden Montag suchte er mich auf, um mir seine Sonntagspredigt zu erzählen. Er konnte nicht dulden, dass ich Sünde und Versuchungen ausgeliefert blieb, und hatte sich zum Ziel gesetzt, meine Taufe durch die Konfirmation zu besiegeln. Ich fand seine Predigten beschränkt, und um mir so viel Blödsinn nicht anhören zu müssen, schwatzte ich dazwischen, er möge mir doch lieber etwas über die Orte, Texte und Textverknüpfungen der Bibel erzählen. Ich bewunderte sein Fachwissen, ich war davon geblendet. Er weihte mich in die vergleichende biblische Textkritik ein. Wozu ich reichlich las, vor allem geschmuggelte katholische Schriften. Ich war wieder auf jenes Gebiet gelangt, wo sich das Kollektive und das Individuelle berühren und in ein sensibles Verhältnis zueinander treten, auf das ich schon früher einmal auf den Spuren griechischer Mythologie und Philosophie geraten war, jene lieblichen Gefilde, in denen Mythisches, Magisches und Archaisches aufeinandertrifft und die Jung so kräftig ausgeleuchtet hat. Ich muss vielleicht nicht erst erwähnen, dass meine Träume, Wachträume und Assoziationsketten unter dem Gesichtswinkel von Religion, Mythologie und Meditation einen anderen Stellenwert gewonnen haben, als wenn ich beim Individuellen geblieben wäre.

Anderthalb Jahrzehnte später brachte ich dann dem jungen hilfsbedürftigen Mann ein paar Meditationstechniken bei. Mit ihrer Hilfe konnte er seine Verkrampftheit so weit lockern, dass er den eigenen Assoziationsreihen nachgehen konnte. Von da an pendelten wir etwa zwei Jahre lang systematisch zwischen Meditation und freier Assoziation.

Er war der jüngere von zwei Brüdern und mit seinen Masturbationsphantasien an den älteren Bruder und den Vater geheftet. Den Penis des Ersteren hatte er gesehen und betrachtet, den des Letzteren mit einer einzigen Ausnahme nie. Den visuellen Mangel ersetzte er durch den Uringeruch des Vaters beziehungsweise durch Schnüffeln an dessen schmutziger oder sauberer Wäsche. Letzten Endes konnte er sich jedoch auch nicht durch die Masturbation mit den beiden identifizieren. Er spürte und sah, dass er Bruder und Vater weder körperlich noch intellektuell nachgeraten war. Mit seiner Mutter wiederum konnte er sich wegen ihres Geschlechts nicht identifizieren, obgleich sie emotional und intellektuell in Symbiose lebten. Während wir einem nie benannten Ziel, der Aufklärung des Bewusstseins, zustrebten, lag sein alkoholkranker Bruder im Delirium, fiel ins Koma und starb wenige Tage später. Das verlieh unserer Arbeit eine Zeitlang eine gewisse Dramatik, blieb als erhobener Zeigefinger erhalten. Von der gesellschaftlichen Beurteilung von Masturbationsphantasien hatte er in seiner Kindheit durch gleichaltrige Jungen erfahren. Das harte gesellschaftliche Urteil diente ihm als Erklärung für das Gefühl völliger Ausgeschlossenheit, das er auch in seiner Familie erlebte, obwohl er überaus geliebt wurde. Gerade deswegen, weil er sich mit seinem Wesen und seiner Statur so von ihnen abhob. Und dennoch wollte er ebenso gewöhnlich sein wie alle anderen. Seine Pubertät führte zu einer neuen Wendung. Er konnte nun auch seine Zuneigung zu Mädchen nicht mehr leugnen. Was nichts anderes bedeutete, als dass er doch nicht schwul war. Logisch betrachtet, hätte er sich in dem Moment zum Selbstmord entschließen müssen, als sich andeutete, dass er aus gesellschaftlicher Sicht schwul war und deshalb sein ganzes Leben lang nicht nur von der Familie, sondern von jeder Art Gemeinschaft ausgestoßen werden würde; stattdessen aber fasste er den Entschluss erst, als sich herausstellte, dass er aus gesellschaftlicher Sicht auf keinen Fall schwul sein konnte.

Ich will die Geschichte nicht in die Länge ziehen, auf einen kleinen Umstand muss ich jedoch noch aufmerksam machen. Am Ende ihres Gartens gab es ein Plumpsklo. Wo sich auch der ältere Bruder lange einzusperren pflegte und so wie er selbst nicht nur seine Notdurft verrichtete, sondern auch masturbierte. Das Klo roch stark, während des Masturbierens sah, roch er die Familienexkremente. Er spürte mit der Masturbation nicht nur dem Bruder, sondern auch dem Uringeruch des Vaters nach. Diese prägende Sinneserfahrung veränderte sich etwas, nachdem sie umgezogen waren. Bei dem neuen Wasserklosett spürte er sie noch eindeutiger, folgte wie gebannt dem zurückgebliebenen Uringeruch eines erwachsenen Mannes und verkoppelte endgültig seine eigene Lust damit. Zugleich tauchte aber auch das ganze Erinnerungsreservoir der vermengten Familienexkremente auf, mit allen zu Fäkalien gehörenden Verboten, Zwängen, magischen Vorstellungen. Das Muster des älteren Bruders, der Fetisch des väterlichen Uringeruchs und der väterlichen Wäsche versprachen nicht viel Gutes.

Die fast zwei Jahre dauernde gemeinsame Arbeit bestand aus drei einander überlagernden Vorgängen und Phasen. Meditation, freie Assoziation, Aktion. Der Bereich der Aktion gliederte sich wiederum in zwei Teile. Zur ersten Aktion kam es, als der junge Mann zu der freien und selbständigen Einsicht gelangte, dass er seinen suizidalen Drang nur überwinden könne, wenn er sich als Schwulen akzeptierte und endlich mit einem etwa gleichaltrigen Mann schlief, der ihm bereits Monate zuvor seine Liebe gestanden hatte und in den auch er seit langem, wie er sagte, «unsterblich verliebt» war. Ein Ereignis, um gefeiert zu werden, hätte man annehmen können, in unserer Arbeit warf es uns jedoch gründlich zurück. Die beiden jungen Männer waren nämlich nicht einander, sondern ihrem eigenen Narzissmus begegnet, der genitalen Trophäe und nicht der Person. Trotz aller technischen Bemühungen und Tricks waren sie vom ersten Augenblick ganz und gar impotent geblieben. Dazu muss man wissen, dass der junge Mann in seinem ersten Universitätsjahr mit zwei Kommilitoninnen ins Bett gegangen war. Bei beiden hatte er sich als genauso impotent erwiesen wie jetzt bei dem jungen Mann. Die eine der beiden Studentinnen hatte es gleichmütig aufgenommen, war einfach aufgestanden und gegangen, hatte ihn jedoch von da an wie Luft behandelt, was für ihn hieß, dass sie ihn also doch verachtete; die andere dagegen hatte die Impotenz als persönliche Beleidigung genommen und ihm brühwarm ziemliche Grobheiten an den Kopf geworfen. Mehr noch, um sich selbst zu schützen, hatte sie das Erlebnis des gemeinsamen Scheiterns anderen Kommilitonen mitgeteilt, Männern und Frauen. Der junge Mann war ein guter Sportler, er verfügte über alle äußeren Merkmale betonter Männlichkeit. Trotz des Geredes und Getuschels büßte er seine Position bei den Kommilitonen nicht ein. Aber dieses Schauspiel der Männlichkeit verbrauchte eine solche Menge Energie und ging mit einer so aufwendigen, jede spontane Geste verbietenden Selbstanklage einher, dass auch seine Autoerotik mit einem Schlag erloschen war.

Durch das Scheitern seines Befreiungsschlags gelangten wir zu etwas mehr Wissen, mussten aber in einer sehr viel unangenehmeren Position neu bei der Meditation ansetzen.

Erst nach Wochen, begleitet von Suiziddrohungen, von Alkohol- und Depressionsphasen, konnten wir zur Assoziation zurückkehren. Bis wir nach monatelanger Arbeit dank seiner Intelligenz und rasch wachsenden emotionalen Verfeinerung schließlich zu der banalen Einsicht gelangten, dass er dieses neue verheerende Erlebnis genauso als bedeutungsvollen Teil seines Lebens akzeptieren müsse wie all seine früheren verheerenden Erlebnisse. Wenn er schon den Schwulen in sich so brav erkannt hatte, musste er nun auch den Nichtschwulen in sich erkennen und akzeptieren. Die autonome Person, die trotz des genitalen Scheiterns und der daraus folgenden tödlichen Verwirrungen mit dem anderen Mann glücklich ist. Und die mit der gerade erwähnten vollkommen identische Person, die schon seit Jahren aus Angst den anhaltenden Ansturm einer jungen Frau zurückweist. Einer Frau, zu der er sich selbst stark hingezogen fühlt, in deren Gesellschaft er sich nach seinen eigenen Worten eigentlich «freier fühlt» als in der jeder anderen Person. Wir waren wieder an die Schwelle einer neuen Aktion gekommen, aber es war ziemlich klar, dass ein weiteres Scheitern kaum mehr aufzuarbeiten sein würde.

Zum ersten Mal in unserer Geschichte habe ich heftig eingegriffen. Ich verbot ihm, mit dieser attraktiven jungen Frau ins Bett zu gehen. Ich kannte sie und hatte keinen Anlass, Grobheiten oder Gleichgültigkeit von ihrer Seite zu befürchten, aber ich wollte sichergehen. Ich erzählte ihr, was wir seit Jahren machten.

Sie wusste es. Ich erwähnte nur die Gefahr des Alkoholismus und den suizidalen Drang, mehr nicht. Meine Vorsicht war angebracht, so hatte auch sie es von dem jungen Mann gehört. Besser gesagt, was sie vielleicht sonst noch wusste oder ahnte, sagte sie mir nicht. Letzten Endes liebten sie sich und nicht mich. Auch die Idee des Verbots erwies sich nicht als Fehler. Bei der nächsten Sitzung ließ der junge Mann mich sofort wissen, dass er mein Verbot nicht ernst nehmen könne. Nach langen Telefongesprächen hätten sie verabredet, dass er zu der jungen Frau reisen werde, und da er kein Geld für ein Hotel habe, werde er keine andere Wahl haben, als bei ihr zu schlafen, zumindest sich bei ihr schlafen zu legen. Dabei lachte er zynisch. Ich verstärkte das Verbot. Lieber würde ich das Hotel bezahlen. Er lachte mich aus. Im Verbot, in der Zurückweisung des Verbots und in seinem Lachen sammelte sich die ganze Spannung, kamen all die faulen erotischen Früchte unserer zweijährigen Arbeit zum Vorschein. Es war in seinem Interesse, diese Spannung zu lockern. Für mich dagegen war es wichtig, ihn in seinem Interesse zu erpressen, da ich mich einzig durch diese Erpressung von der Bürde seines Lebens befreien konnte. Ich nahm ihm das Versprechen ab, unverzüglich nach Hause zu seinen Eltern zu gehen, den vom Vater benutzten Pyjama an sich zu nehmen, ohne darum zu bitten, ihn gegebenenfalls, selbst wenn er mein Verbot nicht einhielt, anzuziehen und unter keinen Umständen, geschehe, was wolle, wieder auszuziehen, weder Hose noch Jacke, und sie sich auch auf gar keinen Fall vom Leib reißen zu lassen, niemals. Eher die Haut, nicht den Pyjama. Meine Forderung war so unsinnig, dass er die Erpressung zuließ. Er ging zu den Eltern und nahm einen der mindestens um drei Nummern zu kleinen Pyjamas seines Vaters aus dem Schrank. Keinen schmutzigen oder gerade gebrauchten, wie ich verlangt hatte, sondern einen frisch gewaschenen und gebügelten. Als er mit seiner Reisetasche bei der jungen Frau eintrat und sie in ihrer Freude übereinander herfielen, erzählte er ihr auf der Stelle, was dieser verrückte Nádas von ihm verlangt habe. Hier in seiner Tasche bringe er den mindestens drei Nummern zu kleinen Pyjama seines Vaters mit, den er später anziehen solle. Darüber, über diesen Pyjama, diesen verrückten Nádas und dass er diesen Pyjama auf keinen Fall ausziehen dürfe, lachten sie so sehr, dass sie sich gegenseitig halten mussten, «nicht vom Leib reißen lassen, eher die Haut, aber nicht den Pyjama!», ihnen kamen die Tränen, sie bebten miteinander vor glücklichem Lachen, und dann gab es auch kein Hindernis mehr, plötzlich zu verstummen, um einander so zu lieben, wie ein Mensch den anderen liebt. Wenn möglich, noch ein bisschen mehr. Sie bekamen drei Kinder, zwei Jungen und ein Mädchen, und wie ich von weitem sehe, sind sie mal glücklich, mal unendlich unglücklich. Genauso wie die anderen, wir alle.

Deutsch von Akos Doma

DIE TAGEBÜCHER THOMAS MANNS

Das beispiellose Interesse, das Thomas Mann, sein Werk und seine Person, seit Anfang der zwanziger Jahre bei der ungarischen Leserschaft ausgelöst hat, gilt nicht nur, oder jedenfalls nicht in erster Linie, dem literarischen Rang eines Schriftstellers von bemerkenswertem menschlichen Format, sondern mindestens ebenso sehr der repräsentativen Rolle. Schaut nur, so sieht ein in allen seinen Zügen ausgereifter, von seinen Dämonen mäßig in Versuchung geführter, immer zu Nachsicht und Verständnis bereiter, im Guten wie im Bösen äußerst bewanderter, gebildeter und wohlhabender Bürger aus, der Tag für Tag pedantisch und vorbildlich seiner Arbeit nachgeht und sich nach ihrer Verrichtung leicht und launig in glanzvoller Gesellschaft bewegt. Und geben wir zu, seine so geartete Persönlichkeit wäre in der Tat beneidenswert, gaukelte er uns diese Rolle nicht nur vor. Indem er diese Rolle im Laufe eines langen und mühevollen Lebens relativ konsequent, relativ geschmackvoll, relativ fehlerlos und damit relativ glaubwürdig darstellt, hat er sich nicht nur als ein hervorragender Spieler erwiesen, sondern ist der Rolle, die er sich selbst zurechtgeschnitten hat, geradezu zum Verwechseln ähnlich geworden.

Und vielleicht irre ich nicht, wenn ich behaupte, dass die Außenseite dieses keineswegs beneidenswerten, jedoch durchaus überzeugend ausgearbeiteten Rollenspiels ihm beim ungarischen Publikum zu einer verhältnismäßig problemlosen Rezeption verholfen hat. In anderen, weniger privilegierten Fällen würde man das Werk zuerst durchkauen und mehrmals verdauen, und erst danach würde sich erweisen, welche Rolle diesen Werken zukommt, die uns nie zuvor gefehlt haben. Und selbst dann würden wir uns immer noch nicht für die Persönlichkeit interessieren, die sich hinter diesem Werk verbirgt.

Thomas Manns Werke brauchten diesen beschwerlichen Weg nicht zu gehen. Wenn die ungarische Ausgabe der Werke Prousts nicht schon nach den ersten Bänden eingestellt worden wäre oder die ungarische Übersetzung sich nicht schon in diesen ersten Bänden als eine verharmlosende erwiesen hätte, dann könnte auch Proust eine ähnlich bedeutende und eindrucksvolle Rolle in unserem literarischen Bewusstsein spielen. Nur ist der Vorgang in diesem Fall vermutlich deshalb im Konjunktiv steckengeblieben, weil es dem literarischen Tun dieses anderen großen Stilisten an der Bereitschaft gebrach, eine repräsentative Rolle zu spielen. Ein literarisches Bewusstsein, das nicht auf persönlicher Freiheit, sondern auf nationaler Unabhängigkeit besteht, bleibt empfindlicher für literarische Leistungen, die das Persönliche in einer gesellschaftlichen Rolle aufgehen lassen.

Thomas Mann hat in seinem ganzen Leben all das, was er in seinem literarischen Werk präsentiert, persönlich repräsentiert.

Im Gegensatz zu den Autoren, die, der Tradition des bürgerlichen Romans weitaus getreuer, in ihren Werken ausschließlich und unerbittlich ein Ich zur Darstellung zu bringen suchten, das weder den Anspruch noch das Recht hatte, repräsentativ zu sein, hat Thomas Mann in seinem ganzen Leben all das, was er in seinem literarischen Werk präsentiert, auch persönlich repräsentiert. Proust zum Beispiel hat die entgegengesetzte Methode gewählt, als er die Tradition einer hierarchisch geordneten, aristokratischen und repräsentativen Lebenskultur ausschließlich auf sein eigenes Ich bezog, ohne es als repräsentativ darzustellen.

Für ihn waren ausschließlich die Verhaltensweisen einer einzigen Person von authentischer Realität, und das machte ihn zum letzten großen Romancier der Aufklärung.

In einer Welt, in der kein Ding nur eine einzige Erklärung hat, in der schon jedes Detail einer beliebig gewählten Einzelheit über eine Kette zahlloser Erklärungen auf immer neue Erklärungen angewiesen ist, in der Lebenswelt eines Dichters, in der die Details sich nicht einmal gegenseitig erklären, sondern allenfalls in dem Maß aufeinander hinweisen, wie sie aus der Deckung, die sie einander bieten, herauszulösen sind, in dieser Welt haben Hierarchien nicht viel zu suchen, da eins so wenig das andere repräsentieren kann wie die Teile das Ganze, aus dem sie unter Umständen herauszulösen sind. Proust stilisiert sich zum Aristokraten, um, von seinen bürgerlichen Bindungen befreit, ein analytisches Ideal seiner Persönlichkeit zu realisieren. Im Gegensatz dazu stilisiert Thomas Mann, auf eine hierarchisch geordnete Welt setzend, seine Denk- und Lebensweise ins Repräsentative und erweckt so jene an utilitaristische Ideen gebundenen historischen Nostalgien wieder zum Leben, von denen Proust ohne jedes Bedauern Abschied nimmt.

Die von Peter de Mendelssohn beim Nachfolger des einstigen Thomas-Mann-Verlegers S. Fischer aus dem Nachlass edierten Tagebücher geben ziemlich klar und anschaulich zu erkennen, wie die Gesamtpersönlichkeit aussieht, aus der jene allemal mit großer schriftstellerischer Lauterkeit vorgeführte Lebensrolle herausgelöst ist.

Man kann den auf jede Überlegung und Ausgewogenheit verzichtenden Ehrgeiz nicht als zufällig betrachten, mit dem sich die ungarischen Verlage verpflichtet fühlen, ihr Publikum mit dem kompletten Lebenswerk Thomas Manns bekannt zu machen, während sie glauben, von einer detaillierten Vorstellung der Lebenswerke von Gide, Hesse, Kafka, Joyce, Musil und eben auch Proust weitgehend Abstand nehmen zu können. Womit ich natürlich keineswegs sagen will, dass ich der Thomas-Mann-Editionen überdrüssig wäre. Das könnte ich schon deshalb nicht sagen, weil dank des Budapester Europa-Verlages gerade die auf barbarische Weise verstümmelte Ausgabe der Tagebücher Thomas Manns vor mir liegt.

«Meine Befürchtungen gelten jetzt in erster Linie und fast ausschließlich diesem Anschlag auf die Geheimnisse meines Lebens», notiert Mann im denkwürdigen April des Jahres 1933, als er befürchten muss, dass die Tagebücher, die aus seinem von den Nazis beschlagnahmten Münchner Haus gerettet worden waren, unglücklicherweise auf einem Schweizer Bahnhof verschwunden sind. «Sie sind schwer und tief. Furchtbares, ja Tödliches kann geschehen.»

Die Seiten dieser bis 1933 verfassten Tagebücher gelangten am Ende unberührt in die Hände ihres Eigentümers zurück. Doch durch diese aufregenden und schreckensvollen Tage gewarnt, verbrannte er am 24. Mai 1945 aufgrund eines lange gehegten Entschlusses fast alle diese Tagebuchhefte im Garten seines kalifornischen Hauses. Es war allerdings nicht das erste Brandopfer. Im Alter von einundzwanzig Jahren hatte Thomas Mann schon einmal alle bis zu diesem Zeitpunkt notierten Tagesaufzeichnungen verbrannt, so dass erst die von da an weitergeführten Tagebücher jener Müllverbrennung im Garten zum Opfer fielen. Die Hefte mit den Aufzeichnungen von 1918 bis 1921 verschonte er möglicherweise nur deshalb, weil er in dieser Zeit am «Doktor Faustus» arbeitete und die Notizen für seine Arbeit brauchte. Was schon an sich einiges über den Charakter der Tagebücher aussagt. So konnten also nach Ablauf der im Testament festgelegten Zeit nur diese vom Feuer verschonten älteren sowie die nach 1933 entstandenen und fast bis zu seinem Tode 1955 reichenden Tagebuchhefte veröffentlicht werden.

Zu dem Erschrecken, das er angesichts der tiefen Lebensgeheimnisse dieses Autors empfinden mag, wird sich beim Leser rasch ein verstehendes Kopfnicken einstellen; ja, Thomas Mann tat gut daran, das zu verbrennen, was er verbrannte, und noch besser tat er daran, dem gegenüber Gnade walten zu lassen, dem er ein anderes Schicksal zugedacht hatte. Denn die frühen Hefte bieten reichlich Kostproben jener Geheimnisse, die er in Wahrheit zur Vernichtung bestimmt hatte, während die wesentlich vorsichtiger geführten späteren Hefte auf die richtigen Proportionen des Persönlichkeitsbildes hinweisen, dem nach Maßgabe seiner Konstitution die Rolle angepasst war, und damit auch auf die mögliche Einheit, die zu bewahren er nicht für nötig erachtete. Thomas Mann hat mit diesem Autodafé ohne Zweifel die weitreichendste Tat seines Lebens vollbracht. Hat er damit doch die Dokumente jener intimen, persönlichen und unerlässlichen Seelenarbeit vernichtet, ohne die er seine Arbeit nicht hätte zu Ende führen können. Zwar ist das mit seiner Lebensrolle übereinstimmende Werk erhalten geblieben, doch nur Anspielungen haben noch Spuren davon gelassen, was ihn zu dieser Lebensrolle brachte. Nichtsdestoweniger kann das Erschrecken des aufmerksamen Lesers nicht ethischer Natur sein. Es sei denn, ich wäre Perseus und würde beim Anblick des Gorgonenhaupts vor Entsetzen erstarren, doch zu urteilen stünde mir nicht zu.

Die überraschendste Erfahrung bei der Lektüre der Tagebücher ist, dass diese Texte auf die für Thomas Manns Werk so charakteristische Technik seines die Einzelheiten zugleich nachgiebig und unnachgiebig herausmeißelnden, in Neben- und Unterordnungen schwelgenden, ineinandergeschachtelten, mit attributiven Konstruktionen durchsetzten, rhythmisch gelassenen, umständlichen oder gewollt weitschweifigen und einen nicht gerade geringen Grad von Selbstverliebtheit verratenden Satzbaus verzichten oder sie geradezu vermeiden. Die knapp fixierten und etwas ausführlicher reflektierten Sachverhalte setzt er nicht in einen Zusammenhang, dieser Zusammenhang ist ja evident, und daher muss er seine Themen auch nicht mit stilistischen Relationen und Hierarchien in eine Ordnung bringen. Er schreibt sehr eilig, benutzt unschöne Abkürzungen, redet in abgerissenen Sätzen, erlaubt sich viele vulgärsprachliche Ausdrücke und stehende Redewendungen, die sonst nie aus seiner Feder kämen. Womit ich nicht behaupten will, dass diese Aufzeichnungen von flüchtigem Charakter wären oder nicht weniger von jenem rigorosen Stilbewusstsein geprägt wie sein Werk. Der vom Werk völlig abweichende Stil ließe sich eher durch Lücken und vorsätzliche Auslassungen charakterisieren.

Möglich, dass es sich nur um die Folgen eines naheliegenden technischen Problems handelt. Muss doch Thomas Mann, erschöpft von seiner Arbeit und dem gesellschaftlichen Leben, auch noch all das notieren, was er jenseits von Arbeit und gesellschaftlichem Leben oder im Zusammenhang damit für sich selbst als wichtig, vielleicht sogar schicksalhaft erachtet. Am Ende eines vor der Öffentlichkeit absolvierten Arbeitstages schreibt hier ein Mensch mangelhaft ausgestattete Sätze, der sonst ausschließlich in überaus sorgfältig, manchmal sogar übermäßig ausgestatteten Sätzen spricht beziehungsweise in der Öffentlichkeit in einer dementsprechenden Rolle auftritt. Dennoch muss in diesen Texten, obwohl sie von lockerer Webart sind, seine die eigene Person betreffende Distinktion tatsächlich noch deutlicher walten, weil er hier auf jene seelischen und stilistischen Operationen verzichten darf, mittels deren er sonst die rohen Tatsachen des Lebens in eine von Humor und Ironie bestimmte Distanz bringen kann. Diesen Texten fehlt der für sein öffentliches Reden oder seine öffentliche Rolle charakteristische Humor nahezu vollständig, und gleicherweise fehlt die berühmte Ironie. Wegen des betonten Fehlens stilisierender und stilistischer Relationen aber scheint es, als gäbe es zwischen den einzelnen Lebensphänomenen, den unterschiedlichsten Sachverhalten und Ereignissen keinen qualitativen Unterschied, als hätten in dieser definitiven Ernsthaftigkeit alle Phänomene und Ereignisse das gleiche Gewicht oder als wäre das alles bloß deshalb nicht gleicherweise unbedeutend, weil der Verfasser dieser Aufzeichnungen sich selbst für außerordentlich bedeutend hält. Unter dem Gesichtspunkt dieser Bedeutung geht er so auch mit den Symptomen seines Körpers und seiner Seele nicht anders um, als würde er ein totes Insekt mit einer Unmenge von Stecknadeln auf das Papier spießen.

Was auch geschieht und wie auch immer es geschieht, ich habe Distanz zu wahren. Diese alleinige und sich bis zum Überdruss wiederholende Haltung bildet den Hintergrund seines Schreibens. Der Abstand von den Ereignissen ist natürlich mal kleiner, mal größer, mal mehr und mal weniger geglückt, und die Dynamik des Textes ist dementsprechend minimal. Er ist monoton, um nicht zu sagen von vornehmer Langeweile. Auch bezüglich seiner Themen lässt sich der Autor auf dauernde Wiederholungen ein, und aufgrund des Fehlens verschiedener Stilebenen und unterschiedlicher stilistischer Wendungen vermag er die Themen durch Wiederholungen nicht in ein neues Licht zu stellen. Wenn jemand über alles Rechenschaft ablegt, aber das, was die Dinge voneinander unterscheidet, auf der Ebene stilistischer Unreflektiertheit belässt, dann engt sich seine Perspektive notwendigerweise ein. Als sollten wir sehen, wie flach und langweilig das Leben eines solchen Titanen ist. Können wir doch im Netz der sich wiederholenden Themen nicht die Persönlichkeit des Autors durchschauen, sondern eher, wie er seine Persönlichkeit durch diese Einengungen in ein Netz einschließt. Entlang den Spuren der Wiederholungen, den Monotonien seiner Persönlichkeit, lassen sich seine Themen mit Leichtigkeit herausfiltern oder zusammenfassen.

Er berichtet über seinen Gesundheitszustand, seine Unpässlichkeiten, seine eingebildeten und echten Krankheiten, seinen Schlaf und seinen Appetit, über seine Verdauung, die Beschaffenheit seines Stuhlgangs, die Art und Weise seiner medizinischen Versorgung, Schlaf- und Aufputschmittel; er berichtet über seine physische und seelische Verfassung, seine Arbeitslust, seine Gemütszustände, über die Länge seiner Spaziergänge, deren Ort und Dauer, über Essen und Trinken, Rauchen, über die Art und Weise seiner sexuellen Manipulationen. Gesondert von allen anderen Themen behandelt er die sich an Knaben und Männer heftenden erotischen Phantasien, die vom Anblick bekannter und unbekannter Epheben angeregten Wachträume, und ebenso Vorgänge des Haushalts und der Haushaltsführung, Anschaffungen, Einkäufe, Preise, seine Frau, die Kinder, die finanzielle Situation der Familie und das Verhältnis zu den Dienstboten. Wiederkehrende Themen sind der Wetterbericht, die politischen Tagesnachrichten und die gesellschaftlichen Ereignisse; sagen wir, schönes Wetter und Revolution, Regen und Krieg, irgendwelche Essen, Tees, gesellschaftlichen Veranstaltungen, Besuche, Konzerte, Theatervorstellungen, berufliche Besprechungen und freundschaftliche Gespräche, und von gleicher Regelmäßigkeit die Berichte, die er über seine Reisen, seine Lektüre oder seinen Briefwechsel gibt. Haben wir diese Themen mit der gebührenden Aufmerksamkeit in ein System gebracht, dann steht uns ein Schema seiner Interessen vor Augen. Die schematische Wiederholung der Themen und die stilistische Monotonie ihres Vortrags verraten die psychischen Zwänge einer Person, die dieses Zwangsverhalten nicht als Charakterzug, sondern unter dem Druck der herkömmlichen bürgerlichen Lebensweise und Lebenskonzeption an den Tag legt. Selbst ahnungsweise wird ihm kaum bewusst, dass es auch andere Lebensmuster und Lebensweisen geben könnte; auch da nicht, wo er Schönes oder Bedeutendes keineswegs mit dem Eigenen in Übereinstimmung zu bringen weiß. Für solche, im Übrigen seltenen Ausnahmen hält er jene stille Resignation bereit, dank deren er sich dann vollständig dem Zwang der bewährten Lebensregeln überlassen kann: «Ein Luxusleben inmitten von Schmerzen.»

Der Stil des Tagebuchautors Thomas Mann repräsentiert nicht weniger als der des Romanciers Thomas Mann. Nach diesen abgemessenen und bis ins Kleinste geregelten bürgerlichen Lebensprinzipien erfüllt er seine Aufgaben, kommt er seinen Pflichten nach. Er ist vielleicht das bravste Kind seiner Epoche, das diesen Ehrentitel mit dem tragischen Verlust seiner Persönlichkeit bezahlt. Und um diesen Preis bezahlen zu können, lässt er die eigene maßlose Tragödie nicht einmal bis an die Schwelle seines Bewusstseins gelangen. Auf seinen einsamen Spaziergängen wird er oft von Weinen geschüttelt, und noch häufiger quälen ihn Schlaflosigkeit und bedrückte, gereizte, düstere Stimmungen. Die sich in den Tagebüchern offenbarende Tiefenschicht seines Lebens ist ein dunkles Geflecht von Fluchten und Leiden. Im Zeichen von Pflicht und Aufgabe stehend, muss er die seiner Persönlichkeit abgerungene repräsentative Rolle mit so großer Überzeugungskraft vertreten, dass nicht einmal der Gedanke einer Revolte gegen sie aufkommen kann. Nie, nicht ein einziges Mal. Und was anderes könnte ihn davon zurückhalten als Zwang. Sogar noch beim Lesen seiner Tagebücher könnten wir glauben, ihm sei das Beste aller denkbaren Leben zugefallen. Er leidet, und deshalb flüchtet er sich gern in die Rolle des Erfolgsmenschen. Der Erfolg verleiht dem Leiden auf handgreifliche Weise Sinn, aber er stillt es nicht, sondern verstärkt es eher. Denn das dauernde Pendeln zwischen Erfolg und Leiden hat einen hohen Preis: Er darf sich weder der Leidenschaft noch der Wut ausliefern und auch Zornesworte bezüglich der Defizite nur in der behutsamsten Formulierung in seinen Wortschatz aufnehmen. Mit dieser Technik des Sublimierens steht er in der Tat völlig allein unter seinen Zeitgenossen. Ein Held jener liberalen Denk- und Lebensweise, zu dem er nicht hätte werden können, wenn er dieses ganze Martyrium, das er gerade um der Heldenhaftigkeit willen zu erleiden hat, nicht sublimieren und verfeinern würde.

Zur Auflösung dieses Scheins, der aus der verkörperten Rolle entsteht, muss man sich nicht unbedingt auf die repräsentativen literarischen Werke berufen, die aus dem gegenläufigen Strom der liberalen Kulturtradition ausscheren, sagen wir, die Tagebücher Gides oder die Briefe Kafkas. Für das Fiasko der liberalen Persönlichkeit, ihre Katastrophen und Tragödien mit geradezu mythischem Ausmaß bietet die Berichtform der Tagebücher Thomas Manns vielleicht gerade wegen der Art der Auslassungen, Kürzungen, der Gehetztheit, der Schnitte, der ganzen Unvollkommenheit eine überreiche Fülle an Material.

Die Tagebücher sind das Instrument der verfeinernden und sublimierenden Arbeit. Sie sind nicht für uns bestimmt, sondern bilden das notwendige schriftstellerische Erinnerungsmaterial für eine beendete oder zu beendende psychische Arbeit. Ein kaum bewegtes Binnenmeer, umschlossen von den Landzungen seiner Werke und seines Lebens. Um sich selbst an das zu erinnern, woraus er etwas gemacht hat, woraus er etwas machen könnte oder woraus er etwas machen sollte. Seine Denk- und seine Lebensweise beruhen auf der Bedeutung seiner Arbeit und der Geltung seiner Person. Eine Lebensfunktion, eine Lebenserscheinung oder eine Lebensäußerung, die er nicht aus dem Blickwinkel dieser Koordinaten betrachten würde, ist nicht vorstellbar. Von da geht alles aus, dorthin führt alles zurück, und ausschließlich der Rang der Arbeit und der Persönlichkeit bestimmen Wert oder Unwert der Dinge. In einer Welt wie dieser muss freilich jede Lebensform und jede Lebensäußerung akzeptiert werden, die das Gleichgewicht der Werte herstellt, gleichzeitig aber auch alles aus ihr verbannt werden, was es zum Kippen bringen könnte. In dieser Welt dürfen Leidenschaften überhaupt nicht vorkommen, ja selbst Gefühle der Liebe und des Mitleids sind hier nicht zu gebrauchen. In Thomas Manns Tagebüchern finden sich nicht einmal Spuren davon. Vielleicht musste er deshalb so eifrig Tolstoi lesen, damit er nicht entbehrte, woran es ihm so extrem mangelte. Denn Thomas Manns Gefühle sind nicht in ihrer reinen Existenz, sondern nur als nach Nützlichkeit oder Nutzlosigkeit stilisierte vorhanden. Er hat kein Gefühl, das er nicht mit der größten Ruhe zur Kenntnis nehmen würde, und daher kann auch kein Zweifel an seiner Redlichkeit als Schriftsteller aufkommen, doch er hat auch kein Gefühl, das er nicht unter dem Gesichtspunkt seiner eigenen Bedeutung stilisieren würde. Daher hat die Tatsache, dass er zum Abendessen einen Smoking anzieht, keine größere oder geringere Bedeutung als die Tatsache, dass er beim Anblick seines jüngsten Kindes nur schwer seinen Ekel zu unterdrücken vermag. Der Stellenwert solcher Gefühle wird dadurch bestimmt, inwieweit und wo sie einen Platz in der aufsteigenden Hierarchie seiner Bedeutsamkeit einnehmen.

In einer Lebenswelt, in der im Dienst der eigenen Bedeutung alles und jedes als gleichrangig anzusehen ist, muss auch das Denken jede Radikalität ablehnen. In seinem Ekel vor dem Faschismus treibt seine politische Auffassung in den Jahren der Tagebuchaufzeichnungen wohl deshalb spürbar nach links, obwohl seine soziale Empfindsamkeit dessen ungeachtet gleich null bleibt. Es gibt erotische Versuchungen, heftige Zuneigungen, doch freundschaftliche Gefühle hegt er für niemanden. Auch wenn man die unverwechselbare Rolle und Funktion, die Katia Pringsheim in seinem Leben erfüllt, genau versteht, kann man sie nur äußerst schwer mit einem Gefühl in Verbindung bringen, das Liebe zu nennen wäre. Über Liebe mag er sich überhaupt nicht äußern, selbst das Wort ist selten, das heißt, er versucht, sein diesem irgendwie ähnliches, einmaliges und längst vergessenes Gefühl mit einem das Wort Leidenschaft vermeidenden Synonym umschreibend aus sich selbst zu erklären. Seine väterlichen Gefühle für die Kinder aber muss man zur Kenntnis nehmen wie ein falsches Spiel; es ist nicht nur dann falsch, wenn er unter den vielen nur eines oder nicht einmal eines wahrnimmt, sondern auch dann, wenn er sich gegenüber irgendeinem von ihnen zu einem Gefühl verpflichtet sieht, das er tatsächlich empfinden könnte, aber wegen anderweitiger Beanspruchung zu empfinden nicht in der Lage ist.

Der kultivierte liberale Geist kann sich auch nicht dem negativen Affekt der Liebe, dem Hass, ausliefern, sondern für dieses Gefühl steht ihm nur sein allzu verfeinerter, sublimierender Wortschatz zur Verfügung. Dabei gibt es Ablehnung, Verachtung, Verächtlichmachung, Geringschätzung mehr als genug, vom Ekel ganz zu schweigen. Diese sorgsam in Evidenz gehaltenen und lustvoll ausgekosteten psychischen Offenbarungen bilden eine negative Hierarchie, an deren Spitze das antiseptische Idealbild einer bedeutenden Persönlichkeit beziehungsweise der durch die eigenen Erfolge legitimierte Ehrgeiz steht.

Eine metaphysische Vorstellung von der Welt, die ihm überhaupt erst die Möglichkeit zu einem von jeder Stilisierung freien Denken und Schreiben bieten würde, fehlt ihm ganz, und dieser Mangel wird bei ihm ersetzt durch den Humanismus. Wie einen Schildpatt trägt der unglücklich rasende Nietzsche seine humanistische Gedankenwelt auf dem Rücken, die in der wahnwitzigen Stilart Wagners mit Göttern, Halbgöttern und Heroen bevölkert ist, und auf dem Thron der höchsten Gottheit thront der nüchterne Goethe. Ich beabsichtige nicht zu karikieren; er würde es zwar verdienen, doch darauf angewiesen wäre er nur dann, wenn er die tragischen Bedingungen dieser jeder Realität baren und vornehmlich götzendienerischen Vorstellung selbst nicht besser erkennen würde als ich.

Er ist sich der unerhörten Gefährlichkeit einer der menschlichen Intelligenz ausgelieferten Vorstellung von der Welt bewusst; das ist die andere, seine schriftstellerische Redlichkeit bestätigende Seite der Medaille. Zu den vielleicht erschütterndsten, weil sein ganzes Denkgebäude zum Einsturz bringenden Tagebucheintragungen gehört die, als er am 19. Oktober 1937 bei der Lektüre einer Rezension Horkheimers über ein Buch von Jaspers auf ein Urteil seines geliebten Nietzsche über das Deutschtum stößt: «Ein Volk, das sich der Intelligenz eines Luther unterordnet!», und nach der Pause eines Gedankenstrichs ruft er aus: «Nein, Hitler ist kein Zufall, kein illegitimes Unglück, keine Entgleisung. Von ihm fällt ›Licht‹ auf Luther zurück, und man muss diesen weitgehend in ihm wiedererkennen. Er ist ein echtes deutsches Phänomen.» Dennoch ist er nicht zu der qualvollen oder schmerzlichen Erkenntnis gekommen, die seiner ständigen psychischen Neigung, sich selbst doch irgendwie zu Goethe hin zu stilisieren, hätte im Wege stehen können. Das bedeutet andererseits, dass er Goethe zumindest zum weltlichen Stellvertreter des menschlichen Geistes stilisieren musste. Was freilich eher den, vorsichtig ausgedrückt, schlechten Geschmack Wagners bezeugt als die heitere, in andere Welten hinabsteigende und sich wieder emporhebende organische Denkungsart Goethes. Thomas Mann weiß, er weiß alles, doch muss er aus dem hierarchisch gegliederten System des Denkens, das er errichtet hat und zwanghaft repräsentiert, jenen kritischen und protestierenden Geist eliminieren, der die Grundlage und ständige Haltung dieses Denkens sein müsste. Die gestürzten Götter, die vertriebenen Heiligen kehren in Gestalt lebender und toter Menschen auf die sorgfältig übermalten Wände zurück.

Bei der Betrachtung seiner Tagebücher wird deutlich, in welcher Weise er den Mangel an metaphysischer Vorstellung in seinem Werk mit seiner stilistischen Konzeption ausfüllt beziehungsweise in welcher Weise er psychisch negative Inhalte mit Hilfe von Humor und Ironie zu positiver Bedeutung verwandelt. Er domestiziert seine Zweifel, hinterlässt aber schwache Spuren seiner Erschütterung. Das Protokoll dieser mentalen Arbeit ist das Tagebuch. In ihm befasst er sich mit allen Lebensgeheimnissen ausschließlich unter dem Gesichtspunkt seiner Arbeit, und so gibt es kein persönliches Geheimnis, dessen Spuren nicht in seinem Werk aufzufinden wären, aber es gibt auch keines, das in seinem Tagebuch in seinem ganzen ursprünglichen Ausmaß zutage treten dürfte.

In seinem Werk erscheint er in der Rolle des gütigen, verständnisvollen, zärtlichen, aufgeklärten, begütigenden Allvaters. So dass sich sowohl diejenigen, die sich selbst ähnlicher Tugenden rühmen, mit ihm zu identifizieren vermochten als auch jene, die, vom Mangel an persönlicher Freiheit verstört, von einem solchen mit väterlichen Tugenden ausgestatteten Seelenführer träumten. Um mit den Worten Attila Józsefs zu sprechen, bat ich, batest du, baten wir ihn, sich zu uns ans Bett zu setzen und zu erzählen. Wer sich aber wirklich zu uns ans Bett setzte, und diesen Umstand leuchten die Tagebücher taghell aus, war nicht Hermes, sondern Kronos. Der sich bekanntlich die Weltmacht sicherte, indem er seinen eigenen Vater Uranus kastrierte, um alsbald auch seine eigenen Kinder aufzufressen.

So wie wir Kronos keinen Vorwurf machen können, haben wir mit unserem moralischen Urteil auch gegenüber dem Erzähler Thomas Mann zurückhaltend zu sein. Nicht er hat uns betrogen, keineswegs. Gibt es doch nicht eine seiner so einlullenden Geschichten, in der keine Ausrufungszeichen erkennbar würden: Achtung! Jetzt blende ich! Jetzt täusche ich, jetzt zaubere ich! In unserer Unreife waren wir leichtgläubig, allenfalls haben wir nicht gemerkt, was wir nicht merken wollten. Seine eigenen Kinder nannten den Vater im familiären Umgang den «Zauberer», was nicht nur den in der Familie herrschenden universalen Ehrgeiz befriedigte, sondern dazu auch noch der Wahrheit entsprach. Es gibt einige, die viel wissen, und es gibt, so schwer uns das auch immer anzuerkennen fällt, solche, die alles zu Wissende wissen. Diese ein Viel- oder vielleicht Alleswissen dokumentierenden Tagebücher lassen uns das bis jetzt so gründlich zu kennen geglaubte Werk und die weltweit bekannte Persönlichkeit Thomas Manns in neuem Licht sehen. In diesem neuen Licht wird, wenn auch nicht ein anderes Lebenswerk und eine andere Person, so doch ein im Zeichen des liberalen Denkens mit seinem am meisten gefürchteten und zutiefst verborgenen Geheimnis belasteter Mensch sichtbar: ein Leidender. Was sich allerdings gerade in den Augen jener Generation als modernes und zeitgemäßes Phänomen erwies, die zwar seinen Stil verwarf, aber gerade der Linienspur seines auf Vernunft gegründeten Denkens folgend sogar den Begriff des Leidens aus dem Wörterbuch der Literatur verbannte.

Ich muss betonen, dass die von Peter de Mendelssohn herausgegebenen Tagebücher nicht ohne Auslassungen sind, obgleich er in seinem Vorwort anführt, die Texte der erhaltenen Hefte nicht gekürzt zu haben. Um seiner Herausgeberehre zu genügen, fügt er allerdings rasch an, dass er mit Rücksicht auf allerprivateste Empfindlichkeiten «an einigen wenigen Stellen» «einige Sätze oder lediglich einige Wörter» entfernt und durch drei Punkte zwischen eckigen Klammern ersetzt habe. In den Heften des Jahres 1920 finden sich zum Beispiel zwei Stellen, die zum Teil und ohne dass wir erkennen können, zu welchem, dem herausgeberischen Entsetzen des ansonsten unsere ganze Bewunderung und Anerkennung verdienenden Mendelssohn zum Opfer gefallen sind.

Der Tagebuchautor war zu dieser Zeit fünfundvierzig Jahre alt. Am Ende einer Eintragung vom 5. Juli finden wir folgende kurze und überraschende Mitteilung: «Verliebt in Klaus dieser Tage. Ansätze zu einer Vater-und-Sohn-Novelle. – Geistig rege.» Der in der Familie «Eissi» genannte Klaus hatte das vierzehnte Lebensjahr noch nicht vollendet. Eine neun Tage später datierte Eintragung aber wird durch einen verstümmelten Satz lückenhaft, und zwar bezieht sich diese Eintragung Thomas Manns auf das allerprivateste Verhältnis zu seiner damals siebenunddreißigjährigen Frau. In einer mit der Textlücke im Zusammenhang stehenden Reflexion lesen wir von etwas Neuem. Thomas Mann schreibt dort, dass er mit seinem Zustand nicht ganz im reinen sei, denn man könne hier eigentlich nicht von Impotenz reden, sondern eher von der gewöhnlichen Verwirrung, der Unzulässigkeit seines «Geschlechtslebens». In diesem Satz setzt er sein Geschlechtsleben im Übrigen in Anführungszeichen, als glaube er nicht ernstlich daran, dass dergleichen überhaupt als vom Persönlichkeitsganzen abtrennbare Funktion existieren könne, womit er natürlich Recht hat, obwohl die Anführungszeichen gerade der Abtrennung des Vorganges von der eigenen Person dienen. «Zweifellos», schreibt er im nächsten Satz, «ist reizbare Schwäche infolge von Wünschen vorhanden, die nach der anderen Seite gehen.» Was wäre, fragt er mit einer auch hier in Anführungszeichen gesetzten, reichlich assoziativen und zugleich zweideutigen Wortverdrehung, wenn ein Junge «vorläge» beziehungsweise «zu seiner Verfügung stünde»? Die Antwort auf diese rhetorische Frage braucht er gar nicht erst niederzuschreiben: Der Erfolg wäre ihm sicher, er wäre nicht impotent. Jedenfalls wäre es unvernünftig, fährt er fort, sich durch einen Misserfolg deprimieren zu lassen, dessen Gründe ihm nicht neu seien. «Leichtsinn, Laune, Gleichgültigkeit, Selbstbewusstsein sind schon deshalb das richtige Verhalten, weil sie das beste

>Heilmittel‹ sind.» Und löst in den folgenden Tagen, in denen die Arbeitslust «ziemlich schlecht» ist, die an sich selbst gerichtete Aufforderung auch ein. Die folgenden Eintragungen aber lassen inzwischen keinen Zweifel mehr, wer dieser gewisse Junge ist und welche «Umkehrung» seiner Aufmerksamkeit die Impotenz verursacht haben mochte. Er ist «entzückt» von Klaus, der «im Bade erschreckend hübsch ist».

Zur Bewältigung dieser Lebenssituation müsste er entweder über übermenschliche Fähigkeiten verfügen oder, wenn er über diese nicht verfügt, sich bereitwillig in die Tragödie ergeben. Eine andere Wahl hat er nicht. Wenn er, dem kulturellen Gebot gehorchend, sein Geschlechtsleben von seinem Persönlichkeitsganzen abtrennen und die Potenz zum Gradmesser des Erfolges machen würde, dann hätte er von der offensichtlichen Erfolglosigkeit, vom Zusammenbruch des von sich selbst errichteten Bildes auszugehen. Würde er dagegen die Zuneigung zu seinem leiblichen Sohn als unumkehrbaren Teil seiner Persönlichkeit betrachten, dann müsste er seine gesamte kulturelle Prägung verleugnen. Das aber kann er auch nicht, denn dann würde er den bisher im Zaume gehaltenen Geist des Protests entfesseln.

«Finde es sehr natürlich, dass ich mich in meinen Sohn verliebe.» Dieser Satz ist vom stilistischen Gesichtspunkt eine logische Beschreibung der Zuneigung. Ist sie natürlich, kann sie nicht abnorm sein, ist sie aber nicht abnorm, muss man auch nicht vor ihr erschrecken; das ist das künstlerische Fazit, mit dem er dem kulturellen Gebot ein Schnippchen schlägt und das ihm den Weg freimacht zu der Novelle, die er noch schreiben wird. Einige Zeilen weiter reist er schon mit diesem akzeptierten und jeder Befangenheit baren Gefühl nach München und führt ein kurzes Gespräch mit einem sympathischen jungen Mann in weißen Hosen, der neben ihm sitzt. «Freude hierüber. Es scheint, ich bin mit dem Weiblichen endgültig fertig?» In dieser als Feststellung gemeinten Frage, in diesem leichtfertigen und launigen Stil klingt Goethes Idealbild vom Ewigweiblichen an, das er sich, um die Situation zu bewältigen, ins Gedächtnis ruft. Weiter darüber hinaus kommt sein Stil nicht, da er zu Hause ankommt. «Begrüßte alle nach der Droschkenfahrt, für die ich zwanzig Mark zahlte. Eissi lag mit nacktem braunen Oberkörper lesend im Bett, was mich verwirrte. – Gestern K.'s Geburtstag. Morgens Beschenkung. Sie erhielt das neue Fahrrad. Nahm mittags Eissi auf einen kurzen Spaziergang mit und unterhielt mich mit ihm über die Aufsatzfrage. K.'s Eltern zur Schokolade. Abends Gartenfest bei Dr. Mannheimer.» … «Sprach viele Leute, übrigens lauter Männer bis auf ein Wesen am Schluss, das mich ›kennenlernte‹. Zu Fuß nach Hause, sehr spät und müde ins Bett.» Das in Anführung gesetzte Wort ist nicht leicht zu verstehen; aus Textumfeld und Ausdrucksweise könnte man darauf schließen, dass es auf ein zu beendendes oder soeben bereits beendetes erotisches Abenteuer hindeutet.

Der Schreiber des Tagebuchs jedenfalls hat sich einigermaßen beruhigt; er hat seine gefährliche Neigung überwunden und damit das sich selbst gegebene Versprechen eingelöst. Er hat einen Erfolgsnachweis erbracht, und so könnte er dann dieses in den Kreis natürlicher Wirkung einbezogene Abenteuer des ursprünglichen Begehrens ohne moralische Wunden beenden. Doch zwei Tage später lesen wir: «Las gestern Abend eine weltschmerzlich zerrissene Novelle Eissis und kritisierte sie an seinem Bett unter Zärtlichkeiten, über die er sich, glaube ich, freut.» In Kenntnis des Vorausgegangenen und der Zusammenhänge bedarf es wohl keiner allzu großen Vorstellungskraft, um zu erkennen, welch kritische Grenze die Leidenschaft des Tagebuchschreibers inmitten dieser Zärtlichkeiten erreicht haben mochte. Ihn bewahrte wohl nur die auf seine schriftstellerische Autorität gegründete väterliche Kritik davor, wovor er den Knaben bewahrte. Der Schein hing nur an einem Haar.

In einer drei Monate später datierten Eintragung werden wir informiert, wie er die in sich erstickte Leidenschaft untergebracht hat: «Ich hörte Lärm im Zimmer der Jungen und überraschte Eissi völlig nackt vor Golos Bett, Unsinn machend. Starker Eindruck von seinem vormännlichen, glänzenden Körper. Erschütterung.» Er blickt nunmehr aus der Höhe seiner väterlichen Autorität herab. Obwohl die Kraft der Anziehung damit nicht abgeschwächt wird. An dieser Stelle sind wir allerdings auf Vermutungen angewiesen, da der deutsche Herausgeber den Text wiederum abbrechen lässt. Aus dem Schluss der gleichen Eintragung erfahren wir jedoch, dass der Autor, ins eheliche Schlafzimmer zurückgekehrt, zwar seiner Gewohnheit, die eigene Leidenschaft zu unterdrücken, vertrauen und der verständnisvollen Haltung seiner Frau sicher sein kann, es aber anscheinend nicht vermag, ihre Beziehung in der erwünschten Weise wiederherzustellen.

In diesen flüchtig analysierten und nur beispielhaft angeführten Eintragungen erweist sich Thomas Mann als jemand, der in kulturelle Zusammenhänge eingeweiht ist, von denen die europäische Literatur und die europäische Psychologie bislang zutiefst geschwiegen haben und auch in Zukunft schweigen werden. Weil in einer Kultur, die sich auf die Autorität und Leistung von männlichen Gottheiten gründet, Faktum und tägliche Praxis der Vaterliebe des Sohnes nachgerade als notwendig und wünschenswert angesehen werden müssen, gerade von dem anderen Gesicht derselben Liebe, von der Sohnesliebe der Väter, um der Autorität der Väter willen zutiefst geschwiegen werden muss. An diesem Punkt ist unsere Kultur unterminiert. Die Liebe der Söhne zu ihren Vätern sichert diesen die Autorität und spornt sie zu der Leistung an, die von der heimlichen Sohnesliebe der Väter bis auf den Grund zerstört und ausgelöscht wird. Mendelssohns

Zensurstift aber beginnt dort die Arbeit, wo wir in sachlichster Form Auskunft über Einzelheiten dieser kulturellen Zusammenhänge erhielten, die unser aller Leben bestimmen.

Deutsch von Hildegard Grosche

DER MENSCH ALS UNGEHEUER

Es geschah an einem längst vergangenen Sommermorgen, und es geschah wie mit Josef im sechsten Kapitel, als er mit seinem polternden Onkel den Anwalt Huld aufsucht. An diesem Morgen bestieg ein von Sorgen getriebener junger Mann den Regionalzug, um seine Geburtsstadt wenigstens für kurze Zeit hinter sich zu lassen. Er hatte kein Geld für die Miete. Nicht nur liebte die, die er liebte, ihn nicht, sondern auch die, die ihn liebte, liebte einen anderen heimlich noch mehr. Der Zug, der ihn ins Freie trug, war voll von ärmlich gekleideten, geplagten Menschen. An so einem schönen Sommermorgen, wenn die Putzlachen auf den Gehsteigen noch nicht getrocknet sind, spürt man, erfüllt von der Schwere missglückter menschlicher Verbindungen, den Rest der nächtlichen Kühle stärker. Und das ist gut. Die schmutzigen Fenster standen halb offen. Dieser junge Mann trug eine Zeitlang meinen Namen. In großer Not muss er den Tarnnamen auch heute manchmal benutzen und benutzt ihn, wenn er schon einmal seit seiner Geburt an den meinen gewöhnt ist.

Bei der Abfahrt war ihm keine große Wahl geblieben. Die Sitzplätze waren darauf angelegt, den Leuten bloß nicht so viel Platz zu lassen, wie sie nach dem Umfang ihrer Körper gebraucht hätten. Sie sollten die Arme und Schenkel der Nachbarn berühren und auch die Beine nicht bewegen können, ohne an andere Knie zu stoßen. Er fand jedoch einen guten Platz, einer jungen

Frau gegenüber. In Wirklichkeit hatte er nicht darauf geachtet, ob der Platz gut wäre, sondern auf die großen, beängstigend dunklen Augen der Frau. Näher kommend sah er sie, als sähe er sie genau so, wie von Kafka beschrieben. Als erblickte er sie durch das Guckloch einer noch geschlossenen Tür. Er starrte sie gleichsam an, ebenfalls wie schon von Kafka beschrieben, und setzte sich erst dann ihr gegenüber, doch so hastig, als könnte ihm jemand den Bissen vom Munde wegschnappen. Die Augen waren auch ein wenig hervorgewölbt, sicher reflektierte das Weiße deshalb mehr Licht. Sie waren verstörend, wenngleich so vertraut, als hätte er schon früher an sie gedacht.

Eine Zeitlang saßen sie einander zeitlos gegenüber. Dann mussten sie sich doch erst einmal abwenden. Während sie durch entgegengesetzte Wagenfenster starrten und das in der entgegengesetzten Richtung vorbeiziehende Gewerbegebiet betrachteten, mussten sie darüber nachsinnen, was sie an den Zügen des anderen so scharf wahrgenommen hatten oder was der andere an ihnen selbst wahrgenommen hatte. Und aufs äußerste aufpassen, um den Blick nicht zurückzuwenden. Oder nicht der Erste zu sein, der ihn doch zurückwenden würde. Oder nicht mit den Knien aneinanderzustoßen, was in dieser Situation durchaus falsch verstanden werden konnte. Der junge Mann registrierte, dass sich die junge Frau in dieser Situation quasi genauso benahm, genauso mit sich haushielt. Doch er registrierte auch, dass die Frau ebenfalls das gleiche registrierte. Was nicht angenehm war. In ihrer Kleidung hoben sie sich sozusagen gemeinsam von ihrer Umgebung ab.

Nicht dass jeder eine Neigung gehabt hätte aufzufallen. Die junge Frau trug Spitzenhandschuhe, das Buch, das sie in ihrem Schoß hielt, hatte sie mit der Handtasche zusammengefasst. Der junge Mann hielt ebenfalls ein Buch im Schoß. Er hatte den Buchtitel nach unten und den Buchrücken zu sich gedreht. Als hätte jemand die unbedeutende Information, was er da liest, gegen ihn verwenden können; er gab sie nicht preis. Obzwar sie sehr neugierig darauf gewesen wäre, was der schwarz gekleidete blonde junge Mann las. Sie selbst trug ein äußerst gut geschnittenes kleines Seidenkostüm, mittelblau, mit tüpfeligem weißem Muster. Es bedeckte gerade schicklich die geschlossenen Knie und folgte eng, aber nicht herausfordernd der Linie von Gesäß, Taille und Brust. Nur an der Haltung ihrer schönen, nylonbestrumpften Beine und zierlichen Füße war eine gewisse mondäne Nachlässigkeit oder Ungezwungenheit zu beobachten, was sich als ausreichend erwies, dass der junge Mann schon einen Augenblick später seine Zuneigung kaum mehr im Zaum zu halten vermochte. Ihre aus einigen dünnen Riemchen bestehenden, sehr hochhackigen Sandalen waren wie Schmuckstücke von erlesener Schönheit. Ebenso ihr Handtäschchen, auch das blau. So wie bei dem jungen Mann Schuhe, Socken, Hose und Hemd schwarz waren. Es war das typische Schwarz des um seine Revolutionen gebrachten Nachkriegseuropas. Juliette Gréco trug es im Moment der Befreiung von Paris, so sang sie für Queneau und Sartre in Saint-Germain-des-Prés, das Schwarz hatte sich mit ihrem Schwarz verbreitet, so war es geblieben. Und geben wir zu, es lag etwas unangenehm Zwanghaftes darin. In diesen übereinstimmenden Farben, dem vielen Blau, dem vielen Schwarz.

Gerade deshalb blickten sie sich von neuem an, komme, was da wolle. Oder genauer, die eigenen Ängste beiseitedrängend. Wer den Krieg überlebt hatte, war wohl zwanghaft geworden und musste mitunter aus ihnen ausbrechen. Komme, was da kommen muss. Die junge Frau musterte vorzugsweise die Schultern des jungen Mannes, seinen Hals, seine vorspringende Nase, seine Schenkel in der engen Hose, setzte zu immer größeren Kreisen an, um wieder zu dem blonden, sich in Wellen und Kringeln lockenden Haar zurückzukehren. Das war verständlich. So eng die Hose auch sein mochte, die wahre Beschaffenheit der Schenkel ließ sich durch das Schwarz nur schwer abmessen. Schwarz erlaubt keinen Einblick. Der junge Mann konnte sich nicht dagegen verwahren, auch wenn schon andere sie nun beobachteten, denn im Grunde hatte er sich in den dunklen Pupillen der Frau verloren. Seine periphere Sicht war von der glatt und gewölbt aufsteigenden Stirn in Anspruch genommen, dem prachtvollen, in der Mitte streng gescheitelten nachtschwarzen Haar, das ihr in einem schweren Knoten im Nacken lag, und dem Ausschnitt ihrer Kostümjacke, ihrer Gesetztheit, ihrer Kühnheit und ihrem Busen. Er wurde zum äußersten Punkt seiner Blicke, bis zu ihrem Buch, ihrem Schoß wagte er sich nicht vor, als sich plötzlich im Blick der Frau alles veränderte.

Der junge Mann musste sich mit seinem Blick zurückziehen. Wie jemand, dem man ätzende Lauge ins Gesicht gegossen hat. Während die junge Frau den flüchtenden Blick des Mannes nicht losließ und die in Spitzenhandschuhen verborgenen Hände vor die Brust hob, wie es sich ziemt. Langsam, ganz langsam, als träfe sie Vorkehrungen zu einer medizinischen Demonstration, streifte sie die Handschuhe ab. Alle in dem rüttelnden Waggon konnten jetzt sehen, was sich zwischen den beiden abspielte.

Die junge Frau genoss in diesem Moment der Gemeinsamkeit den eigenen panischen Schmerz, den der mitten in seinem sinnlichen Trieb getroffene junge Mann mit seinem Blick bei ihr hervorrief. Es war, als wenn sie, mit Kafka gesprochen, leichthin sagte: *Ich habe nämlich einen solchen kleinen Fehler, sehen Sie.* So hielt sie ihm ihre Hand entgegen, und so ließ sie sie in ihren Schoß zurücksinken. Der junge Mann hätte wenigstens entgegnen sollen, was Josef am Ende des sechsten Kapitels beim Anblick von Lenis Schwimmhäuten entgegnet: *Was für ein Naturspiel.* Und darauf, die ganze Hand besehend: *Was für eine hübsche Kralle!*

Siamesischen Zwillingen gleich waren an beiden Händen der kleine Finger mit dem Ringfinger und der Mittelfinger mit dem Zeigefinger zusammengewachsen, und ein einziger breiter Nagel umspannte die Kuppen dieser Doppelfinger. Das Seltsamste bei dem Ganzen war, dass ich wenige Nächte zuvor bis zum Morgen den *Proceß* gelesen hatte. Eigentlich ging mir noch stärker zu Herzen, dass ich nicht Schwimmhäute sah, sondern die Klauen eines zarten jungen Tieres. Was vielleicht nichts anderes war als der Unterschied zwischen Dichtung und Wahrheit, und die Dichtung hat sich noch immer als stärker erwiesen. Der jungen Frau blieb nun nichts mehr zu tun. Sie zog ihre Spitzenhandschuhe wieder über die Doppelfinger, nahm ihr Buch und las, indem sie es hochhielt und so ihr Gesicht verdeckte. Die anderen um uns herum verloren ihr Interesse an der Sache, und eine Weile tat auch ich so, als würde ich lesen.

Ich konnte die Scham nicht lange ertragen, an einer der nächsten Stationen stieg ich ganz plötzlich aus. Der Zug fuhr ab, hinter meinem Rücken lag die berüchtigte Ziegelei, wo die Gendarmen noch im letzten Moment vor dem Zusammenbruch fünfundfünfzigtausendachthundertsechzehn Juden zusammengetrieben, gequält, ausgeraubt und in Waggons verladen hatten. Aus Nagyvárad, Újpest, Kispest, Pesterzsébet hatte man sie hierhergetrieben, seither liegt Grauen über diesem Ort.

Und gegenüber die Einöde, die Einöde und ein leichter Sommerwind.

Deutsch von Ruth Futaky

VON MENSCH ZU MENSCH

Mutter Teresa wurde gefragt, ob das Berühmtsein ihr etwas bedeute, ob es ihr etwas bedeute, befragt, fotografiert, gefilmt zu werden. Etwas verschmitzt legte Mutter Teresa ihren mit dem Häubchen bedeckten Kopf schief, sammelte ihre Falten zum verführerischsten Greisinnenlächeln und antwortete, das sei ein Opfer. Eine kurze Stille trat ein. Der Reporter verstand wahrscheinlich nicht ganz, was in aller Welt Mutter Teresa gemeint hatte. Als wäre sie auf eine unentdeckte Landschaft zwischen Ernst und Besorgnis gestoßen, verschwanden die Falten des verführerischen Lächelns aus ihrem Gesicht. Sie sagte, jedes Bild von ihr rette eine Seele. Heute beispielsweise seien hier so viele Bilder von ihr gemacht worden, dass das Purgatorium leer bleiben werde.

Der Reporter war immer noch verunsichert. Vielleicht schreckte ihn die Dimension des Mysteriums, das sich auftat, und er hätte gern schnell nach einem rationalen Halt gegriffen. Peinlich berührt, in einer so simplen Sache zu Erklärungen ansetzen zu müssen, fügte Mutter Teresa hinzu, mit dieser ganzen Filmerei, und dabei wies sie auch kurz auf die Kamera, habe sie so viele Menschen vor der Verdammnis gerettet, wie Bilder von ihr gemacht worden seien, und deshalb werde das Purgatorium heute leer bleiben.

Wohlgemerkt, mit ihrem Opfer rette sie nicht unbedingt diejenigen, die die Bilder sehen und ihre Worte verstehen oder auch nicht verstehen. Vielmehr verbreite sich das Gute in der Welt, es tue seine Wirkung.

Ich weiß nicht, wie es ist, und auch nicht, was noch auf uns zukommt, aber zumindest für einen Augenblick habe ich die Trostlosigkeit meines unredlichen Denkens und falschen Handelns durchschaut. Mutter Teresa hat mit ihren wenigen Sätzen ein auch rational formulierbares Dilemma aufgelöst, das mich schon seit Jahrzehnten quält und das ich bisher nicht befriedigend lösen konnte. Ich entscheide je nach Gelegenheit, obwohl ich selbst nicht weiß, ob ich meine öffentlichen Auftritte billigen oder mich ihrer schämen soll. Mag sein, ich weiß es auch jetzt noch nicht, aber wenigstens empfinde ich die Natur der Unredlichkeit.

Was Mutter Teresa in der ihr eigenen mystischen Sprache behauptet, ist ein hartes Urteil über all das, was wir mit unseren Bildern und Worten vierundzwanzig Stunden am Tag in der Öffentlichkeit veranstalten. Dabei ist die Sache denkbar einfach. Jedes Bild, das einen einzelnen Menschen einem anderen Menschen darbringt, ist ein Opfer, ein Sakrament und ein Mysterium. Und jedes Bild, das in beliebiger Absicht gezeigt wird, ist ein Sakrileg und Götzendienst. Wer etwas aussendet, was nicht persönlich, sondern göttlich ist, bleibt zwangsläufig bescheiden, seine Persönlichkeit kann dadurch andere in ihrer Persönlichkeit berühren. Wer dagegen nicht imstande ist, auf diese Weise zu existieren und zu sprechen, der zwängt sich in vorgeschriebene Rollen und stellt nur bestimmte Eigenschaften zur Schau. Die Sendung macht die ganze Persönlichkeit sichtbar, der Exhibitionismus verhüllt sie.

Andere Kulturen, in denen das Menschenbildnis von Anbeginn verboten war, dürften dasselbe Problem gehabt haben, das unsere zwischen Götzenkult und Mysterium hin- und hergerissene Kultur nicht einmal mehr zur Kenntnis nimmt.

Ob in der Diktatur oder in einer Demokratie, die Öffentlichkeit teilt jedem eine Rolle zu. Dass die Rolle nicht das Ganze der Persönlichkeit deckt, versteht sich von selbst. Es gibt keine Rolle, in welche das Ganze hineinpassen würde. Es ist der Vorteil einer demokratischen Öffentlichkeit, dass man sich sein Rollenfach wenigstens selbst wählen kann. Ich bin meiner Rolle nach ein Schriftsteller, der nach allgemeiner Ansicht etwas von Anthropologie, Psychologie, Politik und Philosophie verstehen sollte, von Sprache natürlich auch, wobei etwa der Unterschied zwischen gesprochener und geschriebener Sprache, der zu den eigentlichen Gegenständen meiner Arbeit zählt, nur wenige wirklich interessiert. Dass ich darüber spreche, erträgt die demokratische Öffentlichkeit so wenig wie die in einer Diktatur. Reden wir also lieber über ein Thema, das viele interessiert.

Demnach sollte ich meiner Rolle nach im Grunde nicht primär ein Schriftsteller sein, der wie Mutter Teresa immer nur über denjenigen spricht, den er direkt vor sich hat, sondern mehr ein Schauspieler, der durch sich selbst viele sprechen lassen und ansprechen soll. Ich hätte ein Schauspieler zu sein, der die Literatur nur als Rolle auffasst und der dank seiner mimischen Fähigkeiten den Riesenabstand zwischen gesprochener und geschriebener, aber auch zwischen literarischer und schauspielerischer Sprache bereitwillig überbrückt. Schreiben ist nach allgemeiner Ansicht etwas, was man in der Schule gelernt hat, und einen guten Schriftsteller erkennt man vor allem daran, dass er als großer Schauspieler vor die Öffentlichkeit tritt. Habe ich diese Grundsätze akzeptiert, kann ich mich als Schauspieler zwischen zwei Rollenfächern entscheiden. Ich kann den Autisten, den Einsiedler, den Säulenheiligen, den verfluchten Dichter spielen, den außer seiner Kunst und seiner Manie weder Gott noch Menschen interessieren, oder ich kann im Gegenteil den Propheten spielen, der den lieben langen Tag über das Schicksal der Nation, womöglich der ganzen Menschheit sinniert, ich kann den leidenschaftlichen Hansdampf spielen, der über alles, von den Ladenöffnungszeiten bis hin zur Flussregulierung, eine entschiedene Meinung hat, aber gerade über den einzelnen Menschen nicht spricht, weil er andere mit solchen Belanglosigkeiten nicht behelligen will.

Ich habe in einer Diktatur gelebt, und seit einer Weile lebe ich in einer Demokratie, aber es ist mir noch nie passiert, dass man mich gefragt hätte, was eigentlich der Gegenstand meiner Arbeit beziehungsweise der Inhalt meines Lebens ist: der einzelne Mensch als möglicher Gegenpart meiner selbst inmitten vorgestellter Gestalten, die nicht gänzlich ich sind, aber auch nicht mit anderen identifizierbar oder nur insofern, als sie alle leben, eingeschlossen in die Form des einzelnen Satzes. Nicht weil die Leute dumm, gleichgültig oder ungebildet wären, fragen sie nicht danach, sondern weil das Medium, für das sie arbeiten, diese Dimension tabuisiert. Darum habe ich, wenn ich eine öffentliche Rolle übernehme, eher den Eindruck, ein Objekt für den Exhibitionismus anderer Menschen zu sein. Ich spiele bereitwillig einem Regisseur zu, gehe von hier nach da, tue so, als würde ich schreiben, ein andermal lese ich, ich rede sogar Schwachsinn, wenn man mich bittet, wird der Film doch angeblich über mich gedreht. Wenn ich auf Fragen eines Rundfunkreporters antworte, der so tut, als wäre er in allem, was ich je geschrieben habe, bestens bewandert, weil er vor unserem Gespräch ein paar Sätze in einem meiner Bücher überflogen hat, dann muss ich darauf achten, dass ich seine blöden Fragen halbwegs zurechtbiege, außerdem dürfen die Hörer nicht merken, dass er so gut wie keine meiner Antworten versteht. Wenn ich dagegen all das satt habe, mich zurückziehe, keine öffentliche Rolle übernehme, dann wechsle ich in ein Rollenfach, das mit meiner Wesensart unvereinbar ist, das also unecht ist.

Mutter Teresa hat ihr Ordenshaus auf einen einzelnen Menschen gebaut, einen Sterbenden, den sie auf der Straße fand und ihrem Gewissen folgend nicht dort lassen konnte. Sie sagt, mit den vielen, den Menschen gleichen Schicksals, die sie nie gesehen hat und nicht kennt, von deren Not sie zwar gehört hat, denen sie aber nicht begegnet ist, könne sie sich nur in ihren Gebeten befassen, deshalb bete sie eigens, dass die Regierungen deren Sorgen lindern mögen. Das sei Sache der Regierungen. Ihre Sache dagegen sei das Unglück, die Not und das Leiden des einzelnen Menschen, jenes Einzelnen, mit dem die Vorsehung sie zusammengeführt hat, der namhaft gemacht werden kann. Mich führt das Schicksal mit vorgestellten Menschen zusammen, mit Menschen, die außer mir niemand kennenlernen würde, wenn ich nicht einen in allen Gliedern wahrhaften Satz über sie schreiben würde. In meinem Haus kann nicht einmal ich selbst wohnen. Dagegen bauen Zeitungen, Rundfunkstationen und Fernsehanstalten ihre Macht und ihre Häuser auf die anonyme Menge, auf die allen gemeinsamen Eigenschaften, die, weil jedermann sie hat, statistisch erfassbar sind, doch statistisch erfasste oder aus Verallgemeinerungen zusammengebaute Menschen werden nie einen Menschen und nie einen Satz ergeben, der Hand und Fuß hätte.

Deutsch von Ruth Futaky

GEHEIME GESELLSCHAFTEN

Reise in eine phantastische Welt

Interessant, dass Richard Swartz in seinem in Sachen Kohlrouladen wirklich auf Vollständigkeit bedachten Nachwort zu seiner südosteuropäischen Anthologie weder die berühmten Siebenbürger Krautrouladen noch das Kraut auf Klausenburger Art, noch das Szeklerkraut erwähnt. Dabei weiß ich genau, dass er mehr als eines der genannten Gerichte kennt. Bei uns hat er ihnen bei verschiedenen Gelegenheiten kräftig zugesprochen. Anschließend streckte er sich auf der Küchenbank aus, es kam auch vor, dass er einschlummerte. Auch kann ihm nicht entgangen sein, dass die in Ungarn bekannten Kohlrouladen (nicht eingerechnet die in deutschsprachigen Ortschaften gängigen Krautknädli oder das in Kohlblätter gewickelte und in Sauerkraut gekochte Majoranfleisch, wie es in slowakischsprachigen Dörfern verbreitet ist) nach Siebenbürger Rezepten zubereitet werden. Mal mit mehr, mal mit weniger Erfolg. In einem kleinen Topf brachten wir ihm Krautknädli aus Rákoskeresztúr, er soll sein Leben nicht beschließen, ohne sie genossen zu haben. Klausenburg kann er ebenfalls nicht vergessen haben. Auch dort sind wir gemeinsam gewesen, Mitte der siebziger Jahre. Kraut auf Klausenburger Art hat er dort allerdings nicht gegessen. In jenen Jahren gab es auch in den für ausländische Gäste reservierten Hotels kaum etwas zu essen.

In Kronstadt fragte der alte Kellner im selbstverständlichsten Ton der Welt, «ob sich die Herrschaften noch etwas zum Frühstück wünschten». Herrschaften – dieses Wort gebrauchte er. Zuvor hatte er auf einem Porzellanteller, der auch schon bessere Tage gesehen hatte, vier kümmerliche Stückchen Schmelzkäse und vier Stückchen gebratenen Speck in geronnenem Fett gebracht, ferner in vier Schüsselchen ein wenig suspekten Honig und fünf hauchdünne Scheibchen Brot von gestern. Im Kaffee mochte alles Mögliche sein, nur kein Kaffee. Die gelbgrünen Blätter irgendeiner Pflanze hatten sie als Tee aufgegossen. Mein phlegmatischer schwedischer Freund bleibt in beinah jedem Moment seines Lebens Journalist, doch er fragt nicht, führt kein Gespräch, gibt eher Stichworte, zieht seine Schlüsse, stellt auf die Probe, als müsste er unter dem Zwang seiner protestantischen Herkunft ständig auf den Busch klopfen, jederzeit bereit, auf den Widerspruch zwischen Schein und Wirklichkeit hinzuweisen. Jetzt hatte er augenblicklich die fachliche und sprachliche Position des alten Kellners taxiert und bejahte die Frage ebenfalls im selbstverständlichsten Ton der Welt: Und ob, er hätte gerne junge Zwiebel, frische Almbutter, wenn möglich Radieschen und unbedingt noch zwei weiche Eier. Der alte Kellner bewahrte die vollkommenste Ruhe. Wie es sich gehört, quittierte er die Bestellung mit einer Verbeugung und entfernte sich, indem er mit seinem altmodischen Deutsch ständig «sehr wohl, sehr wohl» wiederholte.

Am Nachmittag zuvor hatten die Leute der Securitate, die uns, einander abwechselnd, seit der ungarischen Grenze bereits mehrere Tage begleiteten, unsere Zimmer auf eine Weise durchwühlt, die uns begreiflich machen sollte, dass sie alle unsere Sachen gründlich untersucht hatten. Das sollte uns als Warnung dienen. Wir hatten auch Veranlassung dazu gegeben. In Klausenburg war es uns gelungen, sie für fast einen ganzen Tag abzuhängen.

Zoltán Kallós hatte versprochen, seine Schüler für uns zusammenzutrommeln, sie würden uns am Abend alles genau erzählen. Wir sollten bei ihm zu Abend essen und seine Sammlung ansehen. Am nächsten Abend würde er uns zum letzten verbliebenen Tanzhaus bringen, nach Kide. Da konnten wir keine Schonung walten lassen, wir mussten die bedrohliche Eskorte abschütteln. Kallós war der erste Mensch auf dieser phantastischen Reise, der keinerlei Anzeichen von Furcht oder Zurückhaltung merken ließ. Wir waren zu viert. Zwei kenntnisreiche, erfahrene und mit allem Drum und Dran akkreditierte Journalisten, Richard Swartz, der seit vielen Jahren für das *Svenska Dagbladet*, Manuel Lucbert, der seit vielen Jahren aus Wien für *Le Monde* berichtete, als Dritte Susanne Widén, die damals Richard Swartz' Frau war, gerade Thomas Bernhards Prosawerke ins Schwedische übertragen hatte und uns mit ihrem geräumigen Volvo (dem auf unserer Reise in eine phantastische Welt noch eine schwerwiegende Rolle zukommen wird) herumkutschierte, sowie ich selbst, in der Funktion des Fremdenführers und Simultandolmetschers. Wir hatten die Reise in Budapest gründlich vorbereitet. Die beiden Journalisten trafen mit Korrespondenten, Literaten und Experten zusammen, die sie gründlicher als ich über die radikale rumänische Kredittilgungspolitik, die spezielle Lage der Ungarn in Siebenbürgen und die historischen Bedingungen der Beziehungen zwischen den Volksgruppen unterrichten konnten. Falls es etwas geben sollte, was sie noch nicht wussten. Auffälliger als wir konnte keine einreisende Gesellschaft sein.

An der Grenze wurden die beiden Kisten sorgfältig ausgewählter ungarischer Bücher, die zwei Schreibmaschinen mit ungarischer Tastatur und die in Wien besorgten Köstlichkeiten, all das, was wir als Geschenk für Bekannte und Unbekannte mitführten, unverzüglich konfisziert. Unser Wagen wurde zur Seite dirigiert, die Reisepässe wurden uns abgenommen. Bei der

Durchsuchung blieb uns nur die Leibesvisitation erspart. Dann war plötzlich Stille. Circa anderthalb Stunden später führte man uns einzeln zum Verhör. In dem Amtsraum, in dem ich ausgefragt wurde, peinigte man an einem anderen Tisch eine junge Ungarin mit rumänischer Staatsbürgerschaft so lange, bis ihr die Tränen kamen, immer wieder mit den Worten, sie solle ihren Vornamen, der keine rumänische Entsprechung hatte, auf Rumänisch nennen. Und sie antwortete, immer wieder mit denselben rumänischen Worten, sie könne ihn nicht nennen, weil ihr Name keine rumänische Entsprechung habe. Ich blieb dabei, dass ich Freunde begleite, nicht als Journalist, sondern als gewöhnlicher Tourist. Ich blieb dabei, dass wir die Städte Siebenbürgens besichtigen wollten.

Einmal wandte sich die junge Ungarin verzweifelt an mich, ich sähe ja, was sie mit ihr anstellten, ich solle ihr doch helfen. Sie spürte, dass es auch mir schon reichte. Mehr zu sagen, als dass ihre Methoden dem Ansehen Rumäniens abträglich seien, bekam ich keine Gelegenheit. Ich konnte den Satz gar nicht zu Ende bringen, der Offizier, der mich mit Hilfe eines verschlissenen, bereits völlig seelenlosen alten Dolmetschers verhörte, war plötzlich absolut nicht auf ihn angewiesen. Er schlug auf den Tisch und fuhr mich an, dass der ganze Saal samt seinen Betonpfeilern widerhallte. Rumänien sei auf meine Meinung nicht neugierig. Wenn ich mich weiter aufspielte, verweigere er mir auf der Stelle die Einreise. Er hatte fast keinen Akzent. Wie sich später herausstellte, versuchte man uns im Laufe der parallel geführten Verhöre voneinander zu trennen. Sie drei, wurde meinen Freunden gesagt, werde man mit Freuden in Rumänien begrüßen, es gebe keinen Grund, ihnen die Einreise zu verweigern, doch leider seien sie gezwungen, mich zurückzuschicken. Eine Begründung nannten sie nicht. Alle drei wurden mit dieser Mitteilung hinausgelassen. Man ließ ihnen gleichsam Zeit, sich über die Lage zu beraten und möglichst eine opportunistische Antwort zu geben. Unisono bestanden sie darauf, dass ich mitkam. Ohne mich, argumentierten sie, könnten sie ihre Reise gar nicht fortsetzen, weil sie mich schon aus Höflichkeit zurück nach Budapest bringen müssten. Entweder alle vier, sagten sie, oder keiner. Sie würden nicht umhinkönnen, die Lage dahingehend zu deuten, dass ihnen die rumänischen Behörden ohne Begründung die Einreise verweigerten. Es folgte mehrstündiges Warten. Susanne und Richard blieben angespannt, ernst und entschlossen. Sie waren ganz bleich vor Zorn. Im Prinzip lag es nicht im Interesse Rumäniens, mit so angesehenen Journalisten in Konflikt zu geraten. Manuel spazierte pfeifend, die Hand nachlässig in der Hosentasche, um den abgestellten Wagen herum. Mit seinem unter dem Hemdkragen lose gebundenen Seidenschal, der Tweedjacke im Fischgrätenmuster und der Hornbrille war er in dieser von Staats wegen verwahrlosten Umgebung eine wirklich auffällige Erscheinung. Als schließlich auch ich aus dem Amtsraum entlassen wurde, war am anderen Schreibtisch noch immer der psychologische Menschenversuch im Gange. Sie soll ihren Vornamen auf Rumänisch sagen. Sie kann ihn leider nicht auf Rumänisch sagen, weil es ein ungarischer Vorname ist. Dann soll sie seine rumänische Entsprechung angeben. Das kann sie nicht angeben, weil es keine rumänische Entsprechung gibt.

Im absichtlich durcheinandergebrachten Zimmer des Kronstädter Hotels konnte ich mir dann zu meiner Voraussicht gratulieren, dass ich am Vortag bei Tagesanbruch die Liste der für unsere weitere Reise nötigen Namen, Adressen und Telefonnummern aus dem Buch genommen hatte. Den ganzen Morgen prägte ich sie mir ein, zerriss dann die Liste in kleine Schnipsel und spülte sie im Klo hinunter. Die Liste war nicht kurz. Ich kniete mich vor das Toilettenbecken hin und passte auf, dass die

Schnipsel tatsächlich verschwunden waren. Doch auch so konnte ich mich nicht von der Vorstellung befreien, dass sie auch das kontrollieren würden. Denn noch mehr Bauchschmerzen machte mir, dass ich die Adressen vergessen oder, noch schlimmer, die Hausnummern verwechseln könnte. Was in Klausenburg auch passierte, wenn auch nicht durch mein Verschulden. Wir suchten Kallós auf der entgegengesetzten Seite der öden, unasphaltierten Straße. Seine Freunde in Budapest hatten uns eine falsche Hausnummer gegeben. Und gleichzeitig werden die dort im Keller sitzen und die Schnipsel aus dem Abwasser fischen, um Namen und Adressen sorgfältig zusammenzufügen. Mitte der siebziger Jahre war die Paranoia des Regimes und die der paranoiden Ideologie dienenden Institutionen dermaßen angewachsen, dass man nicht mehr sagen konnte, wo die Auswirkungen des großen paranoiden Systems enden und wo die kleinen persönlichen paranoiden Affekte anfangen. Die ganze Gesellschaft war von ihren schädlichen Auswirkungen durchtränkt. Doch man konnte auch nicht sagen, dass all das eine Phantasmagorie, die geheime Tätigkeit des Apparats nicht spürbar sei, dass man unter den Folgen dieser Tätigkeit nicht zu leiden habe. Die persönliche Verantwortung für andere wurde dadurch natürlich nicht geringer, sondern größer, ihre Last drückender.

Lebenswichtig war für uns, einander zu informieren und die Außenwelt zu informieren. Die geheimen Informationen hatten einen speziellen Tonfall. Kein Flüstern, sondern ein Dämpfen der Stimme. Gleichsam um den anderen auf den vertraulichen Charakter der Mitteilung hinzuweisen. Sonst hätten wir nicht wissen können, welche Gefahr wo lauerte oder wo die Falle war, in die jeder Unvorsichtige hineinspazierte. Der Austausch vertraulicher Informationen wurde zur ständigen Einrichtung, es bildete sich ein Netz, das aus sicherer Quelle stammende Nachrichten weitergab. Diese zweite Öffentlichkeit bot die einzige Verteidigung.

Die Außenwelt wiederum folgte zumindest auf kurze Sicht blind ihren eigenen Interessen und ging den Vorspiegelungen des real existierenden Sozialismus leichtfertig, zuweilen fast lustvoll auf den Leim. Um einen dritten Weltkrieg zu vermeiden und die friedliche Koexistenz der großen Blöcke sowie den Erfolg des freien Handels zu gewährleisten, verloren die alten europäischen Demokratien gerne ihren Realitätssinn. Oder auch den Kopf. Die Rechte den Kopf, die Linke den Realitätssinn. Doch ob links oder rechts, ihre Regierungen verhandelten gerne über den Kopf der demokratischen Opposition hinweg mit Moskau. Die Rolle, zwischen Ost und West zu vermitteln, war Budapest zugedacht, was für anderthalb Jahrzehnte zur Quelle seiner Privilegien wurde. Gemeinsam diskreditierten sie damit zumindest in Ungarn jeglichen organisierten Widerstand, jede Gegenwehr. Wenn Willy Brandt und János Kádár nach den geglückten Verhandlungen in einen Freudentanz ausbrachen und später stolz darüber berichteten, dann waren in den Augen der Öffentlichkeit die berühmt-berüchtigten Männer von der demokratischen Opposition, János Kis, János Kenedi oder sogar Havel in Prag oder Michnik in Warschau, arme Irre, die sich von ihren Wahnideen nicht trennen konnten. In Ost und West feierte man die traurige Realität eines geteilten Europas. Dann haben die Reformisten Recht, denn somit gibt es keinen anderen Weg als zuvorkommende und resignierende Zusammenarbeit. Gleichzeitig pries die Weltpresse lautstark den neuartigen, innerhalb des sozialistischen Lagers bisher unbekannten nationalistischen Kurs Nicolae Ceauşescus. Mit diesem Kurs arbeitete Ceauşescu doch gegen Moskau! Er zog die von Präsident Johnson in einem geheimen Telegramm gebilligte Doktrin des Vorsitzenden Breschnew von der beschränkten Souveränität tätlich in Zweifel. Im Interesse der friedlichen Koexistenz konnte Präsident Johnson nichts anderes tun, als die Sache der Unabhängigkeit der kleinen osteuropäischen Völker ohne ihr Wissen von der Tagesordnung zu streichen. Er gab sein Amen, als die vereinigte Streitmacht des Warschauer Paktes die Tschechoslowakei überrannte, nur zu, meine Lieben, wenn ihr das Abkommen von Jalta so auslegen wollt. Die rumänische Armee marschierte nicht mit ein. Der rumänische Diktator verweigerte es. Nicht weil der «Sozialismus mit menschlichem Antlitz» in seinen Augen so anziehend gewesen wäre. Nicht Dubčeks erbitterten Versuch wollte er unterstützen, den letzten und sanftesten Versuch zur Rettung des Sozialismus. Weit gefehlt. Das Experiment des Sozialismus interessierte Ceaușescu nicht im Geringsten. Ihm schwebte Tito als Beispiel vor, der stramme, mit Schärpen und Auszeichnungen behängte Marschall in der weißen Jacke, der sein Schiff einige Jahre mit glücklicher Hand durch die Wasser des Kalten Krieges gesteuert hatte.

Nicht zu reden von Ceaușescus edelmütiger und absurder Idee, alle Schulden Rumäniens innerhalb weniger Jahre zurückzuzahlen. Auch dieser Schritt trug ihm das politische und diplomatische Wohlwollen der großen alten Demokratien ein. Wer ist nicht erfreut, wenn ihm astronomische Staatsschulden samt Zinsen zurückgezahlt werden, die er sonst als Verlust abschreiben müsste. Wenn er nicht im Interesse der friedlichen Koexistenz ein unsinniges und amoralisches System aus eigener Tasche finanzieren muss, das sich ihm gegenüber feindlich verhält und die Gelder in den Kanälen der Korruption versickern lässt oder zur Aufrüstung verwendet, zudem noch in Millionen und Abermillionen Menschen die eitle Hoffnung nährt, es gäbe zum Kapitalismus eine Alternative. Am Quai d'Orsay, wo man sonst in Sachen Freiheit, Gleichheit und Brüderlichkeit so anspruchsvoll ist, war man geradezu berauscht vom frischen Unabhängigkeitskurs des rumänischen Diktators. Nach den Folgen von Ceaușescus neuer Politik fragte man lieber nicht. Repressalien, Diskriminierungen, Hungersnot, Erfrierungstod in den ungeheizten Stadtwohnungen, Rassenhass allerorten. Man amüsierte sich über die nationalistische Bauernposse in Wien und Berlin.

Was Auswirkungen auf persönliche Kontakte hatte, auch in Ungarn. Ágnes Nemes Nagy wetterte, Miklós Mészöly und ich schadeten mit unserer Halsstarrigkeit der Entspannungspolitik. Ein absurder Vorwurf, gerade seine Logik war verrückt, doch in dieser Verrücktheit lag einiger Realismus. Vor der Kulisse der friedlichen Koexistenz in der großen Politik stärkte und reizte schon der geringste Widerstand oder auch nur Widersetzlichkeit diejenigen, die die aufgeweichte Diktatur wieder festigen wollten. Was Ceaușescu in seinem eigenen Land auch tat. Ein Warnsignal für andere. Vergebens argumentierte ich, dass der persönliche Widerstand oder zumindest Widersetzlichkeit, das heißt die innere Emigration notwendig sei, weil es um die Zukunft gehe, die Wahrnehmung der Perspektiven sei nun mal unser Metier. Nemes Nagy hielt entgegen, ich hätte keinen blassen Dunst vom Wesen der Diktatur, deswegen könne ich hasardieren, ich wüsste nicht, was eine richtige, harte Diktatur sei, was eine Kehrtwende bedeuten würde, Miklós hingegen müsste es eigentlich wissen. Ich erkühnte mich zurückzubrüllen. Ich wüsste es sehr gut. Nicht weniger als sie. Andererseits stand fest, dass Widerstand oder auch Widersetzlichkeit einem sehr viel abverlangte. Durch umstürzlerische oder renitente Aktivitäten durfte man keinesfalls andere gefährden. Ich durfte keine Hausnummern vertauschen und auch keine Telefonnummern verwechseln. Doch es lag nicht in meiner Absicht, die demokratische Welt oder diejenigen, die von dem ungarischen Versuch zur Konsolidierung der sozialistischen Diktatur eine hohe Meinung hatten, durch meine Informationen in Verwirrung zu stürzen. Jede Gesellschaft hängt an ihren jeweils aktuellen Illusionen. Sie lässt es nicht zu, dass sie ihr genommen werden. Hat sie keine anderen, dann verwöhnt sie sich mit paranoiden Illusionen. Bestenfalls hätte ich gerne erreicht, dass wenigstens meine Freunde klarer sahen. Um nicht über Fragen diskutieren zu müssen, die nicht diskutierbar waren. Jahrelang hätte ich gerne erreicht, dass die rechtsgerichteten ausländischen Berichterstatter ihr antikommunistisches Arsenal an Argumenten nicht mit Informationen auffüllten, die sie von mir bekamen. Ihr Verhalten war nicht nur unlogisch, es ging auch auf Kosten ihres Realitätssinns, denn weit und breit gab es in der riesigen Region keinen einzigen Kommunisten mehr. Ihre eigenen Klischees hinderten sie an einer realistischen Beurteilung der Lage. Die Linken wiederum sollten ihre an den Sozialismus geknüpften Hoffnungen oder ihre aktuellen antikapitalistischen Ressentiments nicht mit meinen Auskünften untermauern, denn es gibt keinen Sozialismus außer dem real existierenden. Seine Fehler sind nicht personengebunden, sondern funktionsbedingt, seine Vergehen symptomatisch. Wir haben die Diktatur eines Reichs, wir haben den sowjetischen Imperialismus. Genau so sieht die Verwirklichung des theoretischen Sozialismus aus, so und nicht anders. Die Konfrontation der beiden Supermächte und ihr Rüstungswettlauf schuf aus aktuellen Hoffnungen und aktuellen Illusionen Wahnwitz und Chaos in den Köpfen und Gemütern, deswegen war auch so eine kleine, wirklich primitive realistische Absicht nicht leicht in die Tat umzusetzen. Wer in dieser in den Stalinismus zurückfallenden, mit verschiedenen Spielarten der sozialistischen Diktatur ringenden Region handeln wollte, musste bis zur Gelähmtheit vorsichtig bleiben. Alltägliche Umsicht war nicht ausreichend. Kaum eine Bewegung war möglich, die der Geheimdienst nicht registrierte. Diesem Registrieren folgten Serien von Vergeltungsmaßnahmen und Querschüssen.

Dank der Dauerpräsenz der Geheimpolizei und einer Unmenge sinnloser Verfügungen erstarrte die riesige europäische Region in jenen Jahren zur Reglosigkeit. Breschnew war krank, aller Wahrscheinlichkeit nach litt er an Hirnerweichung. Wenn man ihn zuzeiten präsentierte, um zu beweisen, dass er noch lebte, wurde das Imperium samt seiner tatsächlichen Macht immer von neuem der Lächerlichkeit preisgegeben. Beim Versuch, über den roten Teppich zu gehen, kippte er um, so dass zwei Männer den von Medikamenten bis zur Unförmigkeit aufgedunsenen Körper auffangen mussten. Im Marmorsaal, der im Lichterglanz erstrahlte, kam er dem Gast mit stupidem Lächeln entgegen und stieß gegen die Wand. Es war nicht sein Körper, sondern ein Produkt der rabiaten sowjetischen Medizin. Seine Reden konnten nicht mehr live übertragen werden, nicht einmal Worte, die ihm zufällig einfielen, konnte er mehr artikulieren. Eine Sklerose befiel das von Atomwaffen bewachte Reich. Dabei ging es nicht um einige Wochen, sondern um zwei Jahrzehnte. Der Verfall mochte in einem abgestellten Salonwagen in Čierna während der Verhandlungen mit Dubček begonnen haben. In einem imperialistischen Wutanfall könnte er eine Gehirnblutung erlitten haben. Anderthalb Jahrzehnte lag er mit seinem sich zersetzenden Hirn im Sterben. Diese lange Agonie hat in der Sprache und Mentalität der Bevölkerung des zerfallenen Imperiums bis heute Spuren hinterlassen. Für individuelles Handeln war kein Raum geblieben, die geistigen Reserven waren erschöpft, die Rahmenbedingungen der Fachausbildung wurden durch negative Auslese auf den Kopf gestellt, für den öffentlichen Gedankenaustausch gab es keinen Ort, Dialog war unerwünscht. Jeder war nur aufs Überstehen aus, spielte auf Zeit, wollte Aufschub, wollte davonkommen. Doch nach zehn Jahren hätte niemand mehr sagen können, wozu und von wem er Aufschub wollte, was er und zu welchem Zweck er es überstehen wollte und welche Zeitspanne er mit seinen heranwachsenden Kindern noch würde durchhalten müssen. Auch heute gibt es keinen Grund, sich zu erinnern. Bei einem so hohen Grad an Entpersönlichung werden Selbst- und Menschenverachtung zur Notwendigkeit.

Sie wurden zum Grundtonus von Berufen und Ausbildung. Freude fand das schwer beeinträchtigte Bewusstsein nur noch am gemeinsamen Klagen. Der Mensch ist in seinem Leiden nicht allein, denn alle leiden ohne Ausnahme, das Leben ist tatsächlich Elend und Abscheulichkeit, dessen muss man sich mit rituellem Klagen vergewissern. Mangels Reflexion ersetzt das Klagen Handeln und Solidarität. Auf diese Weise führte die rituelle Klage das System von Selbstverachtung und Menschenverachtung in die Medizin, in die Literaturkritik, in die Architektur und in die Klempnerei ein. Ist doch sowieso alles egal. Wie Säure löste sie den Begriff der Verantwortung auf. Der Überlebenszwang fraß den Zukunftssinn und hinterließ die drückende Last eines ewigen Augenblicks. Hinsichtlich der Brutalität der diktatorischen Methoden und der Sklavenmentalität des Überlebens, des Überdauerns, der Duckmäuserei, des Maulhaltens, des Davonkommens gab es zwischen Rumänien und Ungarn einen graduellen Unterschied. Graduelle Unterschiede bedeuteten viel, trotzdem waren sie nur graduell.

Eine heranwachsende Generation das Leben lehren oder sie zum Überleben erziehen sind zwei völlig unterschiedliche Dinge. Wer im Überleben sozialisiert wurde, kann auch später nur um den Preis schwerer Prüfungen aus dem Kokon seiner Willfährigkeit schlüpfen.

Nicht an den graduellen Unterschieden, sondern an den Gemeinsamkeiten wurde klar, wie eng die ethische und die existenzielle Frage miteinander verkoppelt sind. Und für den, der dieses verwickelte Prinzip erkannte, würden fast alle Leiden zumindest für die Dauer der Erkenntnis einen Sinn bekommen. Er konnte ja nicht mit dem Kopf durch die Wand. Das wäre nicht sinnvoll gewesen. Wenn er sich jedoch tatsächlich nicht rührte, wenn er sich aus Angst oder reiner Vorsicht zur Reglosigkeit verurteilte, wenn er sich in einen Käfer verwandelte, dann tat er genau das, was der Unterdrückungsapparat wünschte. Doch es war unmöglich, nicht zu handeln. Der Weg der willfährigen Kooperation stand jedem offen. Man konnte weder dem eigenen Verstand noch den eigenen ethischen Ansprüchen Genüge tun. Um ihnen Genüge zu tun, musste die Kultur von Grund auf umgestaltet werden. Was auch geschah. Auf dem furchtbaren Nährboden des Handlungszwangs gedieh, Verstand und ethischen Ansprüchen zum Trotz, das Millionen und Abermillionen einschließende System der willfährigen Kooperation und die autochthone Kultur des Imperiums. Ich betone, die autochthone Kultur des Imperiums. Die auf Ignoranz beruhte, die härter war als Stein, auf der Erfahrung – die sich auch auf die Zukunft tiefgreifend auswirken wird –, dass man im Prinzip die gesamte Ikonographie der Kultur unangetastet lassen konnte, in der Praxis jedoch sämtliche Dinge und Begriffe über Bord werfen musste, die sich vom Standpunkt des Überlebensinstinkts aus als überflüssig erwiesen.

Wir verfügen über authentische und eindringliche Beschreibungen vom Innenleben der Nazidiktatur. Die Tagebücher von Hans Erich Nossack, seine Berichte über das Überleben, das zufällig erhalten gebliebene zeitgenössische Zeugnis des Nationalkonservativen Friedrich Percyval Reck-Malleczewen, die Aufzeichnungen und schonungslosen Sprachanalysen von Victor Klemperer. Diese Beschreibungen zeichnen ein grundlegend anderes Bild, als es das Innenleben der im Zeichen kommunistischer bzw. sozialistischer Ideen organisierten imperialen Diktatur bietet. Die sozialistische Willfährigkeit bemäntelte die fortwährende Sabotage, den dauerhaften Boykott, die stabile Schattenwirtschaft, den geheimen und gemeinschaftlich verübten Raub, das wechselseitige Augenverschließen, das als defensiver Reflex funktionierende spontane Lügen, das als Verteidigungsstrategie eingesetzte Jammern und Lamentieren, den ständigen Missbrauch von Tatsachen und Daten, die ungerechtfertigte und sich auf jedes Detail erstreckende Über- und Untertreibung, Irreführung, Fälschung, Bestechung und das durch die Kanäle der Korruption gespeiste illegale Netzwerk, das auf familiären Bindungen und Clanbeziehungen aufgebaut war. Das Innenleben der nationalsozialistischen Diktatur hatte ebenfalls selektiven Charakter, zog jedoch fast bis zum letzten Moment ihres Bestehens scharfe Grenzen zwischen legal und illegal, legte die Kompetenzen rigoros fest. Sie hielt streng am Verantwortungsprinzip fest. Für Ignoranz, die jedem eine Ausflucht und im gegebenen Fall eine Überlebensmöglichkeit gewähren würde, lässt sie keinen Spielraum. Es gab keine zweite Wirtschaft, die die erste korrigiert, keine zweite Öffentlichkeit, die die Nachrichten der ersten ausgelöscht oder erhellt hätte.

In der moskowitischen imperialen Kultur wirkten zwei Realitäten zur selben Zeit, die der Willfährigkeit und die der Simulation. Sie wirkten ineinander. Allerdings erwies sich die Simulation auf lange Sicht als stärker als der ganze Apparat und das Arsenal der von Willfährigkeit gestützten sozialistischen Diktatur, die von der Kultur der Simulation mit ihren unterirdischen Aktivitäten eifrig untergraben, entleert und zersetzt wurde, doch es gibt auch heute keinen Grund, sich darüber zu freuen. Zum einen weil die Strukturen zur Umgehung der Legalität beinahe unversehrt erhalten geblieben sind, zum anderen weil die auf Familien- und Clanbindungen beruhende Kultur der Simulation ihre Wirksamkeit nicht auf die materielle Welt beschränkte, sondern in der rücksichtslosen Zusammenarbeit mit der diktatorischen Macht jedes einzelne Wort der Muttersprache im Zeichen der Selbst- und Menschenverachtung diskreditierte und umschrieb. Parallel dazu veränderte sie verbindliche Verhaltensregeln. Sie löschte alle früheren Definitionen der Begriffe. Schließlich löschte sie sogar die kulturelle Verpflichtung, Definitionen zu treffen. Sie löschte jene Regeln geistigen Anstands, die in Ermangelung eines regelmäßigen und verbindlichen Dialogs überflüssig geworden waren. Die offiziell gebrauchte Sprache und die beim Gedankenaustausch in der Familie und im Clan gebrauchte geheime Sprache verschmolzen innerhalb weniger Jahrzehnte miteinander. Womit die Isolation der Region festgeschrieben war. Freie Wahlen gab es nicht, das sozialistische System hatte keine politische Legitimation, während seine sprachliche Legitimation ihm von der eigenen Bevölkerung verschafft wurde, die deshalb bis zum heutigen Tag nicht weiß, mit welcher Verantwortung oder welchen Pflichten freie Wahlen einhergehen. Die auf Willkür konditionierte Bevölkerung verhält sich gegenüber jeder Regierung egal welcher Couleur so, als wäre diese gar nicht von ihr gewählt. Sie identifiziert sich emotional und sprachlich mit der Rolle des Ignoranten, die sie sich vordem gezwungenermaßen angeeignet und mit nicht geringem Vergnügen gespielt hatte. Bis heute kann sie sich nicht von ihr lösen, aus Mangel an Reflexion wird sie noch einige Generationen an ihr festhalten. In ihrem Sprachgebrauch und den veränderten Verhaltensnormen behält sie die regionale Isolation und die regionale Ignoranz bei. Millionen und Abermillionen führen ihre Diskurse in einer Gaunersprache, die mit den Machtverhältnissen, unter denen sie leben, in keinerlei Zusammenhang steht. Sie reden in einer Sprache am Gegenstand ihrer Rede vorbei, die nach den Regeln der Simulation verzerrt ist, doch sind ihre Sprecher sich dieser Verzerrungen nicht bewusst und werden es auch niemals sein. Sie sind höchstens ständig gereizt, was vollkommen angebracht ist, sie können sich ja nicht vernünftig ausdrücken, sie verstehen einander gar nicht, sie können nicht bei einem Thema bleiben, und die Welt kann schon gar nicht verstehen, wovon die hier reden und was hier überhaupt passiert.

Der unerquickliche sprachliche Wandel verschonte auch die Reformer des Sozialismus nicht. Die Sprache der Reform und ihr

Begriffsinstrumentarium waren Teil der großen Simulation. Der große Reformversuch, vernünftiges Handeln und die Prinzipien des Sozialismus miteinander in Einklang zu bringen, verteidigte ein System, das gerade im Zeichen der Vernunft nicht reformierbar war. Dahinter stand die defensive Absicht vieler kleiner, individuell ausgetüftelter Perspektiven. Das war das tatsächlich Vernünftige daran. Die vielen kleinen karrieresüchtigen Akademiker klammerten sich nun nicht mehr an ihren religiösen Glauben, den Kommunismus, sondern verbargen die verzweifelten Eigeninteressen ihres persönlichen Handelns hinter der Maske der Gutgläubigkeit und des guten Willens. Als wüssten sie nicht, dass der Reform des Systems das System selbst im Wege stand. Ein zynisches oder selbstbetrügerisches Menschenbild ließ zugunsten einer erfolgreichen Karriere auch den letzten Rest an Selbstreflexion aus dem Bewusstsein verschwinden.

Es geschah in jenen Jahren, dass Béla Csikós Nagy, der als einer der Väter der Wirtschaftsreform galt, von Richard Swartz gefragt wurde, woran er gerade arbeite. An der Quadratur des Kreises, lautete die Antwort des namhaften Wirtschaftsexperten. Sie entsprach der Realität, doch Csikós Nagy war sich höchstwahrscheinlich nicht darüber im Klaren, wie unmoralisch seine Antwort war. Die sich naiv gebenden oder tief skeptischen Reformer brüteten lange über den Reformplänen, mit denen sie die spontan funktionierende, den Grundsatz des Gemeinwohls ignorierende und auf das Selbstverteidigungssystem des Zusammenwirkens von Familien und Clans abgestimmte Schattenwirtschaft im Prinzip hätten legalisieren können. Man hätte den Schwarzmarkt reinwaschen müssen, ohne dass eine reine Marktwirtschaft daraus geworden wäre. Im Grunde arbeitete man mehrere Jahrzehnte wider die vielen Millionen, die ihr Fortkommen inzwischen in der mit der Unterwelt verbündeten, jeglichen Solidaritätsprinzips entledigten, mit Selbstjustiz operierenden Schattenwirtschaft fanden und mit sämtlichen ethischen Erklärungen der Notwendigkeit von Korruption und Verbrechen höchst zufrieden waren.

Der alte Kellner brachte schließlich auf einem schönen alten Tablett drei schlanke Zwiebel. Sie waren insofern junge Zwiebeln, als man von austreibenden alten Zwiebeln flugs die äußere Schale abgezogen hatte. Auch Rettich gab es. Es war kein Radieschen, sondern irgendein schon früher mal gesalzener, gekümmelter Schwarzer Rettich. In jenen Jahren war das die leitende Idee dieser Gesellschaften zu ihrem Selbsterhalt: Erfindungsgabe, Improvisationskunst, Mimikry, Simulation. Was konnte wodurch ersetzt, was konnte womit ausgetauscht werden, was konnte womit verborgen, bemäntelt werden, wie konnte man etwas umbenennen, verdecken und vor allem: was konnte man sich heimlich aneignen. Und da die Dinge auch von den dazu Berufenen nicht benannt beziehungsweise ständig und unberechenbar mit anderen Namen versehen wurden, als ihnen natürlicherweise zustanden, funktionierten die Worte im Gespräch nur noch als vorsichtige Anspielung, nicht als Benennung. Es kam so weit, dass im Grunde der Unterschied zwischen Ja und Nein verschwand.

Die tägliche Unabdingbarkeit von Erfindungsreichtum und Erfolgshunger wurde nicht nur auf sprachlicher Ebene zur Falle, sondern erschwerte das Überleben, das Überdauern selbst. Ohne menschliche Erfindungsgabe und sprachliche Simulation wären die zur Mangelwirtschaft herabgesunkenen sozialistischen Systeme keine zwei Jahre lang lebensfähig gewesen. Mit ihrer Erfindungsgabe und ihrer Simulation hielten die Individuen die auch für sie unmögliche Situation gleichsam selbst aufrecht. Das wissen sie bis heute und nehmen es bis heute nicht zur Kenntnis. Mehrere Generationen lernten, als Ignoranten im Unmöglichen zu vegetieren. Sie gaben an die nächste Generation die Erfahrung weiter, dass man im Interesse des eigenen Überlebens sogar die eigene Zukunft ignorieren muss. Und wenn sie das schon mal getan hatten, mussten sie auch sagen: So ist der Mensch eben, so böse, so niederträchtig.

Der Rettich verbreitet in diesem Zustand großen Gestank. Der alte Kellner zog in dem einst sicherlich äußerst vornehmen Hotel den Gestank des Schwarzen Rettichs gleichsam mit sich, als er mit ihm zwischen den mit weißem Damast gedeckten Tischen und den vereinsamt gähnenden alten, samtenen Kanapees hindurchschritt. Würde man diesen Duft zu klassifizieren versuchen, wäre er zwischen abgestandener Babykacke und frischem Soldatenfußgeruch anzusiedeln. Beißt man jedoch hinein, ist er samt seinem Gestank sehr wohlschmeckend. Richard bedankte sich mit der ihm eigenen verschnörkelten Höflichkeit. Dann fragte er äußerst grob, ob der Herr Ober die frische Almbutter und die zwei weichen Eier etwa vergessen habe. Oh, natürlich, antwortete der alte Kellner, ohne mit der Wimper zu zucken, die Herrschaften mögen entschuldigen. Sodann verneigte er sich gravitätisch und entfernte sich, begleitet von einem «zu Diensten, zu Diensten», endgültig aus unserer Mitte. Er stünde uns zu Diensten, wenn es etwas gäbe, womit er uns zu Diensten stehen könnte. Wie der Witz über die Mangelwirtschaft es so treffend ausdrückte: Wenn ein Eimer da ist, dann ist kein Wasser da, wenn Wasser da ist, dann ist kein Strick da, wenn ein Strick da ist, dann ist kein Eimer da. Er suspendierte den Begriff des Kellnerdienstes, bis Butter und Eier infolge einer zufälligen Katastrophe wieder in die Region zurückkehren würden. Doch egal, ob Butter da war oder nicht, eine so weitgehende Suspendierung des Sinns von Begriffen war, was die Zukunft anbelangt, gefährlich.

Zu Beginn der neunziger Jahre kehrten mit dem Privateigentum, der Marktwirtschaft, der Mehrparteienkorruption, mit Drogenschmuggel und Waffenhandel nicht nur Butter und Eier in die Region zurück, das sind ja im Grunde ganz einfache Dinge, sondern mit den persönlichen Freiheitsrechten auch der bewusst genährte, geförderte, in die Spirale der Gewalt getriebene Hass auf Nationen und Minderheiten, der aktiv unterstützte Rassenhass, die rassistischen und homophoben Ausschreitungen, die Diskriminierung, sämtliche uralten Theorien von der Notwendigkeit des Nachbarschaftsmords und des Genozids samt allen ihren Begründungen, Mythen, Kulten, dem im Namen des Christentums dafür gespendeten Bischofssegen und Heuschreckenschwärme von fachlich abgeglittenen, halb- und unausgebildeten, frustrierten, ihre erotischen Zwangsvorstellungen auf politischem Gebiet auslebenden Schreibtischtätern jedweder Couleur. Und das ist noch nicht alles. Denn das Loslassen des Mobs, die Schaffung von paramilitärischen Organisationen und Privatarmeen, die dauerhafte Einschüchterung, der organisierte Pogrom, der bewaffnete Konflikt, die Vertreibung verschiedener Volksgruppen von ihren Wohnorten und der Massenmord gehören ebenfalls zum Programm. Nach fünfzig Jahren ein neuerlicher Genozidversuch. Mit mehreren zehntausend Opfern. Sogar Krieg. Mit mehreren hunderttausend Opfern. Zerstörung, Zusammenbruch, beträchtlicher Gebietsverlust. Auch der nekrophile Kult der Zerstörung, der Niederlage, des Verlusts gehört bereits notwendig zum Programm. Massengräber. Exhumierung. Denkmäler an jeder Straßenecke und durchgängige Geschichtsamnesie.

Es lohnt sich, den aktuellen Gegenstand dieser Amnesie zu betrachten. Leichtfertig wäre zu glauben, der militante Nationalismus, der religiöse Fundamentalismus, der Rassenhass, die Homophobie oder ein derartiges Ausufern der Straßenkriminalität, eine derartige Destabilisierung der Gesellschaft (oder auch die überraschend hohe Zahl von Invalidenrentnern) seien nicht das Werk der lebendigen Kultur der Simulation, nicht der letzte große Verteidigungsversuch der zur Dualität von Willfährigkeit und Simulation erstarrten Selbstorganisation, die sich ihr durch und durch korruptes und unterweltliches Netzwerk bewahren will. Er will die Schattenwirtschaft nicht legalisieren, wie es einst die sich naiv gebenden Reformer vorgehabt hatten. Wenn die Schattenwirtschaft ihre Positionen nicht im Moment der Freiheit aufgegeben und ihre weitverzweigten Netzwerke legalisiert hatte, warum sollte sie das nach zwanzig Jahren erfolgreichen Betriebs tun. Die Schattenwirtschaft will ihre geheime Struktur, ihre Logistik, ihre bereits als gemeinsame Sprache verwendete Gaunersprache und ihre wirklich nicht als salonfähig zu bezeichnenden Verhaltensregeln in den geordneten Kapitalismus hinüberheben. Wie sie ja, ihre Hegemonie wahrend, schon zwanzig Jahre mit ihm zusammengearbeitet hat. Sie will nichts verlieren oder opfern. Warum sollte sie auch. Die Polizei, die Staatsanwaltschaft, die Gerichte, das Sozialversicherungssystem dienen ihr auch so bereitwillig. Warum sollte sie sich nicht bewahren wollen, was sie mit jahrzehntelanger Arbeit auf Kosten aller und gegen alle aufgebaut hat. Sie will es nicht aus Dummheit und Bösartigkeit hinüberretten, sondern weil sie nichts anderes kennt. Auch die Millionen des Sklavenheers kennen kein anderes Leben. Die auf mehrere Jahrzehnte zurückblickende Selbstorganisation der Gesellschaft und der Überlebensgeist der Region waren defensiver Natur. Unter den Bedingungen der Freiheit hindert sie nichts, ihre Stärke und ihren Charakter offensiv unter Beweis zu stellen. Das ist keine sinnlose und bei weitem keine zwecklose Kraftdemonstration. Höchstens eine Übertreibung – eine der raffiniertesten Verteidigungsmechanismen der Kultur der Simulation. Noch einmal, ein letztes Mal, bevor der geordnete Kapitalismus die innere Struktur der Kultur der Simulation umgestalten und zumindest relativ durchschaubar machen kann, muss der Nachbar nun schon öffentlich ausgeraubt werden, ebenso wie der bereits bettelarme, doch aus der Kraft der korrupten Beziehungsnetze gespeiste, aufgeblasene, anmaßende, weit über seine

Verhältnisse lebende Staat. Davon hängt die Zukunft der Kultur der Simulation ab. Wenn sie zugleich von innen und außen angegriffen, in die Legalität gezwungen und sich zu erinnern genötigt wird, dann muss sie sagen, die Nation werde angegriffen. Wenn sie mittels der Kanäle der organisierten Korruption den tödlich geschwächten Staat nicht noch heute ausrauben kann, wenn sie unter dem Vorwand des im Namen der Nation und vor allem der christlichen Nächstenliebe verkündeten tatsächlichen und endgültigen Systemwechsels nicht zumindest das Geld der Ärmsten vor allem in die eigene Tasche und erst in zweiter Linie in die Kassen der Kirchen und Parteien fließen lassen kann, wenn das große Lager der Sklaven nicht die tägliche Hoffnung hat, morgen seine jüdischen Nachbarn ausrauben und wenigstens die Zigeuner ordentlich verdreschen zu können, dann findet sie für ihren Zwei-Fronten-Überlebenskampf weder Gefolge noch Munition.

Vom ersten Moment des Zusammenbruchs der sozialistischen Wirtschaft an hatte sich der geordnete Kapitalismus mit seinen unglaublichen finanziellen Ressourcen, seiner globalen Wettbewerbsfähigkeit, seinem globalen Beziehungsgeflecht und seiner jahrhundertealten, ständig erprobten Geschäftserfahrung über die den Staat pausenlos melkende unsichtbare Struktur der Schattenwirtschaft gestülpt. Ihr Egoismus war ein sicheres Verbindungsglied. Der kapitalistische Egoismus aber wurde im Laufe der Geschichte gebändigt und seine Rahmenbedingungen gesetzlich geregelt. Selbst dann, wenn er sich zeitweise weder an Gesetze noch an seine aus historischen Erfahrungen resultierende Mäßigung hält, von Regeln des Anstandes jetzt gar nicht zu reden. Mit der Kultur der Simulation kann er auf lange Sicht auch dann nichts anfangen, wenn er sich in den neuen Demokratien aus Unwissenheit oder praktischen Erwägungen darauf eingestellt hat. Von Zeit zu Zeit äußert er seine Beunruhigung, doch er versteht nicht, warum er nicht verstanden beziehungsweise gerade in dieser höchst wichtigen Frage ignoriert wird. Wer kein Gestern und kein Morgen kennt, weil er jeden Tag in gleicher Weise aufs Überleben, Überstehen und Davonkommen hinarbeitet, wer seine Meinung nicht darlegen, nicht ja oder nein sagen, sich nicht differenziert ausdrücken kann, weil seine Kenntnisse lückenhaft sind, wen Fachwissen nicht in Begeisterung versetzt, wessen Begriffe nicht Hand und Fuß haben, mit dem kann man sich auf lange Sicht nicht verständigen und nicht zusammenarbeiten. Ohne spontane, schnelle, improvisierende Entscheidungen wie auch ohne sichere, langfristige Planung gibt es keinen Kapitalismus, eben darum ist es notwendig, die individuellen und allgemeinen Interessen unausgesetzt, dauerhaft und detailgenau aufeinander abzustimmen. Sein Bedarf nach Stabilität ist groß, Straßenkrawalle sind nicht eingeplant.

Nach Ablauf von zwanzig Jahren sind Übergang und Toleranzfrist offensichtlich vorbei. Die Schattenwirtschaft müsste von ihren Eigentümern und Hauptakteuren ungeachtet ihrer Parteizugehörigkeit legalisiert werden, diese müssten investieren, ein Risiko eingehen; nichtsdestoweniger erklären sie ungeachtet ihrer Parteizugehörigkeit, dass sie unter diesen Bedingungen keine auf freiem Wettbewerb beruhende Wirtschaft wollen. Das Privileg, den Staat unaufhörlich und systematisch auszuplündern, geben sie nicht auf. Würden sie es, dann müssten sie der Periode der ursprünglichen Kapitalakkumulation ein Ende machen. Sie verfügen über ein illegales unternehmerisches Bewusstsein, welches das Risiko mittels staatlicher, über korrupte Netzwerke beschaffter Aufträge beseitigt. Warum sollten sie im Interesse des Gemeinwohls persönliche Verantwortung und finanzielles Risiko übernehmen. Dann schon lieber Straßenkrawalle. Ihre stumme und tätliche Argumentation ist gleichwohl leicht zu begreifen. Gegenüber dem geordneten Kapitalismus haben sie, selbst die vollständige Ausplünderung von Staat und Nachbar eingerechnet, keine großen Chancen. Mit ihren Geschäftserfahrungen lässt sich nichts anfangen. Ihre Gaunersprache lässt sich nicht in andere Sprachen übersetzen. Ihr auf Kosten des Staates und der Ärmsten angehäuftes Kapital ist kein arbeitendes Kapital. Es ist offensichtlich, dass sie keine Demokratie wollen, die auf dem freiwilligen Zusammenschluss freier Individuen beruht. Und wenn es nur eine solche Demokratie gibt, dann wollen sie keine Demokratie. Sie wollen eine Diktatur und die Schattenwirtschaft der Diktatur.

Der Jugoslawienkrieg war nur die erste und brutalste Erscheinungsform dieser von Verteidigung auf Angriff schaltenden, die kommunistische Ideologie mit dem Nationalismus vertauschenden, isolationistischen Mentalität. Doch sämtliche postkommunistischen Gesellschaften leiden an der gleichen totgeschwiegenen, rasch in Vergessenheit geratenen und stark verzerrten Geschichte. Sie ignorieren ihre ignorante Vergangenheit. Simulieren das Erinnern. Sie leiden nicht an der Schlacht auf dem Amselfeld, nicht an der Schlacht von Mohács, nicht am Friedensvertrag von Trianon, der das Land verstümmelte, das sind nur Vorwände, Phantomschmerzen und Phantasmagorien. Die postkommunistischen Gesellschaften leiden unter der Hinfälligkeit jener wenig salonfähigen Realität, die sie in ihrem Überlebenskampf einfalls- und erfindungsreich selbst erschaffen haben. Sie leiden an ihrer nahezu hundertjährigen Ignoranz. Im Interesse der Zukunft müssten sie ihr moralisches Scheitern eingestehen, das zwei extreme politische Richtungen umfasst. Sie wollen sich nicht erinnern. Sie wollen keine wie auch immer geartete Rechenschaft. Sie können auch gar keine wollen. Dergleichen kann nur ein Individuum, ausschließlich in der ersten Person Singular. Alle haben ihr Selbstbewusstsein und ihr Selbstwertgefühl verloren. In Ermangelung von Selbstbewusstsein und Selbstwertgefühl, von – um ein altmodisches Wort zu gebrauchen – Rückgrat kann die Person nicht sprechen, ihr fehlt die Sprache. Sie nimmt übel, an solche Dinge erinnert zu werden. Sie findet die Realität selbst beleidigend. In die Opferrolle schlüpfend, sucht sie einen Sündenbock, rollt wehklagend die Augen, lässt die alte Leier ertönen, erschafft einen bisher völlig unbekannten kollektiven Kult der Verlierer und des Verlierens. Diesen Gesellschaften, und das ist zweifellos eine unbekannte Erscheinung in der Geschichte, würde jegliche rechtsstaatliche Ordnung Schmerzen bereiten. Illegalität ist ihr Element, innerhalb dessen sie höchstens bei einem auf die Anarchie des Individuums gegründeten Kollektivismus mitmachen würden.

Die monarchische Ordnung widerstrebt ihnen ebenfalls. Wahrscheinlich widerstrebt ihnen jegliche Gesellschaftsordnung. In Serbien, Rumänien und Ungarn standen im Moment der Entscheidung die Thronfolger bereit. Lediglich eine Handvoll hysterischer Legitimisten unterstützten sie, die breite Mehrheit blieb gleichgültig. Im großen politischen Vakuum Bulgariens fand die Monarchie zwar zu einer bescheidenen Rolle, selbst der Monarch wurde jedoch ohne Umstände zu Fall gebracht. Man gewöhnte ihn, den nach der Monarchie schielenden Simeon II., der mit seinem bürgerlichen Namen Simeon von Sachsen-Coburg und Gotha zwischen 2001 und 2005 als Ministerpräsident fungierte, an die alles beherrschende Korruption, um ihn dann in Windeseile auffliegen zu lassen. Anstelle der regionalen Kultur der Simulation will die große Mehrheit der Bevölkerung auch nach zwanzig Jahren weder Demokratie noch Monarchie. Sie will einen schwachen Staat. Im Egoismus hat sie Übung, den Begriff des Gemeinwohls kennt sie nicht, auch nicht den Begriff Konsens, den dorthin führenden steinigen Weg lehnt sie ab. Sie kennt den Begriff der Verantwortung nicht. Sie übernimmt sie, hat sie keine andere Wahl, zum Schein, wird sie mit ihr konfrontiert, lehnt sie

sie ab. Sie kann die Ethik der Gesinnung und der Verantwortung nicht voneinander trennen, weshalb sie auch ihre demokratischen Pflichten nicht erfüllen kann. Sie will auch gar nicht. Sie tritt fordernd auf, es kommt ihr gar nicht in den Sinn, dass sie erst nach Erfüllung ihrer Pflichten fordern darf. Bestenfalls simuliert sie den Demokraten, so wenig überzeugt, wie sie zuvor den Kommunisten simuliert hat. Die Demokratie überzeugt sie auch *in statu nascendi* nicht, denn sie durchschaut binnen Kürze, dass die demokratische Ordnung die Familien- und Clanbindungen der auf Selbstorganisation beruhenden Gesellschaft endgültig zerschlagen würde. In dieser hat der geordnete Kapitalismus dank seines Erfindungsreichtums schon starke Wurzeln geschlagen und ihr aufgrund ihrer Unvorsichtigkeit und des für die Region charakteristischen chronischen Kapitalmangels bereits stark zugesetzt.

Fünf nach zwölf will sie den innerhalb der Familien- und Clanbindungen organisierten Kollektivismus der Simulation um jeden Preis retten. Immer schon hatte sie den Begriff des Gemeinwohls durch das eigene Wohl ersetzt, wodurch der fortwährende und in krimineller Gemeinsamkeit verübte Raub entschuldbar wurde.

Richard Swartz' Anthologie *Der andere nebenan* blickt mit ihren höflich zurückhaltenden Fragen auf diese jüngste Periode zurück, auf den wie ein Blitz aus heiterem Himmel ausgebrochenen Balkankonflikt, auf seine Toten und auf seine lebenden Akteure. Und damit unwillkürlich auf all das, was im Genre der Gewalt, des Pogroms, des Mordes oder des Genozids in den anderen Staaten der Region noch in Vorbereitung ist.

Von den einundzwanzig Autoren dieser Anthologie leben schon fünfzehn dauerhaft im Ausland. Sie sind aus ihrem Heimatland vertrieben worden. Drei pendeln zwischen Heimat und Wahlheimat. Sie wagen wohl nicht, sich daheim niederzulassen, doch sie kehren immer wieder zurück. Wie schön von der Heimat, dass sie das Blutvergießen zuweilen pausieren lässt. Vier schreiben nicht mehr in der Muttersprache, sie haben die Sprache gewechselt. Andere haben den Sprachwechsel nur teilweise vollzogen: Gedichte und erzählerische Werke schreiben sie in der Muttersprache, Zeitungsartikel in der Wahlsprache. Um die erzwungene, großartige und künftig unvermeidliche Vielsprachigkeit geht es hier, nicht darum, dass Staatsbürgerschaft und Nationalität der Akteure und Autoren sich nicht mehr decken. Die Realität ist viel komplizierter. Es wäre schwierig, einen bosnischen Kroaten, der in Zagreb als dreckiger Ausländer behandelt wird, oder einen Serben, der seine Werke in Kanada auf Serbisch schreibt und der in Belgrad, da Jude, als dreckiger Ausländer behandelt wird, hinsichtlich der nationalen Zugehörigkeit ohne Willkür einzuordnen. Nicht, dass es unmöglich wäre. Wenn wir ihn als selbständige juristische Person betrachten, kann er über seine nationale Zugehörigkeit selbst entscheiden. Wenn er es aus einer übermütigen Laune heraus gerade entscheiden will. Der Rassismus will sich in diese persönliche Entscheidung einmischen. Machen wir uns nichts vor, er mischt sich auch ein. Nicht nur in die Entscheidung, sondern besonders in das Denken über die Natur individueller Entscheidungen. Was man nicht kollektiv, nur individuell wieder in Ordnung bringen kann. Wie wird rassistisches Denken zum Teil der alltäglichen Realität der Regression, wie folgt es den realen inneren Interessen der regressiven Machtstrukturen und welche simulative Taktik verfolgt es, wie ändert es mit ihr erst das individuelle Leben um, dann die Grenzen. Und – dies ist die wichtigste Frage – wie leiste ich Widerstand gegen die plumpe Regression von Millionen und Abermillionen, einer ganze Region, wenn diese in freien Wahlen Regierungen wählen, die durch nie gesehene Korruption die Schattenwirtschaft legalisieren.

Oder als was hat jener namhafte serbische Autor kroatischer Abstammung zu gelten, der nicht nur seit seinem fünfzehnten Lebensjahr im Ausland lebt, sondern auch Englisch schreibt. Für die Nationalisten ist er sicherlich ein Bastard, ein Vaterlandsverräter. Für den nüchternen Menschenverstand hingegen ein achtbarer Rebell. Er vermittelt zwischen zwei Sprachen und zwei Kulturen. Er ist nicht bereit, in der Isolation zu verharren. Er widmet sich seiner Sprache, deshalb kennt er sie. Weder die Illegalität noch die Simulation hat er zu seiner geistigen Heimat gemacht. Wie jeder Autor, der trotz aller nationalistischen Verfolgung bei seiner Muttersprache bleibt, einer falsch verstandenen Heimatliebe widersteht. Es gibt keine andere Form des sprachlichen Widerstands. Ein Protagonist in der Anthologie verlässt seinen Geburtsort nicht, doch seine Staatsbürgerschaft änderte sich im Verlauf seines kurzen Lebens drei Mal. In dieser Region wahrlich kein unbekanntes oder überraschendes Schicksal. Doch eben darum geht es, um die tägliche Realität und die faszinierende Macht des Absurden, um die katastrophale Magie poröser Begriffe.

Tatsache ist, dass wir aus der Anthologie selbst nicht erfahren, was Südosteuropa hier bedeutet. Ob wir den Begriff im Sinne der politischen Geographie, der ethnischen oder der kulturellen Zugehörigkeit verstehen sollen. Allerdings sind auch vierzig Jahre Forschung dieser Frage noch nicht auf den Grund gegangen. Immerhin gibt es Umrisse, Richtungen, wissenschaftliche Schulen, Empfehlungen. Richard Swartz scheint keine von ihnen zu berücksichtigen. Er gibt uns nicht einmal eine Erklärung dafür, warum er sie nicht berücksichtigt. Wenn er Albanien, Bulgarien, Kosovo, Bosnien, Montenegro, Serbien, Kroatien, sogar Slowenien in diesen mit exakten Methoden nicht eingegrenzten Sinn einbezieht, warum lässt er dann Rumänien, Mazedonien oder auch Griechenland außen vor. Oder wenn er vielleicht auf die entsetzlichen Nachschmerzen und Nachfolgekämpfe der zusammengebrochenen europäischen sozialistischen Systeme neugierig war, warum nahm er sich neben den am spektakulärsten auftretenden Balkanstaaten nicht auch jene vor, die eine sehr ähnliche Regression an den Tag legen und nur scheinbar flexibler sind als Ungarn, Polen, Tschechien, Slowakei, Lettland, Estland, Litauen oder die Ukraine. Es ginge um nichts weniger als um die größere Hälfte Europas. Um die schwächere Hälfte. Im Nachwort zuckt Richard Swartz die Achseln.

Er kann es sich leisten, denn er beschäftigt sich nicht mit Ländern, nicht mal mit Sprachen oder Regionen, sondern mit Autoren. Und das sind fürwahr komplizierte Individuen. Im Denken macht er an höchst heiklen Grenzlinien halt. Wer nicht in der Gaunersprache der Simulation spricht, versteht, warum sich das Individuum nicht mit seinem Land, seiner Nation identifizieren kann und warum es gefährlich für seine Heimat wird, wenn er sich mit ihr identifiziert und im Namen seines Landes zu schreiben oder Reden zu halten beginnt. Zwischen Individualismus und Egoismus, patriotischem Selbstbewusstsein und Nationalismus gibt es sehr wohl eine Grenze, und zwar eine streng bewachte. Die Fragen, mit denen sich Richard Swartz an die Autoren wandte, sind im Vergleich zu den geistigen, geographischen und politischen Verwicklungen und Skandalen, die die Region beherrschen, verhältnismäßig harmlos, unverfänglich und simpel. Weshalb dieses Misstrauen gegenüber dem Nachbarn? Weshalb die Neigung, in ihm den Feind statt den Freund zu sehen? Weshalb die ethnische Säuberung als Wunschtraum und Programm? Natürlich sind diese Fragen nur auf den ersten Blick so harmlos und unverfänglich. Sie implizieren eine allgemein akzeptierte (und nicht ganz ungerechtfertigte) Grundannahme, der zufolge die Balkanregion das Pulverfass unseres Kontinents sei, laut Bismarck nicht die Knochen eines einzigen pommerschen Grenadiers wert. Wie

Richard Swartz selbst den berüchtigten Satz im seinem Nachwort zitiert. Oder wie Marion Gräfin Dönhoff, die Bismarcksche Auffassung gleichsam modernisierend, am Vorabend des Kosovokriegs mit der Großzügigkeit der Hocharistokratie befand, die sollten sich nur gegenseitig massakrieren, wir müssten uns da nicht einmischen. Und wie auch Richard Swartz selbst ihnen beizustimmen scheint, da er seine harmlos erscheinenden Fragen im Zeichen nämlicher Grundannahme stellte: «Auf einen Deutschen oder einen Schweden kann diese Welt fremd und sogar unheimlich wirken.» Was grob gesagt bedeuten würde, dass wir das Misstrauen gegenüber dem Nachbarn, die menschliche Neigung zur Feindseligkeit, den Wunschtraum und das ideologische Programm der ethnischen Säuberung als regionales Spezifikum aufzufassen hätten.

Angenommen, wir würden vom Fleck weg angeben, wo die Grenzen dieser famosen Region liegen und wo die noch famosere Region beginnt, diese beste aller Welten, wo es keine bösen Emotionen, keine egoistischen Absichten und keine heimtückischen Ideologien gibt. Würde der Herausgeber der Anthologie nicht die Achseln zucken, würde er sich mit der Definition des Begriffs beschäftigen, hätte er Argumente dafür und dagegen, dann könnten wir, vom Gewicht der Tatsachen niedergedrückt, seine hochherrschaftliche Entscheidung sogar zur Kenntnis nehmen. Wir könnten das von Bismarck und Dönhoff zur Einführung empfohlene Prinzip von der Besonderheit der Region akzeptieren. Denn wie schön wäre es, wenn das möglich wäre. Dann wären jenseits der Grenzen unserer entsetzlichen Region die radikalen irischen Protestanten süße Lämmchen, ganz wie ihre nicht weniger süßen katholischen Brüder. Dann würden die Basken keine Bomben legen. Dann müsste der belgische König sich nicht mühen, im Widerstreit mit den Flamen und Wallonen die Monarchie zu erhalten. Dann wüssten alle Menschen im Voraus, wo sie geboren werden möchten. Dann hätten die Schweden, anders als, sagen wir, die Slowaken und die Ungarn, immer die allerfreundschaftlichsten Beziehungen zu den Norwegern, den Dänen und vor allem den ihren Herzen so teuren Finnen gepflegt, oder die mit ihnen ausgetragenen Konflikte der Vergangenheit und die Kneipenlästereien der Gegenwart gingen auf das Konto der aufgeklärten Brüderlichkeit und der christlichen Nächstenliebe. Dann hätte der schwedische König Karl XII. niemals ein Bündnis mit den Türken gegen die Russen angestrebt, und dann würde man Kohlrouladen auf Schwedisch nicht mit dem türkischen Wort *kåldomar* benennen. Gar nicht zu reden davon, dass den schwedischen Großhändlern nicht in den Sinn gekommen wäre, Hitler mit Stahl zu beliefern. Vor allem nicht für ein Gold, dessen Herkunftsort und Transferwege ihnen bekannt waren. In Auschwitz säuberten Häftlinge des Sonderkommandos die ausgebrochenen und ausgeschlagenen Goldzähne an Ort und Stelle von Blut und Zahnfleisch, welche in diesem Zustand gar nicht mehr in Zürich hätten eintreffen können, von wo sie, gereinigt und in Barren gegossen, nicht als Gegenwert für Kriegsgüter nach Stockholm hätten gebracht werden können. Es hätte nicht geschehen können. Die schwedischen Gesundheitsbehörden hätten nicht mit von den Nazis übernommenen Euthanasieprogrammen die eigenen Geisteskranken dezimieren können, denn sie hätten den Begriff «lebensunwertes Leben» überhaupt nicht gekannt oder solch einen barbarischen Begriff keinen Augenblick in ihren Gesetzbüchern geduldet. Beziehungsweise könnten sicherlich auch die Deutschen den ewigen Blutdurst der Balkanvölker mit großem Befremden betrachten, hätten sie ihr tausendjähriges Reich nicht zu Lasten und auf Kosten anderer Völker gegründet. Wenn ihre Einsatzkommandos das ukrainische und russische Judentum nicht innerhalb von anderthalb Jahren mit bloßen Händen hingeschlachtet hätten. Wenn sie sich aufgrund dieser bitteren Erfahrungen nicht nach anderen Massenvernichtungswaffen hätten umsehen müssen. Wenn sie ihre Konzentrationslager nicht zu industriell arbeitenden Vernichtungslagern umgerüstet und umfunktioniert hätten. Hätten sie Europas Großstädte und Länder nicht ausgeraubt und in Trümmer gelegt.

Natürlich hätten Schweden und Deutsche auch allen Grund, über sich selbst befremdet zu sein. Wären sie nicht so vergesslich. Und wer würde behaupten, dass es eine solche Vergesslichkeit nicht gibt. Kaum etwas ist grauenvoller und niederträchtiger als die menschliche Vergesslichkeit, wenn sie dem Überleben oder der Wahrung des Scheins moralischer Unbeflecktheit dient. Im live übertragenen Balkankonflikt haben wir zum ersten Mal mit bloßem Auge gesehen, wie Vergesslichkeit funktioniert. Wir haben über den Leichen ihrer eigenen Nachkommen jammernde Menschenweibchen gesehen, die nicht viel früher in der Rolle der sanften Patriotin oder der wilden nationalistischen Hysterikerin die jungen Männchen zum Krieg aufgestachelt hatten, damit sie die Jungen anderer Muttertiere wahllos niedermetzelten. Es ist wohl nicht gänzlich gerechtfertigt, Kriege der Vorsehung, dem Schicksal oder etwa der Rivalität der Menschenmännchen zur Last zu legen. Doch man muss zugeben, dass wir erstmals mit bloßem Auge – per Liveübertragung – die entsetzliche Macht der wechselseitig und kultisch ignorierten erotischen Anziehung gesehen haben, die die Menschenmännchen aufeinander ausüben. Und dass nur eine dünne Membran diese Anziehung, die in Friedenszeiten auf den Tribünen der Stadien und in den Duschräumen der Sportstätten in Erscheinung tritt, vom gemeinschaftlichen, mit hübsch um die Köpfe gebundenen getüpfelten Tüchern verübten Massenmord trennt.

Und deshalb habe ich viel eher den Eindruck, dass Richard Swartz, indem er die heikelsten Punkte berührt, die Autoren brutal provoziert. Da die Anthologie in zehn Sprachen zugleich

erscheint, Albanisch, Bosnisch, Bulgarisch, Kroatisch, Mazedo-
nisch, in montenegrinischem Serbisch, Deutsch, Serbisch, Slo-
wenisch und Ungarisch, provoziert sie höchstwahrscheinlich auch
eine große Zahl von Lesern. Mit einem Achselzucken, mit dem
locker hingeworfenen Klischee der rassistischen Grundannahme
gibt sie der Provokation geschichtlichen und soziologischen
Gehalt. Sie bietet den ausgewählten Autoren und der vielsprachi-
gen Leserschaft eine Chance. Die Mehrzahl der Autoren nimmt
die scheinbar harmlosen und unverfänglichen Fragen ernst. Die
historische Erfahrung dahinter wiegt schwer genug, dass sie vor
Gott und den Menschen nichts anderes tun können. Wie ich
Richard kenne, verärgert ihn die kleinste Verallgemeinerung.
Das ist reine Hypothese, Abstraktion, ruft er. Immer erwartet
er eine persönliche Antwort, keine Theorie, sondern Konkretes. Zugleich betrachtet er die fehlende Abstraktionsfähigkeit als
Makel. Mit aller Kraft strebt er danach, beim Konkreten und Individuellen zu bleiben. Er liebt es, das Denken in der persönlichen
Verantwortung zu verankern. Er liebt es, von der historischen
zur persönlichen Verantwortung zurückzukehren, diese auf jene
zurückzuführen, zurückzustutzen. Er appelliert an eine kulturell
angereicherte persönliche Verantwortung, die auch den aller-
weitesten Horizont europäischen Denkens nicht aus den Augen
verliert. Gott. Die Schöpfung. Das Universum. Von dergleichen
spricht er jedoch lieber nicht. Damit hat er recht, denn in diesen
Bereichen beginnt das Terrain der Literatur.

Als Herausgeber fackelt er nicht lange. Er ordnet die Werke
der Eingeladenen alphabetisch. Nicht ihre Nationalität, nicht ihre
Stilrichtung, nicht die Gattung, nicht das Thema, nicht einmal
die Qualität entscheidet. László Végel schreibt einen kraftvol-
len Essay in innigem Ton. Von Ismail Kadaré hingegen bekommt er einen abgenutzten, für irgendeine Konferenz zusam-
mengeschusterten Text. Der Unterschied im eigenen Anspruch

beider Texte ist beträchtlich, doch zweifellos konfrontiert uns Kadarés Text mit dem peinlichen Niveau der Konferenzen, die über die Region abgehalten werden, und mit dem allgegenwärtigen Verantwortungsgefühl des Autors. Biljana Srbljanović breitet eine sogenannte wahre Geschichte vor uns aus, im Genre des gefühlvollen und von Selbstmitleid getränkten Feuilletons. Ihr eigentümlich scharfes, regional gefärbtes Beleidigtsein ist echt – unabhängig von der Qualität ihres Schreibens. Echt ist das unbewusste Konglomerat von Vorurteilen, dessen Herkunft im Beleidigtsein der Autorin vermutet werden darf, im Hinblick auf die Region ist es symptomatisch. Fatos Kongoli schreibt einen etwas zu gelehrt daherkommenden Text, zusammengebastelt aus im Umlauf befindlichen Versatzstücken. Von seinem brutalen Sprachgebrauch lässt sich dagegen nicht behaupten, er würde nicht real existieren und verweise nicht auf die Sprache der Region. Dimitré Dinev veröffentlicht eine mit großer Akribie geschriebene und von nicht geringem Talent zeugende, jedoch übermäßig erbauliche Lehrdichtung. Eine Lehrdichtung, von der ich dennoch nicht sagen könnte, wovon sie handelt und was sie lehrt. Doch wer könnte leugnen, dass an den Rändern der europäischen Literatur, wo die Realität des Individualismus die vom Egoismus beherrschten und von Kollektivismen verschiedener Prägung durchdrungenen Gesellschaften gerade erst berührt hat, eine Vorstellung lebendig ist, die Dichtung und erzählende Literatur als nationale Lehranstalt betrachtet und sie sogar mit Aufgaben versorgt. Schließlich bestätigt die markantere und packendere Lehrerzählung des am Ende der alphabetischen Reihenfolge stehenden Vladimir Zarev die Ahnung, dass wir es hier nicht nur mit irgendeiner kollektivistischen Bestrebung oder antiindividualistischen Strömung zu tun haben, sondern auch mit einer viel älteren Auffassung des Erzählens, die der mündlichen Form nahesteht. Doch hat die Anthologie nicht nur stilistisch und qualitativ Heterogenes zu bieten, sondern sie überrascht uns auch mit literarischen Glücksfällen.

Der über viele Stränge laufenden, an Erfahrungen reichen, im Ausdruck schmucklosen und einsilbigen Geschichte David Albaharis ist selbst die der mündlichen Form nahestehende, an die Lehrdichtung angelehnte Tonlage oder das übertragene Lokalkolorit einer fragmentarischen Balladenstruktur nicht fremd. Ein Schriftsteller, der nahe Dinge aus großer Distanz betrachtet. Er tritt nicht in die Ereignisse ein, er beschreibt ihre Oberfläche. Der Text kann den Erscheinungsformen und Spuren der Rätsel, dem Rhythmus ihrer Unberechenbarkeit gerade noch folgen. Er nimmt die geheime, unterirdische, illegale Welt wahr, die ganz unscheinbare menschliche Vorkommnisse vor unseren Augen in ein Blutbad verwandeln. Bei alledem bleiben die Täter lautlos, gesichtslos, namenlos. Albahari gibt auf die Fragen von Richard Swartz eine essentielle Antwort, die sich an den Rand der Paranoia wagt. Bora Ćosić hat ein ganz kleines Stückchen Leben im Visier, er erinnert sich an ein Ereignis seiner frühen Kindheit. Das Erinnern ist im Übrigen eine signifikante Stimme in der Anthologie. Die Familie übersiedelt von Zagreb nach Belgrad, aus einem Haus mit Garten in eine Etagenwohnung, was das Kind als Katastrophe erlebt. Es ist aus der einzigen Welt und dem Paradies der einzigen Sprache vertrieben worden. Was zugleich die Erfahrung einer Entdeckung ist. «Mir ist klargeworden, dass es immer irgendwo in der Nähe ein anderes Leben gibt, ein völlig andersartiges, dem alten fast entgegengesetztes. Als enthielte dieses in sich selbst etwas Entgegengesetztes. Dann ist irgendein Umschwung notwendig, und dieses andere Bild ist irgendwo in der Tiefe verborgen, kommt zum Vorschein. Das hieß, dass all diese Schränke, Bücherregale und Papas Sessel, dass all diese Möbel jene andere Version in sich hatten, die auf ihre Gelegenheit wartete.» In dieser alten Vorkriegswelt, in der Stadt vor dem

Krieg, wird das Kind inne, dass es in eine geheime Gruppierung, in eine Verschwörung hineingeraten ist, die sich auf die rätselhafte Wirklichkeit bezieht, zu der es auch selbst gehört. Mit dieser klaren, schnörkelfreien, gefühlsstarken Erzählung schenkt der Autor der Anthologie uns seine Weisheit und Ruhe. Slavenka Drakulić steuert drei wie zufällig nebeneinandergestellte Monologe bei. Als Texte sind sie so gestaltet, als wären sie nicht gestaltet. Sie könnten dokumentarisch sein, sind es vermutlich auch. Die Autorin hat sie vielleicht nach mündlichen Berichten aufgezeichnet. Rolle und Rollenspiel von Zeugenschaft und Zeugnis beschäftigen Drakulić schon seit langem, dabei gibt sie sich gegenüber dem Geschilderten so nüchtern, als interessierten sie die moralischen Folgerungen nicht. Wir sollen dem Geschehen direkt ins Auge blicken. Die Autorin will Fährten legen. Das Weitere liegt bei uns. Drakulić ist auf raue Art gefühlvoll. Eines schönen Tages kommt Verica dahinter, dass ihr Vater im Krieg ein Massenmörder war, und sie spricht nie wieder ein Wort. Weder zu Hause noch in der Schule. Marko ist zwar Serbe, dennoch ist Ante sein bester Freund, weshalb sie gemeinsam mit mehr als zehn anderen aus ihrer Straße in den Krieg ziehen. Wo sie lernen zu töten. Den Tod anderer zu ertragen. Bis der Schatten des Verdachts auf Marko fällt, er könnte der Mörder von Antes Eltern sein. Von dieser Vermutung und dem Verlust gepeinigt, bringt Ante auf knapp dreieinhalb Seiten seinen besten Freund um. Und wie er ihn umbringt. Der Text folgt ihm, tut es mit ihm, hält es für alle Zeiten fest. Einem muslimischen Ehepaar bleibt nichts anderes übrig, als unter inneren Kämpfen und widerwillig einen zwei Tage alten, im Stich gelassenen serbischen Säugling zu sich zu nehmen. Damit schlagen sie einen Weg ein, auf dem sie die Verachtung der Mitglieder der eigenen Gemeinschaft ertragen müssen, angespuckt und geschmäht werden. Im Bewusstsein, dennoch mit dem Kind glücklich zu sein. Doch auch im Bewusstsein, dass das

Kind lebenslang leiden wird. Aleksandar Hemon lotet die ozeanischen Tiefen des Fremdenhasses aus. In die magische Schicht des menschlichen Gemüts eintauchend, beginnt er beim Allertiefsten, beim Urerlebnis. Wie er viereinhalbjährig sein gerade aus dem Krankenhaus heimgebrachtes neugeborenes Schwesterchen hatte ermorden wollen. Den Eindringling, der sein wichtigstes narzisstisches Eigentum geraubt, sich angeeignet hatte: die ausschließliche Aufmerksamkeit seiner Eltern. Er nimmt den Mörder in sich selbst in Augenschein. Zieht seine Fähigkeit, seine Motivation in Betracht. Die mörderische Absicht, durch kaum etwas von der Ausführung getrennt. Das Bewusstsein der eigenen mörderischen Instinkte, das er ein Leben lang mit sich herumträgt, ob er hasst oder es erduldet. Er schreibt einen klaren, meisterlich aufgebauten Essay aus höchst privaten Geschehnissen. Er erschließt und präsentiert die Zündstoffe und die für einen Mord nötigen Schutzmechanismen. Seine Weisheit schöpft er einzig aus der Selbsterkenntnis, die zugleich Weltkenntnis und Menschenkenntnis ist. Gemeinsam mit seinen Eltern nimmt er uns in die Emigration mit, wo er sein Lot schön tief hinabsenkt in den Fremdenhass der neuen Umgebung und auch der Emigranten. Miljenko Jergović schreibt etwas zwischen Essay und Erinnerung. Man meint die von Zweifeln gequälte Kopfstimme Attila Józsefs zu hören. «Auch diese Geschichte, die ich gerade erzähle und in der es leider keine fiktiven und hinzugefügten Teile geben darf, habe ich schon einige Male erzählt.» Wie sollte er sich auch von der Geschichte seiner multinationalen Familie loslösen können. Ihre Mitglieder werden in verschiedene Richtungen, Lager, Armeen, Städte, Ideologien, Fluchtbewegungen und Katastrophen hineingezogen und -gestoßen. Sie gehen auch von selbst oder stoßen einander hinein. Der Autor liefert uns kleine Porträts, scharfe, kleine Skizzen. Er geht so nahe heran, dass man kein Fremder bleiben kann. Auch Charles Simic ist ein Grenzgänger der Genres. Ohne dass er Richard Swartz' Anthologie im Voraus gekannt haben konnte, gibt er ihr die widerständige Grundstimmung. «Die Rolle der Intellektuellen besteht darin, Ausreden für die Mörder von Frauen und Kindern zu erfinden. Die Journalisten und Kommentatoren hatten die Aufgabe, Lügen zu verbreiten und dann deren Wahrheit zu beweisen. Ich begriff augenblicklich, dass mich mein eigenes Volk bat, Komplize eines Verbrechens zu werden, indem ich so tat, als verstünde ich diese Taten und würde so das Unverzeihliche vergeben.»

Mir ist von diesen vielen großartigen Texten Irena Vrkljans Erzählung «Planet Mila» am liebsten. Wie wir aus einer Anmerkung erfahren, ist die in Belgrad geborene, in Zagreb aufgewachsene und an der Berliner Filmhochschule diplomierte Vrkljan mit einem Buch über Marina Zwetajewa bekannt geworden. Zwischen beiden, Vrkljan und Zwetajewa, scheint so etwas wie eine zauberhaft enge Schwesterbeziehung zu bestehen, ihre sinnliche Feinheit, ihre flinken Ideen, die Elektrizität ihrer Gefühle. Vrkljan schreibt eine Emigrantengeschichte über Mila und Iwan, ein schwere Entbehrungen leidendes und tödlich einsames, nicht mehr ganz junges Künstlerehepaar, das aus Belgrad geflohen ist und sich im Berliner Wedding niedergelassen hat. Mila ist eine Dichterin, die keine Gedichte mehr schreibt. Iwan ist Maler, er wiederum kann nicht anders, als immer nur zu malen und zu malen. Es gibt etwas, das sie nicht vergessen können. Worüber nicht gesprochen wird. Aus dieser Erzählung, die voll ist von ganz trauriger, subtiler Schönheit, von Grauenhaftem und der stillen Darstellung scharfer Wendungen, glaubt man Zwetajewa sprechen zu hören. Doch nicht ihren Stil, denn der war viel hitziger, von Leidenschaften zerrissener, sondern ihr von jeglichem Selbstmitleid und Heldentum freies, aufopferndes und aufgeopfert werdendes Temperament. Wahrscheinlich spricht hier die Schwesterlichkeit mit ihrer gemeinsamen Stimme. Vrkljan schreibt von der Freundschaft, die die Erzählerin für Mila fühlt, als Autorin flicht sie das ähnliche Naturell Zwetajewas und Fragmente der Geschichte ihrer Pariser Emigration in die Erzählung ein. So bekommen wir einen weiten, sehr weiten Ausblick in die Menschengeschichte, doch plötzlich nicht nur in Traurigkeit und Entsetzen, sondern auch in ihre Schönheit. Und zu behaupten, dass der Anblick mir nicht den Atem verschlägt, wäre gelogen.

Wie ich mich erinnere, mochten wir auf jener lange vergangenen Reise in eine phantastische Welt gerade irgendwo zwischen Kronstadt und Schäßburg unterwegs gewesen sein. Auf der relativ gut instand gehaltenen Landstraße gab es überhaupt keinen Verkehr. Kein Fahrzeug in Sicht, weder vor uns noch hinter uns, seit geraumer Zeit war uns auch nichts und niemand entgegengekommen, vor uns nur der pfeilgerade Asphaltstreifen mit diesem vielen Nichts, das wir überrollten. Wir kamen gut voran, aber gemächlich, bequem, ohne Hast. Wir hatten beste Laune. Es war eine Hochebene, ein Gefühl, als würde uns ein göttlicher Arm auf der Hand der Erde ins Nichts heben. Über uns der wolkenlose Himmel. Bis zum Horizont, den die Gipfel der Bergketten abschlossen, nichts, nichts, Leere. Die Frühlingssonne strahlte, sie besaß bereits Kraft. In der ganzen Umgebung lag bläulicher Dunst über dem erwärmten Boden, ein Lufthauch von Blau. Es herrschte Windstille und Friede. Wir hatten keine Eile mehr. An den Vortagen war es hin und wieder gelungen, unsere Geheimdiensteskorte abzuschütteln, nicht ohne Schwierigkeiten, die Adressen und Telefonnummern in Sepsiszentgyörgy und Marosvásárhely hatten wir jedoch ordentlich abarbeiten können. Die beiden Journalisten hatten vieles ihnen bisher kaum oder nicht Bekanntes gehört und gesehen, ihre berufsbedingte Anspannung löste sich gegen Ende. Zwar waren uns die Begleiter manchmal auf den Leib gerückt, in ihren raschelnden Wettermänteln ließen sie nicht von uns ab, doch auch das war eine Erfahrung. Manuel wurde auf einem Treppenabsatz von zwei hinunterrennenden Männern absichtlich zur Seite gerempelt, er schlug gegen die Wand. Die beiden verschwanden im Korridor, der in den Keller führte. Manuel stürzte ins Freie hinaus. Ich fiel aufs Geländer, eine Zeitlang rührte ich mich nicht, weil mir der Atem stockte. In diesem Treppenhaus hätten sie uns unbemerkt verprügeln können. Doch dazu hatten sie wohl keinen Befehl gehabt. Wir überstanden die Übergriffe mit heiler Haut. Den letzten Geheimdienstler sahen wir im Hotelfoyer, sicher wartete er auf uns, aber er mochte an diesem Morgen den Befehl erhalten haben, uns keine Unannehmlichkeiten mehr zu bereiten.

Susanne verlangsamte plötzlich das Tempo, hielt an. Manuel und ich im Fond fragten, was denn passiert sei. Vorn öffneten Susanne und Richard die Wagentüren, als sei das so abgesprochen. Es war klar, dass nichts passiert war. Sie wollten die Stille hören. Licht, Luft, Sonnenstrahlen. Auch wir öffneten die Tür auf unserer Seite. Zu viert lauschten wir der Stille über der in der Luft schwebenden Landschaft. Dann fuhren wir wieder. Wir waren nun stiller, vielleicht ein wenig trauriger, auf alle Fälle glücklich. Der dezente Sonnenschein und die Hochebene nahmen kein Ende, die Straße blieb leer. Nirgends ein Baum, nirgends ein Strauch. Nichts konnte irgendwohin Schatten werfen. Man konnte wirklich nicht sagen, dass die Sichtverhältnisse zu wünschen übrig ließen. Wir fuhren gemächlich weiter durch die Ebene.

Da setzte sich mitten in einem Feld rechts von der Straße ein winziger Punkt in Bewegung. Ich nahm wahr, ein Lastwagen, auf dem Feldweg kam ein Lastwagen, doch eigentlich nahm ich es nicht zur Kenntnis. Während wir einander näher kamen, beschleunigte er immer mehr. Ich saß auf dieser Seite, so bemerkte ich auch das, die Beschleunigung. Doch warum hätte ich mich mit seiner Geschwindigkeit und seinen Pferdestärken abgeben sollen. Warum hätte ich zur Kenntnis nehmen sollen, was geschehen kann. Wo die zwei Verkehrswege zusammentrafen, musste er den Regeln entsprechend anhalten, er musste warten, bis wir vorbei waren, worüber nachzudenken ich ebenfalls keinen Grund hatte. Doch ohne seine Geschwindigkeit zu verringern fuhr er uns hinein. Es war ein Militärlastwagen. Es schien, als ob er uns zuerst mit seiner gewaltigen Masse rammte und alles dunkel wurde und dann erst der ohrenbetäubende Knall folgte, des Weiteren ein mehrfaches Knirschen und Krachen. Vielleicht flogen wir ein Stück, ein Ruck, wir rutschten auf die andere Seite der Fahrbahn. Ich sah nach Susannes in die Höhe steigendem Kopf, was sie wohl tun würde. Sie verlor ihre Geistesgegenwart nicht im Geringsten. Sie konnte den Wagen nicht auf der Straße halten, doch fast hätte sie es gekonnt. Wahrscheinlich nahm sie den Fuß vom Gaspedal, so dass wir nicht in den Straßengraben kippten, sondern nur ein wenig schlingernd würdevoll auf der Ebene landeten, unversehrt. Lediglich das eine Hinterrad blieb im Graben stecken. Alle vier Türen ließen sich öffnen. Der Militärlastwagen stand ein Stück hinter uns quer zur Fahrbahn, mit der fürchterlichen Stoßstange über uns. Zuerst herrschte die Totenstille des Schockzustandes. Dass es jemand anderen gibt, heißt wahrscheinlich, dass es auch mich noch gibt. Dann brüllten wir alle vier in unseren Muttersprachen aufeinander und auf den einsamen Soldaten ein, der vom hohen Sitz seines Wagens herunterkrabbelte. Er blutete leicht an der Stirn. Seinen Bauch betastend, wankte er auf uns zu. Er konnte nicht älter als zwanzig sein. Betrunken war er nicht. Auch wir wankten. Und als wären wir drei Männer gar nicht vorhanden, versuchte er sofort Susannes Hand zu schnappen und brach auf Rumänisch in laut jammerndes Flehen aus, als würde er sie, allein sie, für seinen schrecklichen Fehler, sein Vergehen oder vielleicht für die begangene Sünde um Verzeihung, um Vergebung seiner Schuld, um

Gnade bitten. Um was weiß ich, um seine Zukunft. Er hat es getan. Dennoch bleibt er ohne Schuld. Er kommt davon. Trotz alledem konnte man sich des Gedankens nicht erwehren, dass er es im Auftrag des Geheimdienstes getan hatte. Er scheint Susannes Hand packen und küssen zu wollen. Als sei er glücklich. Dieser strahlend blonden jungen Frau war nichts geschehen. Wir überbrüllten uns gegenseitig auf Schwedisch, Französisch, Rumänisch und Ungarisch. Er war schmutzig und stank, bis zum Hals voller Öl war er, und schwarz war er, und seine Kappe saß ihm schief auf dem Kopf. Was die Lage endgültig unbegreiflich machte: Er weinte, winselte und schniefte. Dann, ohne Übergang, strich er, als würde er einen heiligen Gegenstand berühren, mit dem Finger die Seite des leicht beschädigten dunkelblauen Autos entlang und hastete zu seinem eigenen Gefährt zurück. Kein Mensch weit und breit. Er zerrte ein Abschleppseil hervor, um, noch immer von Schluchzen geschüttelt, den teuren schwedischen Wagen aus dem Graben zu ziehen. Die Operation war nicht ganz einfach, sie verlangte von den aufgewühlten Beteiligten eine gewisse Ruhe und Sachlichkeit. Niemals werden wir wissen können, niemals werden wir erfahren, was da vorging. Was nur. Unser Nachdenken ist vergebens.

Deutsch von Heinrich Eisterer

STREIFZÜGE IN DEN QUELLGEBIETEN DES VERTRAUENS

Postmoderner Kapitalismus
versus prämoderne Restauration

E in sonderbar Ding muss das sein, wenn es für Verliebte, Regierungen und Geschäftspartner gleichermaßen wichtig ist.

Aus der Ferne betrachtet ist es ein Phänomen, das im Leben von Mensch und Tier eine prominente Rolle spielt, nicht nur wenn es da ist, sondern auch wenn es fehlt. Mehr noch: nicht allein dass Tiere und Menschen der Schöpfung und ebenso auch einander Vertrauen oder Misstrauen entgegenbringen, sie können auch dramatische Situationen erzeugen, in denen sich ihre beiden wunderbaren Vermögen frei entfalten – die Gabe der Mimesis und der Mimikry. Sie können Misstrauen zerstreuen und Vertrauen wecken. Sie können Vertrauen missbrauchen und scheinbares Vertrauen in Anspruch nehmen. Sie lassen sich von vermeintlichem Vertrauen täuschen. Vertrauen zu gewinnen und zu verlieren oder es absichtlich zu missbrauchen gehört zu den alltäglichen Erfahrungen jedes Lebewesens, sie tun es, und sie erleiden es. Niemand kann im Interesse anderer darauf verzichten, vorsichtig zu sein. Zu ihrer größten Schande selbst Verliebte nicht. Dennoch lässt sich diese Wachsamkeit mit ein wenig Erfindungsgeist austricksen. In den mitunter lange und umständlich vorbereiteten Inszenierungen, die sich im diffusen Grenzbereich von Realität und Phantasie, von Schein und Wirklichkeit bewegen und zu einer langsamen oder plötzlichen Neuordnung der Machtkonstellationen führen, wird Vertrauen zur Falle, die sogar das Leben eines anderen Wesens verschlingen kann. Täuschende psychische Gesten, einschmeichelnde Worte, wiederholte Verdächtigungen kennen wir als List aus den Volksmärchen. Ihr Opium träufeln wir unseren Kindern mit der Gutenachtgeschichte ins Ohr.

In der Schöpfung ist kaum ein Gewinn vorstellbar, der auf der anderen Seite nicht auch einen Verlust mit sich bringen würde, kaum ein Erfolg, hinter dem nicht eine Reihe von Blamagen und Fehlschlägen stünde. Der königlich-ungarische Gerichtsmediziner Dr. Schranz schrieb mit größter Selbstverständlichkeit, dass Verbrecher im Augenblick ihrer Tat spontan einnässen oder einkoten. Die zu der schlauen oder raffinierten Handlung nötige Dissimulation rächt sich. Im Büro- und Geschäftsalltag ist das nicht anders. Um den Anstand zu wahren, muss ich so tun, als würde ich den Ruin, das Scheitern, den Fall, ja den Tod anderer nicht genießen, ich muss so tun, als würde mich beim Anblick des Erfolgs und der Vermögenszuwächse anderer nicht der blanke Neid zerfressen und mir mein eigener Erfolg nicht die Brust schwellen lassen, was beträchtliche körperliche Spannungen erzeugt, die irgendwie abreagiert werden müssen, denn wenn mir das auf Dauer nicht gelingt, besorgt es mein Organismus, und ich werde krank.

In ihrem Verhältnis zur Realität ist auch die Dissimulation eine Simulation. Beide sind eine Waffe der Täuschung im Dienste von Selbstverteidigung und Machtinteressen, obwohl es sich zweifelsfrei um höchst unterschiedliche Waffen handelt.

Die Wirkung und Rolle der List in den Volksmärchen und im abendlichen Fernsehkrimi ist natürlich eine lokale. Als die griechische Mythologie die Götter mit den Ränken und der kriminellen Erfindungsgabe ausstattete, die auch den Menschen eigen sind, hob sie das Phänomen des Vertrauens in eine universale Dimension. Das Vertrauen von Zeus wird mehrfach missbraucht, zuerst von seiner Schwester und Gemahlin, der kuhäugigen Hera. Doch auch Zeus missbraucht das Vertrauen anderer, wenn er dem Bedürfnis und der Fähigkeit des Menschen, sich zu verwandeln, vor allem aber den damit verbundenen Phantasien stattgibt und als Kuckuck oder Schwan erscheint, um Leda, Hera usw. beizuwohnen oder den von Honig trunkenen schlafenden Kronos, seinen göttlichen Vater, zu fesseln und zu ermorden. Mehr noch, nicht nur unsterbliche Götter, auch Sterbliche sind fähig, die Unsterblichen hinters Licht zu führen. Womit die Mythologie nicht weniger zum Ausdruck bringt, als dass die Fähigkeit und der Wille zu Mimikry und Mimesis über dem Willen der Götter und der Menschen rangiert. Zuerst kommt das Animalische, dann das Humane. Doch ob jemand nun einem animalischen oder humanen Antrieb folgt, seine Vertrauenskapazitäten sind seltsamerweise immer viel umfassender als seine Angst vor einer Vertrauenskrise und seine Zurückhaltung. Wäre das nicht so, würde sich kaum jemand auf Forschung, Experimente, Reisen oder Geschäftsrisiken einlassen.

Das Vertrauen ist fundamental, allgegenwärtig, urzeitlich und höchstwahrscheinlich an die Mutter und ihre Fürsorge geknüpft. Säugende Wesen sind ihrer eigenen Vertrauenskapazität ausgeliefert. Ihre Neigung zum Spiel und die Empfänglichkeit für das Gewinnen und Hintergehen von Vertrauen, für die Lust an der Gefahr sind Teil ihres Charakters, sind im System ihrer Eigenschaften verwurzelt, während ihr Misstrauen eine Folge der Erziehung ist, der eingepflanzten Erfahrung, und sich aus abstraktem, nicht konkretem Wissen speist. Auch wenn nicht alle gleichermaßen raffiniert sind, so besitzt doch jeder eine Neigung zur Simulation und Dissimulation, zur Mimesis und Mimikry, und je nachdem wie gehemmt oder unbefangen er ist, führt er andere leicht in die Irre oder ist selbst leicht in die Irre zu führen. Eine bedeutende anthropologische Erkenntnis. Das trotz allem fortbestehende Vertrauen in der griechischen Mythologie oder in den Erzählungen der Seefahrer zeugt nicht von außerordentlichen individuellen Fähigkeiten oder deren Mangel, sondern von der universalen Macht der Lebenskraft. Die griechische Mythologie stellt dieses Phänomen in den Kontext einer weitverzweigten und mehrstufigen Hierarchie, indem sie die Menschen lehrt, die dramatischen Situationen zu bestehen, die sich aus dem Vertrauen, dem Misstrauen, aus Vertrauensverlust oder missbrauchtem Vertrauen ergeben.

Mit den Juden und ihrem namenlosen, allmächtigen, einzigen Gott kommt der große Umschwung in diese polyphone Geschichte. Ihr Hirtengott lässt sich nicht hinters Licht führen. Alle Absichten sind ihm wohlbekannt. Alle erprobten Werkzeuge der Mimesis prallen an ihm ab, auf Mimikry fällt er nicht herein. Selbst die Metamorphosen des Hauptbösewichts, des Satans, täuschen ihn nicht. Er ist kein verspielter Gott, nicht neugierig auf die menschliche Vielfalt. In dieser Eigenschaft unterscheidet er sich tatsächlich von den Menschen. Deshalb kann man nicht anders, als zu dem alleinigen Gott Vertrauen zu haben, sagen die jüdischen Oberhirten mit haarsträubender Logik. Er weiß alles, besser als jeder andere kann er Tatsachen und Behauptungen, Schein und Wirklichkeit, Wahrheit und Meinung auseinanderhalten. Genau genommen, und warum sollten wir es nicht genau nehmen, unterscheidet er sich doch in seiner Fähigkeit zu durchschauen nicht sehr von den Menschen. Auch sie können Schein und Wirklichkeit, Wahrheit und Meinung, Tatsachen und Behauptungen nur dann nicht auseinanderhalten, wenn sie das aus irgendeinem elementaren Grund nicht wollen. Was Gefühle betrifft, sind sie nicht weniger allmächtig. Ihre Selbstverteidigungs- und Machtinstinkte verlangen jedoch häufig, dass sie nichts wissen, nichts sehen und nichts verstehen beziehungsweise gemäß ihren Interessen selektieren, so als hätten sie zu den eigenen Bewusstseinsinhalten keinen Zugang. In einem Maße, dass sie der großen Selbstverteidigungsinszenierung des eigenen Bewusstseins zuweilen selbst Glauben schenken.

Der große jüdische Hirtengott durchschaut das animalische Schauspiel der Simulation und Dissimulation. Er stellt die Begriffe paarweise in eine nachvollziehbare Hierarchie, damit auch die dümmsten und arglistigsten Gläubigen ihre Sünden benennen können. Wie das Licht vom Dunkel und den Himmel von den Meeren scheidet er das Gute vom Bösen, er katalogisiert die menschlichen Handlungen vom ethischen Standpunkt aus. Gar nichts muss man tun. Nur auf den hohen Stufen der Hierarchie mit unerschütterlichem Vertrauen folgen. Wenn ich einmal von dir verlange, dass du deinen eigenen Sohn opfern sollst, dann musst du ihn opfern. Vorerst verlange ich es nicht. Der Allmächtige eliminiert nicht das Schlachtopfer aus dem Leben der seiner Fürsorge anvertrauten Herde, keine Rede davon, was sollte er dagegen auch einzuwenden haben, wenn er ein andermal den Mord geradezu befiehlt. Er bricht die lokale Allmacht der von persönlichen Interessen gesteuerten List. Er bietet seinem Volk eine ethisch fundierte Gerichtsbarkeit, Entscheidungsfreiheit, Belohnung und Bestrafung an, die er als einzige Bedingungen des Handelns allein kontrollieren und aufrechterhalten kann. Das Vertrauen richtet sich in diesem Fall auf das Übermenschliche, und der Glaube daran muss kollektiv sein.

Dem Gott der Christen können wir nicht einmal im Zeichen dieser höchst abstrakten ethischen Auffassung das Vertrauen verweigern. Beziehungsweise müssen wir im Zeichen dieser ethischen Auffassung sein Vertrauen tausendmal pro Tag zurückerobern. An der Reihenfolge der Dinge ändert aber auch der Gott der Christen nichts. Zuerst kommt das Animalische, dann das Humane. Zuerst handle ich, dann prüfe ich die Konsequenzen. Jeder Christ muss seine gegen Geschöpf und Schöpfung begangenen, seiner Animalität geschuldeten Sünden (zumindest seit dem Konzil von Trient) in der Beichte auflisten, sprich: von der Ebene der Instinkte auf die Ebene der Bewusstheit heben. Die tierhafte Handlung auf der Ebene des menschlichen Bewusstseins bewerten. Keine kleine Aufgabe, keine kleine Veränderung, dem Gewissen und dem Verantwortungsbewusstsein einen Platz im Handeln zu verschaffen, sozusagen die Folgen zu planen. Und Weiteres mehr. Vom Menschlichen auf das Übermenschliche schließen, aus dem Übermenschlichen das Menschliche ableiten. Denn seinen eigenen Sohn hat er ja bereits für unser Heil hingegeben.

Eli, Eli, lama sabachtani. Diese Frage hallt und schallt uns seit damals unverständlich in den Ohren. Was die universelle Kompetenz des Vertrauens oder die Aggression der zum Überleben, zur Vermehrung, ja selbst zum Tod nötigen Mimikry und Mimesis weder vergrößert noch verkleinert, höchstens ihre Ausdrucksmittel verfeinern sich oder verrohen. Renaissance und Aufklärung haben auf die verschiedenen Zeiten und identischen Erfahrungen entstammenden Vorstellungen und Proportionen keine Auswirkungen. Als einzige Neuerung stellen sie die aus verschiedenen Zeiten und ähnlichen Erfahrungen stammenden großen Systeme nebeneinander. Sie schmuggeln die Vielstimmigkeit zurück. Nicht diejenige der Individuen und Eigenschaften, sondern jene der Systeme, die von den Menschen aus ihren individuellen Eigenschaften, aus dem Spiel ihrer Animalität und Humanität gebildet und Kultur genannt worden ist.

Doch sehen wir uns den Begriff selbst näher an. Das ungarische Wort für Vertrauen bedeutet, dass wir aufgrund günstiger Erfahrungen oder trotz ungünstiger Erfahrungen auf etwas bauen, von dem wir kein gründliches, bis ins Einzelne gehendes Wissen haben. Der ungarische Begriff steht dem Glauben und dem Irrglauben gleich nahe. Das Französische bringt das Phänomen des Vertrauens *(confiance)* mit Treue, Verpflichtung, Verlobung, sogar mit dem Glauben in Verbindung. Das lateinische Wort *(confidentia)*, welches im dreizehnten Jahrhundert vom Französischen adaptiert wird, präsentiert es als Übergangsstadium, das Versprechen ist noch nicht eingelöst. Das Deutsche gewährt keinen Aufschub, lässt uns ohne jeden Vorbehalt, sofort und direkt mit dem Phänomen in Verbindung treten. Das war nicht immer so. Im Mittelhochdeutschen hatte das Wort auch die Bedeutung des Gelobens von Treue *(vertriuwen, vertruwen)* oder des Vermählens, in diesem Sinn rückte Luther es, ähnlich wie das Altfranzösische, in die Nähe des Glaubens. Der deutsche Ausdruck setzt die vorherige ethische Entscheidung voraus. Der ungarische ist zwischen Notwendigkeit und Zwang angesiedelt, der französische in der Nähe von Hoffnung und Erfüllung. Die Art etwa, wie der Prozess des Gelderwerbs beschrieben wird, zeigt vom Standpunkt der Begriffsbildung aus einen essentiellen Unterschied der Sprachen und Denkweisen: ungarisch sucht, französisch gewinnt, deutsch verdient man sein Geld. Wahrscheinlich können wir uns unter den vagabundierenden Ideen, die sich die Menschen vom Vertrauen gemacht haben, nur dann zurechtfinden, wenn wir nicht nur den historischen Bewusstseinsinhalt unserer eigenen Sprache, nicht nur die lokal begrenzte Erzählung zu verstehen suchen.

Die Erschütterung des Vertrauens in Politik und Finanzwelt gehört zu keiner lokal begrenzten Erzählung und hat kaum etwas mit einer universal gültigen zu tun. Ich würde sagen, dass in den vergangenen zwanzig Jahren das Vertrauensdefizit hinsichtlich Kapitalismus und Demokratie global beträchtlich gewachsen ist. Zu verstehen, wie es dazu gekommen ist, wird auch dadurch erschwert, dass die Finanzkrise und die Politikverdrossenheit in den neuen und alten Demokratien ganz unterschiedliche Ursachen haben. Dieselben antikapitalistischen oder neoliberalen Phrasen bedeuten in Paris etwas anderes als in Budapest. Wir müssen die Begriffe, ausgehend von ihrer formalen Identität, sozusagen in ihrer Wörterbuchgestalt beim Kragen packen, um die Ebenen, auf denen es einen wesentlichen Zusammenhang zwischen den unterschiedlichen Sprechweisen gibt, und die Richtungen, in die ihre Bedeutungsunterschiede gehen, klar zu erkennen beziehungsweise zu sehen, wie die alten und neuen Demokratien in der Folge gegenseitiger Missverständnisse jene Probleme, die sie miteinander haben, erst generieren.

Ganz allgemein lässt sich sagen, dass der Sprachgebrauch der alten Demokratien dissimulativ, der Sprachgebrauch in den neuen Demokratien simulativ ist. Insofern auch die Dissimulation Simulation ist, liegt darin kein Gegensatz. Jedenfalls sind die Probleme in den alten Demokratien größer, als die Akteure im öffentlichen Diskurs gewöhnlich erkennen lassen, in den neuen Demokratien wiederum nicht annähernd so groß, wie sie in der Öffentlichkeit ständig dargestellt werden. Noch komplizierter wird die Lage dadurch, dass die Beurteilung der Realität nicht eine einzige simulative oder dissimulative Form hat, sondern je nach Sprache und Region eine bunte Vielfalt aufweist. Trotzdem folgen die Spielarten des Dissimulativen in den alten Demokratien nicht nur gemeinsamen Lebensstrategien, was gegenüber der Außenwelt wie die Chinesische Mauer funktioniert. Überraschenderweise ist es jedem Einzelnen bewusst, was er mit der Realität anstellt. Ihr Verhalten und ihr Sprachgebrauch sind reflektiert. Personen und Institutionen sind darauf bedacht, Gesinnungsethik und Verantwortungsethik auseinanderzuhalten, Stimmungsschwankungen und Launen nicht nachzugeben, in kritischen Situationen die Ruhe zu bewahren, nicht über das Ziel hinauszuschießen, nicht zu dramatisieren, nicht die nüchterne Überlegung – und mit alldem nicht das Vertrauen anderer zu verlieren. Dieser Konsens stützt sich auf große logistische Apparate: die Grundprinzipien des urbanen Lebensstils, die wissenschaftlich fundierten und zum Gutteil aufeinander abgestimmten Verwaltungen der kolonialen Machtausübung mitsamt der dazugehörigen Ethnographie, Anthropologie, Psychologie und Statistik. Für den Wahrheitsgehalt bürgen die großen philosophischen Schulen, die englische, deutsche und französische mit ihren vielfach kontrollierten Definitionen und Begriffsvarianten. Das auffälligste mimische Zeichen der Übereinkunft ist das Lächeln. Wenn das Vertrauen ein dominierendes Merkmal jedes menschlichen Wesens oder sogar jedes Säugetiers ist, kann man die moderne Gesellschaftsordnung auf diese Eigenheit gründen. Die politische Karriere dieser aus dem Altertum bekannten Erkenntnis ist in den alten Demokratien seit Ende des Zweiten Weltkriegs ungebrochen. Ihr anthropologischer Gehalt, ihre Methodik, ihre Geschichte sind in den neuen Demokratien unbekannt. Konsens kann nicht durch Verordnungen am Leben erhalten werden, sondern erfordert den unausgesetzten Dialog aller mit allen. Der Dialog kann per definitionem nicht erfolglos sein, schon die gemeinsam verabschiedete Erklärung seines Scheiterns ist ein Erfolg. Im Interesse des Erfolgs gilt es nicht mehr als drei Operationen durchzuführen: definieren, argumentieren, sich einigen. Der Neigung zu definieren, dem Zwang zu argumentieren und der auf die Zukunft bezogenen Einigung gibt das Recht einen Rahmen. Die Gesprächsdialoge können nur das behandeln, was die Verträge zulassen.

Der simulative Sprachgebrauch der neuen Demokratien ist etwas schwerer zu beschreiben. Zuerst macht man einen großen Bogen um den Gegenstand des Dialogs und argumentiert historisch. Die Österreicher dürfen in Ungarn keinen Grundbesitz kaufen, Ungarn braucht in der EU eine Sonderregelung, weil Ungarn das christliche Europa jahrhundertelang mit Leib und Seele gegen die Türken verteidigte. Es kann nicht sein, dass Ungarn immer den Kürzeren zieht. Wenn es so ist, dann müsste man die Frage stellen, ob die Ungarn tatsächlich das christliche Europa verteidigt haben. Eine weitere Frage wäre, ob in einem Gespräch über Sonderrechte in der EU das Christliche überhaupt etwas zu suchen hat. Jedenfalls wird der Gesprächspartner in einen weitverzweigten Dialog über Daten und Ereignisse hineingezogen, die gar nicht zum Thema gehören. Es ist ein Vernebelungseffekt und dient nicht dem Dialog oder der Aufklärung längst vergangener Ereignisse, sondern grob gesagt den Eigeninteressen einiger Oligarchen oder Familienclans.

Darüber sprechen Simulanten nicht, sie durchschauen einander, doch würden sie ihre Geheimnisse austauschen, verrieten sie das Geheimnis der eigenen Methodik. Wenn wir nicht von den Geschichten und der Geschichte, sondern vom Begrifflichen ausgehen, ergibt sich ein noch verwickelteres Bild. Im simulativen Sprachgebrauch bleiben Begriffe undefiniert, damit die Sprecher ihr System von Verblendungen und Phantasmagorien, das der Tarnung ihrer illegalen Tätigkeit dient, nach Belieben pflegen können. Die Simulation muss auch die Sprache auf erfinderische Weise für illegale Handlungen offen halten. Unklarheit ist kein Hindernis für eine Äußerung, sondern ihre Bedingung. Natürlich kann man auch in der Kultur der Simulation nicht ohne die Fähigkeit zu vertrauen auskommen, jedoch hat das Vertrauen nur rein lokale Gültigkeit, ist selektiv, temporär und bezieht sich ausschließlich auf illegale Übereinkünfte, weswegen der einzelne sich gegen alles außerhalb Liegende misstrauisch verhält. Der dissimulative Sprachgebrauch konditioniert das Individuum zu einer Lebensführung und -organisation, in der Überzeugung und Verantwortung, Forderungen und Verpflichtungen in ausgewogenem Verhältnis stehen, der simulative Sprachgebrauch konditioniert zu

Ideen-, Erfindungs- und Listenreichtum und zum Überleben um jeden Preis. Das persönliche Interesse ist im simulativen Sprachgebrauch nicht individuell, sondern kollektiv, es entfaltet sich im Rahmen von Familie und Clan. Hinter dem dissimulativen Sprachgebrauch steht die jahrhundertelange Tradition des Individualismus und Rationalismus, einer Lebensform, die auf gesetzlich verankerten Übereinkünften und sprachlicher Transparenz beruht. Hinter dem simulativen Wortgebrauch stehen Jahrtausende des magischen und archaischen Denkens, Traditionen der auf individuellen Erfindungsreichtum zugeschnittenen, innerhalb von Familien- und Clanbindungen organisierten, auf zeitweiliger und illegaler Zusammenarbeit aufbauenden Überlebensstrategie. Das ist mehr, das ist gewichtiger, Ersteres hingegen weitaus strukturierter.

Es wäre ein Leichtes zu behaupten, dass sie sich gegenseitig nicht verstehen. Doch das trifft nicht zu. Mit der Sprache der Dissimulation lässt sich die Simulation ohne weiteres verstehen; auch die Dissimulation ist eine Simulation. Gegen die affektgeladenen, düsteren Geschichtstiraden, die zwanghaften Übertreibungen und historischen Wahnideen, deren sich der simulative Sprachgebrauch bedient, ist der dissimulative Sprachgebrauch absolut nicht wehrlos, jedoch muss er im Sinne seiner eigenen Übereinkunft neutral bleiben. Sein Rechtsbewusstsein mahnt ihn zur Vorsicht. Das Persönliche ist ein Bereich, der ohne Erlaubnis keinen Zugang gewährt. Obzwar auch die affektiven und emotionalen Äußerungen des simulativen Sprechens nicht persönlich sind, bedienen sie Klischees und Platitüden. Gerade durch seinen sprachlichen Output tarnt der Simulant seine persönlichen Absichten. Es gibt reichlich Missverständnisse zwischen simulativem und dissimulativem Sprechen, doch keine gegenseitigen und symmetrischen. Der Simulant ist betroffen, dass sich der Dissimulant seinen Sorgen gegenüber reserviert verhält. Auf der anderen Seite interpretiert der Dissimulant den künstlichen Charakter der Gefühle und Affekte richtig, doch er hat keine Ahnung, dass die individuell hervorgebrachten Platituden und Deklarationen eine illegal organisierte kollektive Welt verdecken.

In ihrer politischen Existenz hängen simulatives und dissimulatives Sprechen geschichtlich miteinander zusammen und wirken bis zum heutigen Tag aufeinander ein. Während der kurzen, sich aber für die Ewigkeit einrichtenden Epoche des Kalten Krieges, der friedlichen Koexistenz und des Ringens und Wettbewerbs der Weltsysteme, als in der geographisch größeren Hälfte Europas die vielen kleinen, eigenmächtig ausgeheckten Überlebensstrategien spontan die das Prinzip des Gemeinwohls ignorierende, die sklavische Kollaboration durch Simulation legitimierende, isolierte, der Ausplünderung des Staates verschworene Schattenwirtschaft hervorbrachten, die für lange Zeit zur einzigen praktischen Gewähr für das Fortbestehen der sozialistischen Mangelwirtschaft wurde, führte in der geographisch kleineren Hälfte Europas der Kapitalismus im Zeichen der Vernunft seine eigenen politisch motivierten Reformen durch. Der Kapitalismus nahm die verheerenden Erfahrungen des Zweiten Weltkriegs ernst, ebenso wie er die Verheißungen des Sozialismus und die Bedrohung durch einen dritten Weltkrieg ernst nahm. Er räumte dem Prinzip des Gemeinwohls Priorität ein, trat damit aus dem Rahmen der aufgeklärten Nation (Steuerpflicht gegen Entscheidungsrecht) heraus und dehnte sein soziales Verantwortungsbewusstsein auf sämtliche funktionierenden Demokratien aus und regulierte, zivilisierte und harmonisierte in diesem Rahmen die individuellen Interessen und die bilaterale und multilaterale Zusammenarbeit. Er schuf keine Gleichheit, war jedoch darauf aus, ihren chronischen Mangel mittels institutionell verankerter Ansprüche auf Chancengleichheit und soziale Sicherheit zu kompensieren. Auch Vollbeschäftigung versprach er nicht, war jedoch darauf aus, die Zahl der Arbeitsplätze nicht nur im Zeichen der Gewinnmaximierung zu erhöhen und nur dann zu verringern, wenn es nicht zu vermeiden war. Im Rahmen der Abkommen zwischen Arbeitgebern und Arbeitnehmern ging er innerhalb einiger Jahrzehnte bis an die Toleranzgrenze des freien Marktes und schuf den Sozialstaat. Über sein eigenes System musste er auf der Ebene des Staatenbundes nachdenken und in diesem Sinne die Struktur der Entscheidungskompetenzen auch auf regionaler und kommunaler Ebene umgestalten. Bei seinen politischen Entscheidungen räumte er Überlegungen der Wirtschaftlichkeit Vorrang ein, denn er hatte zur Kenntnis nehmen müssen, dass die im Interesse des Gemeinwohls gesetzten Maßnahmen seine Wettbewerbsfähigkeit auf globaler Ebene beträchtlich reduzierten. Auf die Isolation der sozialistischen Systeme antwortete er mit der Demokratie und dem Wohlfahrtsstaat. Er nahm die Demokratie gegen simulative Versprechen politisch in Schutz, Versprechen, die die sozialistischen Diktaturen durch Wohlstand niemals hätten einlösen können, durch Freiheit und Existenzsicherheit niemals hätten einlösen wollen. Er missverstand den simulativen Sprachgebrauch, was sich für die eigene Population als höchst fruchtbringend erwies. Die Simulanten legten das so aus, dass die Demokratie den Wohlfahrtsstaat ohne weiteres aus dem Ärmel schütteln würde, deshalb hätten sie überhaupt keinen Grund, ihre das Gemeinwohl ignorierende illegale Tätigkeit und ihre fetten Positionen in der Schattenwirtschaft aufzugeben.

Die nicht wechselseitigen und nicht symmetrischen Missverständnisse haben in beiderlei Sprachgebrauch eigene falsche Behauptungen erzeugt, diese wirken langfristig aufeinander ein. Hier wie dort werden die europäischen Ungleichheiten im Stand der gesellschaftlichen Entwicklung gern außer Acht gelassen und die (von István Bibó und Jenő Szűcs vielfach besungene und in den abgrundtiefen Brunnen der Vergessenheit geworfene) Realität der drei historischen Regionen nicht gerne zur Kenntnis genommen. Und wenn sie sie doch zur Kenntnis nehmen, dann nur, um die Situation der neuen Demokratien unter dem Gesichtspunkt der Besonderheiten der gesellschaftlichen Entwicklung in den alten Demokratien zu beurteilen. Was zu weiteren falschen Schlüssen führt. Damit behaupten sie, der Unterschied sei mit der Übernahme der lebensorganisatorischen Methodik der alten Demokratien zum Verschwinden zu bringen. Das bedeutet wiederum, dass sie die Realität keiner der gesellschaftlichen Entwicklungsformen ernst nehmen. Oder umgekehrt, sie behandeln die Realität der historischen Regionen als Fatum, als ewige Quelle der Stigmatisierung, des Selbstmitleids und der Jeremiade, oder umgekehrt, es soll damit die geistige Überlegenheit und die wirtschaftliche Hegemonie bis in alle Ewigkeit gesichert werden. Die Realität, von Simulanten und Dissimulanten verdeckt gehalten, sieht anders aus. Mit dem Zusammenbruch der sozialistischen Systeme verschwand die Expansionsbarriere des Kapitalismus, deshalb begannen die Dissimulanten schon am nächsten Tag den Sozialstaat abzubauen, doch sie hielten an der Praxis der vertauschten Priorität von Politik und Wirtschaft fest, als würde das Gemeinwohl immer noch die globale Wettbewerbsfähigkeit beeinträchtigen. Die Simulanten ließen keinen Moment lang von ihrer Absicht ab, den Staat und ihre Nachbarn auszuplündern, im Gegenteil, bis heute tun sie alles dafür, ihre illegale Tätigkeit nicht gemäß den Regeln der Demokratie und des geordneten Kapitalismus legalisieren zu müssen. Auch deshalb gab es keinerlei politische Hindernisse dagegen, dass die freie und soziale Markwirtschaft auf die illegale Struktur der Schattenwirtschaft aufsattelte. Es gab ja nichts anderes. Doch heute ist bereits zu sehen, dass ihr politisch unkontrolliertes Zusammenwirken der Wirtschaft der neuen Demokratien nach kurzen Phasen des Aufschwungs innerhalb von zwanzig Jahren die Wettbewerbsfähigkeit geraubt und der Logik der Simulation folgend autoritären und antidemokratischen politischen Ideen den Weg bereitet hat. Postmoderner Kapitalismus und prämoderne Restauration sowie kulturelle Regression stehen einander Aug in Aug gegenüber. Denn inzwischen hat sich auch die freie und geordnete Marktwirtschaft gründlich verändert. Kein Gesetz verhindert, dass ein einziger verrückt gewordener Mitarbeiter einer das Geld der lokalen Sozialsysteme verwaltenden Landesbank oder irgendeiner größeren Privatbank sich in globale Finanzmarktgeschäfte einlässt, worauf die Verluste des Pyramidenspiels unter Berufung auf Sicherheit und Selbstreinigungskräfte des Weltfinanzsystems mit Steuergeldern ausgeglichen werden, wobei das Funktionieren der Finanzmärkte als Synonym für das Gemeinwohl gilt. Das hat viel mit animalischem Instinkt zu tun, nichts hingegen mit Vernunft oder Ethik. Helmut Schmidt sagte, schrieb, forderte zumindest sechs Jahre hindurch, dass die Finanzfonds staatlicher Kontrolle unterzogen werden und die amerikanische Wirtschaft in den Rahmen internationaler Verträge gezwungen werden sollten. Solange die Dividende stimmte, hörte niemand auf ihn.

Somit brauchen wir, ob wir nun simulieren oder dissimulieren, weder über das globale Defizit an Vertrauen in die kapitalistische Wirtschaft noch über das globale Defizit an Vertrauen in die Demokratie erstaunt zu sein. Beides werden wir von heute an mit mehr Realismus betrachten müssen.

Deutsch von Heinrich Eisterer

DER STAND DER DINGE

*Warum der Versuch einer dritten Modernisierung
Ungarns nicht gelungen ist*

Obwohl in den zwei Jahrzehnten, die seit dem Systemwechsel vergangen sind, niemand in Europa gedacht hätte, dass ausgerechnet den Ungarn der Modernisierungssprung nicht gelingen würde, ist auch dem dritten Anlauf zu einem großen Modernisierungsversuch der Erfolg versagt geblieben. Das bedeutet eine tiefgreifende Erschütterung. Nach dem Zerfall des Sowjetimperiums, nach den samtenen Revolutionen, dem Fall der Mauer, dem blutigen und aller Wahrscheinlichkeit nach auch vom Geheimdienst Securitate initiierten rumänischen Aufstand, nach den erfolgreichen Gesprächen am Runden Tisch in Warschau und in Budapest hatten die Völker der Region das politische und wirtschaftliche System von Staatssozialismus und Planwirtschaft in geordneter Weise aufgeben müssen, um in das ganz anders geartete System der freien Marktwirtschaft und demokratischen Selbstbestimmung einzutreten. Eine noch völlig unerprobte historische Aufgabe, ohne Vorbild, ohne entsprechende Literatur. Der Wechsel ist nichtsdestoweniger gelungen. Der Übertritt in die freie Marktwirtschaft ebenfalls. Ungarn steht mit all den beachtlichen Erfolgen der letzten zwanzig Jahre dennoch immer noch dort, wohin es mit seinen ersten Modernisierungsversuchen

Mitte des 19. bis Anfang des 20. Jahrhunderts gekommen war: halb an der Peripherie, um es mit dem ungarischen Historiker Ignác Romsics zu sagen. Auch die Soziologen sind auf der Grundlage ihrer exakten Erhebungen zu keinem anderen Ergebnis gekommen. Lege man die untersuchten Werte zugrunde, schreibt etwa István György Tóth vom *Social Research Institute*, der die gesellschaftlichen und kulturellen Bedingungen des wirtschaftlichen Aufstiegs erforscht hat, so befinde sich Ungarn auf der *cultural map*, dem Werteatlas der Welt, immer noch an dem Ort, den ihm Geschichte und kulturelles Erbe zugewiesen haben. An diesem Punkt der Studie wechselt er, für einen Soziologen ungewöhnlich, in die erste Person Plural. Er schreibt, unser Wertekanon füge sich zwar in die christliche Kultur des Abendlandes ein, durch unsere Entscheidungen kommen wir jedoch in die Nähe der östlichen, byzantinischen Welt. Unsere Handlungsmuster und unsere Entscheidungen sind einfach nicht deckungsgleich. Wir leben als verschlossene, in sich gekehrte Gesellschaft am Rande der beiden Regionen. Durch die erste Person Plural wird aus der Analyse gleichsam eine Selbstprüfung. Die verschlossene ungarische Gesellschaft stellt er unwillkürlich den offenen Gesellschaften, das westliche Christentum dem östlichen Christentum gegenüber, weil er in Gedanken jenen Grenzen Europas folgt, an denen der große ungarische Mediävist Jenő Szűcs in den sechziger Jahren des vergangenen Jahrhunderts die «historischen Regionen Europas» abgesteckt hat, Grenzen, die er anhand der Verschiedenheit ihrer sozialgeschichtlichen Gegebenheiten, «ihrer Modelle und Strukturen» beschrieb. Ähnlich anderen Ländern der Region war Ungarn schon immer bestrebt, diese historischen Grenzen im Prozess der Transformation zu überschreiten. Bis jetzt ist dies ausschließlich Slowenien gelungen.

Nach dem quälenden und ernüchternden Scheitern des angestrebten Grenzübertritts wird zwar keine neue Epoche folgen, wie viele fürchten und hoffen, sicher aber ein anderes, von den vorhergehenden abweichendes Kapitel, ein neuer Anlauf. Jetzt herrscht Stille. Die Stille der Erwartung und Vorbereitung. Jede Gesellschaft lebt aus dem Fundus unterschiedlicher Traditionen; auch die Gesellschaft holt bald diese Eigenschaft hervor, bald verwirft sie jene, je nachdem, was die Situation erfordert. Die Strukturmodelle des Fortschritts sind ebenso vorgezeichnet wie die Muster der Regression. Ihr Verhältnis zueinander ähnelt dem zwischen den persönlichen Anlagen und der Erziehung. Die Tendenzen und Muster werden dem kollektiven Bewusstsein durch die Individuen und ihre Familien eingeschrieben. Nicht unbedingt durch ihre Absichten, vielmehr durch ihre Konstitution, die Präferenzen ihrer jeweiligen Klasse und Schicht; bald verstärken sie, bald schwächen sie diese oder jene Entwicklungstendenz, doch dass sie das Muster wechseln oder den Kurs ändern, passiert überaus selten. Selbst dann nicht, wenn viele zur selben Zeit die Notwendigkeit des Wandels einsehen. Selbst wenn es eine Revolution gegeben hätte, wie es sie 1989 nicht gegeben hat, kommt die Restauration immer nach Fahrplan, und sehr häufig offenbart sie, wohin kein Weg zurückführt.

Die Regression wurde ausgelöst durch die über zwei Jahrzehnte sich immer mehr abschwächende Progression, die in den ersten Jahren nach der Jahrtausendwende dann vollständig zum Erliegen kam; die Entwicklung der ungarischen Gesellschaft ist wieder in eine regressive Phase eingetreten. Obwohl es bereits im Augenblick der Wende klargeworden war, dass die ungarische Gesellschaft über keine starken demokratischen Traditionen verfügt und es verblüffend wenige glaubwürdige Demokraten gibt, kam es doch überraschend, dass die dritte Republik zwischen abgelaufenen historischen Gegebenheiten, zwischen Fürsorgestaat und autoritärer Ständeherrschaft, zwischen staatssozialistischem und staatskapitalistischem Modell, also zwischen den diktatorischen und autoritären Traditionswelten der Kádár-Zeit und der Horthy-Zeit, hin und her geworfen wird. Schon allein deshalb, weil ausnahmslos jeder das Studium der Demokratie mit einem Grundkurs beginnen musste und in den ersten zehn Jahren der Demokratie niemand weit damit gekommen ist. Gar nicht kommen konnte. In keinem einzigen Land der Region kann die Rede davon sein, dass die Bevölkerung der sowjetischen Diktatur überdrüssig gewesen wäre, dass sie stattdessen die Demokratie gewollt, für sie gekämpft hätte, dass sie die Methoden der Machtergreifung ausgearbeitet, die alte Ordnung hinweggefegt hätte, um eine gründlich geplante andere zu errichten, kurzum, dass sie eine Revolution gemacht hätte; vielmehr brach das unermesslich große sowjetische Reich aufgrund seiner eigenen wirtschaftlichen und militärischen Funktionsuntüchtigkeit zusammen und riss die Völker der Region mit sich, die auf Mangelwirtschaft, das heißt auf Überlebensstrategien getrimmt waren. Ohne jede ökonomische Konzeption, ohne eine neue Lebensstrategie, ohne eine neue Überstehens-Taktik blieben sie mit ihrer Freiheit allein. Für ihre Entwicklung gab es zwar ein Vorbild, für dieses Vorbild gab es in ihren Gesellschaften jedoch keine funktionsfähigen Strukturen und auch nicht die passenden funktionstüchtigen Konzepte. Die Region akzeptierte die Demokratie wie einen ärztlichen Rat, verstand jedoch im Grunde nicht, was die Ärzte von ihr wollten.

Attraktiv war der Wohlstand, vor allem dessen symbolische Gegenstände: Autos, Bananen, Waschmaschinen; den Bewohnern der Region blieb auch nicht verborgen, dass die unendliche Vielfalt der nützlichen, schillernden, schön eingepackten Dinge in irgendeinem Zusammenhang steht mit der inneren Struktur der Demokratie, mit den Menschenrechten, den Rechten als Staatsbürger; woher aber hätten sie wissen können, was sie für den Wohlstand tun müssen, wie sie über die Einzelinteressen hinausgehen müssen, wie sie welche Organe schaffen und wie sie

sie am Leben erhalten müssen. Die demokratische Transformation wurde vollzogen, ohne dass die Auffassung der Demokratie zum Gegenstand öffentlicher Debatten geworden wäre. Wie auch hätte sie es werden können, wenn jeder nach den alten Überlebensstrategien lebte und arbeitete. Die Überlebensstrategie bezog sich nicht auf dieselbe sozialgeschichtliche Struktur, in der die Gegenstände des Wohlstands hergestellt wurden. Die Staatsbürger waren mit Fragen der praktischen Lebensorganisation beschäftigt, über diese stritten sie lebhaft, und es war neu, dass sie es öffentlich tun konnten. Sie wurden davon mitgerissen. Über die diversen Demokratieauffassungen diskutierten untereinander bestenfalls Experten, die mit Verfassungsgebung befasst waren. Die öffentlichen Debatten, Streiks, Provokationen, Blockaden, Demonstrationen und Gegendemonstrationen wurden ebenfalls im Zeichen der Überlebensstrategien initiiert und hatten deshalb nicht den Kompromiss, sondern einen ausschließlichen und vollständigen Triumph zum Ziel, wodurch das Chaos und die Disharmonie vollkommen waren. Der Gegenstand der Debatte ging in den Debatten unter. Und doch gab es keinen, der nicht glücklich gewesen wäre, dass die diktatorische Reglementierung vorbei war. Die neuen Rechtsvorschriften umgingen oder übertraten alle mit den alten, in der Diktatur erlernten Methoden. Auch Polizei, Staatsanwaltschaft und Gerichte verfuhren so. Sie ermittelten, erhoben Anklage oder nicht, sprachen Recht, als müssten sie ihrer persönlichen Überzeugung und nicht den Gesetzen Genüge tun. So geriet zunächst die Rechtssicherheit, dann die demokratische Ordnung selbst in Gefahr. In der Diktatur ist das Finden einer Rechtslücke eine Überlebensbedingung. Gesetze zu befolgen ist nicht bloß feige, sondern ein Zeichen von Lebensuntüchtigkeit, eine Dummheit, Gegenstand von Hohn und Spott, eine Gefährdung der Überlebenschancen anderer. Es dauerte keine zehn Jahre, bis die Freien Demokraten sich mit einem ihrer Korruptionsskandale von dem selbstverkündeten Demokratiebegriff verabschiedeten; die Sozialisten hingegen hatten von vornherein keine greifbare Auffassung von der Demokratie entwickelt, höchstens versuchten sie den Etatismus und Paternalismus der sogenannten sozialistischen Demokratie in die parlamentarische Demokratie zu überführen; die Jungen Demokraten wiederum sahen ein, dass sie mit ihrer rigoros rationalistischen Auffassung im Zeichen rigoroser Menschenrechte niemals eine Wahl gewinnen würden, und so mussten sie, wollten sie noch als junge Menschen an die Regierung kommen, im Interesse der Stimmenmaximierung ihre Haltung ändern. Der erfahrene deutsche Mentor des Parteivorsitzenden Orbán, Otto Graf Lambsdorff, versuchte die Jungen Demokraten von diesem höchst riskanten Schritt abzuhalten, doch er scheiterte.

In den vergangenen zwei Jahrzehnten hat es die ungarische Gesellschaft nicht geschafft, eine stabile Demokratie aufzubauen; dennoch vermag sie sich bisher nicht guten Gewissens für eine der früheren antidemokratischen Traditionen zu entscheiden. Weder für die durch Polizei und Gendarmerie aufrechterhaltene parlamentarisch-autoritäre Herrschaft des feudalen und kapitalistischen Interessenbündnisses der Vorkriegszeit, die staatskapitalistische Tradition des Horthyismus, noch für die durch den Geheimdienst gestützte kommunistische und sozialistische Diktatur der staatlichen Fürsorge, die staatssozialistische Tradition des Kádárismus, auch wenn sie die mentalen und geistigen Formen sowie Verwaltungsmethoden beider mit Vorliebe benutzt hat und bis heute benutzt. Beide Regime haben ihre historische Logik, was freilich keines der Regime entschuldigt, lediglich erklärt. Es ist ein seltsames Gemisch, das da unter dem Stichwort ungarische Demokratie aus dem Kampf der beiden Traditionen entstanden ist, die treu befolgt und wütend bekämpft werden, quasi mehreren Geschichtsfälschungen gleichzeitig ausgesetzt sind. Betrachten wir das Geschehen als Schauspiel, und manchmal kann man gar nicht anders, scheinen zehn Millionen Töchter, Söhne, Enkel und Urenkel von städtischen Proletariern, herrschaftlichen Dienstboten, Knechten, Leibeigenen, Kleinbürgern, Kleinbauern und untersten Beamten eine Posse aufzuführen, in der sie ausschließlich die Rollen von Magnaten oder Angehörigen der Gentry spielen.

Mehrere Jahrhunderte Bauernbewegungen, anderthalb Jahrhunderte Emanzipations-, Arbeiter- und Frauenbewegungen scheinen in Vergessenheit geraten zu sein. Die ungarische Bevölkerung scheint zusammen mit dem Staatssozialismus nicht nur ihre ursprüngliche Sozialstruktur, sondern auch das Bewusstsein ihrer Schichtzugehörigkeit verloren zu haben, als wäre sie sich der Muster ihrer eigenen Sozialisation nicht mehr bewusst und müsste deshalb rohesten, ja animalischen Affektmodellen folgen. Als hätte sie ihre Vergangenheit verbummelt, weshalb sie wütend ist, jedoch nicht auf sich, sondern auf die anderen. In den ersten Jahren nach dem demokratischen Wandel kehrten auch die Angehörigen der geborenen Aristokratie auf die Bühne zurück, traten mit ihren klangvollen Namen aus der heimischen Unbekanntheit hervor, kamen gar aus dem Ausland, um sich an die Spitze der ungarischen Gesellschaft zu stellen und im Zeichen ihrer eigenen sozialen Prägung die Traditionen der ungarischen Staatlichkeit zu repräsentieren, doch egal mit welcher Disposition oder gestörten Disposition sie kamen, schnell sahen sie ein, dass sie in diesem Schauspiel, in dem die Mehrheit der Darsteller den Fächer wie einen Kochlöffel hält, nichts zu suchen haben. Ohne ihren Großgrundbesitz und ihre Schlösser ist ihre Vergangenheit und ihre Erziehung sowieso nur eine bunte Seifenblase. So wie es ohne Eigentum und das Selbstbewusstsein eines Eigentümers kein Bürgertum gibt. Für die bäuerliche Landwirtschaft braucht es nicht nur guten Grund und Boden, sondern Tiere, Gerät und Fachwissen, das dem Charakter der jeweiligen Landschaft genügt und von der Kenntnis des Bodens bis zur Meteorologie reicht. Für die Existenz als Proletarier braucht es Sachverstand und gute Organisation, für die als Beamter eine transparente Verwaltung.

Der einzige Autor der neuen ungarischen Demokratie war eine amorphe ungegliederte Bevölkerung, die mit der traditionellen Struktur ihrer Gesellschaft nicht mehr viel, ja, die mit keiner traditionellen Gesellschaftsstruktur noch etwas gemein hatte. Auf der Bühne gab es keine Bauern mehr, kein städtisches Proletariat, keinen Besitzadel und vermögende Bürger schon gar nicht. Die neue ungarische Demokratie verfügte über keine theoretisch vorbereitete, in der Verwaltung erfahrene politische Elite. Sie brachte nicht eine einzige regierungsfähige Politikergarnitur hervor. Die Besten und Lautesten unter den Intellektuellen ließen sich bereits vor den Gesprächen am Runden Tisch, im allerersten Augenblick der Transformation, von den sich reformierenden oder neu gegründeten Parteien verführen, um ein paar Jahre später, in Parteikämpfen zermürbt oder in Korruptionsskandale verwickelt, kaputtgemacht zu werden. Nicht einmal die geistige Kapazität der Besten oder Lautesten genügte den Ansprüchen, die sie hätten erfüllen müssen. Einzig die Sozialisten hatten Erfahrung im Organisieren und Verwalten eines Staates, sie stammte aber aus der Zeit der Diktatur. Was bestenfalls reichte, um während ihrer Regierungsphasen einen Betrieb im Leerlauf aufrechtzuerhalten, der an den alten erinnerte. Aller Wahrscheinlichkeit nach erhielten sie ausschließlich deswegen in zwei aufeinanderfolgenden Wahlperioden das Vertrauen der Wähler.

Die Zerschlagung und Umgestaltung der Gesellschaft war nach vierzig Jahren sowjetischer Diktatur bereits zu weit fortgeschritten. Die traditionelle Struktur der Gesellschaft, all ihre sinnvollen Organe und Funktionen sind nicht in zwanzig Jahren wiederherstellbar. Auch ich bin Zeuge dessen, dass 1956 der letzte historische Augenblick gewesen wäre, die ungarische Gesellschaft gemäß ihrer eigenen organischen Strukturprinzipien und Strukturmodelle zu reorganisieren, und dass sie den Weg der vernünftigen Reorganisierung auch eingeschlagen hatte. Damals gab es noch ein städtisches Proletariat, es wohnte noch in seinen Bezirken und Stadtteilen, die Masse der mittellosen Landarbeiter unterschied sich noch von der Masse der Kleinbauern und der Schicht der mittleren Grundbesitzer, und all diese lebten im System ihres eigenen Wissens und ihrer eigenen Volksbewegungen. Sie wollten keine Genossenschaften, wollten bei der nach dem Zweiten Weltkrieg durchgeführten Bodenreform bleiben und lehnten deshalb Großgrund- oder Kirchenbesitz ab. Wie auch die Arbeiterräte, in der Tradition der beinahe anderthalb Jahrhunderte alten Arbeiterbewegung, für das Prinzip der Selbstverwaltung waren und nicht beabsichtigten, die Großbetriebe an ihre einstigen Eigentümer zurückzugeben. Die mittleren und kleinen Betriebe ja. Wie auch die Bauern bereit waren, die mittleren und kleinen Ländereien den früheren Eigentümern zurückzugeben. Nur ein paar Stimmen mehr, und Nikita Sergejewitsch Chruschtschow hätte ähnlich Österreich auch Ungarn aus seinem byzantinischen System, das heißt dem Reich der Ostkirche entlassen, aus jener dritten historischen Region, in die das Land nicht gehörte. Das alles ist nur noch deshalb erwähnenswert, damit man sieht, mit welchen Schwierigkeiten die neueste Transformation der Gesellschaft zu kämpfen hat, wie sie zwischen den Kräften von Progression und Regression hin und her geworfen wird; wir sollten uns nicht wundern, dass das Land auf dem Werteatlas der Sozialforscher heute näher an Bulgarien, die Republik Moldau, die Ukraine oder Russland herangerückt wird als an das benachbarte Slowenien. Laut diesen Erhebungen ist Ungarn sogar von Tschechien oder der Slowakei weit entfernt,

Ländern, die am Rande des «Westblocks» liegen. Die europäische Integration verspricht ein komplizierterer Prozess zu werden, als viele erwartet haben.

Wäre ich nur als Romanschriftsteller, gestützt auf meine Eindrücke, der Meinung, der Kampf um eine organische Gesellschaftsstruktur sei trotz allem nicht hoffnungslos, könnte man sie als Fiktion oder Illusion vom Tisch fegen. Doch auch die Sozialforscher bewerten den Prozess nicht als hoffnungslos. In den vergangenen zwei Jahrzehnten ist in der ungarischen Gesellschaft eine neue Art Klassen- und Schichtstruktur entstanden. Laut Tamás Kolosi und István György Tóth habe sich eine wenn auch noch kleine Mittelschicht herausgebildet, die konsistenter sei als die frühere und sich vor allem durch den gewählten Lebensstil auszeichne; in der zunehmend differenzierten Elite und oberen Mittelschicht wiederum spielten die Groß- und mittleren Unternehmer eine bestimmende Rolle (eine zahlenmäßig kleine Schicht von Großkapitalisten); und die innere Zersplitterung der depravierten Schicht, das heißt derer, die an den Rand der Gesellschaft gedrängt lebten, sei ebenfalls gewachsen. Was nicht heißt, dass die ungarische Gesellschaft mit ihrer inneren Struktur in der Lage wäre, ihren eigenen Modellen zu folgen. Zwischen Struktur und Modell besteht noch keine organische Verbindung. Man könnte mit der bisherigen Entwicklung unzufrieden sein, doch muss man sich vor Augen halten, dass die Reorganisierung der sozialen Struktur viel Zeit in Anspruch nimmt und regressive Phasen unvermeidlich sind.

Zwanzig Jahre lang schien es, als erlaubte die äußere Umgebung, die Nachbarn, die NATO, die Europäische Union, der mit sich zutiefst unzufriedenen ungarischen Gesellschaft keine gründlichere Regression. Daran ist etwas Wahres. Sie mahnte sie zur Besonnenheit, stellte Bedingungen, verpflichtete sie zur Einhaltung bestimmter demokratischer Grundregeln und zur Harmonisierung des Rechts. Eine größere Rolle in der Unterdrückung der regressiven Kräfte jedoch spielte ein anderer wichtiger Umstand. Die Administration, Verwaltung, Gesetzgebung, das Gesundheits-, Verkehrs- und Bildungswesen Ungarns ruhte ursprünglich noch auf den institutionellen Strukturen der österreichisch-ungarischen Monarchie, und trotz der späteren Transformation nach byzantinischer Art funktionierte das zentralistische Ordnungsprinzip auch noch zu Zeiten der Wende. Man könnte behaupten, dass damals nicht mehr das System die Zentralen erhielt, sondern dass die Zentralen das System nicht auseinanderfallen ließen. Die Strukturen der staatlichen Verwaltung hatten nicht nur die faschistische, kommunistische und sozialistische Diktatur überlebt, selbst in der neuen ungarischen Demokratie blieben ihnen noch etwa zehn verworrene Lebensjahre. Mehr nicht. Nachdem die eine neoliberale Partei, der Bund Junger Demokraten, entgegen allem väterlichen Bemühen Graf Lambsdorffs 1997 ihre Meinung geändert und sich an die Spitze der nationalkonservativen Bewegung gestellt hatte, zur gleichen Zeit aber die andere neoliberale Partei, der Bund Freier Demokraten, sich in die kádáristische Maschinerie der sozialistischen Parteikorruption begeben hatte, blieb keine Partei mehr übrig, die im Interesse des Gemeinwohls die Sehnsucht nach staatlicher Fürsorge oder autoritärer Herrschaft bremsen oder die Verwirklichung der administrativen Schimären, die diesen regressiven Tendenzen entsprachen, hätte verhindern können. Nicht die Außenwelt, nicht die bösen fremden Mächte, vielmehr die ungarischen Parteien selbst haben die Verwaltung zerschlagen. Ausnahmslos alle Parteien haben eifrig daran gearbeitet. Den sozialistischen Ministerpräsidenten Gyula Horn konnte die Administration kaum bremsen, als er, um die Wahlen zu gewinnen, kostenlose Flugreisen für Rentner wollte. In der neuen ungarischen Demokratie stellten die einander ablösenden Ministerpräsidenten die Logik des Staatswesens auf den Kopf. Sie folgten in ihren Entscheidungen nicht den Prognosen und Kalkulationen der staatlichen Administration, vielmehr zwangen sie umgekehrt die staatliche Administration, ständig zu improvisieren. Ministerpräsident Horn erklärte eines schönen Tages äußerst gereizt, in Ungarn gebe es zu viele Philosophen, die Universitäten müssten die Ausbildung zurückfahren, womit er gewiss meinte, dass zu viele herumkrittelten, ihm zu viele reinredeten. Im Fieber der Stimmenmaximierung führte er dann doch noch die kostenlosen Zugreisen für Rentner ein. Was einem autoritären Regime und drei Diktaturen nicht gelungen war, gelang der neuen ungarischen Demokratie. Sie zerschlug die Institutionen der öffentlichen Verwaltung, um sie korrupten Gruppen in die Hände zu spielen, die sich um die Parteien herum gesammelt haben und einander feindlich gegenüberstehen. Was für Zuschauer einer Posse absurd wäre und worüber sie deshalb befreit lachen könnten, ist für die Darsteller der Posse nicht unbedingt lächerlich. Die Ungarischen Staatsbahnen sind freilich nicht wegen Ministerpräsident Horns Verordnung heute ein Unikum in Europa, das heißt in jeder Hinsicht ungeeignet, Menschen oder Güter zu befördern, sondern weil ihr Vermögen geplündert wurde; dafür aber mussten die Herren in Krawatte zunächst den Entscheidungs- und Kontrollapparat zerschlagen. Man kann es als emblematisch betrachten, dass es keinen ungarischen Reisenden gibt, dem nicht aus irgendeinem Grund irgendeine Ermäßigung zustünde. Quasi jeder kommt in den Genuss, in Zügen zu reisen, die abgewirtschaftet sind, innen und außen dreckig, auf hundert Jahre alten Gleisen und Weichen entlangruckeln und sich ausnahmslos verspäten, während tatsächlich nur sehr wenige in den Genuss des zerstückelten Vermögens der Ungarischen Staatsbahnen gekommen sind.

Zum Bild gehört auch, dass die Ermahnungen von außen in den vergangenen zwanzig Jahren zwar eine bremsende Wirkung auf die regressiven Kräfte ausgeübt haben, diese sich in ihrer üblichen Fremdenfeindlichkeit davon aber nur bestärkt sehen.

Der Hass auf die fremde Macht oder den fremden Einfluss gehört gleichzeitig zur unveräußerlichen Tradition nicht der regressiven, vielmehr der fortschrittsorientierten Kräfte. Diese mussten hundertfünfzig Jahre türkisches Sultanat, dreihundert Jahre Herrschaft des österreichischen Kaisers, einige harte Monate deutsche Besatzung im Verbund mit den ungarischen Pfeilkreuzlern, vierzig Jahre sowjetische Diktatur von Hause aus hassen. Der Hass gegen die Fremdherrschaft steht im politischen Prozess der Progression nicht für sich, vielmehr stand er im Zusammenhang mit organisierten Bewegungen, mit Bauernbewegungen, Arbeiterbewegungen, Gewerkschaftsbewegungen, Emanzipationsbewegungen, Widerstandsbewegungen, mit der kommunistischen Bewegung, Illegalität, Verschwörung, mit Reformbewegungen, Freiheitskampf, Unabhängigkeitskriegen. Heute sind auch die letzten Bruchstücke der Erinnerung an diese Bewegungen getilgt, das kollektive Bewusstsein kann mit ihnen nichts anfangen. Die ungarische Gesellschaft erkennt sich in ihren historischen Gestalten nicht wieder. Sehr wohl jedoch in der Fremdsteuerung. Ob links oder rechts, sie will nicht zulassen, von außen gesteuert zu werden. Schon deshalb nicht, weil Hass und Abscheu, der gegen alles und jeden gehegte Trotz, Ignoranz und Widerstand nicht bloß ein wichtiges affektives Element des politischen Fortschritts, sondern auch des provinziellen Geistes und damit Teil des überwiegend geheimen Kampfes ist, den die Provinz der gesamten Region seit hundertfünfzig Jahren gegen die Stadt geführt hat und führt. Der serbische Philosoph Radomir Konstantinović beschreibt in seinem Buch *Die Philosophie des Krähwinkels* dieses Phänomen als Agonie der Stammesgesellschaft. In der neuen ungarischen Demokratie treffen die beiden traditionellen Widerstandstendenzen, die Tradition der

politischen Progression und die auf Rundumverteidigung eingerichtete Überlebensstrategie der regressiven Stammeskultur, mit
unangenehmen Folgen aufeinander. Die ungarische Gesellschaft
braucht die Gereiztheit auf den verschiedensten Ebenen. Auf
Gereiztheit basiert die Kultur der Entrüstung, der Unzufriedenheit, des Jammerns und Nörgelns, die schon in der Monarchie
die österreichischen Beamten sehr befremdet hat; doch egal, ob
sie sie lächerlich fanden oder sich über sie aufregten, sie konnten
mit ihr so wenig anfangen wie heute die Europäische Union. In
Wahrheit gibt es keine Regierung, mit der die ungarische Bevölkerung nicht auskäme, Opportunismus hat in Ungarn keine Grenzen, und deshalb gibt es auch keine ungarische Regierung, die
sie nicht hassen, hintertreiben, sabotieren, durch geheime Bewegungen demontieren und funktionsunfähig machen würde, auch
dann, wenn sie diese Regierung nun einmal gewählt hat. Was
mit Grundsätzen der Logik und Prinzipien des Gemeinwesens
ziemlich schwer nachvollziehbar ist, ist in den Jahren der Unterdrückung zu einer kollektiven Eigenschaft geworden. Dahinter
steht die Anarchie des Instinkts. In dieser Anarchie stimmen die
faktische innere Struktur der Gesellschaft und die Muster, denen
man zu folgen wünscht, auf Dauer nicht miteinander überein;
deshalb überschreibt der anarchistische, sehr häufig hysterische
Überlebensinstinkt ständig die Prinzipien der vernunftgesteuer-
ten Organisation des Lebens, wobei die falsche, von Affekten
gesteuerte Schaltung im kollektiven Bewusstsein der Gesellschaft
gar nicht wahrgenommen wird. Seit Jahrhunderten ignoriert man
den Denkfehler. Die Verantwortung für die Anarchie delegiert
das ungarische politische Denken fortwährend an fremde Mächte,
die sich angeblich gegen Ungarn verschworen haben, folgerichtig
ignoriert es die zerstörerische Realität des eigenen Instinktme-
chanismus. Im Drang zu überleben wird es sowieso gleichgültig,
ob man den durch ausländische oder heimische Interessengrup-

pen verteilten Privilegien nachjagt, denn ein Sündenbock muss in jedem Falle gefunden werden, man muss fest an das eigene Glück glauben, fremden Mächten schmeicheln, dem eigenen Volk den Hof machen, sich in der Rolle des ewigen Opfers und Märtyrers gefallen. Was freilich bis ins letzte Detail Theater ist. Ein Theater, das, damit die Vorstellung zum Erfolg wird, zuallererst die Darsteller akzeptieren müssen. Die Nationalkonservativen und die Kirche müssen geschlossen daran glauben, dass man die ständige und gemeinsam betriebene Ausbeutung der Armen, die Demütigung der Minderheiten und selbst den rohesten Rassismus auf das Prinzip der christlichen Nächstenliebe gründen kann. Als Segen reicht eine Audienz beim Papst. Und die Sozialisten müssen daran glauben, dass man aus der Staatskasse auch solche Gelder reichlich verteilen kann, die niemand je eingenommen hat und auch niemand je einnehmen wird, kurzum, dass man auf Pump leben kann; astronomische Staatsschulden anhäufen kann, weil es ja die Deutschen, Franzosen und Amerikaner auch so machen. In ihrer Unzufriedenheit lassen zunächst die Einzelnen die Größenunterschiede völlig außer Acht, die zwischen den einzelnen europäischen Regionen bestehen und die sozialen Klassen innerhalb dieser Regionen voneinander trennen, damit ihnen daraufhin die mit der Stimmenmaximierung beschäftigten Politiker in ihrem Überlebensinstinkt hinterherlaufen, Versprechungen und Geschenke machen, bis schließlich Staatspräsident Sólyom laut verkündet, dass Ungarn zu den mittleren Mächten gehört. Womit er wiederum diejenigen bestärkt, die sich seit langem darum bemühen, dass Ungarn jene Position zurückerlangt, die ihm historisch gesehen zustünde, hätte ihm nicht der Friedensvertrag von Trianon neunzig Jahre zuvor zwei Drittel seines Territoriums geraubt. Der unreflektierte Überlebensinstinkt möchte ein Groß-Ungarn. Und zwar nicht etwa das Gebiet des Ungarischen Königreichs vor dem Ersten Weltkrieg, sondern gleich das mittelalterliche. Denn das war in der Tat noch größer. Auch wenn die ungarische Armee im Ganzen zwei Flugzeuge besitzt, mit denen man fliegen kann. Die Sehnsucht nach Größe bezieht sich in einer Kultur des Überlebens nicht auf Qualität, sondern auf Ausdehnung, Masse, Quantität.

Doch was auch immer in den vergangenen zwei Jahrzehnten gespielt wurde, in Wirklichkeit haben nicht die äußere Umgebung, auch nicht der noch aus Zeiten der Monarchie funktionierende Grundstock der Verwaltung, sondern die eigenen Modernisierungsbestrebungen die ungarische Gesellschaft vor den beiden gefährlich regressiven Traditionen des Horthyismus und Kádárismus bewahrt; die tiefe Affinität zu den modernsten Techniken, die berechtigte Angst, in einer geschlossenen Gesellschaft, in vollkommener Isolation nicht an die neuesten Technologien heranzukommen, die begründete Angst, dass mit einer Regression die Modernisierung auch im dritten Anlauf nicht gelingen könnte. Diese bereits mehrere Jahrhunderte alte Affinität und die Angst vor dem Scheitern der Modernisierung kann sich die ungarische Gesellschaft nicht öffentlich eingestehen. Sie müsste dann die früher angehäuften Irrtümer, Fehler, Versäumnisse und Vergehen offenlegen. Sie will diese unter Verschluss halten. In dieser Anstrengung gipfeln ihr seit anderthalb Jahrhunderten gepflegter Illusionismus und die dazugehörige Amnesie. Besser ein schrilles Schauspiel aufführen. Sie hat gute Gründe, sich auch in Zukunft nichts einzugestehen, das heißt, entgegen dem ganzen lauten Geschrei von Veränderung still daran zu arbeiten, dass alles beim Alten bleibt. Zumindest kennt sie die Anarchie des Überlebensinstinkts.

Egal welche Partei in der ersten Phase (die mit den Wahlen 2010 de facto zu Ende gegangen ist) des hinter uns liegenden Modernisierungsversuchs an der Regierung oder in der Koalition war, ihre Tätigkeit wurde ausnahmslos vom Prinzip des Fürsorgestaates dominiert. Freilich ging es in keinem der Fälle um klassische Fürsorge, es ging nicht um *caritas* oder *providentia*, sondern darum, Privilegien zu verteilen und die Parteiklientel zu bedienen. Was dazu führte, dass keine der Regierungen die notwendige Reform des Staatshaushaltes in Angriff nahm. Ein autoritäres Regieren aber hat bisher noch keine Partei riskiert. Zu nah ist die Diktatur. Die Freien Demokraten, mehrheitlich hochgebildete Akademiker, die früher in der demokratischen Opposition zur Diktatur auch als Einzelne geneigt waren, stets alles besser zu wissen, machten sich schon mit ihrer chronischen Besserwisserei mehr Feinde als Freunde. Die Sozialisten hinderte ihre schmachvolle Vergangenheit an einem energischeren Regieren. Die Jungen Demokraten jedoch entdeckten nach ihrer nationalkonservativen Wende schnell, wie der größere Teil der Bevölkerung von der Notwendigkeit des autoritären Regierens, das heißt von der anarchischen Bändigung des anarchischen Überlebensinstinkts zu überzeugen sei. Dabei müssen wir berücksichtigen, dass die ungarische Bevölkerung über eine jahrhundertalte Widerstandserfahrung verfügt, dass sie ihr nicht genehme Verfügungen der autoritären Regierung umgehen oder neutralisieren wird. So hat sie es mit den Türken gemacht, mit den Österreichern, den Russen und den ungarischen Kollaborateuren; warum sollte sie es nicht auch mit der selbstgewählten Regierung so machen. Sie wird es so machen. Die Taktik von Ministerpräsident Orbán gründet sich darauf, diese spezifische Janusköpfigkeit erkannt zu haben, und steht ganz im Zeichen dieser Erkenntnis. Ministerpräsident Orbán kämpft gegen die, die er vertritt und mit seinen Oligarchen ausraubt, denn die, die er vertritt und ausraubt, kämpfen gegen alles und jeden.

In Ministerpräsident Orbáns erster Regierungszeit zwischen 1998 und 2002 hätte man noch denken können, dass der scharfe Gegensatz zwischen den Äußerungen im In- und Ausland aus

seiner Impulsivität und der daraus resultierenden Improvisations-
lust stammt, ein Jahr nach seinem zweiten Amtsantritt erkennt
man aber klar, dass gerade die wohlüberlegte Janusköpfigkeit
seine politische Kraft ausmacht. Der bewusste Gebrauch des doppelbödigen Denkens, der Doppelzüngigkeit und der Doppelmo-
ral ist seine ureigene politische Entdeckung. Er hat erkannt, was
man von ihm will, und er erfüllt es bereitwillig, um zu erreichen,
was er will. Dies ist nicht instinktives Gespür, sondern eine echte
Erkenntnis, mit der er nach einer verirrten, radikal neoliberalen
Jugend seine Laufbahn abgesteckt hat. In den Augen der ungarischen Bevölkerung ist die autoritäre Herrschaft je nach Anzahl
der Privilegien akzeptabel oder inakzeptabel. Dieses Wissen verleiht Ministerpräsident Orbán seine Sicherheit, und im Zeichen
dieser Erkenntnis macht er sich unabhängig von heimischer oder
ausländischer Kritik, obwohl am Beginn seiner Laufbahn die lebhafte Kritik an ebendieser traditionellen Janusköpfigkeit stand.
In jungen Jahren bemühte er sich rigoros, fast beleidigend um
Eindeutigkeit. Seine Reden wirkten wie das Herunterrattern von
logischen Schlussfolgerungen. Seine Auffassungsgabe und sein
Denken sind weitaus flinker als normal, er spricht leicht fehlerhaft,
verhaspelt sich, als könne er der eigenen Geschwindigkeit kaum
folgen. Die nicht eine Geschwindigkeit des Denkens ist, eher
erkennt er blitzschnell die Situation. Ministerpräsident Orbán ist
heute ein Mensch, der von sich behauptet, er habe noch nie gelogen. Was jedem nur ein müdes Lächeln entlockt. Da es gemessen am historischen und sozialen Standard des doppelten Sehens
und des doppelten Diskurses, einschließlich all dem, was ihn und
seine Wähler so tief, quasi wie Komplizen verbindet, wahr ist.
Er erkennt die Situation richtig. Seine Wähler wissen nur zu
gut, dass nicht die eine oder die andere Meinung richtig ist, sondern beide zusammen, ja, alle zusammen. Wenn er zufällig etwas
sagt, was seinen Wählern nicht gefällt, können sie sicher sein,

dass er auch dies in ihrem Interesse gesagt hat und morgen das andere sagen wird. Er kann von einer Sache auch tausend Meinungen haben. Alle sind sie dazu da, seine wirklichen Ziele vor der Außenwelt zu verbergen, was seinen Wählern wohlbekannt und lieb ist.

Die demonstrative Dominanz des Prinzips der staatlichen Fürsorge hat in den ersten anderthalb Jahrzehnten nach der Wende dazu gedient, unter ihrem Deckmantel eine Privatisierung zugunsten Einzelner und parteipolitischer Interessengruppen durchzuführen, also zu Lasten des Gemeinwohls. Die Planwirtschaft, in der niemand etwas besitzt, aber grundsätzlich jeder Besitzer ist, kann nur auf Kosten von irgendjemand in eine Marktwirtschaft umgewandelt werden. Wir wissen noch nicht, wer dieser jemand sein wird, aber es wird ihn geben. Die erste demokratisch gewählte Regierung zerschlug im Interesse dieses archaischen Prinzips sogar die gut funktionierenden Produktionsgenossenschaften. Sie machte damit ungefähr ein Drittel der Landbevölkerung auf der Stelle mittellos. Vor allem die Roma-Bevölkerung; ihre Zahl wurde damals auf annähernd sechshunderttausend geschätzt, sechs Prozent der Gesamtbevölkerung. Sie arbeiteten als Tagelöhner, Wald- und Feldarbeiter in den Produktionsgenossenschaften bzw. als Facharbeiter in den angeschlossenen Betriebszweigen. Letztere waren Tarnbetriebe der nicht legalisierbaren Schattenwirtschaft. Sie versorgten die Gesellschaft mit Gütern, die diese zum Funktionieren brauchte. Es lag also im langfristigen Interesse der ungarischen Gesellschaft, die Privatisierung sofort, auch gegen jede Vernunft, durchzuführen. Hatten sich doch die letzten zehn Jahre des Kádárismus darum gedreht, dass der Mangel an legalem Privateigentum den spontanen Modernisierungsprozess aufhielt.

Mit der Privatisierung ebnete die erste demokratische Regierung Ungarns, die sich als Hüterin der Freiheitsideale des 19. Jahrhunderts verstand, der bereits zweimal unterbrochenen ungarischen Modernisierung den Weg. Sie wusste, was sie wollte, berücksichtigte aber nicht, was sie alles von der Diktatur geerbt hatte. Geerbt hatte sie Schattenwirtschaft und Schwarzarbeit. In deren Rahmen hatte die geheime Privatisierung bereits stattgefunden, obwohl es die Gesetzgebung und Ideologie des Kádárregimes nicht erlaubt hatte, dass sich die *pro forma* vollzogene Privatisierung *de jure* durchsetzt. Sie erlaubte sozusagen nicht, dass die lokalen Duodezfürstentümer, die auf dem Gewinn der Betriebe innerhalb der Genossenschaften basierten, vererbt werden, wodurch die mit Unternehmergeist gesegnete Schicht der Landbevölkerung prinzipiell eine vermögende bürgerliche Existenz hätte führen können. Die Kádársche Administration begrenzte strikt die legalen Investitionen der Genossenschaften; sie wollte nicht, dass das genossenschaftliche Eigentum dem staatlichen über den Kopf wuchs, und zwang damit die tatsächlichen Geldflüsse in die Illegalität. Sie stieß die Beteiligten an den geheimen Geschäften zurück in den Tauschhandel, der dem geregelten Geldverkehr vorausgegangen war. Sie ersetzte die vertraglichen Beziehungen durch mündliche Verabredungen, verwehrte den Beteiligten gewissermaßen Schriftlichkeit und Bankgeschäft. Jeder wusste davon, jeder hatte an den Segnungen und negativen Auswüchsen der informellen Wirtschaft teil, doch kaum einer sprach offen darüber. Es lag im Interesse aller zu schweigen, um die leidige Situation aufrechtzuerhalten. In den Geschäftsbeziehungen verloren das gegebene Wort und die Rechnung für Jahrzehnte ihre Gültigkeit. Wurde das illegal gegebene Wort gebrochen, konnte man nicht vor Gericht ziehen, auch heute kann man es nicht, man muss dafür morden oder etwas in die Luft sprengen. Nach vierzig Jahren Sozialismus gab es im Ungarischen praktisch keinen Unterschied mehr zwischen Ja und Nein. Es regierte der doppelte Sinn: ein Nein sagen, das doch auch ein Ja sein könnte, und umgekehrt. Die Rechnung bekam eine ausgesprochen negative Bedeutung. Wünscht, vermisst, verlangt jemand eine Rechnung, interpretiert man seine Geste bis zum heutigen Tage so, als sei er ein geheimer Finanzprüfer oder ein schlechter Mensch, der an der für den Stamm oder den Clan gerechten und moralischen Aktion des Stehlens und Betrügens nicht teilnimmt und den man deshalb ausstoßen muss.

Im Augenblick der Wende war die Gesellschaft ausgehungert, sie verlangte nach legalem Eigentum, obwohl sie auf die Verbindlichkeit des Ja- und Neinsagens gar nicht vorbereitet war, denn sie hatte in ihrem Überlebensinteresse auch traditionell schon das Urteilen nach zweierlei Maß kultiviert und war zu der Verantwortung nicht bereit, die das Besitzen, Investieren, Abrechnen, Steuerzahlen oder die Pflege des Eigentums bedeutet. Die Struktur, in der sie lebte und überaus effizient funktionierte, entsprach nicht dem Modell, dem sie folgen wollte. Ohne Privatisierung jedoch war, egal was passieren würde, auch der Faden der Modernisierungstradition nicht wiederaufzunehmen, war der Fortschritt selbst nicht möglich. Die einander ablösenden Regierungen entschieden, die Modernisierungstradition fortzusetzen, damit Ungarn in absehbarer Zeit zum gleichberechtigten Partner der großen Industrienationen aufsteigen konnte, und eben deswegen entschieden sie sich, die Strukturen der Diktatur beizubehalten. Sie setzten schon allein deshalb auf die Strukturen und Protagonisten der Schattenwirtschaft, des informellen Sektors und der Schwarzarbeit, weil sie nichts anderes kannten. Als Parteivorsitzender der Jungen Demokraten durchschaute Ministerpräsident Orbán den Sinn dieser strategischen Entscheidung selbst Jahre später nicht und hielt den doppelten Sprachgebrauch, das doppelbödige Denken und das Urteilen nach zweierlei Maß für moralisch inakzeptabel. Im Prinzip wäre eine Privatisierung möglich gewesen, die dem Gemeinwohl im republikanischen

Sinn den Vorrang gegeben hätte, doch dazu hätten die Darsteller die Spielregeln der Demokratie in Ansätzen kennen und deren Einhaltung von sich und von anderen einfordern müssen. Woher sollten sie sie kennen? Ich erinnere mich an keine politische Gruppierung, die der Gesellschaft diese Möglichkeit, das heißt Transparenz und Kontrolle, ein ausgeglichenes Verhältnis von Rechten und Pflichten eröffnet hätte. Sie hätte dann einen starken Staat offerieren müssen.

Die Partei von Ministerpräsident Orbán, der Bund Junger Demokraten, wurde zuerst in einen umfangreichen Korruptionsskandal verwickelt, der seiner eigenen Familie diente. Später verlor der Bund Freier Demokraten unverzüglich fast seine gesamte Wählerschaft, weil er nicht einmal nach Enthüllung eines Korruptionsskandals gewissermaßen als Wiedergutmachung angeboten hatte, diesen aufzuklären. Er beließ die Verantwortlichen im Amt. Als ich ein Mitglied des Parteivorstandes, den Dichter István Eörsi, fragte, warum sie das politisch Unvermeidliche nicht getan hätten, antwortete er, nur so hätten sie vermeiden können, dass die Führung der Partei in die Hände jenes Vorstandsmitglieds gefallen wäre, das sich bis dahin bereits einen Großgrundbesitz zusammengestohlen hatte und in dieser seiner Leidenschaft auch nicht zu stoppen war. Jede neu oder erneut sich gründende Partei will vom ersten Augenblick an Zwielicht, will im Trüben fischen, anders kann sie nicht gedeihen. Die Parteimitglieder, die aufgrund ihrer moralischen Zimperlichkeit die im Korruptionssumpf versunkenen Parteien verließen, hüteten sich, ihr Wissen mit der Öffentlichkeit zu teilen. Hätte es unter den Parteien, die die dritte ungarische Republik gegründet haben, auch nur eine Ausnahme gegeben, hätte diese sich dadurch auszeichnen müssen, dass sie dem Gemeinwohl geben und nicht von ihm bekommen oder nehmen wollte. In vierzig Jahren Diktatur war die Sehnsucht nach Besitz so stark geworden, dass selbst die christlichen

Kirchen beziehungsweise die jüdische Gemeinde nur bekommen wollten – bekommen, nicht geben, keinen Fillér, für niemanden. Angesichts der plötzlich auftretenden Obdachlosigkeit und bitteren Armut riefen ausländische, nicht einheimische Vereinigungen die ersten Hilfsorganisationen ins Leben.

Nichtsdestoweniger war die Tradition des kapitalistischen Wirtschaftens nicht unbekannt. Das Problem mit ihr war dasselbe wie mit der Demokratie. Parallel zu den Reformversuchen der sozialistischen Planwirtschaft und der Stärkung der Schattenwirtschaft hatte die ungarische Gesellschaft Ende der siebziger Jahre des vergangenen Jahrhunderts faktisch die früheren Anomalien des ungarischen Kapitalismus vergessen, so wie sie auch die eigenen Arbeiter- und Bauernbewegungen vergessen hatte. Ihre Amnesie schlug auf der Stelle zurück. Sie fühlte sich vom Modell einer entwickelten sozialen Marktwirtschaft angezogen, die sie nicht kannte und an deren frühere Zustände sie sich nicht erinnern wollte. Sie hielt sich statt an die Realität lieber an eine Illusion. Mit seiner illegal blühenden Schattenwirtschaft kam Ungarn unter den Staaten des Warschauer Paktes dem kapitalistischen Wirtschaften zwar am nächsten, jedoch nicht dem geordneten, nicht der sozialen Marktwirtschaft, die die kapitalistischen Exzesse des Egoismus durch Gesetze und Institutionen der demokratischen Gewaltenteilung reguliert, sondern dem ungeordneten Wirtschaften, dem gesetzlosen, das eher den Familien-, Clan- und Stammesegoismus pflegt, in geheimen Abmachungen, im Tauschhandel erfahren ist, die Schriftlichkeit scheut wie der Teufel das Weihwasser, das Recht nur als Rechtslücke kennt und sich in der Durchsetzung seiner Interessen eher an den Vorstellungen autoritären Regierens orientiert; keineswegs am Fortschrittsgeist, vielmehr am Stammes- und Clangeist der Provinz. Man bewahrt treu den patriarchalischen Geist, der die herrschaftlichen Dienstboten, das Gesinde, die Gentry, die

Tagelöhner, die Kleinbauern und die Aristokratie miteinander verband. Man bewahrt, um es mit Radomir Konstantinović zu sagen, den Geist der Provinz. Man mag die Alleinherrschaft nicht, doch man erkauft sich mit dem treuen Dienst gegenüber dem nächstbesten Herrn ein Stück Sicherheit. Man strebt nicht nach Höherem, die Universalität schmeckt einem nicht einmal in der eigenen Kirche, friedlich verharrt man in den Banden von Familie und Clan. Auf den Individualismus reagiert man mit Unverständnis und tiefer Verachtung. Man lebt in der Stadt, zieht in die teuersten Viertel, doch man hasst die Urbanität. Den ganzen Tag sehnt man sich nach der ärmlichen Provinz zurück, der man voller Verachtung den Rücken gekehrt und zu deren Verarmung man selbst beigetragen hat. Man wünscht sich einen schwachen Staat, um auf Kosten der steuerzahlenden Gemeinschaft und so auch auf seine eigenen Kosten die Interessen von Familie, Stamm und Clan, die man mit in die Stadt gebracht hat, ungestört durchsetzen zu können. Man ist jedermanns Feind, wenn man ihm nicht dient, und sofort jedermanns Freund, wenn man ihm dient, aber nur als Gegenleistung für den Dienst. In dieser Frage herrschte und herrscht von den an amerikanischen Universitäten ausgebildeten Neoliberalen bis zu den an englischen und französischen Universitäten ausgebildeten Nationalkonservativen völliger Konsens. Sie alle wollen einen schwachen Staat. Freilich einen schwachen Staat, der mit den Gütern, die sie anderen weggenommen haben, ausschließlich ihnen, ihren Familien, Stämmen und Clans, Parteien dient. Die Parteien betrieben die Privatisierung im Rahmen eines tödlich schwachen, zur Korrektur oder Kontrolle unfähigen Staates, auf der Basis von Stammes- und Clandenken, im Geist der Provinz. Gemeinsam wollten die Parteien einen schwachen Staat. Anders wären der vielfältige Diebstahl und die freie Willkür auf Kosten des Gemeinwohls gar nicht vorstellbar gewesen.

Nachdem der Privatisierungsprozess noch kurz vor der Jahrtausendwende abgeschlossen war, wachten wir eines schönen Tages auf und sahen, dass im Land der Bandenkrieg offen ausgebrochen war, dass man am helllichten Tage stehlen, auf offener Straße morden und Objekte in die Luft sprengen konnte. Natürlich nicht alles und vor allem nicht jeder. Nur für Attentate, Auftragsmorde, Erpressung, Bestechung, Veruntreuung von Geldern in Millionen- oder Milliardenhöhe wurde man nicht bestraft. Den Parteien schien es trotz des großen Sicherheitsrisikos auch im darauffolgenden Jahrzehnt noch vernünftiger, die auf die Beine gekommene Marktwirtschaft im vertrauten Dekor staatlicher Fürsorge zu betreiben.

Wir bezahlen dafür mit einer kräftigen politischen Regression, der Degeneration der neu entstandenen Mittelschicht und der dauerhaften Stagnation der Wirtschaft. Hingegen erlebten die obere Mittelschicht und die Elite einen Aufschwung und sind stärker geworden. Ihre dreizehn Prozent heben sich von der wohlhabenden Landbevölkerung ab. Für diesen Preis, im Schutz der Kulissen staatlicher Fürsorge, konnte man in der Stadt und auf dem Land noch weitere zehn Jahre lang das illegale Netzwerk der Schattenwirtschaft nutzen, das sich bis zur Polizei, der Staatsanwaltschaft und den Gerichten erstreckte, konnte es in einen Apparat umwandeln, konnte Veruntreuung, Bestechung, Korruption zugunsten der neuen Interessengruppen institutionalisieren und damit die über die Landesgrenzen hinausreichende Wirtschaftskriminalität sogar auf legalem Weg in das staatliche Leben integrieren. Ob bewusst oder unbewusst, die Parteien machten damit faktisch jene Illegalität zum Teil des legalen staatlichen Lebens, die in den Jahren der Diktatur die Wirtschaft, wenn auch im Leerlauf, am Laufen gehalten, einen gewissen Wohlstand garantiert beziehungsweise die Landbevölkerung aus dem elementarsten Elend befreit hatte. Im Theater der sozialistischen Mangelwirtschaft hatte sie das System der tatsächlichen sozialen Beziehungen bestimmt und damit gegen die Diktatur dem Fortschritt gedient. Sie hatte im Schatten der Mangelwirtschaft als zweite Realität funktioniert. Sie war ein selbständiges System, das davon lebte, den Mangel zu erkennen. Sie hatte eine eigene Sprache, die zusammen mit ihrer eigentümlichen Vorgehensweise legaler Teil, legale Gaunersprache des neuen ungarischen Kapitalismus geworden ist. Diese sprachliche, strukturelle und methodische Integration können wir aus dem angestrebten Transformationsprozess nicht herausoperieren.

Nach zwanzig Jahren ist die Zeit gekommen, da die Tradition der autoritären Herrschaft dominieren wird, was in gewisser Hinsicht eine Wende in der Geschichte der ungarischen Modernisierungsversuche darstellt. Es bringt nichts, so zu tun, als verstünden wir das nicht. Als wären wir darüber bestürzt, empört. Vor einigen Monaten äußerte der Fraktionsvorsitzende der Szombathelyer Sozialisten auf einer Pressekonferenz unerwartet, es habe früher zwischen den miteinander verfeindeten Sozialisten und Jungen Demokraten eine stillschweigende Vereinbarung über Korruptionsangelegenheiten gegeben, der zufolge man jeweils ein Auge zudrücke. Nach ihrem Erdrutschsieg hätten die Jungen Demokraten diese Vereinbarung aufgekündigt und nun sehe es so aus, als hätten allein die Sozialisten gestohlen. Dank dieses Paktes seien aus öffentlichen Geldern riesige Privatvermögen angehäuft worden und hinter den Kulissen steuerten die Besitzer dieser Privatvermögen auch jetzt noch die Parteien, sagte der Fraktionsvorsitzende mit bemerkenswerter Freimütigkeit. Seine Äußerungen stießen auf eine Phalanx des Schweigens, auf völlige Ignoranz. Dieser verantwortungslos schwätzende Mann wurde weder angeklagt noch aus der Partei ausgeschlossen, noch musste er seine Aussagen mit Dokumenten beweisen. Dabei wiederholte er seine Worte in der größten überregionalen Tageszeitung. Er wollte über das organisierte Verbrechen aufklären, das ein tiefes Schweigen umgibt. Zweifellos verpflichtet das Schweigen auch ihn zum Schweigen, denn bis heute ist er der Szombathelyer Fraktionsvorsitzende jener Partei, die des Diebstahls bezichtigt wird. Was nur dann verständlich wird, wenn man berücksichtigt, was er alles verschweigen muss.

Das Bedürfnis des schwachen ungarischen Staates zu schweigen ist unerschütterlich, und es setzt alle anderen Bedürfnisse außer Kraft. Auch wenn sich das Bedürfnis in den vergangenen zwei Jahrzehnten wesentlich verändert hat. Nicht mehr im Interesse der auf Kosten des Gemeinwohls illegal oder halblegal vollzogenen Vermögensanhäufung, sondern zum Schutz der Vermögen der Großkapitalisten und der oberen Mittelschicht, also der Neureichen, müssen die Spannungen legal unterdrückt werden. Das war im Dekor des Fürsorgestaates nicht länger möglich. Zu dieser Veränderung hat der größere Teil der Bevölkerung, der seine Stimme der extremen Rechten oder den Nationalkonservativen gegeben hat, formal beigetragen. Die Substanz des ungarischen Staates hat sich verändert, und dem haben die Wähler zugestimmt. Doch nicht deshalb, weil die Ausschreitungen auf Budapests Straßen (zwischen Herbst 2006 und Frühling 2007) ihr Vertrauen in den schwachen ungarischen Staat oder in die Regierungskoalition aus Sozialisten und Liberalen erschüttert hätte, die über eine große Mehrheit im Parlament verfügte und auch während der Ausschreitungen den schwachen Staat aufrechterhielt. Im Gegenteil. Die Ausschreitungen haben der informierten Öffentlichkeit gezeigt, dass die Spannungen trotz der Tatsache, dass ein Drittel der Bevölkerung im Elend versinkt, nicht sozialer Natur sind. Der schwache Staat, in dessen Interesse es liegt, das Elend zu erhalten, ja, zu vergrößern, ist sehr stark. Es war nicht der klassische Konflikt zwischen Arbeitnehmern und Arbeitgebern, Arm und Reich, der sich auf Budapests Straßen abspielte, es war der Krieg der diversen besitzenden Interessengruppen. Beziehungsweise das Alarmsignal, dass das Gleichgewicht zwischen diesen Interessengruppen zerstört ist, die stillschweigenden Vereinbarungen nicht mehr gelten. Daraus hätte ein echter Bürgerkrieg werden können. Wenn wir wollten, könnten wir ihn entfachen. Jetzt wollen wir noch nicht. In Budapest haben die Parteien den Pakt, den Staat straffrei ausplündern zu können, wesentlich früher aufgekündigt als in Szombathely. Sie haben daraus einen Krieg ums Eigentum gemacht, der fähig gewesen wäre, nicht nur die Stabilität des Landes, möglicherweise sogar Europas, sondern auch die langfristigen Interessen der ungarischen Modernisierung aufs Spiel zu setzen. Doch das Idealbild all dieser Interessengruppen, egal ob sie in sozialistischen, neoliberalen, nationalkonservativen oder rechtsextremen Parteifarben auftreten, war und blieb der schwache Staat; ein schwacher Staat, der mit den Einnahmen der Steuerzahler nur noch ihnen dient, den Parteien. Entweder den einen oder den anderen. Zweien oder dreien auf einmal schon nicht mehr. Es lohnt sich, die zwanzigjährige Geschichte der Koalitionsregierungen unter dieser Voraussetzung zu betrachten. Jede der größeren Parteien fraß seinen kleineren, zum Regieren notwendigen Partner. Das Ungarische Demokratische Forum zerstörte den eigenen rechten Flügel, den ersten Hort der ungarischen Neonazis, die Partei für Ungarisches Recht und Leben; die Jungen Demokraten zunächst die Unabhängige Partei der Kleinlandwirte, jetzt den matten Rest der Christdemokraten; die Sozialisten wiederum verspeisten die starken Freien Demokraten zum Frühstück. Ich bin die Nation, und ich bestimme, wer zur Nation gehört. Ich allein. Womit die Zeit der republikanischen Tradition vorbei ist, auch wenn diese nicht spurlos von der Erdoberfläche verschwinden wird.

Die neue autoritäre Tradition Ungarns ist aus dem Geist der Provinz geboren, ihre Basis sind Stämme und Clans, die Republik interessiert sie nicht, ihre Affinität zu den Menschenrechten ist schwach ausgeprägt, hingegen verfügt sie über ein starkes klerikales Netzwerk, denn sie spielt mit ihren Darstellern das Theater der feudal-autoritären Herrschaft der Vorkriegszeit. Auch der Klerikalismus pflegt den patriarchalisch-provinziellen Geist. Das Gebot, Christus zu folgen und ihm zu dienen, steht dabei nicht im Widerspruch zur Verachtung des christlichen Universalismus. Der Klerikalismus spricht beide Sprachen gleichzeitig, er pflegt die nationale Kirche gegen das Universale, um mit der Kirchenhierarchie dem Geist der Provinz zu dienen. In beiden Fällen aber ist es naturgemäß eine Sprache des Theaters. Mit seiner Doppelzüngigkeit dient er dem Hass auf alles Fremde, der Verachtung, Ausbeutung, Verspottung des Fremden, doch in erster Linie der Vermögenshierarchie. Dem Großbauern gegenüber dem Kleinbauern, dem Kleinbauern gegenüber dem Landarbeiter. Nicht der Eucharistie, noch nicht einmal der im modernen Sinne verstandenen Nation, sondern dem Clan, dem Stamm, einer Gemeinschaft, in die man hineingeboren wird und von der sich abzuheben verboten ist, egal ob man Großbauer oder mittelloser Landarbeiter ist. In diesem Sinn bedeutet das Christentum natürlich nicht Glaubensbekenntnis und nicht Konfirmation (weder in seiner katholischen noch in seiner protestantischen Variante), vielmehr eine negative Deklaration der Zugehörigkeit zu einem Clan oder Stamm. Wir sind keine Juden, so die Deklaration. Im heutigen ungarischen Sprachgebrauch ist das Christentum zum Synonym dieser Aussage, zur Chiffre für den Rassismus oder zumindest den Antijudaismus geworden. Die verschlüsselte Deklaration ist nicht etwa notwendig, weil die Juden, die zwei Prozent der Gesamtbevölkerung Ungarns ausmachen, eine so große Rolle im Leben der heutigen ungarischen Gesellschaft spielen würden, sondern damit der in Agonie liegende Stammes- oder Clangeist im Namen der Nächstenliebe die reinen Quellen des Hasses auf jegliches Anderssein pflegen kann.

Eine Kirche, die diese Formen des Rassismus und des Nächstenhasses nicht allein duldet, sondern entgegen päpstlicher Enzykliken und Stellungnahmen mit ihrem demonstrativen Schweigen unterstützt, kann sich nur schwer von rechtsextremen heidnischen Bewegungen abgrenzen. Der Vorsitzende der ungarischen Bischofskonferenz, Péter Erdő, gehört auch zu den Personen, die beide Theatersprachen beherrschen. Sprächen die ungarischen Kirchenoberen in nur einer Sprache, müssten sie sich von ihren eigenen Klerikern distanzieren und diese sich vom gründlich minimierten Heer der Gläubigen. Doch es gibt in der neuen ungarischen Demokratie auch keine weltliche Institution, die nicht zwei Sprachen spräche. Von den dreiundvierzigtausend Polizisten sind neuntausend Mitglieder jener Gewerkschaft, die in enger ideologischer, manchmal enger organisatorischer Verbindung zur rechtsextremen Partei Jobbik steht. Diese ist seit den vergangenen Wahlen im Jahr 2010 mit zwölf Prozent der Sitze im Parlament vertreten und möchte mit den Mitteln der Demokratie einen ethnischen autoritären Staat errichten. Laut der Erhebungen des Soziologen und Dozenten der Polizeihochschule Ferenc Krémer ist die Mitgliederzahl der rechtsextremen Gewerkschaft in den vergangenen anderthalb Jahren auf das Doppelte gestiegen. In erster Linie sind die neuen Mitglieder der Partei nicht Polizeioffiziere, sondern -unteroffiziere, doch wir müssen, so der Soziologe, damit rechnen, dass mehr als zwanzig Prozent aller Polizisten Mitglied einer rechtsextremen Organisation geworden sind, die die Demokratie bestenfalls benutzt, jedoch nicht verteidigt. Womit die neue ungarische Demokratie schon vorher, ohne Kenntnis dieser Zahlen, hätte rechnen müssen. Zum Beispiel, als vor einigen Jahren die Mitglieder einer rechtsextremen Gruppe aus Debrecen eine regelrechte Jagd auf ungarische Roma, und zwar auf die ärmsten und schwächsten unter diesen, veranstalteten. Sie zündeten deren Häuser am Dorfrand an und schossen auf die vorm Feuer Flüchtenden. Die Polizei kam den Tätern nicht auf die Spur. Als ein vorm Feuer flüchtender Vater mit seinem geretteten vier Jahre alten Kind auf dem Arm erschossen wurde, bemerkten die Polizisten der Spurensicherung nicht den Benzinkanister am Haus, nicht die Blutlache im Schnee, nicht die Einschusslöcher, nicht die Patronenhülsen, die Feuerwehr hielt einen Kurzschluss für die Ursache des Brandes; damit ja kein Zweifel an der regressiven Prätention der Gesellschaft bleibe, bemerkte die Ärztin, die Kinder im gleichen Alter hatte, bei dem vierjährigen Kind und dem Vater nicht die Schusswunden, sondern stellte als Todesursache eine Rauchvergiftung fest. So viele zufällige Behördenirrtümer auf einmal sind einfach unmöglich.

Die Anhänger der autoritären Tradition argumentieren nicht, sie appellieren an einen gemeinschaftsstiftenden Glauben, an gemeinsame Gefühle, vor allem evozieren sie gemeinsame Affekte, eine kollektive Hysterie und Ignoranz; ihre Definitionen sind willkürlich, sie zeigen kaum Neigung zu Diskurs und Kompromiss, sehen zwischen der Pflicht, Steuern zu zahlen, und den Rechten als Staatsbürger keinen direkten Zusammenhang, und ihr folkloristischer Anspruch ist stark ausgeprägt. Die Dominanz der neuen autoritären Tradition in Ungarn wird sich mit Sicherheit als ein ebensolcher Theaterdekor erweisen, wie es zuvor der Dekor des Fürsorgestaates war. Unter nationalkonservativer Ägide wird der nächste Takt des Modernisierungsversuchs vermutlich langsamer schlagen, aber dennoch auf Wachstumskurs bleiben. Die Doppelzüngigkeit, die Slogans gegen Kapitalismus und Globalisierung einerseits und die neoliberalen, an den Frühkapitalismus erinnernden Maßnahmen andererseits, die unter verschiedenen Titeln eingeführten Schmiergelder und Sondersteuern, die Ad-hoc-Gesetzgebung, die je nach innenpolitischer und außenpolitischer Zielsetzung differierenden Sprachen, die selektive Einschränkung der Pressefreiheit und der Neuzuschnitt der ungarischen Verfassung nach ethnischen Grundsätzen schmälern zwar die Chancen des Landes, denn das Chaos, das Ministerpräsident Orbán mit seinen Maßnahmen angeblich verringern will, scheint von außen betrachtet zu gefährlich, doch vermutlich schmälern sie die Chancen der sich modernisierenden Wirtschaft nur in dem Maße, wie sie die nationale ungarische Bourgeoisie stärken. Was in den Augen der Welt nicht allzu sympathisch ist. Doch kann man nicht behaupten, das habe keine innere Logik. Die Stärkung des vermögenden Bürgertums, der ungarischen Bourgeoisie, ist auf lange Sicht unvermeidlich; ohne sie ist eine vollständigere Transformation der sozialen Struktur nicht vorstellbar. Ministerpräsident Orbán hat sich während der Budapester Ausschreitungen entschlossen, die ungarische Bourgeoisie zu repräsentieren. Devianz und Schwierigkeit dieser Aufgabe sind identisch. Denn man kann nicht behaupten, die weiterentwickelte Welt um uns herum kenne die Logik und die Tricks des nationalen Protektionismus nicht. Es wäre auch ein Fehler zu vergessen, dass in der Region die Umwandlung in die Marktwirtschaft inzwischen abgeschlossen ist. Der Transformationsprozess hat keine weiteren Reserven, keine eigene politische Zugkraft mehr. Er ist eine Erfolgsgeschichte, die den größten ausländischen oder inländischen Gewinnern nicht als endgültiger Sieg und dem im Elend versunkenen heimischen Lager der Geschädigten und Verlierer nicht mehr als Hoffnung auf europäische Integration verkauft werden kann. Die Zerstückelung des staatlichen Eigentums ist abgeschlossen. Es gibt nichts mehr zu verteilen, man kann kaum noch jemandem etwas wegnehmen und damit andere beschenken. Dies ginge nur durch eine vollständige Verstaatlichung oder die vollständige Ausplünderung von zum Sündenbock gestempelten Personen, dem weniger moralischer Edelmut als die Tradition des

Modernisierungsanspruchs im Wege steht, so wie die öffentliche Meinung auch den Verstaatlichungsrausch der Kommunisten nicht akzeptiert hat. Dennoch müssen die in den ersten zwanzig Jahren angehäuften strukturellen Probleme zu Lasten von irgendjemand gelöst werden. Was Ministerpräsident Orbán auf sich genommen hat, zeugt von nicht wenig Selbstbewusstsein. Das Ausmaß der Schwierigkeiten und Hindernisse hat ihn unvorbereitet getroffen und ihn im ersten Jahr nach Regierungsantritt zu mehr Improvisation als nötig gezwungen; doch kann man nicht behaupten, er halte sich nicht an den Kurs seiner epochalen Erkenntnis, an die Doppelzüngigkeit. Im Interesse der Modernisierung muss er ein Schreckgespenst der ungarischen Geschichte besiegen, das er im Interesse der Ergreifung und dauerhaften Ausübung der Regierungsmacht selbst heraufbeschworen hat.

In der ersten Phase des Modernisierungsversuchs, in den seit der Wende vergangenen zwanzig Jahren, stand die ungarische Gesellschaft vor der unmöglichen Aufgabe, die ursprüngliche Kapitalakkumulation im klassischen, Marxschen Sinn durchzuführen, und sie hat sie durchgeführt, das heißt, sie musste staatliches oder genossenschaftliches Eigentum in die Hände heimischer oder ausländischer Eigentümer überführen, und sie hat es überführt, dieses musste sie dann mit größtenteils illegalen Mitteln vermehren oder in Furcht vor der Konkurrenz zerschlagen, und sie hat es mit größtenteils illegalen Mitteln vermehrt, mit größtenteils legalen Mitteln zerschlagen, und dabei musste sie nicht nur den gesellschaftlichen Frieden bewahren, und sie hat ihn, wenn auch mühsam, bewahrt, sondern sie musste unter den Bedingungen der Globalisierung sowohl volks- als auch privatwirtschaftlich wettbewerbsfähig werden, das heißt, sie durfte gegenüber dem internationalen Kapital, das um entscheidende Dimensionen größer ist und sich auf koloniale Erfahrungen und Strukturen stützt, nicht unterliegen, und in dieser neuen, inspirierenden Position sollte sie schließlich einen gleichberechtigten Platz in der Europäischen Union einnehmen. Die Erfüllung letzterer Forderung steht noch aus. Die Chancen dafür sind schätzungsweise minimal. Um weiterhin die Interessen seines Clans und seiner Klientel zu bedienen, ist Ministerpräsident Orbán gezwungen, gegen die Interessen des größeren Teils der ungarischen Bevölkerung und gegen die Interessen der europäischen Gemeinschaft zu handeln, die nach den Worten seiner Parteifreundin Angela Merkel eine Wertegemeinschaft ist. Um gerade diesen Doppelschein zu wahren, muss er das Schmierentheater weiterspielen, das heißt die Schwächen der großen Industrienationen und der Union jeden Tag neu abtasten und ausnutzen, um den ungarischen Großkapitalisten, die von den Sozialisten zu den Nationalkonservativen übergelaufen sind, auf internationalem Parkett einen größeren Spielraum zu erkämpfen. Was für die Innenpolitik des Ministerpräsidenten bedeutet, dass er gegenüber den radikalsten Kräften der Regression ein Gleichgewicht finden muss, das auch seinem eigenen regressiven Kurs entspricht. Im Gegensatz zu den Nationalradikalen vereiteln die Nationalkonservativen die Modernisierung nicht, sie treiben sie voran. Um Irrtümer zu vermeiden, muss ich hier anmerken, dass laut Umfragen die Kräfte der tiefsten Regression und die Wähler ihrer parlamentarischen Vertreter keineswegs aus den Reihen der Ärmsten, sondern aus denen der wohlhabenden Unternehmer kommen.

Um den Kurs des doppelten Sehens und des doppelten Sprachgebrauchs zu halten, muss Ministerpräsident Orbán sie benutzen, ihnen ausweichen, sie gewinnen, ihnen verbal und real fette Brocken hinwerfen und im Zusammenhang mit den nationalradikalen Skandalen, die er oder seine Mitarbeiter verursachen, gleichzeitig in einer anderen Sprache seine ausländischen Partner (selbst innerhalb der eigenen Fraktion im europäischen Parlament) beschwichtigen, mit denen er sich sonst nicht solidarisieren darf, mit denen er aber kooperieren muss. Orbáns Kurs mag vielen unklar sein, doch darf man nicht vergessen, dass in den vorangegangenen acht Jahren der linksliberalen Regierung unter Ministerpräsident Ferenc Gyurcsány die Zahl der Arbeitslosen auf zehn Prozent gestiegen, ein Drittel der Bevölkerung in tiefste Armut abgerutscht, die ungedeckte Verschuldung der Bürger und die Staatsschulden in nicht zu handhabende Höhen gewachsen sind, ja, unter linksliberaler Ägide zerschlugen die Clans alle aus staatlichen Geldern finanzierten Institutionen, die jetzt und in Zukunft dem Gemeinwohl hätten dienen müssen. Der Zweidrittelsieg ist Ministerpräsident Orbán nicht in den Schoß gefallen, vielmehr hat Ministerpräsident Gyurcsánys Partei ihn garantiert, als sie am Ideal des schwachen, auszuplündernden Staates festhielt und an den Haushaltsreformplänen des Ministerpräsidenten sägte. Die Kulissen des Fürsorgestaates haben nicht unter dem rechtsextremen Gesindel, nicht unter den Nationalkonservativen, sondern unter den Sozialisten und Freien Demokraten ausgedient, selbst wenn es in der Opposition keine Partei gab, die den Regierungsparteien nicht ein zuverlässiger Partner in der Korruption gewesen wäre.

Was unverblümt gesagt bedeutet, dass sich mit den sozialistischen Protagonisten das Schmierentheater von der staatlichen Fürsorge in keiner weiteren Vorstellung mehr inszenieren lässt. Die Neureichen, die inzwischen sowieso zu den Nationalkonservativen übergelaufen sind, werden in der Studie der Soziologen Tamás Kolosi und István György Tóth als Großkapitalisten bezeichnet (und in der Tat sind sie fast ausnahmslos alle miese Oligarchen), können nichts mehr von den bereitwillig sich selbst vernichtenden Liberalen und Sozialisten erwarten. Von Ministerpräsident Orbán hingegen schon. Er ist erwiesenermaßen ein Pragmatiker der Macht. Stark in seiner Taktik, ist er zwar in seiner Strategie unsicher, doch sein Handeln ist weder von einer staatsphilosophischen Überzeugung noch von einer Ideologie belastet. Er ist ein Roboter der Macht. Sein national gefärbter Populismus bildet einen eigentümlich intensiven Farbtupfer in Europa, ist aber nicht besonders auffällig. Nicht nur in Ungarn hat die Politik der Versprechungen in den vergangenen zwei Jahrzehnten die Demokratie ausgehöhlt. Nicht die Krise der ungarischen Demokratie ist am gefährlichsten. Orbáns Populismus unterscheidet sich vom Populismus eines Sarkozy, Putin oder Berlusconi nur insofern, als er nicht dieselben Register der großen alten Orgel namens Europa gezogen hat. In dieser Orgel gibt es sehr wohl Rassenhass, Fremdenhass, Frauenhass, Homophobie, eine gute Portion Nekrophilie, Totemismus, Heidentum. Diese sind nicht Eigentümlichkeiten der östlichen Region, sondern gemeinsame Produkte des europäischen Denkens. Freilich ist das, was Ministerpräsident Orbán tut, mehr als riskant, es ist ein Spiel mit dem Feuer, denn er muss die regressiven Kräfte zunächst mobilisieren, auf die Straße bringen, um sie dann eventuell für seine Zwecke kanalisieren zu können oder sie gänzlich zu entfesseln; doch das Gefahrenempfinden der Europäischen Union funktioniert nicht nur in dieser anscheinend unbedeutenden Frage nicht. Ministerpräsident Orbáns Unternehmen ist zudem nicht chancenlos. Und Erfolg ist in den großen Demokratien *per se* unwiderstehlich.

Würde man angesichts der unheilverkündenden Zeichen meinen, in Ungarn sei nun die Zeit des starken, totalen, diktatorischen, allmächtigen Staates angebrochen, so irrt man gewiss; man muss sich mit einer langweiligen, im wesentlichen kleinbäuerlich-autoritären Herrschaft begnügen. Achten Sie bitte auf die Hand des Zauberers oder blicken Sie ins Dunkel, zwischen die beiden Theatersprachen. In der ungarischen Gesellschaft hat die Modernisierung seit mehr als zweihundert Jahren Vorrang, und auf den erfolgreichen Abschluss des ungarischen Modernisierungsprozesses besteht trotz der riskanten Politik der Nationalkonservativen Hoffnung. Ich verstehe, dass dies die Sozialisten und die Liberalen schmerzt, die sich die Modernisierung auf ihr eigenes Konto schreiben wollen, mich aber schmerzt die chronische Blindheit der Sozialisten und Liberalen. Sie hätten genügend Gründe, das progressive Ungarn zu repräsentieren, doch sie haben es über mehrere Wahlperioden hinweg nicht repräsentiert und repräsentieren es nicht einmal angesichts ihrer größten Niederlage. Für eine kontinuierliche Modernisierung ist die starke Demokratie in den Händen eines starken Bürgertums das wirksamste Instrument. In Ungarn gibt es heute Reiche und viele Arme, die Mittelschicht aber ist in den zwei Wahlperioden der Sozialisten und Liberalen erheblich geschrumpft, nachdem ihre Entwicklung bereits während der ersten nationalkonservativen, jedoch noch vorsichtiger protektionistischen Ministerpräsidentschaft Orbáns ins Stocken geraten war. Für die Demokratie ist das eine große Gefahr. Die Sozialisten und Liberalen hätten sie erkennen müssen. Doch um die Stärkung der Mittelschicht vorantreiben zu können, hätten sie den Staatshaushalt in Ordnung bringen müssen. Ohne eine starke Mittelschicht wird das politische Klima dauerhaft von Extremen geprägt sein.

Die Marktwirtschaft verträgt dagegen nicht nur eine autoritäre Herrschaft, sondern sogar eine Diktatur. Auch dies hätten die Liberalen und die Sozialisten wissen müssen. Das ist zwar nicht schön von der Marktwirtschaft, doch erfahrungsgemäß funktioniert sie so. Beispiele gibt es mehr als genug, etwa in der Geschichte Südamerikas, von Nazideutschland ganz zu schweigen. Nur unverbesserliche Anhänger des Freihandels und naive Seelen können glauben, dass aus der Marktwirtschaft irgendwann hübsch die Demokratie erwächst. Das tut sie nicht. Diesen schönen Aberglauben lohnt es sich nur an amerikanischen Universitäten zu pflegen, und selbst dort bleibt es nur eine schwache Ideologie von Expansionsbestrebungen. Es gibt keine Demokratie, wenn es keine Demokraten gibt oder wenn die Demokraten nichts für sie tun. In Ungarn gibt es heute Reiche und noch mehr Wohlhabende, aber damit besitzt das Land noch keine Bourgeoisie. Sie hat sich nicht organisiert. Sie organisiert sich jetzt. Laut der Studie von Tamás Kolosi und Tamás Keller hat sich die Zahl derjenigen, die der oberen Mittelschicht angehören, seit der Wende verdoppelt; die Konsolidierung der darüber angesiedelten Elite war erst im Jahr 2009 vollständig abgeschlossen. Die Herausbildung der Elite hat weniger mit der Demokratie als mit dem Pragmatismus der Macht zu tun. Die Demokratie interessiert diese Elite offensichtlich nicht, ja, sie hat nicht einmal erkannt, dass sie ohne eine starke Mittelschicht mit ihrem vielen Geld nichts anfangen kann. Auch sie ist noch im Grundkurs, ist ihrer selbst noch nicht überdrüssig.

Die Reichen und Wohlhabenden haben sich während der Ausschreitungen im Herbst 2006 entschieden. Nach zwei Wahlperioden entziehen sie den Sozialisten (die sich gerade an die Verteilung der EU-Gelder machten) ihr Vertrauen, schenken es lieber den Nationalkonservativen, die nun die Disproportion der Verteilung zugunsten der eigenen Klientel korrigieren beziehungsweise nach ihrem Gutdünken die folkloristischen Ansprüche des verarmten Drittels der Bevölkerung befriedigen werden. Dieses Kalkül war nicht ohne Risiko. Die Ungarn mit dem größten Vermögen haben sich auf die Seite der Destabilisierung gestellt, was Eigentümer auf der ganzen Welt prinzipiell nicht tun. Ganz sicher haben sie unter nationalkonservativer Ägide Erfolgschancen für etwas gesehen, das sowieso nicht aufzuhalten ist: für die stetige Modernisierung, für die Rolle des Global Player, der mit der stetigen Modernisierung vertraut ist. Eine nationale Bourgeoisie kann heute nur noch im Rahmen des internationalen Kapitalflusses geschaffen werden, jedoch nicht ohne eine Mittelschicht. Die Schaffung einer nationalen Bourgeoisie ist auch dann nicht aufzuhalten, wenn wir wissen, dass die auf regionaler Ebene betriebene Modernisierung mit der systematischen Zerstörung der Natur auf globaler Ebene ihren heroischen Abschluss erlebt, und das sogar in lupenrein demokratischem Rahmen. Im Kapitalismus funktioniert die Macht der Vernunft lediglich lokal und von Fall zu Fall. In seiner hochentwickelten Form gibt es deshalb keinen Kapitalismus ohne demokratische Rahmenbedingungen.

Mit so vielen und so enormen Gebrechen, Erfordernissen und aberwitzigen Widersprüchen, wie ich sie hier aufgezählt habe, wird eine Gesellschaft nicht in einem halben Jahrhundert fertig. Als Helmut Kohl nach dem Fall der Berliner Mauer seine große Rede von den blühenden Landschaften hielt, rechnete ich damit, dass die Region ungefähr fünfzig katastrophenfreie Friedensjahre brauchen würde, um die mentalen Bedingungen zu schaffen und den Modernisierungsrückstand aufzuholen. Auch in dieser Frage habe ich mich geirrt. Die Region braucht für die Transformation und die europäische Integration wesentlich mehr Zeit; und in Europa werden trotz der erfolgreichen Transformationen die historischen Grenzen der drei großen Regionen bestehen bleiben. Um diesen Prozess wirklich zu verstehen, müssen wir noch einmal in der Zeit zurückgehen.

Der erste Modernisierungsversuch, der des Vormärz, verband ab den zwanziger Jahren des 19. Jahrhunderts den Anspruch, die ungarische Industrie und den ungarischen Handel aufzubauen, mit der politischen Idee der Unabhängigkeit. Seitdem sind die Begriffe Vaterland und Fortschritt so eng miteinander verknüpft, dass es niemanden gibt, der auch nur einen Fuß dazwischensetzen könnte. Unabhängigkeit bedeutet in dieser allemal progressiven Vorstellung nicht Unabhängigkeit des Einzelnen, nicht Gleichheit vor dem Gesetz, nicht persönliche Freiheitsrechte, nicht Souveränität der Person, sondern Unabhängigkeit des Vaterlandes. Nur das von fremden Mächten unabhängige Vaterland ist zum Fortschritt fähig. Für das unabhängige Vaterland opfert man sogar sein Leben. Wenn ein ungarischer Regierungsbeamter heute erklärt, Ministerpräsident Orbán führe einen Freiheitskampf gegen die nach neoliberalen Prinzipien organisierte Welt des Geldes, weil er die finanzielle Unabhängigkeit des Landes wiederherstellen möchte, die Schulden des Vaterlandes nicht vermehren, sondern abbauen möchte, dann gründet der Regierungsbeamte seinen Satz auf dieses historische Bewusstsein. Seht her, der ungarische Ministerpräsident bevorzugt, statt fremden Mächten zu dienen, Vaterland und Fortschritt. Was grob gesagt heißt, dass er dem neuen ungarischen Kapital einen wettbewerbsfähigen Platz auf dem Weltmarkt schaffen will, ihm dazu einen Spielraum erkämpfen muss, und sei es auf Kosten der Demokratie und gegen die EU. Die Leser der *Washington Post* oder von *Le Monde* werden kaum verstehen, was der ungarische Ministerpräsident will, und es ist auch begründet, dass sie es nicht verstehen; nicht begründet ist jedoch, dass es die deutschen Zeitungsleser nicht verstehen.

Sie sollten sich an den brandenburgischen Regierungschef Matthias Platzeck wenden, der nach zwanzig Jahren Erfahrung ebenfalls an den demokratischen Grundsatz der Zusammenarbeit unter Gleichen appelliert. Ohne großen Erfolg. Natürlich wird auch der ungarische Regierungsbeamte nicht verstehen, was diese Amerikaner oder Franzosen nicht verstehen oder nicht verstehen wollen, doch kann er damit rechnen, dass dort, wo wir leben, jeder unabhängig von seiner Parteizugehörigkeit den Freiheitskampf gutheißen oder sich zumindest dem Zauber des bloßen Begriffs nicht wird entziehen können. Was nicht Populismus und Demagogie sein muss. Der Freiheitskampf gehört ins Glossar des politischen Fortschritts. In dieser Region ist man gegenüber Gesten kolonialer Art sensibel geblieben, und in der Europäischen Union gibt es dank der Portugiesen, Spanier, Holländer, Italiener, Belgier, Österreicher und vor allem der Franzosen, Engländer und

Deutschen diesbezügliche Traditionen. Ob man es nun weiß oder nicht zur Kenntnis nehmen will, die Union basiert auf den Erfahrungen kolonialer Machtausübung, und in dieser Interessengemeinschaft haben leider die zwei historischen Regionen Europas nur unter streng definierten Bedingungen Platz. Ungarn und die Region haben zwar als Markt der internationalen Konzerne eine Existenzberechtigung, und sie dürfen diesen Konzernen mit ihrer Arbeitskraft zur Verfügung stehen, doch aufgrund ihres chronischen Kapitalmangels, das heißt ihrer Wettbewerbsunfähigkeit, können sie keiner hochentwickelten europäischen Demokratie ein gleichrangiger Partner sein. Auch ich hätte als Kind oder Jugendlicher mein Leben gern fürs Vaterland geopfert. Ich verschlang die spätromantischen Romane und lauerte auf eine Gelegenheit zur großen Selbstaufopferung. Doch auch im Alter, als Realist, vermag ich nicht über das akute Problem der Gleichrangigkeit innerhalb der EU hinwegzusehen. In ihr treffen zweierlei Erfahrungswelten aufeinander, beide sind Teil der europäischen Geschichte; sie können einander nicht verleugnen, obwohl das Interesse aneinander keineswegs wechselseitig ist. Die Rede ist von einer gleichrangigen Beziehung zwischen dem größeren und dem stärkeren Teil Europas, jedoch ist zu befürchten, dass aufgrund der Einseitigkeit des Interesses und mangels genauer Kenntnisse die Wechselseitigkeit nicht entstehen wird. Das Informationsdefizit von Berlin, Paris, London, Brüssel und die parallel dazu gepflegte Selbstgefälligkeit sind von verblüffendem Ausmaß und mehrere Jahrzehnte alt. Während man die europäische Integration vorantreibt, sie sogar finanziert, versperrt man ihr gleichzeitig mit Arglosigkeit und Unwissenheit den Weg.

Der Modernisierungsversuch des ungarischen Vormärz hat den Status des Einzelnen im Vaterland, den Status des Vaterlandes gegenüber der Republik und den Status der Republik in der Welt nicht geklärt. Das war auch nicht notwendig. Der Versuch war die geistige Bewegung des aufgeklärten Besitzadels, nicht die des Bürgertums. Sie, die Aristokraten, waren die Nation. Aristokraten pflegen bis heute eine andere Beziehung zu ihrem werten Selbst als Bürger, auch wenn höchstwahrscheinlich beide Verhaltensweisen gleichermaßen erworben und nicht angeboren sind. Es geht also nicht darum, dass der aufgeklärte Besitzadel die Lage falsch eingeschätzt hätte, vielmehr traf sein groß angelegter Versuch in keiner Phase auf ein vermögendes, gebildetes, politisch reifes und organisiertes Bürgertum, das, und sei es gegen ihn, sei es mit der Guillotine, Status und Sache der bürgerlichen Person im Vaterland geklärt hätte. Ohne massiven Druck konnte sich der Besitzadel gar nicht zur entschädigungslosen Abschaffung der Leibeigenschaft entschließen, obwohl er die Notwendigkeit der Bauernbefreiung durchaus einsah. Für die katastrophale Folge dieser halbherzigen Entscheidung, die mehr als die Hälfte der Bauern besitzlos machte, bezahlen wir bis heute mit einem gravierenden Mangel an Bewusstsein für Eigentum. Auch gegenüber dem Unabhängigkeitsdrang anderer Nationalitäten zeigte der Besitzadel nicht mehr Affinität, wofür von den Slowaken, Kroaten, Serben und Rumänen, ja, von der ganzen Region umgehend die Quittung kam. Selbst die hochgebildeten Zentralisten erwiesen sich als Schlafwandler, indem sie unmittelbar auf eine Form kapitalistischer Großindustrie zielten, die den Bauern nicht von seinem Feld vertreiben, das Kleingewerbe nicht verdrängen und die Arbeiter nicht ausbeuten sollte. Ich kann sie verstehen. Sie wollten Dampfmaschinen, Modernisierung, doch sie sahen auch das Elend in Europas Großstädten, Schmutz und Tuberkulose, und das wollten sie nicht. Lediglich ein paar radikale Modernisierer, Privatiers, die die Logik der europäischen Revolutionen durchschauten, wie der Dichter Sándor Petőfi und ein paar verrückte Pester Ingenieure und Jurastudenten klärten den Begriff der modernen Nation. Niemand beachtete sie. Das Ganze war dennoch kein Betriebsunfall der Aufklärung. Vielmehr sind die politischen Ideen des Bürgertums stets eng mit dem Stand der urbanen Entwicklung verbunden. Wie man von Jenő Szűcs weiß, werden die Grenzen der Regionen Europas seit dem frühen Mittelalter nicht nur durch die unterschiedlichen Machtverhältnisse und den Unterschied zwischen westlichem und östlichem Christentum markiert, sondern auch durch die unterschiedliche Verbreitung des Pflugs und den ungleichen Stand der urbanen Entwicklung. Diesen massiven historischen Gegebenheiten zum Trotz beziehen die ungarischen Modernisierungswellen ihre Dynamik daraus, ob es gelingt, das Land aus der zweiten Region heimlich in die erste zu schmuggeln.

Das Kamel muss einfach durchs Nadelöhr. Die Quadratur des Kreises muss einfach gelöst werden. Die entscheidende Voraussetzung für einen solchen Schmuggel sind jedoch Quantität und Qualität der Urbanisierung. 1847 hatten auf dem Gebiet von Ungarn und Siebenbürgen gerade einmal drei Städte, Preßburg, Kecskemét und Debrecen, annähernd fünfzigtausend Einwohner, alle übrigen sehr viel weniger, und selbst Pest zählte nicht mehr als achtundachtzigtausend. Die Reformbestrebungen zweier Jahrzehnte bereiteten die Märzrevolution vor, der die Heere des österreichischen Kaisers und des russischen Zaren im August des darauffolgenden Jahres ein Ende machten. Wie hätte die Zeit für die Entwicklung des Bürgertums ausreichen sollen? Der aufgeklärte Besitzadel stand vor einer Aufgabe, die er gegen eine solche Übermacht und in so kurzer Zeit nicht lösen konnte.

Der zweite Modernisierungsversuch gründete sich dann auch just auf die gesetzliche Anerkennung der Abhängigkeit vom österreichischen Kaiser, dem sogenannten Ausgleich. Die adligen und bürgerlichen Anhänger einer friedlichen politischen Einigung mit dem Kaiserhaus erhofften sich von der Zollunion und der gemeinsamen Außenpolitik eine Wachstumssteigerung für die ungarischen Industrie und den ungarischen Handel. Die Modernisierungsideen von Adel und Großbürgertum trafen jetzt zusammen, was der Modernisierungsgeschichte Ungarns einen großen Schub versetzte, weil sich in den folgenden Jahrzehnten der Realismus des politischen Denkens einbürgerte. Die Sezessionsbestrebungen der verschiedenen Nationalitäten im Rücken, die Glut des schwelenden Unabhängigkeitsverlangens unter den Sohlen, wurde mit juristischen Instrumenten ein liberalkonservativer Staat geschaffen. Die infrastrukturelle Entwicklung Budapests lag zur Jahrhundertwende auf dem Niveau Berlins; aus Budapest war eine menschenfressende Weltstadt geworden. Entwicklungstakt und Machtpotenzial der Hauptstadt verbesserten jedoch nicht die Urbanisierungschancen der zurückgebliebenen ungarischen Provinzstädte. An der zerstörerischen Bürde dieser ungleichen Entwicklung, der Missgunst, ja, dem Krieg gegeneinander, tragen wir bis heute. Dem zweiten Versuch der Modernisierung setzte nicht der Erste Weltkrieg ein Ende, bewirkten doch die Kriegslieferungen in der Industrie geradezu Wunder, sondern eher die Niederlage und der Zusammenbruch der Monarchie.

Wie immer wir es nennen, das Scheitern, das Fiasko, die Sackgasse oder die Unabgeschlossenheit dieser beiden früheren Modernisierungsversuche hat sich tief ins Bewusstsein der Menschen ungarischer Sprache eingebrannt, was allerdings die in den allgemeinen Sprachgebrauch eingegangene Dramatik, die wie ein Refrain wiederkehrenden hysterischen Übertreibungen, das obligatorische Genörgel, die in allen Parteien gepflegte Empörung, den Mangel an Argumentationsfähigkeit und Definitionspflicht keineswegs entschuldigt, höchstens erklärt. Nicht dass sich in dem Land in den vergangenen zwanzig Jahren nichts bewegt hätte. Oder bescheidener ausgedrückt, nicht dass der planwirtschaftliche Betrieb nicht erfolgreich in einen marktwirtschaftlichen umgewandelt worden wäre. Viele Menschen mussten sich zur gleichen Zeit gemeinsam am eigenen Schopf aus der mentalen Altersschwäche und dem organisatorischen Fiasko der real existierenden sozialistischen Systeme ziehen, und sie haben sich herausgezogen. Der Erfolg setzt sich aus vielen kleinen individuellen Leistungen zusammen. Im Laufe dieser zwanzig Jahre ist sogar die berüchtigt hohe Zahl der Selbstmorde rapide gesunken; nun steigt sie wieder. Nach zwanzig Jahren ist klar, dass die vielen isolierten Leistungen Einzelner den dauerhaften Erfolg der neueren ungarischen Marktwirtschaft nicht garantieren können. Auf lange Sicht könnte dies einzig der Abschluss des Modernisierungsprozesses leisten, der aber nicht das Werk von Einzelleistungen sein kann.

Die ungarische Gesellschaft behauptet heute von sich, in ihrer politischen Auffassung extrem gespalten zu sein. Diese Behauptung ist nicht nur falsch, sie ist absichtlich falsch. Mentalität und politische Anschauungen der verfeindeten Parteien unterscheiden sich höchstens relativ; es gibt kein Bewusstsein für das Gemeinwesen, man versucht den Staat auszutricksen, den eigenen Vorteil zu maximieren. Wenn ich meinem Freund einen Posten verschaffe, helfe ich ihm, wenn der politische Feind das macht, ist er ein korruptes Schwein – und umgekehrt.

Zwar spielen sie die Rolle der gegenseitigen Kontrolle wie in einer reifen Demokratie, die Ergebnisse ihrer Kontrollarbeit aber binden sie niemandem auf die Nase. Nicht einmal ihren eigenen Wählern. Diese unterscheiden sich in ihrer Vermögenssituation auch nicht voneinander, wenngleich sie sich in ihrem Verhältnis zum Vermögen minimal unterscheiden. Allein schon dadurch, auf welche Weise sie im Verlauf der Privatisierung oder im Netzwerk der Korruption zu ihm gekommen sind. Der neue ungarische Kapitalismus mitsamt den multinationalen Konzernen hat auf den lebendigen Strukturen der Schattenwirtschaft des real funktionierenden Sozialismus aufgebaut; deshalb wurde es zum neuralgischen Punkt der Gesellschaftsentwicklung, dass das geheime Netzwerk der Schattenwirtschaft nur von denjenigen durchschaut und zu ihren eigenen Gunsten genutzt werden konnte, die bereits zur Zeit des Einparteienstaates seine Betreiber und Nutznießer waren. Es ist kein Zufall, dass die reichsten und einflussreichsten Bürger Ungarns, nämlich siebenundsechzig Prozent der Elite und der oberen Mittelschicht, aus den Reihen der Nomenklatura des Einparteienstaates stammen. Ungarn unterscheidet sich in der Tat von allen anderen postkommunistischen Ländern: Eine Schattenwirtschaft dieses Ausmaßes hat es sonst nirgends gegeben. Die Polen glänzten im schattenwirtschaftlichen Handel, nicht aber in der schattenwirtschaftlichen Produktion.

Was einst als Vorteil für die Chancen der ungarischen Modernisierung galt, erweist sich nun als Nachteil. Die enorme Diskrepanz zwischen öffentlichen und privaten Ressourcen, den Standards der kommunalen und der privaten Versorgung ist langfristig nicht aufrechtzuerhalten. Ebenso groß ist die Diskrepanz zwischen staatlicher Verschwendung und individueller Entbehrung. Die Eigentümer der Schattenwirtschaft müssten ihre Schattenwirtschaft legalisieren. Sie müssten investieren, Risiko und Verantwortung übernehmen. Sie müssten zwischen ihren Imperien Straßen bauen, Krankenhäuser, Kanäle, die Fach- und Sprachausbildung organisieren, ein ausgewogenes Preis-Leistungs-Verhältnis schaffen, Rechnungen ausstellen, den tyrannischen und verschwenderischen Staatsapparat neu zuschneiden, das kriminell gewordene Gesundheitswesen wiederaufbauen, täglich die dreckigen Züge, Straßenbahnen, Busse, Bahnhöfe, Straßen, Plätze und öffentlichen Toiletten putzen lassen, die Institutionen der Korruption abbauen, ihre in der NATO und der EU übernommenen Verpflichtungen erfüllen, also all das tun, was das Gemeinwohl und der Abschluss des Modernisierungsprozesses gebietet. Sicher gibt es Menschen, die dazu bereit sind, sie sind jedoch kaum sichtbar. Vielmehr ist offensichtlich, dass die Unternehmerkreise unabhängig von ihrer Parteizugehörigkeit eine Wirtschaft wollen, die nicht auf dem freien Wettbewerb aufbaut. Sie geben das Privileg nicht auf, den Staat dauerhaft und systematisch auszurauben. Genau damit steht und fällt die Entscheidung über Progression und Regression. Gäben sie ihr Privileg auf, müssten sie der Phase der ursprünglichen Kapitalakkumulation ein Ende setzen und ihr Vermögen durch Gewinne vermehren, die in einem soliden Verhältnis zur Investition stehen. Aus gutem Willen allein können sie ihre eingefahrenen Positionen schon deshalb nicht aufgeben, weil sie das Bewusstsein von illegalen Unternehmern haben, für die das Risiko durch staatliche, über das Korruptionsnetz gesicherte Aufträge getilgt ist. Mehr als sechzig Prozent der ungarischen Unternehmer bekommen staatliche Aufträge, was grob gesagt bedeutet, dass sie nicht in die Weltwirtschaft, sondern in ein korruptes Netzwerk eingebunden sind. Ihre stumme Argumentation ist gleichwohl verständlich. Dem geordneten Kapitalismus, dem großen globalen Kapitalstrom gegenüber haben sie, selbst wenn sie den Staat ausrauben, keine Chance. Mit ihren Geschäftserfahrungen können sie außerhalb der Staatsgrenzen nichts anfangen. Sie haben Angst. Ihre Gaunersprache lässt sich nicht in andere Sprachen übersetzen. Ihr auf Kosten des Staates und der Ärmsten illegal angehäuftes Kapital ist größtenteils totes Kapital. Es ist offensichtlich, dass sie keine Demokratie wollen, die eine freie Vereinigung freier Individuen wäre. Ist aber nur eine solche Demokratie zu haben, dann wollen sie lieber gar keine.

In der Auffassung über ihre Strategie folgen die Parteien zwar dem unterschiedlichen Verhältnis, das sie zum Vermögen hegen, ja, sie lassen sich dementsprechend nicht in die Karten schauen, gebrauchen ihr Geheimwissen aber nicht zugunsten des Gemeinwohls, sondern dazu, sich gegenseitig zu erpressen. Was nicht zur demokratischen Transparenz des staatlichen Lebens beiträgt.

Stillschweigend stimmen sie selbst darin überein, wie weit sie in der Praxis der gegenseitigen Enthüllung und Erpressung gehen. Es kann keine Rede davon sein, dass sie damit ihre Wähler täuschten, im Gegenteil, ihre Wähler wollen ebenfalls einen schwachen Staat und genau solche Parteien. Auch sie wollen nicht offenlegen, wer wann und wie zu seinem Vermögen gekommen ist, in welchem illegalen Netzwerk er es arbeiten lässt, auf welche Weise er das Finanzamt betrügt, wie er die Sozialbeiträge unterschlägt und wohin er seine Gewinne transferiert. Auch die Wähler wollen ihre Vergangenheit nicht kennen, wollen nicht wissen, wer beim einstigen Geheimdienst gearbeitet, welche Informationen man dort angehäuft hat und was jetzt damit geschieht. Im Ergebnis dieser vielseitigen moralischen Großzügigkeit werden heute zwei Drittel der Bürger Ungarns von den Steuern eines Drittels ausgehalten. Was natürlich nicht funktioniert. Eine Million Staatsbürger weniger als notwendig sind erwerbstätig. Was natürlich statistischer Dekor ist, denn diese Staatsbürger arbeiten täglich zwölf oder vierzehn Stunden, nur eben nicht angemeldet. Hinzu kommen die circa achthunderttausend Invaliditätsrentner. Was alles in allem heißt, dass ein Viertel der arbeitsfähigen Bevölkerung mit ihren Versicherungsbeiträgen die nahezu jeden Bürger erfassende Krankenversicherung finanzieren muss. Der Beitragsrückstand der Unternehmen scheint absichtlich so hoch zu sein, damit die Steuerbehörden die Gelder nicht eintreiben können. Trieben sie sie ein, würde die Wirtschaft zusammenbrechen. Es kann keine Rede davon sein, dass die Parteien diese Zahlen nicht kennten, vielmehr sind sie, gewissermaßen im Interesse der friedlichen Aufrechterhaltung des geheimen Treibens ihrer Wähler, nicht bereit, die Ergebnisse ihrer Kontrollfunktion offenzulegen. Die Gesellschaft verheimlicht ihre tatsächlichen Bewegungen in einem Ausmaß, bei dem das System der Täuschungen ebenso geheim ist, wie es die Ergebnisse sind.

Ich kann mich nicht erinnern, dass in den vergangenen zwanzig Jahren irgendjemand seine eigenen oder die Ergebnisse anderer zur Kenntnis genommen oder anderen zur Kenntnis gebracht hätte. Dass er, unter Verzicht auf jede Rhetorik, gesagt hätte, liebe Landsleute, nehmt endlich zur Kenntnis, dass sich im Lauf von zwanzig Jahren die Eigentumsstruktur verändert hat. Die Zahl der Wirtschaftsorganisationen wächst stetig. Die Zahl der Privatunternehmen nähert sich den zwei Millionen, während die Zahl der staatlich budgetierten Unternehmen und Sozialversicherungskassen stetig sinkt. Die Zahl der Insolvenzvergleichsverfahren ist minimal. Die Zahl der Liquidations- und Abwicklungsverfahren steigt lediglich im Finanz- und Versicherungssektor sowie auf dem Immobilienmarkt, das heißt, sie folgt gehorsam dem auch anderswo charakteristischen Trend der Finanzkrise. Der Reallohnindex ist in den vergangenen zwanzig Jahren wesentlich, der Realeinkommensindex leicht, der Kaufkraftindex bedeutend gestiegen. Holte auch nur irgendeiner die Daten aus der Schublade oder seinem werten Gedächtnis, würde sich der Ton der Lamenti und gegenseitigen, bloß der Verschleierung dienenden Anschuldigungen ändern. Warum sollte er das wollen? Er wünscht lieber im Verborgenen zu bleiben. Er hat ein geheimes Leben, er hat ein öffentliches Leben, zwischen beiden gibt es keine Verbindung. In den vergangenen zwanzig Jahren hat sich ein respektables Privateigentum herausgebildet, sind Industrie-, Handels-, Landwirtschafts-, Finanz- und Kirchenimperien entstanden. In bescheideneren Formen zwar, doch gründlich hat die Bereicherung ihre Spuren in den Städten und, in noch bescheideneren Formen, in den Dörfern hinterlassen. In den Budapester Bezirken auf der hügeligen Budaer Seite und den Siedlungen im Speckgürtel der Hauptstadt sind in den vergangenen zwanzig Jahren, soweit das Auge reicht, hinter Steinmauern verschanzte Villen mit gepflegten Gärten entstanden, Herrenhäuser, Schlösser, bewachte Wohnparks, mit den dazugehörigen Teichen oder Schwimmbädern, entsprechenden Heiz- und Stromkosten, Sicherheitspersonal oder gar kleinen Privatarmeen, mit, quasi als Kundenservice, Tennisplätzen, Reitschulen, Kliniken, Privatschulen, Restaurants und Einkaufszentren. All das müssen wir zum wirtschaftlichen Wachstum des Landes und einem bedeutenden Anstieg des nationalen Vermögens zählen. Auch dann, wenn wir landauf, landab niemanden finden, der zufrieden wäre und nicht noch höher hinauswollte. Aber selbst auf einem bescheideneren Niveau ist der Wohnungsbestand, die Zahl der Wohn- und Schlafzimmer sprunghaft gestiegen, haben sich Qualität und Ausstattung der Wohnungen verbessert. Auf fast jeden Haushalt kommt ein Auto. Das Land hat zwei Millionen mehr Mobilfunkverträge als Einwohner. Auf fast jeden Haushalt kommt ein Festnetztelefon, dennoch machen die Mobilfunktelefonate drei Viertel der zum Telefonieren verwendeten Zeit aus. Die Zahl der Internetverträge ist in einem Jahr um eine halbe Million gestiegen und hat damit im ersten Quartal vergangenen Jahres in einem Zehn-Millionen-Land die Drei-Millionen-Grenze erreicht. Doch nicht nur materiell, auch geistig ist die Nation gewachsen, der Anteil der Hochschulabschlüsse ist auf das Doppelte gestiegen.

Letztere Zahlen, die aus der Masse der positiven Daten herausragen, geben einigen Anlass zu der Hoffnung, dass die ungarische Gesellschaft, die im geheimen Fieber und der nunmehr offenen Anarchie des Überlebensinstinkts funktioniert, eines schönen Tages, wenn sie ein genügend starkes, gebildetes, weltgewandtes, vermögendes und verantwortungsbewusstes Bürgertum haben wird, die Hindernisse erkennt, die sie ihren eigenen Modernisierungsbestrebungen in den Weg stellt, und ihren selbstzerstörerischen Kurs ändert.

Deutsch von Heike Flemming

EINIGE UNANGENEHME FRAGEN

*Über die Korrelationen von
Regression und Progression*

In den Zeiten des populistischen Wütens von Berlusconi habe ich verschiedentlich Versuche unternommen, meinen italienischen Bekannten zu entlocken, auf welchem Nährboden wohl die Popularität des Cavaliere gewachsen sei. Nur um der Klarsicht willen. Wenn nun einmal das Volk auch dann nicht aufgelöst werden kann, wenn die Regierung gern ein anderes hätte. Insgeheim interessierten mich die Chancen des ungarischen Populismus. Das Phänomen an sich war schon im Altertum bekannt, auch die Stimmung der freien Athener und freien Römer war ziemlich wechselhaft, und wechselhaft waren auch ihre Redner, die auf ihre Stimmung einwirkten. Was sie an einem Tag guthießen, etwa die Demokratie, verwarfen sie am nächsten. Anscheinend hat sich nicht viel geändert, auf die Demokratie folgt stets die Diktatur. Vertritt jemand das Prinzip der Volkssouveränität, wie soll er dann den Willen des Volkes nicht respektieren. Eine andere Frage ist es, ob er dessen Motive versteht, und wieder eine andere, ob er dessen Entscheidung zustimmt. Was macht ein Demokrat, wenn die Mehrheit des Wahlvolks sich einen Tyrannen wünscht? Auch das gehört zu den brennenden Fragen. Die Komponenten der Popularität Putins, der die großrussischen Interessen mit den abgefeimtesten Geheimdienstmethoden verfolgt, lassen sich vielleicht noch verstehen. Seinerzeit hatte ich auch geglaubt, die Popularität von Slobodan Milošević zu verstehen. Im Extremfall wählt die überwältigende Mehrheit auch einen ausgekochten Schurken und pathologischen Lügner.

Dann wären demokratische Wahlen für sich genommen nun doch keine hinreichende Voraussetzung für die Demokratie. Auch dieser Frage kann der Anhänger der Volkssouveränität nicht ausweichen, wenn er die Wurzeln der lokalen oder der globalen populistischen Wende und die sich daraus ergebenden Lehren für die Demokratie untersuchen möchte. Wenn die Mehrheit der Wähler genug hat vom Chaos, verursacht von den vielen kleinen Gaunern, von der Korruption, die den Staatsapparat aufreibt und die Staatskasse plündert, und sich einen Diktator wünscht, einen starken Mann, einen Autokraten, der Ordnung schafft, dann ist die regressive Wende bereits da. In den entwickelten Industriegesellschaften, sollte man meinen, stehen die Chancen für die Haltbarkeit der Demokratie besser. Wo die Urbanisierung noch auf niedrigerem Niveau liegt und die demokratischen Institutionen nicht aus einer demokratischen Revolution hervorgegangen sind, sondern mangels eines Besseren, der Not gehorchend, inmitten des Zusammenbruchs einer Diktatur errichtet worden sind, dort, so mein Eindruck, funktioniert die Demokratie selbst in ihrer Aufbauphase nur pro forma. Solange die korrupten Systeme unter Führung der sogenannten demokratischen Parteien sie nicht ausgeweidet haben, bleibt sie der Form nach bestehen. Die Betreiber der Schattenwirtschaft, ihre unterirdischen Systeme, sind auf die tatkräftige Mitwirkung von Polizei, Staatsanwaltschaft und Gerichten angewiesen. Und wenn die jeweiligen Oligarchen die Korruption und die Schattenwirtschaft im Einvernehmen mit dem Parteiapparat lenken, dann braucht sich niemand zu wundern, wenn von der ungarischen Demokratie heute nur noch eine leere Hülle übrig ist. Demokratie braucht Demokraten.

Der sich selbst gern harmlos gebende und zur Zahlung von Schutz- und Schweigegeldern gezwungene Bürger wird eines schönen Tages beim Aufwachen gewahr, dass der Staatsapparat inzwischen mit Sicherheit schon jedermanns Schwager und Vetter zu sich emporgehoben hat, dass jedoch seit mindestens zehn Jahren das organisierte Verbrechen das Heft in der Hand hält.

Und von diesem kriminellen System bleibt auch er ausgeschlossen.

Er hätte früher aufwachen müssen.

Doch auch in den hochentwickelten Industriegesellschaften können korrupte Systeme die demokratischen Institutionen gründlich in Mitleidenschaft ziehen. Als weitere unangenehme Frage könnte sich erweisen, ob die berühmte amerikanische Demokratie überhaupt noch funktionstüchtig ist. Dass Hegdefonds, Derivatehändler und Investmentbanken dauerhaft im rechtsfreien Raum agieren, lässt den Unterschied zwischen hellem Tag und dunkler Nacht, zwischen geheim und öffentlich verschwinden. Die Börse wird mittels Computer und Algorithmen dirigiert, bis hin zum automatisierten Handel. Die Programme hierzu werden von den besten mathematischen Köpfen erarbeitet. Dieses unpersönliche interkontinentale System erleichtert den amerikanischen und europäischen Steuerzahler vor aller Augen um astronomische Summen. Im Vergleich dazu nimmt sich die Ausbeute der ungarischen Korruption wie ein Trinkgeld aus. Macht in einem Pyramidenspiel jemand Gewinn, bedeutet dieser notwendigerweise den Verlust der anderen. Welche begriffliche Pirouetten Wirtschaftsexperten auch drehen, sie können den Finanzmarkt von der Realwirtschaft nicht abkoppeln. Eine reinigende Wirkung hat das außergesetzliche Agieren der Geldmärkte nicht im Geringsten. Im Gegenteil, sein isolierter

Zweck vergrößert die Diskrepanz zwischen Schein und Wirklichkeit. Mit ihren als «Finanzprodukte» bezeichneten Konstruktionen legitimiert die Wirtschaft quasi das Verbrechen oder zumindest die Außergesetzlichkeit und veranlasst die Regierungen zur weiteren Anhäufung von Schulden. Wenn es ans Zahlen der Zinsen geht, treiben die bereits zutiefst populistischen Regierungen der aufgeklärten Nationen die fälligen Raten der horrend angewachsenen Summen bei den ärmsten Schichten der eigenen Bevölkerung ein. Die Gesamtheit der Schulden wird niemand jemals mehr bezahlen können. Beziehungsweise machen die Regierungen den offensichtlichen Raub in den Augen der eigenen Bevölkerung wieder gut, indem sie den Fehlbetrag nicht von ihren eigenen Armen, sondern von den Allerärmsten, von der Dritten und Vierten Welt einkassieren. Wenn als Frucht ihrer gedeihlichen Tätigkeit ein ganzer Kontinent, etwa Afrika, zugrunde gerichtet ist, umzäunen sie bestenfalls ihre Grenzen mit Stacheldraht und geben den Posten an der Küste Anweisung, möglichst wenig Schiffbrüchige aus dem Meer zu fischen. Der freie Raub ist natürlich keine brandneue Idee. Sie ist anthropologisch bedingt. Wir alle verbrauchen unablässig mehr, als wir benötigen. Auch das Prinzip «Der Mensch ist des Menschen Wolf» ist nicht neu. Höchstens insofern, als amerikanische Biologen die Allmacht des Raubes mit der Evolution rechtfertigen. Die populistischen Regierungen der aufgeklärten Großmächte Europas und die USA haben eine einzige neue Idee, sie generieren keine Inflation, denn damit würden sie die heiklen und reizbaren Horden der hochverehrten Investoren irritieren, sondern holen sich die fällige Summe durch Deflation von den kleinen Sparern. Für so viel Zuvorkommenheit zeigen sich die elektronisch organisierten Meuten nicht im Mindesten erkenntlich, im Gegenteil, sie drehen weiter an der Schuldenschraube. Wenn sie die Regierungen heute erpresst haben, dann ist ihre Erpressung morgen noch besser organisiert. Inzwischen erschüttern ihre Drohungen die politische Stabilität nicht nur einzelner Nationen, sondern ganzer Kontinente. Auf diese Weise erzwingen sie Bürgschaften der demokratisch gewählten Regierungen, die weder durch Arbeit noch durch Gold oder Reserven gedeckt sind, wie auch das Geld der Investoren virtuell ist. In der Sprache des Theaters ausgedrückt, ein Bluff. Doch an den Börsen atmen alle auf, siehe da, die lieben Investoren kommen wieder, sie haben sich beruhigt. Falls sie ihr Geld nicht heute Nachmittag angelegt haben, stellt sich morgen früh heraus, dass es sich längst in Luft aufgelöst hat, denn auch die populistischen Regierungen haben als Bürgen nichts anderes als Luft beziehungsweise die zukünftige Sklavenarbeit der malochenden Massen versprochen.

Auch das aus Steuergeldern finanzierte institutionelle Ausspionieren, Speichern und die nach geheimen Kriterien durchgeführte Verarbeitung von Privatgesprächen und E-Mails der Bürger lässt sich kaum unter den Begriff demokratische Spielregeln subsumieren. Oder das Unterhalten eines weltweiten Abhör- und Schnüffelnetzwerks, das von keiner internationalen Institution und von keinem nationalen Parlament je genehmigt worden ist. Diese wären zu dessen Kontrolle auch gar nicht in der Lage. Wie sollen diese Systeme, die unübersehbar große und gegeneinander arbeitende Apparate bewegen, nicht die demokratische Rechtsordnung erschüttern. Sie erschüttern sie nicht nur, sondern erzeugen die Vorstellung, man müsse allen heimlich auf die Finger sehen, weil jeder ein potentieller Halunke oder Verbrecher ist. In meinem Metier halte ich diesen Aspekt der Aushöhlung der humanistischen Tradition von Politik für den gefährlichsten. An der Börse gibt es Kursschwankungen, doch im Bewusstsein setzt sich fest, durch welche Art von Techniken diese Schwankungen hervorgerufen wurden, ob es die Realwirtschaft war, die sie verursacht hat, oder die Geldwirtschaft selbst.

Vor diesem Hintergrund verstehe ich ja, warum so viele Menschen an friedlichen Abenden, im trauten Familienkreis, bei Bier und Knabberzeug, Kriminalfilme und infantile Schauergeschichten en masse konsumieren müssen. Ich verstehe sehr gut, woher die Renaissance dieser Gattungen kommt. Alle ihre Elemente dienen zur Legitimation einer zweigeteilten Gesellschaft, in der das allgemein verbreitete und alles durchdringende Verbrechen der alleinige Herrscher ist. Der Mensch ist ein Verbrecher, verkünden die Phantasten. Was auch wahr sein könnte, wäre es nicht eine der Selbstrechtfertigung dienende Illusion. Zugleich bestärken sie die Bevölkerung allabendlich in einer magischen Illusion, die um einiges älter ist als jene Gattung, dass nämlich bestimmte, mit göttlichen Eigenschaften ausgestattete Personen kraft rationalen Denkens und moderner Technik das Verbrechen durchschauen und aufdecken. Was in der westlichen Welt mit keiner einzigen nationalen Statistik zu belegen ist. Die Zahl der unaufgeklärten Tatbestände ist immer ungleich höher. Doch in mentaler Hinsicht wurde das Genre selbst zu einem wichtigen Mittel der Bagatellisierung des Rechtsbruchs und der Infantilisierung der Gesellschaft. Seither kann nicht nur das Instrumentarium der Aufklärung entsorgt werden, sondern, weit radikaler, das des Humanismus.

Überhaupt nicht verstehen konnte ich jedoch, was wohl die für ihre Intelligenz weithin bekannten Italiener in ihrem industriell hochentwickelten und vielgestaltigen breitgefächerten Land von einem zu Tode gelifteten Schmierenkomödianten erwarten mochten. Auf den Schultern Berlusconis saß die unförmige Gestalt des Duce, was seine Popularität besonders obszön machte. Und warum die angemessene Antwort darauf ausgerechnet das Toben eines Berufsclowns, Beppe Grillos, sein sollte. Ich hatte den deutlichen Eindruck, dass auch meine italienischen Bekannten es nicht verstanden. Zumindest hatten sie keine plausible Idee.

Oder sie wollten sie nicht mit mir teilen, weil sie ihnen für ihr Land peinlich war. Als schamhafte Patrioten konnten sie doch nicht laut aussprechen, dass bei ihnen nunmehr die Idioten in der Überzahl waren. Auch ich würde das nicht gerne sagen. Sie sannen über die Schwächen ihrer Demokratieauffassung nach, über die Schwächen der Demokratie an sich, doch auch das nur ganz allgemein, verlegen, nebenbei. Im Grunde gefiel mir ihre Verlegenheit und Zurückhaltung. Daran wurde spürbar, was für eine gewaltige Herausforderung es ist, inmitten einer infantilen, geschichtsvergessenen Masse Demokrat zu bleiben.

Doch es war noch nicht viel Zeit verstrichen, als ich selbst meine italienische Lektion erhielt. Dieselben vorwurfsvollen Fragen. Was wohl in die großartigen Ungarn gefahren sei, wurde ich gefragt. Warum sie jedes Maß verloren hätten. Wo denn ihre furchterregende Armee stationiert sei. Wo sie bisher ihre außerordentlichen Bodenschätze verborgen hätten. Ich hätte vielerlei Antworten geben können, doch viel lässt sich auf die Schnelle niemals sagen. Ich hatte auch keine große Lust dazu. Die deutschen, amerikanischen oder französischen Fragesteller wollten meist genau das hören, was sie selber dachten. Die Tätigkeit der ungarischen Regierung gefährdet nicht nur die Demokratie, sondern stellt auch ein Sicherheitsrisiko für die Region dar. Was auch stimmt. Doch wie gehen wir dann mit dem Resultat der demokratischen Wahlen um? Wenn in der Demokratie nicht die Wahlergebnisse die Legitimität des Parlaments garantieren, dann möchte ich wissen, was überhaupt die Demokratie garantiert.

In einer zwanghaft auf Erfolg fixierten Welt wird das Unvermögen eines anderen zum Beweis meines eigenen Erfolgs. Auf einmal sehe ich im Zerrspiegel, wie gut die Demokratie in meinem Land funktioniert. Allein die Schweizer und Schweden unter meinen Bekannten blieben vorsichtig oder zumindest frei von menschlich verständlicher Schadenfreude. Und als Antwort produzierte ich das gleiche verschämte Brummen und Räuspern wie früher meine italienischen Bekannten. Woher soll ich das wissen. Ich bin einer von vielen. Ich war noch nie die ungarische Regierung. Fragt nicht mich, fragt José Manuel Barroso, fragt Angela Merkel, fragt die Europäische Volkspartei, *sie* unterstützen im Namen ihrer sakrosankten Parteipolitik den Kurs der Orbán-Regierung, nicht ich. Warum sollen sie auch die zyklisch wiederkehrende ungarische Misere überblicken, die religiöse Verehrung von Verlust, Leiden und Niederlage. Den jahrhundertealten Kult um nationalen Niedergang und Tod der Nation, den Irrglauben an die Einzigartigkeit und Überlegenheit der Ungarn. Drei unvollendet gebliebene Modernisierungsversuche. Wie sollen sie die seit Jahrhunderten niedrige Stufe der Urbanisierung am eigenen Leib spüren. Das kriminell niedrige Niveau des Gesundheits- und Bildungswesens. Die Leidenschaft für den Erwerb von Immobilien. Den chronischen Kapitalmangel und das Fehlen einer Investitionskultur. Die abartig geringe Allgemeinbildung und die unerhörte Vielfalt von Indoktrinationstechniken. Ich konnte mit meiner Erklärung ja nicht bei den Urquellen der ungarischen Rechtsstaatlichkeit, beim *Tripartitum* oder bei der gegen Sultan Suleiman I. erlittenen Niederlage von Mohács beginnen, denn dann hätte ich erzählen müssen, woher die Türken kamen, wie viele sie waren, wo Mohács liegt, wer Werbőczy ist, wo der Csele-Bach fließt, wie seine Strömung beschaffen ist, wie dort der letzte ungarische König ertrunken aufgefunden wurde und wie die türkische Besetzung die Ordenstraditionen des Denkens und der Arbeit zerstört hat.

Wenn ich gefragt werde, antworte ich, doch ich kann immer nur mit fertigen Formeln aufwarten. Eine ursprüngliche Kapitalakkumulation ist im Zeitalter der globalen Kapitalbewegungen nicht möglich, innerhalb eines Vierteljahrhunderts schon gar nicht. Ohne eine wohlhabende Mittelklasse kann eine bürgerliche Gesellschaft nicht funktionieren. Die Antwort auf zwei Jahrzehnte ungebremsten Wildwestkapitalismus war die prämoderne Restauration. Und damit ist die Entwicklung der ungarischen Gesellschaft erneut in einer regressiven Phase angelangt, sie hat sich gleichsam in einen früheren Zustand zurückversetzt, worüber ich nicht erfreut bin, denn ich bin kein Befürworter der Regression. Was ich jedoch als Realität akzeptieren muss, zumal diese Wendung von der Mehrheit meiner Landsleute begrüßt wird. Verlierer zu sein, mitsamt allen Illusionen, das ist uns vertraut. Wir werden geraume Zeit bei dem Rückfall in die Vormoderne verweilen, obgleich wir die Notwendigkeit der Modernisierung seltsamerweise auch jetzt nicht verleugnen. Der Modernisierungsbedarf ist nämlich seit der Reformperiode des 19. Jahrhunderts eines der wichtigsten Elemente politischen Konsenses. Allerdings ist er mit dem Ziel einer prämodernen Restauration nicht vereinbar. Wohlgemerkt war er auch mit den Voraussetzungen des Wildwestkapitalismus nicht vereinbar. Und es wäre ein Fehler, die triftigen Gründe dafür aus den Augen zu verlieren. Die in der Bevölkerung populär gewordene Politik der Willkür und der harten Hand bremst das Modernisierungstempo, baut gegebenenfalls bereits errichtete Strukturen wieder ab, was die gleiche Bevölkerung als wünschenswert erachtet, die gerne allen Segnungen einer Modernisierung auf höchstem Niveau teilhaftig werden möchte, jedoch Illusionen gegenüber einer pragmatischen Auffassung der Realität den Vorzug gibt. Dafür kann ich persönlich nichts, es ist ein seit Jahrhunderten zyklisch wiederkehrender Widerspruch, den ich bestenfalls in meiner Arbeit bis zu einem gewissen Grad auflösen kann.

Progression und Regression kommen in den westlichen Teilen Europas weniger, in seinen östlichen Regionen mehr zum Tragen. Die Unterschiede der europäischen Regionen zu überbrücken ist noch niemandem gelungen, weder zwischen Nord und Süd noch zwischen West und Ost, obwohl theoretisch viele diesen Wunsch haben. Den kurzen Phasen der Progression, die der Modernisierung und den Bürgerrechten aufrichtig verpflichtet sind, folgen von diversen politischen Richtungen geprägte Regressionsphasen. Letztere dauern länger und wollen auch noch die geringste Errungenschaft der Progression wieder dem Erdboden gleichmachen. Das gelingt selten. Das ist meine einzige Hoffnung. Es gibt niemanden, der so dumm und verblendet wäre, dass er den Unterschied zwischen einem Bosch- und einem Lehel-Kühlschrank nicht erkennen könnte. Das Bedürfnis nach Modernisierung ist stärker. Jeder würde sich für den Bosch-Kühlschrank entscheiden, auch wenn nur wenige seine Produktionsbedingungen uneingeschränkt akzeptieren würden. Die flüchtigsten Elemente der Progression werden von der Regression denn auch vertrieben, worauf das Land mit einem neuerlichen Absturz des geistigen Niveaus antwortet. Dessen ungeachtet betrachte ich persönlich das periodisch wiederkehrende Bedürfnis nach Regression und prämoderner Restauration nicht als ungarische Eigenart, sondern als ein Problem der ganzen Region, wenngleich bei uns die Regression schon mehrfach emblematischen Charakter angenommen hat.

Wegen ihres regionalen Gepräges und ihrer Sicherheitsrisiken ist es trotzdem ersprießlicher, die Phasen der Regression nicht aus dem Handgelenk, nicht pauschal und nicht allein unter parteipolitischen Gesichtspunkten zu beurteilen, sondern deskriptiv an sie heranzugehen. Schon allein um zu erkennen, dass eine durch Hunderte von Jahren relevante Gegebenheit im Zeitalter der globalen Kapitalströme bedrohlich geworden ist, nämlich der chronische und zyklisch zum Problem werdende Kapitalmangel. Wo die ursprüngliche Kapitalakkumulation nicht stattgefunden hat, gibt es kein Kapital. Beziehungsweise ist die eventuell doch vorhandene Menge auf den globalen Märkten schlicht nicht wettbewerbsfähig. Die Hindernisse, auf die der ungarische Kapitalist auf internationaler Bühne stößt, sind mit bloßem Erfindungsreichtum nicht zu überwinden. Wo eine historisch entstandene besitzende Klasse unter zwei regressiven Regimen ausgeplündert, umgebracht und zerschlagen worden ist, gibt es kein Bürgertum, und wo es kein Bürgertum gibt, das heißt, keine Mitte zwischen den Extremen der Gesellschaft, dort gibt es keine Bürgergesellschaft. Ihr Fehlen lässt sich kurzfristig mit populistischen politischen Ideen verschiedenster Vorzeichen kaschieren.

Die ursprüngliche Kapitalakkumulation, soweit sie nach der Wende in den ersten fünfzehn Jahren der Progression überhaupt stattgefunden hat, litt am Fehlen einer Investitionskultur. Das angehäufte Kapital versickerte sogleich, wurde außer Landes gebracht, für Immobilienkäufe verbraucht. Dieser nicht besonders sinnvolle Vorgang ging mit einer Umstrukturierung der gesamten ungarischen Bevölkerung einher, der dritten innerhalb von hundert Jahren. Das war zu viel für sie. Und es ging bei weitem nicht so vor sich, wie man sich das, in seinen Erwartungen oder Illusionen befangen, vorgestellt hätte. Weder die frischgebackenen Großindustriellen noch die Neureichen, die ihr Geld mit beiden Händen zum Fenster hinauswarfen, noch die alten Räuberhauptleute hatten sich das so vorgestellt, nicht einmal die kleinbürgerlichen alten Parteikader, die in ihrem giftpuffenden Trabant zu ihren Wochenendhäusern hinauszockelten. Die ungarische Gesellschaft trat in ihrem jüngsten Modernisierungsversuch aus dem Rahmen des Staatssozialismus heraus, wurde binnen eines Vierteljahrhunderts um einiges vielschichtiger, ein Schritt aus wirklich großer, eigener Kraft, doch die Gesellschaft hat unverändert keine Mitte, keine über investierbares Vermögen und Reserven verfügende bürgerliche Mittelklasse. Auch den bisherigen Regierungen fiel nicht auf, was für ein in politischer Hinsicht gefährliches Manko das ist. Sie förderten die Kleinunternehmen nicht, sondern verhinderten sie, waren diese doch mit korrupten Methoden weniger leicht zu melken. Sie waren ja auch mit dem Ausbau der eigenen korrupten Systeme beschäftigt. Ohne Bürger steht eine Bürgergesellschaft so da wie eine Demokratie ohne Demokraten. Die reichsten Ungarn können sich mit ihren durch korrupte Methoden auf Kosten der ärmsten Steuerzahler angehäuften Vermögen zwar die Hände reiben, doch auf dem Weltmarkt sind sie mit ihrem vergleichsweise kleinen Kapital nicht wettbewerbsfähig. Die Herausbildung einer bürgerlichen Schicht in Ungarn steht und fällt damit, wie die Einzelnen investieren, wie gut sie dem weltweiten Wettbewerb standhalten können, ob der Schritt hinaus in die Welt gelingt, ob sie ein Produktions- und Zuliefersystem schaffen können, das schließlich nach jahrzehnte- oder sogar jahrhundertelanger fleißiger Arbeit eine über investierbares Kapital verfügende bürgerliche Mittelschicht hervorbringt, das heißt, ob sie die unter großen Anstrengungen errungenen kleinen Positionen auf Weltmarktebene stabilisieren können. Trotz allem glaube ich an diese Möglichkeit. Andernfalls gehen sie zusammen mit ihren geraubten Schätzen einer nach dem anderen unter, mit viel Getöse oder still und leise, und dann hat das Gemeinwohl durch sie nicht nur einfach, sondern doppelt Schaden genommen. Das ist die düsterere Möglichkeit. Gegenwärtig reißen sie noch das Maul auf, vom Erwerb von Immobilien verstehen zu viele etwas, von Investitionen in Industrie, Landwirtschaft oder Handel dagegen nur sehr wenige. Doch alle scheinen zu verkünden, dass sie keinen Wettbewerb wollen, weder in Ungarn noch auf der globalen Bühne. Sie wollen Kapitalisten bleiben, doch sie wollen keinen Weltmarkt. Eine Verrücktheit, die ihre Logik hat, die ungarische Regierung fördert und pflegt sie bereits die dritte Wahlperiode und privilegiert die neuen ungarischen Großkapitalisten mit EU-Geldern. Mit der antikapitalistischen, euroskeptischen und antiamerikanischen

Rhetorik, für den heimischen Gebrauch bestimmt, reagiert sie auf die Enttäuschung und das ewige Widerstandsbedürfnis der verarmten, in manchen Schichten verelendeten Bevölkerung.

Es ist richtig, dass die Regression politischer Natur ist, dennoch würde ich sagen, dass sie weniger wirtschaftliche als mentale Gründe hat. Früher habe ich die politischen Kräfte der sich seit fünfzehn Jahren zusammenbrauenden prämodernen Restauration nationalkonservativ genannt, heute hege ich starke Zweifel, ob sie auch nur irgendetwas mit der nationalen Idee oder dem Konservativismus zu tun haben. Sie dienen den Interessen einer neuen, äußerst dünnen wohlhabenden Schicht, und weder im materiellen noch im geistigen Sinn des Wortes gibt es für sie etwas zu konservieren. Vielleicht wäre der Begriff des nationalen Populismus am treffendsten. Im Interesse des Markterfolgs der Reichsten, der mit dem Interesse der Verbürgerlichung im Kern identisch ist, spielen die nationalpopulistische Regierung und ihre Parteien den Wählern eine schlechte Komödie vor und der Europäischen Union eine andere. Wie früher auch die Sozialisten, die sich eine sozialdemokratische Maske übergezogen hatten, doch die Interessen einer vermögenden Gruppe verfolgten, die aus der Nomenklatura der einstigen Staatspartei gewachsen und mit der ursprünglichen Kapitalakkumulation beschäftigt war – mit extrem neoliberalen Methoden. Durch ihre Komödie stürzten sie ihre Partei in den politischen Bankrott, womit die Regierungsparteien heute nicht einmal eine Opposition haben. Die Sozialisten schafften es nicht, ihr Scheitern einzugestehen oder nach seinen Gründen zu forschen, sonst wüssten sie, dass für den Erfolg der Nationalpopulisten vor allem das Überlaufen der reichsten Repräsentanten der eigenen Seite notwendig war. Die Oligarchen, die früher die Sozialisten unterstützt hatten, waren ja sämtlich aus der Nomenklatura hervorgegangen. Aus der staatssozialistischen Version des freien Raubs, der Schattenwirtschaft, brachten sie ihre Ausbeutungsmethoden, ihr wirtschaftliches Wissen und ihre Beziehungsnetzwerke mit, genauer gesagt aus den industriellen Nebenbetrieben der landwirtschaftlichen Kollektive, die dazu gedacht waren, den durch die staatliche Wirtschaftslenkung produzierten Mangel halblegal, das heißt mit den Mitteln der Schattenwirtschaft, zu beseitigen oder ein wenig zu lindern. Mit ihrem Selbstverständnis übertreffen sie bis zum heutigen Tag kaum das Niveau eines im Gesetzesbruch bewanderten LPG-Vorsitzenden. Seit einem Vierteljahrhundert konnte ich beobachten, warum die sozialistische oder nationalpopulistische Regierung und die großen internationalen Konzerne aufeinander losgehen, und ich habe den Eindruck, das Letztere eine krankhafte Neigung zur Korruption haben. Was das unter deutschem und Schweizer Einfluss stehende Printmediengeschäft betrifft, sind sie einigem Gewinn zuliebe sogar zur politischen Zusammenarbeit bereit. Auf alle Fälle reichte der Atem der Progression genau so lange, bis die früheren Regierungen und Parteien in vollkommener Parität im Interesse der individuellen Kapitalakkumulation mittels ihrer unterirdischen Systeme sämtliche innovativen und finanziellen Reserven der Gesellschaft aufgezehrt hatten.

In meinem Leben habe ich dreimal eine politische Regression miterlebt. Ich habe die Besten schon dreier Generationen aus dem Land hinauswanken sehen. In einer regressiven Phase vertraut das liebe Volk auf ein besonderes Glück, wartet auf Privilegien, hofft auf einen *deus ex machina*. Währenddessen setzt seine Regierung eigens Lustspiele oder Possen aufs Programm, doch das liebe Volk lässt zwangsläufig jede Kreativität vermissen. Es zahlt sich doch ohnehin nicht aus. Wozu! Ausgerechnet für die! Irgendwas wird irgendwem schon einfallen, eine Lösung, nur selbst will es auch etwas abbekommen. Das von Gott gesegnete Volk macht in der großen Masse genau dasselbe wie ein Neurotiker individuell. Seine Sorgen sind echt, dramatisch und konkret.

Ohne nationale Bourgeoisie gibt es keine Bürgergesellschaft, und wenn der Gesellschaft auf Dauer die Mitte fehlt, wird auch die für die bürgerliche Entwicklung unentbehrliche Rechtssicherheit und Stabilität auf Dauer fehlen, und in Ermangelung dieser wird keinerlei Modernisierung funktionieren. Der Neurotiker flüchtet sich vor den unauflöslichen Konflikten seines Lebens in Zwangsvorstellungen. Wozu braucht man dafür Demokratie. Anstatt des wirklichen hat er ohnehin ein anderes Land im Kopf, eine andere Gesellschaft, oder wenigstens will er die Gegenstände und Accessoires einer anderen Gesellschaft besitzen, denn er ist von der Zwangsvorstellung beherrscht, dass er sich dann die andere, die bessere, die größere zu eigen machen kann. Eine Vorstellung typischerweise magischen Charakters. Man kann inzwischen nicht mehr feststellen, von wem sie stammt. Ist etwa die nationalpopulistische Regierung empfänglich für die Zwangsvorstellungen des *populus*, oder ist die Bevölkerung der nationalpopulistischen Regierung auf den Leim gegangen. Sie können die Ursachen ihres gemeinsamen Traumas nicht zur Kenntnis nehmen, sie vergöttern einander, beschimpfen und verleugnen einander. Anstelle sinnvollen Handelns müssen sie komplizierte Gesten und Rituale wiederholen, die für die Außenwelt nicht interpretierbar sind. Ständig wollen sie etwas anderes als das, was sie ständig sagen. Sie isolieren sich gemeinsam. Im Namen ihrer Isolation müssen sie die innere Struktur der Gesellschaft neu erschaffen. Den einen müssen sie etwas wegnehmen, um es den anderen zu geben. Und dafür finden sie im Kult der Isolation reichlich ideologische Gründe.

In jeder progressiven Phase bildet sich nach und nach eine Struktur, die von der Regression demontiert wird. Was während der progressiven Phase Gestalt annimmt, wird im Zuge der Regression wieder abgebaut. Was als Symptom der Zwangsneurose für die Gesellschaft viel gefährlicher ist als Zuckungen des

Mundes oder fortwährendes Zurechtstreichen von Teppich- oder Tischtuchfransen. Die schweigende Mehrheit geht in solchen Fällen natürlich nirgendwohin, sie geht weder ins Ausland, noch geht sie zur Wahl, sie schnappt noch nicht einmal über, sondern wechselt einfach vom Lebensmodus in den Überlebensmodus. Die Angehörigen der schweigenden Mehrheit tun alles, was die Behörden zur Verwirklichung der eigenen aktuellen Idee von ihr verlangen. Jetzt bauen sie gerade zurück, was sie gestern aufgebaut haben, das heißt, sie exekutieren an sich selbst alle düsteren, Sehnsüchte befriedigenden Prognosen der eigenen regressiven Tendenzen. Im Überlebensmodus wird die minimale Funktionstüchtigkeit der Gesellschaft nicht von der Regierung gewährleistet und nicht vom Opportunismus des sich der Schönheit von Zwangsvorstellungen, dem rituellen Genuss der Nennung und Bestrafung von Schuldigen und der Freude der Zerstörung hingebenden *populus*, sondern von den kleinen Strukturen der Widerstandsnester.

Fachliche Regeln haben keine Gültigkeit mehr, denn nun muss sich die Gesellschaft im Zeichen einer neuen Idee abermals mit der Quadratur des Kreises abmühen. Doch getrieben vom Bedürfnis nach Modernisierung gibt es seltsamerweise immer noch viele Menschen, die versuchen, in ihrer täglichen Arbeit nicht den Regeln der Komödie, sondern denjenigen des eigenen Metiers zu folgen, auch wenn die Staatsverwaltung ihnen ständig Knüppel zwischen die Beine wirft, verkleinert, erweitert, beglückt, hinauswirft und kündigt, also die eigene, allein seligmachende Neurose für alle Zeiten perpetuieren möchte. Wenn wir die Modernisierung nicht vollenden konnten, dann vollenden wir ein für alle Mal die Restauration. Zur Vervollkommnung der prämodernen Restauration sind die Anhänger der Regression nicht bloß bestrebt, die Eigentumsverhältnisse neu zu ordnen, die Verfassung ständig umzuschreiben, die staatliche Verwaltung umzuorganisieren und die Hierarchien neu zu strukturieren, sondern sie gehen auch frontal auf die Gesellschaft los. Auf alles und jeden. Wenngleich es ein Irrtum wäre zu glauben, dass der Widerstand gegen die Regression automatisch progressiv wäre. Wegen der lang andauernden regressiven Phasen verfügt der passive Widerstand über zumindest ebenso reiche, auf Zwangsvorstellungen basierende Traditionen wie die regressiven Ausbrüche und Exzesse der kollektiven Neurose, und deshalb schadet die Feststellung nicht, dass auch der passive Widerstand nicht realistisch ist. Sein im Überlebensmodus ablaufendes Alltagsleben lässt es nicht zu, das ganze Ausmaß seiner Deformation oder einzelne Gründe zu verstehen, um sich an der Vertiefung von Zwangsvorstellungen und Irrglauben möglichst nicht zu beteiligen. Die Taktik des Überlebens wird nicht vom Verstehen bedingt, nicht einmal von einem minimalisierten Berufsethos gelenkt, sondern von kurzfristigen Gruppeninteressen, individuellem Geltungsstreben, Heldenposen. In der Regression identifiziert sich der Anhänger der Progression, ob er will oder nicht, mit dem, wogegen er sich zur Wehr setzt, auch wenn er das nicht merkt, und würde er es merken, verstünde er es trotzdem nicht. Statt eine äußerst einfache psychologische Gesetzmäßigkeit zur Kenntnis zu nehmen, forscht er lieber nach historischen, ethischen oder politischen Motiven.

Um die Regression zu verstehen, muss man sie zuvor in allen ihren Komponenten an sich selbst entdecken und durchleben, also die eigenen regressiven Neigungen in ihrer Wirkung fein säuberlich beobachten und beurteilen; etwas Erschreckenderes könnte man von einem Neurotiker, der dem passiven Widerstand huldigt, sich auf kollektive Freiheitsideen beruft und sich als moralischer Held fühlt, gar nicht verlangen. Er will auf ethischer oder politischer Ebene lösen, wofür er auf mentaler Ebene, mit den Mitteln der Selbsterkenntnis, die Lösung in sich selbst finden müsste. Eine Verfassung kann die politische Freiheit deklarieren, doch ein freier Mensch kann jeder nur aus sich selbst heraus werden.

Das regressive Denken ist stark reduktionistisch. Es beschäftigt sich nicht mit den Ursachen und Wirkungen insgesamt, sondern mit einer einzigen Ursache, nicht mit einem System von Bedingungen, sondern einer einzigen Bedingung. Im Überlebensmodus, in der heroischen, widerständigen Rolle tut der Untertan oder der Widerstand Leistende dasselbe. Er differenziert nicht, sondern vergröbert, auch er ist nicht fähig zu abstrahieren. Durch das ewige Pauschalisieren und Verdrängen begibt er sich seiner kostbarsten Eigenschaft, der Empathie. Er betrachtet seinen politischen Widerpart als Feind und will ihn erklärtermaßen nicht verstehen. Oder er posiert, schneidet Grimassen, ein Zeitvertreib, der dann auch anderen zum Zeitvertreib dient. Der Hausdiener spuckt dem Hausherrn in die Suppe – zur allergrößten Freude des Zimmermädchens. Mit dem Muster seiner Neurose folgt er früheren regressiven oder widerständigen Handlungsmustern. Aus eigener Kraft kann er seiner Neurose nicht entrinnen, also wartet er auf Rache oder Erlösung. Er hat kein Bewusstsein davon, dass er krank ist. Einen Therapeuten weist er zurück. Als den einzigen Grund seiner Anomalie betrachtet auch er die Tätigkeit einer Gruppe von Personen oder sogar einer einzigen Person. Den lieben langen Tag schimpft er auf János Kádár oder Viktor Orbán. Er bekommt nicht genug davon. Um nicht das komplizierte System von Voraussetzungen zur Kenntnis nehmen zu müssen, das die vermaledeite Gruppe oder Person aus der großen Masse der Befürworter und Akteure des regressiven Denkens herausgehoben hat.

In politischem Sinn beruft sich die Regression auf die Wiederherstellung eines historischen Zustandes oder auch auf eine Zukunft voller Glück in unerreichbarer Ferne. Wie auch immer, es gelingt ihr so wenig wie ihren regressiven Vorläufern, Wunsch und Realität unter einen Hut zu bringen. Das Wünschenswerte erweist sich als Wunschtraum, im schlechteren Fall als Alptraum. Vor allem in den Augen der Zwangsvollstrecker der im Zeichen des Wünschenswerten erhobenen Forderungen. In der Regression schiebt bald jeder das Wünschenswerte immerzu vor sich her, wodurch die Mitglieder der Gesellschaft ihre persönliche Kreativität verlieren. Sie können nicht gemäß den eigenen Bedürfnissen handeln, erkennen zuletzt deutlich, wie weit Reales und Wünschenswertes voneinander entfernt liegen, und stürzen in die Depression. Was sie selbst nicht verstehen. Was auch die Außenwelt nicht versteht und vor allem nicht nachahmt. Nicht deshalb, weil die Außenwelt böse und dumm wäre, sondern weil die Handlungen des Zwangsneurotikers keine für andere verwertbaren Lehren enthalten. Bestenfalls können Außenstehende als Lehre verbuchen, dass die Richtung falsch ist. Dort ist der Weg zu Ende, danach kommt ein Abgrund. Das Land oder die Region verliert abermals den Anschluss an die großen Modernisierungsschübe. Was eine Tatsache ist. Es verharrt im jahrhundertealten Bewusstsein und im Kult der Niederlage, des Scheiterns, der Erfolglosigkeit, des Zuspätkommens. Das bedeutet hinsichtlich der Zukunft, dass Hausdiener und Zimmermädchen sich übermorgen den Neubeginn der Arbeit am Aufbau der Gesellschaft genau dort vorstellen, wo man diese weder neu beginnen noch überhaupt beginnen kann.

Wieder wird jemand anderen in die Suppe spucken und sich darüber freuen.

Das wahre Modell und der Held der regressiven Phase ist die infantile Persönlichkeit, die frühere Erlebnisse, etwa banale individuelle Kränkungen, nicht nur überschätzt, sondern projiziert, generalisiert, mit Affekten anfüllt, das heißt, das gesamte Gefühlsleben gegen ein Affektleben tauscht. Sie holt sich den

Gestus der Genugtuung und Rache aus dem familiären Bestand der persönlichen Lebensmuster und schlägt ihn dem Repertoire des politischen Lebens zu. Bisher war in der Gesellschaft die Meinung allgemein verbreitet, dass wir keine Verbrecher und keine Tiere sind. Nun wird behauptet, dass wir sehr wohl Verbrecher und Tiere sein müssen, damit der tierische und verbrecherische Nachbar nicht ein noch größeres Tier und ein noch größerer Verbrecher werden kann als wir. Im Interesse des Überlebens müsse man eine größere Bestie als der Mensch sein, eine unmenschlich große Bestie. Es ist eine signifikante und wiederkehrende Eigenheit regressiver politischer Inhalte, dass sie, auch in Ermangelung grundlegender psychologischer Kenntnisse, widerstandslos zwischen individuellem und kollektivem Bewusstsein hin- und herpendeln. Zwar ist die Grenze zwischen beidem durchlässig, nur liegt sie eben nicht im Affekt, noch nicht mal im Gefühl. Die regressive politische Bewegung mobilisiert eine im kollektiven Unbewussten schlummernde und zweifellos als anthropologische Gegebenheit existierende archaische, magische oder mythische Bewusstseinsebene, einen Geist, den sie nicht wieder in die Flasche zurückstopfen kann. Sie tut das nicht aus Schlauheit oder Bösartigkeit, sondern weil sie mental unwissend, also ohne Bewusstsein ist. Sie hat die Überzeugung, dass alle Menschen gleich geartet sind. Damit hat sie fast Recht. Affekte haben ja alle. Sein infantiles Ich hätschelt ein jeder genüsslich. Es gibt keinen Menschen ohne banale Kränkungen, schmachvolle Geheimnisse, Demütigungen, Niederlagen, Fehlschläge, höllische Pleiten, niemanden, in dem es nicht das Verlangen nach Genugtuung, gelegentlich blanke Rachsucht gäbe. Wenn er auch im besseren Fall sein infantiles Ich im Zaum hält, also nach einem gewissen Gleichgewicht zwischen präpersonaler, personaler und transpersonaler Bewusstseinsebene strebt. Auf Basis der intimsten Kränkungen dehnt die regressive Politik durch Projektion die eigene Infantilität aus, verallgemeinert sie sozusagen. Regressive Politik wird von infantilen Individuen in der Gruppe betrieben. In ihrer Bedrängnis richtet sich ihr Verlangen darauf, ihre Unbewusstheit endlich einmal zu universalisieren.

Sie hat auch Recht damit, dass Reflexion die Kraft ihres Aktionismus schwächen, sie in ihrem Tatendurst bremsen würde. Deshalb hasst sie zutiefst die Reflexion und alle, die sie kultivieren. Ihre Wähler füttert die regressive Politik mit Affekten und mit Appellen an den Affekt, und gewiss gibt es Phasen, in denen die dafür Empfänglichen in der Mehrheit sind und es für geraume Zeit bleiben, weil ihnen die Reflexion fremd ist.

Die Regression bahnt kein politisches oder wirtschaftliches, sondern ein affektives Bündnis an, und wenn ihr das gelingt und sie das infantile Ich der Mehrheit erfasst und gewonnen hat, dann muss dieses affektive Bündnis fortan als politische Realität betrachtet werden. Die affektive Substanz der mit sich und ihrer Lage ewig unzufriedenen Masse ist dann politisch kanalisierbar, die Gaunersprache der Affekte kann in die politische Umgangssprache gehoben werden, vorausgesetzt, dass die Serie der vorangegangenen Katastrophen aus dem Gedächtnis der Massen entschwunden ist. Und wenn sie daraus entschwunden ist, dann haben die Massen sicher einen guten Grund gehabt, sie entschwinden zu lassen oder alles dafür zu tun, zu verdrängen und sich bedeckt zu halten; das Fehlen von emotionaler Betroffenheit ist die Folge einer Serie persönlicher Versäumnisse. Ein paar Eierköpfe können sie nicht eines Besseren belehren. Mit individueller Erinnerung ist kollektives Vergessen nicht wettzumachen. Erinnerung und Vergessen leben grundsätzlich in Dualunion. Die Hypertrophie des einen oder anderen ist das neurotische Symptom selbst und gehört als solches gleichfalls zur gegebenen Realität. Wenn wir mit der Regression hier angelangt sind, brauchen wir uns nicht unbedingt zu wundern, dass Ereignisketten mit allgemeingebräuchlichen, für die Umgebung verständlichen, politischen Begriffen oder mit Indizes allgemeingültiger wirtschaftlicher Tendenzen nicht mehr zu beschreiben sind.

Im Übrigen ist die Infantilisierung des öffentlichen Lebens keine speziell ungarische Erscheinung, sondern ein weltweiter Trend.

Der Gewinnmaximierungszwang des globalisierten Wildwestkapitalismus hat mit höchst verschiedenen Kulturen und mit der infantilen Bewusstseinsebene von Bevölkerungen, die auf ganz unterschiedlicher Entwicklungsstufe leben, einen gemeinsamen Nenner gefunden. Früher hatten von der Korrelation der kollektiven Bedingtheit und der Substanz des individuellen Bewusstseins bestenfalls C. G. Jung oder Ken Wilber gewusst.

Zuletzt ist auch die unangenehme Frage nicht zu vermeiden, ob der Gewinnmaximierungszwang der kapitalistischen Wirtschaft mit den Forderungen des nüchternen Verstands oder dem Bedürfnis nach Sinnhaftigkeit in Einklang zu bringen ist. Etwas, das wir schließlich vom Verstand erwarten. Meine Annahme ist, dass der an das Prinzip des ständigen Wachstums und an den Gewinnmaximierungszwang geknüpfte Kapitalismus mit nüchterner Logik nur lokal und nur gelegentlich vereinbar ist. Die kapitalistische Wirtschaft errichtet und unterhält heute weltumspannende Systeme, die sich nur lokal und gelegentlich, sozusagen isoliert als sinnvoll erweisen, ihre schädlichen Wirkungen gefährden jedoch das Überleben jener, die diese weltumspannenden Wachstumssysteme in der Zukunft betreiben sollen. Die im nationalen Rahmen operierenden Demokratien sind nicht mehr in der Lage, den im globalen Rahmen operierenden Kapitalismus zu regulieren, und ein solches sinnvolles Regulieren liegt auch gar nicht in ihrem Interesse. Zwischen Kapitalismus und Demokratie gibt es keinen ursächlichen Zusammenhang. Der Kapitalismus fühlt sich zeitweilig auch in der Diktatur ganz wohl. Zugunsten des Kapitalismus und seiner Rationalität lässt sich bestenfalls anführen, dass er in den Industriestaaten während der Periode des Kalten Krieges – im Interesse der Bewahrung seines Primates – die Wirtschaft durch demokratische Politik und durch die Institution der Gewaltenteilung reguliert, sozusagen seinen Expansionstrieb gezügelt und damit auf lange Sicht seine Überlegenheit über die real existierenden Sozialismen gesichert hat. Doch einzig und allein in Europa. In den USA nicht und in der Dritten Welt noch weniger. In Europa produzierte er effizient und war zugleich auf effiziente Weise sozial. Nach dem Fall der Berliner Mauer kehrten sich die Prioritäten um, nun lenkt nicht einmal mehr im nationalen Rahmen die politische Vernunft die Wirtschaft, sondern die supranational agierende Wirtschaft lenkt die lokale und nationale Politik. Die große Errungenschaft der Politik im Kalten Krieg, die soziale Marktwirtschaft, ist von Banken und Investoren mit ihrer regressiven Politik zurückgebaut worden. Von denselben Personen, die sie zuvor aufgebaut haben. Infolge dieses unreflektierten Kurswechsels ist die Demokratie nicht in der Lage, eine global regulierende Funktion zu erfüllen.

Deutsch von Heinrich Eisterer

DAFÜR UND DAGEGEN

Über das Individuelle und das Kollektive,
das Einzelne und das Allgemeine

I.

Um ihre Standhaftigkeit müssen wir uns keine Sorgen machen. Wenn sie bis jetzt ein paar Jahrtausende überstanden hat, wird sie auch das nächste Jahrhundert überstehen. Auch an ihrer Theorie ist nichts auszusetzen. Ihre Grundsätze sind einleuchtend. Sie hat Feinde, sie hat Gegner, das ist nicht zu bestreiten, die Anarchisten, die Monarchisten, die Oligarchen, die religiösen Fundamentalisten, die Nationalisten, die Ethnozentriker, die sozialen und ethnischen Kollektivisten des 20. Jahrhunderts, die Kommunisten und die Faschisten, doch diese könnten sie selbst dann nicht bezwingen, wenn es ihnen gelänge, sich zu verbünden. Wie sollte das gehen. Um die Demokratien aufzuzehren, braucht es die Demokraten. Sie sind es, einzeln und gemeinsam, die umständlich, bequem, kostspielig, behäbig sind, die Protektionismus, selbstsüchtigen Interessen, korruptem Bestreben nicht widerstehen können und auch nicht wollen, die zwischen Staatsinteressen und parteipolitischem Kalkül keinen Unterschied machen können und auch keinen machen wollen. Aus anthropologischer Sicht sind ihre Befangenheiten und Fehlbarkeiten ebenso plausibel wie die noblen Grundprinzipien der Demokratie aus politischer. Verstöße, die ans Licht kommen, macht die Presse umgehend publik. Die Demokraten müssen es sehen, lesen: So sind wir. Sie holen sich eine blutige Nase. Wer findet das schon gut. Dabei könnte es das einzige politische System sein, in dem man seine eigene unechte Glaubhaftigkeit genüsslich weiter ramponieren kann, statt in seinem Selbstbild voll bequemer Illusionen und lauter Irrwitz hin und her zappeln zu müssen. Diesen Genuss trauen sich aber nur ganz wenige zu. Auch das hat ein Demokrat zu verstehen. Das einzige politische System, in dem sozusagen kein Platz für das Übermenschliche bleibt. Askese und Selbstaufopferung kann die Demokratie von niemandem verlangen. Höchstens ein wenig Selbstdisziplin. Jene Demokraten, die mit Öffentlichkeit und Informationsfreiheit nicht zurechtkommen, erfinden perfide Tricks, und je erfolgreicher sie damit sind, desto mehr schwächen sie die Demokratie. Jeder kann getrost auf sich selbst zählen, wenn es darum geht, die Öffentlichkeit ein wenig zu umgehen, sie zu bevormunden oder auf privilegierte Informationsquellen zu pochen. Der Demokrat filtert die Öffentlichkeit, verzerrt sie ein wenig, setzt lieber auf den Schein, schminkt hier, pudert dort, organisiert hinter den Kulissen. Doch es wäre eine Torheit, den Demokraten vorzuwerfen oder der Demokratie anzukreiden, dass es ihnen bislang nicht gelungen ist, das Naturell des Menschentiers zu ändern. Immer noch hofft jeder auf mehr Lohn, als er verdient, möchte mehr Gewinn erzielen, als er investiert hat, um auch mehr akkumulieren zu können, als er jemals braucht, und seine kleinen dunklen Tricks will er auch noch groß verbergen. Die Differenz muss er täglich bei irgendwem legal eintreiben. Oder Gesetze erlassen, durch die er seine illegalen Machenschaften legalisieren kann. Hierfür muss er sich unweigerlich in Gruppen, in Banden organisieren, ein Netz aufbauen, Leute schmieren und so weiter. Der demokratische Staatsmann hat sich jedoch nicht mit der Veränderung des menschlichen Naturells zu befassen, sondern mit dem Staatshaushalt. Darüber hinaus muss sich die Demokratie gegenüber Kriminalität, Verbrechern und eigenen Gegenspielern oder eben gegenüber ihren Feinden an die Rechtsordnung halten. Wer das nicht tut, trägt zur Demontage der Demokratie bei. Ganz sauber kann er das Problem natürlich nicht lösen, allenfalls den Schein der sauberen Absicht wahren. Die Taschendiebe sperrt er ein, die Erzgauner mit ihren Milliardenposten lässt er im Namen der Rationalität laufen. Er kann nicht jedes Syndikat aufdecken, dem auch er selbst angehört. Im Gegenteil. Er jubelt den raffinierten Rechtsgelehrten und ausgekochten Rechtsanwälten zu, die die Rechtsordnung von der praktikablen Gesetzeslücke her auslegen. Der kleine Gauner wird einkassiert, der große von den Staranwälten reingewaschen. Für die zu Unrecht gewonnenen Prozesse zahlt die Demokratie postwendend mit dem Anwachsen des gesellschaftlichen Verdrusses. Ein vernünftiger Mensch würde in dieser Situation erwarten, dass sich das Publikum für die Gleichheit vor dem Gesetz einsetzt. Irrtum. Dieselben Leute, die von der Praxis des demokratischen Rechtsstaats nunmehr zutiefst frustriert sind, feiern die gerissenen Anwälte. Sie wollen die große schlaue Gerechtigkeit, nicht das Recht. In der Demokratie hat die Masse viele Köpfe, die öffentliche Meinung geht gleichzeitig in viele Richtungen. Ihr Interesse gilt aber nicht dem Verlierer, sondern dem Sieger, sie will auf der richtigen Seite stehen. Mit den wachsenden sozialen Spannungen erlangt in der Unterhaltungsindustrie das Verbrechen Kultstatus, das heißt Erfolg, Sieg um jeden Preis. Serienmörder jeglicher Couleur, skrupellose Wirtschaftsverbrecher oder organisierte, für Recht und Ordnung randalierende Figuren sowie im Namen der Gerechtigkeit mordende militante Banden werden zu mythischen Helden der Demokratie. Die Täter und die Entlarver. Seine Gutgläubigkeit und sein Vertrauen in die Vernunft darf der Demokrat auch bei so viel Irritation nicht aufgeben. Aus demselben Grund jedoch nimmt er, was er schon viel eher hätte ansprechen müssen, zu spät zur Kenntnis. Wenn öffentliche Plätze bereits von populistischen Rednern und fundamentalistischen Ideologen okkupiert sind. Wenn ihm stumme Oligarchen und deren Sklavenmassen schon im Nacken sitzen. Das innig geliebte Volk, das bisher die Demokratie wollte, will nun die, die mit harter Hand in dem Bordell aufräumen. Und diese schlampige, faule und hinfällige Hure, den Demokraten, ordentlich maßregeln. Wenn die Mehrheit es nun einmal so will, das Volk sich seinen Tyrannen wünscht, kann auch der Demokrat nicht umhin, diesen großartigen Entschluss zu respektieren. Selbst wenn er starke, sozusagen substantielle Zweifel hegt, ob es richtig ist, das Aufräumen ausschließlich bei den anderen mit Polizisten zu beginnen, die außer von ihm auch noch von Verbrechern oder Verbrechergruppen bezahlt werden. Selbstaufopferung ist zwar kein Kriterium der Demokratie, sie wird auch nicht bevorzugt, doch ganz ohne Reflexion kommt sie auch nicht aus. Von der Reflexion ist die Selbstreflexion jedoch leider nicht zu trennen. Und Selbstreflexion, Selbsterkenntnis sind ohne eine gewisse Portion Askese und mindestens so viel Selbstaufopferung nun mal nicht zu haben. Die Demokraten meiden sie deshalb wie der Teufel das Weihwasser. Dabei gäbe es, je mehr man sie praktizierte, desto weniger Falschmeldungen, Illusionen und eitlen Schein, die Demokratie wäre gestärkt. Und umgekehrt. Wenn hingegen kaum jemand sie praktiziert, weil jeder sich nur über andere und ihre Misere auslässt, jedoch das eigene Denken, die eigenen Handlungen und deren mögliche Veränderung, deren eventuellen Wandel keiner Prüfung unterzieht, dann wird man sich zwischen den vielen falschen Selbstbildern verlieren. Dem Demokraten fällt es schwer zu akzeptieren, dass die Demokratie keinen geistigen Eigenwert hat, nie hatte und auch nicht haben wird. Ihre Vor- und Nachteile lassen sich nur im Vergleich mit anderen Regierungsformen wie der Aristokratie, Timokratie, Monarchie, Diktatur oder Theokratie bestimmen. Die Demokratie ist nicht an gesalbte Personen gebunden, nicht einmal an den heiligen Individualismus, vielmehr hängt sie an der hochgeschätzten Person eines jeden Einzelnen in seiner ersten Person Singular. An einer Persönlichkeit, für deren Freiheit und Unabhängigkeit sie selbst dauerhaft Sorge trägt. Wer Herodot oder Livius aufmerksam liest, sieht, wann das Volk maßvoll und weise entscheidet und wann hirnlos. Und wie es entscheidet, entscheidet es bei weitem nicht nach seiner spontanen Meinung, nicht einmal nach dem statistisch errechneten Durchschnitt der Meinungen, sondern nach der Qualität seiner selbstreflexiven Arbeit und nach dem Stand seiner mentalen Kultur.

2.

Etwas, was dem Verstand zugänglich ist, dem Glauben zu überlassen lohnt nicht. Der Demokrat kann fromm sein oder ungläubig, doch an die Demokratie zu glauben ist insbesondere für die Demokratie gefährlich. Das Wünschenswerte mit dem Realen zu verwechseln ist ziemlich riskant. Der Begriff der Demokratie hat in der Theologie keine Bedeutung. Auch gibt es für demokratische Politik keinen Grund, der Theologie Sonderrechte zu sichern. Steuerzahler zahlen ihre Steuern nicht nach Maßgabe ihrer theologischen Ansichten, sondern unabhängig davon. Gott ist kein Steuersubjekt. Dennoch suchen hysterische Gläubige ein gesetzliches Fundament für ihren Glauben. Sie finden es nur, wenn die Demokratie ihrer strukturellen Probleme wegen wieder einmal in ihren Grundfesten wankt und es im Prinzip tatsächlich nicht mehr unmöglich wäre, sie durch eine Theokratie abzulösen. Wird den gesalbten Anhängern der Theokratie die Regierungsbeteiligung auch verwehrt, zu ihren Privilegien kommen sie doch, sie müssen zum Beispiel keine Steuern zahlen, dürfen sich die Kontrolle über ihre Buchhaltung vorbehalten, und schon haben sie den demokratischen Gleichheitsgrundsatz unterwandert. Doch auch umgekehrt ballen sich die Probleme: Bilden sich selbstgefällige Demokraten ein, allein die Demokratie sei seligmachend und allmächtig genug, um den Wettstreit mit der Theokratie um Universalität aufzunehmen, privilegieren sie die Demokratie, um sich selbst zu privilegieren, und schwächen die Demokratie damit ganz erheblich. Dann sind politische Experten zur Stelle und reden davon, die Wahlbürger seien von der Demokratie enttäuscht und hätten sich en bloc von der Politik abgewendet. Wohin, zum Kuckuck. Sie haben sich von nirgendwoher nirgendwohin gewendet. Sie hängen nur ihre Fahne nach dem Wind. Geht es nicht mit der Demokratie, soll der Despot kommen. Obwohl es offensichtlich ist, warum sie sich dem Selbstauflösungsprozess der Demokratie anschließen. Während wir mit Waffenhandel, legaler und illegaler Geldvermehrung, der Ausplünderung der Erde, der Ozeane und Meere beschäftigt sind, soll der Diktator kommen oder der Sonnenkönig, die Geldaristokratie, die Mafia, der Bandenkrieg, wer auch immer, es soll kommen, wer mit einem Machtwort die finanziellen, sozialen und ökologischen Missstände beseitigt, die wir in jahrhundertelanger Arbeit verursacht haben. Meine Willkür soll seine Willkür sein. Er soll die radikale Veränderung im Geschäftsleben, der Meeresbiologie und Meteorologie durchsetzen, damit alles beim Alten bleibt und unser ordentlicher Jahresgewinn im ersehnten Volumen wächst. Schluss mit dem demokratischen Geschwafel und Zirkus. Außer uns haben alle den Mund zu halten.

3

Die Demokratie hat Prinzipien, ihre Gewaltenteilung hat Institutionen, die ohne gesellschaftlichen Konsens nicht funktionieren. Aus demselben Grund ist die Demokratie nicht exportfähig. Mentalität, gesellschaftlicher Konsens können weder exportiert noch importiert werden. Die in der Fremde durchgeführte demokratische Intervention folgt den kulturellen und ethologischen Mustern des christlichen Missionswesens und der geographischen Expedition. Ich entlarve die fernen Barbaren, da sie gerade irgendeinen himmelschreienden Blödsinn treiben, doch ich sage ihnen nicht, was für Ochsen sie sind, sondern biete ihnen etwas Feines an, Glasperlen, Religion, Lendenschurz, und bitte sie, mit ihren Albernheiten aufzuhören, um dann ihre Rohstoffe, ihren Schmuck, ihre Arbeitskraft oder die Wesen selbst in ihrem Lebendgewicht mitzunehmen. Die Geschichte der demokratischen Interventionen kennt nur zwei Ausnahmen. Der Sieg über Nazideutschland und Deutschlands gezielter Wiederaufbau beziehungsweise der Kosovokrieg, dem mangels direkter oder indirekter Interessen keine demokratische Re-Education folgte; alle anderen religiösen oder politischen Expeditionen waren und sind sämtlich nur die Fassade vor hegemonialen marktwirtschaftlichen Bestrebungen. Europa hat sich mit seiner vierhundertjährigen Kolonisierungswut selbst entlarvt, weshalb es seit etwa einem halben Jahrhundert vorsichtiger, cleverer ist. Europa hat nicht resigniert, nur überlässt es die Erledigung unschöner Aufgaben den Bürgern der Vereinigten Staaten, die werden schon kommen, helfen, die gröberen Probleme mit ihren Bombern lösen, denn selbst die Serie ihrer gescheiterten neokolonialistischen Versuche vermochte sie bisher nicht von ihrem Wahn zu kurieren. Sie kultivieren noch immer auf biblische Weise die Todesstrafe, glauben mit religiöser Überzeugung an die Macht der Handfeuerwaffen und die welterlösende Rolle des freien Marktes. Ihrer Auffassung nach gebiert der Freihandel geradezu Nachkommen. Was grob gesagt bedeutet, dass sie an die Rechtmäßigkeit ihrer wirtschaftlichen Expansion mit religiöser Überzeugung glauben müssen. Doch entgegen allen anderslautenden Behauptungen existiert politische Freiheit und funktioniert Demokratie nur dort, wo die Strukturen der Selbstbestimmung stark genug sind und die Akteure der Öffentlichkeit ihre persönlichen Interessen buchstäblich und in jedem einzelnen Fall von denen des Gemeinwesens trennen. Gelingt dies nicht, müssen sie die Missstände aufdecken und die Verantwortlichen zur Rechenschaft ziehen. Und wer bei sich zu Hause Demokrat sein will, der sollte auch in fremden Ländern Demokrat bleiben.

4.

Die Demokratie hat eine Lizenz, sie kann jedoch von niemandem käuflich erworben werden. Demokratien und Diktaturen und ihre jeweilige Geschichte sind seit Tausenden von Jahren miteinander verwoben. Entweder gibt es freie Wahlen, oder es gibt sie nicht. Entweder funktionieren die Institutionen der Gewaltenteilung, oder sie funktionieren nicht. Entweder herrscht Gleichheit vor dem Gesetz oder nicht. Entweder ist Redefreiheit garantiert oder nicht. Entweder gibt es Pressefreiheit, oder es gibt sie nicht. Entweder leben die Bürger des Staates im Geist der Zusammenarbeit miteinander, oder sie leben gegeneinander. Demokratien können unterschiedliche lokale Besonderheiten aufweisen, doch graduelle oder quantitative Differenzen gibt es nicht. Demokratie ist, oder sie ist nicht. Entweder gibt es einen allgemeinen Konsens in Sachen Selbsterkenntnis, oder es gibt ihn nicht. Entweder gilt gleiches Recht für alle, oder es gilt nur für besondere Personen und besondere Regionen und führt sich damit ad absurdum. Das Gerede vom Unterschied zwischen den östlichen und westlichen Demokratien ist sinnlos. Das ist, als sagte ich, es gebe uneingeschränkte Demokratien und eingeschränkte. Das geflügelte Wort Willy Brandts «Mehr Demokratie wagen!» hatte allenfalls rhetorische Bedeutung, aber keinen Sinn.

5.

Den nationalen Regierungen stehen genügend konstitutionelle Mittel und Vollmachten zur Verfügung, um Einzelinteressen mit den Interessen der Gemeinschaft in Übereinstimmung zu bringen. Warum sie es nicht oder nur selektiv tun, warum sie zu Hause davon Gebrauch machen und in der Fremde nicht, hat spezifische Gründe. Die Tradition der Missionierung und der Kolonisation ist nur einer davon. Am empfindlichsten reagieren die Weltmetropolen auf die Wende, die in den vergangenen zwanzig Jahren mit der schrankenlos liberalisierten Marktwirtschaft und dem rigorosen Abbau des Sozialstaats einherging. Nicht nur Einzelpersonen und Familien, sondern auch die Metropolen sind davon betroffen und inzwischen äußerst fragil geworden. Versagt ein einziges Element ihrer Infrastruktur, reißen sie die Volkswirtschaften mit in den Abgrund, unter Umständen die gesamte Weltwirtschaft. Die Metropolen können sich nur noch durch das Anwachsen ihrer astronomischen, nie wieder rückzahlbaren Schuldenlasten finanzieren. Die Gläubiger wollen ihr Geld fristgerecht wiedersehen. Sie sehen es auch wieder, jedoch unter drei harten Bedingungen. Die erste und wichtigste ist, dass die Politik die Wirtschaft nicht kontrolliert, sondern die Regulierung der Wirtschaft überlässt. Was sie auch getan hat. Zweitens sollen die mit Immobilien, Derivaten, Kreditpaketen und toxischen Wertpapieren handelnden Geldinstitute auch weiterhin exterritorial agieren dürfen. Was sie auch dürfen. Drittens soll die Gesellschaft für all diese Operationen den attraktiv klingenden Sammelbegriff «Globalisierung» oder «Mondialisierung» akzeptieren, soll sich jeder Idiot sagen, er habe die Ehre, in der Epoche der Globalisierung zu leben: dass die nationalen Budgets von den Finanzmärkten und den Investoren unter Druck gesetzt werden, soll er als alternativloses Faktum schlucken. Die global agierenden Finanzinstitute operieren unter und über dem nationalen Wirtschaftsleben, für die Schulden jedoch sollen die Volkswirtschaften aufkommen, mit anderen Worten, diese sind es, die sich um die Rückzahlung kümmern müssen. Die astronomischen Verluste müssen die Staaten also auf Personen abwälzen, die nie Schulden gemacht und sich auch nie an den finanziellen Glücksspielen, Auktionen und Wetten der Banken beteiligt haben. Die demokratisch gewählten Regierungen haben ihre Bevölkerungen auch die Schulden schlucken lassen. Obschon seit dem ersten Zusammenbruch der Finanzmärkte niemand behaupten kann, dass ihm die gemeinsamen und nunmehr dauerhaften Anomalien von Finanzwirtschaft und demokratischem Regieren nicht klar seien. Auch kann man nicht behaupten, die Natur habe den Industriegesellschaften die Grenzen des wirtschaftlichen Wachstums nicht sichtbar und spürbar gemacht. Die Meere geben nur so viele Fische her, wie es Fische in den Meeren gibt. Den Regierungen ist es trotzdem nicht gelungen, die Ökonomie auf den Weg der demokratischen Regulierung und die Finanzmärkte auf den des legalen Wirtschaftens zurückzuführen. Dies würde das Wachstum oder zumindest den Rhythmus des Wachstums stören. Als Erstes würden die Großstädte kollabieren. Doch die Wähler wollen immer mehr Fische im Meer, ihre Regierungen sollen dafür sorgen. Keine einzige Regierung hat es bisher gewagt, ihre Wähler wenn nicht gleich zur Askese, so doch zum Maßhalten zu ermahnen. Im

Chor mit ihren Wählern sagt auch sie, dass Wachstum notwendig ist und man sich täglich mehr wünschen muss. Und sie tun gut daran, es so zu tun. Ohne Wachstum wären die steigenden Schulden der Städte nicht zu finanzieren. Obendrein würden sich die Wähler ohne Wachstum an den Toren der staatlichen Planwirtschaft wiederfinden, und dann könnten sie, mit freundlichen Grüßen von Karl Marx, auch gleich das *Kommunistische Manifest* aus der Tasche ziehen. Mit dem forcierten Wachstum generieren die Märkte Geldmengen, die in der Realwirtschaft und im realen Immobilienbestand nicht einmal symbolisch gedeckt sind. Auch Henry George lässt seine Landsleute freundlich grüßen. Mindestens ein Drittel ihrer global zirkulierenden Geldmengen ist Fiktion. Die aber ist mein Spezialgebiet. Heutzutage brechen die Großstädte ausschließlich dank dieser ungedeckten Fiktion nicht zusammen. Natürlich weiß ich, wohin es führt, wenn sie nicht gedeckt ist. Den Autor holen seine früheren Sünden und Säumnisse ein. Man kommt ihm auf die Schliche. Die Geschichte läuft auf Grund, das lässt sich nicht beschönigen, die Dämme des großen Erzählflusses brechen. Die Gläubiger jedoch wollen für die Fiktion reales Geld. Die Regierungen sind gezwungen, das virtuelle Geld in reales umzutauschen. Sie drucken es in ihren Notenbanken und geben es in einer kontrollierten Inflation durch niedrigere oder durch negative Zinsen weiter, das heißt, sie treiben den Fehlbetrag von den am wenigsten protestbereiten Schichten der Wahlbürger beziehungsweise den hilflosesten Akteuren der Dritten Welt ein, so dass diese bei möglichst immer mehr Arbeit immer weniger wissen, warum sie derart verarmt und von allen guten Geistern verlassen sind.

6

Die Interessen der Wähler und des Big Business sind, wie sollte
es anders sein, deckungsgleich. Die Wähler tun höchstens so, als
hätten sie mit dem Big Business nichts am Hut. Es ist gut zu wissen, dass man, indem man Metro fährt, das Licht einschaltet, den
Wasserhahn aufdreht, Zähne putzt, den Computer hochfährt, den
Müll trennt, Nachrichten guckt, mit seinen Freunden im Café
diskutiert, in ferne Städte fliegt, Gemüse, Fisch, Fleisch isst, mit
Karte bezahlt, dass man dann damit dem Big Business dient, an
seinen Segnungen teilhat, sich also an dem schwindelerregenden
Kreislauf beteiligt, über den man sich beschwert und den man
mit deftigen Ausdrücken bedenkt. Die Regierungen vertreten ja
das Wahlvolk, das sich vom ununterbrochenen Wachstum all die
Segnungen erhofft, die es trotz vieler Klagen von den Regierungen zugleich auch einfordert. Big Business und Wähler sind
Komplizen. Sie haben sich gut aneinander gewöhnt. Selbst Katastrophen können sie nicht von ihrem Irrglauben heilen. Jeden
Tag eines jeden Jahres besser leben als den Tag zuvor, sich nicht
darum scheren, wer die für das Wachstum notwendigen Güter
woher holt. Die Regierungen sollen das alles heranschaffen, gern
mit ihrer Armee, sie sollen es aber nur den anderen wegnehmen,
nicht mir. Ganz zu schweigen von der Atmosphäre, der Wasser-
verschmutzung, den Lebensbedingungen der Pflanzen, der Zahl
der Fische und den als Delikatesse geschätzten Singvögeln.

7.

In Gesellschaften, in denen ökonomische Ansprüche das politische Leben dirigieren und nicht die demokratische Politik die
Wirtschaft reguliert, können Probleme nicht im Zeichen der Ver-

nunft gelöst werden. Von der Wirtschaft kann man keine Raison erwarten. Auch bei den regelmäßigen Zusammenkünften der Spitzenkräfte der mächtigsten Industrienationen machen nur die streng vertraulichen Gesprächsthemen den Sinn der Treffen aus. Zur Vernunft, das heißt zu intelligenten Lösungen, sind miteinander verhandelnde Menschen nur dann fähig, wenn sie sich gegenseitig kontrollieren und nicht irgendwelche Leute irgendwelche Dinge kontrollieren, über die sie sich längst geeinigt haben. In der kapitalistischen Wirtschaft verschafft sich Vernunft nur lokal und fallweise Geltung. Wer mehr erwartet, irrt sich. Nicht für das kapitalistische Wirtschaften, sondern für die Demokratie wäre die Vernunft ein Artikel des täglichen Bedarfs. Doch über die Phase, welche die für die Demokratie wünschenswerte Umkehrung der Rangfolge hätte vorbereiten sollen, sind wir längst hinaus. Die Geldaristokratie hat das Kommando über die großen Massengesellschaften längst von den gewählten Volksvertretern übernommen. Diese Absurdität schlägt sich denn auch sofort in der Sprache nieder. In der Umgangssprache machen wir einen Unterschied zwischen Realwirtschaft und Geldwirtschaft. In Ersterer ist das Geld durch Arbeit gedeckt, in Letzterer durch Fiktion. Die Struktur der Spannungen folgt der Veränderung gewissermaßen auf dem Fuß. Wo Massen stummer Sklaven benötigt werden, dort gibt und wird es massenweise Migration geben, man kann sie allenfalls kanalisieren, nicht aber dagegen aufbegehren, Niveau und Kosten der Bildung können auf ein Minimum reduziert werden, Bedarf und Lautstärke der kommerziellen Unterhaltung steigen.

Die europäische Kultur hatte genug Anlass, aus ihrer eigenen missionarischen, massenvernichtenden, Menschenhandel treibenden und sklavenhalterischen Tradition zu lernen, sie hat es versäumt, und es würde mich überraschen, wenn sie dies morgen nachholen sollte.

8.

Spräche ich hier, zum Beispiel jetzt, nicht in gedruckten Worten, wie könnten andere wissen, was ich denke? Ich kann ja nicht alles laut sagen. Nicht weil ich Angst hätte. Nicht weil ich nicht frei wäre. Sondern weil ich mir nicht sicher bin, ob ich die Gegenwart richtig beurteile. Ebenso kann ich nicht sicher wissen, wann, wodurch und mit welchen Folgen mein Verstand von Voreingenommenheit und Affekten beeinflusst ist, auch wenn ich bemüht bin, mein System der Selbstkontrolle sowohl im Traum als auch im Wachzustand zu betätigen. Es ist evident, dass ausschließlich Theokratie, Timokratie, Monarchie und Diktatur mit den Ansichten nur eines einzigen Menschen gut auskommen. Dem Demokraten ist prinzipiell nicht nur seine eigene Meinungsfreiheit wichtig, weshalb er in Erwägung ziehen muss, wann, warum und womit er andere beleidigt. Was ihn seltsamerweise nicht davon abhält, sich von Fall zu Fall bewusst, wohlüberlegt und sogar zum eigenen Schaden zu einer Beleidigung hinreißen zu lassen.

9.

Die politische Freiheit hat ebenfalls kein Maß und Grad. Entweder herrscht politische Freiheit oder nicht. Man sollte sie dabei nicht mit der Freiheit der Person verwechseln, denn diese hat eine andere Funktion und setzt sich anders zusammen. Die wirtschaftlichen Interessen rechnen entweder mit der politischen Freiheit, oder sie rechnen mit ihr ab. Wenn wirtschaftliche Interessen die politische Freiheit missachten und anhand individueller Interessensphären regulieren, gefährden sie die Demokratie, höhlen sie aus.

10

Auch die Logik des Marketings ist menschlich. Man kann sie durchschauen, man kann sie durchleuchten, auch wenn Regierungen oder Parteien sie als politische Waffe einsetzen. Um ihre Durchleuchtung kommt die Demokratie nicht herum. Das ist manchmal langweilig, reine Monotonie, der Demokrat muss jedoch auch die Langeweile erhobenen Hauptes ertragen. Die Frage der Unterhaltung der Massen ist komplizierter. Den Schierlingsbecher müssen zuallererst die lebenden und die toten Autoren und Kunstexperten trinken, die, gejagt vom Hang zur Ausdehnung der demokratischen Ideale, in jahrzehntelanger fleißiger Kleinarbeit den Unterschied zwischen Kunst und Kommerz getilgt haben. Sie umschmeichelten und verwöhnten ihr kleines Publikum so lange, bis dieses glaubte, es wisse alles von Geburt an, es lohne sich nicht, irgendwas von irgendwem zu lernen. Schließlich ist das Leben pure Unterhaltung. Und die Welt eine Ansammlung unzähliger Einzelmeinungen. Wenn jeder für eine halbe Stunde Künstler sein kann, und warum sollte er das nicht, und seine Meinung bloß eine Meinung ist, dann seht ihr, was euch die Idee von der großen Égalité gebracht hat. Dann ist jede Grundlagenforschung in Kunst und in Wissenschaft passé. Ihr habt gerade das Mittel vernichtet, das ihr zur Meinungsbildung braucht. Denn zwischen Meinen und Wissen besteht noch immer ein beträchtlicher Unterschied. Bekommen habt ihr – und das Resultat unterscheidet sich kaum von dem, was jeder in jeder Diktatur bis zum Erbrechen kennt –: entfesselte Parteipropaganda und unbeschränkte Unterhaltung. Zusammen mit eurem kommerziell gesteuerten Publikum seid ihr regrediert, die mental und transzendental geprägte Kultur habt ihr auf die Stufe der magischen Bewusstseinsinhalte zurückgezerrt. Welche sie doch bereits vor ein paar tausend Jahren für das mythische

Bewusstsein verlassen hatte. Auch die Magie ist selbstverständlich eine Abstraktion, doch kann man mit ihr nicht die für Massenunterhaltung und Parteipropaganda nötige Hardware oder Software herstellen. Merkwürdigerweise müssen Ingenieure immer noch die Zahlen kennen, um eine sichere Brücke bauen zu können, und auch von den Ärzten erwartet ihr, dass sie in der Lage sind, zwischen eurer Leber und eurer Milz zu unterscheiden. Das wird aber nicht lange so bleiben. Schließlich ist auch die wissenschaftliche Meinung bloß eine Meinung. Firmen sind seit Jahrzehnten dabei, die Grundlagenforschung nach ihren eigenen Interessen zu finanzieren oder nicht zu finanzieren und haben schon heute große Erfolge zu verbuchen.

II.

Die tollen kleinen Gadgets sind natürlich die neuen Denkformen. Auf gut Deutsch: die paradigmatischen Verkörperungen der kognitiven Funktionen und Organisation *(embodied cognition paradigm)*. Gäbe es in der Welt ausschließlich Diktaturen, säßen auf den Thronen der Monarchien ausschließlich Debile oder Richards III. oder wäre die Malerei Papst Julius II. überlassen und nicht Michelangelo, dann herrschte nicht nur Ordnung, es gäbe auch nicht die neuen Technologien, die Macht- und Kontrollstrukturen wären nicht aus dem Gleichgewicht, und die Instrumente der Massenunterhaltung sähen ganz anders aus. Holzkreisel gäbe es sicher schon, doch auf die Entdeckung des Buchdrucks müsste man noch ein paar Jahrhunderte warten.

12.

In den letzten Jahren denke ich darüber nach, dass ich von dem Grundrecht des zivilen Ungehorsams Gebrauch machen müsste. Vor ein paar Wochen bin ich an mein Bücherregal gegangen, um nachzusehen, wie sich Thoreau sein eigenes politisches Engagement vorgestellt hat. Mindestens dreißig Jahre ist es her, dass ich seinen Traktat über die Pflicht zum Ungehorsam gegen den Staat in den Händen hatte. Würde ich seine Empfehlung heute ernst nehmen und ihr folgen, ich würde scheitern. Der moderne Staatsapparat würde mich binnen Sekunden zermalmen. Ich müsste etwas Neues erfinden. Doch bis dahin kann ich mir selbst auch nichts anderes empfehlen als jene klassischen Widerstandsformen, die freie Menschen schon in der Antike praktiziert haben. Aus früheren Jahrzehnten verfüge ich noch über derlei Praktiken, obwohl ich erkenne, dass die in der damaligen Isolation und Abgeschiedenheit des Staatssozialismus entdeckten und in kleinen Zirkeln geübten Formen des Widerstandes heute aufgrund der globalisierten Massengesellschaften mit ihren Ritualen kaum noch anwendbar wären. Selbst meine Fragen sind seither luftiger geworden. Gibt es in der genetischen Struktur des Menschentiers genug Reserven für einen geistigen Sprung, oder hat das Phänomen Mensch seine geistigen und psychischen Möglichkeiten ausgeschöpft, und die geistige und mentale Regression ist zum einzig gangbaren Weg geworden. Im Grunde müsste der Mensch nicht mehr als daumenbreit von seiner Tierhaftigkeit abrücken. Um wenigstens nicht den paar Jahrhunderten Humanismus entsagen zu müssen, wenn er sich schon von der Aufklärung, das heißt der Aufklärung des Volkes, verabschiedet hat. Können wir noch mit einer ethologischen oder anthropologischen Wende rechnen, die uns wenigstens den schmalen Grenzbereich zwischen dem unreflektierten Einzelinteresse und dem Interesse der Allgemeinheit transparent macht? Würde dem Bewusstsein doch wenigstens das Strukturbild des Zusammenhangs zwischen Individuellem und Kollektivem, Einzelnem und Allgemeinem aufdämmern.

Deutsch von Lacy Kornitzer

DIE SACHE MIT VÁCLAV HAVEL
UND MADELEINE ALBRIGHT

Vielleicht sollte Madeleine Albright doch in Erwägung ziehen, das seltsame Angebot von Präsident Václav Havel anzunehmen. Warum auch nicht. Es gibt viele Gründe dafür, dass Frau Albright in die Fußstapfen von Masaryk, Beneš und Havel treten könnte. Auch wenn wahrscheinlich noch mehr dagegen sprechen.

Sollte sie tatsächlich für das Präsidentenamt der Tschechischen Republik kandidieren und gewählt werden, hätte sie die erste unangenehme Überraschung nicht wegen des Größenunterschieds der beiden Länder zu gewärtigen. Ihr wäre von vornherein klar, dass der Staatspräsident in den kleinen Ländern Mitteleuropas vornehmlich eine repräsentative Funktion zu erfüllen hat. Weder über die Größe des Landes noch über die weltpolitische Bedeutung ihres Amtes dürfte sie sich Illusionen hingeben. Im Gegenteil, vielleicht könnte sie an der Kleinheit und Schwachheit sogar Gefallen finden. Das State Department ist zweifellos größer, der Hradschin dagegen unvergleichlich schöner und vornehmer.

Es gäbe Umstände, die sie sofort als Befreiung wahrnehmen könnte. Zum Beispiel könnte ihr Land, im Gegensatz zu den Vereinigten Staaten, jederzeit seine finanziellen Verpflichtungen gegenüber der UNO erfüllen. Es könnte dem Stop von Atomtests zustimmen. Es müsste die internationalen Vereinbarungen zum Klimaschutz und CO_2-Ausstoß nicht ablehnen. Es könnte sich für ein endgültiges Verbot von Landminen einsetzen. Und es brauchte auch nicht die Arbeit des Internationalen Strafgerichtshofs zu ignorieren. Vielleicht würde Frau Albright es auch als besonders segensreich empfinden, dass es in ganz Tschechien keine Todesstrafe gibt. Und auch keine Erwachsenen, die einen Jungen gern hinter Gitter sehen würden, weil er angeblich seine kleine Schwester sexuell belästigt hat.

Natürlich gibt es für Madeleine Albright nichts zu überlegen. Sie hat auf den Vorschlag des Präsidenten Havel sehr behutsam geantwortet. Ihre Loyalität gelte den Vereinigten Staaten, sie wolle ihrer Wahlheimat dienen. Die viertwichtigste Person der Regierung der Vereinigten Staaten hätte nicht anders antworten können. Die Idee Václav Havels hat auch etwas Peinliches, Schamloses, Entlarvendes, ja Ungeheuerliches, was sich nicht damit entschuldigen lässt, dass der Präsident einmal absurde Theaterstücke verfasste.

Wenn wir es selbst nicht zustande bringen, möge doch jemand anderes kommen, der es für uns macht. Auch die Ungarn haben, als sie ihre Unabhängigkeit wiedererlangten, mit dem Gedanken gespielt, ob es nicht doch bequemer wäre, Otto von Habsburg zurückzurufen. Und die Serben und Rumänen haben ebenfalls mit der Idee kokettiert, sich auf ihren Thronfolger zu besinnen. Havels Vorschlag klingt dagegen eher wie ein halb unterdrückter Aufschrei. Schließlich möchte er der Welt gern ins Bewusstsein rufen, in welch großen Schwierigkeiten er steckt. Weit und breit sieht er niemanden, der in der Lage wäre, die speziellen Probleme bei sich zu Hause im Kontext der ganzen Region und ihrer Probleme wahrzunehmen. Seine Analyse ist begründet, seine Diagnose richtig, ich teile seine Sorge.

Indem er in aller Öffentlichkeit nach einem potentiellen

Nachfolger sucht, will Präsident Havel nicht die amerikanische Außenministerin in eine unangenehme Lage bringen. Er fürchtet um sein politisches Erbe, und dazu hat er allen Grund. Was die neuen Demokratien der Region in den letzten zehn Jahren nicht allein zu lösen vermochten, werden sie vermutlich auch in den kommenden Jahren nicht ohne externe Hilfe lösen. Das Problem, auf das die Geste des tschechischen Präsidenten verweist, ist keineswegs ein persönliches und auch kein personelles, sondern das gemeinsame strukturelle Problem der neuen Demokratien.

Für die Ungarn stellt sich die personelle Frage bereits jetzt mit einiger Dringlichkeit. Staatspräsident Árpád Göncz tritt nach zwei Wahlperioden von seinem Amt zurück. Ich glaube nicht, dass ein vergleichbar erfahrener und weltoffener Staatsmann in Sicht wäre, der sein Erbe antreten könnte. Im besten Fall einigt man sich im ungarischen Parlament auf eine graue und unscheinbare Person. Im schlimmeren Fall wird ein Hampelmann der Präsident des Landes. Der abdankende ungarische Staatspräsident, laut Meinungsumfragen seit zehn Jahren die beliebteste politische Persönlichkeit des Landes, äußert sich schon lange nicht mehr. Lächelt nicht, schlägt nicht Alarm. Er kommt seinen protokollarischen Verpflichtungen nach. Sein gewichtiges Schweigen aber kann man kaum missverstehen.

Die neuen Demokratien haben sich im Rausch der frisch erlangten Unabhängigkeit in den Gräben ihrer historischen Vergangenheit und der von ihren früheren Herren abgelegten Ideologien verschanzt. Sie können nicht darüber hinaussehen. Sollte sich jemand vor zehn Jahren noch mit der Hoffnung getröstet haben, die kulturelle und mentale Isolation der postkommunistischen Länder werde sich im Wahrnehmen der politischen Freiheitsrechte zwangsläufig verflüchtigen, da die Bürger lernen, miteinander zu reden, ihre Meinungen austauschen, Nichtregierungsorganisationen gründen, ihre Interessen vertreten und sich

255

im Zuge dessen die unangenehmen sprachlichen Rezidive der Diktatur auflösen würden, so muss er inzwischen einsehen, dass es nicht ganz so gekommen ist.

Mit einem derartigen Verfall der Kritikfähigkeit und des Realitätssinns hatte niemand rechnen können. Der Stempel, den das Erbe der Diktaturen selbst der jüngsten Generation aufgedrückt hat, wiegt schwerer als der Schwung und die Selbständigkeit jener ersten zehn Jahren der Freiheit. Die faschistische und kommunistische Terminologie der Diktaturen ist triumphal und unkontrolliert in die Alltagssprache eingezogen. Die politische Sprache der kommunistischen Diktatur, die ihr Dasein früher im Ghetto der Leitartikel der Parteiblätter fristen musste, wurde auf einmal zur Sprache der politischen Öffentlichkeit, und zugleich trat die bislang in die Illegalität verbannte nationalistische und rassistische Sprache wieder glücklich ans Licht. Was hätten die Einrichtungen der Demokratie mangels demokratischer Alltagssprache und demokratischer Einstellung tun können – sie arbeiten im Leerlauf. Die neuen demokratischen Staaten haben bisher keine gemeinsame Sprache finden können, weder miteinander noch mit der Gemeinschaft der europäischen Demokratien. Unter Führung ihrer frei gewählten Regierungen sind sie in die bequeme und gefährliche Isolation zurückgekrochen, obwohl sie doch, wenn auch mit unterschiedlichen Methoden und auf unterschiedlichem Niveau, vier Jahrzehnte lang gegen diese Isolation gekämpft und protestiert hatten. Manchmal ungeschickt, manchmal großartig, manchmal zaghaft, manchmal blutig. Sollte sich Frau Albright die Sache überlegen und gewählt werden, dann müsste sie die verrückte Logik dieses Vorgangs sofort durchschauen.

Schon am zweiten Tag ihres Amtsantritts hätte sie Probleme anzupacken, wie sie ihr vorher nicht einmal in Geheimdienstberichten begegnet sind. Mal wäre sie mit irgendwelchen undefinierbaren sprachlichen Hürden konfrontiert, dann müsste sie Mentalitätsunterschiede überbrücken. Die Tschechen würden glauben, sie zu verstehen, und eine Weile würde auch sie glauben, die Tschechen zu verstehen. Wobei sie ständig das Gefühl haben müsste, dass entweder sie in dieser gemeinsamen Sprache etwas nicht versteht oder die Tschechen sie missverstehen. Es ist kaum vorstellbar, dass Václav Havel, als er seine Idee vorbrachte, nicht an all diese Komplikationen gedacht hätte, die bei diesem kühnen Unterfangen unvermeidlich eintreten würden. Aber vielleicht hat er seinen wagemutigen Vorschlag gerade deshalb gemacht, weil er an sie gedacht hat. Als stellte er sich ein anderes Leben für die amtierende amerikanische Außenministerin vor und würde sie gern in einen Lernprozess einbeziehen, dem sich bisher alle wichtigen Politiker der demokratischen Gemeinschaft verschlossen haben.

Wahrscheinlich brauchte es nicht viel Zeit, bis Frau Albright klar würde, dass es sich bei der merkwürdigen Verschwommenheit der Sprache um nichts anderes handelt als um die von den Diktaturen geerbte Alltagssprache, die in die Sprachen, die sie spricht, nicht zu übersetzen ist. Unglücklich wabert diese Sprache durch die prachtvollen Säle des Hradschin, und es hilft auch nichts, die Fenster zu öffnen. Etwas später müsste ihr auch auffallen, dass es nicht nur in Prag, sondern auch in Bratislava, Warschau, Budapest, Zagreb, Ljubljana und Bukarest verblüffend viele Verrückte und Hampelmänner auf der politischen Bühne gibt. Was ebenfalls zum Erbe der Diktaturen gehört. Die Masse der Wähler erträgt das Treiben dieser kranken Leute nicht nur, sondern verlangt regelrecht nach deren hysterischem Verhalten. Sie verlangen danach, weil sie in der Tretmühle der Diktatur reizbar und missmutig geworden sind. Sie sind unausgesetzt wütend. Können anderen nicht zuhören. Sie sind unfähig zu Anteilnahme und Solidarität. Sie haben jegliches Gefühl für politische und ästhetische Verhältnismäßigkeiten verloren, ihr Verantwortungsgefühl als Staatsbürger ist nicht intakt. Zudem sind sie davon überzeugt, dass auf der ganzen Welt ein jeder so lebt und sich so verhält.

Sobald Madeleine Albright all das am eigenen Leib erführe, begänne Havels Rechnung aufzugehen.

Dann wäre die Erkenntnis greifbar nahe, dass im Grunde alles sehr einfach ist. Die Diktaturen haben hier lediglich Einwohner, lediglich eine Bevölkerung hinterlassen und keine Bürger. Es gibt keine Mittelschicht. Es gibt einige, die reich geworden sind, doch es gibt kein nationales Bürgertum. Die politischen Parteien vertreten nichts außer sich selbst und ihre eigenen Hirngespinste, und die Wähler springen immer hilfloser von einer Partei zur anderen. Im Namen der verschiedensten Parteien wurde der Staat schon mehrere Regierungsperioden hindurch ausgeraubt. Den Armen kann man wohl kaum noch etwas wegnehmen. Fette Bissen gibt es kaum noch, folglich auch nichts, wovon die unübersehbare Schar der Schmarotzer und Privilegierten im Umkreis der jeweils aktuellen Regierung ausgehalten werden könnte. Korruption und Kriminalität könnten wohl kaum höher sein, doch daraus ergibt sich für die aufstrebende Bourgeoisie nicht genug, um Kapital zu akkumulieren. Die mittelosteuropäischen Staaten stehen vor der einen großen Frage: ob die ursprüngliche Akkumulation des Kapitals in Zeiten der Globalisierung möglich ist. Und wenn sie nicht möglich ist, denn das ist sie nicht, ob es dann wohl eine Mittelschicht, ein nationales Bürgertum geben wird.

Weil es, wenn es das nicht geben wird, auch kein sinnvolles politisches Leben geben wird. Und welche Chancen könnte die Demokratie dann wohl haben. Wahrscheinlich kam Václav Havel deshalb auf die ungeheuerliche Idee, andere zumindest indirekt auf die Gefahr aufmerksam zu machen.

Deutsch von Timea Tankó

SCHOCKWELLEN UND ZEITENWENDEN

Der 11. September 2001 hätte angeblich die Welt verändern sollen. Morgen werde nichts mehr so sein, wie es gestern war. Erst jetzt habe das 21. Jahrhundert so richtig begonnen.

Wenn ich, einer plötzlichen Eingebung folgend, den Kopf hebe, um einen Blick aus dem Fenster zu werfen, kann ich zumindest sehen, dass draußen dichtes Schneetreiben eingesetzt hat. Woraus sogleich erhellt, dass ich die Veränderung etwas früher empfinde, als ich bewusst registriere, was es damit auf sich hat.

Möglich, dass der Krieg gegen den Terror tatsächlich lange dauern und nicht auf einen Schauplatz beschränkt bleiben wird. Vielleicht deshalb hielt es die von der Katastrophe nicht direkt betroffene Welt schon in der ersten Woche für angezeigt, behutsam einzulenken und möglichst alles beim Alten zu lassen. Die großen Modehäuser in Paris und Mailand warteten ein wenig ab, dann präsentierten sie ihre Frühlings- und Sommerkollektionen im üblichen Rahmen. Von unserer gemeinsamen Zukunft war die Rede. Was im Trend liegt, welches die vorherrschenden Farben sind, was wir tragen werden. Sofort wurde sichtbar, dass wir uns stärker schminken werden, ohne die Nonchalance der Linien, die Leichtigkeit des Materials zu opfern. Das Treffen von Tony Blair, Jacques Chirac und Gerhard Schröder in London signalisierte, dass ein vielstimmiger Meinungsaustausch unter gleichberechtigten Partnern auch innerhalb der Europäischen Union noch

Zukunftsmusik ist. Es bleibt bei vertraulichen Absprachen der Großmächte, die kolonialistischen und missionarischen Traditionen sind weiterhin en vogue. Ich weiß auf jeden Fall besser als du, was gut ist, und wenn du nicht gute Miene dazu machst, wird es dir schlecht ergehen. Erinnern möchte ich daran, dass *mundus* in erster Linie nicht Welt, nicht Weltordnung und nicht Weltall bedeutet, sondern Zierrat, Flitter, Firlefanz. Das Leben geht weiter – fast immer und fast um jeden Preis. Nur die Revolutionen machen eine Ausnahme. Auch den New Yorkern wäre es lieber, wenn das Leben in die alltäglichen Bahnen zurückkehren würde. Um zum gewohnten Optimismus zurückzufinden, fordern patriotische Damen einander zum Konsumieren auf und kaufen mit zusammengebissenen Zähnen überflüssigen Kram.

Warum der mit technischem Wissen und konspirativer Logik geplante, mit asketischem Training vorbereitete, am idealen Ort und zum idealen Zeitpunkt durchgeführte Massenmord, der zweifellos eine neue Qualität in der Katastrophengeschichte der Zivilisation darstellt, warum ausgerechnet diese Tat im Bewusstsein der Überlebenden die Hoffnung auf ein neues Zeitalter geweckt hat, das ist eine wirklich interessante Frage. Wer würde schon Gift darauf nehmen, dass jede Veränderung vorteilhaft ist? Die Erfahrung zeigt, dass Zeitenwenden höchst nachteilige Veränderungen nach sich ziehen können. Trotzdem wirkte das als Weckruf gemeinte Schlagwort von der Zeitenwende inmitten der Schockwellen wie eine stillschweigende, die eigene Position stärkende Ermutigung. So grauenhaft es ist – morgen wirst du von der Erfahrung profitieren.

Und was hat all das mit der Zeitrechnung, mit dem gregorianischen Kalender, mit dem neuen Jahrtausend, mit dem Millenniumswechsel zu tun? Nichts. Wechsel, Wende, neues Jahrtausend – das sind positive Stichworte. Man wird doch nicht durch Abänderung der Strategie eine noch größere Katastrophe der gesamten zivilisierten Welt verursachen. Freihandel und unbeschränkter Konsum dürfen nicht behindert werden. Worauf könnte ich verzichten, um ein System nicht länger zu fördern, das die natürlichen Ressourcen und die weniger entwickelten Regionen hemmungslos auszuplündern trachtet und wegen seiner missionarischen Politik und der damit einhergehenden wirtschaftlichen Kolonisierung in der Dritten Welt so verhasst ist? In der europäischen Kultur gibt es eine bedeutende Tradition der Askese, allerdings hat sich seit der Renaissance kaum jemand gefunden, der vor irgendetwas zurückschrecken oder auf irgendetwas verzichten würde.

Zugegeben, fast jeder hat grauenhafte Ängste auszustehen, das ist die individuelle Schattenseite der kollektiven Unerschütterlichkeit. Oder wie könnte man die Hierarchie der Dinge einmal umkehren, damit wenigstens in kritischen Situationen nicht immer die Wirtschaft den Vorrang hat vor der Politik? Der Wähler hat gegen diese Hierarchisierung anscheinend nichts einzuwenden. Im Gegenteil, in den Augen der Wähler soll gerade der Primat der Wirtschaft gewährleistet sein. Und er hat dann auch selbst das Gefühl, dass ihm Tag für Tag deutlich mehr als anderen zusteht. Die Prinzipien von Wachstum, Konsum und Wohlstand haben die Europäer gründlich zusammengeschweißt, eine Verbindung, die nicht mehr ungestraft aufgebrochen werden kann. Was soll man um Gottes willen dazu sagen – es gibt wahrhaftig Lebewesen, die mehr horten, als sie unbedingt brauchen.

Der Einsturz der New Yorker Zwillingstürme soll als Warnung dienen. Doch Warnung wovor? Wer spricht hier überhaupt in mir, redet mir ins Gewissen, warum bestürmt er mich mit seinen Fragen, warum will er mir ein schlechtes Gewissen machen, wo doch die Urheber namentlich bekannt sind? Warum will er mein Verantwortungsgefühl für Dinge wecken, für die ich nicht kompetent bin? Wer kann voraussagen, ob das 21. Jahrhundert dank seiner auf Wohlstand und Massenkonsum gründenden Wachstumsdynamik nicht eine bessere Epoche wird als die früheren Jahrhunderte, in denen die Hysterien religiöser Fundamentalismen und der Egoismus der Nationalismen wüteten? Und überhaupt, wer hat ein Recht, in mein Bewusstsein hineinzureden? Warum soll ich nicht auf die offene Gesellschaft und den Freihandel vertrauen, wo doch deren immense Kraft sogar durch den Eisernen Vorhang gedrungen ist? Aus eigener Erfahrung würde ich jedoch niemandem empfehlen, die Marktwirtschaft durch die Diktatur des Proletariats und eine sozialistische Planwirtschaft zu ersetzen.

Es ist ein seltsamer Parallelismus, dass es Susan Sontag und Präsident Bush waren, die wichtige emblematische Gemeinplätze gleichzeitig ausgesprochen haben. Susan Sontag plädierte für eine schmerzliche Selbstprüfung, Präsident Bush für einen Kreuzzug. Beide wurden von ihren Freunden und Mitarbeitern prompt zurückgepfiffen. Hohlen Heroismus brauchen wir nicht, Kontemplation ebenso wenig, vielen Dank. Was bedeutet, dass die intellektuellen und antiintellektuellen Traditionen gleichermaßen unbrauchbar geworden sind. Worüber laut zu sprechen sich ebenfalls nicht gehört. Seit Jahren wird die Liste der Tabuthemen immer länger. Die gefährliche Lage verdeutlichte, dass seit dem Zusammenbruch des sozialistischen Weltsystems ein ausschließlich ritueller Diskurs geführt wird. Osama bin Laden ist vielleicht nichts anderes als die Projektion der unfähigen Geheimdienste, aber sie steinigen dich, wenn du ihnen nicht auf Ehrenwort glaubst, dass nur er allein der Schuldige sein kann.

Den Turm zu Babel könnte man noch erwähnen. Wenn es tatsächlich nur um die Instabilität der Wolkenkratzer ginge. Dass der Mensch nicht alles, was er sich ausdenken kann, in die Tat umsetzen sollte, könnte man vielleicht als eine weitere unverbindliche Wahrheit akzeptieren. Würde nicht die Erfahrung der

Wissenschaften zeigen, dass er manchmal anscheinend gar nicht anders kann, als alles in die Tat umzusetzen. Oder ein ätzender Antiamerikanismus könnte den Vergleich mit der babylonischen Supermacht aufwärmen. Die Nachteile der Globalisierung sind aber viel zu sehr mit den Vorteilen verwoben, die jeder unabhängig von seiner Haltung zur Globalisierung genießt oder gern genießen würde. Auch die Aussonderung oder eventuelle Beseitigung ihrer negativen Eigenschaften ist ohne den Einsatz von globalen Methoden nicht vorstellbar. Sicherlich könnte man auch das im Zusammenhang mit Krankheit, Hungersnot, Dürre, Blitzschlag und schwarzem Tod vorgeschriebene universale Schuldbekenntnis mobilisieren. Den Menschen zu Verzicht und Reue bewegen. Das Tier in ihm ist wahrlich recht verantwortungslos und vergesslich, aber so sehr nun auch wieder nicht, dass es zum Vergessen nicht größere Mengen von Rauschgift benötigen würde. Aber wer liest heute noch Hans Jonas' ethische Theorie vom Prinzip Verantwortung?

Die Krebsschäden der europäischen Zivilisation sind schließlich schnell aufgezählt. Der Drogenhandel, die damit verflochtene legale und illegale Kriminalität, die Autoindustrie, verbunden mit Ölförderung und Mobilitätswahn und der Waffenhandel samt legaler und illegaler Kriminalität. Ein neues Zeitalter könnte jederzeit eingeläutet werden, wenn wir nur nicht kurzfristig am reibungslosen Funktionieren all dieser Wirtschaftszweige interessiert wären. In einem ersten Schritt wäre es vielleicht am günstigsten, den Autohandel zu verbieten. Wäre ich der Diktator der Welt, ich würde es tun. Die Öleinkäufe in den arabischen Staaten würden gestoppt. Damit würde fast gleichzeitig der Autoverkehr zusammenbrechen und so weiter. Sogleich würde sich zeigen, ob die islamische Welt, ihr eigenes zivilisatorisches Niveau auf sich allein gestellt Bestand hätte. Vorbei wäre es mit dem globalen Verkehr von Waren und Menschen, die entwickelten Industriestaaten müssten auch keine Kapitalflucht mehr befürchten. Die Luft wäre sauberer. Die Börse würde schließen, auch mit Geld ließe sich nicht mehr so schamlos spekulieren. Dann wären die radikalsten Anhänger von Naturreligionen gezwungen, die hungernden Massen ohne Waffen im Zaum zu halten, sie müssten auch in den kollabierenden Städten rings um die versiegenden Wasservorräte für Ordnung sorgen. Den apokalyptischen Visionen und Prophetien stellt sich die apokalyptische Realität in den Weg. Kaum geht man daran, die Welt von Grund auf zu verbessern, ist man auch schon mitten in einer Diktatur.

Außerdem stellt sich hinsichtlich des islamischen Fundamentalismus die ernüchternde Frage, ob es helfen würde, die Prinzipien des Freihandels und der demokratischen Organisation der Gesellschaft gegen einen christlichen Fundamentalismus einzutauschen. Wem würde es nützen, wenn die gut organisierten Massengesellschaften zurück in das Chaos der Religionskriege und des Rassismus stürzen, das ohnehin als unvergänglicher Wert im Herzen und in den ausgedehnten Randgebieten der sinnentleerten und müde gewordenen Kultur lauert? Die testosterongeladenen ungarischen Pfeilkreuzler, die testosterongeladenen deutschen Neonazis und die testosterongeladenen katholischen und protestantischen nordirischen Männchen lassen sich schon seit Jahren kaum mehr in die Schranken weisen. Allein die Tschetniks und Ustascha haben genug gemordet und vergewaltigt, um wieder für einige Jahre Ruhe zu geben.

Von Jahrhundert- oder Jahrtausendwenden kann man nicht erwarten, dass sich die anthropologische Disposition des Menschen verändert oder dass die Menschen in Massen ihren Lieblingsverbrechen abschwören. Im Hause des Gehängten soll man übrigens nicht vom Strick sprechen. Die Jahrhunderte des Glanzes und der Aufgeklärtheit sind schwarz wie die Nacht geraten. In politisch korrekteren Tagen ist auch die Erwähnung des großen Werkes Papst Gregors XIII. nicht opportun. Bruder Gregor sei hier für den christlichen Kalender und die Bartholomäusnacht gedankt. Als er Anno Domini 1572 Kunde vom gelungenen Massenmord erhielt, ließ er einen Dankgottesdienst abhalten, vor Freude sogar Münzen prägen. Es könnte einem den Glauben an die Vernunft rauben, dass die Freude Osama bin Ladens am Terror sich ungeachtet des zeitlichen Abstands und der konfessionellen Verschiedenheit nicht von der Freude Papst Gregors unterscheidet.

Können wir uns denn wirklich ein besseres Jahrhundert vorstellen, oder lassen wir uns nur deshalb von den Utopien einlullen, um möglichst schnell und möglichst viel vergessen zu können? Oder wenn wir einmal wirklich an eine bessere Zukunft glauben und wenn wir nun einmal in Abläufe verstrickt sind, die bewusst zu durchschauen wir keine Zeit hatten und auch nicht haben werden, was für einen Sinn hat es da, unsere Gemüter mit Kassandrarufen zu quälen? Die Prophezeiungen haben freilich nur symbolische Bedeutung. In der Angst, die sie erregen, äußern sich unsere magischen Bewusstseinsinhalte. Die Bedrohung, die ich mit meinem Verhalten selbst heraufbeschworen habe, wehre ich ab, indem ich sie beim Namen nenne.

Angesichts der beispiellosen Bildfolge, die es mit den Sinnen aufnehmen, aber nicht verarbeiten kann, sucht das Bewusstsein nach kulturellen Gemeinplätzen und Vergleichen. Unangemessene Gesten, eine entgleiste Mimik verraten, dass es nicht fündig geworden ist. Die gemeinschaftlichen Riten der Massengesellschaft taugen nicht für den Einzelnen. Dass sich mit dem Postulat eines neuen Zeitalters oder mit beliebigen abschreckenden Vergleichen der wachsenden Entfernung der europäischen Zivilisation von ihrer eigenen Kultur entgegenwirken lässt, ist deshalb höchst unwahrscheinlich. Es ist auf alle Fälle ein seltsames, wenn auch kein ungewohntes Gefühl, einer Kultur anzugehören, die sich umso weniger artikulieren kann, je ausgefeilter ihre Kommunikationstechniken sind, und die umso verletzlicher wird, je differenzierter sie denkt und je umsichtiger sie handelt.

Wie entlegen eine überraschende Assoziation oder wie inhaltslos eine Geste auch sein mag, die symbolische Bedeutung verfehlt ihre Wirkung nicht. Die symbolische Bedeutung umfasst jene Fragen, auf die es keine Antwort gibt, jene Rätsel, die nicht gelöst werden können, jene Fragen, die von der Konvention tabuisiert werden, und jene kulturellen Urquellen, die das kollektive Bewusstsein infolge des unaufhaltsamen Niedergangs der Bildungssysteme nicht mehr kennt. Nicht der gleichzeitige, das sinnliche Fassungsvermögen übersteigende Tod mehrerer tausend Menschen verdeckt die symbolische Bedeutung des Einsturzes des World Trade Center. Es ist umgekehrt: Die vielfach interpretierbare symbolische Bedeutung verdeckt die Realität des modernen Massenmordes. Seit Auschwitz ist auch dieses Phänomen nicht neu.

Auschwitz wurde zum Sinnbild für die Realität der geplanten Massenvernichtung. Kulturell hat es keinen Ort, obgleich man nicht behaupten kann, es sei kein organischer Teil der christlichen Zivilisation. Trotzdem kann man das Sinnbild nicht bei der Prozession am Tag des heiligen Stephan durch Budapest tragen. Man kann es nicht in der Kathedrale von Rouen oder im Kölner Dom in die Monstranzen stecken. Ground Zero ist nur als Resultat des verhängnisvollen Bruchs mit der islamischen Kultur interpretierbar, damit ist das Ereignis aber ein Teil der Geschichte der islamischen Welt. Man kann sich nicht einreden, die zivilisatorische Entwicklung wäre stark genug, eine Möglichkeit wie Auschwitz und Ground Zero auszuschließen. Sie hat sie ermöglicht, die westliche Zivilisation hat das eine wie das andere möglich gemacht. Deswegen haben wir keinen Grund anzunehmen, dass sie Verbrechen wie diese in Zukunft ausschließen wird. Das Symbol Auschwitz verdeckt die Wirklichkeit der Nazi-Massenvernichtung eher, als dass es sie verdeutlicht. Wenn ich Srebrenica sage, denke ich an etwas Dunkles und sehr Schreckliches, aber nicht unbedingt daran, dass der französische General Janvier und der niederländische Oberst Karremans mit ihren Blauhelm-Soldaten dem Massaker an siebentausend Menschen tatenlos zusahen, weil das Interesse ihrer Länder es augenblicklich so erforderte. Wenn jemand der Wirklichkeit geplanter Massenvernichtung näherkommen will, muss er nicht Auschwitz, sondern die Tätigkeit der Einsatzkommandos in Polen, Russland und der Ukraine untersuchen. Er muss die technischen Probleme des Massenmordes in Augenschein nehmen, die später als organisatorische Notwendigkeit Auschwitz hervorgebracht haben.

Wie viele Menschen können in wie vielen Tagen Gräber für wie viele Menschen schaufeln? Wie vielen Menschen kann ein Mensch innerhalb eines Tages ins Genick schießen? Welche Konsequenzen hat es, wenn ich aus praktischen Gründen statt der Maschinenpistole doch die Pistole nehmen muss? Wenn ich jemanden an den Rand eines Massengrabs stelle und ihm ins Genick schieße, werde dann auch ich von seinem Gehirn bespritzt? Die Gehirnsubstanz wie vieler Menschen kann ich nüchternen Sinnes auf meiner Kleidung, auf meinen Händen, auf meinem Gesicht ertragen? Was ist zu tun, wenn ich mich ständig betrinken muss, die Trunkenheit aber nicht nur die Effizienz meiner Arbeit verringert, sondern auch ihre Ausführung gefährdet, ich kann leicht selbst in die Grube stürzen? Wo infolge der beträchtlichen für die Arbeit benötigten Zeit immer mehr Grundwasser eindringt, womit sich die Aufnahmekapazität des Massengrabes entsprechend verringert? Wo einige Stunden später an der Oberfläche einer dicken Pampe aus Schlamm, Blut, Fäkalien und Kalk Leichen schwimmen?

Tag für Tag geschieht etwas, worauf die europäische Kultur

längst keine Antwort mehr weiß. Das Sinnbild der einstürzenden Zwillingstürme verdeckt die sich selbst gefährdende und gemeingefährliche Wirklichkeit einer Konsumgesellschaft, die nach den Gesetzen des freien Marktes funktioniert. Sie macht die leicht zu handhabenden zivilisatorischen Techniken verfügbar, deren Verwendungsweise nicht zu kontrollieren und deren Wirkung nicht abzusehen ist. Das Arsenal griechischer, jüdischer und frühchristlicher kultureller Paradigmen ist nicht für den Grad und das Tempo unserer zivilisatorischen Entwicklung bemessen. Schon aus Furcht vor blutigen und, so hofft man, begrabenen Konflikten wagt niemand, seine symbolischen Antworten hervorzuholen. Das ist gut so. Außer einigen Altertumsforschern und Philologen würde niemand diese Antworten verstehen.

Aber je mehr der auf seiner Kultur herumtrampelnde, orientierungslose Europäer die Notwendigkeit spürt, in der technologischen Entwicklung die Flucht nach vorne anzutreten, desto weniger bleibt ihm, zu dem er seine alltäglichen Erfahrungen in Beziehung setzen kann. Er hat keinen Maßstab und strebt auch nicht danach, stattdessen hat er eine Sprache und Philosophie für die Maßlosigkeit erschaffen. Aus Rücksicht auf seine Mitmenschen vermeidet er tunlichst die klassischen Grundfragen nach der Existenz oder Nichtexistenz eines Gottes oder mehrerer Götter und deren Persönlichkeit oder Unpersönlichkeit, nach dem Wert der Schöpfung, nach Prädestination und Schicksal, nach Gut und Böse. Je mehr er sein nacktes Leben der Allmacht des freien Marktes und der Machbarkeit anvertraut, umso zerbrechlicher wird sein politisches System sein, umso weniger imstande, ihn zu schützen. Auch auf die Massenvernichtung wird er keine Antwort haben, er muss den Massenmord als Gegebenheit des menschlichen Zusammenlebens akzeptieren.

Im zeitgenössischen Bewusstsein hat schon jetzt die symbolische Bedeutung größeres Gewicht als die Realität des massenhaften Sterbens von Menschen. Bis jetzt konnte sich ein solcher Massentod nur in den Randzonen ereignen, jetzt geschieht er im Herzen der Zivilisation. Vielleicht hatten aus diesem Grunde viele Menschen angesichts der Katastrophe das Gefühl, von ihrem Gewissen in flagranti ertappt worden zu sein. Ihre Verantwortung ist unmittelbar und persönlich, verantwortliches Handeln mitsamt den antikapitalistischen, gegen die Globalisierung gerichteten, antimilitaristischen und pazifistischen Traditionen und Erwägungen kann nicht länger zurückgewiesen oder abgelehnt werden.

Diejenigen, die angesichts der Katastrophe von einer Zeitenwende zu reden anfingen oder, um sich selbst in Schrecken zu versetzen, ein Jahrtausend voll neuer Greuel verkündeten, waren sicher schon vorher mit dem Stand der Dinge unzufrieden gewesen, wenngleich sie diszipliniert geschwiegen hatten. Mangels eines Besseren hatten sie ihre an den Lauf der Welt angepassten Pflichten versehen. Indem sie den Begriff der Zeitenwende manisch wiederholten, indem sie die Katastrophen oder Utopien ins Bewusstsein riefen, verliehen sie ihrer Hoffnung Ausdruck, dass vielleicht auch andere zur Vernunft kommen könnten. Nun kann thematisiert werden, was jedermann wusste, worüber aber mit Rücksicht auf momentane Interessen fast jeder geschwiegen hatte. Es ist, als würde jemand mit Blick auf die anderen verlauten lassen, er sei zu vernünftigen Veränderungen bereit, obwohl er selber nicht sagen könne, worin sie bestehen sollten.

Deutsch von Heinrich Eisterer

ARBEITSLIED

Beim Bau meines Hauses arbeitete ich mit einem gleichaltrigen Handwerker zusammen. Dieser Handwerker war mir sympathisch, und auch ich dürfte ihm nicht unsympathisch gewesen sein. Während der Arbeit unterhielten wir uns natürlich. Unser Gespräch verlief nach dem Prinzip der freien Assoziation. Er dachte an etwas, sprach es zwischen zwei zu verrichtenden Handgriffen quasi beiläufig aus, und ich machte es ebenso. Unsere Aufmerksamkeit teilte sich zwischen dem Arbeitsvorgang und den unabhängig davon auftauchenden Gedanken. Solcherart Gespräche unterscheiden sich letztlich in nichts von einem regelrechten Arbeitslied. Die monotone körperliche Anstrengung sucht nach einer seelischen Ergänzung im Wort, und die Harmonie beider trägt auf jeden Fall dazu bei, das Gefühl friedlicher Gemeinsamkeit zwischen zwei Menschen zu festigen.

Die Basis friedlicher Gemeinsamkeit ist das Gleichgewicht. Das Gleichgewicht ist jedoch nichts, was sich ein für alle Mal finden lässt, man muss vielmehr ständig danach suchen. Und in dieser Beziehung mussten wir alle beide suchen. In der fehlerlosen, glatten und möglichst kraftsparenden Durchführung der nötigen Arbeiten war er mir gegenüber im Vorteil, aber er wäre zweifellos ein Dummkopf gewesen, wenn er es darauf angelegt hätte, mit seinem Sachverstand und seiner Versiertheit zu prahlen. Er war mir voraus, sein Vorsprung nicht einzuholen, er war der Meister und ich auch als Handlanger nur Gelegenheitsarbeiter. Er musste nicht nur darauf bedacht sein, sein Wissen behutsam mit mir zu teilen, sondern er musste statt meiner auch Arbeiten ausführen, die nach den ungeschriebenen Gesetzen seines Gewerbes nicht zu seinen Pflichten gehören. Ein wahrhaft kluger Mensch ist natürlich nicht aus Herzensgüte zuvorkommend, sondern weil es in seinem ganz persönlichen Interesse liegt, statt momentan vorteilhaft oder bequem erscheinender Lösungen eine perspektivisch vorteilhafte Lösung zu wählen. Wenn er mir nicht geholfen hätte, den nicht auszulotenden Abstand zwischen unseren Fachkenntnissen zu überbrücken, wäre ich ihm sicher noch linkischer zur Hand gegangen, und als unangenehme Dreingabe hätte sich zwischen uns eine nervöse Spannung entwickelt.

Beim Arbeitslied war ich in der vorteilhafteren Situation. Nicht dass ich meine plötzlich und unkontrolliert aufsteigenden Gedanken immerfort und sogleich mit jedermann teilen würde, im Gegenteil, ich war gerade deshalb in der vorteilhafteren Situation, weil ich das nicht mag, ja dergleichen sogar für geistig verachtenswert halte. Die Scheu nötigt zu vorsichtigem, manchmal geradezu ängstlichem Auswählen. Deshalb habe ich es inzwischen zu einiger Fertigkeit gebracht, die Gedanken, die unwillkürlich in einem aufsteigen, zu ordnen, in einen Zusammenhang zu bringen oder voneinander zu separieren. Den Vorteil meiner Versiertheit missbrauchend, hätte ich so manche seiner Gedankenassoziationen lächerlich oder verächtlich finden, sie zurückweisen und mit scharfen Worten abstempeln müssen, aber ich fand größeren Gefallen daran, den tieferen Sinn seiner unwillkürlich herausgesungenen Gedanken zu begreifen, ihre Herkunft zu bestimmen, als etwas zu sagen, was eine sinnlose Spannung zwischen uns hätte hervorrufen können. Wir gaben gegenseitig aufeinander acht, und ich glaube, so wie ich seine natürliche Gabe schätzen lernte, die Integrität des anderen zu achten, konnte auch bei ihm keine Klage aufkommen, dass ich dieses Allerwichtigste verletzen würde. Wir waren so weit, dass einer im anderen die Fähigkeit achtete, den anderen zu achten. Als wollten wir ausdrücken, dass wir nur die im anderen wiedererkannten Eigenschaften als unsere eigenen achten können.

Nach Wochen war der Augenblick erreicht, da zwei Menschen sich eingestehen, von einem warmen Freundschaftsgefühl erfüllt zu sein. Wir hoben in der gnadenlos heißen Sommersonne einen Graben aus. Der Graben sollte nahezu zwanzig Meter lang und fast zwei Meter tief werden. Wir standen zwischen marmorglatt gehauenen Lehmwänden und beugten die Rücken, der Scheitel unserer Köpfe war bereits nicht mehr zu sehen, über uns der Himmel. Er arbeitete mit Spitzhacke und Spaten, ich folgte ihm mit der Schaufel. Ich musste die schweren Klumpen der gelockerten Erde so nach oben schleudern, dass von dem immer höher aufragenden Erdwall auch kein Brocken zurückrieselte. In solcher Tiefe ist der Geruch ein anderer, hat das Wort einen anderen Klang. So als stündest du im verletzten, geheimen Urzeitleben der Erde, nicht davon zu reden, dass du deine Tage dort verbringst, wo du einmal endgültig sein wirst. Da sagte er beiläufig, er hasse die Juden, weil sie ihn anekelten. Ich fragte sofort, jeder einzelne? Er sagte, ohne Ausnahme. Seine entschiedene Antwort brachte mich zu dem keineswegs überraschenden Schluss, dass wohl der Ekel seinen Hass ausgelöst hatte und der Hass seinen Ekel gefangen hielt. Und wenn sich ein Gefühl mit Zähnen und Klauen an einen Affekt klammert, bleibt für die Vernunft kein Platz, und schon gar nicht für die vernünftigen Argumente eines anderen. Ich konnte seinen Hass höchstens in die Falle locken, wenn ich ihm eröffnete, dass er jetzt die einzige Ausnahme gemacht hatte, folglich gleicherweise gegen seine feste Überzeugung verstoßen würde, wenn er einen Halbjuden ganz hasst oder jemanden zur Hälfte hasst, der gar kein Jude ist.

Wozu es leugnen, die Äußerung traf mich unvorbereitet, wenngleich ich nicht behaupte, dass ich nicht damit gerechnet hätte. Ich halte mir zugute, nicht nur von jedem Menschen sagen zu können, ob er ein Bedürfnis nach einem solchen, nach Gemeinsamkeit trachtenden und Gemeinsamkeit anbietenden Bekenntnis verspürt, sondern auch im Voraus zu wissen, wann er ein solches Bedürfnis verspürt. Das ist eine Sache von Menschenkenntnis und Lebenserfahrung. Einmal war ich zum Beispiel einschläfernde zweihundertfünfzig Autokilometer mit einem Fahrer unterwegs und habe auf der Rückfahrt, seine Vorstellungen und Wünsche einschätzend, im stillen Berechnungen angestellt, ob er wohl die für mich gehegte Sympathie in ebensolcher Form bekunden wird, wenn wir in die Stadt einfahren oder wenn wir nahe am Ziel aus der Fehérvári-Straße in die Andor-Straße einbiegen. Ich hatte mich nicht verrechnet, da ich den Grad seiner freundschaftlichen Zuneigung richtig eingeschätzt hatte. Und auch jetzt war nicht mangelndes Kalkül der Grund, dass ich nicht vorbereitet war, sondern das wechselseitig gehegte freundschaftliche Gefühl hatte mein Bereitsein geschwächt. Meist lasse ich mich sehr neugierig auf solche Spiele ein, und nur selten wird meine Neugier durch persönliche Gekränktheit beeinträchtigt. Ich gehe davon aus, dass man über Gefühle nicht streiten kann. Allenfalls kann man vom anderen erfragen, inwieweit der Affekt, der mit seinem Gefühl einhergeht, angemessen ist. Das lässt sich durch gründliches Fragen einkreisen. Was natürlich eine hinterlistige Sache ist, denn ein glühender und gehätschelter Affekt wird nichts weniger mögen als Fragen, die sich auf ihn beziehen. Wenn er aber durch die bloße Fragerei doch an Kraft verliert, kann sich auch das Gefühl nicht mehr so sicher an ihn klammern. Dann müssen Zähne und Klauen sich einen neuen Halt suchen. Eine andere Frage ist natürlich, wo und worin die betreffende Person in ihrem Charakter einen neuen Halt findet.

Anderntags standen wir wieder im selben Graben. Unsere Bewegungen waren die gleichen, der Himmel gleich blau, der gleiche Geruch, und auch die sich frei assoziierenden Worte klangen nicht anders. Da sagte er beiläufig, dass er die Zigeuner hasse und am liebsten allesamt ausrotten würde. Mir schoss das Blut in den Kopf, unvermittelt brüllte ich los. Zwischen Rotsehen und Brüllen ging mir trotzdem noch eine Menge durch den Kopf. Denn hätte ich davor nicht so freundschaftliche Gefühle für ihn gehegt und hätte ich es nicht am Vortag als Erfolg verbucht, dass sein Hass sich durch Fragen anfechten ließ, dann hätte mich diese neuerliche Äußerung gewiss nicht so getroffen. Aber ich war ja gerade deshalb freundschaftlich gesinnt, weil ich auf seine geistigen Fähigkeiten und sein moralisches Urteil vertraut hatte. Demzufolge betraf meine Enttäuschung nicht ihn, sondern mich selbst, mein eigenes Urteil; meine Menschenkenntnis hatte eine schwere Schlappe erlitten. Gestern noch nicht ganz, heute total. Daher der Schmerz. Und mit einem solchen Menschen noch einen Augenblick zusammenzubleiben ist unmöglich, weil ich es dann mit mir selbst nicht aushalten könnte. Nicht darum, weil er, wenn er die Juden nicht hassen durfte, dann die Zigeuner hasste, sondern weil die eigene Enttäuschung Schmerz verursachte und mich daran hinderte, mit ihm zu reden. Enttäuschung und Ohnmacht, daher die Erregung.

Mein Mund hatte schon zum Brüllen angesetzt, doch mein Verstand hatte noch immer Zeit für eine gewisse nüchterne Kalkulation. Wenn ich jetzt so losbrüllte, würde ich danach weit und breit keinen vergleichbaren Handwerker mehr finden und meine Baustelle hier wegen einer ohnehin aussichtslosen ideologischen Auseinandersetzung stillstehen. Trotzdem, er sollte gehen. Ich konnte hören, wie meine Erregung den nüchternen Verstand übertönte. Ich brüllte bereits. Ich brüllte etwas wie, wer morden wolle, sei ein Mörder, und wenn er Blut sehen wolle, werde später Blut fließen. Und wenn es in zehn Jahren wieder in Strömen fließen werde, möge er daran denken, dass es durch solche Reden dazu komme, durch Worte wie diese und nichts anderes. Er unterbrach seine Arbeit nicht. Vermutlich hatte er ähnliche Bedenken. Wenn er ginge, müsste er sich eingestehen, dass er sich in einem Gefühl getäuscht, dass er gerade da keine Übereinstimmung gefunden hatte, wo er sie suchte, dass er mit sich selbst unzufrieden sein musste, dass er ein schlechter Menschenkenner war. Unser Schweigen blieb lange Zeit ziemlich unerträglich. Dann bemerkte er zwischen zwei Bewegungen, ich solle ihn ruhig auch ein andermal anbrüllen, Gebrüll könne ihm nichts anhaben, denn wenn jemand brüllt, könne er höchstens lachen. Seine Antwort entbehrte nicht der Eleganz.

Doch von wegen lachen, tagelang sprachen wir nicht miteinander. Dann kam es, wie es kommen musste, bei der Arbeit ergaben sich so viele Probleme und Schwierigkeiten, dass wir doch wieder ein paar Worte wechselten. Wir kehrten zu den gewohnten Arbeitsliedern zurück. Doch es war noch keine Woche vergangen, als er damit herausrückte, wie er die Schwulen hasse. Man sollte sie alle schnappen und der Reihe nach kastrieren. Mit dem Klappmesser. Ich hatte ihm mit meiner Fragerei die Juden genommen, mit mir ließen sich auch die Zigeuner nicht hassen, weil ich dann losbrüllte, und ungeachtet dessen war da nun die Frage, wie mit den armen Schwulen zu verfahren sei. Als ob er mir eine letzte Chance geben wollte. Und von seiner Seite ging er kein geringes Risiko ein, wenn er mich so auf die Probe stellte, denn er konnte die Glaubwürdigkeit seines Hasses nur an meinen Gefühlen überprüfen. Ich hob den Blick. Als rechnete ich damit, statt eines erwachsenen Mannes ein unschuldiges, unreifes Kind vor mir zu sehen. Er bückte sich gerade wegen irgendetwas, kehrte mir den Rücken zu. Hätte ich sein Gesicht sehen können, hätte es mir auch nichts erklärt. Am liebsten hätte ich ihn so in den Hintern getreten, dass er auf die Nase fiele. Ich sagte kein Wort. Ich beschloss, Opportunist zu sein, die Schwulen nicht in Schutz zu nehmen, sie ihm zu überlassen. Sollte er mit seinem Hass hausieren gehen, sollte er ihn nach Herzenslust vor sich hertragen. Mein Schweigen mochte ihm dennoch zu denken geben. Oder aber er hatte mit den Schwulen so große Probleme, dass er nicht aufhören konnte, über sie zu reden. Er berichtete von banalen Erlebnissen; es hing mir zum Hals heraus. Immer wieder fragte er, erhielt aber keine Antwort. Ich konzentrierte mich auf die Arbeit, er setzte den Dialog mit sich selber fort. Er redete über seine eigenen Vorstellungen und Phantasien, die keinen Deut von den allgemein üblichen abwichen. Ich hörte zu, nicht rachsüchtig, sondern höchstens mitleidig. Alles, was er zu dem Thema zu sagen hatte, war für mich nicht der Rede wert. Er beharrte auf seinem Hass und beharrte darum auf diesem Thema. Auch dazu hatte ich nichts zu sagen. Er beharrte derart auf seinem Hass, dass er ihn totredete, besser gesagt, er beharrte so lange darauf, bis er ihn zerredet hatte, und das ist schließlich ein Zeichen von Gesundheit. Er hatte es allein bewältigt, was er auch dann nicht besser hätte machen können, wenn ich nicht geschwiegen hätte. Vom Kastrationsklappmesser war er bis zu der höchst generösen Erkenntnis gekommen, die Menschen seien nun mal sehr verschieden.

Die große Wende in unserer Geschichte kommt erst noch. Eines schönen Tages nämlich arbeiteten mindestens sechs Handwerker mit ihren Gesellen am Haus. Auf dem offenen Dach Zimmerleute, auf der Leiter der Klempner, im Graben Rohrleger, Tischler an den Fensterrahmen, Elektriker und so fort. Entsprechend laut der Arbeitslärm und das Arbeitslied. Beim ständigen Hämmern, Feilen und Sägen redeten alle gleichzeitig. In dem ununterbrochenen Redestrom Rufe, Gelächter, Flüche. Jeder ließ bei dem anderen das Seine ab. Mein Mann hatte sie allesamt organisiert und leitete auch die Arbeiten. Wir hatten schon seit Stunden kein Wort gewechselt und uns auch nicht gesehen, denn ich hatte mich hinters Haus zurückgezogen und klopfte fleißig Abbruchsteine ab. Wahrscheinlich ahnte er nicht, dass ich ganz in seiner Nähe war. Bisweilen gerieten verständliche Partien aus dem Stimmengewirr in ein gemeinsames Fahrwasser, aber dann wurden sie entweder durch ihre Arbeit von dem Meinungsaustausch abgelenkt, oder sie lenkten sich unter dem Vorwand der Arbeit selber ab, um sich nicht in unnötige Streitereien einzulassen. Mal ein Chor, mal ein ambitioniertes Solo oder ein Kanon, stärker und schwächer werdend, und auch die Intensität der Instrumentalbegleitung änderte sich ständig.

Auf einmal sprachen sie über das Verbrechen, das damals die ganze Gegend in Aufregung versetzte. Das Verbrechen, bei dem Blut und Sperma geflossen waren, hatten zwei junge Zigeuner begangen. Man fiel einander ins Wort, steigerte sich, jeder schilderte dem Lauf seiner Phantasie entsprechend, wie die beiden jungen Männer bestraft werden müssten. Die Phantasien ähnelten sich großenteils, man konnte sie nicht besonders originell nennen, doch sie wurden immer blutrünstiger. Es wurde gesagt, was man mit denen machen würde, man malte es aus, überbot einander und suhlte sich in den heraufbeschworenen Greueltaten. Ich vernahm, wie mein Meister das Arbeitslied seinerseits abbrach, er wurde immer stiller. Der Chor wurde unterdessen von der Überzeugung getragen, dass keine Tortur ausreichen würde und viel immer noch zu wenig sei. Ich saß und putzte meine Steine. Auf der anderen Seite wurde das Hasslied auf die Rechtsordnung gesungen, denn in den Augen dieser rechtschaffenen Männer konnte das zu erwartende Gerichtsurteil nichts anderes sein als pure Infamie. Ich konnte mir nicht vorstellen, was den Abschluss eines solchen Chorwerks bilden könnte. Gleichmütig putzte ich meine Steine. Wir näherten uns spürbar dem erfüllungbringenden Finale, als der donnernde Bass meines Freundes einsetzte. Ruhig und würdevoll. Seine Erregung hätte sich wohl nur an der Lautstärke messen lassen, denn in ihr verbarg sich der Impuls seines Affekts. Er donnerte, wer morden wolle, sei ein Mörder, und wenn sie Blut sehen wollten, dann werde es fließen. Wortwörtlich donnerte er das. Und wenn es in zehn Jahren wieder in Strömen fließen werde, dann sollten sie daran denken, dass es durch solche Reden dazu käme, durch Worte wie diese und nichts anderes.

Es wurde still, auch die Geräte setzten aus. Es war die Stille der Verblüffung. Nach kurzer Zeit dann eine vorsichtige Säge, ein Schleifrad, das Kreischen des Gewindeschneiders, Rattern, Hämmern, aber lange, sehr lange kein Sterbenswort unter dem blauen Himmel. Dann ein «Gib mir mal das», «Leg das mal dorthin», leise stahlen sich die Wörter in das Lied zurück.

Deutsch von Ruth Futaky

DIE GEHEIMEN TRESORE DES RASSISMUS

*Erfahrungen beim Nachlesen
der Walser-Bubis-Debatte*

Ich verstehe es selbst nicht, aber seit vielen Jahren lese ich kaum noch etwas anderes. Es soll ja schließlich auch Menschen geben, die bis zu ihrem Lebensende nur noch die Bibel lesen.

Als ich zum ersten Mal davon las, hatte es noch keinen so schönen, feierlichen Namen. Es hieß noch nicht Holocaust, Shoah. Man sprach von den Untaten der Deutschen, von den Missetaten der Faschisten, von den Gräueltaten der Nazis. Die religiösen Juden sprachen von Martyrium. All diese Bezeichnungen waren unterschiedslos an den Namen des deutschen Volkes geknüpft. Indes in meiner Heimat die Entrechtung Beschluss des ungarischen Parlaments war, die Deportation auf das Konto der ungarischen Regierung und der ungarischen Gendarmerie ging, die lokalen Verbrechen und Massaker von den ungarischen Pfeilkreuzlern begangen wurden. Das öffentliche Bewusstsein hat die Verantwortung für die Leichen von 564507 ausgeraubten und ermordeten Menschen dennoch an die Deutschen delegiert. Nicht an die nazistischen Kriegsverbrecher, sondern an jeden Deutschen. An Nietzsche, an Wagner. Seit dem Zweiten Weltkrieg galt in Europa der Deutschenhass als legitimer Rassismus.

Anfang der sechziger Jahre vertiefte ich mich zum ersten Mal in das Thema. Einfacher ist es, die Gründe dafür zu schildern, als meinen definitiv gewordenen Wissensdurst zu erklären.

Im Kaffeehaus Emke gab es an bestimmten Nachmittagen Tanz. Das hieß Fünf-Uhr-Tee, obwohl es erst um sechs begann. Ein frivoles kleines Orchester spielte in dem stark hallenden Raum. Um zehn Uhr nachts hörte es auf. An einem solchen Nachmittag, der in den Abend überging, entstanden plötzlich Geschrei und großes Durcheinander. Sofort tauchten am Eingang Polizisten auf, aber sie mischen sich nicht ein, weil die Garderobenfrau kurz signalisierte: Deutsche. Zwei ergriffen die Flucht, den dritten verprügelten sie und warfen ihn hinaus. Tagelang sagte ich mir beschämt: eine Schande. Wie wenn ich es getan hätte. Mir war schon damals klar, dass die Logik des Rassismus unabhängig vom Gegenstand ist. Wie kann ich jemanden vor Gewalt in Schutz nehmen, wenn ich den Hass teile, der ihm entgegenschlägt. Nicht einmal im demokratischen Nachkriegseuropa, geschweige denn in den kommunistischen Diktaturen wurde bemerkt, dass der forcierte Deutschenhass seine Legitimation aus der Rassentheorie der Nazis bezog.

Nach dem Krieg konnte es allein deshalb schon keine Rückkehr zu einem Zustand vor der Rassentheorie geben, weil ein solches goldenes Zeitalter in der europäischen Geschichte nicht existiert hatte. Gleichwohl wurde die Verantwortung des Ungarn Horthy, des Franzosen Pétain und des Slowaken Tiso durch die Eichmanns neutralisiert. In Wirklichkeit ging es nicht um sie, sondern um ihre riesige völkisch und rassistisch gesinnte Anhängerschaft; durch den Deutschenhass sollte diese nachträglich ihrer staatsbürgerlichen Verantwortung enthoben werden. Jener Verantwortung, die zur Grundlage der europäischen Nachkriegsordnung wurde. Was hätte der Pétainist François Mitterand ohne diesen Ausweg mit seiner persönlichen Verantwortung angefangen.

Wie sonst hätten die Ustascha und Tschetniks die Verbrechen, die sie im gemeinsamen Partisanenkrieg aneinander begangen hatten, verbergen können. Und wie hätten die Regierungen der demokratischen Länder zu erklären vermocht, warum sie trotz der Konferenz von Evian die Schlagbäume vor den flüchtenden Juden herunterließen.

Wer nach dem Zweiten Weltkrieg hoffte, es könne eine weiße Seite aufgeschlagen werden, fand nicht ein neues goldenes Zeitalter vor, sondern manövrierte sich ins Vakuum einer dämlichen Illusion. Und dies nicht nur wegen der uneingestandenen rassistischen Vergangenheit oder wegen des Kalten Krieges. Dieselben demokratischen Mächte, welche die Epoche des deutschen Vernichtungsfeldzugs und Völkermords durch die Unterzeichnung der Menschenrechtskonvention feierlich beendeten, fingen in den Kolonien ein jahrzehntelanges Massaker an. So überlebte die Praxis des Rassenhasses den Krieg in weiten Teilen Europas, ohne dort kritisch aufgearbeitet worden zu sein. Ich selbst merkte nur, dass ich meine Seele vor den negativen Auswirkungen des antirassistischen Rassismus retten musste.

Auch jener Streit, der als «Walser-Bubis-Debatte» ins öffentliche Bewusstsein eingegangen ist und dessen Dokumente Frank Schirrmacher publiziert hat, gründet in dem bis heute wirksamen Erbe des Krieges.

Als ich den stattlichen Band in die Hände nahm, dachte ich, er stelle eine weitere Fußnote zu meinen ständigen Lektüren dar. Der Herausgeber hat in chronologischer Reihenfolge all jene Artikel, Reden, Interviews und Leserbriefe deutscher und ausländischer Autoren veröffentlicht, die vom 11. Oktober 1998 bis zum 1. Juli 1999 im Zusammenhang mit der Debatte zwischen Martin Walser und Ignatz Bubis in verschiedenen Zeitungen erschienen waren, ferner persönliche Briefe an die beiden Protagonisten. Zentraler Begriff in den Texten ist Auschwitz, doch handelt das Buch nicht von dem, was ständig darin repetiert wird. Sein eigentlicher Gegenstand deckt sich kaum mit dem geschriebenen Wort.

Die Realität von Auschwitz hat mit diesen Texten nichts gemein – ob es um die Sicht der Täter oder der Opfer geht. Die für solchen Diskurs notwendigen Begriffe werden durch Embleme oder Schlüsselwörter ersetzt. Auschwitz ist hier nicht ein realer Schauplatz von Leiden, Mord, Erniedrigungen und Zerstörung, ist nicht eine Metapher für die Conditio humana. Ist nicht einmal ein Emblem für den einstigen Schock, den die ahnungsloseren Deutschen beim Anblick der in ihrem Namen verübten Untaten erlitten, sondern ein Emblem für jenen anderen Schock, den sie erlitten, als sie sich ihrer vollständigen und bedingungslosen Kapitulation sowie ihrer Ausgrenzung bewusst wurden. Wenn man also begreift, dass hier weder Anteilnahme noch Trauer eine Rolle spielen, dass der Auschwitz-Begriff keinen Auschwitz-Inhalt hat, wenn man schaudernd erkennt, dass innerhalb des Emblems ein geheimer und perverser Bedeutungswandel stattgefunden hat, dann fällt neues Licht auf das vieldiskutierte Schlüsselwort der deutschen Normalität. Es wäre dies eine Normalität wie die der Franzosen, Engländer, Holländer, Spanier, Portugiesen, die zweifellos wenig an ihre kolonialen Übeltaten und ihren Sklavenhandel denken, oder vielleicht eine Normalität wie die der Amerikaner, die ihre Freiheit auf der Ausrottung der Indianer gründeten. In der Sehnsucht nach Normalität tritt jedenfalls eine solche deutsche Geschichte zutage, die frei ist von der moralischen Last des singulären nazistischen Völkermords.

Es ist, als fragten die Debattierenden, wann sie zum Sprachgebrauch der Zeit vor dem Bankrott zurückkehren dürfen. Wann endlich die von den Alliierten erzwungene nationale Re-Education ein Ende nimmt. Als wünschten sie, dass der Schock der Niederlage sich endlich in das historische Bewusstsein verzieht.

Die mit Selbstmitleid gesättigte Sehnsucht verrät Mangel an Realitätssinn, doch will sie ernst genommen sein. Man darf nicht vergessen, dass der Gegenstand des Buches sich nur scheinbar mit dem geschriebenen Wort deckt. Die scheinbare Sehnsucht ist der Deckname eines echten Problems. Es gibt ein wichtiges Thema, über das sich die deutschen Autoren nicht wirklich miteinander verständigen können.

Vom Zweiten Weltkrieg haben die Deutschen den dauerhaften Bankrott ihrer Menschlichkeit sowie den Ruin zurückbehalten. Diese negativen Güter teilen sie höchstens mit den Österreichern und den Ungarn; alles andere, bis zum letzten Toten, ist Gemeingut der Geschichte geworden, hat es die übrigen europäischen Nationen doch an den empfindlichsten Stellen getroffen. Die historische Schicksalsgemeinschaft lässt sich nachträglich weder aufgeben noch aufkündigen. So sind die Deutschen keinen Augenblick allein, obwohl sie ein Thema haben, ihre eigene nationale Identität, etwas, was grundsätzlich nur sie betrifft. Und was sie seit nunmehr zehn Jahren neu formulieren müssten. Versuche dazu gab es: in dem von Ernst Nolte initiierten Historikerstreit, in den Kontroversen um Botho Strauß' «Bocksgesang» sowie in der Goldhagen-Debatte. Die Walser-Bubis-Debatte ist mit Sicherheit nicht das letzte Glied dieser Reihe.

Den Deutschen ist es nicht gelungen, ihren Nationbegriff in einen neuen Kontext zu stellen, damit er an ihren eigenen demokratischen Normen gemessen werden kann. Einerseits wegen des Misstrauens von außen, andererseits wegen ihres chronischen Selbsthasses. Ebenso wenig ist es ihnen gelungen, das wirre Durcheinander des individuellen Sprachgebrauchs, all die neuen Idiome miteinander in Einklang zu bringen. Nicht zuletzt darum, weil die Bürger der neuen Bundesländer in die gemeinsame Geschichte des demokratischen Europa eingetreten sind, ohne sich sprachlich und politisch mit der «Lingua Tertii

Imperii» konfrontiert zu haben. Indes sollte man sich im vereinten Deutschland darüber klarwerden, dass die jahrzehntelange sprachliche und politische Praxis der kommunistischen Diktatur auf einem Sprachgebrauch beruhte, der aus der Nazi-Diktatur und aus früheren antidemokratischen Traditionen stammte. Würde das Thema dialogisch angegangen, müsste in den politischen Querelen, welche die Bürger der beiden Landeshälften entzweien, um einiges tiefer geschürft werden.

Gerade das Fehlen des Dialogs sowie einer neuen, gemeinsam durchgeführten Re-Education hat gezeigt, wie tief bei den Deutschen der notorische Graben zwischen politischem und kulturellem Seinsverständnis ist. Darüber aber wird diszipliniert geschwiegen. Während die nähere und fernere Welt den Protagonisten der Debatte einfältig-zufrieden Gesprächsunfähigkeit bescheinigt. Walser hat wenigstens einen Gefühlsausbruch riskiert, was Bubis mit einem kaum nachvollziehbaren Wutausbruch beantwortete. Die Debattierenden freuen sich darüber. Der eine, weil er laut gesprochen hat, ohne den Sachverhalt zu benennen, der andere, weil er mit seiner Ignoranz das über dem Sachverhalt liegende Tabu zementiert hat. Hält man dieses Buch in der Hand, könnte man glauben, man sei verrückt geworden. Frank Schirrmacher macht etwas vorsichtiger auf das die Debatte kennzeichnende Kommunikationsdefizit aufmerksam: «Man hat den Eindruck, am Fuße des Turms von Babel zu sitzen.»

Es ist kaum zu glauben, dass 240 Autoren in 260 Texten nicht wissen, wovon sie reden, beziehungsweise es nicht sagen wollen. Und doch ist es so. Trotzdem geht die Bedeutung des Buches als Ganzes weit über die der Einzelbeiträge, mithin über die geheimen Absichten der einzelnen Verfasser hinaus. Alle reden eifrig aneinander vorbei, aber alle verplappern sich auch. Zusammen bringen sie ans Licht, was sich hinter Schweigen, Verstörung, Selbstmitleid, Teilnahmslosigkeit und der dazugehörigen Zeichensprache verbirgt: die tiefe Verletzung der Diskriminierung. Aber parallel dazu wird auf den 682 Seiten auch die Krise ihrer Individualität offenbar. Mit Blick auf die Erfolgsgeschichte der Bundesrepublik und die heikle Rolle, die Europas stärkste Macht in der europäischen Integration spielt, hält die Mehrheit der Verfasser den anhaltenden Druck des Antirassismus für ungerecht. Einige interpretieren ihn als persönliche Kränkung, andere als nationale Schmach, obwohl es sich um eine Menschenrechtsverletzung handelt. Daran denken sie nicht, weil ihre Entrüstung den Sachverhalt verdeckt oder weil sie mit der Reaktivierung ihres herkömmlichen Begriffsvorrats beschäftigt sind.

Indes ist es nachgerade unvermeidlich, dass die Menschenrechtsfrage öffentlich diskutiert wird. In Europa steht nicht nur die von den Deutschen unverdaute Kriegsvergangenheit zur Debatte, sondern – im Zusammenhang mit der europäischen Integration – auch jene rassistische Vergangenheit, um deren Aufarbeitung sich alle anderen drückten, weil sie sich in den Schatten des deutschen Rassismus flüchteten. Es ist kaum zu fassen, dass dieses naheliegende Problem in einem so langwierigen Streitgespräch nie benannt wurde. Tatsache ist es allemal. Sämtliche Texte des Bandes haben eine individuelle Form und Sprache, und fast immer finden sich darin bemerkenswerte Gedanken. Nur haben sie – ob von Deutschen oder Nichtdeutschen verfasst – auch dann nichts miteinander zu tun, wenn sie aneinandergeraten. Es sind Einzelmonologe. Beachtliche, mitunter ausgesprochen schöne persönliche Beiträge, die auf Geltung und Selbstdarstellung aus sind, nicht aber auf Dialog.

Müssen wir die in Antirassismus gekleidete rassistische Diskriminierung weiterhin dulden oder nicht dulden? So würde die eigentliche Streitfrage lauten. Keine Streitfrage, denn unter Demokraten gibt es nur eine Antwort darauf: nein. Warum habt ihr sie bisher geduldet? Selbst Thatcher und Andreotti würden so antworten. Die Sache ist dennoch kompliziert, weil die Deutschen gegen das Unrecht der Diskriminierung keinen Rechtsschutz geltend machen können. Kaum begehren sie mit legitimer Entrüstung dagegen auf, gießen sie auch schon Öl ins Feuer. Die Welt reibt ihnen sofort unter die Nase, dass der abgefeimteste Rassismus der Geschichte an ihren Namen geknüpft sei. Was stimmt. Trotzdem ist es unter Demokraten nicht üblich, sich historische Verantwortung vorzuhalten. Das Prinzip der Kollektivschuld aber ist nichts anderes als ein Instrument des Rassismus.

Ein Remedium gegen die Diskriminierung der Deutschen sowie die entsprechenden politischen Mittel müssen jene finden, denen an ihrer eigenen Freiheit gelegen ist und die folglich die Verletzung der Freiheitsrechte anderer nicht zu dulden gewillt sind. Das ist nicht eine Debatte der Deutschen. Die Deutschen sind, als sie sich darauf einließen, Martin Walsers Emotionen aufgesessen. Sie konnten nicht anders, als sich mit seinem Affekt zu identifizieren beziehungsweise beim Anblick seiner Aufwallung ihre Ängste und Sorgen zu artikulieren. Aber bedenken wir: Es ist keine europäische Integration vorstellbar, wenn alle außer den Deutschen ihren unreflektierten Rassismus einbringen dürfen und die ganze hehre Gesellschaft der europäischen Nationalisten und Rassisten sich daran weidet, dass die Deutschen ihr simples Problem mit den Menschenrechten noch immer nicht zu formulieren wissen.

Was die Deutschen in ihrer Qual tun, ist ziemlich nervenaufreibend, aber nicht unbedingt schädlich. Für das gemeinsam erlittene Unrecht suchen sie nach einer individuellen Sprache, deren Ausdrücke nicht aus dem nationalistischen Wortschatz der kollektiven Kränkungen stammen. Eine solche vom Rassismus befreite Sprache wäre dringend nötig und ist durchaus denkbar, doch existiert sie nicht nur auf Deutsch nicht. Und es steht zu befürchten, dass sie ohne neue, individuelle Formen des Dialogs nie zustande kommt.

Mich überrascht an dieser Debatte nicht, dass weder Kollege Walser noch seine Exegeten und Kritiker eine solche Sprache gefunden haben. Mich überrascht auch nicht, dass Letztere in ihren Pro- und Kontra-Monologen unkontrolliert an seinem Affekt teilnehmen. Ich kann sogar nachvollziehen, dass solcher Affekt die Menschenrechtsverletzung als eine Schmach oder nationale Schande erscheinen lässt. Martin Walser hat schwere handwerkliche Fehler begangen. Ich glaube zu verstehen, warum man dies nicht bemerken will oder warum man es mit Schweigen übergeht. Aber mich schaudert.

Walser unterscheidet nicht zwischen historischer und persönlicher Verantwortung. Er möchte die unrechtmäßige Diskriminierung der Deutschen an sich selber demonstrieren. Das wäre eine wunderbare Geste, vorausgesetzt, er wäre sich bewusst, dass es sich bei dieser Diskriminierung um eine Menschenrechtsverletzung handelt, und vorausgesetzt, er würde mit seiner ostentativen Selbstbestrafung nicht das Prinzip der Kollektivschuld auf seine eigene Person anwenden. Wegen der «unvergänglichen Schande» von Auschwitz identifiziert er sich mit allen Taten seines Volkes. Damit ist er nicht nur sich selbst gegenüber ungerecht, vielmehr gibt er – ohne es zu merken – die Grenzen seiner Persönlichkeit auf, verschmilzt als Individuum mit seiner Nation.

Zwei Kardinalfehler auf einmal. Hätte die Debatte nicht einen wirklichen Gegenstand, könnte man es dabei bewenden lassen. Doch lässt sich Walser durch nichts mehr davon abhalten, seine persönliche Erinnerung zur allgemeinen Erinnerung des «Tätervolkes» zu erklären, und er begreift nicht, dass er durch diese heroische Geste die Erinnerung derer, die auf der Grundlage der Nürnberger Rassengesetze zu Opfern wurden, von der historischen Erinnerung der Deutschen loslöst. Was bedeutet, dass er die blutsmäßige Abstammung für wichtiger hält als die freie Persönlichkeit des Menschen. Er kann sich keine deutsche Nation vorstellen, in welcher die Erinnerung der Mörder und der Opfer untrennbar aneinander gebunden wäre und die Überlebenden ihre historische Verantwortung just auf die gemeinsame schreckliche Erfahrung gründeten. Und da ihn die blutsmäßige Definition von Individualität unweigerlich in nationalistische Rabulistik verstricken würde, versucht er der Katastrophe zu entgehen, indem er die bösen Feinde der deutschen Nation nicht beim Namen nennt – jene Feinde, die mit «vorgehaltener Moralpistole» und mit «Moralkeulen» an der Straßenecke lauern. Wenn ihn aber jemand bittet, sie persönlich zu benennen, holt er beleidigt seine antirassistische Lebensgeschichte hervor oder beruft sich auf das Gewissen des Romanschriftstellers. Nach Louis Dumont oder István Bibó ist das die klassische deutsche Hysterie. Klafft zwischen der politischen und der kulturellen Nation ein Abgrund, kann je nach Laune die eine gegen die andere ausgespielt werden. Martin Walser spielt sich gegen sich selber aus. Das kann nur qualvoll sein.

Ich habe in letzter Zeit kein einziges Buch gelesen, das so deprimierend und ernüchternd auf mich gewirkt hätte. Ohne die Massenhysterie, die in dieser Dokumentation zum Ausdruck kommt, lassen sich weder Walsers fachliche Fehler noch Bubis' Entrüstung, noch ihr jeweiliger Autismus verstehen. Bubis ist tot. Seine Aufgebrachtheit konnte nicht einmal von zwei aufmerksamen Staatspräsidenten beschwichtigt werden. Sein Schmerz aber könnte sich – wäre er noch am Leben – wohl nur dann Ausdruck verschaffen, wenn Walser den Menschenrechtsgehalt seiner eigenen Verletztheit auszudrücken vermöchte. Wenn er seine Rache an den Deutschenhassern nicht als Selbstbestrafung exekutieren würde. Und dies wiederum wäre nur möglich, wenn er selbst als Erster zu jener Überzeugung gelangte, die auch die demokra-

tische öffentliche Meinung sich aneignen sollte: dass es keine
«Erblast» gibt und dass er die «Seite der Beschuldigten» sehr
wohl verlassen muss, weil ihn einzig das historische Gedächtnis mit denen verbindet, die durch Kriegsverbrechen persönlich
belastet sind. Das ist nicht wenig, denn historisches Gedächtnis
und historische Verantwortung existieren nicht ohne das schweigende Gedächtnis der Opfer. Und niemand in Europa kann sich
eine Normalität wünschen, in der dieses schweigende Gedächtnis
der Opfer nicht laut wird. Die für das Handeln erforderliche Vorstellungskraft und Empathie ist nicht eine Gewissensfrage, wie
Walser zu denken beliebt. Und das Berufsethos des Schriftstellers
basiert nicht auf Geschichte und Gedächtnis, ebenso wenig wie
das des Papstes oder des deutschen Kanzlers, vielmehr auf der
Qualität der Beziehung zwischen denselben. Diese Qualität aber
steht und fällt mit der freien Entscheidung freier Menschen.

Deutsch von Ilma Rakusa

LENI WEINT

Am selben Tag, als Hitlers weltweit gefeierte Hofkünstlerin, die wundervolle und charmante Leni Riefenstahl, morgens Zeuge der tatsächlichen Abschlachtung realer Menschen wurde, um daraufhin, von diesem hautnahen Anblick und den peinlichen Begleitgeräuschen des Massenmords überwältigt, in mädchenhaftes hysterisches Weinen auszubrechen, indes ein Fotograf ihres Stabs noch die Zeit und Geistesgegenwart aufbrachte, um, die günstigen Lichtverhältnisse nutzend, die beispiellose Szene zu verewigen, meldete sich abends die wohlbekannte Stimme des CBS-Korrespondenten mit den Worten: «Guten Tag, Amerika! Hier spricht William L. Shirer aus Berlin.» Das alles geschah am 8. September 1939, einem Freitag, in dessen Morgenstunden auch ein Dresdner Briefträger dem in der offenen Haustür stehenden Victor Klemperer der klassischen Kausallogik folgend erklärte, der Herr Professor müsse wirklich kein Pogrom befürchten, schließlich herrsche ja Militärdiktatur. Der wackere Postbeamte meinte offenbar, das Militär werde das Gesindel schon im Zaum halten.

Shirer musste sich am späten Abend melden, solange es drüben noch Nachmittag war. Vom Standpunkt seiner Korrespondententätigkeit war das von Vorteil, denn zu dieser späten Stunde überblickte er genau, worüber er zuverlässige Informationen hatte und worüber nicht. Er formulierte vorsichtig, sprechen konnte er nur über das, was zugelassen wurde. An diesem Tag hatte er viel Wichtiges zu sagen. Von dem gutmütigen Briefträger Klemperers oder der unerwarteten Erregung Leni Riefenstahls konnte er nichts wissen, derlei Vorkommnisse sind aber auch nicht Gegenstand der täglichen Berichterstattung. Shirer umging in seinen Berichten bestimmte heikle Fragen, er manövrierte äußerst geschickt mit seinen Informationen. In der Diktatur setzen ausländische Korrespondenten leicht ihre Arbeit aufs Spiel, indem sie die Ausweisung riskieren. Für die zuverlässigen Informationsquellen Shirers begann sich die Gestapo heftig zu interessieren. Obwohl er sich geschickt genug anstellte und, um möglichst nahe an den Fakten bleiben zu können, bei seiner Berichterstattung seltsame Ausdrücke und Amerikanismen verwendete, die dem Zensor entgingen.

In der Diktatur verständigen sich die Menschen ohnehin mit doppelbödigen Sätzen. Unwillentlich gab er seinen Hörern eine Einführung in die Naturkunde der Diktatur. Man konnte es so herum oder so herum drehen, und dann konnte man sich damit verteidigen, dass der Satz in Wahrheit nicht das und das bedeute. Jeder doppelbödige Satz ist eine große Genugtuung, der menschliche Geist freut sich seiner Erfindungsgabe und dass es ihm als Einzelnem gelungen ist, einen ganzen Polizeistaat in die Irre zu führen. Obwohl solche Sätze gerade wegen ihrer Erfindungsgabe zur Beute der Denunzianten werden. Jeder wusste an diesem Freitag, dass man sich auf der Polizeistation eventuell noch erklären und wehren könnte, nicht aber bei der Gestapo, denn von dort käme man mit seinem doppelbödigen Satz ins KZ. Das Gedächtnis Leni Riefenstahls hinsichtlich der Gegebenheiten der Nazidiktatur hat sich in den folgenden Jahrzehnten als recht lückenhaft erwiesen, doch selbst sie vermochte nicht zu leugnen, dass sie von Dachau gewusst hatte und von Theresienstadt gewusst hatte, weshalb sie in ihrer Lebenslegende desto glaubwürdiger behaupten konnte, von Auschwitz nichts gewusst zu haben.

Der in der klassischen Logik geübte Briefträger der Klemperers war unter so harten Umständen wirklich ein tapferer Mann mit seinem Mitleid. Im Dritten Reich herrschte seit rund einer Woche Kriegszustand. Nachts Verdunklung, vollständiges Verbot von kulturellen Veranstaltungen. Juden durften sich auf der Straße nicht blicken lassen. Für das Hören von Auslandssendern gab es schwere Freiheitsstrafen. Und wer es wagte, gegen den Krieg zu protestieren, oder auch nur meckerte, konnte aufgrund eines weit auslegbaren Gesetzes auf kürzestem Wege hingerichtet werden. An diesem Freitag gab es in der Person eines Dessauers namens Johann Heinen bereits das erste Opfer. Er hatte sich geweigert, an den Verteidigungsmaßnahmen teilzunehmen. Laut Shirer gab es im Übrigen keine Spur von jener flammenden Begeisterung und schaudererweckenden Erregung, die dem Ausbruch des Ersten Weltkriegs und den ersten deutschen Siegen gefolgt waren. Vielleicht erinnerte man sich noch.

Im Prinzip hätten sich auch Winifred Wagner in Bayreuth und Martin Heidegger in Freiburg erinnern müssen, doch abstraktere Gedächtnisinhalte werden oft von persönlichen Interessen gelöscht. Shirer kam in seinen Berichten über eine Woche lang immer wieder auf diese tatsächlich heikle Frage unserer anthropologischen Gegebenheiten zurück. Denn um eine im Kriegsrausch bewusstlos gewordene Population endlich wieder zur Vernunft zu bringen, ist es nötig, vorher jeden siebten Mann zu vernichten. Das war geschehen. Und um einen Krieg vergessen und ein unstillbares Verlangen auf den nächsten erwachsen zu lassen, müssen weitere zwei Generationen dieser Bevölkerung geboren und erwachsen werden. Diese Zeit jedoch war damals noch nicht um.

In der Beurteilung der allgemeinen Stimmung unterscheiden sich Shirers Berichte aus Berlin wesentlich von den Tagebüchern Klemperers, dem zufolge die öffentliche Meinung in Dresden stark zwischen patriotischer Begeisterung, gemeiner Gewinnsucht und stillem Entsetzen geteilt war. Klemperer durfte zwar keinen Fuß auf die Straße setzen, aber vielleicht verstand er doch mehr vom Funktionieren von Interessen und historischem Gedächtnis als der im Übrigen mit Europa bestens vertraute und gut Deutsch sprechende Shirer. Doch sogar mit dem Blick von der Straße hätte man kaum verstehen können, warum Riefenstahl, die sich eine Woche zuvor noch als verwöhnte Diva aufgeführt hatte, nun plötzlich alle Starallüren fallenließ, und wie bescheiden sie das tat. Ganz gewiss hatte sie die Nachricht vom Krieg nicht aus dem Radio oder aus den Zeitungen erfahren, sondern musste bereits vorher gewusst haben, was da im Anzug war. Es dürfte nur wenige im Reich gegeben haben, die besser informiert waren als sie. Schon eine Woche zuvor hatte sie die Vorbereitungen zu den Dreharbeiten für «Penthesilea» bei ihrer eigenen Produktionsfirma abgebrochen, um sich im richtigen Augenblick mit ihren engsten Mitarbeitern an der Front einfinden zu können. Am 2. September war sie dann mit ihrer Kamera bereits bei der Annektierung Danzigs dabei, was bedeutet, dass sie schon zu einer Zeit aufgebrochen sein musste, als Deutschland noch nicht das Geringste ahnte. In ihrem langen Leben geriet sie wohl oft in Schwierigkeiten mit anderen, aber nie mit sich selbst. Sie stand nicht nur in engem, wenn nicht freundschaftlich zu nennendem Kontakt mit dem Führer, wodurch sie auch die gefährliche Wut von Goebbels auf sich zog, sie galt auch als besonders intelligent, als eine außergewöhnliche Schönheit und eine der elegantesten Frauen ihrer Zeit. Ohne jeden Zweifel vom Schicksal begünstigt, war sie der Aufmerksamkeit des Führers würdig.

Mit ihrem vorauseilenden Verhalten zeigte sie ihrem Führer gleichsam, dass sie auch in diesen entscheidenden Tagen zu ihm stand. Ihr Berufsinteresse erforderte das ebenso. Weder hatte sie es nötig, patriotischen Eifer an den Tag zu legen, dergleichen war ihr wohl auch immer fremd geblieben, noch brauchte sie sich hastigem Gewinnstreben hinzugeben, denn da hatte ihr Geltungsdrang sie auf weitaus sicherere Bahnen gelenkt. Sie pflegte nichts dem Zufall zu überlassen. Mit dem Welterfolg von «Triumph des Willens», «Fest der Völker» und «Fest der Schönheit» im Rücken hatte sie sich schon früh zu einer Militärausbildung für Kriegsberichterstatter gemeldet, als andere rundum in Europa noch davon träumten, dass der Krieg, wenn auch zum Preis irrsinniger Zugeständnisse, vermieden werden könnte. Sie galt als sportlich, liebte körperliche Herausforderungen. Kriegskorrespondentin wollte sie werden. An die vorderste Linie wollte sie mit ihrer Kamera, und nun war sie in Begleitung ihres Stabs dort, an der vordersten Linie.

Shirer begann seine Berichterstattung an jenem Freitag in scherzhaftem Ton. Was für eine witzige Sache die Verdunklung doch sei. Man sehe tatsächlich nichts. In der Nähe seines Hotels stehe eine gusseiserne Straßenlaterne. Vor drei Tagen sei er dagegengeprallt, gestern habe er sich das Knie daran gestoßen, dass er hinkend ins Studio gekommen sei, soeben aber sei er mit dem Kopf dagegengerannt und fürchte deshalb, sein Bericht werde diesmal ein wenig unklar geraten. Dergleichen Bildersprache wird in einer Diktatur von jedem verstanden und geliebt. Ein Wunder, dass der Zensor den Satz durchgehen ließ. Aber man kann auch den Zensor verstehen, irgendwelche Sätze muss er ja schließlich durchgehen lassen. Die Institution Zensur kommt auf lange Sicht gerade durch diesen kleinen Zwang zu Fall. Es gibt keine Berichterstattung, die aller Sätze entraten könnte. Für den Auslandskorrespondenten bleibt allerdings fraglich, wie weit er mit solchen

Tricks gehen kann, wie weit es die Sache wert ist, wie weit der Geist trägt, wo die fachliche und menschliche Verantwortungslosigkeit beginnt. Ob jemandem, der, sagen wir, in Boston in seiner Küche sitzt und sein brutzelndes Schinkenomelett gerade mit süßem Ahornsirup begießt, wohl mit diesem Bericht klarwird, wie sich Denken und Verhalten der Menschen verzerren, die ihre Muttersprache schon seit Jahren nicht mehr zur Mitteilung von Gedanken, sondern zu deren Verschleierung gebrauchen. Im Schatten der Wörter entlangschleichen, einander etwas durch Definitionslücken zuzischeln. Shirer hat die Demütigungen, die aus dem Sprachgebrauch der Diktatur resultieren und jeden bald korrumpieren, noch ein ganzes Jahr lang ertragen. Seine Familie schickte er vorsorglich nach Hause. Vor dem Sprachterror flüchtete er auch selbst manchmal auf neutralen Boden, zunächst in die Niederlande, später, als nach Dänemark und Norwegen auch die Niederlande verloren waren, in die Schweiz, um kurz aufzuatmen, doch dann gab auch er, den übrigen Auslandskorrespondenten folgend, zum November des Folgejahres auf. In edler Einfalt schrieb er dem CBS-Nachrichtenchef, der europäische Kontinent existiere für ihn nicht mehr, er sei untergegangen, man könne von dort keine objektiven Tagesberichte mehr senden.

An jenem Freitag aber, kurz vor Mitternacht, hat er seine Arbeit im Studio noch verrichtet. Laut Abendkommuniqué des Generalstabs seien in den Nachmittagsstunden gepanzerte und motorisierte Einheiten der deutschen Wehrmacht in Warschau eingerückt. Vergleiche man diese Angaben mit den vorhergegangenen, dann müssten diese Truppen überraschend schnell vorangekommen sein. Was genau mit der polnischen Armee passiere, wisse man im Moment noch nicht. Doch aus dem Bericht des einzigen amerikanischen Journalisten an der Front habe man erfahren, so erzählte Shirer seinen Hörern, dass nicht nur die polnische Armee mit den Deutschen im Kampf stehe, sondern auch die polnische Zivilbevölkerung, Männer und Frauen kämpften erbittert, sogar Knaben. Die Wehrmachtssoldaten müssten in den Ortschaften von Haus zu Haus vordringen. Ähnlich war die Kriegssituation aller Wahrscheinlichkeit nach auch in dem wegen seiner Pferdezucht bekannten Koński, wo Leni Riefenstahl an jenem schönen Frühherbsttag Augenzeugin einer an Zivilisten durchgeführten Vergeltungsaktion wurde. Und was Vergeltungsaktionen an der vordersten Linie bedeuteten, wissen wir genauer nur aus den späteren Truppenberichten und Verbandstagebüchern.

Menschen zu töten ist möglicherweise lustvoll und notwendig, aber keineswegs einfach. Und eine größere Gruppe von Menschen zu töten ist besonders gefährlich und kompliziert. Der massenhafte Genickschuss zum Beispiel hat beinahe nur Nachteile. Erstens ist er langsam, selbst dann noch, wenn er von mehreren gleichzeitig durchgeführt wird. Zweitens wird er von viel zu großem Wirbel begleitet. Man kann die auf die Hinrichtung wartenden Gruppen am Hinrichtungsort nämlich nicht so voneinander trennen, dass sie vom beorderten Wachpersonal gebändigt werden könnten. Durch die dauernde Schießerei gerät die Menge in Panik, was nicht nur den Erfolg der Aktion, sondern auch die Sicherheit des Wachpersonals stark gefährdet. Und das Übel wird nur noch gesteigert, wenn einmal, um Ruhe zu schaffen, in die Menge geschossen wird. Dann scheut die Menge endgültig. Nicht zu reden vom dritten und schlimmsten Nachteil des massenhaften Genickschusses, dem ein wenig verfehlten Schuss. Aufgrund der Fehlschüsse wird der Exekutor von Kopf bis Fuß mit Hirn vollgespritzt. Schon der Gedanke schmerzt, dass diese große Künstlerin, die ihren Ruf gerade den magischen Bildern von Massenszenen und übermenschlicher Vollkommenheit, Makellosigkeit und Heroismus des Körpers verdankt, solche Gemeinheit mit ansehen musste.

Die Massenvernichtung von Menschen am Rand einer Grube, die durch Maschinengewehr oder Maschinenpistole geschehen kann und dadurch schneller ist als die eben beschriebene Methode, hat andere Nachteile. Die Serienschüsse treffen indes nicht alle tödlich, beziehungsweise nicht jeder verendet durch den tödlichen Schuss sofort. Die verwundeten Individuen bemühen sich, aus der Grube zu kriechen, oder sie stöhnen, flehen, jammern, schreien da unten, womit sie die Nerven des Dienstpersonals selbst dann noch belasten, wenn dieses sich vorher gründlich betrunken hat. Zu den größeren Unannehmlichkeiten gehört in diesem Fall auch der Umstand, dass das Grundwasser in der Grube umso schneller steigt, je tiefer man die Grube ausgraben lässt, und in dieser von Blut, Hirn, verschiedenen Sekreten und Exkrementen stinkenden, schleimigen, schlammigen Flüssigkeit sind die sich quälenden Körper nur ziemlich schwer einzeln und endgültig zum Schweigen zu bringen. Langsam wird der Rand, werden die Seiten der Grube rutschig, und für das vom Alkohol und vom Morden berauschte Dienstpersonal ist das auch dann gefährlich und wirkt demoralisierend, wenn es nicht einfach einen Befehl ausführt, sondern teils auch der Ansicht ist, das müsse sein und also müsse es auch von jemandem vollbracht werden.

Wer über persönliche Erfahrungen solcher Art nicht verfügt oder die konkreten Einzelheiten der Massentötung von Menschen aus Rücksicht auf die eigene Empfindlichkeit nicht zur Kenntnis nehmen möchte, wenngleich er sich natürlich gern am Gewinn oder an der Beute beteiligt, der kann auch den berühmten, auf die konkreten technischen Schwierigkeiten hinweisenden Satz in Himmlers Posener Rede nicht verstehen, wonach die physische Vernichtung des europäischen Judentums keine einfache Aufgabe sei, wie das viele zu denken beliebten. Ohne jeden Zweifel hat sich die arme Leni Riefenstahl an jenem Tag tatsächlich ein dilettantisches Metzelwerk ansehen müssen. Denn in diesen Tagen waren die Vergeltungsaktionen noch von Planlosigkeit, Zufälligkeit und hochgradiger Reizbarkeit gekennzeichnet. Es gab noch keine vernünftige Arbeitsteilung, die optimale Logistik und Technik der Massentötung von Menschen war noch nicht ausgebildet. Erst danach sollten in Hamburg Polizeikommandos für derartige Arbeiten organisiert werden, und um sie wirklich vernünftig organisieren zu können, würde man als Anregung gewiss auch jenen Beschwerdebrief nutzen, den Riefenstahl ihren späteren Äußerungen zufolge der Heeresführung über den empörenden Fall geschrieben hat. Obgleich dieser Brief seltsamerweise in keinem einzigen Archiv auffindbar ist.

Ob Leni Riefenstahl den Brief nun geschrieben hat oder nicht, sie war nicht die Einzige, die die Besetzung Polens (oder später den Überfall auf ganz Europa) nicht für die natürlichste Sache der Welt gehalten hätte, während sie die begleitenden Vergeltungs- und Säuberungsaktionen in solcher Form als unannehmbar empfand. Der empörte Bericht des die Besetzung leitenden Generals Petzel zum Beispiel legt davon Zeugnis ab, wie SS-Soldaten in offenen Wagen durch die Stadt Turck fuhren, Passanten, die ihnen im Weg waren, «unter ihnen manchen Volksdeutschen», mit Peitschen schlugen, wie sie eine Gruppe von jüdischen Männern einfingen und in die Synagoge trieben, die Juden dort ihre Hosen runterlassen und ihre heiligen Lieder singend zwischen den Bänken kriechen und krabbeln ließen, wie sie entdeckten, dass einer von ihnen in die Hose gemacht hatte, und wie sie ihn schließlich dazu zwangen, seinen Kot auf den Gesichtern der Übrigen zu verschmieren. Unter derart höllischen Zuständen sah sich auch der Kommandant der 14. Armee, Wilhelm List, gezwungen, der gegen die Zivilbevölkerung verübten Gewalt des Militärs im Tagesbefehl Einhalt zu gebieten. Aus dem, was er verbot, erfahren wir, was sich abgespielt hat. Seine Soldaten hatten natürlich gestohlen und geraubt, Synagogen angezündet, Frauen vergewaltigt, Polen und polnische Juden gruppenweise hingerichtet.

Leni Riefenstahl und jene für eine korrekte Kriegführung sensiblen Generäle protestierten letztlich gegen etwas, was sie selbst angerichtet, selbst ins Leben gerufen hatten, dem sie nach bestem Wissen und Gewissen und ihrem Eid gemäß dienten. Der Briefträger der Klemperers konnte sich, als er den Regeln der klassischen Logik folgte, in der Beurteilung der allgemeinen Situation gerade deshalb irren. Die Wehrmacht wurde rechtzeitig zum Gefangenen des Gesindels und befand sich also gar nicht in der Lage, irgendein Pogrom zu verhindern, sie bereitete das Pogrom vor beziehungsweise leistete Handlangerdienste. Und daher wäre es auch überflüssig, im Protest dieser namhaften Persönlichkeiten nach moralischen Motiven zu suchen oder ihre entsprechenden Hinweise in irgendeiner Weise ernst zu nehmen. Im hysterischen Weinen Leni Riefenstahls und im Protest der ritterlichen Generäle wird vielmehr eine Gegebenheit anthropologischer Art sichtbar, die nicht nur unter den Umständen von Diktatur und Raubzügen für den Menschen charakteristisch ist, sondern mindestens gleichermaßen in scheinbar friedlichen Zeiten. Der Mensch strebt meist nach Gewinn und begehrt einen Gewinn ohne Einsatz, den er sich nicht erarbeiten muss, der keinen Gegenwert, keinen Preis hat, für den niemand je eine Rechnung stellen wird, beziehungsweise möchte er den sich mitunter als ziemlich hoch erweisenden Preis andere zahlen lassen oder sorgt selbst dafür, dass ein anderer für ihn oder an seiner statt zahlt.

Wie es das ein wenig rohe französische Sprichwort sagt, er will die Butter, das Geld für die Butter und die Möse der Milchfrau dazu.

Auch die drei bewunderungswürdigen Hofkünstler Hitlers, Leni Riefenstahl, Arno Breker und Albert Speer, oder die für ihre Ehrenhaftigkeit berühmten Generäle folgten diesem ein wenig rohen und banalen menschlichen Kurs. Die in Himmlers Posener Geheimrede vernehmbare leise Klage und Drohung galt dabei gerade ihnen und war keineswegs unbegründet. Ich kann die unauffällige Plünderung, Vernichtung und Verschleppung von Juden und anderen minderwertigen Untertanen doch nicht an eurer statt und ohne euch lösen. Albert Speer behauptete später, diese Rede nicht gehört zu haben. Wenngleich bis heute keine Beweise oder Dokumente aufgetaucht sind, denen zufolge er nicht in dem hell erleuchteten Festsaal anwesend gewesen sein sollte.

«Gibt es wirklich niemanden in Deutschland, dem das nicht ans Gewissen schlägt?», fragt Victor Klemperer an diesem denkwürdigen Freitag in seinem Tagebuch. «Noch einmal: Machiavelli war im Irrtum; es gibt eine Linie, über die hinaus Trennung von Moral und Politik unpolitisch ist und sich rächt. Früher oder später. Aber können *wir* das später abwarten?»

Deutsch von Andras Hecker

DAS HUMANE UND DAS ANIMALISCHE

Der Fremde *von Albert Camus*

Anhand der frühen Tagebuchaufzeichnungen von Camus kann man die Entstehungsgeschichte des *Fremden* verfolgen.

Die erste Notiz stammt vom August 1937. «Ein Mann, der sein Leben dort gesucht hat, wo man es zu suchen pflegt (Ehe, Stellung usw.), und unvermittelt beim Lesen eines Modejournals entdeckt, wie sehr er dem Leben fremd war. (Dem Leben, wie es in Modejournalen dargestellt wird).»

Die letzte Notiz stammt vom Mai 1940: «*L'Etranger* ist beendet.»

Außer dem sechsundzwanzigjährigen Philosophielehrer gab es gewiss keinen Menschen auf Erden, der ein geschichtliches Ereignis solcher Größenordnung sich selbst hätte lapidarer ankündigen können. Das schmale Buch ist im Juni 1942 erschienen und begründete eine neue Schule des Romanschreibens. Die Welt war natürlich nicht in dem Zustand, sich ändern zu können. Camus aber war mit etwas befasst, in das die Welt, die eigenen kulturellen Hemmnisse abwerfend, sich hineinstürzte: mit der essentiellen Animalität des Menschen. Jahrzehnte mussten vergehen, bis das Buch von Camus unser Bild von der Spezies Mensch bis ins kleinste Detail verändert hatte. Obwohl ich nicht behaupten kann, dass es von jedem bemerkt worden wäre.

In dieser Schule ist der Satz kurz und schmucklos. Was nicht die Folge einer rhetorischen Idee ist. Camus ist kein Stilist. Die Ökonomie seiner Sätze verdankt sich nicht der psychologischen Sensibilität, dem Reichtum soziologischer Kenntnisse, der Leidenschaft für soziales Engagement, nicht den sogenannten Themen und Gegenständen, sondern der Technik und Tiefe seiner philosophischen Arbeit am Satz. Camus ist ein rigoroser, kein intellektueller Autor. Ein Handwerker. Je gründlicher die analytische Vorarbeit, desto kürzer und gewichtiger die einzelnen Sätze. Düster. Er wird oft mit Montaigne und Pascal in Verbindung gebracht, doch meines Erachtens ist seine Analyse aristotelisch, kantisch: Sie entdeckt «durch Zergliederung alle Handlungen der Vernunft, die wir beim Denken überhaupt ausüben». Nicht das Verhalten des Menschen ist bei ihm der primäre Gegenstand, nicht seine Taten, sondern seine Ansichten. Camus beschäftigt sich mit den Pausenzeichen des Denkens, mit den ungeheuren Abgründen, die die humanen Ansichten des Menschen von seinen animalischen Taten trennen.

Im Roman steht ein einziger Protagonist im Mittelpunkt, der Erzähler selbst, in der ersten Person Singular. Die Handlung geht kaum über das hinaus, was aus der Perspektive des Ich-Erzählers darstellbar ist. Im Buch wird dennoch jenes geistige Terrain beschrieben, das der Held im Augenblick seiner Tat nicht erfassen kann. Camus fesselt die Aufmerksamkeit des Lesers nicht mit individualpsychologischen Eigenheiten des Ich-Erzählers, sondern mit seinen eigenen philosophischen Ideen.

Camus' Roman stellt sich gegen den großen individualpsychologischen Strom der europäischen Literatur. Bei ihm leitet sich die psychologische Bedeutung des Satzes aus der philosophischen Bedeutung ab, nicht umgekehrt. So erschafft er die bereits aufgegebene schriftstellerische Omnipotenz auf einem höheren Niveau neu.

Auch in Meisterwerken verlaufen feine Risse. Am verwundbarsten sind sie dort, wo sich ihre Vorzüge verdichten. Der Autor müsste ein Problem lösen, doch steht ihm eigentlich kein Mittel dafür zur Verfügung. Nicht weil er es nicht hat, sondern weil es keines gibt. Camus ist sich darüber im Klaren, dass Meursaults Fähigkeit zur Reflexion wesentlich stärker ausgeprägt ist als bei einem kleinen Beamten in Algier erwartbar. Oder eher umgekehrt. Wenn Meursaults philosophische Reflexion so entwickelt wäre, dann hätte er die Tat wahrscheinlich nicht begangen, genauso wenig wie Camus, sondern sie sich bloß vorgestellt. Der Widerspruch ist im Prinzip nicht auflösbar. Und dennoch. Camus erscheint im Gerichtssaal als Journalist, und in seinem aufmerksamen Blick erkennt Meursault sich selbst. Und wir erkennen ihn. Es ist nicht der übliche Satz, der in der französischen Literatur seit Flaubert wie ein Gesetz funktioniert: «Madame Bovary c'est moi», in diesem Fall «der Mörder bin ich selbst». Mit einer einzigen selbstironischen Geste unterbreitet Camus dagegen seine ultimative anthropologische Aussage. Er sagt nicht, jeder sei ein Mörder. Das wäre auch nicht wahr. Sondern er sagt, es gebe keine Ausnahmen.

«Heute ist Mama gestorben.»

Schon der zu Recht berühmte erste Satz bewegt sich auf einer dem Ich-Erzähler enthobenen Ebene. Ich muss mich mit der Person, deren Mutter gestorben ist, nicht identifizieren. Obschon ich nicht umhinkann, mich mit ihr zu identifizieren, denn auch ich hatte oder habe eine Mutter. Wenn ich jemandem auf dieser Höhe der Unpersönlichkeit begegne, muss ich kein Interesse an seinen Lebensumständen oder -bewandtnissen bekunden. Er ist als Mensch präsent, nicht als Person, und so werde ich ihn im Roman begleiten. Nicht nur angesichts der Unterschiede nehme ich wesenhafte Kongruenzen zwischen ihm und mir wahr.

Camus verfährt genau umgekehrt als Balzac in *Die menschliche*

Komödie. Er geht nicht davon aus, dass der Mensch etwas Humanes hat, das als moralisch richtig, wünschenswert anzusehen ist und im Vergleich dazu etwas Animalisches, das als böse zu werten sei. Er sieht im Animalischen einen Grundzug der menschlichen Existenz. Das Humane äußert sich für ihn darin, dass man die Anomalie, welche die begangene Tat darstellt, post factum zu erkennen vermag. Oder, ganz anders, Humanität erscheint hier als Mimikry. Eine Maske, ein Panzer, den man sich anlegt, um mit dem eigenen moralischen Urteil seine unerbittliche Animalität zu schützen. Genau so, wie der Richter es im Roman tut. Camus wäre nur dann Moralist, wenn er sagen würde, dass seine schriftstellerische Erkenntnis uns Lesern ermöglichte, die Reihenfolge umzudrehen. Dass wir also aufgrund der Erkenntnis zu besseren Menschen würden. Er sagt es aber nicht.

Der Fremde geht mir auch deshalb besonders nah, weil das Buch genau in dem Jahr erschienen ist, unter dessen grausamem Stern ich geboren wurde. Ich lese es immer wieder, mal im Original, mal in der entsetzlich schlechten ungarischen Übersetzung. Sooft ich es lese, ich werde den Verdacht nicht los, dass Albert Camus doch einen Araber getötet hat.

Deutsch von Lacy Kornitzer

EIN MEISTERWERK DES
UNVERSTELLTEN BLICKS

Über die Denkwürdigkeiten eines
Antisemiten *von Gregor von Rezzori*

Mein Vater hasste die Juden, und zwar ausnahmslos, sogar die demütigen Alten. Es war ein uralt überlieferter und eingefleischter Hass, für den er keinen Grund mehr anzuführen brauchte, jede Motivierung, sogar die absurdeste, gab ihm Recht. Dass die Juden nach der Weltherrschaft strebten, weil sie ihnen von ihren Propheten verheißen worden wäre, glaubte freilich niemand mehr, obwohl sie tatsächlich immer reicher und mächtiger wurden, wie man hörte, besonders in Amerika. Aber Geschichten von einer bösen Verschwörung, wie sie angeblich in den ‹Protokollen der Weisen von Zion› schriftlich niedergelegt war, hielt man selbstverständlich für Humbug, ebenso wie solche von Hostienraub und Ritualmorden an unschuldigen Kindern, trotz des immer noch unaufgeklärten Verschwindens der kleinen Esther Solymossians. Das waren Märchen, die man Dienstmädchen erzählte, wenn sie sagten, sie hielten es bei uns nicht länger aus und gingen lieber zu einer jüdischen Familie, wo sie besser bezahlt und behandelt würden. Dann allerdings erinnerte man sie auch beiläufig daran, dass die Juden schließlich unseren Heiland gekreuzigt hatten. Aber für unsereins, das heißt: für gebildete

Leute, war's gar nicht nötig, mit so schwerwiegenden Argumenten aufzufahren, um die Juden für zweitrangige Menschen anzusehen. Man mochte sie einfach nicht, jedenfalls weniger als andere Mitmenschen, das war so selbstverständlich wie dass man Katzen weniger mochte als Hunde oder Wanzen weniger als Bienen, und man amüsierte sich geradezu damit, die absurdesten Begründungen dafür anzugeben.»

Eine derbe, degoutante, zugleich sehr genaue Beschreibung eingefleischten Hasses. Während man angesichts der Toten und der Zerstörung doch lieber in allgemein gehaltenen Sätzen über Krieg und Genozid sprach. Als wären Hass und Mordlust nicht immer schon eine persönliche und familiäre Angelegenheit gewesen. Gregor von Rezzori hat seinen außergewöhnlichen Realitätssinn aus der Vorkriegs- in die Nachkriegszeit hinübergerettet. Seine *Denkwürdigkeiten eines Antisemiten* sind ein Meisterwerk des realistischen Blicks. Ein höchst angenehm, fast vergnügt geschriebenes und gleichzeitig aufregend unangenehmes Buch, das in der deutschen Nachkriegsliteratur seinesgleichen sucht. Der Autor vereint darin fünf lange Erzählungen autobiographischen Charakters zu einem Roman. 1979 erschienen, hat er seitdem mehrere Auflagen erlebt, ist also zu Recht ein Erfolgsbuch, doch sein literarischer Wert wird in seiner Sprachheimat sichtlich unterschätzt.

Denkwürdigkeiten eines Antisemiten ist ein Tendenzroman, ein ideologischer Roman, obgleich es in den Erzählungen selbst keine Spur von Tendenz, Ideologie oder gar Rechenschaft gibt. Es ist die Geschichte, wenn man so will, die Entwicklungsgeschichte eines blasierten Kindes, eines sich besinnungslos austobenden Halbwüchsigen, eines tollkühnen Jungen. Freilich, der Held der fünf Erzählungen könnte auch aus fünf verschiedenen Familien stammen. Denn das moralische Urteil bzw. der Rechenschaftsgestus kommt eigentlich nicht im Stoff der Erzählungen zur Geltung, sondern in der Struktur, der Art, wie die fünf Erzählungen miteinander verknüpft und aufeinander aufgebaut sind. Rezzori lässt sie so zu einem Ganzen verwachsen, dass man auch einen Roman über beliebige Seelenentwicklungen vor sich haben könnte. In den in sich geschlossenen Erzählungen waltet das Goethesche Prinzip der Wahlverwandtschaft, von bedingtem Wollen und Müssen, in der Struktur des Ganzen aber eine Ideologie, die dem zwanzigsten Jahrhundert und jedem, der persönlich in ihm gelebt hat, ihren unpersönlichen Stempel aufgedrückt hat. Man könnte sogar sagen, die Wahlverwandtschaft wird von der Ideologie und die Ideologie von der Wahlverwandtschaft geprägt. Mein Hass ist ein individueller Hass, aber am Werk ist der unpersönliche Hassmechanismus.

Rezzoris literarisches Verfahren ist einzigartig sowohl in der Erzählweise als auch in der Behandlung des Themas. Er erzählt nicht im Ton der Selbstprüfung oder Rechenschaft von sich, vielmehr erinnert er sich einfach und mit anmutiger Eleganz an eine untergegangene Welt. Gregor von Rezzori ist nicht der einzige, aber der außergewöhnlichste Berichterstatter und Vergegenwärtiger dieser versunkenen, vernichteten, in Schutt und Asche gelegten Welt, dieses Grenzlands des einstigen römisch-deutschen Reiches, wo Ruthenen, Rumänen, Ukrainer, Deutsche, Ungarn und Juden im Elend zusammenlebten und die blutigsten Kapitel in der Geschichte des Jahrhunderts geschrieben worden sind. Auch er tritt in jene in der deutschen Literatur als Literatur des «Shtetl» bekannte Tradition ein, die sich aus der Vielsprachigkeit, aus Glauben, Legenden und Volksmärchen speist und deren sinnliche Darstellung bewahrt hat. Aus dieser auch mit dem ungarischen Geschichtsbewusstsein eng verknüpften Region stammen Rezzoris große literarische Vorgänger Ivan Olbracht, Karl Emil Franzos, Joseph Roth und Alexander Granach. Bestünde noch die Chance für so etwas wie ein allgemeines literarisches Bewusstsein, so hätte mit Sicherheit die Kenntnis etlicher ihrer Meisterwerke darin einen festen Platz, und so wüssten wir auch einiges vom Ursprungsort der Menschenliebe und des Menschenhasses. Rezzori unterscheidet sich von ihnen und anderen nur insofern, als er zu einer Zeit über diese literarisch reich kartographierte Welt zu schreiben begann, als sie real schon nicht mehr existierte – ihr letzter, aller Wahrscheinlichkeit nach allerletzter Bote. Das Besondere seiner Betrachtungsweise aber besteht darin, dass er seinen gestrigen Mangel an Bewusstsein nicht mit seinem heutigen Wissen überblendet. Er schreibt über dieses Menschengezücht so, als wäre überhaupt nichts geschehen. Es kommt ihm gar nicht in den Sinn, die Momente seiner Vergangenheit unter dem Eindruck der späteren Erschütterung neu zu ordnen, und deshalb ist seine um Sinnlichkeit bemühte Darstellung bei der Rekonstruktion dieser Vergangenheit auch nicht durchwirkt von den für die deutsche Nachkriegsliteratur so charakteristischen Scham- und Schuldgefühlen. Als habe er vom Wirken der Gruppe 47 überhaupt nichts gehört, als sei Adornos berühmter Satz nie an sein Ohr gedrungen. Er hat kein Schuldbewusstsein, er ist frei von Selbsthass, aber gerade aus dieser moralischen Leerstelle heraus entfaltet er die unausgesprochene moralische Lehre des Buches. Er hält das Vergrößerungsglas über Erscheinungen und Funktionsweisen der Hass- und Selbsthassmechanismen, die zu sehen uns die Ethik und Ästhetik nach dem Weltbrand verbietet. Er macht das Prä- und Subkulturelle sichtbar. Er schreibt deutsch, in einer ganz ungewöhnlichen deutschen Sprache, denn als Bukowiner ist sein Bewusstsein von Vielsprachigkeit geprägt, und daher betrachtet er die barbarischen und heidnischen Glaubensvorstellungen der in Verführung Verstrickten und zu ihrer Wahl Verurteilten unvoreingenommen, ja mit Vergnügen. Es ist, als sähen wir einem brutalen rituellen Tanz zu, einer heidnischen

Initiation, die unsere christliche Kultur wie ein Geheimnis mit sieben Siegeln mit sich herumschleppt.

Kühl, ironisch, ambitiös, verspielt, originell, frech, kraftvoll, traurig, verträumt, resigniert, heldenhaft. All das ließe sich über Gregor von Rezzori sagen. Diese Eigenschaften sprechen nicht für einen harmonischen Charakter. Die freilich den nicht gerade harmonischen Eigenschaften der Kultur entsprechen. Die sogenannte große Geschichte nimmt Rezzori in seinen Erzählungen nicht zur Kenntnis, von der Kultur spricht er fast gar nicht. Er richtet sein Augenmerk auf elementare Gegebenheiten des Lebens, beobachtet, wie sie sich im Gefüge eines durch seine Eigenschaften festgelegten Charakters übereinanderschichten. Durch diese Beobachtungen wird sichtbar, welche fertigen Ideologien ein menschliches Individuum übernehmen muss, damit sein Charakter keinen Schaden nimmt, wie also die vorgefertigten Ideologien das Individuum unbemerkt einnehmen, ohne dass es ihm bewusst würde. Es wird sichtbar, was das Individuum seinen Eigenschaften entsprechend in sich verschieben muss, von wo nach wo, und warum es das tut. Es wird sichtbar, an welchen Punkten und auf welche Weise sich der kleine persönliche Hass mit dem großen unpersönlichen Hassmechanismus verzahnt, unabhängig davon, ob die Person das für wünschenswert erachtet. Rezzori zeigt kein Interesse am historischen Antisemitismus, er sondiert und erklärt ihn nicht und verirrt sich deshalb auch nicht im Labyrinth von Ursachen und Motiven. Ihn interessiert der sich als Auswirkung elementarer Lebensphänomene offenbarende alltägliche Antisemitismus, der mit den Affekten und Gefühlen des Individuums in direktem Zusammenhang steht, und deshalb lässt er die Ideologie außer Acht. Die Ideologie des Antisemiten versteht er als ein Verbindungssystem persönlicher und allgemeiner, individueller und konventioneller Affekt- und Gefühlsäußerungen. Man kann seinen Roman auch als Illustration zu István Bibós

Studie über «Ursachen und Geschichte der deutschen politischen Hysterie» lesen.

Wer sich in seinen eigenen Lebensphänomenen auskennt, wer weiß, was woher kommt und was woraus folgt, bedarf keiner Ideologie, nur um seine unverständlichen Affekte und heftigen Gefühle durch eine unglückselige Gemeinschaft zu veredeln. Er könnte allenfalls sagen, dass er anderen gegenüber so viel Ungerechtigkeit verübt hat, wie er sich selbst gegenüber verüben musste, um die Integrität seiner eigenen Wesensart gegenüber den anderen wahren zu können. Jene aber, die mangels Selbsterkenntnis ihre nicht vorhandene persönliche Integrität verteidigen, indem sie sich an eine unpersönliche Ideologie klammern, hält Rezzori für lächerlich. Doch er weist dabei nicht auf andere, sondern sieht und präsentiert als den Lächerlichsten sich selbst. Er verkündet auch nicht, dass er Antisemit war und nun nicht mehr ist, sondern deckt mit nicht geringem ästhetischem Genuss die Fehlbarkeit des menschlichen Verstands in sich selber auf. Den ideologischen Anschluss konsensbedürftiger Seelen betrachtet er als lustvollen Kurzschluss des Selbstbewusstseins, eine Art Ejakulation. Andererseits spricht in Rezzoris Buch ein Mensch die konventionelle Sprache der antisemitischen Ideologie, der, in die Schreckensherrschaft der Barbarei, einen prä- und subkulturellen Zustand zurückgeworfen, an einem Nullpunkt der Menschlichkeit in der Sprache der Selbsterkenntnis über sich zu sprechen gelernt hat. Er war dazu gezwungen, und er ist gegen seine Überzeugung dazu gezwungen worden, denn dem unpersönlichen Hassmechanismus ist das Individuelle nicht heilig. Nicht Anteilnahme, Scham und Schuldbewusstsein haben Rezzori geleitet, sondern eine Zimperlichkeit mit Haltung. Jedenfalls behauptet er das von sich selbst. «So ertappte ich mich bei der gleichen witzig abfertigenden Schnödigkeit, die ich für zynisch und typisch jüdisch angesehen hatte. Aber ich wusste erstaunlicherweise, dass mein

Vater mich dafür nicht verachtet haben würde. Ich war sicher, dass selbst sein Judenhass haltgemacht hätte vor dem, was hier vor sich ging: am Punkt, an dem es anfing, unästhetisch zu werden.» Seine stolze Zimperlichkeit ist ein Pseudonym für die gefundene Selbstachtung und den Mut, sich der falschen Verbrüderung entgegengestellt zu haben. «Die einzige Würde, die in der Zeit gewahrt werden konnte, war die, zu den Opfern zu gehören.»

Deutsch von Ruth Futaky

IMRE KERTÉSZ UND SEIN THEMA

Schon immer hat Kertész' Thema seine literarische Leistung zu großen Teilen verdeckt, und dies wird wohl noch lange so bleiben.

Der unsägliche Versuch, das europäische Judentum vollständig zu entrechten, zu plündern und auszurotten, gehört nicht zu den Geschichten oder Themen, die man am Dienstag erledigt und am Mittwoch vom Tisch wischt. Diese Sache verjährt nicht. Man kann sie nicht wie irgendeine Familiengeschichte nachträglich ummodeln, um sie dann zusammen mit einer anderen, als verzeihlich geltenden historischen Schuld dem Vergessen anheimzugeben. Dem kollektiven Versuch, das europäische Judentum völlig zu entrechten, systematisch zu plündern und methodisch auszurotten, ging die gezielte ideologische Aktivität und eine koordinierte Indoktrination mehrerer europäischer Völker voraus. Er kann keineswegs als Betriebsunfall der europäischen oder gar der ungarischen Geschichte gelten. Noch wird es für ihn je eine kirchliche oder weltliche Absolution geben.

Und mag einer auch keine persönliche Verantwortung damit verknüpfen, so heißt das nicht, dass er sich um die bleibende historische Verantwortung drücken kann.

Die Realität von Auschwitz ist in den letzten sechs Jahrzehnten zum universalen Maßstab für Ethik, Politik und Recht geworden. Auch diejenigen kommen nicht um sie herum, denen daran am meisten gelegen wäre: die Nationalisten und die Faschisten. Gezwungenermaßen müssen sie sich von dem abgrenzen, was sie nur allzu gern wiederholen würden. Ethnische Säuberungen, Massenvernichtung und Völkermord gehören nicht mehr zu den legitimen nationalen Phantasien. Die historische Erfahrung von Auschwitz ist wie eine Schwelle, an der jeder, Tag für Tag, das Maß seiner eigenen Ignoranz beziehungsweise die Glaubwürdigkeit seiner Haltung ablesen kann. Wer nicht über Auschwitz nachdenkt, kann nicht über Gott nachdenken. Auch nicht über die menschliche Drachenbrut. Staatliche Institutionen, Kirchen, Familien, Einzelpersonen – sie alle können nicht umhin, diese hohe Schwelle des kollektiven Bewusstseins zu überschreiten. Weder die gestern noch die heute Geborenen.

Das Bild des Menschen in der europäischen Kultur ist ohne Auschwitz fortan nicht mehr vollständig darstellbar. Auschwitz erscheint uns im gleichgültig-ätherischen Lächeln der Mona Lisa, seine Leichen türmen sich hinterm Isenheimer Altar. Gott ist nicht tot. Doch Maske, Schminke, Schleier helfen nicht mehr weiter. Das jahrtausendealte Idol der Selbstvergötterung und des Selbstmitleids ist in den rauchenden Schloten von Majdanek und Sobibor, auf den Bahnhöfen von Debrecen, Miskolc und Pécs, in den Krematorien von Auschwitz und Ravensbrück wahrhaftig und endgültig zunichte geworden. Das Christentum verfügt über keine andere, idealere Realität, über keine von Auschwitz abtrennbare Geschichte. Ohne Auschwitz gibt es nunmehr keine christliche Theologie.

Seltsamerweise wird nicht nur Kertész' literarische Leistung von seinem zentralen Thema verdeckt, dieses immense Thema verdeckt auch seine sozusagen innersten Themen.

Seine Themen sind ineinander verschachtelt wie schreckliche Zauberkisten.

Als Kertész aus dem Kontinuum der Diktaturen auf das

«schöne» und «einzigartige» Auschwitz seiner Jugend zurück-
blickte, erkannte er Auschwitz als die tiefste, essentiellste Realität
der europäischen Kultur. Es gehört zu den großen strukturellen
Erkenntnissen seines Werks, dass man Auschwitz von Auschwitz
aus nicht sehen kann, während es aus dem Blickwinkel der sich
fortsetzenden Diktaturen wie eine schöne Erinnerung erscheint.
In der Diktatur sind die Bewusstseinsinhalte jeder einzelnen Person zwangsweise verzerrt. Qualvoll also das Wiedererkennen
einer Kontinuität da, wo andere höchstens einen zivilisatorischen
Kurzschluss, das unerklärliche Werk des Bösen oder das Tun
des Zufalls sehen möchten. Denn eine solche Auffassung der
historischen Wirklichkeit, der Natur und Handlungsweise des
Menschen erlaubt nicht die geringste Illusion des Gefühls, weder
mit Blick auf die Vergangenheit noch mit Blick auf die Zukunft.
Sie enthält auch keinen Hinweis, wonach zwischen der roten
und der braunen Diktatur ein bequemes Gleichheitszeichen zu
setzen wäre und à la Nolte die Verbrechen der einen durch die
der anderen entschuldigt würden. Was heute passiert, kann auch
morgen passieren. Mit *Eine Gedankenlänge Stille, während das
Erschießungskommando neu lädt* – dem Titel seiner ersten Essay-
sammlung – benennt Kertész diesen Zusammenhang, bezeichnet
er den Berührungspunkt der Diktaturen. Er macht deutlich, auf
welche Weise die europäische Geschichte und die schrecklichen
Zauberkisten der menschlichen Natur ineinander verbaut sind.

So ist die Sprache, das ist die Kultur, so sieht ihre Ordnung
aus – all das ist nicht zufällig und nicht beliebig.

Nur einen, doch zweifellos einen wesentlichen Teil der literarischen Leistung von Imre Kertész, die durch sein Thema verdeckt wird, macht die philosophische Analyse aus. Grundsätzlich
wäre sie in jeder Sprache der Welt zu leisten. Doch interessan-
terweise wird sie in einer Sprache geleistet, deren Begriffe bislang philosophisch kaum vorbelastet waren. In einer Sprache, die

höchstens die Interpretationen anderssprachiger Philosophien kennt, doch über keine eigenständige Philosophie verfügt. Diesen Nachteil, d. h. das fast vollständige Fehlen einer überlieferten analytischen Begrifflichkeit im Ungarischen, hat Kertész in seiner eigenen Sprache in einen Vorteil verwandelt. Aus dem Stoff der ungarischen Sprache arbeitete er ein Gewebe unbeteiligter Sehweisen heraus. Im Nachhinein erkennt man, dass es die flexible ungarische Syntax ist, die seine Sprache zu solch unbeteiligter Sicht befähigt. In seiner Prosa bringt Kertész die quälende Wirklichkeit mit fast ungerührtem Blick in den schmalen Lücken zwischen den Klischees zur Kenntnis, mit denen die Wahrnehmung behaftet ist. Dadurch hat die ungarische Sprache in Sachen Realitätssinn eine neue Qualität gewonnen.

Deutsch von Ilma Rakusa

AN EINEM DENKWÜRDIGEN
TAG SEINES LEBENS

Milán Füst und die Geschichte meiner Frau

Als Milán Füst das Werk seines Lebens zum Abschluss brachte, stand Europa in Flammen. Dem ungarischen Reichsverweser, dem in Märchenuniformen umherstolzierenden Konteradmiral Horthy, kam in jenen Tagen der letzte Rest von Realitätssinn abhanden. Unbekümmert um die Größe und Ausrüstung seines Heeres erklärte er der Sowjetunion den Krieg. Jüdische Männer verpflichtete er per Regierungserlass zum Arbeitsdienst. Seine Gendarmerie trieb bei landesweiten Razzien 11 000 (nach anderen Angaben 16 000 oder 18 000) «Ostjuden» zusammen, die entweder aus den kürzlich wieder angeschlossenen Gebieten stammten oder aus Galizien geflüchtet waren und schon seit einem halben Jahrhundert als «Staatenlose» in Ungarn lebten. Sie alle wurden bei Kamenez-Podolsk über die Grenze getrieben, um dort von deutschen Sonderkommandos umgebracht zu werden. Das dritte Judengesetz wurde erlassen, die Krönung der beiden ersten, es verbot die Eheschließung von «Nichtjuden mit Juden» und stellte jedem «Juden, der mit einer ehrbaren nichtjüdischen ungarischen Staatsbürgerin außerehelichen Geschlechtsverkehr ausübt», eine dreijährige Zuchthausstrafe in Aussicht. In seiner Rigorosität ging der Paragraph 9 dieses Gesetzes weit über die

Nürnberger Rassengesetze hinaus. Zucker, Fett, Brot und Mehl wurden nur noch auf Lebensmittelkarten ausgegeben, staatliche Zensoren waren die ersten kritischen Leser der Zeitungen. Die bedeutendste ungarische Literaturzeitschrift, *Nyugat* (Westen), wo Füst über viele Jahre Redakteur gewesen war, wurde eingestellt. Füst war immer der Ansicht gewesen, Literatur und Kunst müssten sich von den banaleren Dingen fernhalten. Nun war er mit seinen poetologischen Vorstellungen auf gefährliches Terrain geraten. Es schien, als sei er blind und taub. Am selben Tag, an dem er das Werk seines Lebens beendete, fing der militärische Nachrichtendienst im belagerten Moskau an, seine Einrichtungen zu evakuieren, und deshalb konnte der kommunistische ungarische Geograph und Spion Sándor Radó, der den Decknamen «Dora» trug, die wichtigen strategischen Informationen, die sich seine Gruppe unter großen Gefahren von der deutschen Heeresleitung verschaffte, nicht mehr aus Genf weiterleiten. Der Sender des «Direktors» meldete sich an diesem Tag nicht, und auch in den folgenden kritischen Wochen empfing er die geheimen Nachrichten nicht mehr. An jenem Tag musste die deutsche Heeresleitung einsehen, dass sie Hitlers Befehl nicht erfüllen konnte, die Einnahme Moskaus erwies sich als unerwartet schwierig. In den letzten vier Wochen seien täglich 32 000 deutsche Soldaten umgekommen, hätte «Dora» aus Genf melden müssen. Aus Berlin war an diesem Tag eine vollständige Nachrichtensperre bezüglich der Ostfront angeordnet worden. Füst schien die ganze geheime und öffentliche Schande, das Ausmaß des Elends nicht zu tangieren.

Doch so war es nicht. Er hielt die brutale Aktualität von seiner Arbeit, seinem Hauptwerk fern.

Seine Monomanie erstreckte sich auch auf seine politischen Äußerungen, seine politische Abstinenz. Er war der größte Monomane der ungarischen Literatur, der bedeutendste ungarische

Hypochonder. Ewig erschöpft, ständig krank, früh vergreist, wartete er nur noch auf den gnädigen Tod. Am Ende seines Lebens gelang es ihm zumindest, in den Rollstuhl zu kommen, den er als Thron benutzte. Mit seinen hingebungsvollen Litaneien ging er selbst seinen Verehrern auf die Nerven. Aus seinen Werken dagegen hielt er alles unmittelbar Autobiographische heraus. Außerhalb seiner Arbeit war er zu keinerlei Selbstbekenntnis zu bewegen. Auch in der Askese war er Monomane. Eine einzige kurze Lebensbeschreibung ist von ihm erhalten geblieben. Darin behauptet er, außerhalb seiner Arbeit kein Leben zu haben. Was insofern stimmte, als er die Hölle, die ihm das Schicksal beschied, mit Erfolg verheimlichte und zensierte. An jenem denkwürdigen Tag grollte und schmollte er in seiner mit einer herrlichen Bibliothek ausgestatteten Budaer Villa, er arbeite nun schon seit sieben Jahren «an diesem einen popeligen Werk». Jetzt sei er damit fertig. Tags zuvor habe er den passenden Titel und dazu den passenden Untertitel gefunden. Das schrieb er an Lajos Fülep, den Kunstphilosophen und protestantischen Pfarrer von Zengővárkony, den er aus Neigung zur Selbstquälerei für seinen Freund hielt. Füst hatte das an deutschen und jiddischen Elementen reiche Ungarisch Budapests in seine literarische Sprache aufgenommen, nicht nur in die Prosa, sondern auch in seine noch feinsinnigere Lyrik, Fülep hingegen behauptete, Füst könne kein Ungarisch. In deutscher Übersetzung würden sich seine Werke sicher besser machen, wiederholte er immer wieder, damit die Beleidigung auch richtig saß.

Budapest war bis Ende des 19. Jahrhunderts eine deutsch- oder zumindest zweisprachige Stadt, und das hatte (und hat bis heute) außer den Vorteilen für Handel und Industrie starke Auswirkungen auf den Sprachgebrauch. Aus Füsts Tagebuchnotizen geht hervor, dass seine Mutter mit ihm Deutsch sprach, er hatte es bereits als Kind gehört, wenn er mit hohem Fieber im Bett lag und sie mit dem Arzt über ihn redete. Vergeblich argumentierte Füst, dass Fülep im Interesse der Reinheit und Urtümlichkeit des Ungarischen dann nicht nur die türkischen und slawischen Lehnwörter oder der reinen Intonation zuliebe auch die Dialekte aus der Sprache verbannen, sondern auch die ganze lateinische Schicht aus ihr herausoperieren müsste. «Ich schüttele dich wie einen Zitronenbaum», schrieb er Fülep in biblischem Zorn. Fülep blieb in dieser Frage ein biederes Kind seiner Zeit, stur, narzisstisch, blind für die Realität, taub für den gesunden Menschenverstand. Er bestimmte, was die Sprache von ihrer eigenen Realität zur Kenntnis zu nehmen hat und was nicht. Sollte der arme Füst doch schwärmen, dass er endlich den Namen seines aus Holland stammenden Haupthelden gefunden und mit dem Diktat des fertigen Manuskripts begonnen hatte.

Das geschah am Freitag, dem 17. Oktober 1941, was höchstens deshalb Erwähnung verdient, weil sich an diesem Tag niemand für Füsts gerade abgeschlossenen Roman interessierte, was sich auch später nicht geändert hat. Bis der Roman 1958 bei Gallimard auf Französisch und 1962 bei Rowohlt auf Deutsch erschien, lebte und arbeitete Füst in seiner Heimat in völliger Isolation. «Der leuchtende Reisegefährte» solle der Titel seines Romans werden, schrieb er. Zum Glück wurde er es nicht. Sein Held werde Kapitän Drőhn heißen, schrieb er. Genauso, willkürlich, das lange «ő» mit einem Akzent, den es weder bei holländischen noch bei deutschen Namen gibt. Füst ging sehr weit, nicht nur in großen und nicht nur in kleinen Dingen. Zum Beispiel versuchte er zu erlernen, wie er seine schlechten Eigenschaften beherrschen konnte. Er wandte enorme Energien für die Selbstheilung auf; als wollte er in sein eigenes Menschenideal hineinwachsen. Deshalb vermochte er sich auch in jeder Hinsicht extremer zu zeigen, als er war. Er war ein großer Sonderling, und in diesem Punkt vertrug er keinen Spaß, denn er wäre gern der nüchternste

Mensch auf Erden gewesen. «Ein unerträgliches Naturell», schrieb er über seine Mutter. «Ich halte ihn für einen guten Stilisten, auch für einen mehr oder weniger begabten Menschen, nur dass ich ihn nicht ausstehen kann», schrieb er über einen Kollegen. «Und seine Frau war schon zum Auskotzen, ehe sie überhaupt auf die Welt kam», fügte er hinzu, um keinen Zweifel an seinen Gefühlen zu lassen. «Diese Hornochsen können Pferdescheiße nicht von einem Regenbogen unterscheiden», schrieb er über einen Verleger, womit er möglicherweise Recht hatte. «Auch in Deutschland wimmelt es von Rindviechern» – vermutlich ebenfalls schwer widerlegbar. «Anscheinend habe ich ihn geliebt. Und das ärgert mich. Denn wozu habe ich jemanden geliebt, der mich nicht zu lieben verstand», schrieb er einem Freund über sein Verhältnis zu einem anderen Freund. «Dass Sie krank waren, bedaure ich natürlich sehr, wenn auch zugegebenermaßen nicht genug, denn dazu bin ich viel zu sehr mit mir selbst beschäftigt, der ich nämlich noch kränker bin», schrieb er an seine deutsche Übersetzerin Mirza von Schüching.

Bei seinen Zeitgenossen löste er Befremden aus, nicht nur weil er die Ausdrucksweise deutscher Handwerker, jüdischer Händler und slowakischer Dienstboten als Teil seiner philosophisch geschliffenen wie sinnlichen Sätze in die ungarische Schriftsprache einführte und durch anstößige Meinungen in peinliche Situationen geriet, sondern weil er sich zu alledem noch eine eigene Orthographie und Interpunktion erlaubte, die er mittels der Akzente für kurze und lange Vokale beziehungsweise durch Anordnung der Satzteile der Musikalität der Pester Sprache und dem Rhythmus seiner eigenen Emotionalität anpasste, ja mehr noch, gegen den Widerstand von Redakteuren, Korrektoren und Setzern durchsetzte. Ähnlich verfuhr zur selben Zeit auch Móricz mit der Bauernsprache und den ungarischen Dialekten, und einige Jahre früher hatte Bartók die ungarische, slowakische und rumänische Bauernmusik auf vergleichbare Weise in seine Arbeit aufgenommen. Füsts Sprache hielt sich getreu an die jüdische und deutsche Intonation des Ungarischen und die flatternde Betonung der Satzenden. Er passte Rechtschreibung und Intonation an die real existierende Sprache Budapests an und nicht umgekehrt. Wenn er deutsch schrieb, machte er das auf sehr amüsante Weise auch mit dem Deutschen. Er schrieb *gütig, französisch, bezüglich, schön, natürlich*, mit dem ungarischen Doppelakzent für die langen Umlaute. Die wunderbare, von Judit Szilágyi betreute Ausgabe seiner gesammelten Briefe (Verlag Fekete Sas, Budapest 2002) bringt die deutsch geschriebenen Briefe genau so, in der im Deutschen unbekannten Schreibweise. Füst schrieb nach dem Gehör. Er verwendete den ungarischen Akzent für einen langen Vokal in deutschen Texten da, wo die Deutschen den Vokal lang aussprechen. Aber er hätte nie lang geschrieben, was auf Deutsch kurz klingt: *möchte, könnte, wünschten, Stück, Glück* und so weiter. Es ist amüsant zu sehen, wie er in seinen ansonsten keineswegs fehlerfreien deutschsprachigen Briefen die deutsche Orthographie reformiert hat.

An jenem Oktobertag, als Füst in Budapest seinem Helden einen endgültigen Namen gab (den er später mit glücklicherer Hand ebenfalls änderte), hatte von seinen großen Zeitgenossen Witold Gombrowicz längst den Ozean überquert und befand sich in Buenos Aires, Albert Camus im näher gelegenen Oran und André Gide im noch näher gelegenen Nizza. Alle drei waren vor der deutschen Besetzung geflohen. Victor Klemperer hätte Dresden gar nicht mehr verlassen können. Camus hat gleichsam zur Selbstbestärkung in seinem Tagebuch die Namen der großen Vorgänger notiert, die ihre Werke gleichfalls mitten in geschichtlichen Wirren geschaffen haben: Shakespeare, Milton, Ronsard, Rabelais, Montaigne, Malherbe. In schweren Stunden ist es tröstlicher, Bestärkung bei Gleichgearteten zu suchen, als sich mit der ernüchternden Erkenntnis abzufinden, dass dem menschlichen Bedürfnis nach kriegerischem Blutvergießen und Zerstörung durch Hebung des zivilisatorischen Niveaus nicht beizukommen ist, im Gegenteil. Der allgemeine Anstieg des Zivilisationsniveaus steigert die menschliche Lust an Blutvergießen und Zerstörung und deren Frequenz und Effektivität. Camus hatte etwa ein halbes Jahr zuvor seinen Roman *Der Fremde* vollendet, was zumindest seine beiden Freunde, Pascal Pia und Jean Grenier, interessierte. Wegen der Veröffentlichung war er in Briefkontakt mit Malraux getreten, der ihm an diesem Tag mitteilte, dass er Gaston Gallimard von dem Roman berichten werde. Gide sann in jenen Stunden in seinem Zimmer mit Meeresblick im Hôtel Adriatic über abstraktere politische Themen nach. Seine Tagebuchaufzeichnung adressierte er an die, die befürchteten, dass eine «nationale Wende» in der öffentlichen Meinung eintreten könnte. Der Widerstand gegen die deutsche Besatzung und die Kollaboration konnte kaum anders sein als national. Wenn eine Revolution aber sozusagen national ist, schrieb Gide, steht sie im Zeichen des Triumphes einer Partei. Offensichtlich bangte er um die Demokratie, ob sie den nationalen Widerstand und die nationale Kollaboration überstehen würde. Gombrowicz beschäftigten ähnliche Sorgen hinsichtlich der polnischen Widerstandsbewegung: dass der gemeinsame Widerstand das Ich auffressen könnte. Angesichts eines zwangsweisen Kollektivismus bangte er um das ausgelieferte und gebrechliche Individuum. Mal besteht unser Problem darin, dass das, was moralisch ist, nicht unbedingt Vorteile bringt, und mal besteht es darin, dass das, was sich als unbedingt vorteilhaft empfiehlt, nicht unbedingt moralisch ist.

Klemperers Sorge an diesem Tag blieb praktischer Art. Er musste zum Schuster in die Planetta-Straße. Der Schuster hatte ihm gesagt, er möge nicht mehr selbst kommen, sondern seine arische Frau schicken. Nach dem Erlass dürfe er, der Schuster, nicht mehr für Juden arbeiten. Obwohl er Herrn Klemperer weiterhin als einen lieben alten Kunden betrachte. Klar, auch der Schuster wünschte auf eine Weise moralisch zu bleiben, die zugleich dem Prinzip des Vorteils diente. Und damit es dem literarisch denkwürdigen Jahr nicht an strategischen Phantasmen mangele, erklärte Konteradmiral Horthy als oberster Heerführer des ungarischen Königreiches den Vereinigten Staaten vor Weihnachten noch rasch den Krieg. Die Kriegserklärung erlitt in ihrer Ernsthaftigkeit ein wenig Einbuße dadurch, dass der diensthabende Regierungsbeamte in Washington gar nicht wusste, wo dieses Land lag, und wenn es ein Königreich war, wo dessen König saß, und wenn es einen Konteradmiral zum Reichsverweser hatte, wo dann seine Heeresflotte war, und wieso es denn kein Meer hatte.

Aber bis Weihnachten war es noch lange hin. Vorher musste Füst sich noch mit wichtigen Detailfragen seines Romans befassen. Waren ihm doch schon im nächsten Satz seines Oktober-Briefes starke Zweifel an der Brauchbarkeit des endlich gefundenen Namens gekommen. Vorher musste «Dora» mit seinen wichtigen Informationen noch im Äther «Direktor» finden. Er konnte ihm mitteilen, dass die deutsche Wehrmacht nach seinen Berechnungen bislang 1 250 000 Soldaten verloren und es bei den Manövern 1 300 000 deutsche Verwundete gegeben hatte. Unterdessen schrieb Füst an Fülep, «dieser Name: Dróhn, ist mir noch immer zu schön». Seine Befürchtung ist berechtigt und leuchtet jedem, der Deutsch kann, sofort ein, denn der Name braust, rauscht, dröhnt, tobt, klatscht und bebt, tut also im Deutschen all das, was die Meereswellen tun, wenn sie an Felsen branden, sich brechen, zurückfallen, und das alles kann er im Deutschen mit einem tatsächlich lang gesprochenen Vokal. Auch das Echo der Detonationen, der Luftkrieg hallt im deutschen Verb «dröhnen» nach. Für einen solide gebauten Schiffskapitän, der seinen hundertfünf Kilo schweren Leib und seinen leichtgewichtigen Geist an der Liebe zu seinem kleinen und gebrechlichen Weib und seiner heimtückisch bohrenden Eifersucht zerschellen lässt, ein viel zu schöner, viel zu sprechender Name. Da war Störr schon besser, der bereits im Oktober doppelt unterstrichen auf der Liste stand. «Ich habe etwa viertausend Namen aufgeschrieben, und kein einziger passt. Denn der Name muss überzeugend sein, und wenn er zu schön, zu klangvoll ist, dann stimmt er nicht, dann ist er vom Autor ausgedacht. Und trotzdem muss er auch klangvoll sein. Ich hätte mir einen *spröden* Namen gewünscht, mein erster Gedanke war Leimrock (Jakab), aber da haben meine deutschen Schriftstellerfreunde mich ausgelacht, sie behaupteten, das klänge so, als wenn jemand auf Ungarisch Paprika hieße. Und darauf hat mir die untalentierte Bande die prächtigsten alten Seemannsnamen angetragen – die Esel. Die schönsten und typischsten Namen sind schlecht. Der Seemann sollte einen Namen wie ein Zahnarzt haben, das ist gut. Des Weiteren: er ist Holländer, also sollte er einen *französischen* Namen haben oder einen deutschen und nicht einen wie Van der Boschke oder so etwas Ähnliches, – Holland hat schließlich genug zu tun mit der französischen oder deutschen Vergangenheit. Und jetzt schwanke ich, ob ich nicht lieber einen der folgenden Namen wählen soll (die Einfälle dieser Nacht): Kuppert, Raschaba oder Elvehjem. Der letztere gefällt mir am besten, aber ist er nicht zu plump? (Obschon mein Held genau das ist, ein ungeschlachter Kerl, vor allem in der Liebe, und darum geht es in dem Roman.) Ich fürchte auch, der Name könnte judenverdächtig sein.»

Die letzte Befürchtung ist heute nur schwer ohne Befremden zu vernehmen. Warum sollte ein holländischer Schiffskapitän nicht einen Namen haben, der auch jüdisch sein könnte. Was heißt das, verdächtig. Warum fragt er gerade Fülep, der ihm unter dem Vorwand der Sprachkritik mehr als einmal seine jüdische

Herkunft unter die Nase gerieben hatte. Als würde jeder über sein Geschlecht, seinen Namen oder seine Herkunft frei entscheiden. Als hätte doch nicht jeder protestantische Pfarrer und freie Kunstphilosoph und jeder ungarische Schriftsteller ohne Zutun Gottes darüber entschieden, ob er auf die Stimme des Blutes oder lieber auf den gesunden Menschenverstand hören sollte. So wie sie vermutlich auch frei darüber entschieden, wie tief sie sich im Interesse des gründlich vorbereiteten Raubes und Brudermordes auf Stammes-, Blut- und Rassebetrachtungen einlassen sollten. Wann und worin sie der Moral und wann und wie weit sie dem Vorteilsprinzip folgen sollten. Bis ihnen die ganze wissenschaftliche und politische Kloake bis zum Halse stünde oder noch weiter, bis sie ihnen in den Mund schwappen würde. Füsts hilfesuchende Frage an Fülep war von der Naivität seines heiligen Handwerks getragen. Sie war rhetorisch, masochistisch, und nicht nur Fülep hat sie nicht begriffen; sie ist auch nicht so einfach im Zusammenhang mit der persönlichen Situation Füsts zu begreifen. Infolge der drei ungarischen Judengesetze hatte er aufgehört, eine rechtlich frei über sich verfügende Person zu sein, doch gerade deshalb musste er Mittel finden, um zumindest die Literatur nicht dem auch in seinem Freundeskreis um sich greifenden rassentheoretischen Geschwätz auszuliefern. In seinem Roman hatte er dieses Mittel auch ohne den Rat oder die Hilfe eines einzigen Freundes gefunden, das äußerst feine und komplexe Mittel der negativen Distinktion.

Mária Gräfin Radákovich hingegen, die mit ihrer Cousine, «einer anderen Gräfin», zu ihm zu Besuch gekommen war, musste er bitten, «nie wieder zu kommen», etwas direkter ausgedrückt, warf er sie aus seiner Wohnung. «Es stellte sich heraus, dass die jungen Damen zwar nicht Anhänger des deutschen Systems waren, sich aber gerade zu fragen begannen, ob sie nicht entzückt darüber sein sollten.» An diesem Punkt ist es mit der literarisch motivierten politischen Zurückhaltung Milán Füsts vorbei. «Denn diese Frage ist für mich eine auf Leben und Tod, so bedeutsam ist sie für mich. Wenn also jemand in dieser Frage lax ist, wenn er auf reizend überhebliche Weise nachsichtig ist, wenn sein moralisches Empfinden hier nicht kategorisch fordernd ist: wenn er nicht definitiv und angewidert alles zurückweist, was schmutzig und mörderisch, was schändlich, was alle menschliche Vorstellungskraft übersteigend unmenschlich ist, dann kann er mir nicht nahestehen. Und nicht aus existentiellen Gründen – weil dieses System womöglich auch für mich lebensbedrohlich ist, sondern aus rein menschlicher Empörung – weil sich diese Unmenschlichkeiten nicht im siebzehnten Jahrhundert ereignet haben (als die Engländer vielleicht hier und da genauso unmenschlich waren), auch nicht vor fünfundzwanzig Jahren, worüber vielleicht die Zeit schon hinweggegangen wäre, sondern jetzt, hier in der Nähe, vor meinen Augen. Den Blutgeruch habe ich noch in der Nase.» Das schreibt er nicht als allgemeine Überlegung, sondern in Empörung an einen anderen Freund, Oberst Gyula Kovács, den er ebenfalls aus seinem Leben verbannt. «Das ist kein Pappenstiel, mein Freund, in dieser Frage lässt sich mit mir nicht mit lieblichem Lächeln plaudern, scherzen oder argumentieren.» Bei einem jüngeren Kollegen, Tibor Déry, der kein geringeres Talent war als er selbst, hatte er die Frage schon drei Jahre früher vorangestellt. «Ich bitte dich, treibe es nicht zu weit und bewahre deine Urteilskraft, alles andere ist deiner unwürdig. Setze dich also nicht an einen Tisch mit leichtfertigen Jünglingen, um über den erzwungenen und aktuellen Patriotismus der Juden zu grölen. Denn wenn überhaupt jemals, dann ist die Not der Juden jetzt wirklich tragisch. Das ist nicht zum Lachen, nicht zum Grölen, mein Freund, – das ist erschütternd, das ist zum Weinen. Und wären es Armenier, würde ich nicht weniger heftig empfinden. So verachtenswert für mich dieser *leise Anflug von Lob* war, mit dem Hollós Hitlers Fähigkeiten bedacht hat, so zuwider war mir, dass du, der du mein lieber Freund bist, fähig bist, über die verzweifelten Bemühungen eines zu Tode gehetzten Volkes zu *grölen* – und seien sie auch noch so lächerlich! Schließlich geht es doch um ihr Leben, oder nicht?»

Es verdient, mit Blick auf das Datum der Briefe festgehalten zu werden, dass Füst in Budapest demnach deutlich früher von alledem wusste, wovon Leni Riefenstahl und Wilhelm Furtwängler in Berlin, Martin Heidegger in Freiburg, Winifred Wagner in Bayreuth angeblich auch später noch nichts wussten. Selbst Albert Speer wusste von nichts, so sehr war er mit seiner Architektur befasst. Und wie schwer fiel es Thomas Mann in Zürich, all das an sich herankommen zu lassen. So ahnungslos fürchtete er um seine lächerliche Mitgliedschaft in der Akademie und seine Tantiemen, dass er ohne gewaltsame Hilfe von Erika und Klaus vielleicht nie wahrgenommen hätte, was in seiner Heimat vor sich ging. Noch aufregender ist, wie man allen diesbezüglichen negativen Erfahrungen zum Trotz sich mit der scheinbaren Gutgläubigkeit und Gutartigkeit zufriedengibt. Mit welch großer Selbstliebe man noch immer den Schein der Unwissenheit und Ahnungslosigkeit pflegt, wenn es um ein bisschen Gewinn geht.

Aus Füsts letzter, mit 15. März 1944 datierter Tagebuchaufzeichnung wissen wir, dass er in Budapest sogar von den Gaskammern gewusst hat, von denen in Deutschland angeblich kein Aas etwas wusste.

Wenn er als Romanautor in das Leben von strikt «nichtjüdischen» Personen blickt und ihnen auf ihren geheimsten Wegen folgt, einem holländischen Mann, einer französischen Frau, einem englischen Fräulein und so weiter, und warum sollte er ihnen auch nicht folgen können (ist doch von Hause aus jeder notwendigerweise zunächst einmal Mensch), dann ignorierte er für seinen Teil in einem tieferen politischen Sinn, im Geist des europäischen Humanismus und der Aufklärung, die barbarischen Gesetze und wissenschaftlichen Hirngespinste, denen er als Person nicht entgehen konnte. Vielleicht hatte der in ästhetischen und ethischen Fragen penible Füst schon zwanzig Jahre zuvor etwas Ähnliches vor Augen, als er den jungen, mit der illegalen kommunistischen Bewegung kokettierenden Déry davor zu bewahren suchte, sich politisch zu verpflichten: «Was ist das denn, politische Stellungnahme – unter uns gesagt: Kinderei.» Zu den erheiternden Geschichten gehört, dass er die Freundschaft mit Déry und Kovács zwar für immer beendet, die mit Mária Radákovich aber ein paar Wochen später dennoch wiederherstellt. Vermutlich deshalb, weil ihr Mann ein paar Wochen später starb und er seinen Zorn auf sie nur um den Preis der Mitleidlosigkeit hätte aufrechterhalten können.

«Aber genug davon. Entschuldigen Sie, dass ich mich so lange mit einem derart simplen Problem befasst habe. – Wie dem auch sei, ich diktiere nun die Hölle meiner sieben Jahre. Und in diesen sieben Jahren habe ich, so wahr mir Gott helfe, nicht einen ruhigen Tag, nicht eine ruhige Nacht gehabt. Es schien nicht machbar zu sein. Es sind Szenen darunter, die ich nicht vierzig, nicht sechzig, sondern sechshundert Mal geschrieben habe, weil ich mir sagte: – ich lasse mich nicht unterkriegen und setze keinen Kunstmarmor in einen so schönen Bau.» Füst war mit nichts zufrieden, nicht nur mit den Namen. Und er spielte auch mit seiner ewigen Unzufriedenheit. Wenn er sich nicht gerade selbst vergötterte. Sich selbst herunterzumachen war eine der Hauptattraktionen seiner Rollenspiele. Zeit seines Lebens schrieb er seine Werke immer von neuem um, alle, auch die Gedichte. Sehr oft schrieb er sie damit kaputt, was seiner Aufmerksamkeit ebenfalls nicht entging. Klugerweise kehrte er dann schreibend nach und nach wieder zur ersten, der ursprünglichen Fassung zurück. Füsts Langmut mit dem eigenen Schreiben ist mit der

Zeit eine seiner größten schriftstellerischen Tugenden geworden. Seine Erstfassungen zeigen nicht nur eine Sprödigkeit der Formulierungen, wie sie jeder halbwegs ernstzunehmende Autor im Namen ästhetischer Forderungen zu meiden versucht hätte, sondern auch eine Originalität der ursprünglichen Sätze, wie sie jeder halbwegs ernstzunehmende Autor mitunter scheut. Wenn man so will, entsteht aus Füsts Versuchen der Umschreibung und Rückschreibung eine vorübergehend endgültige Fassung, die alle Versuchungen, etwas zu ändern, wie alle vergeblichen Versuche in sich einschließt und dadurch etwas vom Verlangen nach Ewigkeit enthält. Was eine essentielle handwerkliche Folge hat: Es gibt keine endgültigen Sätze, obwohl die Sätze auf den Anspruch auf Endgültigkeit auch nicht verzichten können, so dass sie nicht vom Standpunkt des Zufalls, sondern von dem der Ewigkeit zufällig sind. Füst hat ein Leben lang an seinem Werk gemeißelt, doch er war in Anbetracht der Ewigkeit nicht auf seine Vollendung aus. «Wie auch immer: Ich habe etwa zwanzigtausend Seiten Entwürfe – ganze Koffer und Truhen auf dem Dachboden sind voll damit», schrieb er an jenem denkwürdigen Tag seines Lebens an Fülep. Auch darin steckte wahrscheinlich eine gute Portion Übertreibung oder vielmehr Prahlerei, Selbstquälerei. «Ich stand noch vor einem weiteren Problem: Es sollte eine ungezwungene Darstellung sein, so als käme jemandem das alles gerade in den Sinn (er sollte gewissermaßen *in statu nascendi*, mit der Suggestion von Improvisation erzählen) – und diese lapidar hingeworfene Darstellung sollte alles beinhalten, was vom strukturellen Standpunkt sukzessiv erforderlich ist – *und zudem auch Rhythmus haben*. Weil ich inzwischen nicht mehr fähig bin, unrhythmische Sätze zu schreiben.»

In der vorübergehend endgültigen Fassung sollte die spezielle Geschichte der Satzgestaltung gewissermaßen mitgespült werden – das war das Postulat der Füstschen Methode. Man braucht kein geübter Leser zu sein, um in seinen Texten die Zwischenentscheidungen, die zwangsläufigen Auslassungen, deutlich markierten Lücken herauszuhören, die den Sinn und die charakteristische Stärke der Textdeformationen und Textentstellungen ausmachen. So musste es sein, denn das Universum ist nicht symmetrisch, mit rhythmisch gebauten Sätzen aber ist es möglich, die Sehnsucht nach Symmetrie zu vergegenwärtigen. Milan Füsts Lebenswerk, das sich aus Dramen, Gedichten, Abhandlungen, Vorlesungen, Erzählungen, Romanen, Tagebüchern und Briefen zusammensetzt, ist durch die ständige Umgestaltung und die Vielfalt der Gattungen zu einem beispiellosen Massiv geworden und beispiellos zufällig geblieben. Kontrolliert ist sowohl das, was vorübergehend endgültig ist, als auch das, was zufällig und spontan ist. Ein Textmassiv, in dem zuvor jeder einzelne Satz mehrmals die für ihn möglichen Fassungen durchlaufen und dessen Autor mit diesen Fassungen zugleich die Gattungs- und Sprachbarrieren durchbrochen hat.

Die wache Hartnäckigkeit und Leidenschaftlichkeit, mit der Füst sich in seinem Hauptwerk, der *Geschichte meiner Frau*, nicht nur von den wissenschaftlichen und politischen Hysterien seiner Zeit abwendet, sondern von der ganzen obskuren Welt überhaupt (von allem, was die Literatur früher als soziales Beziehungsgeflecht beschrieben hat) und sich, seine Sachlichkeit nicht einen Augenblick verlassend, ausschließlich mit der Innenwelt der Außenwelt, den uns allen vertrauten Komplikationen, Interieurs und Abstraktionen der Seele beschäftigt – das steht in der europäischen Literatur fast einsam da. Es gibt eine einzige, frühe Parallele, Pierre Ambroise François Choderlos de Laclos' Briefroman *Gefährliche Liebschaften*. Nicht nur dass sich beider Thema gleicht. Ihr Sprachgebrauch gleicht sich. Nicht nur dass beide auf der Ausdruckskraft des sprachlich Zufälligen beharren. Sie beharren auf dem sprachlich Fehlerhaften. Noch auf der kleinsten, literarisch fasslichen Konfusion, wobei die sprechende Person als sprachlicher Urheber erscheint und zugleich unkontrolliert die Ausdrucksweise des sozialen Umfelds vermittelt, aus dem sie kommt. Beide Autoren zensieren dieses doppelt Unkontrollierte nicht, qualifizieren es nicht, sie sichten es als Schriftsteller und genießen vor allem die kleinen Abweichungen ganz ungemein. Deshalb verfransen sie sich nicht im Dickicht der gesellschaftlichen Rollen, Rollenwechsel und Rollenvarianten. Nicht nur dass sie ihre Unfehlbarkeit ihrem Orientierungssinn verdanken. Sie sehen über das Thema ihres Romans hinaus; ihr Thema ist Talmi, es gehört der obskuren Erscheinungswelt an. So weit, dass Füst selbst in der Themenwahl seines Romans etwas unsicher zu sein scheint. Allerdings ist diese Unsicherheit nicht überzubewerten, es handelt sich um rhetorisches Räsonnement, er überprüft seine eigene Arbeit, ist herausfordernd sich selbst gegenüber. Um sich dann in der gleichen rhetorischen Weise zu versteifen, nein, das ist das Einzige, worin er sich nicht geirrt haben kann, nicht in der Wahl des Themas.

Füst und de Laclos unterscheiden klar zwischen solchen Dingen, über die der Mensch frei entscheidet, und solchen, bei denen er keine freie Entscheidung hat. Für beide Autoren ist der animalische Trieb keine individuell bedingte Eigenschaft, sondern eine Energiequelle, die alle Sinnlichkeit und Emotionalität befeuert (sprich: die individuelle Liebe). Es gibt im Menschen viele Dinge, die außerhalb der eigenen Persönlichkeit liegen – die sinnliche oder emotionale Energie ist eines davon. Ohne die Wahrnehmung dieses kleinen Unterschieds, ohne diese kleine Entdeckung lässt sich nicht nur die kleine persönliche Geschichte eines Menschen, sondern auch die große menschliche Historie nicht begreifen. De Laclos trifft am Vorabend der Revolution, Füst mitten im Weltenbrand mit der Nachricht von der Entdeckung beziehungsweise Neuentdeckung dieses kleinen Unterschieds ein. Brennende Eifersucht und Betrug sind in ihren Augen nicht Ursache, sondern Folge, humanes Nebenprodukt des animalischen Energiehaushalts. In der individuellen Liebe berühren sich beide Welten, die animalische und die humane. Beide Autoren bestaunen ihr Wirken, ihr von der Person unabhängiges Funktionieren, und behandeln sie auch so, als Naturphänomen, mit Liebe, Verwunderung. Sie schwelgen nicht in Gefühlen, verfallen nicht in panische Angst, benutzen sie aber auch nicht wie ihre Helden als Mittel zu moralischer Wertung. Trachten damit nicht nach Macht über andere. Sprachlich sichten sie das Wirken der Materie in diesen sich berührenden Modi und verlegen dabei all das, was in einer Person über das Persönliche hinausgeht, ins Medium der Historie. De Laclos' Roman ist der Tragstein, Füsts Roman der Schlussstein des individualistischen Zeitalters. De Laclos ist frivol und spöttisch, Füst ernsthaft und ironisch. Beide erzählen uns, wie ihre Helden, von ihren eigenen Rollenspielen besessen, hin und her geworfen werden zwischen Animalischem und Humanem, zwischen Tragik und Komik, wie der Genuss der gemeinsamen und gefährlichen Rollenspiele nur ein einziges offenes Terrain für ihre Liebe zulässt – den Intellekt, wie dieser ihnen dann den Weg zu allem Körperlichen versperrt und wie sie schließlich im Genuss dieses grausamen und heimtückischen Machtspiels wechselseitig das Wichtigste verlieren, den anderen. Mit dem Fehlen des anderen haben sie den tiefsten Abgrund des Individualismus erreicht. Individuelle Freiheit existiert nur durch, nicht trotz des anderen. Vorbei ist es mit der Frivolität, vorbei mit dem Ernst, Spott und Ironie könnten bei einem so schrecklichen Ende nichts ausrichten. In der Tragödie sehen wir mit ihnen über das Individuelle hinaus; dort herrscht bereits das Chaos.

Mir selbst wäre es noch möglich gewesen, Füst zu erleben, ich hatte von seinen legendären Vorlesungen gehört, doch ehe ich so viel Mut zusammengenommen hatte, um ihn mir mit einem unternehmungslustigen Freund in der Universität anzuhören, erfuhren wir, dass er ohne jeden besonderen Grund in den Ruhestand versetzt worden war. Es war eine Erleichterung, ihn nicht sehen und hören zu müssen. Selbst die, die sich für ihn begeisterten oder in seinem weitgefächerten Wissen eine Oase fanden, gaben ihm die gemeinsten Prädikate; man machte sich über ihn lustig, provozierte ihn, seine Rollenspiele brachten fast jeden in Verlegenheit oder stießen die Leute regelrecht ab. Er lebte in Diktaturen, vermutlich fühlte er sich wie ein entthronter Herrscher, der, auf Gnadenbrot angewiesen, sein Leben ohne Hofstaat fristen musste; Diktaturen mögen große Persönlichkeiten nicht, Diktaturen sind unberechenbar, ihre Beamten begründen nichts, und die Untertanen fürchten alles, was herausragt, haben es lieber tarnfarben. Mir war die wunderbare Rhythmik von Füsts freien Versen schon früh im Ohr hängengeblieben, gegen sein episches Hauptwerk aber hegte ich über Jahrzehnte eine starke Abneigung. Meine Illusionen über das Animalische und Humane hinderten mich, ihn zu verstehen.

Vielleicht hat er Füst (d.i. Rauch) auch als Schriftstellernamen gewählt, um mit dem Namen dieser gasförmigen Materie das Schwergewichtige seiner Persönlichkeit etwas zu mildern. Ehe er noch vor der Veröffentlichung seines ersten Werkes, ohne die Genehmigung des Innenministeriums abzuwarten, den Namen Füst annahm, hieß er Milán Fürst. Auch Fürst hätte zu ihm gepasst, aus einer hochadeligen Familie stammte er allerdings wirklich nicht. Auch wenn sein Vater, ein äußerst stattlicher und eleganter Mann, als Jüngling zum Umkreis des serbischen Herrschers Milan Obrenović gehört und seinem Sohn später deshalb den Namen Milán Konstantin gegeben haben soll. Es ist nicht bekannt, womit der Vater am Hof des jungen serbischen Königs beschäftigt war. Falls es tatsächlich stimmt und Füst nicht nur eine Legende in die Welt gesetzt hat, dann vermutlich mit hemmungslosen Vergnügungen. Die mindestens zehn Jahre vor Füsts Geburt stattgefunden haben müssten. Als der Sohn acht Jahre alt wurde, starb der Vater nach langer Krankheit als stellungsloser Beamter, wo er früher in Stellung war, weiß man jedoch nicht. In Füsts Biographie gibt es viele dieser typischen, letztlich vielleicht nie zweifelsfrei zu klärenden Daten. Man weiß auch nicht genau, wie er und seine Frau unter der deutschen Besatzung und der Herrschaft der Pfeilkreuzler davongekommen sind. Man weiß, dass sie irgendeinen Schutzbrief besaßen, aber trotz Schutzbrief sind viele in die Donau geschossen worden. Aus einem nach der Belagerung Budapests geschriebenen Brief an Lajos Fülep wissen wir: «Hauptmann und Kriegskommissar Ritter Dezső Hámory von Gárdony hat uns das Leben gerettet», das ist schon alles.

Zweifellos gehört auch zu den Familienlegenden oder eben Phantasien, dass es in der Familie Fürst einen Zweig von Baronen gegeben habe. Rauch und Nebel, Füsts Biograph ist der Geschichte nicht nachgegangen. Béla Kempelens dreibändiges Werk *Jüdische und jüdischstämmige Familien in Ungarn* (Budapest, 1939) kennt keine Familie von Baronen dieses Namens. (Auch *The Peerage* oder *Le Gotha* führen sie nicht.) Es ist dennoch nicht ausgeschlossen, dass Füsts mittelloser Vater Mitte des 19. Jahrhunderts im Fahrwasser seiner tatsächlich in den Adelsstand erhobenen und tatsächlich ein Adelsprädikat tragenden, wahrhaft mehr als steinreichen Verwandtschaft, der Familie Fürst von Marót, sowie der mit ihr verwandten Familie Engel von János, die fast die gleiche gesellschaftliche Stellung einnahm, in höhere Kreise gelangt war und die Legenden von dort stammen. Man müsste der Sache nachgehen. So scheint sie mir zu abenteuerlich. Tatsache ist jedoch, dass der Fürst von Thurn und Taxis ein frisch geadeltes Fräulein Lola Krausz von Megyer mit einer Mitgift von sechs Millionen Kronen geheiratet hat. Wozu man wissen muss, dass Ida Krausz von Megyer einen Jakab Fürst von Marót

ehelichte, und schon sind wir mit der Familie Fürst im Wolken-
kuckucksheim.

Füst hegte eine tiefe Verachtung für alle, die nach Zusammenhängen zwischen biographischen Daten und Kunstwerk suchen.
Dennoch lohnt es sich, in eine tiefere Schicht vorzudringen als
die, die er selbst mit seinen Legenden und Andeutungen zur
Ansicht gibt. Wenn eine ungarische Familie jüdischer Abstammung darangeht, sich im direkten oder im übertragenen Sinn
des Wortes adeln zu lassen, ist da nicht bloß eine Neigung der
betreffenden Familie zur Legendenbildung zu sehen, vielmehr
geraten wir hier in die innersten Gefilde des klassisch-liberalen
Ungarn, als der Feudaladel und die Bourgeoisie tatsächlich nicht
nur ein politisches Bündnis schlossen. Man wollte den Mangel
an Urbanität, das Fehlen einer organischen bürgerlichen Entwicklung kompensieren – das war der konkrete Sinn dieses Bündnis-
ses, dieses bedeutsamen epochalen Versuchs. Es bedurfte zweier
Weltkriege und zweier Diktaturen, um diese gegenseitig Vorteil
versprechende, ungleiche und konfliktträchtige Beziehung zu
beenden. Inzwischen gibt es nicht einmal mehr Spuren davon,
nicht einmal die Erinnerung an diese liberale Epoche ist geblieben.
Ein bürgerliches Ungarn gab es nicht, ist daraus nicht entstanden
und gibt es deshalb leider auch nicht. Der Aristokratie gelang es
nicht, sich bürgerliche Tugenden anzueignen, noch gelang es den
Neureichen von Industrie und Handel, zu Patriziern zu werden.
Dazu blieb ihnen gar keine Zeit. Die Österreichisch-Ungarische
Monarchie brach über ihnen zusammen. In den Werken von Füst
können wir gerade aus dem Verlauf, der Logik und den Themen
individueller Zusammenbrüche auf die sozialen Quellen dieser
Deformationen schließen, mit denen er sich unmittelbar nicht
auseinandergesetzt hat. Er war nicht bereit, herauszutreten aus
einer Identität, die von der eigenen Vergangenheit nichts wissen
mochte. «Wir wohnten in einer Küche, in größtem Schmutz

und Elend. – Meine Mutter weinte und betete auf der Straße laut, dass Gott ihr doch endlich dieses Elend vom Halse nehmen solle – diesen unnützen Mann: meinen Vater. – Und auch wenn mich diese vielen Sorgen sicher bedrückten – ich habe mich trotzdem durch all das durchgeträumt: habe es nicht ganz ernst genommen. Ich war ein verwahrlostes Kind, einen Kamm kannte ich nicht, und im Alter von sieben Jahren hörte ich einmal erstaunt, dass die Leute zu Abend zu essen pflegen: – ich wusste damals nicht einmal, was ein Abendessen ist –, und auch noch später war für mich die Vorstellung eines richtigen Abendessens eines der höchsten Symbole für ein geordnetes Leben. – Mein Vater starb: – und ich empfand gar nichts bei seinem Tod: – ich schrie wie am Spieß. – Meine Mutter stand jetzt mit tausend Forint da: – und begann mich flehend auf der Straße mitzuschleppen – ein dürres, kränkliches Kind (Augenleiden, Ohrenleiden, Blutarmut, Lungenentzündungen) – als Symbol des Elends, wie sie jammerte und bettelte. (Unsere wohlhabenden Verwandten sind böse, hochmütig und schämen sich unser.) Endlich gab man ihr einen Tabakladen. Da fing sie an, von halb sechs Uhr morgens bis zwölf Uhr nachts zu arbeiten. Und arbeitete sich zu Tode. Anderthalb Jahre schliefen wir auf dem Boden in einer Ecke des Ladens – eine Wohnung hatten wir nicht –, sie hatte Angst und sparte. Sie kochte selbst, putzte, führte den Laden und pflegte mich, wenn ich krank war – und ich war immer krank. – Einen Bediensteten, Ladengehilfen nahm sie nicht, weil sie furchtbar misstrauisch war – sie fürchtete, bestohlen zu werden. Auch mich beschuldigte sie schon früh – und vielleicht war das der Grund, warum ich einmal im Alter von neun Jahren in selbstmörderischer Absicht den Kopf mit einer Suppenkelle einschlug. Wir lebten – in größtem Schmutz und Elend – in der ständigen quälenden Angst, dass ein Konkurrent kommt oder man uns das Brot wegnimmt. Meine Mutter kam jahrelang nicht auf die Straße:

auch am Sonntag war der Laden geöffnet. Schon früh begannen unsere großen Auseinandersetzungen: der entsetzliche Hass zweier aufeinander angewiesener Menschen.» Aber es ist sogar möglich, dass auch jeder Satz dieses Textes reine Stilisierung ist. Denn trotz alledem erhielt Füst Geigenunterricht bei einem der besten Lehrer Budapests. Er bekam eine Lungenblutung und wurde zur Nachbehandlung immerhin nach Abazzia gebracht, wo er zum ersten Mal in seinem Leben glücklich war. Seitdem und bis zum Vorabend der deutschen Besetzung Ungarns führte er Tagebuch. Seine Villa wurde zerbombt, eine Villa hatte er immerhin, und dabei etwa ein Drittel der Tagebücher vernichtet, zwei Drittel aber blieben erhalten. Er lebe mit seiner Frau auf einer Matratze auf dem Boden einer unbeheizten Diele, schrieb der ausgebombte Dichter, doch nach Auskunft von Judit Szilágyi entsprach auch das nicht ganz der Wahrheit. Sie wohnten beim Schwager, wo sie ein Bett, ein Zimmer zusammen hatten. Füsts Sätze sind von seinen Phantasien und Phantasmagorien getragen, und diese Phantasien waren keineswegs irreal. Sein ganzes großes Schöpferleben hindurch pendelte er zwischen den weit entfernten Ufern, Phantasie und Wirklichkeit, hin und her. Vorher aber besuchte er noch das Gymnasium, lernte neben Deutsch auch Englisch und ein wenig Französisch, studierte immerhin Jura, promovierte als Rechtswissenschaftler, arbeitete als Lehrer, heiratete und konvertierte – obwohl er sich vorgenommen hatte, sich zu einem solchen Schritt nie hinreißen zu lassen, wie könnte er seine Väter verraten – zum Katholizismus und so fort. Seine Frau stammte immerhin aus einer wohlhabenden Familie, sie hat ihn jahrzehntelang ausgehalten. Ja, nach ihrem Briefwechsel scheint es sogar, dass es beiden am Ende ihres Lebens geglückt ist, ernstlich Liebe füreinander zu empfinden.

Einmal habe ich Elisabeth Helfer, seine Frau, gesehen, bereits als Witwe. Sie war gekleidet, als sei die Belagerung der Stadt noch nicht zu Ende. In der Hand trug sie einen zerschlissenen Pappkoffer. Darin waren nicht nur unveröffentlichte Manuskripte von Füst (so reiste sie auch zur Frankfurter Buchmesse), sondern in einer besonderen Dose auch selbstgebackene Plätzchen (auch die nahm sie auf die Frankfurter Buchmesse mit). Man sagte, sie backe die besten Plätzchen in der ganzen Stadt. Jedem, dem sie die Manuskripte zur Veröffentlichung anbot, bot sie von dem Gebäck an. Vor ihrem Tod stiftete sie aus ihrem eigenen Vermögen und den Einnahmen aus dem Füst-Nachlass einen Preis. Es war der einzige Preis, der unter der Diktatur von einer unabhängigen Jury vergeben wurde. Ich gehörte zu den Ersten, die den Milán-Füst-Preis erhielten, und man konnte davon ausgehen, dass die Witwe des großen Schriftstellers bei der Feier anwesend sein würde. Aber sie konnte nicht mehr selbst kommen, buk jedoch ihr wunderbares Gebäck und schickte es auf einem Teller.

Füst hat dieses ziemlich langweilige, doch bei weitem nicht ereignislose spießbürgerliche Leben, die Villa, das Backwerk, lieber verschwiegen, beziehungsweise verschwieg er es wahrscheinlich, weil sein Interesse ausschließlich seiner Arbeit galt. Er beschäftigte sich mit den psychischen Folgen der sozialen Gegensätze und Deformationen. Die realen Lebensumstände langweilten ihn tödlich, künstlerisch aber hat diese Langeweile sich als äußerst fruchtbar erwiesen. Vermutlich beruhte seine Monomanie auf dieser quälenden Langweile, seinem Ekel vor dem Gewöhnlichen und Massenhaften, und aus diesem Widerwillen mochte seine Hypochondrie erwachsen sein. In seiner Lyrik beschäftigte er sich mit einem bis zur Affektiertheit ausgestalteten lyrischen Ich, in seiner Prosa dagegen mit dem brutalen Innenleben all der Personen, zu denen das Erzähler-Ich in leidenschaftlicher und wahnwitziger Beziehung steht. Er gibt in seinem epischen und lyrischen Werk ein illusionsloses Psychogramm menschlicher Leiden und Leidenschaften, wobei er seine

Figuren mal zu den repressiven politischen Systemen, in denen er selbst zu leben gezwungen war, in Beziehung bringt und mal nicht; gelegentlich erfand er etwas anderes an ihrer Stelle. Auch hinsichtlich seines eigenes Leben orakelte und flunkerte er nicht, weil er etwas zu verbergen gehabt hätte, sondern eher weil ihn die Diktaturen ungemein langweilten und die darin lebenden tarnfarbenen Elenden nicht minder. Manchmal erfand er lieber Welten oder veränderte die Kulissen. Angesichts der Banalität des Bösen heroisierte er den Geist, heroisierte er Literatur und Kunst. Jedoch nicht sich selbst. Selbst seinen Werken ist sein auf Rundumverteidigung angelegter ästhetischer Heroismus nicht anzusehen. Milán Füst ist einer der nüchternsten Schriftsteller der Weltliteratur, ohne dass seine Nüchternheit dem, was er wahrnahm, etwas von seinem Skandalösen und Schmerzhaften genommen hätte. «Ein guter Erzähler kann kein Realist sein», schrieb er einmal in sein Tagebuch.

Deutsch von Akos Doma

UNGEWOLLTES BEKENNTNIS

Die Memoiren der Ilona Gyulai Edelsheim

Wenn jemand bereits im Vorwort zu einem zweibändigen Werk bekennt, er habe sich aus Liebe zur Wahrheit zum Schreiben entschieden, könne aber gar nicht schreiben, entsteht eine peinliche Lage.

Ilona Gyulai Edelsheim kann wirklich nicht schreiben. Selbst die Liebe zur Wahrheit hat ihr dabei nicht geholfen. Wahrscheinlich gibt es gar keine private Wahrheit, die ohne das zum Schreiben unerlässliche Können formulierbar wäre. Und umgekehrt gibt es keine literarische Fertigkeit, welche die fehlende Kenntnis historischer Quellen ersetzen könnte oder durch die sich jene Schäden, die selektive Erinnerung einem Schriftwerk zufügt, kaschieren ließen. Zwischen der Machart eines Textes und der Liebe zur Wahrheit besteht ohnehin keine direkte Beziehung. Voraussetzung einer solchen Beziehung wäre Aufmerksamkeit und Demut vor der spirituellen, geschichtlichen und mentalen Realität des Menschen. Demut und Beobachtungsgabe gehören nicht zu Ilona Gyulai Edelsheims Qualitäten.

Amateure nehmen das nicht so ernst. Ihrer Ansicht nach kann im Grunde jeder schreiben, dem es von seinen Erzieherinnen oder in der Grundschule beigebracht wurde. Noch weniger machen sie sich über das Wesen der Wahrheit Gedanken. Die bewährten religiösen, ethischen und philosophischen Gemeinplätze stehen ja zur Verfügung. Gewöhnlich gehen die Menschen davon aus, dass die Wahrheit eine fertige Sache ist.

Der Umstand, dass die Witwe von István Horthy, dem Appell ihres Ehrgefühls und Pflichtbewusstseins gehorchend, sich mit großem Selbstbewusstsein und ohne jede Bildung und Begabung an ihren dem Ozean zugewandten Schreibtisch setzte, um «sechsundsiebzigjährig» dem, was über «ihre Heimat» und «besonders über die Mitglieder der Familie Horthy» bis dato zu Papier gebracht worden war, den zahllosen «von politischer Tendenz und Hass inspirierten Unwahrheiten» vom Domizil ihres jahrzehntelangen portugiesischen Exils aus entgegenzutreten, strotzt vor Peinlichkeit. Ihre Memoiren füllen zwei Bände, und da sie ein paar Jahre nach dem Krieg zum zweiten Mal heiratete, diesmal einen englischen Oberst namens Guy Bowden, zeichnet sie als Autorin mit ihrem Mädchennamen. Würde ihr Werk nicht die Geschichte, die Mentalität der ungarischen Gesellschaft berühren, könnten wir gnädig darüber hinweggehen, so als wäre es nie erschienen. Über das Werk einer alten charmanten Dame uncharmant zu sprechen ist eine durchaus undankbare Aufgabe.

Auf den ersten Seiten ihrer Memoiren spricht Ilona Gyulai Edelsheim davon, dass «dieses nach Trianon erniedrigte, zerstückelte Ungarn wunderbarerweise wieder aufgebaut wurde. Unter der Führung von Konteradmiral Miklós Horthy und den von ihm ernannten Regierungen musste immense Arbeit geleistet werden, damit wieder Frieden und Ordnung im Land einziehen konnten.» Obwohl sie diese einzigartige Erfolgsgeschichte am Ende des zweiten Bandes etwas dezenter formuliert, bleibt sie bei ihrer These. Miklós Horthy habe «zeit seines Lebens nach bestem Wissen und Gewissen der Heimat gedient». In Kenntnis der Verdienste der von ihm eingesetzten Regierungen lässt sich die spätere, vorsichtigere Bemerkung nicht anders verstehen, als dass bei gewissen verdienten Persönlichkeiten die Qualität ihres Dienstes an der Heimat nicht in Zweifel gezogen wird. Und wenn solche Ausnahmefiguren mit den entsprechenden Einsichten begabt sind, dann kann man den Krieg tatsächlich Frieden nennen, dann ist der Weg zur Hölle tatsächlich mit guten Vorsätzen gepflastert, dann darf man Verantwortungslosigkeit Aufbau, Willkür und Entrechtung Ordnung nennen. In dieser Heimat fließt Milch und Honig, und so dürfen wir jeden Verwundeten, Toten, Verschleppten und Verfolgten getrost vergessen.

«Am Abend waren wir in der Vorführung eines Film mit Katalin Karády und Pál Jávor. Ein erstaunlich alberner Film, und wir haben nicht verstanden, warum man keinen besseren produzieren konnte. In Amerika gibt es so viele herausragende ungarische Filmregisseure. Ist denn kein einziger von ihnen in Ungarn geblieben?»

Auch die Kriegserklärung an die Großmächte dürfen wir getrost vergessen. Wir dürfen die Judengesetze vergessen. «Umgeben von all diesen Naturschönheiten kann ich nur schwer begreifen, wie man uns in einen schrecklichen Krieg hineinzwingen konnte.»

Wir dürfen die Soldaten vergessen, die man auf Fahrrädern an die Front schickte. «Zusammen mit Schwiegerpapa Miklós und Schwiegermama Magda stattete ich der orthopädischen Chirurgie im Heimwehr-Krankenhaus auf der Margaretheninsel einen Besuch ab – dort wurde nützliche Rehabilitationsarbeit verrichtet: Soldaten mit nur einem Bein schwammen und fuhren Rad.»

Wir dürfen die Kriegsgefangenschaft und die Kriegsgefangenen vergessen. Die von der ungarischen Armee in der Ukraine begangenen Greueltaten. Das ganze zerstörte und geplünderte Land. Unvergesslich indes, mit welch dramatischen Aussagen über die Katastrophe Ungarns im Jahr 1944 Ilona Gyulai Edelsheim den ersten Band beschließt: «Ich habe versucht, über die

Ereignisse jener letzten Tage nachzudenken, den Grund für das totale Desaster herauszufinden: Weshalb hatte man uns mit der Leibgarde in der Burg allein gelassen? Sicher war ich nicht über alles informiert, aber der Plan für den Waffenstillstand, seine Vorbereitung, die Entsendung der Delegation nach Moskau, die Befehle an die 1. und 2. Armee, die nach Budapest beorderte Gebirgsbrigade und Kavalleriedivision ... all das waren richtige Überlegungen. Sie stammten zum größten Teil von Schwiegerpapa Miklós.» Sie behauptet, dass der Versuch, aus dem Krieg auszutreten, d.h. zu den Alliierten überzulaufen, weder halbherzig noch dilettantisch vorbereitet war. «Nur war die Ausführung von vornherein zum Scheitern verurteilt, weil wir die Vertrauensleute, die all das hätten organisieren und energisch durchsetzen können, nicht hinreichend im Blick behalten haben. Sie waren von Attentaten und Geiselnahme bedroht: Nicky, Bakay, Aggteleky! Selbst nach Bakays Verschleppung hatte sein Nachfolger, Aggteleky, keine persönliche Leibgarde! Wir sind nicht vorsichtig, nicht misstrauisch genug gewesen ... Diesem Umstand ist dann auch István zum Opfer gefallen. Die wirren, unheilvollen Vorkommnisse trugen noch das ihre dazu bei, die Angst vor den deutschen Besatzern, vor den Russen, und viele waren leider übergelaufen ...»

Das Ausmaß der Katastrophe vor Augen, hat Ilona Gyulai Edelsheim gewiss redlich versucht, darüber nachzudenken, was geschehen ist. Konsequenzen, die sich daraus ergeben könnten, irgendein Fazit formuliert sie nicht. Fragen der persönlichen und politischen Verantwortung weicht sie auch im zweiten Band aus. Offene Fragen sind mit ihrer eisernen, über alle Zweifel erhabenen These unvereinbar. Es sei denn, auch wir würden als allgemeine Regel des Denkens akzeptieren, dass man Schwiegervätern und Schwiegermüttern verpflichtet ist und die geschichtliche von der familiären Rolle nicht trennen darf, um gegenüber der eigenen gesellschaftlichen Klasse befangen bleiben zu dürfen. Wie es eine Gräfin von einem sentimentalen Mädchenroman auch erwarten darf. Sie muss aus ethischen Gründen kitschig werden. Um nichts in der Welt darf das auf einer Politik des Unrechts aufgebaute autonome Räderwerk eines nationalistischen, rassistischen, irredentistischen Systems mit der eingetretenen Katastrophe in Zusammenhang gebracht werden.

Lieber Treue als nüchterne Einsicht. Lieber Wahnwitz als Vernunft.

Ihrer selbstgestellten Aufgabe vermag die Autorin aus verschiedenen Gründen nicht gerecht zu werden. Weil sie ihren familiären Bindungen treu geblieben ist, bleibt die historische Rechenschaft auch nach sechzig Jahren aus. Sie vertritt stur die Politik des Revisionismus, weshalb sie uns die Erklärung, in welchem Rollenfach sie angesichts der Katastrophe brillieren wollte, schuldig bleibt. Zwischen ihren Gefühlen und ihren Absichten kommt keine Verbindung zustande. Alles bleibt auf halber Strecke zwischen Familienkitsch und Zeugenbericht stecken. Aus diesem Grund ist das Werk bei seinen Lesern auch so beliebt. Und wir müssen auch damit rechnen, dass es genau dadurch ein Bürgerrecht in der ungarischen Literatur erlangt.

Angesichts dieser Bedrohung stellt sich die Frage, ob es einen Zusammenhang gibt zwischen den auffallendsten Eigentümlichkeiten ihrer Methode und dem Erfolg des Buches von Ilona Gyulai Edelsheim und was dies für die ungarische Schriftkultur oder die ungarische Gesellschaft bedeutet, sofern es überhaupt etwas bedeutet. Mehr Genuss lässt die Lektüre nicht zu. Man darf fragen. Man darf die unbewusste Schönheit des unwillkürlichen Bekenntnisses, die Untiefen des Selbstbetrugs genießen. Darüber staunen, wie der Mangel an Kenntnissen die Autorin zum Opfer ihrer eigenen Arglist macht, zumal die Welt nicht nur aus Unwissenden besteht. Man kann sehen, wie ein Autor sich selbst hintergeht, obgleich er bloß den Leser täuschen wollte. Man versteht, welche Bewusstseinsinhalte die im Kádárismus sozialisierte erste Generation des ungarischen Kleinbürgertums der Demokratie vererbt hat und weshalb es den Machttechniken und dem Plunder des horthyistischen Neobarocks so gierig hinterherhechelt.

Die Beurteilung des umfangreichen Werkes mutet umso grotesker an, als sich Ilona Gyulai Edelsheim nicht nur über das konkrete Ausmaß ihrer Schreibunfähigkeit im Unklaren ist, sie wartet auch mit keinerlei originellen Aussagen auf. Dagegen überrascht sie mit einzelnen Aspekten. Etliches hat sie aus ihrem damaligen Tagebuch übernommen, manches vermutlich Wort für Wort, ansonsten dürfte sie es erweitert oder zensiert haben, was aber nichts am opportunistischen, a priori an Selbstzensur ausgerichteten Charakter ihrer Texte ändert. Das Zugeständnis, sie sei bestimmt nicht über alles informiert gewesen, impliziert sinngemäß, dass sie beinahe über alles Bescheid wusste. Wie hätte es auch anders sein können. Ihrer eingestandenen Absicht nach müsste sie die Kronzeugin jener Epoche sein. In einem weiteren unbewusst formulierten Satz lässt sie uns wissen, dass sie «ihrem Naturell gemäß» stets «das Angemessene» tun oder sagen wollte. Das ist sehr artig, doch über eine der tragischsten, skandalösesten Epochen der ungarischen Geschichte erfahren wir von ihr kaum mehr als das, was wir, in ähnlicher Gesinnung dargeboten, nicht schon früher erfahren hätten.

Auch bei der Schilderung ihrer persönlichen Gefühle oder Leidenschaften bleibt sie äußerst sparsam, gewährt uns kaum einen Blick hinter die gepflegte Kulisse ihres Wesens. Ihre interessante, ausgesprochen anziehende Persönlichkeit, ihr faszinierend reger Verstand, ihre Reizbarkeit lässt sich besser in den Interviews kennenlernen als in diesem Wälzer, in dem der Dekor durch die innere Logik der neobarocken Lebenslüge in der Tat überwältigend erscheint. Nur wegen ihrer Ahnungslosigkeit auf dem Gebiet des Schreibens und der Psychologie reißt die Draperie mitunter auf, und dann lugen die Fransen hinter der meisterlich einstudierten repräsentativen Rolle wie aus einem Rührstück hervor. Trotz der brillanten Oberfläche ihrer Notate macht sie nicht den Eindruck eines albernen, desorientierten Menschen ohne echte Tiefe; vielmehr wirkt sie wie eine Frau, die gerne mal die Naive spielt, um unter enormer Selbstbeherrschung den geständniswilligen Zeugen in sich zum Schweigen zu bringen.

Darin erweist sie sich nicht nur als konsequent, sondern auch als durchaus begabt. Mit ihrem natürlichen Charme will sie den Leser verführen, das negative Urteil über die Horthy-Ära gleichsam charmant überschreiben. Wenn ich euch so sehr imponiere, dann könnt ihr nicht umhin, auch Schwiegerpapa Miklós und Schwiegermama Magda zu mögen.

So als würde sie ganz leise fragen: Warum liebt ihr den Knecht in euch nicht noch mehr?

Es lohnt sich, die Strategie der Zurückhaltung zu beobachten. In ihren Memoiren setzt sie sich nicht der Peinlichkeit aus, von sich oder von anderen zu sprechen. Jede Charakterisierung bewegt sich im Rahmen der passenden gesellschaftlichen Förmlichkeit. Da sie jedoch nicht auf einem der turnusmäßigen Empfänge der albanischen Königin Geraldine auftritt, sondern als Erzählerin ihres eigenen Buches in der ersten Person Singular, ist ihr Gebaren irrational. Im Sinne dieser Logik bleiben zumeist jene Akteure bloße Namen, die sie aus innigster Nähe kennt. Nach den Regeln der Vernunft würde man es genau umgekehrt erwarten. Die spezielle Verfahrensweise macht jedoch auch spürbar, wie erfindungsreich, mit welch sensibler Eleganz und vor allem mit welch großem Vergnügen sie im Interesse eines bestimmten Sozialisationsmusters ihre Intelligenz einsetzt. Ilona

Gyulai Edelsheim ist eine Meisterin des Schweigens und eine Meisterin des Verschweigens. Sie achtet penibel darauf, dass wir über Charaktere, Eigenschaften und Taten der zu ihrem Gesellschaftskreis gehörenden Akteure stets weniger als nötig informiert sind. Informationen werden nach Maßgabe des Ständischen gefiltert.

Mit den souveränen Gesten des Verschweigens und Drumherumredens schützt sie ihren diplomatischen Spielraum. Das exakt bemessene Informationsdefizit bildet den Kitt des Buches, womit sie den Schein der Hierarchie in der nicht hierarchisch organisierten und nicht hierarchisch funktionierenden Welt wahrt. Dem Leser gegenüber tritt sie ungewöhnlich plump auf, zugleich auch streng und zielstrebig, was dem Text trotz aller Schwächen und Lächerlichkeit eine gewisse Kohärenz verleiht. Und gerade das imponiert dem in der ersten Generation des Kádárismus sozialisierten Kleinbürger. Das falsche Prestige, die leere Autorität, die Rhetorik selbstsüchtiger Berechnung, das Fehlen der Individualität. Nie die Sache selbst, sondern deren Schein. Dahinter kann sich der Kleinbürger mit seinem groben Bauernverstand zurückziehen beziehungsweise mit Hilfe seiner korrupten Familienbeziehungen die Leere seiner selbstgeschaffenen Scheinwelten füllen.

Für ihn wird zum Ereignis, dass es auch Ilona Gyulai Edelsheim an der sogenannten Schläue nicht ermangelt, im Gegenteil: «Die Leute waren außerordentlich nett zu uns. Sämtliche nationalen Komitees haben mit der größten Selbstverständlichkeit unsere Spesen übernommen.» Für den im Kádárismus trainierten Spießer ist es ein wohlbekannter kausaler Bezug und beliebtes moralisches Kriterium. Da hört er die vertraute Melodie des Egoismus heraus. Zwischen Wochenendhäuschen und Wohnsiedlung pendelnd, hat er die offizielle Sprache des Kollektivismus mit dieser Melodie unterlegt. Und es schmeichelt ihm, dass eine der Heimat entrissene Aristokratin ihn mit seiner Antiaufklärung und seinem Antiindividualismus adelt. Schon allein aus historischen Gründen, sagt Ilona Gyulai Edelsheim zwischen den Zeilen, habe ich so viel Macht über euch, wie ich sie mir zurückholen kann, indem ich mit Informationen wedele und systematisch um die Dinge herumrede. Und im Kreise derer, die es ebenso handhaben, besitzt sie diese Macht in der Tat. Sie operiert mit Halbwahrheiten, schichtet um, verändert die Chronologie der Ereignisse. Ohne jeden Beweis bezeichnet sie historische Dokumente als Fälschung. Unterdessen streitet sie mit obskuren Autoren und Texten, kennt die maßgebliche Fachliteratur über die Epoche nicht oder tut so, als kennte sie sie nicht. Dem Ohr des Kádárschen Kleinbürgers sind auch diese Melodien vertraut, seinem Auge die Gesten. Er ist ja ein leidenschaftlicher Ignorant. Auch ihn interessiert der Gegenstand seiner Arbeit nicht. Er achtet nicht auf das Ergebnis, auf die Qualität, sondern auf den Gewinn. Schließlich dürfe auch er alles Mögliche tun, denkt er, denn die Beschaffenheit der Welt hängt von seiner Interpretation ab. Anteilnahme, berufliche Verpflichtungen sind für ihn irrelevant, er muss sich mit niemandem solidarisieren. Dem Monolog seines eigenen Gewissens hört er nicht zu. Von persönlicher, geschichtlicher Verantwortung will er ebenso wenig hören. Und um nicht zu hören, redet er andere in Grund und Boden, besonders sich selbst.

Ilona Gyulai Edelsheim geht mit der Konsequenz und Inkonsequenz eigentümlich vermischenden Methode durch dick und dünn, wider die Vernunft, wider die Realität, sich allein auf ihre Laune verlassend. Ob ihrer Einsamkeit wird einem eigentlich bange. Die Willkür, die Unreflektiertheit, ihr argloses Gemüt entspricht musterhaft dem Gemüt des im Kádárismus extrem angewachsenen ungarischen Kleinbürgertums. Das Verhalten Ilona Gyulai Edelsheims wird durch die ihrer Sozialisation gemäße Regelkonformität berechenbar, die von ihrem Gemüt abhängigen Ansichten sind hingegen unberechenbar.

Hält sie es für angebracht, beschwert sie sich sogar im Namen der Demokratie gegen das ihr oder ihrer Familie widerfahrene Unrecht. Zwar teilt sie uns mit keinem Wort mit, wann und durch welche Erlebnisse sie zur Demokratin geworden wäre. Stattdessen teilt sie uns aber mit, wie tief sie vom Sturz der Salazar-Diktatur betroffen sei und wie sehr ihr die Wende zur portugiesischen Demokratie missfalle. «Selbstverständlich freute es mich, dass Salazar die Kommunisten im Zaun gehalten hat. Leider tat er dies nicht unter Beachtung demokratischer Regeln, womit sich letztendlich die kommunistische Gefahr und die allgemeine Armut erklären lässt.» Sie merkt nicht, wie niederträchtig der Satz in moralischer Hinsicht ist. Es kann auch nicht anders sein, wo sie doch Ursache und Wirkung gleich zweifach vertauscht. Sie merkt auch nicht, dass sie die Demokratie plötzlich als eine Machttechnik einstuft. Wenn es aber sein muss, streitet sie als Anhängerin der Monarchie für die Familienehre. Die Person Otto von Habsburgs schätzt sie nicht sonderlich, sie verzeiht ihm nicht, dass er beim gespenstischen diplomatischen Gezerre Miklós Horthy mehrfach beleidigt hat, doch das hindert sie nicht daran, notfalls zugunsten von Otto von Habsburg gegen ihren Schwiegervater einzuschreiten. Hat man sich einmal im eigenartigen System der konsequenten Inkonsequenz gedanklich eingerichtet, fällt es einem nicht länger schwer, Ilona Gyulai Edelsheims akrobatische Arrangements zu durchschauen; wenn man etwas verstehen will, muss man eben ziemlich weit gehen.

Als sie dem Beispiel ihres gerade erwachsenen Sohnes folgend Mitglied und später führende Mitarbeiterin der ostasiatischen Sekte *Subud* wird, sieht sie plötzlich kein theologisches Hindernis darin, den mit buddhistischen Lehren durchsetzten Sufismus mit der christlichen Nächstenliebe irgendwie zu verkuppeln. Und sogar den Islam mit dem Christentum. «Ich kenne auch die Unvereinbarkeiten zwischen den beiden Religionen, bin allerdings tief überzeugt, dass ihre Beziehung zueinander durch die Menschen belastet wurde.» Durch wen sonst. Hält sie es für nötig, dann wird fast alles mit fast allem vereinbar oder gegen einander ausgespielt. Darüber können wir uns bei der Lektüre des zweiten Bandes nicht mehr wundern. Vom ersten Band wissen wir, dass sie aus Pflichtbewusstsein den Nazis die Hände schüttelt, mit den Pfeilkreuzlern feiert, was sie später als den spezifischen Nebeneffekt des gefühlsmäßigen Widerstands erklärt.

«Neben mir saß leider Vizegespan László Endre – was nicht sehr erfreulich war, denn ich fand ihn nicht sympathisch –, und anschließend brachte er uns zur Besichtigung einer Siedlung für kinderreiche Familien.»

Als sollte Freudlosigkeit die persönliche Verantwortung nicht erhöhen, sondern vermindern.

«Er begleitete mich bei jeder Gelegenheit. Ich verspürte Abneigung gegen ihn, und ich erfuhr, dass er Judenhasser ist. Als Vizegespan durfte er mich im Komitat natürlich von Amts wegen begleiten, und ich sah nicht, wie ich ihn loswerden sollte.»

Ilona Gyulai Edelsheim wusste schon damals und sie weiß es auch jetzt, dass sie mit ihrer Anwesenheit den Pfeilkreuzler auf höchster Ebene legitimiert hatte. Sie wehrt sich, indem sie von einem aktuellen Stand des Bewusstseins zurückblickt und das Horthy-Regime von den Pfeilkreuzlern wenigstens nachträglich trennen möchte. Obwohl sie uns ungerührt ins Gesicht sagen müsste, dass ihr Pflichtbewusstsein, über das sie dank ihrer Erziehung verfügte, in kritischen Situationen weniger wert war als nichts. Wegen ihrer schreiberischen Unbeholfenheit verrät sie über das Ausmaß ihrer nicht begriffenen persönlichen und von ihr ignorierten geschichtlichen Verantwortung freilich viel mehr, als ihr lieb wäre, und vor allem verrät sie nicht das, was sie eigentlich möchte. Durch diese Art der Mitteilsamkeit gelingen ihr witzigere wie tragischere Sentenzen.

Witzig ist, wenn sie Miklós Horthy vom Vorwurf des Antisemitismus reinwaschen möchte und ihn dabei geradewegs anschwärzt. «Auch wurde gegen meinen Schwiegervater oft vorgebracht, dass er nur wohlhabende Juden schützen wollte. Das ist eine böswillige Unterstellung, denn er hat in meinem Beisein mehr als einmal erwähnt, er lasse es nicht zu, dass man die wertvollen Juden zur Arbeit außer Landes bringt. ‹Die werden wir unbedingt brauchen›, sagte er.» Ihre Redseligkeit nimmt tragische Formen an, als sie vom Begräbnis ihres Mannes berichtet. «Da erst blickte ich mich um, und dicht neben uns erkannte ich Ribbentrop, den deutschen Außenminister, die Auszeichnungen hatte vermutlich er mitgebracht – so hörte ich ihn später sagen: ‹dem Helden, der für unsere gemeinsame Sache fiel›! In mir hallten die Worte von István noch nach, der schlimmste Tag seines Lebens sei der, an dem er eine deutsche Auszeichnung bekäme! ‹Aber keine Sorge, die geben mir ohnehin keine.› Ich wollte mich vom Sitz erheben, zur Totenbahre gehen, nach der Auszeichnung schnappen und sie Ribbentrop ins Gesicht schleudern. Dieser Impuls war so stark, dass ich mit der einen Hand die andere festhalten, mich fast zurückreißen musste. Ich dachte: Wie würde man reagieren? Papa Miklós würde ich nur Ärger verursachen, und es gäbe einen großen Skandal, doch ich weiß, für István wäre es eine Genugtuung gewesen. Ein paar Minuten zögerte ich, rang mit mir, holte tief Luft, um klar denken zu können, doch schließlich gewann der Gedanke Oberhand, dass es inzwischen egal ist, jetzt ist sowieso schon alles egal.»

Das unbewusste Geständnis stellt ihr Schreiben bloß. Man möchte vor Scham den Kopf abwenden.

Für ihre Beziehung zu István Horthy hat sie im zweiten Band einen einzigen schrecklichen Gemeinplatz übrig, sie merkt nicht, wie sie mit diesem, auf die einstige Leidenschaft zielenden Satz, ihre zweite Ehe heruntermacht.

Anderswo, wo solche oder ähnliche Schreibunfälle ausbleiben, setzt sie geschmeidig allgemein gebräuchliche Wendungen und Techniken der Trivialliteratur sowie sämtliche landläufigen Platituden aus dem Arsenal geselliger Unterhaltung ein. «In Irland verlebte ich die wunderbarsten zwei Wochen mit diesen netten, gastfreundlichen Freunden, im herrlichen, ganz besonderen Land, wo sich die Menschen auf originelle, herzliche und manchmal amüsante Art auszudrücken wissen.» Ihre höfischen Adjektive verdecken ihre eigene Sicht auf andere oder etwa eine Landschaft. Teilnahmslos durchschreitet sie die Landschaft und ihr eigenes Leben. So kann sie die unumgängliche Distanz zur leidigen persönlichen Nähe, die das Genre vorgibt, aufrechthalten. Ilona Gyulai Edelsheims Freundlichkeit, ihr Taktgefühl funktionieren in Gesellschaft makellos, ihren Lesern begegnet sie hochmütig und plump.

Im zweiten Band feiert ihr Hochmut förmlich ein Fest.

«In Madrid lud mich Ifi Zichy für ein paar Tage ein.» Eine tapfere Idee von dieser Figur, gewiss, gleichwohl erfahren wir über sie nichts weiter. Dank des Europa-Verlags gibt es in diesem Buch keine Anmerkungen, zudem ist das Namensregister lückenhaft und unsystematisch. Von Ifi Zichy wissen wir nicht einmal, ob er ein Mann oder eine Frau ist. Vielleicht ist er identisch mit dem im ersten Band mehrmals erwähnten Graf Ladomér Zichy, der insgeheim mit den Russen verhandelte. Im nächsten Satz erfahren wir aber, dass sich die Autorin mit der Mutter von Ifi gerne traf, «Edina Zichy, mit der ich während der deutschen Besatzung in Ungarn zusammenwirkte». Diese Bemerkung hätte eine wertvolle Quelle zur ungarischen Widerstandsbewegung sein können. Wenn wir nur wüssten, wer überhaupt diese Frau ist, der wir nie wieder begegnen und von der auch im ersten Band nur zu lesen war, dass sie während der deutschen Besatzung an einem Geheimtreffen teilgenommen habe. Gleich danach werden wir über ein noch kurioseres Ereignis unterrichtet: «Betty Gracie und andere brachten mich in die Vila Franca auf dem Landgut der Palha-Zwillinge. Sie waren hochgewachsene, gutaussehende junge Männer, eineiige Zwillinge; ich habe mich sofort mit ihnen angefreundet.» Weder davor noch danach kommen die jungen Männer ein zweites Mal vor. Nie werden wir erfahren, worin die Kausalität zwischen der rasch geschlossenen Freundschaft und der Eineiigkeit bestand. Die Begegnungen von Ilona Gyulai Edelsheim erlangen Bedeutung innerhalb eines Systems, das für uns von außen unzugänglich bleibt.

Wir dürfen, uns an der hohen Steinmauer hochziehend, in den verlassenen Schlosspark ein bisschen hineinspähen.

Dank ihrer schriftstellerischen Impertinenz erfrischt, belebt und reanimiert Ilona Gyulai Edelsheim im Bewusstsein ihrer Leserschaft sämtliche Gemeinplätze über die Aristokratie. Wir verstehen zwar nicht, was da im Inneren geschieht und warum es geschieht, aber schon mit bloßem Auge können wir eine hochgradig narzisstische Persönlichkeit erkennen, deren Anliegen es ist, für ihre Einfachheit und Natürlichkeit pausenlos bewundert zu werden, weshalb sie sich, sozusagen ihrer eigenen Intelligenz ausweichend, ständig selbst aufwerten muss. Auch gelten Pflicht und Ehre für sie selbst nicht, sie sind bloß Korsett ihrer in der gesellschaftlichen Hierarchie eingenommenen Stellung, weshalb sie tatsächlich stets die *passenden* Dinge tun und sagen kann. Doch ich habe starke Zweifel, ob all das zu ihrem *Naturell* gehört. Ihre eigenen Emotionen hält sie unbeirrt auf Abstand, ein durchaus heroisches Unterfangen, nur dass die Tradition dieses Gebarens seit dem Zusammenbruch der feudalen Gesellschaft nach dem Zweiten Weltkrieg keine Funktion mehr hat. Sinn hatte es auch vorher schon nicht.

Auch wenn wir die Memoiren der großen aristokratischen Klassiker nicht gelesen hätten, des Herzogs Saint-Simon, von Miklós Bethlen, die erschütternden Skandaltagebücher der Franziska Gräfin von Reventlow, die höllische Beichte Tolstois oder die Memoiren der bedeutenden ungarischen Zeitgenossen Ilona Gyulai Edelsheims wie die des Grafen István Bethlen, der Gräfin Katinka Andrássy oder Gräfin Ilona Bolza, dann würden wir ihr bereitwillig glauben, dass es sich so und nicht anders zutragen musste. Wir würden sogar tendenziell glauben, dass die großen historischen Katastrophen stets aufgrund der Fehler der anderen eingetreten sind. Wir würden die Authentizität, die moralische Vorbildlichkeit eines solchen Satzes unbedenklich würdigen: «Es lief alles großartig – selbst das Wetter meinte es gut mit uns –, und was ich auch anfasste oder versuchte, hat sich als richtig erwiesen.»

Ich habe keinen Zweifel, dass Ilona Gyulai Edelsheim zur Autosuggestion erzogen wurde, nach der Devise, dass sie alle ihre Handlungen für vollkommen halten muss, da doch die Tatsache ihrer Geburt von historischer Bedeutung ist. Doch selbst einen so gewichtigen Irrtum der Erziehung könnte schon die einfache Lebenserfahrung korrigieren, vorausgesetzt, man würde in den tiefen Abgrund blicken, der sich zwischen der erzieherischen Absicht und der geschichtlichen Realität auftat.

Ich sage nicht, dass diese mit einem glänzenden Intellekt ausgestattete Frau nicht in den Abgrund geblickt hätte. Sie verrät bloß nicht, was sie dort gesehen hat. Selbst in gedruckter Form wirkt ihr Schreiben wie ein Rohmanuskript. Was ihr nicht bewusst ist. Die schriftstellerische Tölpelhaftigkeit, das fehlende Stilgefühl machen deutlich, dass Ilona Gyulai Edelsheim die Charakterisierung der nahen Zeugen ihres Lebens nicht deshalb unterlässt, weil sie keine klare Meinung von ihnen hätte. Sie hat Emotionen, sie hat Ansichten. Die Offenheit der Charakterisierung oder der

Grad der Authentizität entspricht bei ihr dem Rang der Figuren auf negative Weise. Je höher sie in der feudalen Hierarchie stehen, umso weniger weisen sie an menschlichen Eigenschaften auf. Das wird klar, wenn sich die Autorin mit Leuten beschäftigt, die nicht zu ihrem Familienkreis, nicht zu ihrer eigenen Gesellschaftsklasse gehören, nicht ihre Diener oder Angehörige des Hauspersonals sind, wenn sie ihnen persönlich nicht verpflichtet ist, genauer, wenn sie außerhalb des Kreises ihrer Interessen stehen. Ihr Urteil fällt dann so aus, als seien sie ihr feindlich gesinnt. Sie schildert sie mit ziemlicher Schärfe, überraschend originell und stimmig. In ihrer Wut nimmt sie sie sogar gehörig auseinander. Wir bekommen ihre Gehässigkeit zu spüren, obschon sie sich wirklich Mühe gibt, sich diese Schwäche tapfer vom Leib zu halten.

Dort, wo sie auf konträre Meinungen oder Widerstand trifft, lauert der Feind auf sie. Das kommt häufig vor, in solchen Situationen überreagiert sie deutlich. Auf vorsichtig, ja höflich vorgebrachte Einwände über das Horthy-Regime zischt sie förmlich. Mit arglosem Stolz macht sie die apologetischen, dummen Briefe publik, die empörte Familienmitglieder als Reaktion auf die Kritik an die großen Zeitungen weltweit verschicken. Damit gesteht sie nicht nur unwillkürlich ein, dass sie vom beruflichen Ethos eines Historikers oder der Kompetenz einer Zeitung keinen blassen Schimmer hat, sondern auch, dass sie das banalste Grundprinzip der aufgeklärten bürgerlichen Lebensweise weder geistig noch emotional verinnerlicht hat, wonach Menschen in derselben Sache, in demselben Raum und in derselben Zeit entgegengesetzter Auffassung sein können. Was man nicht nur tolerieren, sondern auch deuten muss.

Die ständige Gereiztheit, mit der sie auf Widerspruch reagiert, macht Ilona Gyulai Edelsheim in ihrer Rede anlässlich der Wiederbestattung von Mitgliedern der Horthy-Familie in Kenderes für die kádáristischen Kleinbürger gut verdaulich. Abermals verbindet sie Begriffe miteinander, die in keinerlei Beziehung zueinander stehen. Jetzt will sie aber ihrer Nation wirklich was Gutes tun. Die bittere Pille der nationalen Selbsterkenntnis wickelt sie in die bekannte Hostie des Antibolschewismus. Sie erklärt, Selbstmitleid und Kritik seien schädlicher als Rauschmittel. Und wenn die Nation den Satz ernst nimmt, dann kann sie nicht umhin, die Schärfe der Kulturkritik zu bemerken. Gegenüber der vorhandenen plädiert sie für eine ungarische Gesellschaft, in der Selbstmitleid und Kritik ähnlich wie Rauschgift unter Verbot fallen.

Ich habe den Verdacht, dass hinsichtlich der verhassten kritischen Attitüde der aufgeklärten Bürgerwelt und des pathologischen Selbstmitleids der ungarischen Gesellschaft in Ilona Gyulai Edelsheims Bewusstsein zwei Imperative in Widerstreit geraten. Sie möchte etwas vermitteln, doch letztlich vermittelt sie nicht ihre in der Demokratie gewonnenen Erfahrungen, wie sie es möchte, sondern die Imperative ihrer eigenen Sozialisation. Wenige dürfen in die Lage kommen, dich zu kritisieren. Das ist der eine Befehl. Wer Selbstmitleid erkennen lässt, legt gleichzeitig zwei wunde Punkte offen, weshalb man Selbstmitleid lieber verleugnen als sich ihm hingeben sollte. Das ist der zweite Imperativ der Sozialisation. In der Demokratie ist es ziemlich schwierig, diese Imperative ohne die Gefährdung der Persönlichkeit zu beherzigen, obgleich das Wissen darum im Interesse der Selbstkontrolle und der Machtausübung unersetzlich ist.

Wenn wir uns einen Menschen vorstellen könnten, bei dem Selbstmitleid vollständig fehlt, das übrigens aus der Sicht der seelischen Hygiene und der nationalen Selbsterkenntnis gleichermaßen heilsam sein kann, dann wäre tatsächlich ab sofort kein kritisches Denken mehr vonnöten.

An diesem Punkt müssen wir Ilona Gyulai Edelsheim Recht geben.

Wenn es aber wirklich derart perfekte Menschen gäbe, warum zum Kuckuck müsste man dann vor kritischem Denken Angst haben. Sie könnte sich durch den Kopf gehen lassen und herausfinden, ob die Kritik gegebenenfalls begründet ist, und so könnte sie auch ermitteln, dass aufgrund dieses diffizilen und anspruchsvollen geistigen Verfahrens noch nie jemand physische und mentale Kränkung erlitten hat.

Im Gegensatz zu einem Menschen, der mit achtenswerter Selbstdisziplin so tut, als wäre er frei von Selbstmitleid. Es ist nämlich auch für uns erkennbar, dass Ilona Gyulai Edelsheims distanzierte Haltung das Selbstmitleid nicht infolge von Analyse und Sinndeutung fallenlässt oder verarbeitet, sondern mit den Mitteln der mentalen Dressur quasi jene elementaren Affekte zurückdrängt, die von den das Selbstmitleid niederwalzenden Manövern herrühren. Das kostet sie viel emotionale Energie, sodass ihr die Kraft ausgeht, um die kritische Attitüde zu ertragen, obwohl sie sie, wenn es ihr darauf ankommt, selbst an den Tag legt.

Das Verhaltensmuster, dem sie gehorcht und hinter dem die Erinnerung an eine auf Privilegien gründende, hierarchisch eingerichtete Gesellschaft und die unbegründete Hoffnung auf ihre Wiederherstellung steht, verbannt im Interesse der einförmigen und unangefochtenen Machtausübung die störenden persönlichen Emotionen, die weit mehr störenden persönlichen Affekte, und sucht für die gnadenlose Praxis der Entpersönlichung in der Nächstenliebe, der christlichen Demut und der Pflicht zur Vergebung eine metaphysische Stütze. Diese mit Trugbildern verstellte, schematisierte persönliche Realität hat freilich viel mehr mit den aus der Geschichte bekannten feudalen Techniken der Machtausübung zu tun als mit christlicher Nächstenliebe. Nach Michel Foucault ist der historische Zeitpunkt, als diese zwei weit auseinanderliegenden Dinge in der europäischen Kultur miteinander verknüpft wurden, denn auch ganz klar zu bestimmen.

Die offene und freie Meinung über ihre Mitmenschen, durch die sie sich selbst Tiefe und jener moralischen Rollenverkörperung, die sie im Titel ihres Buches mit «Ehre» und «Pflicht» bezeichnet, Glaubwürdigkeit verleihen könnte, muss Ilona Gyulai Edelsheim aus religiösen, geschichtlichen und sozialen Gründen kategorisch zum Schweigen bringen. Vielleicht ist dies das tiefste und tatsächlich unlösbare Paradoxon ihrer Arbeit.

Die Beurteilung anderer spart sie aus religiösen Gründen aus, doch da sie sich zu ihrem eigenen Leben öffentlich bekennen sollte, dürfte sie auch das Leben der anderen nicht schonen. Aus sozialen Gründen kann sie die schmerzhaften Niederlagen ihres Lebens ebenso wenig öffentlich machen, denn dann würde sie das Innenleben ihres Standes entlarven. Und da sie annimmt, dass weder die geistige noch die geschichtliche Leere ihrer Erzählung sichtbar sei, zieht sie mit einer so selbstverständlichen Gleichgültigkeit mit all ihren schwachen und verräterischen Sätzen an uns vorbei, als gehörten wir zu ihrem Hausgesindel und dürften den ganzen mentalen Kuddelmuddel nicht bemerken.

«Ich bin in eine äußerst schwierige Lage geraten, insofern ich nie zur Schule gegangen bin und in keiner Schulbank gesessen habe, wo man, wenn man gefragt wird, zum Antworten aufstehen muss.»

Ilona Gyulai Edelsheim gehört zum großen Kreis jener Menschen, die allenfalls aus angeborener Höflichkeit anerkennen, jemals geirrt oder jemals etwas falsch gemacht zu haben. Das öffentliche Eingeständnis ihrer Verfehlungen, das einst das Konzil von Trient zur Pflicht aller Christen erhoben hat, würde sie aus ihrer Lebensrolle kippen. Die Lebensrolle ist ihr von vornherein genauso einbeschrieben wie jedem ordinären Spießbürger, aus ihr darf sie nicht heraustanzen. Das ist der eine Grund für ihre den anderen gegenüber an den Tag gelegten Indolenz. Der andere Grund ist politischer Natur. Auf den ersten Seiten ihrer Memoiren erklärt sie, dass Miklós Horthy das Bestmögliche für seine Nation zu tun gedachte, als er am 16. November 1919 an der Spitze seiner mit Kranichfedern geschmückten Truppeneinheiten in Budapest einmarschierte. Ihre Erinnerungen schließt sie mit der tröstlichen Feststellung, dass Miklós Horthy dieses Bestmögliche auch getan habe, und derjenige, der es anders sehe, «zutiefst undankbar» oder von der «kommunistischen Propaganda» irregeführt worden sei. Diese zweite, wahrhaft verblüffende These benötigt dank ihrer Erinnerungsstrategie selbstverständlich keinerlei Nachweis. Sie schreibt über persönliche Erlebnisse, und persönliche Erlebnisse sind in Mädchenromanen a priori nicht anzuzweifeln, sie müssen nicht belegt werden.

Da sie für den Begriff *Nation* keine Definition liefert, dürfen auch wir an der guten Absicht von Miklós Horthy prinzipiell keine Zweifel aufkommen lassen.

Den Regeln des autoritären Sozialisationsmusters folgend, selektiert sie die geschichtlichen Erinnerungsobjekte der Nation, klassifiziert sie neu, und an das, was beschämend ist oder uns nichts angeht, erinnert sie sich nicht und lässt auch keine Erinnerung zu. Nicht etwa aus Grobschlächtigkeit, nicht weil sie die Geschichte fälschen will, sondern weil sie sich mit der Nation identifiziert und im Interesse der Nation auch sich selbst gegenüber brutal, unqualifiziert verfährt.

Beim Lesen dieser Memoiren wird man in ein von früher bekanntes System des Selbstbeweises und der Selbstzensur zurückgeworfen. Ein System, das nur der Leser aufdecken kann, dessen Kenntnisse der europäischen Geschichte, des jahrtausendealten politischen Denkens, der Geschichte der Schrift aus anderen Quellen stammen. Der anhand dieser kulturellen Güter und Quellen das Gelesene quasi ergänzt, differenziert, die Ereignisse im real funktionierenden geopolitischen Raum, die Chronologie korrekt positioniert beziehungsweise aufgrund der im Buch versteckten Splitter jene Umstände und persönlichen Erlebnisse sensibel rekonstruiert, die uns Ilona Gyulai Edelsheim größtenteils absichtsvoll vorenthält und die sie selbst nicht versteht.

Bis auf sein erstes Drittel, das für Historiker interessant sein mag, beschränkt sich der zweite Band vollständig auf private Mitteilungen. Hätte ich den ersten Band nicht für eine erschütternde Lektüre gehalten, hätte ich die trübe Buchstabensuppe des zweiten Bandes nicht ausgelöffelt. Gut möglich, dass meine Erschütterung persönliche Gründe hat.

Ich sehe ein ausnehmend intelligentes Mädchen, das zusammen mit den anderen Gyulai-Edelsheim-Fräulein von seiner Mutter verlassen wurde. Das Mädchen streift im Park des Elefánt-Schlosses oder in den umliegenden Wäldern umher, fühlt sich wohl in Gesellschaft von wilden Tieren. Von verschiedenen Gouvernanten erzogen, lernt es mehrere Sprachen, erhält aber keine institutionelle Ausbildung. Heiratet früh. Von der Welt, in die sie hinaustritt und die sie von nun an auf höchster Ebene repräsentieren soll, hat sie kein fundiertes Wissen, ihr fehlt es an Bildung. Einen Beruf hat sie nicht, die Regeln solider Arbeit sind ihr unbekannt. Sie bringt ein Kind zur Welt, einen Jungen. Wie sich herausstellt, könnte sie eine ausgezeichnete Chirurgin werden, wenn sie ihre Zeit nicht dem Repräsentieren des zusammenbrechenden ungarischen Staates widmen müsste. Die Beschäftigung mit den Kranken sei Arbeit, denkt sie, doch sie gehört auch nur zu ihren Repräsentationspflichten. Ihr Mann kommt bei einem tragischen Unfall ums Leben, ist aber vermutlich einem politischen Attentat zum Opfer gefallen. Die Gesellschaftsordnung, in der sie sich professionell engagiert, bricht zusammen, und sie muss ihre Heimat als Vorzugsgefangene der Gestapo verlassen. Treu folgt und dient sie ihrem geliebten Schwiegervater und ihrer geliebten

Schwiegermutter im Exil. Das ist zu viel für einen Menschen und zu wenig für eine Erwachsene. In der Fremde verliert sie den Boden unter den Füßen. Was sie beim ständigen Ortswechsel und Repräsentieren nicht wahrnimmt. Sie heiratet wieder, es wird eine unglückliche Ehe. Ihr Mann hat mit dem Alkohol zu kämpfen, sie mit Depressionen. Sie hört auf ihren mütterlichen Instinkt, will wissen, was für einer muslimischen Sekte ihr Sohn beigetreten ist, und um ihn nicht sich selbst zu überlassen, willigt sie ein, dass man sie «öffne». Was so etwas wie Erleuchtung bedeuten muss. Sie macht «Latihan», manchmal sogar mehrmals täglich, worin sie endlich glücklich wird, wenngleich wir aus ihrem Buch nicht erfahren, was es damit auf sich hat. Vielleicht ist es eine Art religiöser Ekstase. Für sie sicher eine Erfahrung, die sie nicht leicht eingestehen kann, da sie sich mit dem einstigen Ideal von Pflicht und Ehre nicht in Einklang bringen lässt. Das Copyright des Buches, das bei Ilona Bowden & Sharif Horthy, 2000 liegt, hat wahrscheinlich mehr mit der unmenschlichen Realität der ungarischen Geschichte zu tun als die beiden Bände.

Mich hat jene persönliche Tragödie berührt, die Ilona Gyulai Edelsheim nicht geschrieben hat. Mich hat ihre der Blaublütigkeit entstammende, zutiefst heidnische Auffassung von Pflicht und Ehre überwältigt, die sie in ihrem eigenen Leben erst zuließ, als sie im Wald wilden Tieren begegnete und mit ihnen plaudern durfte – auf insgesamt zwei Seiten ihrer zweibändigen Memoiren. Das sind sehr schöne Seiten. Als habe ein namenloses Wesen mit nur wenigen Eigenschaften im Universum existiert, das von Ilona Gyulai Edelsheim ein Leben lang begleitet wurde, das sie aber nie zu Wort kommen ließ. Während der Lektüre war dieses Wesen stärker, an ihm perlen die Adjektive der Autorin ab. So war es für mich, so sehe ich sie beide, und durch sie begriff ich bei der Lektüre des ersten Bandes mein eigenes schweres geschichtliches Versäumnis.

Wer wegen seines tiefempfundenen Hasses auf das Kádár-Regime den Horthyismus nicht genug gehasst hat, weil ihm dafür die Zeit, die Energie und die Aufmerksamkeit fehlte oder weil er den Zusammenhang zwischen den beiden Epochen nicht klar genug erkannte, der kann das Versäumte beim Lesen dieses Buches sozusagen auf positive Weise nachholen. Für die kaputte Existenz dieses namenlosen, unterdrückten Wesens werde nun auch ich die Horthy-Ära hassen. Für dieses erhellende Erlebnis bin ich der Autorin zutiefst dankbar.

Deutsch von Lacy Kornitzer

UNSER GUTER ALTER SOLSCHENIZYN

Wer nur die Essays, Erklärungen, Broschüren und Reden der letzten anderthalb Jahrzehnte kennt, nicht mehr als das, was der Zeitungs- und Zeitschriftenleser zur Kenntnis nehmen konnte, der wird wohl kaum ahnen, was für ein Schriftsteller der alte Alexander Solschenizyn gewesen ist. Auf jeden Fall ein anderer als heute. Wahrscheinlich ist ihm die Güte abhandengekommen, die Bereitschaft zur Anteilnahme, die Herzenswärme. Was nicht verwundern kann, denn das Leiden frisst so viel von diesen Eigenschaften auf, dass irgendwann nichts mehr übrig ist.

Vom neuen Solschenizyn wird kaum jemand behaupten, er sei ein sensibler oder kluger Mensch. Er kann seine Gedanken nicht richtig ordnen, er jammert, poltert, klagt an, betet immer das Gleiche herunter, schlägt um sich, plustert sich auf. Er erweckt den Eindruck, als könne sein Verstand die Leidenschaften nicht mehr zügeln. An Format hat er natürlich noch nicht gänzlich verloren, vielleicht ist Format das Letzte, was man verliert. Aber er ist leer, einfach leer. Er befasst sich nicht mehr mit Menschen, ihren persönlichen Eigenschaften und individuellen Fähigkeiten, denen er sich den Regeln seines Metiers gehorchend widmen müsste, sondern mit den Schwierigkeiten und Sorgen eines Landes, so groß wie ein Kontinent. Doch selbst jetzt, nach so vielen Jahren seiner zwanghaften politischen Umtriebigkeit, tut er das so, als handelte es sich bei diesem ungeheuren Land um eine Persönlichkeit mit konkreten Eigenschaften. Er schilt es, rügt es, belehrt es, redet ihm ins Gewissen, verliert dabei manchmal die Geduld, staucht es zusammen oder erteilt ihm Anweisungen. Ein berühmter Schriftsteller spricht zu seinem Land und will nicht zur Kenntnis nehmen, dass er eigentlich Selbstgespräche führt. Seit zwanzig Jahren versucht Solschenizyn in die große Politik vorzudringen, obwohl er sich doch schon seit dreißig Jahren definitiv genau dort befindet. Indessen fehlt ihm nicht nur jegliches Gefühl für Politik, sondern vermutlich auch die Kenntnis der politischen Autoren. Als sei er der ziemlich kuriosen Überzeugung, dass es kein Fachgebiet gibt, geben kann, auf dem er sich trotz mangelnder Sachkenntnis nicht äußern dürfe. Seinen Worten sind nicht nur Güte, Anteilnahme und Herzenswärme abhandengekommen, es ist, als hätte er damit auch seinen grandiosen Sinn für die Realitäten verloren, ja, selbst die letzten Erinnerungen an seine Schulung in Realismus.

Nun ja, könnte man sagen, das wird aus einem angesehenen Schriftsteller, wenn er sich auf die politische Bühne hinauswagt. Oder man könnte sagen, gewisse nationalistische Propheten verkünden immer das Gleiche. Dies alles dahingestellt – aus dem Gefühl der Größe, der Bedeutung und des Ansehens hätte dennoch nicht nur Hochmut, sondern auch Pflichtbewusstsein und Verantwortungsgefühl erwachsen können. Bis Ende der sechziger Jahre hatte auch Solschenizyn noch ein sicheres, seiner Lage und seinen Fähigkeiten entsprechendes Gefühl für Angemessenheit. Später hat ihn das große Gewicht vielleicht so sehr beschwert, dass er sich selbst als zu gering empfand. Sicher ist jedoch, dass der auf die politische Bühne hinausgelockte Schriftsteller, wenn er nicht eine ausgeprägte Vorbildung oder eine besondere politische Neigung hat, ziemlich ausgeliefert ist und vor allem über kein geeignetes Instrumentarium verfügt. Allein schon weil er die Einsamkeit gewöhnt ist.

Um seiner moralischen Authentizität willen führt man ihn am Halfter seiner Eitelkeit aus der Einsamkeit heraus, doch dann kann es ihm in der fremden Umgebung leicht passieren, dass er seine Authentizität verliert. Maß und Methode lassen sich nämlich nicht auf ein Volk, auf eine Nation, eine Masse, eine Gesellschaft anwenden, sondern immer nur auf den Einzelnen und immer nur auf einen einzelnen Satz dieses Einzelnen, auf den Satz, den er gerade schreibt. All seine Mittel sind für diesen einen Satz, diese eine Person bemessen. Und mit diesen Mitteln kann er auf größerem Feld nur dann etwas anfangen, wenn sein Abstraktionsvermögen nicht verkümmert ist, wenn es geeicht, gut trainiert und er in der Lage ist, die auf ihn zugeschnittene Methode auf die Politik zu übertragen. Eine Grundvoraussetzung für die politische Laufbahn des Erzrealisten Solschenizyn wäre zum Beispiel gewesen, weder in den Realitäten noch in den Phantasmagorien so gut geschult zu sein, wie er es nun mal war. Um Politiker zu sein, hätte er das Wesentliche vom Unwesentlichen scheiden müssen, und dafür hätte er sich nicht an den Protopopen Awwakum Petrow halten dürfen. Eher an Gogol, Gontscharow, Bunin, keinesfalls an Nekrassow und auch nicht an Tolstoi. Nicht an Mereschkowski, eher noch an Schestow.

Sein Abstraktionsvermögen ist der Schwachpunkt dieses an den klassischen Realisten geschulten Autors. Seine bedeutendsten Werke sind autobiographisch inspiriert, wobei man dabei nicht an das moderne Subjekt denken darf, weil sie nicht dem bürgerlichen Individualismus, sondern dem aufgeklärten Adel entwachsen sind. Sobald er sein angestammtes Gebiet verlässt, wo er sich bei der Darstellung noch auf eigene Eindrücke, seine unmittelbaren Erfahrungen hätte verlassen können, und die Bereiche des universal Gültigen betritt, in denen die großen russischen Realisten tätig waren, deren Adelskultur viel weiträumiger war, verfällt er ins Manierierte. Er kennt die Kniffe, und doch finden seine

Sätze nicht mehr ihren richtigen Platz auf dem Papier. Wenn man die berühmten Romane *Der erste Kreis der Hölle* oder *Krebsstation* erneut zur Hand nimmt, hat man den Eindruck, diese Bücher bereits gelesen zu haben, aber nicht weil man sie vor zwanzig Jahren tatsächlich gelesen hat, sondern weil erst, wenn sie ihre aufregende Aktualität eingebüßt haben, das durch und durch Forcierte der Sätze in diesen Büchern sichtbar wird. Die adelige Kultur des 19. Jahrhunderts, auf die Solschenizyn seine stilistischen und kompositorischen Prinzipien gründete, sind nicht nur in der Welt, sondern auch in seinen Sätzen obsolet geworden. Das sind nicht seine eigenen Sätze, und meistens haben diese Sätze nichts Eigenes. Als hätte er nicht verstanden, was in den vergangenen hundert Jahren mit der Persönlichkeit des Menschen geschehen ist. Diesen Werken fehlt der Solschenizyn eigene Akzent.

Wer Solschenizyns frühe Erzählungen wiederliest, gewinnt einen Eindruck davon, wie der Autor Anfang der sechziger Jahre mit seinen ungewöhnlichen Fähigkeiten kämpfte. Das trifft auf *Ein Tag im Leben des Iwan Denissowitsch* und andere bekannte Erzählungen wie *Matrjonas Hof, Die rechte Hand, Zwischenfall auf dem Bahnhof Kretschetowka* und *Zum Nutzen der Sache* ebenso zu wie auf seine Skizzen und weniger bekannten Prosatexte wie *Sahar mit der großen Tasche* oder *Die Osterprozession*.

Sie vermitteln uns das Bild von zwei Solschenizyns in einem, dem realistischen und dem phantastischen Schriftsteller. Dem bedeutenden Erzähler, dessen manierierter Stil kaschiert, dass er über etwas nicht wirklich sprechen kann, und von dem vielleicht noch bedeutenderen Soziologen, der uns etwas Unerhörtes mitteilen will, etwas Wesentliches, streng Geheimes, tief Verschwiegenes, für dessen Darstellung er das passende Instrumentarium noch nicht gefunden hat. Dieser Bruch macht sich nicht nur zwischen den einzelnen Texten, sondern auch innerhalb eines einzigen Textes bemerkbar. Der Realist ringt mit dem Phantasten, der sachliche Soziologe mit dem manierierten Erzähler, der warmherzige Beobachter mit dem panslawistischen Ideologen, der Moralist mit dem Ästheten, und noch vermag keiner den anderen zu bezwingen. Solschenizyns eigener Ton ergibt sich aus der Spannung, die durch den Kampf dieser gegensätzlichen Stoffe, Stile, Vorstellungen, Genres und Methoden entsteht.

Die Spannungsquelle kann man ebenfalls benennen – das Verschweigen. Das Ausmaß des verschwiegenen Wissens in diesen Texten unterschiedlicher Genres und unterschiedlicher Qualität ist unvergleichbar größer, als der Autor es in dem dargestellten Stoff erkennen lässt. Von dem furchtbaren, ungeheuerlichen und vor allem gefährlichen Wissen, das Solschenizyn Anfang der sechziger Jahre als sein Ureigenes besaß, ragt nur die Spitze heraus. Wir erfahren kaum etwas über den Fremden, der in Matrjonas verfallenes Haus einzieht. Wir sehen alles mit seinem tiefen, empfindsamen, unverwandten Blick, erfahren jedoch nichts von dem, was ihm «in der staubigen, glühenden Wüste» in «den zehn Jährchen» widerfahren war, bevor es ihm gelang, «in die rauschenden Wälder» zurückzukehren. Solschenizyn gibt nur vorsichtige Andeutungen, wo sein Held gewesen ist: im Gulag. Einzelheiten teilt er nicht mit. Ähnlich in seiner wunderbaren Krankenhausgeschichte. «Nach Taschkent kam ich in jenem Winter schon als toter Mann.» Woher der Ich-Erzähler kam, wissen wir nur aus Andeutungen. Aus diesem Wenigen bricht ein lautes Schluchzen hervor; es sind nur wenige kurze Absätze, doch von tödlichem Gewicht.

Dieses Gewicht ist in der Geschichte von Leutnant Sotow womöglich noch größer, noch erschreckender, noch tödlicher. Kaum erkennbar tauchen die Straflager am dunklen Winterhorizont auf. Sotow kommt frisch von der Universität. Zu seiner größten Schande ist er nicht sofort an die Front gekommen, sondern wurde zum Dienst im Hinterland, an der Station Kretschetowka eingeteilt. Aus lauter Eifer und Wachsamkeit nimmt er, da er in ihm einen Spion vermutet, einen zerlumpten, seit mehreren Tagen hungernden älteren Soldaten fest, der versehentlich von seiner Kompanie getrennt worden ist. Dabei hat er wohl selten so tiefe Sympathie für einen Menschen empfunden. Oder gerade deshalb. Im Grunde hat er ihm nur etwas zu essen geben wollen. Und nun weiß er nicht, was aus dem Soldaten geworden ist. Weil er es weiß. Alle wussten, was sie zu verschweigen hatten. In dieser kalten, verregneten Nacht hatte er etwas begangen, das nicht wiedergutzumachen war.

In diesen Erzählungen hat Solschenizyn zwei epochale Grundoperationen für uns vollbracht. Er hat vom Leiden gesprochen, von guten Menschen, fehlbaren Menschen, Menschen, die ihr Leid mit ungebrochener Würde tragen und deren Leben im Zeichen eines grauenhaften Geheimnisses steht. Das Geheimnis, dessen Last wir alle stumm getragen haben, Opfer und Täter, hat er auch schön benannt. Es spricht für seinen unglaublichen Realitätssinn, dass er nicht zuerst die sieben Siegel aufgebrochen, sondern davon erzählt hat, wie wir mit einem Geheimnis leben, über das gesprochen werden muss. «Das am strengsten gehütete Geheimnis der Sowjetunion ist nicht militärischer Natur», schreibt Arthur Koestler, «die durchschnittlichen Lebensverhältnisse seiner Bürger sind es, die geheimgehalten werden müssen.» In dieser frühen Phase seines schriftstellerischen Schaffens waren das die beiden Grundthemen Solschenizyns: die durchschnittlichen Lebensverhältnisse und die Straflager. Zwischen diesen beiden großen, verbotenen Themen stellte er eine eindeutige Verbindung her. Er beschrieb den Zustand, benannte den Grund. Und uns ließ er keinen Vorwand mehr zu schweigen.

Von nun an konnten nur noch dumme, zynische, feige Menschen behaupten, die Rahmenbedingungen eines solchen Lebens seien reformierbar.

In diesen frühen Erzählungen tat Solschenizyn zweifellos nichts anderes, als die an ethischen Gesten ohnehin reiche russische realistische Tradition zu nutzen, wobei man nicht einmal behaupten kann, dass er sie zu Ende geführt hätte. Gewiss nicht. Aber es gibt sicherlich sehr außergewöhnliche und heikle Momente, in denen die ästhetischen und ethischen Gesten innerhalb eines Werkes nicht zu trennen sind. *Matrjonas Hof*, *Zwischenfall auf dem Bahnhof Kretschetowka* und *Die rechte Hand* sind solche außergewöhnlichen Meisterwerke der Erzählkunst. In ästhetischer Hinsicht bieten sie nichts Neues, aber es lässt sich in ihnen das Gute nicht vom Schönen trennen. Es gibt wohl nur ein einziges Werk Solschenizyns, das über eigenständige ästhetische Qualitäten verfügt: *Der Archipel Gulag*. Dieses Werk hat die geistige und politische Welt um uns tatsächlich nicht erklärt, sondern sie, wie ein echtes Erdbeben, verändert.

Damals drückte sich Solschenizyn noch sehr bescheiden aus. Er sagte nicht, der russische Mensch sei so und so, sondern er sagte, der eine Mensch sei so, der andere so und beide seien russische Menschen.

Deutsch von Timea Tankó

GEHEIMES SELBSTBILDNIS
EINES SCHRIFTSTELLERS

Bei der Vorstellung, eine Rede halten zu müssen, beschleicht mich ein unbehagliches Gefühl. Allenfalls kann ich laut nachdenken. Laut nachdenken möchte ich jetzt über eine schlichte, ja unscheinbare, große Begegnung.

Stellen Sie sich bitte einen überfüllten Gerichtssaal vor, der Angeklagte wird hineingeführt.

Ich denke an einen bestimmten Angeklagten, an den, der einen Araber getötet hat und selber nicht weiß, warum. Vielleicht hat sich der Himmel an jenem Tag zu sehr aufgeheizt, oder er wurde vom Sonnenlicht geblendet. Es sei wegen der Sonne passiert, erklärt er. *«C'etait à cause du soleil.»* Was lächerlich ist, das weiß er auch selbst. Der Staatsanwalt vertritt die Überzeugung, das Herz des Angeklagten sei leer, es sei ein verbrecherisches Herz, und der Beichtvater hält das Herz des Angeklagten schlichtweg für blind. Bevor das Todesurteil vollstreckt wird, erzählt uns der Verurteilte von dieser eigentümlichen Begegnung, die auch ich jetzt mit den Worten des Meisters meines Meisters erzählen möchte.

«Die Journalisten hielten schon ihren Stift in der Hand. Sie machten alle dasselbe gleichgültige und ein wenig spöttische Gesicht. Einer von ihnen allerdings, sehr viel jünger, in grauem Flanell und blauem Schlips, hatte seinen Stift vor sich liegen lassen und sah mich an. In seinem etwas unregelmäßigen Gesicht sah ich nur seine sehr hellen Augen, die mich aufmerksam musterten, ohne etwas Bestimmbares auszudrücken. Und ich hatte das sonderbare Gefühl, von mir selbst angesehen zu werden.»

«Et j'ai eu l'impression bizarre d'être regardé par moi-même.»

Wer ist es, in dessen Augen der Mörder sich selbst erblickt? Und wenn der Mörder mit dem blinden Herzen sich in den hellen Augen des Fremden erblicken kann, müsste sich nicht der aufmerksame Fremde in den Augen des Mörders erblicken? Wer ist es, der alle Risiken einer so tiefen und gegenseitigen Gefährdung auf sich nimmt?

Was haben die beiden gesehen? Der eine die eigene Aufmerksamkeit im anderen, und jener andere in ihm die eigene Blindheit? Und wenn zwischen ihnen dieser Augenblick des gegenseitigen Erkennens entstehen konnte, wie können sie einander noch als Fremde bezeichnen? Oder wenn der aufmerksame Beobachter den anderen auch nach diesem Augenblick noch als Fremden wahrnähme, bliebe er dann nicht selbst blinden Herzens? Wenn er aber im anderen die Blindheit des eigenen Herzens erkennt, welchen moralischen Unterschied sollte er dann machen zwischen dem Mörder, der die Tat mit blindem Herzen beging, und dem zur Vertretung des Opfers bestellten Staatsanwalt, der blinden Herzens den Tod des Mörders einfordert?

Geben wir zu, dass dies eine ziemlich neue Frage ist. Und wenn wir auf unser schönes zwanzigstes Jahrhundert zurückblicken, auf das zerstörerischste und mörderischste Jahrhundert in der Geschichte der Menschheit, ist die Antwort nicht so evident, wie wir es uns gern erhoffen würden. Wird mit dem Tod des Mörders das Gewicht des Todes, den das Opfer erlitt, leichter oder schwerer? Wer urteilt hier über wen? Und wäre der, der sich nicht traut zu urteilen, sondern nur das uralte und entsetzliche Ritual des mit blindem Herzen handelnden Fremden aufmerksam beobachtet und das Morden Institutionen überantwortet, kein gewöhnlicher Mörder?

Ich habe noch eine andere Frage. Ist der namenlose Berichterstatter, in dessen Augen sich der Mörder einen Augenblick lang erkannt hat, nicht identisch mit jenem berühmten Schriftsteller, der in seinem von der Blindheit des Herzens handelnden Roman diesen einzigartig strahlenden Satz über das gegenseitige Erkennen niederschreibt? Wer bin ich, wenn ich mich in den Augen eines anderen erkenne? Bin ich überhaupt, wenn ich mich in den Augen des anderen nicht erkenne? Ich habe keinen Zweifel; in diesem Satz zeichnet der Schriftsteller sein eigenes geheimes Selbstbildnis. Ich bin ein unbekannter Mann, der einen grauen Flanellanzug trägt, eine blaue Krawatte, meine Augen sind hell, mein Gesicht ist ein wenig unregelmäßig, und ich habe mich in den Augen eines fremden Mörders erblickt.

Dieser Schriftsteller hat seinen Roman 1942 veröffentlicht, dem Jahr, in dem ich geboren wurde. Und er wurde zum Meister meines Meisters. In dem Jahr, als er bei einem Autounfall ums Leben kam und ich mit achtzehn den Roman zum ersten Mal las, konnte ich noch nicht wissen, wer mein Meister werden würde, und auch nicht, dass er der Meister meines später erwählten Meisters war. Und auch mein Meister wusste noch nicht, dass ich sein Schüler werden würde, denn er wusste nichts von mir und hielt nicht viel davon, Schüler zu haben. Ich habe mich dennoch entschieden. Im aufleuchtenden Satz dieses bis zur Teilnahmslosigkeit trockenen Romans habe ich mein eigenes blindes Herz erblickt. Man könnte sagen, ich hätte mich schon entschieden, noch bevor ich etwas wissen konnte. Auch das gehört zu der außergewöhnlichen Begegnung. Miklós Mészöly wurde mein Meister, und sein Meister war Albert Camus. Das vertrackte System der geheimen Verbindungen und versteckten Zusammenhänge der europäischen Literatur. Wir dürfen daraus schöpfen, ohne viel davon wissen zu müssen. Diese geheimen Verbindungen ignorieren die Sprachen, sie ignorieren die politischen Grenzen, das haben sie immer getan, und das werden sie auch künftig tun. Diese geheimen Verbindungen bleiben unberührt, mag die blinde Welt ringsum auch immer aufs Neue aus den Fugen geraten.

Beim Lesen bin ich auf der Suche nach jenen klar blickenden Menschen, die zwanghaft wiederholen: Ich bin Madame Bovary, ich bin Raskolnikow, ich bin Moosbrugger, ich bin auch Tartuffe, ich bin Harpagon, und ich bin auch der schreckliche Richard III. Es ist, als würden diese Menschen von sich behaupten, sie seien nicht nur sie selbst beziehungsweise zuallererst gerade nicht sie selbst. Und als hätten sie in Wirklichkeit zwei Gesichter, eines für die Öffentlichkeit und ein geheimes. Ich zumindest habe mir oft die Frage gestellt, welche ihrer Rollen wahr ist. Oder wer sie überhaupt sind. Sehe ich sie, wenn ich in ihre Augen blicke, oder sehe ich sie, wenn ich lese? Wann sehe ich die Maske und wann das Gesicht? Ist es ihr echtes Gesicht oder das geheime Selbstbildnis? Denn die Behauptung, dass ich diese Menschen niemals werde sehen können, könnte ich nur schwer akzeptieren.

Selbst wenn wir, unserer Neugier folgend, diese Massenmörder, Ehebrecher, Diebe und Betrüger in ihrem geheimen Verschlag ausspionieren, werden wir nicht viel klüger aus ihnen. Tagein, tagaus hocken sie allein da. Sie setzen sich hin, stehen auf, schreiben ab und zu etwas auf ein Blatt Papier, streichen es aus. Sie kratzen sich oder starren einfach ins Nichts. Unrasiert, den Lippenstift vom Vorabend um den Mund verschmiert, stinkend, ungepflegt. Der nicht angenehme Geruch menschlicher Ausdünstungen durchdringt ihren Verschlag. Bei nüchterner Betrachtung muss man zugeben, dass das Metier des Models bei weitem schicker, das des Ministers bei weitem schicklicher ist. Wenn sich einer dennoch für diese Tätigkeit entscheidet, kann er eine blaue

Krawatte, einen grauen Flanellanzug tragen, ein unregelmäßiges oder ein regelmäßiges Gesicht haben – es würde nicht viel über ihn aussagen. Denn er müsste nicht nur zum einzigen Subjekt, sondern auch zum einzigen Objekt und zum einzigen Schauplatz seiner Tätigkeit werden. Von ihm selbst bleibt das übrig, was er an Wegstrecke zwischen den Schauplätzen seiner Erfahrungen und Vorstellungen in den Sätzen zurücklegt. Er muss von sich behaupten, ich bin nicht beziehungsweise ich bin nur ich, wenn ich nicht ich bin.

Jetzt zum Beispiel stehe ich hier und rede, wie es sich schickt. Womit ich aber niemanden täuschen will. Und wenn ich diesen wahrhaft bedeutenden Preis entgegennehme, kann ich zum Dank nur sagen, dass ich mir, meinen Neigungen und Zuneigungen gehorchend, einen Meister gewählt habe, der sich einen Meister gewählt hat – einen Meister, der sich, wovon ich allerdings nichts wissen konnte, in den Augen eines Mörders erkannt hatte. Und auch mein Meister hat sich in einem anderen Menschen erkannt, mal in einem Mörder, mal in einem Opfer, mal in seinem Meister. Doch all das gibt mir weder die Gewissheit, dass ich den Weg zwischen der Erfahrung und der Vorstellung in meinen Sätzen beschritten hätte, noch die, dass es mir gelungen wäre, mein geheimes Selbstbildnis zu malen.

Vielleicht gibt es kein blindes Herz, das nicht wenigstens einen Augenblick lang sehend wäre. Und der einmal gefundene Augenblick gegenseitigen Erkennens in dieser blinden Welt ist vielleicht das einzige Mittel, mit dem sich das Fehlen dieser Gegenseitigkeit und die Fremdheit irgendwie doch überwinden ließe. Die beiden Meister haben dieses Mittel gewiss gefunden. Es zu finden wäre auch meine einzige Hoffnung. Doch Worte der Hoffnung sind heute im Schweigen besser aufgehoben.

Deutsch von Lacy Kornitzer

ARBOR MUNDI

Die mythopoetischen Formen in
der Malerei Alexandre Hollans

A ls der alte Matisse seine wunderbaren Bäume zeichnete und
aus buntem Papier ausschnitt, schrieb er einmal einem alten
Freund, es gebe zwei Arten, Bäume darzustellen. Eine schulmäßige, die aus einfachen Linien und Zeichen besteht, etwa wie
Kinder einen Baum sehen und zeichnen, und eine intuitive, die
das erdgebundene Sein des Baumes wie eine menschliche Gestalt
nachempfindet. Erstaunlich, wie es dem alten Matisse gelingt, die
mehrere tausend Jahre alte Weltgeschichte der Baumdarstellung
mit einem Blick zu umreißen. Auch wenn Alexandre Hollans
Malerei von dieser Klassifizierung nicht erfasst wird. Denn seine
Malerei ist frei von jeglichem Anthropomorphismus.

Die aus Strichen zusammengesetzte symbolische Skizze, die
Matisse als schulmäßig bezeichnet, stellt nicht den Baum, sondern
das statische Grundprinzip eines jeden Baumes dar. Durch diese
Skizze ist aber eine Tanne, eine Eiche, ein Ölbaum oder ein
Feigenbaum nur dann zu erkennen, wenn der statische Grund-
riss die Eigenart des Baumes durchschimmern lässt oder manchmal auch dann nicht richtig. In seinen französisch geschriebenen
Aufzeichnungen macht Hollan die hochdramatische Bemerkung,
wonach ein Baum etwas Unsichtbares sei: *L'arbre est invisible.*

Die Bäume auf den Tausende von Jahren alten Urskizzen haben keine bestimmte biologische Art, keinen Ort, keine individuellen Eigenschaften, kein Subjekt außerhalb ihrer Gattung; es sind geistige Konstrukte, doch ihre beständige Form ist sehr wohl erfassbar. Was die Darstellung bezweckt, ist ziemlich klar. Es geht um die Repräsentationen des Wirklichen als feste, beständige Form. Im Gegensatz zu den Dingen auf der Erde und am Himmel, die in wechselnder Gestalt existieren. Wie der Blitz, die Welle, der Schrei, der Wind, die Farbe, das Licht und so weiter. Dinge, von denen der Mensch kein Bild erschaffen kann. Im kollektiven Bewusstsein stehen sie in Opposition zu den Formprinzipien der Dinge. Hollan erläutert seine Bemerkung umgehend. Eine Frucht oder ein Kochtopf haben eine bestimmte Form, sagt er. *Un fruit, une casserole ont une forme.* Er meint damit wohl, dass unser Blick die Frucht und den Kochtopf dank ihrer Kontur erfassen kann und dass diese Kontur es erlaubt, ihre Materie von der jeweiligen Umgebung zu unterscheiden, welche sich aus anderen Elementen zusammensetzt. In ihrer Eigenart heben sich Frucht und Kochtopf von allem anderen ab. Selbst von der Luft. Wenn ich sie hundert Mal anschaue, bieten sie mir hundertmal die gleiche Gestalt dar. *Je les regarde cent fois et ils m'accueillent toujour avec la même apparence.* Ein Baum dagegen sei zu komplex, als dass das Auge ihn auch nur zweimal gleich sehen könne. *Mais l'arbre est si complexe, que l'œil ne le voit jamais deux fois pareil.* Diese vier Momente – der Ausruf, das stille Erstaunen, die dramatische Erkenntnis und die bescheidene Erklärung – bilden offenbar den Erfahrungsgrund der Malerei Hollans. Und man kommt nicht umhin, seine elementaren Sätze als Echo der drei Ursätze Heraklits zu verstehen: «Man kann nicht zweimal in denselben Fluss steigen.» «Wer in denselben Fluss steigt, dem fließt anderes und wieder anderes Wasser zu.» «Die Seelen dünsten aus dem Feuchten hervor.» Und es ist ebenso unmöglich, sich dabei nicht an Thomas von Aquins Unterscheidung von *quid nominis* und *quid rei* zu erinnern, wonach das durch den Verstand erschaffene Seiende und das Nichtseiende zwar keine reale, doch sehr wohl eine nominelle Essenz haben. Ganz ähnlich klingt Hollans Feststellung, dass der Baum, obwohl er kein geistiges Konstrukt ist, aufgrund seiner Natur dennoch über keine reale Essenz verfüge.

Auf den Kritzeleien, den im Morgenrot der Urgeschichte entstandenen naiven und symbolischen Darstellungen, die weder mit einem konkreten Baum noch mit dem Baum an sich etwas zu tun haben, erkennt man das raffinierte Spiel von Perzeption und Apperzeption, die strukturierende Dreiheit von Wahrnehmung, Erkenntnis und Begriffsbildung sowie ihre zeitliche Reihenfolge. Man sieht, wie das Denken in ein Bild oder in eine Skulptur eingeht. Oder, wie Yves Bonnefoy, vielleicht der bedeutendste Kenner von Hollans Kunst, es ausdrückt, bei Hollan transmutierten die Begriffe ins Bild, so dass uns die rein begriffliche Realität in seinen Bildern nicht mehr zugänglich ist. Nämlich jene Realität, die uns als konventionelle Sicht, als schulmäßige oder sentimentale Darstellung von Bäumen vertraut ist.

Bei den anonymen Urzeichnern scheint der metaphysische Sammelbegriff für Baum weitaus wichtiger als Art und Name des konkreten Baumes. Sie betraten ein Feld, auf dem nicht die Sachlichkeit des Sehens, sondern die Kunst der Abstraktion vorherrscht. Sie gaben den Plan, die Idee des Baumes, das Phänomen Baum wieder. Sie verknüpften den Begriff des Baumes mit einem Bild des Baumes, das sich im menschlichen Denken herausgebildet hatte, außerhalb davon aber zweifellos nicht existiert. Diese Bäume tauchen als Emblem der reflektierten menschlichen Existenz, als geistiges Konstrukt, als Strukturskizze im archäologischen und ethnographischen Fundmaterial auf. Sie künden nicht vom Leben eines Volkes oder von der Welt des Glaubens, vielmehr von einem der großen Sprünge in der gemeinsamen Geschichte von Sehen und Denken. Es ist aufschlussreich zu sehen, wann und wo sie auftauchen. Nahezu überall: auf altbabylonischen Stempelverzierungen, als altchinesisches Schriftzeichen, auf altägyptischen Bronzegefäßen, afrikanischen Totems, mixtekischen Miniaturen, Stickereien aus Kalotaszeg, sibirischen Holzschnitzereien. Als Lebensbaum. Jahrtausendelang begleiten sie das in der Monotonie von Ackerbau und Weidewirtschaft gefangene Leben eines Volkes. Unter den bildlichen Darstellungen von Bäumen ist diese naive Form die bekannteste und am weitesten verbreitete. Ein Baum, den es nicht gibt. Hollan befasst sich ausschließlich mit Bäumen, die es gibt. Seine Bäume haben einen Ort, gehören einer Art an, haben individuelle Eigenschaften und eine so unleugbare Existenz, dass die Begriffe, die wir uns vom Baum gemacht haben, transmutieren. In ihrer Nichtexistenz haben die Lebensbäume natürlich tierische und menschliche Pendants, den Greif, den Turulvogel, den Wunderhirsch, den siebenköpfigen Drachen, Kobolde, Trolle, Zwerge, Feen, Hexen, Dämonen und so weiter. Die Welt der nichtexistenten Dinge ist wahrlich reich bevölkert mit sehr wohl existierenden Begriffen. Der Lebensbaum besitzt keine eigenen Bilder des Individuellen, Charakteristischen, kein eigenes Bild des Begrifflichen. Der Mensch, der den Lebensbaum erschaffen hat, der ihn kopiert oder ihn betrachtet, entdeckt mit dem Phänomen des Seins in beständiger Gestalt nicht den Sinn seiner eigenen Existenz – das nicht, keineswegs –, sondern die Möglichkeit und den Sinn einer Bildsprache für sein eigenes Leben. Was nicht wenig ist. Die eigene Bildsprache ist keine Projektion seines ungestümen Gefühls- und Affektlebens – das nicht, keineswegs –, doch er schafft durch die Transposition ein für alle gültiges Ebenbild.

Der Lebensbaum hat über persönliche Eigenschaften, Körperlichkeit oder Individualität einfach nichts zu sagen. Allenfalls in seinen Verzierungen bewahrt er gewisse Züge von der Hand eines unbekannten Menschen, seiner Sachkenntnis, seiner Vorliebe für Dekoration; Hinweise auf seinen Charakter bewahrt er nicht. Der Lebensbaum ist kein Kunstwerk. Er ist emblematisch, schematisch, konventionell. Er steht an keinem konkreten Ort, in keiner wirklichen Landschaft, er wurzelt vielmehr im kollektiven Unbewussten, in der archaischen und magischen Erfahrung. Diese Darstellungen sind die ältesten Zeichen, die wir von Bäumen haben. Hollans semantisches System von Bäumen, Töpfen und Gefäßen ist diesem archaischen und magischen Zeichensystem verwandt, hat jedoch keinen anthropomorphen Gehalt. Die Lebensbäume verlassen das Terrain der Realität, zeigen aber aufgrund der Gleichheit eine reale Beziehung zwischen menschlichem und pflanzlichem Dasein auf. Jung bezeichnet diese Formationen als Archetypen und behauptet, es handele sich nicht um willkürliche Erfindungen, sondern um autonome Elemente der unbewussten Seele. Die im Unbewussten auch dann vorhanden seien, wenn wir sie nicht entdecken oder ihr Wirken leugnen. Hollans Bäume verlassen das Terrain konventionellen Denkens und Raumgefühls und kehren die Betrachtung (das *tertium comparationis* des Gleichen beziehungsweise Verglichenen) behutsam um: Sie zeigen das pflanzliche Abbild in seiner den Elementen ausgesetzten Umgebung konsequent nicht aus dem Blickwinkel der unreflektierten menschlichen Betrachtung, sondern reflektieren es aus dem Blickwinkel pflanzlichen Seins in einer mit dem Menschen gemeinsamen Umgebung.

Der Lebensbaum war bei Volksstämmen weit verbreitet, die neben der Jagd und Weidewirtschaft schon längere Zeit Landwirtschaft betrieben, aber noch vor der Epoche der Mythopoiesis, der Mythenbildung, lebten. In den frühesten Darstellungen, den paläolithischen Höhlenmalereien, fanden die Archäologen kaum Pflanzen. Auf einer fünfzehn- bis siebzehntausend Jahre alten

Abbildung aus dem Magdalénien in Lascaux scheint es, als liefe ein Pferd zwischen zwei stilisierten Tannen. Die Stämme, die Fischerei, Jagd und später Tierhaltung betrieben, haben ihrerseits Abbilder auf der Basis gemeinsamer strukturbildender Elemente geschaffen, die durch den Verstand konstituiert sind, doch zeigen ihre Totems zumeist Tiere. Pflanzen erscheinen darauf höchstens als Nahrung, die zum Leben des tierischen Wesens gehört. Obwohl die Pflanzenwelt auf der Erde weiter verbreitet und massenhafter vorhanden ist, ist die Tierdarstellung bis zu fünfundzwanzigtausend Jahre älter als der Lebensbaum. Wobei es sich bei diesen früheren Tierdarstellungen nicht um emblematische Stilisierungen handelt wie bei den späteren Pflanzendarstellungen. Sie stellen kein gestaltgewordenes Abbild dar, haben nicht die Qualität einer Gattungsbezeichnung, einer gemeinsamen Realität von Wahrnehmung und Denken, zeigen also zum Beispiel nicht die Existenz des Wildpferds an sich, sondern ein konkretes Wildpferd. Ein konkretes wolliges Mammut, jenen Steinbock, diesen Höhlenlöwen, ein konkretes Bison und nicht das Sein des Bisons an sich. Sie geben keine strukturelle Skizze tierischer Existenz wieder, wie dies beim Lebensbaum bezüglich der pflanzlichen Existenz der Fall ist, sondern das Bild eines konkreten Bisons oder wolligen Nashorns, und zwar in einem konkreten Augenblick seines Lebens. Auf der Flucht, wenn es zum Stoßen oder zum Treten ansetzt, im letzten dramatischen Augenblick, bevor es erlegt wird, oder beim friedlichen Weiden. Die paläolithischen Darstellungen nehmen in erstaunlicher Weise die Fotografie vorweg, und zwar nicht nur in ihrer unwillkürlichen Charakterdarstellung. Sie wirken zuweilen wie übereinanderkopierte, aufeinandergelegte Phasenbilder, Serienaufnahmen oder gar wie Montagen, die zu unterschiedlichen Zeiten und mit unterschiedlichen Techniken entstanden sind. Sie schreiben ihre verschiedenen Zeitebenen gleichsam schichtartig übereinander. Hollan geht diesbezüglich fast ebenso weit. Sein Thema ist der von der Dissonanz zwischen äußeren und inneren Vorgängen bestimmte Augenblick, doch ihm geht es nicht um Vorgänge emotionaler oder persönlicher Art, sondern um die ständige Bewegtheit und Veränderlichkeit der pflanzlichen Existenz; der Innenraum des Bildes stellt nicht eine einzige Ansicht, sondern ineinander geschriebene Ansichten dar, die dieser Bewegtheit entsprechen. Die Darstellung gibt einen Moment wieder, der das abstrakte Zeitmaß der Uhr nicht kennt. Was wir vor uns haben, sind die Bewegungen des Laubwerks und Geästs, wie es dem jeweiligen Tageslicht, dem Wind, der Temperatur, der Luftfeuchtigkeit ausgesetzt ist und in Beziehung steht zum Ort und Wesen eines Baumes. Als frage Hollan unaufhörlich, was wann wohin übergeht und dank welcher Einwirkung. Je nach Abwandlung des Lichts verändern sich auch die Relationen von Fragen und Antworten oder die jeweilige Dominanz der einen über die andere.

Es musste sehr viel Zeit vergehen, ehe Menschen begannen, in den komplexen Wechselbeziehungen von Ähnlichkeiten, Unterschieden und Identitäten gewisse Gesetzmäßigkeiten zu erkennen, Methoden auszuarbeiten, Instrumente für die gleichzeitige Wahrnehmung von Makro-, Mikro- und Nanostrukturen zu schaffen und tierische und pflanzliche Existenz nicht nur miteinander, sondern auch zur eigenen Existenz und zu kosmischen Kräften in Beziehung zu setzen. Heute sehen wir ein Systembild von annähernd richtigen Proportionen vor uns, zu dessen Bestandteilen auch wir selbst gehören und das wir reflexiv zu erfassen versuchen. Dabei gilt es, sich durch eine Unmenge von Irrtümern hindurchzukämpfen, von den Missverständnissen, die in den Erkenntnissen verborgen sind, gar nicht zu reden, ebenso wenig wie von den Schwierigkeiten notwendiger Korrekturen. Noch sind wir nicht so weit, dieses divergierende, fragmentarische, nicht einmal in allen Aspekten zu reflektierende, keinesfalls harmonische Konglomerat überhaupt zu überblicken. Ein Glück, dass die Reserven der menschlichen Auffassungskapazität bei weitem noch nicht erschöpft sind. Es gibt zwar schon Instrumente, jedoch noch keine Institutionen, die das kollektive Wissen über den strukturellen und substantiellen Zusammenhang von pflanzlicher, tierischer und menschlicher Existenz mit den ausufernden vielschichtigen Kenntnissen der Wissenschaften verbinden und sie im menschlichen Bewusstsein befestigen würden. Um noch einmal Heraklit zu zitieren: Vielwisserei lehrt noch keine Vernunft. Im Zusammenhang mit der weltgeschichtlichen Bewertung des Wissens bemerkt Max Weber, der wissenschaftliche Fortschritt sei nur ein Bruchteil, wenngleich ein wichtiger, im ungeheuren Prozess der Intellektualisierung, der seit Jahrtausenden die Menschen dazu bringt, ihr Bewusstsein zu füllen, was die Welt zunehmend des Zaubers des Unbewussten beraubt. Der Mensch müsse in diesem Prozess der Intellektualisierung unweigerlich und nahezu pflichtgemäß offen für die Zukunft bleiben, obwohl eine von Wissenszuwachs und permanenter Strukturierung geprägte Kultur ermüdender wirkt als weniger überladene, mit denen sie parallel zu ihrem eigenen Fortschritt dennoch zusammenleben muss. Unsere unmittelbare Umgebung wird infolge dieser andauernden Aktivität immer rationaler, immer durchschaubarer, auch wenn das persönliche Wissen damit nicht Schritt zu halten vermag. Immerhin kann das, was der Mensch einmal auf der kollektiven Ebene erkannt, in sein Instrumentarium eingebaut und quasi für alle Zeiten als Realität fixiert hat, nicht so leicht in Vergessenheit geraten.

Hollan steht mit seiner Betrachtungsweise nicht nur allein, sondern am Rand, ebenso wie seine Bäume. Er fixiert die graphischen Tatsachen und dynamischen Zusammenhänge seiner multiperspektivischen Sehweise in Bildräumen, die aus der Zentralperspektive konstruiert sind. Doch hat die zentralperspektivische Sicht in seiner Malerei nichts mit Begriffen wie Vergessen und Erinnern zu tun, wiewohl bei ihm jede malerische Geste in Vorhergehendes und Folgendes, Werdendes und Vergehendes hineinleuchtet oder die bruchlose Struktur der Dinge bestaunt, und zwar im Licht eines umfassenden Kontextes. In seinem aus der Zentralperspektive konstruierten Bildraum ist die Lichtquelle nicht bestimmbar. Das Bild gibt keine Antwort auf die Frage, wer überhaupt über das Licht oder die Quelle des Lichts verfügt. Selbst wenn seine Bilder fast völlig dunkel werden, behalten sie ihre Aussagekraft. Hollan beschäftigt sich mit Zeiteinheiten und minimalen Lichtmengen, Stunden, Tageszeiten, mit Klima und Wetter, er bestimmt die Relationen, aber nicht unter dem Gesichtspunkt von Vergänglichkeit oder Ewigkeit, sondern unter dem von Intervall, Dauer, Impuls, Takt, Dynamik beziehungsweise des chronischen Fehlens von Pause und Phase, unter dem Gesichtspunkt von Beständigkeit und Beharrlichkeit des Prinzips der Veränderlichkeit. Jedes seiner Bilder ist ein aufgehobener Augenblick. *Un moment suspendu*, wie es in seinen Aufzeichnungen heißt.

Ich selbst habe das Problem des aufgehobenen, in der Schwebe gehaltenen Augenblicks, des *moment suspendu*, begriffen, als ich ein Jahr lang einen Baum von ein und demselben Punkt aus mit einer Polaroidkamera fotografierte. Diese Kamera habe ich deshalb eingesetzt, weil das dabei verwendete billige Material Bilder erzeugt, die nicht «farbgetreu», d.h. von einer konventionellen Farbigkeit sind. Die Zu- oder Abnahme der Lichtmenge verschiebt die Farbempfindlichkeit des Materials in Richtung einer der drei Grundfarben und ergibt so ein ganz eigenes, einmaliges, dem Zufall überlassenes Farbensemble. Dies im Gegensatz zur fabrikmäßigen Farbentreue, die sich nach den Bedürfnissen der chemischen Industrie und des Handels bemisst und je nach Marke variiert. Ein ganzes Kalenderjahr, von Juli bis Juli, kam ich nicht von meinem mitten im Garten stehenden Baum los. Schon nach wenigen Monaten gewann ich den anhaltenden Eindruck, dass es keine zwei gleichen Bilder gibt, weil es keine zwei gleichen Augenblicke gibt. Es gibt überhaupt keinen Augenblick. Das war das Großartige in jenem Jahr. Es gab gar kein Jahr. Allenfalls plapperten Kamera und Fotomaterial mit ihren technischen Funktionen hinein in dieses große Ineinanderübergehen von was auch immer, wohin auch immer. Meine Überraschung nahm allmählich zu, weitete sich aus, schien mir doch nicht einmal die Hypothese, dass es Jahreszeiten gebe, durch die Aufeinanderfolge der Bilder belegbar zu sein. Es war unmöglich, anhand der Bilder Grenzen für die Jahreszeiten zu benennen, weder Eckpunkte noch Übergangszeiten für ihren Anfang oder ihr Ende; es gab keine Grenzlinie, es gab keinen Grenzbereich. Jahreszeiten sind allenfalls rückblickend, aus der Erinnerung, festgelegt worden, wobei es sich um Hypothesen des Abstrakten und Konventionellen handelt, um ein geistiges Konstrukt, nicht aber um Farben und Formen. Die Worte Frühling und Herbst, Sommer und Winter behaupten eine Existenz, für die wir keinen Beweis liefern können. Die Momentaufnahme ergibt kein Bild vom Zustand des Objekts, sondern allein von dem der Technik des Aufnahmegeräts und der chemischen Verfahren, mit denen das Fotomaterial hergestellt wurde. Bei den Aufnahmen war ich eng an die konventionelle Vorstellung des Augenblicks gebunden, die weder von meiner Erfahrung noch von der Erfahrung meiner 504 aneinandergereihten Bilder schließlich bestätigt wurde. Hollan hat sich mit dem Prinzip des *moment suspendu*, der großen Entdeckung seiner Malerei, von dieser Seh- und Denkkonvention gelöst. Cézannes fixe Idee gewissermaßen umgehend, gelangt er zum ewigen Augenblick. Er entwirft ein Bild des Ineinanderübergehens all der Veränderungen, die durch Bewegung und

Lichtwechsel in der Baumkrone entstehen, indem er die von ihnen hinterlassenen Zeichen minutiös festhält. Im Zusammenwirken von Aufmerksamkeit, Erfahrung und Vorstellungskraft entsteht ein simultanes Bild des ständig in Veränderung begriffenen materiellen Gespinsts aus Laub und Geäst, alles dessen, was im wechselnden Licht auseinander entsteht, ineinander vergeht, fortlaufend erscheint und fortlaufend verschwindet.

Wir dürfen nicht vergessen, dass all das bei Hollan in einen bekannten Archetypus eingebunden ist beziehungsweise in Anspielung darauf erscheint. In der Gliederung des Lebensbaumes, wie sie durch die Legende überliefert ist, der bildlichen Dreiheit von Wurzel, Stamm und Krone, sieht Jung die untrennbare Dreiheit von Unbewusstem, Bewusstem und Über-Ich versinnbildlicht, ein Gedanke, der auf Paracelsus zurückgeht. In den konkreten Bäumen Hollans sehen wir die Vereinigung beider, der märchenhaft historischen Dreiheit und der Dreigliederung der Bewusstseinsinhalte. Er geht von der psychosozialen Bedeutung der Letzteren aus, die von ihm beibehaltene Zentralperspektive aber ist vom klassischen Streben nach Konstruktion bestimmt. Aus diesem Ineinander von archetypischer und zentralperspektivischer Sicht erwächst die Spannung, die seine Bilder charakterisiert. In der Detailbeobachtung aber geht er zeichnerisch noch einen kleinen Schritt weiter als seine Vorgänger. In den physischen und mechanischen Zustandsbedingungen, in der Art und im Charakter der Bäume nimmt er Beziehungen und Projektionsflächen wahr, die Reflexion und Reflexivität überhaupt erst ermöglichen und damit auch das bewusste Erinnern und unkontrollierte Vergessen.

Kosmische Dimensionen, gleichsam die Makrostruktur dieser Reflexionsflächen und -ebenen, Zeichen und phänomenologischen Formationen, benennt ein anderer besonderer Baum, der Weltenbaum. Der *arbor mundi* ist wesentlich jüngeren Datums als der Lebensbaum, er taucht im archäologischen Fundmaterial da auf, wo Familien- und Stammeszugehörigkeit gerade zu einer kulturellen Identität heranreifen. Der Weltenbaum steht nicht im sakralen Mittelpunkt der Natur, sondern im Zentrum des Wissens, das über die Natur gesammelt und schon einigermaßen systematisiert worden war. Er selbst ist ein Instrument der Systematisierung, eine Art Demonstrationsskizze, ein Piktogramm, und ist verbunden mit Himmel und Erde, Göttern und Menschen, Weiblichem und Männlichem, wilden und gezähmten Tieren, Unorganischem und Organischem. Die Weltdeutung des Weltenbaumes inventarisiert die Kraftquellen des kosmischen Wirkens, den Tag und den Mond, gliedert die Funktionsweise der Ebenen und Sphären des Universums samt seiner elementaren Kräfte. Mit dem Weltenbaum werden das Erd- vom Himmelreich, das Reich der Dunkelheit vom Reich des Lichts gesondert, werden die Macht der Sterne, der Planeten, der Jahreszeiten und der Winde, die Räumlichkeit und die Zeitlichkeit der Dinge zueinander in Beziehung gesetzt. Obwohl sich diese Deutung nicht mit den charakteristischen Anlagen und Eigenschaften des Einzelnen befasst. Die Epoche der Individualität ist noch nicht angebrochen, aber sie steht schon vor der Tür. Mit dem Weltenbaum werden das kollektive Reich der Genealogie mit Vor- und Nachfahren sowie das Reich der Kausalverbindungen entdeckt, die nach oben und unten führenden Stufen von Ursache und Wirkung; es werden Dualismen und Gegensätze geschaffen, Ebbe und Flut, es werden Hierarchien errichtet, Zentrum und Peripherie einander gegenübergestellt. Nach dem Modell des *arbor mundi* und seiner Dreigliederung wird auch die anatomische Sphäre kategorisiert, eine Trinität in den Begriff des Körpers eingeführt. Mit dem Weltenbaum tritt ein pflanzliches Modell in die Menschheitsgeschichte ein, das gleichzeitig ein Emblem des Wissens ist. Doch damit nicht genug. Der Weltenbaum ersetzt das Bild des Lebensbaumes, der die kosmischen Kräfte noch nicht in ein geordnetes Wissen integriert hatte, und hebt damit die älteste, animalische Schicht der Vorstellungen, mit denen der Lebensbaum sich kaum oder gar nicht berührt hatte, auf eine neue Ebene. Rund um den Weltenbaum befinden sich die Tiere, die wirklichen, jedes nach seiner Art, und die Konstrukte des Geistes, die totemistischen Märchenwesen und die Doppelwesen mit Menschenkopf und tierischen Gliedern; sie sitzen auf den Ästen, schauen aus dem Laub oder hinter dem Stamm hervor, zu jeder guten oder bösen Tat bereit. Der symbolische Lebensbaum hätte diese ontologische Integration nicht leisten können, da das dazu notwendige Detailwissen noch nicht vorhanden war, besser gesagt, er bot nicht die Möglichkeit, Erfahrungen und Reflexionen auf ihm aufzureihen. Beim kosmischen Weltenbaum wirken die Wissenschaften mit den Mythologemen im kollektiven Bewusstsein zusammen, die Mathematik und die Kosmologie mit ihren Zahlen und Maßeinheiten, die Kosmogonie mit ihren Schöpfungs- und Abstammungsgeschichten.

Schließlich aber spaltet sich eine profane Dimension des pflanzlichen Gleichnisses in der Darstellung ab. In ihrem Mittelpunkt steht der Familienstammbaum. Auch er befasst sich nicht mit dem Einzelnen. Im Stammbaum erscheint, gewissermaßen als ihr tragendes Element, das für alle Einzelnen geltende gemeinsame Faktum der Nachkommenschaft und Abstammung samt aller Verzweigungen und Sackgassen. Die Abstammungs- und Nachkommenschaftslinien auf dem Familienbaum weisen auf das, was als das meine die anderen betrifft, was die Endlichkeit des Einzelnen in das gemeinsame Werden und Gedeihen zu verschiedenen Zeiten einbindet. Es wird unerlässlich sein, diese Schichten darzustellen und voneinander abzugrenzen, und es wird dazu Jahrtausende brauchen; denn wenn es schon schwer genug ist, die gegenseitige universelle Teilhabe wahrzunehmen, dann wird es noch einmal so schwer sein, sie zu durchschauen und zu verstehen. Das universelle Verständnis erfordert, die verschiedenen räumlichen Aspekte der Makro-, Mikro und Nanostrukturen in eins zu sehen, das heißt, holistisch zu denken. Wogegen der Stammbaum mangels Kenntnis dieser Strukturen und ihrer Zusammenschau auf die Dimension des Besitzens und Vererbens beschränkt geblieben ist und so das Universelle für Jahrtausende durch das in familiärer oder stammesmäßiger Hinsicht Praktische verstellt hat. Bei den sibirischen Nanaiern stickt man den Stammbaum der Sippe auf das Hochzeitsgewand der Mädchen. Diese Stammbäume reichen bis in den Himmel, sie gehören weiblichen Geistern. Jeder Stamm hat einen eigenen Baum. Die Seelen der Menschen paaren sich im Geäst des Laubes, um dann in Vogelgestalt herabzusteigen und sich im Schoß der Frauen einzunisten, die ihrem Stamm angehören. Die oberen Ecken des Gewandes sind mit Drachenschuppen besetzt, zu beiden Seiten sind je ein weiblicher und ein männlicher Drache dargestellt, die den Stammesbaum in ihre Mitte nehmen und beschützen. So bleiben Zuneigung, Abneigung, Liebe und Hass, all die Kräfte, die nicht symbolisch, sondern sachlich und persönlich sind, in das Bezugssystem des Stammes eingebunden, wodurch die zeitlich begrenzte Unabhängigkeit der Gemeinschaft auch gegenüber kosmischen Einwirkungen gesichert wird.

Ein anderer profaner Baum mit universeller Dimension ist der Dorfbaum, auch Gesetzesbaum genannt. Ob er als heiliger Baum in der Nähe der Hütten der Bambara im sudanesischen Busch steht, in einem als Heiligtum verehrten finnischen Birkenhain oder als jahrhundertealte Linde auf dem Marktplatz eines bayerischen Dörfchens, ob heute oder vor zehntausend Jahren, immer und überall wohnt ihm der kollektive Geist des Dorfes inne. *L'arbre à palabres, sous lequel se réunissent les anciens du village.* Es handelt sich nicht um symbolische und nicht um kosmische Bäume, wenngleich sie auch nicht im Besitz Einzelner sein können, da sie institutionelle Bedeutung haben. Mal handelt es sich um eine Eiche, mal um eine Buche, dann wieder um einen Ahorn oder eine Zeder, sie haben ein bestimmtes Lebensalter, einen konkreten Ort, ihre Kronen sind mehr oder weniger vom Wind zerzaust. Nicht nur Menschen, nicht nur die Alten des Dorfes kommen dort zusammen, um endlos zu schwatzen oder zu streiten, sondern auch Menschenaffen und andere Säugetiere, Löwen, Giraffen und Elefanten versammeln sich unter diesen an auserwählten Orten wachsenden Bäumen.

Der kosmische Weltenbaum konnte den symbolischen Lebensbaum nicht ablösen, ohne der animalischen Schicht des kollektiven Bewusstseins, die das tierische Abbild wahrt, genügend Platz zu gewähren. Am krudesten wahrt sie es in den Mitteln und Methoden der Dressur, den Instrumenten der Freiheitsbeschränkung, dem Laufstall, dem Zaumzeug, der Peitsche, dem Fangriemen, dem Käfig, dem Brutkasten und dem Pferch. Die Tiervorstellungen beruhen auf der Erkenntnis, dass animalische und menschliche Eigenschaften identische Merkmale aufweisen: diejenigen ihrer organischen Identität. Es sind zweifellos die animalischen und magischen Schichten des menschlichen Bewusstseins, aus denen Hollan die Befähigung schöpft, mit seinem am strukturellen Sehen geschulten Blick jede Regung, jede Bewegung zu erfassen und die Wahrnehmung auf Mikrometerdimensionen des Beobachtungs- und Erkenntnisvermögens einzustellen, mit dem er seine Eichen, Ölbäume und Sträucher aus der Zentralperspektive, samt der physischen Struktur ihres inneren Lebens, im pausenlosen Übergang der Lichtverhältnisse betrachtet. Er projiziert zwei unterschiedliche Strukturen aufeinander, indem er aus einer einzigen Perspektive die sich innerhalb eines gewissen Zeitraums wandelnden Ansichten seines Objekts in ein und demselben Bild zur Darstellung bringt. Hollan ist ein Meister des simultanen Sehens. Von den kombinierten, ineinandergeschriebenen Konstruktionen fleckenhaften, konturenhaften und perspektivischen Sehens strebt er zu einem holistischen.

Überdies ist die Wahl eines konkreten Baumes für sakrale und institutionelle Zwecke ein viel älterer Vorgang, als man meinen würde. Ein Vorgang, der an sich schon erstaunlich genug ist. Hollans Malerei beschäftigt sich nicht zufällig mit Bäumen. Sie hat nicht den Baum an sich zum Thema, sondern einen bestimmten, an einem auserwählten Ort stehenden Baum. Er widmet sich immer einem einzigen Baum, sein Thema aber sind die verschiedenen Übergänge im Zustand des Baumes, die er in einer simultanen Darstellung vereint, Äußeres und Inneres gleichsam verschränkend. Die Wahl eines Ortes gehört gewiss zu den ältesten kollektiven Aktionen, deren Methodik im individuellen Gedächtnis aufbewahrt ist. Fast jeder Mensch verfügt über eine unbewusste Erinnerung, wie eine solche Aufgabe zu lösen sei. Die Bergsteiger und unter ihnen die Sherpas wissen wahrscheinlich am meisten davon. Als Sherpa, der ich meiner Art nach sein könnte, plädiere ich deswegen nachdrücklich für eine mythopoetische Annäherung an die Kunst Hollans. In seiner Malerei kommt eine überraschende Art der Wahrnehmung und des Denkens zum Ausdruck, deren Ursprünge sehr viel weiter zurückliegen, als die schriftlich erfasste Geschichte der Malerei gewöhnlich zurückreicht oder zurückreichen kann. Noch dazu geht Hollan in der Abstraktion einen Schritt weiter, als die Konvention seiner Gattung eigentlich erlaubt.

Die an auserwählten Orten stehenden Bäume sind meist von riesigem Wuchs und haben ein hohes Alter erreicht, selbst wenn sie Verletzungen erlitten oder vom Blitz getroffen wurden. Eine Zeitspanne, in der viele Generationen von Wesen, Mensch oder Tier, die in ihrem Schatten ruhten, einander gefolgt sein müssen. Diese Zeugenbäume vieler Generationen bewahren ein kollektives Wissen, das in unserem persönlichen Bewusstsein Wurzeln geschlagen hat. Wir haben unsere Zeugenbäume mit den Krähen, den Löwen, den Affen gemeinsam. Wir suchen nicht immer oder nicht unbedingt dieselben Bäume auf wie die Tiere, doch wir wiederholen, wenn wir die von uns auserwählten Bäume aufsuchen, die gleiche Geste. Die Ornithologen wissen über den Orientierungssinn der Vögel ebenso wenig wie die Anthropologen über den Auswahlinstinkt des Menschen oder über seinen Drang nach Freiheit. *Libre comme l'air.* Frei wie ein Vogel, sagt man dazu auch im Ungarischen. Die Zusammenkünfte dieser wie auch immer gearteten Wesen finden regelmäßig, periodisch statt und werden nicht nur von Wetterveränderungen und den Jahreszeiten bestimmt, sondern auch von ihren Zielen und Plänen, ihrer Willkür, ihren schlauen kleinen Bedürfnissen, ihren Anlagen, Launen und Emotionen, das heißt also, ihrem Charakter. Was nichts anderes ist als die Summe und der strukturelle Rahmen ihrer Eigenschaften und deren mögliche Korrespondenz zu den Eigenschaften anderer plus jene kleinen Abweichungen, die ihren Platz in der lokalen Gemeinschaft bestimmen und ihre Gemütsverfassung temperieren, je nach den Stunden des Tages *(Les Très Riches Heures du duc de Berry)*.

Hollan zum Beispiel bricht jeden Frühsommer von Paris auf, um mit seinen riesigen Zeichenbrettern, Blei- und Kohlestiften, Tusch- und Temperafarben zu Bäumen an auserwählten Orten zu pilgern und sich an ihnen zu erfreuen. Bei der Auswahl von Orten und Bäumen leiten ihn weder sakrale noch ästhetische Gesichtspunkte. Pierre Watt berichtet, dass Hollan im Sommer 1964 mit dem Wagen von der Nordküste Schottlands in die Toskana fuhr und von dort anschließend zurück in die Provence und auf diese Weise rund sechstausend Kilometer zurücklegte, bis er seine vier oder fünf Bäume gefunden hatte. Mehr als zehn Jahre lang führte er dieses extrem einsame Nomadendasein und zeigte seine Arbeiten fast niemandem. An den Bäumen der Cevennen und im Tal des Lot, *où existent encore des lieux inhabité*, dort, wo es noch unbewohnte Orte und unberührte Wildnis gibt, *resté sauvage*, brachte er seinem Blick das Sehen bei. Was blieb ihm auch anderes übrig, da ihm nun einmal die gleiche strukturelle Überraschung widerfahren war wie Heraklit. Er musste die mannigfachen Ansichten der Objekte in ihrem ständigen Wandel zu einer simultanen Darstellung bringen. Seinen Blick trainieren, um die Varianten und das durch die Varianten hindurchschimmernde Beständige zu sehen. Wer sich mit Bäumen beschäftigt, betritt unweigerlich ein Terrain, das von den Vorstellungen und Begriffen des animalischen, archaischen, magischen und mythischen Raumes durchdrungen ist; er überlässt sich Traditionssystemen, die er gar nicht exakt kennen muss, ja vielleicht nicht einmal kennen sollte, falls er nicht gerade Archäologe oder Ethnologe ist. Der universelle Reichtum des Fundmaterials erlaubt gar nicht, es in seinem ganzen Umfang zu kennen. Er muss nicht einmal etwas über jene archaische und magische Schicht des kollektiven Bewusstseins wissen, die sich auf die Bäume bezieht, noch über den Archetypus des Baumes oder Ortes. Es genügt, dass seine Rezeptoren ihn führen und ein animalisches Empfindungsvermögen und Gefahrenbewusstsein ihm den richtigen Weg weist. Er wird wissen, dass ästhetisch oder ethisch geartete Implikationen in dieser Schicht des Bewusstseins nicht vorhanden sind. Seriöse Wissenschaftler führen schon seit geraumer Zeit Forschungen an solchen auserwählten Orten durch, auch wenn sie meines Wissens noch zu keinem Ergebnis gekommen sind. Möglicherweise wählt nicht der Mensch sich den Ort, sondern der Ort sich den Menschen aus; eine Wechselwirkung ist jedenfalls wahrscheinlicher als eine einseitige Beziehung. Hollan hat seine Person, sein Empfinden, seine Existenz, seine Kunst mit seinen an auserwählten Orten stehenden Bäumen verknüpft. Diese Verbundenheit hat nichts mit Ästhetik zu tun. Sie ist nicht einmal praktischer Natur. Er zeichnet diese Bäume nicht deshalb, weil er in der Gegend, in Hérault, ein Haus hat, er hat dort vielmehr deshalb ein Haus gekauft, damit er sich jeden Sommer in aller Ruhe mit seinen Zeichenbrettern und Skizzenbüchern vor die von ihm erwählten Bäumen setzen und sie in ihrem jeweiligen Tageszustand zeichnen kann, mitunter auch bei minimalem Licht, bei Sonnenaufgang oder bei Einbruch der Nacht; in den kurzen Intervallen, wo es nicht einmal Farben gibt. In der Geschichte der Malerei existiert für solch tiefdunklen, an der Grenze zur Aufhellung stehenden Urbilder eine kaum wahrgenommene Tradition: die Grisaille.

Warum Hollan das tut, woher sein Minimalismus stammt, wissen wir nicht, seine Bilder geben darauf keine Antwort. Vielleicht ist er verrückt geworden. Oder wir halten den Menschen einfach für das großartige Wesen, das er ist, und der tut eben so etwas. Hollans Gebaren hat seinen Platz (an der Vorstellungswelt und dem Wissen früherer Gesellschaften gemessen) zwischen Heiligkeit und Skandal; es ist, nach diesem klassischen Maßstab, asketisch und zuweilen ekstatisch. Bestimmt von schlichten und kontrollierten Gesten. Somit steht sein Verhalten, gleich dem der Magier, Eremiten, verzückten Heiligen oder auch tanzenden Derwischen, dem Kultischen und Sakralen wesentlich näher als dem Praktischen. Seine Bäume, seine antiquierten, kaum farbigen, monochromen Emailgefäße sind Fetische seiner Askese und Ekstase. Bei alldem bleibt seine künstlerische Verfassung stets in nüchterner Opposition zu seinem Verhalten. Hollans Malerei ist gleichmütig, neutral, gleichbleibend in ihrer Darstellungsweise, von der Luzidität eines unerschütterlichen Handwerkers. Eines Handwerkers, den man – das sei hinzugefügt – ordentlich durch die große Mühle der kartesianischen Erziehung gedreht hat. Kartesianisch in der Art, wie Merleau-Ponty den

Descarteschen Geist des Sehens beschreibt. In der Welt ist ein Objekt, dazu gibt es ein zweites Objekt, den Lichtstrahl; das eine steht mit dem anderen in einem geordneten Zusammenhang, kurzum, es gibt zwei Dinge, die kausal miteinander verknüpft sind. Zudem ist in der Moderne das Machen selbst der Fetisch. Die Struktur wird dabei gewissermaßen wertvoller als das Objekt. Was in der mehrdimensionalen Opposition von Heiligem und Skandalösem, Besonnenem und Verrücktem, Betriebsamkeit und Gemütlichkeit ersichtlich wird. Hollan dient ausschließlich jener einen Sache, die den Gegenstand seiner Arbeit bildet; jeden Tag und jede Stunde obliegt er seinem Ritual: der Bearbeitung von Leinwand und Zeichenpapier. Erfahrung über Erfahrung. Eigene Erfahrung, die sich durch die Erfahrung anderer hindurchgearbeitet hat. Er hat keine Religion. Weder Vater noch Mutter. Er hat viele Religionen. Er hat keine Biographie. Er hält sich nicht an der Oberfläche der Daten auf, sondern geht ihnen mit Messungen und Analyse auf den Grund. Er liebt die Bäume nicht etwa, weil sie schön sind, weil sie Früchte tragen oder weil sie im Winter als Brennholz dienen können, sondern schlicht weil sie Bäume sind. Diese kontrollierte Demut und Leidenschaft, diesen bescheidenen Gleichmut bringt er auch seinen Gefäßen entgegen. Auf Müllhalden, Straßen, in verlassenen Pariser Toreinfahrten sammelt er sie ein wie ein gewöhnlicher Lumpensammler: weggeworfene Haushaltsgegenstände, Kasserollen, Waschschüsseln, Töpfe, Bottiche, Kannen und Pfannen. Er braucht, was andere nicht mehr gebrauchen. Die in seinem Winteratelier in der Rue Mouffetard gehorteten Gefäße gleichen sich nicht so sehr darin, dass sie alle zerbeult, zerlöchert oder von Rost zerfressen sind, als vielmehr darin, dass sie der Vergänglichkeit entrissen wurden. Was in Hollans Malerei allerdings nicht den Charakter einer metaphysischen Fiktion (Chirico, Savinio) oder einer existentialistischen Theorie des Ausgestoßenseins annimmt, also nicht zu einer geistigen Konstruktion wird, sondern eine einfache sinnliche Erfahrung bleibt. Zeichnerisch verfolgt er die Arbeit des fortwährend wechselnden Lichts, lässt nicht den Augenblick, sondern den Wandel in Erscheinung treten. Was einer kartesianischen Relation, der rationalen Beherrschung des Wirklichen, entspricht. Diese Gefäße existieren an der äußersten Grenze ihres Daseins, ihre Oberflächen sind den Gefahren des Verschwindens von Licht und Farbe hingegeben. Hollan interessiert sich nicht für ihre Schönheit, ja nicht einmal für ihr autonomes Wesen als Gefäße (wie Morandi), er sieht in ihnen kein Gleichnis für das menschliche Schicksal; ihn interessiert, wie, aus wechselnder Perspektive betrachtet, die Farbe im jeweils vorhandenen Licht durch die Gestalt durchschlägt. Ihn interessiert, wie das gestaltlose Licht dann in Gegenständen doch eine gestalthafte Form annimmt. Die von allem Menschlichen und Geschichtlichen unabhängige und zugleich abhängige Existenz in einem extremen, aber keinesfalls dramatischen, durch das Medium des Lichts gleichsam von außen (von Gott) bestimmten Zustand. Hollan malt den Zustand und den Übergang im Verhältnis zur Quantität und Qualität des Lichts. Nicht das Objekt, nicht die Farbe, nicht das Thema, nicht das Material, sondern ihre Relation ist für ihn von metaphysischer und ästhetischer Bedeutung. Zum Beispiel, wie er fleckenhaftes und perspektivisches Sehen in eins bringt, statt die doppelte Struktur des als Form Existierenden und Nichtexistierenden abzubilden. Wie er sich von Kontur und Begrenzung unabhängig macht beziehungsweise deren höchst wandelbare Natur aufdeckt. Er nimmt das Alter seiner Fundstücke unter dem Gesichtspunkt des Übergangs wahr, wobei er die umgekehrte Vorgehensweise wie bei den Bäumen wählt. Nicht wir erblicken die Gefäße (samt ihrem eventuellen Inhalt), sondern das Gefäß (von dem wir nicht wissen, was es enthält) sieht oder blitzt uns aus dem Nichts an. Was in der französischen Maltradition ebensogut möglich ist (Chardin), wie es möglich ist, dass Bäume uns anblicken, die in einem anmutigen Hain stehen (Lorrain, Fragonard, Poussin, Watteau).

Der 1933 in Budapest geborene Hollan ist als Maler ein Kind der großen Zeitenwende; er steht am Ende der mentalen Epoche, die das Zeitalter des Mythischen ablöste, dem wiederum die Ära des Archaischen und Magischen vorausgegangen war. Als überreifes Kind der mentalen Epoche blickt er auf die Dinge zurück, und daher ist, wenn sein Blick Ansichten und Strukturen ineinanderkonstruiert, auch nicht zu übersehen, wie er sich auf Cézanne bezieht, genauer: wie er Cézanne umgeht. Aber er hat nicht die eigene Lebenszeit oder das eigene Schicksal im Blick, sondern vielmehr das Beständige in der Geschichte der Bewusstseinsinhalte. Jenes Medium, in dem der Zusammenhang der Dinge zumindest an der Oberfläche erfassbar wird. Zeit und Licht drehen sich bei ihm um eine gemeinsame Achse. Im Raum seines Bewusstseins wird eine Sicht möglich, die der ständigen Bewegung und dem Lichtwechsel entspricht, indem sie sich fortwährend auf vielfältige Weise wandelt. Ich erkühne mich sogar zu behaupten, dass Hollan die französische Tradition der strukturellen Vielseitigkeit seiner Denkweise untergeordnet hat und nicht umgekehrt. Matisse, der die Geschichte der Baumbetrachtung in einem einzigen Satz zusammenfasste, konnte tatsächlich nicht mit dieser dritten Möglichkeit der Baumdarstellung rechnen. Wie auch Cézanne nicht damit rechnen konnte, dass es den Augenblick nicht gibt. Schon deshalb nicht, weil seine Epoche im Banne Renans und Michelets stand. Hollan hatte seine Anschauungen im Großen und Ganzen bereits entwickelt, als er die Tradition der französischen Malerei in sie einordnete. Wäre er als Franzose geboren, verhielte es sich bestimmt anders. Dann hätte er vielleicht gerade jene Reflexionsfläche nie gefunden, auf der sich die persönlichen Fähigkeiten und die Voraussetzungen der Tradition miteinander verbinden, wenn auch nicht immer unmittelbar. Sofern sie sich verbinden. Oder auf der sie sich widersprechen. Sofern sie sich widersprechen. Auch der Widerspruch ist eine Form von Verbindung. Es ist eine vielsagende sprachliche Marginalie in der Entstehungsgeschichte von Hollans Malerei, dass er sich nicht mit dem französischen Ausdruck für Stillleben zufriedengibt. *Nature morte.* Lieber experimentiert er mit der wörtlichen Übersetzung des ungarischen Ausdrucks. *Vie silencieuse.* Was auf Französisch natürlich etwas anderes bedeutet als auf Ungarisch, in Kenntnis der vielfältigen Ansichten und doppelten Strukturen seiner Bilder aber doch treffender erscheint als *nature morte* oder das deutsche *Stillleben.* Giorgio Morandi, dessen Malerei nur scheinbar in enger Beziehung zu Hollan steht, behandelt seine Objekte tatsächlich im Sinne der italienischen *natura morta*; zwischen der Darstellung und dem muttersprachlichen Ausdruck besteht keine Diskrepanz, es ist eine Verbindung in gerader Linie. Hollan befasst sich eher mit dem stillen, geheimen, abgeschiedenen, heiligen oder verrückten Leben der Objekte und ihrer Umgebung, dem Licht und den ausgewählten Orten. Es handelt sich dabei nicht um eine *transposition de la réalité au-delà d'une logique habituelle*, also nicht um eine Verwandlung der Realität jenseits der Alltagslogik, wie es bei den Malern der *pittura metafisica* der Fall ist, die sich im Ersten Weltkrieg als Verletzte im Militärlazarett von Ferrara zusammenfanden. Hollan steht in erstaunlichem Maß allein, er gehört keiner Schule an, was in den Jahrzehnten nach dem Zweiten Weltkrieg auch richtig ist, nach einem Grauen dieser Dimension auch kaum anders sein kann. Als philosophischen Gegenstand seiner Malerei bezeichnet er die Materialität der Leere, *substantialité du vide.* Was eher zu Flaubert und seiner Idee von der Kunst des Nichts tendiert als zu den Existentialisten. Auch wenn Sartre mit seinem eigenen Begriff des Nichts ebenfalls in der Tradition der Flaubertschen

Konzeption steht. Hollan bleibt mit der Gattungsbezeichnung seiner Bilder bei der von ihm gewählten Position und dem von ihm gewählten Thema: der semantischen Ambiguität. Gewissermaßen in der begrifflichen Schwebe zwischen beiden Sprachen. Er verdrängt den rohen Begriff des Todes durch ein französisches Wort aus seiner eigenen geistigen Sphäre, um ebenso viel Raum für den Begriff der Stille zu gewinnen.

Der Dorfbaum ist (neben dem symbolischen Baum, dem Stammbaum und dem kosmischen Baum) der sachlichste Baum in dieser vielfältigen, verschiedene Epochen vereinigenden ikonographischen Kette. Er kann das Persönliche ohne weiteres in den kollektiven Fundus des Bewusstseins einbinden, das Mentale ohne weiteres ins Archaische zurückdrängen oder gar zurückstoßen. Der Dorfbaum ist zugleich Kirche, Tanzhaus, Parlament, Schauplatz der Rechtsprechung, mancherorts sogar des Strafvollzugs, das heißt abschreckender Exekutionen, und bei alldem ist er doch nicht mehr als ein uralter Baum. Seine historische Funktion wahrt er durch einen geheimnisvollen Bund mit dem Familienstammbaum. «Es sei an dieser Stelle der wundersamen Pappel in Ibrány Erwähnung getan, die wir nicht ohne Grund zu den Weltwundern, den außerordentlichsten Erscheinungen der Natur zählen dürfen», heißt es im Sommer 1823 in der ungarischen Zeitschrift *Hasznos mulatságok* (Nützliche Vergnügungen). «Ibrány gehört zum ehrwürdigen Komitat Szabolcs. Als im jüngst vergangenen Jahr 1822 die Deputierten der ehrwürdigen Komitate Zemplin und Szabolcs unter dem Vorsitz des hochwohlgeborenen Herrn Miklós Vay aus Vaja in einer zur Begradigung der Theiß ausgesandten Kommission dorthin kamen, begaben sich achtundzwanzig von ihnen in den Hohlraum der riesigen Pappel, und es blieb noch Platz für über zwanzig weitere Personen. Im vorausgegangenen Jahr 1821 hatten sich fünfunddreißig Menschen im Hohlraum desselben Baumes aufgehalten, wobei fünf Paare unter ihnen tanzen konnten, ohne dass die Übrigen zu wenig Platz zum Sitzen gehabt hätten. Angesichts dieser Tatsache lässt sich die Größe des Hohlraums leicht ermessen; dieser lebendige Baum ist seinen Maßen nach von erstaunlicher Größe, beträgt doch sein äußerer Umfang wahrhaftig zehn Klafter und der Durchmesser des inneren Hohlraums drei Klafter, einen Fuß und drei Zoll.» Wenn aber in Ibrány darin getanzt wurde, muss es in ähnlicher Weise ein Dorfbaum gewesen sein wie der etwa 140 Jahre alte Wildbirnenbaum, der – wenn auch von bescheidenerer Größe – auf dem Hof unseres Hauses in Gombosszeg im ehrwürdigen Komitat Zala steht und den ich ein Jahr lang fotografiert habe. Die Alten haben erzählt, dass sich das Dorf schon zur Zeit ihrer Großväter abends unter dieser Wildbirne versammelt hätte. An lauen Sommerabenden wurde leise gesungen, musiziert, zuweilen getanzt. Damals stand sie auf dem Hof der Familie Lendvai. Da es zu jener Zeit keine Zäune gab oder, wie man hier sagt, nicht eingezäunt wurde («Sie verstehen vielleicht nicht, ich will es Ihnen sagen, der Gemüsegarten, ja, der wurde schon eingezäunt, um es mal so zu sagen, damit Sie mich verstehen») und im Grunde jeder mit jedem verwandt war, konnte auch jeder frei ein und aus gehen. Zwar gab es auch welche, die nie kamen und äußerst stolz darauf waren, die sagten, ich scheiß auf das Dorf, doch wenn sie gerade auf ihre Felder oder die Weide gingen und den Weg abkürzen wollten, fuhren sie mit ihrem Wagen ohne weiteres über den Hof oder trieben ihre Tiere darüber, als wäre es die Landstraße. Der Baum und sein Ort gehörten nicht diesem oder jenem, sondern dem Dorf. Das Dorf versammelte sich hier, auch wenn nicht jeder kam. Das Dorf ist eine Person. Das Dorf weiß. Das Dorf will es so. Das Dorf munkelt. Das Dorf ist der Meinung. Das Dorf hat etwas, das die Stadt nicht hat.

Nachdem wir beim Anblick des Wildbirnenbaums das altersschwache Häuschen der Familie Lendvai, ohne zu überlegen, gekauft hatten, das heißt ohne genaueres Wissen, ohne Nachforschung im Ort, was man im Dorf seit Urzeiten durch Überlieferung über den Platz und den Baum wusste, dass es ein auserwählter Baum war mit unheimlich weit zurückreichender Vergangenheit, pflegten die Alten noch jahrelang abends bei uns einzukehren. Sie setzten sich an unseren weißen Gartentisch unter den Baum und unterhielten sich, manchmal stundenlang. Und leise. Vor allem kamen zwei angesehene Alte, der Galambos und der Egyed, beides Adlige, aber auch der Matus erschien und der Csécs, der aus dem Nachbardorf eingeheiratet hatte. Eine Frau habe ich nie unter ihnen gesehen, nur ein einziges Mal kam die Rózsi, Matus' Frau, um ihren Mann zu bitten, nach Hause zu kommen. Ihre Kuh hatte sich geweigert, in den Stall zu gehen, hatte sich samt Halfter losgerissen und war aufs Feld hinausgerannt. Doch dann hat sich die Rózsi doch noch auf einen der weißen Gartenstühle gesetzt und sich leise mit den anderen unterhalten. Die Kuh würde schon von selbst wieder angetrottet kommen. Man unterhielt sich leise. Das war ganz wichtig: leise. Obwohl sie sonst immer laut miteinander sprachen, auf der Straße, über die Gärten hinweg, selbst im hallenden Tal schrien sie geradezu. Das Dorf kennt und überprüft jeden Satz im Verhältnis zur jeweiligen Situation. Der Begriff des Dorfes bündelt die Perspektiven. Wenn ich nachfragte, weshalb sie so leise sprächen, verstanden sie mich nicht und wiederholten, was sie schon gesagt hatten. Leise. Was wie ein Zauberbann wirkte. Unter dem Baum hat das Dorf leise zu sprechen. Unter dem Baum singt das Dorf leise, daran ist nicht zu rütteln. Diese Grundregel barg so viele Bedeutungen auf einmal, es wäre unmöglich gewesen, sie zu erklären. Vielleicht wäre es auch unangebracht gewesen. Denn die Geschichten über das Dorf und den Dorfbaum stammen aus einer älteren Zeit als der Baum selbst. Es ließ sich leicht ausrechnen, dass die Großväter der Alten an diesem Ort höchstens unter einem jungen

Baum gesessen haben konnten, warum aber hätten sie sich unter einen Baum setzen sollen, der nicht einmal ordentlich Schatten spendete oder Schutz bot. Was nichts anderes bedeutet, als dass irgendwo in der Gegend, vielleicht in unmittelbarer Nähe, ein noch älterer alter Dorfbaum gestanden haben muss und so weiter, zurück bis in graue Vorzeit. Womöglich hatte ein Blitz in diesen älteren Baum eingeschlagen, und er war langsam abgestorben. Oder er steht noch immer irgendwo. Drei noch ältere Bäume kann ich benennen. Einer steht am äußersten Rand der einstigen Allmende, ein zweiter auf dem Hügel oberhalb der Allmende, mit einem weiten Ausblick über die Umgebung, und der älteste, eine etwa vierhundert Jahre alte wildromantische Edelkastanie, außerhalb des Dorfes, in einer Art verborgenem Hain, bei den finnougrischen und germanischen Völkern natürlich ein idealer Ort für einen Dorfbaum.

Einmal starb einer unserer Apfelbäume, einer jener ungepfropften Urapfelbäume, die es in dieser Gegend gibt und die Äpfel mit wächserner Haut und würzigem Duft tragen. Also kein Wildapfelbaum. Im folgenden Frühjahr sah ich mit eigenen Augen, wie einer der letzten abgefallenen Äpfel des verdorrten Baumes Wurzeln trieb. Ich weiß selbst nicht, warum ich den Apfel im Herbst nicht aufgelesen hatte. Es war ein sehr schönes Exemplar. Mit einer schönen roten Färbung auf seiner freundlichen gelben Haut. Aber ich hatte recht daran getan, ihn nicht aufzuheben. Im Frühjahr saugte er sich mit schmelzendem Schneewasser voll und sprang infolge der vielen Feuchtigkeit, des nächtlichen Frosts, vielleicht auch der Fäulnisgase eines schönen Tages regelrecht entzwei. Entlang des Risses teilte sich auch das Kerngehäuse. Einige Tage später erschien in einem der kleinen braunen Kerne ein winziger Keim. Man konnte sehen, wie er sich in diesem frühen Stadium seines Wachstums von dem eigenen Apfel des vergangenen Jahres nährte, im Schutz des einstigen

Apfels wuchs. Bis er schließlich mit seiner kräftigen kleinen Pfahl-
wurzel den Boden und mit seinem immer grüner und kräftiger
werdenden Keimblatt den Rand des aufgeplatzten alten Apfels
erreichte. Wir bestaunten ihn. Hegten ihn ein, damit er nicht versehentlich zertreten würde. Schützten ihn vor dem Frost, zogen
ihn auf. Pfropften ihn, sobald er etwas größer geworden war.
Doch zum Glück funktionierte das Pfropfen nicht. Der Schößling
ist inzwischen zu einem großen Baum herangewachsen und trägt
fast die gleichen Äpfel wie sein großer, fruchtbarer Ahne. Nicht
ganz die gleichen, weder äußerlich noch geschmacklich. Er hat
also eine eigene Persönlichkeit, einen eigenen Charakter, wozu
Thomas von Aquin sagen würde, dass die Essenz bei zusammen-
gesetzten Substanzen etwas bezeichnet, das sich aus Materie und
Form zusammensetzt. In ihrer Ähnlichkeit spürt man den Übergang, und wenn man sich an das Frühere erinnert, obwohl man
nicht weiß, woher die Variabilität der Dinge kommt und wohin
sie führt, bieten sie eine Reflexionsfläche für die Erinnerung an
einen alten Geschmack oder einen alten Duft. Wir haben auch
Eichelkeimlinge zu Eichen aufgezogen, obwohl sie anderer Art
waren als die Objekte auf Hollans Bildern. Unsere Eichen gehören zur Gruppe der hier einheimischen Traubeneichen, seine zu
den Stieleichen. In Hollans Bildern werden die Übergänge von
der Variation des Lichts erzeugt. Im Licht seines winterlichen
Ateliers wirken Farb- und Formveränderung aufeinander ein. Im
Sommer treten seine Bäume aus reziproken grauen Abtönungen hervor und versinken in reziproken grauen Abtönungen, der
Übergang ist eine Abtönung und der Zustand ist eine Abtönung.
Auch seine winterlichen Farbübergänge (Rothko) sind in Wirklichkeit Abtönungen (Rembrandt, van Gogh, István Nagy). In
der doppelten Struktur von fleckenhaftem und perspektivischem
Sehen, die Hollans Malerei prägt, bildet die Abtönung sein zwei-
tes großes malerisches und philosophisches Mittel.

Ich bin sicher, dass der ältere Dorfbaum, der der Vorgänger unserer Wildbirne war, nicht gefällt worden ist. Das weiß ich, weil die Männer aus Gombosszeg stets einen kleinen, rituell anmutenden, koketten oder provokanten Dialog vortrugen, bevor sie sich an unseren Gartentisch unter die Wildbirne setzten. Sie tätschelten den Stamm der Wildbirne, blickten in ihr dichtes Laub, bestaunten immer wieder die Kathedrale ihrer Krone. Sie bestaunten nicht ihre Schönheit, sondern ihre Wucht, ihre Architektur, schnalzten mit der Zunge dazu, schlugen sich auf die Schenkel, da hätten wir aber Brennholz für viele Jahre, wenn wir ihn fällen, sagten sie zueinander oder zu mir oder zu sich selbst. Als müssten sie sich jedes Mal tatsächlich aufs Neue vergewissern, dass nicht einmal die Freude des Besitzes, die Aussicht auf einen beträchtlichen Gewinn sie dazu bringen könnte, die Axt gegen den Baum zu erheben. Oder als müssten sie mich mit ihrer diskreten Warnung überzeugen, es nicht zu tun. Dabei hatten wir einen Nachbarn, der immer wieder insistierte, wir sollten den Baum doch endlich fällen. Es war der gleiche, der gesagt hatte, er scheiße auf das Dorf. Auf die Frage, warum wir das tun sollten, erwiderte er, dass die Erde unter dem Baum sich gut erholt habe und eine reiche Kartoffelernte bringen würde. Es machte ihn fast rasend, dass wir nicht daran dachten, den Baum zu fällen. Das rituelle Necken der anderen, diese scherzhafte gegenseitige Versicherung des Verzichts und des Beschützens, wiederholten einmal auch Holzfäller aus einem weiter entfernten Dorf, die uns Brennholz brachten. Die Ortsansässigen lachten immer vorsichtig, fast schon verlegen bei dieser Warnung oder Zusicherung, und ebenso leise und verlegen lachten dabei auch die Männer aus dem weiter entfernten Dorf.

Aus der Sammlung von Imre Katona und Csaba Ecsedy wissen wir, dass auch bei den Bambaras im Sudan der Dorfgeist nichts anderes ist als ein in irgendeinen heiligen Baum eingekehrter Ahne, von dem das Dorfoberhaupt gelegentlich Rat und Hilfe erbittet und dem er bei größeren Festen ein Opfer darbringt. Auch die Halbgötter der Kassena haben ihre geheiligten Orte in einem solchen Baum, sie nehmen an der Rechtsprechung teil, sind beim Siegesschmaus anwesend. Die Kundu setzen sich holzgeschnitzte Ahnenstatuen auf den Kopf oder heben sie vor ihre Augen, damit der Geist der Ahnen alles sehen und jene bestrafen möge, die an dem heiligen Baum einen falschen Eid ablegen. Die Herero verehren zwei Ureltern zugleich, Mukuru und seine Frau Kamangarunga, die aus dem kultischen Lebensbaum, dem Omumborombonga, entsprossen sind. Vor seinen Stamm wird ein Opferstein gelegt, an seine Äste ein Büschel Opfergras gehängt. Der Stamm des Baumes ist nämlich der Fuß der Gottheit, sein Ast deren Arm. Die Ewe nennen ihre in den riesigen Kapokbäumen des Urwalds wohnende Gottheit Hunti. Hunti wohnt an mehreren Orten zugleich. Jene Bäume, von denen bekannt ist, dass Hunti in ihnen haust, werden mit einem Geflecht aus Palmenblättern umspannt. Diesen Bäumen werden Hühner, gelegentlich auch Menschen geopfert. Das Opfer wird mit dem Geflecht an den Baum gebunden und seinem Schicksal überlassen. Solche eingehüllten Bäume dürfen nie gefällt, nicht einmal verletzt werden. Und wenn jemand einen Kapokbaum fällen will, in dem kein Hunti wohnt, muss er Hunti wiederum Palmöl und ein Huhn opfern. Versäumt er das, büßt er mit seinem Leben. Woraus klar hervorgeht, dass die Ewe dem in diesen Bäumen lebenden Wesen eine höhere Bedeutung zuschreiben als einem, das in einem Menschenkörper wohnt. Die zentralafrikanischen Basoga glauben, dass Bäume einen Geist haben. Wenn ein Baum unüberlegt gefällt wird, geht der Geist sofort auf den Stammeshäuptling los und bringt ihn womöglich samt seiner ganzen Familie um. Auch wenn der Häuptling die Erlaubnis zum Baumfällen erteilt, muss mit Bedacht vorgegangen werden. Erst wird ein Huhn oder eine Ziege geopfert, dann muss der Baumfäller den Saft aus dem Baum saugen, der nach dem ersten Axthieb aus der Rinde fließt. Er presst die Lippen an den Baum und macht sich mit dessen Saft auch dessen Schmerz zu eigen, wodurch ein brüderliches Verhältnis zwischen beiden entsteht; als Bruder darf er ihn dann ungestraft fällen.

Wenn es den Pygmäen nicht gelingt, im Wald genug Wild zu erlegen, gehen sie davon aus, dass der Geist des Waldes eingeschlafen ist und es an der Zeit ist, ihn zu wecken. Dies geschieht mit einer Zeremonie, die sie Molimo nennen. Sobald sich Frauen und Kinder am Abend zur Ruhe begeben haben, beginnen die Männer am Feuer immer lauter und lauter zu singen. Wenn keine Steigerung mehr möglich ist, nimmt einer der Männer sein hölzernes Horn und wagt sich damit in den Wald. Mit dem Hornsignal übermittelt und verstärkt er gewissermaßen den Wunsch des Stammes, der Wald möge mehr Wild geben. Die anderen lauschen stumm und gespannt, ob der Geist des Waldes antwortet. Das Echo wird als Erwachen des Waldes gedeutet. In den Vorstellungen der nordamerikanischen Indianer spielten Schutzgeister eine wichtige Rolle. Sobald die Knaben das Jünglingsalter erreicht hatten, wurden sie in die riesigen Wälder getrieben, wo sie durch Fasten und Selbstkasteiung in Ekstase geraten sollten (was bis heute ein wichtiges Element afrikanischer Initiationsriten ist). Dann, glaubten sie, würden die wohltätigen Geister erscheinen, die sie ihr ganzes Leben begleiteten. Geschöpfe mit einem ähnlichen Status sind in der jüdischen, christlichen und islamischen Ikonographie die Boten und Gesandten der einzig wahren Gottheit – die Engel, die Schutz gegen böse Geister garantieren. Die Navaho- und Pueblo-Indianer glauben, dass die Ahnen früher im Dunkeln unter der Erde lebten und erst mit Hilfe irdischer Tiere und Geister an die Erdoberfläche gelangten. Aus der Sammlung von Tekla Dömötör wissen wir auch, dass die mit ihnen verwandten Keres-Indianer von einer Göttin der Erde und des Maises erzählen, die einen großen Baum wachsen ließ, durch dessen Wurzeln und Stamm die Ahnen in die Morgenröte traten. Wie die Völker Eurasiens glauben auch zahlreiche Indianerstämme, die rote Welt würde von einem Weltenbaum getragen. Mitunter wird er auch Weltenpfahl genannt. Die am Oberlauf des Missouri beheimateten Hidatsa-Indianer gingen davon aus, dass der Schatten der riesigen amerikanischen Pappel über geistige Fähigkeiten verfüge und sie bei ihren Unternehmungen unterstütze, wenn sie sich ihm mit gebührendem Zeremoniell näherten. Nach dem Glauben der Bella-Coola-Indianer wohnt der Herr der bösen Geister, Amtep, im Wurzelwerk eines Baumes und Amotken, der wohltätige Geist des Baumes, in seinem Wipfel. Die im hohen Norden Amerikas beheimateten Indianer erzählen, dass die Geister einst einen Jüngling überredeten, den Weltenpfahl mit seinem Körper zu halten. Die zur präkolumbianischen Hochkultur zählenden Tschibtscha meinen dagegen, dass die Welt früher auf vier Pfählen geruht habe, dann aber sei Tschibtschatschum, der Schutzpatron der Bauern, Händler und Goldschmiede, von den hohen Göttern dazu verurteilt worden, die Welt zu halten. Und den Maya zufolge stand in jeder der vier Himmelsrichtungen der Welt ein riesiger Baumwollbaum, ein roter im Osten, ein weißer im Norden, ein schwarzer im Westen und ein gelber im Süden, die zusammen den Reichtum der Welt behüteten.

Bei den Ugriern am Ob hatte jeder Stamm eine besondere Tamga, das heißt, sie veranschaulichten ihre Abstammung durch Stammeszeichen und kennzeichneten damit ihre Wertgegenstände. Wie man in den Specktürmen der siebenbürgischen Festungskirchen den gemeinsam bewachten Speck und Schinken mit dem jeweiligen Familienzeichen markiert. Wenn man in den Turm hinaufsteigt, um ein Stück abzuschneiden, drückt man

jedes Mal das scharfe, gewölbte Familiensiegel in die Schnittflä-
che. Neben Tierzeichen gab es bei den Ugriern auch Baumzei-
chen, was nichts anderes heißt, als dass sie ihre Abstammung auf
lebendige Bäume zurückführten. Bei den Tscheremissen wurde
der Hain, in dem an einem auserwählten Baum Opfer dargebracht
wurden, Keremet genannt. Frauen durften den Keremet nicht
betreten, während andere geheime Haine, in denen sie ihre Feste
feierten, von Männern und Frauen gemeinsam besucht werden
konnten. Aus der Sammlung von Gyula Kodolányi wissen wir,
dass der Schauplatz der Feste jumon oto, Hain Gottes, genannt
wurde. Auch andere finnougrische Volksgruppen verehrten ihre
heidnischen Götter in heiligen Hainen, um die ein aus Gerte
und Schilf geflochtener Zaun, also eine Hürde, errichtet war; das
ungarische Wort für Hürde, karám, stammt aus dieser sprachlichen Zeitschicht. Das Heiligtum selbst aber war nichts anderes
als die Lichtung in der Mitte des Hains. Bei den Wolgastämmen
stand ein heiliger Baum in der Mitte des Hains, dort versammelte man sich, um an seinem Stamm Opfer darzubringen. Es
war verboten, in den Hainen Holz zu fällen oder Äste abzubre-
chen. Die besondere Verehrung der Kelten galt den Eichen. In
den Eichenwäldern hatte die Gottheit des Himmels ihren Sitz.
Der Eichenwald von Kildare, in dem die Göttin Brigit verehrt
wurde, hat seine kultische Funktion bis heute behalten. Brigit
war eine so mächtige Göttin, dass nicht einmal die christlichen
Missionare mit ihr fertigwurden. Schließlich gelang es ihnen, sie
in die heilige Brigitta zu verwandeln, die in einem ebenfalls aus
Eichenholz errichteten Gebäude an derselben Stelle des Eichen-
waldes verehrt wird wie einst ihre große heidnische Vorfahrin.
Das älteste Heiligtum der Germanen ist, der etymologischen
Schlussfolgerung Jakob Grimms zufolge, das Dickicht des Waldes.
Der Szegeder Germanist Árpád Bernáth führt sogar die Struktur
des deutschen Satzbaus auf die topographischen Gegebenheiten

des Waldes zurück. Auch in Uppsala, dem kultischen Zentrum der Schweden, war das Heiligtum nichts anderes als ein heiliger Hain. In der Edda werden die Geschicke der Menschen von drei Schicksalsgöttinnen, den Nornen, gelenkt, die in der Mitte eines Hains zu Füßen des Weltenbaumes wohnen. Die Macht ihrer Entscheidungen ist so groß, dass auch andere Götter nichts daran ändern können. Der Weltenbaum ist eine Esche, und sie ist so riesig, dass Wolken durch ihre Krone ziehen. Zwischen ihren in unauslotbare Tiefe reichenden Wurzeln öffnet sich der Brunnen Mimirs, auf dessen Grund die Quelle der Weisheit sprudelt. Auch die böse Mirigy im Drama Csongor und Tünde von Mihály Vörösmarty ist an einen solchen Wunderbaum gekettet, dort, wo sich drei Wege treffen, also das *tertium comparationis* entsteht. Auserwählte Bäume standen auch im Mittelpunkt der litauischen Naturreligion, vor allem Eichen, von denen man sich weise, prophetische Ratschläge erhoffte. Es gab Häuser und ganze Dörfer, die von heiligen Hainen umgeben waren, von deren Bäumen nicht der kleinste Zweig abgebrochen werden durfte. Wenn die Finnen einen Baum fällen, müssen sie vier andere für ihn pflanzen. Die Juden feiern bis heute am fünfzehnten Tag des Monats Schevat (dem Februar des christlichem Kalenders) das Tu bi Schevat, das Neujahrsfest der Bäume. Zu dieser Zeit endet in ihrem Stammgebiet Palästina die Regenzeit, und beim anschließenden Fest müssen neue Obstbäume gepflanzt werden. In den ersten drei Jahren durfte nicht von den Früchten des neuen Baumes gegessen werden, im vierten Jahr wurden die Früchte nach Jerusalem gebracht, damit es auch dort reichlich davon gab; erst ab dem fünften Jahr konnte der Bauer frei über die Ernte verfügen. Einen Obstbaum durfte er auch im Fall eines Krieges, selbst in größter Not nicht fällen. Tat er es doch, verfinsterten sich laut Talmud Sonne und Mond. Moses stellt die Bäume unter göttlichen Schutz, als er die rhetorische Frage an sein Volk richtet, ob die Bäume des Feldes denn Menschen seien, dass man Krieg gegen sie führe. In einer der wichtigsten heiligen Schriften der Hindu-Religion, der in Sanskrit verfassten religionsphilosophischen Dichtung *Bhagavadgita*, verlangt der Erhabene, der höchste und letztlich unnennbare Gott, von allen Menschen (die seine Worte dank ihres Verstandes begreifen können), ihn an nichts anderem zu messen als am Heiligen Feigenbaum. Was bedeutet, dass der Erhabene in der sakralen Hierarchie mit dem Heiligen Feigenbaum auf einer Stufe steht, falls dem Heiligen Feigenbaum nicht sogar die höhere Position zukommt, da selbst der Erhabene sich an ihm messen lässt.

In den Dörfern des Kangra-Gebirges im Pandschab wurde früher jedes Jahr einer uralten Zeder ein Mädchen geopfert. Die Familien aus den Dörfern der Gegend stellten nach festgesetzter Reihenfolge die Mädchen für das Opfer. Als Frazer im Jahr 1925 von dem uralten und aus ethnologischer Sicht zweifellos überaus aufschlussreichen Volksbrauch berichtete, war der Baum im Namen der menschlichen Zivilisation bereits Jahre zuvor von den englischen Behörden gefällt worden. Aus dem 6. Jahrhundert vor unserer Zeitrechnung stammt ein ägyptisches Bronzegefäß, auf dem die Himmelsgöttin Nut, die Frau des Erdgottes Geb und Mutter von Osiris, dem alles Gute, und von Seth, dem alles Böse entspringt, als Baumgöttin dargestellt ist. Ihrem betont weiblichen Stamm entsprießen zahlreiche Äste, zweifellos die einer Zeder. Die Göttin Nut ist als Zeder so riesig, dass sie bis in den Himmel hinaufreicht und mit ihrem Kopf das traurige Antlitz des Mondes hält. Sie steht mit geöffneten Armen da. Aus zwei Amphoren in ihren Händen fließt Wasser, mit dem sie ihre im Umkreis knienden Anhänger besprengt samt ihren mit Speiseopfern gefüllten Schüsseln, die vor ihren Füßen aufgetürmt sind. (Auch die Zedern auf den Bildern Csontvárys, die Libanon-Zeder und die einsame Zeder, haben unverkennbar sakrale Bedeutung. Angesichts seiner Vertrautheit mit diesen jahrtausendealten Vorstellungen überrasche es nicht, wenn Csontváry gerade in diesem mit historischen und sakralen Anspielungen reich beladenen, archetypischen Motiv das letzte Thema seiner Kunst entdeckt habe, bemerkt Péter Molnos dazu.) Re, der ägyptische Sonnengott, erscheint auf einem anderen ägyptischen Gefäß in Gestalt einer Katze, um die in den Wurzeln der Sykomore hausende Schlange zu töten. Gilgamesch, der Herrscher über Sumer und Akkad – dessen Name auf *bilgamesch* zurückgeht, was bedeutet, dass der Vorfahr ein Held gewesen sei –, glaubt sich vom Tode bedroht, als er im Euphrat dahintreibende Leichen erblickt. Mit fünfzig ledigen Soldaten und seinem Gefährten Enkidu, der lange Zeit sein Gegner gewesen war, zieht er daraufhin in die von Zedernwäldern bedeckten Berge, um das Ungeheuer Humbaba, den Wächter der Zedern, zu töten. Die Sumerer, mit denen er im Kampf lag, verehrten die Zeder als Symbol des Lebens, eine Art Lebensbaum. Géza Komoróczy kommentiert diese nicht leicht nachvollziehbare Heldengeschichte auffällig nüchtern mit dem Hinweis, dass das Motiv des Zedernfällens im letzten Drittel des dritten Jahrtausends vor unserer Zeitrechnung eng mit den Beutezügen der mesopotamischen Herrscher zusammenhängt. Um Edelhölzer für ihre Prunkbauten zu beschaffen, wurden Kriege geführt. In einer anderen Geschichte wird berichtet, im Garten von Gilgamesch habe ein wunderbarer Huluppu-Baum gestanden, ein Weltenbaum, dessen Äste der Zaubervogel Anzu und dessen Wurzeln eine Zauberschlange bewohnten. Inanna, die geflügelte Göttin der Fruchtbarkeit, der Geschlechtsliebe und der Zwietracht, die auf zwei Löwen steht und deren geistige Macht von zwei riesigen Eulen bewacht wird, habe Gilgamesch beauftragt, den Vogel und die Schlange zu töten. Die Verwicklungen, die sich aus diesem Auftrag ergeben, sind endlos. Gilgamesch nämlich habe aus den Wurzeln und Ästen des Baumes Pukku und Mikku, eine Trommel und Trommelstöcke, hergestellt, diese seien versehentlich in die Unterwelt gefallen und Enkidu habe beim Versuch, sie zurückzuholen, dort unten bleiben müssen. So musste Gilgamesch ihm nachfolgen, um ihn wieder zurückzuholen.

Bei Karl Kerényi, der die vielfach verzweigten Geschichten der Griechen gleichsam ineinanderschreibt und auseinanderfaltet, ist Daphne, deren Name Lorbeer bedeutet, Apollons erste Liebe; nach früheren Erzählungen hingegen war sie die Tochter des Flussgottes Ladon und der Erde; an wieder anderer Stelle gilt Peneios, ein weiterer Flussgott, als ihr Vater. Daphne wurde als wilde Jungfrau bezeichnet, ebenso wie Artemis, die ihrerseits mit dem Lorbeerbaum assoziiert wird. Die Geschichte verkompliziert sich weiter dadurch, dass neben Apollon auch ein junger Sterblicher namens Leukippos, dessen Name weißer Hengst bedeutet, sich in die wilde Jungfrau verliebt. Um Daphne ohne Aufsehen verfolgen und in ihrer Nähe sein zu können, verkleidet er sich als Mädchen, wird beim Baden aber von Daphnes Gefährtinnen enttarnt und muss den Wechsel des Geschlechts, also von Schein und Sein, mit dem Leben bezahlen. Apollon ist damit endlich ohne Nebenbuhler. Als er Daphne mit den anderen Mädchen beim Baden erblickt, nimmt er voller Begehren ihre Verfolgung auf. Sie flüchtet und sucht bei der Erdenmutter Gaia Zuflucht. Als auch diese ihr nicht hilft, verwandelt sie sich in einen Lorbeerbaum. So wurde der Lorbeer zu Apollons Lieblingsbaum, und er trug seitdem einen geflochtenen Kranz aus dessen immergrünen Blättern um die Stirn. Denn so viel ist gewiss: In einem Baum, der von Natur aus zweigeschlechtlich ist, sind beide Geschlechter eins, und in dieser Eigenschaft nimmt der Baum das Abbild des Menschen vorweg. Jung würde zusammenfassend sagen, dass die Anima im Archetypus von der menschlichen Gestalt abgelöst wird. Die Skizze von Apollons Verhalten gegenüber den Objekten seiner Zuneigung gibt ein exaktes Bild der jugendlichen Pansexualität, die wiederum ein Sammelbegriff für die Zuneigung zu und den Identifikationswunsch mit allem ist, was in natürlicher Gestalt existiert. Auch Frazer berichtet von einem seit Urzeiten vorhandenen Wissen von der Geschlechtlichkeit der Bäume. Die Maori kennen das Geschlecht der Bäume und versehen bei einigen Arten männliche und weibliche Bäume mit unterschiedlichen Namen. Die Molukken behandeln den Gewürznelkenbaum wie eine schwangere Frau. In seiner Nähe ist es nicht erlaubt, Lärm zu machen oder ein Licht, das heißt Feuer, an ihm vorüberzutragen; zudem hat jeder vor ihm die Kopfbedeckung abzunehmen. Diese Gebote werden sehr ernst genommen, sie sollen verhindern, dass der Baum vor Schreck unfruchtbar wird oder, wie bei einer Frühgeburt, seine Frucht vorzeitig verliert. Wenn ein Hindu einen Hain von Mangobäumen anlegt, erzählt Frazer weiter, dürfen weder er noch seine Frau von den Früchten kosten, solange nicht einer der Bäume mit einem anderen verheiratet worden ist, wie ein Bräutigam mit einer Braut nach allen Regeln der Zeremonie. Zur Braut wird normalerweise eine Tamariske auserkoren, die wild in der Nähe des neuen Mangohains wächst. Findet man keine Tamariske, begnügt man sich auch mit einem Jasmin. Die Kosten der Hochzeit sind beträchtlich, denn je mehr Brahmanen beim Fest der Bäume anwesend sind, desto größer werden Ruf und Ruhm des Hainbesitzers. An dieser Stelle sei leise angemerkt, dass der Sexologie, die sich mit der Klassifizierung erotischer Gewohnheiten und Manipulationen beschäftigt, die sexuelle Zuneigung zu Bäumen wohlbekannt ist und als Dendrophilie bezeichnet wird. Dieser moderne Begriff verbindet das griechische *dendron*, Baum, und *philia*, Liebe, doch enthält er natürlich nichts mehr von Pan oder den Satyrn, jenen halb göttlichen, halb tierischen Doppelwesen, die mit ihren erigierten Penissen die Nymphen an ihren mittäglichen Schlafstätten aufschreckten oder sie gelegentlich beim Baden überraschten. Die dendrophile Person, die sowohl Frau als auch Mann sein kann, ist für ihren auserwählten Baum in Liebe entflammt und kopuliert mit ihm je nach Geschlecht in einem Hohlraum oder an seinem Stamm. Würden die Sexologen dem emblematischen Charakter ihrer aus dem Griechischen abgeleiteten Begriffe etwas mehr Aufmerksamkeit schenken, würden sie vermutlich erkennen, dass sie es hier mit einer magischen Regression zu tun haben. Die moderne Bezeichnung dieser Form von Huldigung hat im Übrigen nichts zu tun mit der Dendrologie, jener zur Pflanzenkunde gehörenden Wissenschaft, die sich mit dem Studium und der Beschreibung verholzender Pflanzen befasst. Es wäre auch falsch, sie mit der Dendromanie zu verwechseln, mit der das leidenschaftliche wissenschaftliche Interesse an Bäumen bezeichnet wird. Bei ihr dient der Baum ausschließlich als Objekt, nicht als Fetisch. Der Fetisch der Wissenschaft ist die Neugier und das fachlich streng überwachte System von Methoden, das damit verbunden ist. Die Beschäftigung mit diesen Systemen hat notwendigerweise ihre eigene Erotik, ihr Ethos ist aber meist stärker. Womit die Wissenschaft im Vergleich zur Mythologie auf der steilen Leiter der Abstraktion einen Schritt nach oben getan hat. Hollan nimmt mit seiner Kunst eine sehr ähnliche Position ein. Nach den Konventionen der Malerei müsste sein leidenschaftliches Interesse eigentlich den Bäumen und Gefäßen selbst gelten, dem in Gestalt Existenten, stattdessen gilt es Reflexionsebenen und Phänomenen, die zwar in Beziehung zu den Bäumen und Gefäßen stehen, aber einer abstrakten Dimension angehören.

Kerényi berichtet uns auch von Dryope, die in den mythologischen Erzählungen als Tochter des Dryops, des Eichenmannes, auftritt. Dryops und Dryope spielten auch bei mir vor einigen Jahrzehnten in einem Roman eine Rolle. Beide leben in zwiefacher Gestalt, sind sowohl pflanzlich als auch menschlich, stammen aber mit Sicherheit aus einer viel späteren Zeit als die Totems und Fetische, die in tierischer Gestalt zu Abbildern des Menschen wurden. Man muss dazu wissen, dass Dryope die Spielgefährtin der Hamadryaden, der Eichennymphen, war, bis Apollon ihr nachstellte und sich dazu in eine Schildkröte verwandelte. Was die Eichennymphen durchaus ergötzte, denn in dieser Gestalt spielten sie gern mit ihm. Dryope selbst war es, die ihn auf den Schoß nahm, worauf die Schildkröte sich unversehens in eine Schlange verwandelte. Aus der Perspektive des kollektiven Unbewussten betrachtet, stimmen uns solche regressiven Verwandlungen stets nachdenklich. Sie sind notwendige Begleiterscheinungen der progressiven Intellektualisierung. Die Regressionen beziehungsweise die von Regression dominierten Epochen führen stets in dramatischer Weise vor Augen, wohin in der betreffenden Kultur kein Weg zurückführt.

Ungeachtet dessen interessiert sich Hollan nicht so sehr für den Unterschied zwischen dem Ursprungszustand und dem Endergebnis, nicht für das Goldene Zeitalter und nicht für die Utopie, auch nicht für Regression oder Progression, sondern eher für den Prozess der Metamorphose. Das Ineinanderübergehen vom einen ins andere ist nach seinem Verständnis ein dauerhafter Seinszustand. Darum braucht er die Doppelstruktur, die im Zeichen des Gegensatzes von Unbewegtem und Bewegtem steht. Aus einem klassisch konstruierten Blickwinkel verfolgt er den ständigen Wandel. Die Eichennymphen flohen schreiend vor der Schlange, Apollon dagegen ließ sich nicht davon abhalten, in seiner tierischen Gestalt mit ihr zu kopulieren. Wie man es auch dreht und wendet, es ist der Topos der Sodomie, der in der Geschichte das Tierische, das Pflanzliche und das Göttliche zusammenbringt. Worüber Dryope allerdings nie mit jemandem spricht, sie scheint die Sterblichen mit ihrem Wissen von der göttlichen Sodomie verschonen zu wollen. Ja, sie greift im Interesse des Tabus, das heißt des kollektiven Schweigens über die göttliche Sodomie, sogar zu einer List, indem sie sich unter den Sterblichen rasch einen Gatten sucht, um den Sohn der Gottheit in rechtmäßiger Ehe gebären zu können. Um keine Erklärungen geben zu müssen.

Das Tabu kennzeichnet jenen Bereich des Bewusstseins, in dem für Erklärungen kein Raum ist. Ohne Erklärung ist die Geschichte jedoch ebenso wenig glaubwürdig wie später die christliche von Maria. Noch nachdenklicher stimmt bei Dryope der sapphische Schluss. Die Hamadryaden rauben sie ihrem sterblichen Gatten und ihrem göttlichen Sohn, um sie zu sich in die olympischen Gefilde zurückzuholen. Wieder andere Geschichten erzählen, alle Nymphen seien Töchter des Zeus gewesen. Ihr Name bezeichne junge, im Brautstand befindliche Frauen, die ihren Verlobten *nymphios* machen, also glücklich. Die Nymphen galten als Gottheiten niederen Ranges, sie standen den unmittelbaren Naturkräften nahe. Sie stammen aus der Epoche der Titanensagen, das heißt aus der Tiefe der europäischen Zeit, und erst die von der Entstehung des Bewusstseins geprägte Epoche der Kultur zähmte sie zu Nymphen der Bäume, der Quellen, der Berge, Felder und Höhlen, wobei die Baumnymphen in den Geschichten der zahmeren hellenistischen Zeit den Namen Dryaden tragen. Es lohnt sich jedoch, in die urtümlichere, elementarere Schicht dieses Stoffes zurückzukehren. Kerényi erzählt in Anlehnung an Hesiod, wie der Himmelsgott Uranos nachts die Erdgöttin Gaia aufsuchte und ein Heer von Söhnen mit ihr zeugte, Okeanos, Koios, Kreios, Hyperion, Iapetos und auch Kronos, seine Söhne aber allesamt hasste. Gaia fürchtete um das Leben ihrer Kinder und versteckte sie in ihrem eigenen Inneren. Worunter sie bald jedoch immer mehr litt. Denn zugleich wuchsen in ihrem Inneren auch die schönen Töchter heran, Theia, Rhea, Themis, Mnemosyne, Phoibe und die liebenswürdige Tethys. Als ihre Situation nicht mehr zu ertragen war, lauerte der verschlagene Kronos dem furchterregenden göttlichen Vater in einem Hinterhalt auf, und als Uranus mit all seinen Geheimnissen in der Nacht erschien, um Gaia zu umfangen, entmannte Kronos ihn mit einer Sichel, und Gaia empfing seine Blutstropfen einzeln in ihrem Schoß. Dieser schrecklichen Hochzeit entstammten die Erinnyen, die Wohlmeinenden, sowie die Nymphen der Esche, die Meliaden, aus denen dann das ganze Menschengeschlecht hervorging.

Diese aus ältester Vorzeit tradierten Erzählungen verdeutlichen die schöpfungsgeschichtliche Bedeutung der Bäume, die kultische Abstammungsgeschichte des Europäers, das heißt die Idee seiner Naturidentität, sein sich in heimlichen und öffentlichen Spielen erweisender Bezug zur Ein- und Zweigeschlechtlichkeit, wobei die Einheit, nicht die Verschiedenheit dominiert. Darüber hinaus helfen diese Erzählungen, die fragile Unvergänglichkeit der Nymphen zu deuten, die über verschiedene Abstufungen in die Sterblichkeit hineinreicht. Auch sie sind in Wahrheit Wesen der Zeitlichkeit und ewiger Wandlung. Auf diesem historischen Stand menschlicher Wahrnehmung ist die unablässige Wandlung nicht Begriff, sondern Verkörperung. Die Nereiden, die im Meer wohnen, sind ebenso unvergänglich wie ihr Element. Die Unvergänglichkeit kennt hier keinen Übergang. Dagegen sind diejenigen Wassernymphen, die als Najaden bekannt sind, so sterblich wie ihre Quellen; mal versiegen sie, mal sprudeln sie, mal fließen sie über, mal trocknen sie aus. Noch vergänglicher als sie sind die Nymphen der Wälder, der Felder oder einzelner Bäume wie eben die Dryaden oder die Hamadryaden. Ihr Sterben gleicht dem ihrer Bäume: Sie sterben für immer. Ihre Existenz besteht in der Wechselseitigkeit und Wandelbarkeit von Ding und Ebenbild.

Und damit sind wir wieder vor Ort, bei einem der wichtigsten kultischen Gegenstände und Themen der Malerei Hollans, in dessen geschichtlicher Zeit und auf dessen konkretem Schauplatz, bei der Eiche, beim Übergang, jener mythologischen und kulturellen Region, jener klimatischen und dendrologischen Mittelmeerzone, der einst griechischen, später lateinischen Provinz, deren gemeinsame Ursprache, das Okzitanische, alle Wechsel der Herrschaft und der Grenzziehungen überdauert hat und noch heute in den Dialekten präsent ist. Hollans Malerei bringt ein Harmonieprinzip zur Geltung, das den Blick fortlaufend öffnet für das Disharmonische, Eigentümliche, Divergente, für die Verwerfungen, wie Zsolt Bagi es nennt, wodurch sich das Sehen zur Wahrnehmung der disharmonischen Grundeigenschaften des natürlichen Daseins verschiebt. In meinem alten Roman, in dem Dryope einen zentralen Platz einnimmt, vertrat ich die Ansicht, dass der Mensch zwar ein Wesen sei, das nach Harmonie strebe, das dennoch aber zur Kenntnis nehmen müsse, dass sein Leben von Natur aus grundsätzlich disharmonisch sei, so dass es durchaus angemessen ist, wenn ein Roman mit seiner Struktur im Zeichen dieser Diskrepanz und dieser generischen, da auf dem Überlebensinstinkt beruhenden Unverhältnismäßigkeit steht. Die Eichen sterben zusammen mit ihren Dryaden. Sie leben auch so noch länger als die Menschen. Hollan verfolgt ihr Sein nicht bloß in ihrem geographischen Raum, sondern auch in ihrem Klangraum. Geführt von der Sinneswahrnehmung des Heller- und Dunklerwerdens, des säuselnden Laubs und der zitternden Blätter, der Bewegung der Luft und ihres Dunstgehalts, der Zu- und Abnahme der Temperatur, der verstummenden und wieder ertönenden arkadischen Grillen notiert er ihre Sprache. Er lauscht dem Sichtbaren. *L'écoute du visible*. Was wir angesichts seines Descarteschen Sinnes mit der Feststellung eines anderen Franzosen, Maurice Merleau-Pontys, verbinden können: Das kartesianische Modell des Sehens ist im Tastsinn zu finden. Hollan setzt im Tätigsein, sagen wir ruhig: im Agieren des Laubes und Geästes das sensuell zweifach Begreifbare in eins. Das wird sein ureigenes *tertium comparationis*. Auch im geistigen Sinn des Wortes. Damit gelangt er dann aber auch an die Grenze des in der Malerei Möglichen.

Er arbeitet wie ein sorgfältiger Ethnologe. Er betreibt Feldforschung bei den Bäumen. Auch in diesem Sinn fügt sich seine Arbeit in die ethnologische Tradition, die in der französischen Kultur hohes Ansehen genießt. Selbst seine absurde und großartige Idee, den auditiven und visuellen Aspekt der Bewegungen mittels Linien und Linienrhythmen gleichsam seismographisch nachzuvollziehen und das fleckenhafte und strukturelle Sehen mit den dynamischen Zeichen dieser Linien zu verbinden, hat Parallelen im französischen Denken. *Ébranler, secouer en divers sens.* Im betäubenden Echo des Liebesdiskurses allen Elementen hilflos ausgesetzt, versucht Roland Barthes mit der gleichen Methode die Sprache zu ergründen. Den Lärm der Sprache. *Le bruissement de la langue.* Das Zusammenwirken von Klangelementen und Verstand ergibt nach Barthes einen sensuellen Begriff von der Struktur des Diskurses. Für Hollan ist es dagegen das Zusammenspiel von visuellen und auditiven Momenten, welches die Struktur des Bildes bestimmt, den Rhythmus, die Richtung und den Charakter der Linienführung; diese Mikrostruktur verknüpft sich dann mit den doppelten Makrostrukturen von fleckenhaftem und konturenhaftem Sehen, Bildschöpfung und Begriffsbildung. Hollans Sensualität ist nicht auditiv und nicht visuell, sie besteht aus der Gleichzeitigkeit bildlicher und begrifflicher Erfassung. Claude Lévi-Strauss schreibt, dass die Gemeinschaft der Bäume und Pflanzen den Menschen seiner eigenen Umgebung entfremde, die Spur seiner Schritte eilends verdecke. Der Wald, in den er oft nur schwer eindringen kann, fordert dem Eindringling etwas Ähnliches ab wie der Berg auf rauere Weise dem Bergsteiger. Der sich rasch schließende Horizont des Waldes ist nicht so weit wie jener der großen Bergketten; er umfängt eine verkleinerte Welt, die den Menschen jedoch genauso vollständig einschließt, wie ihn die Leere der Wüste verschluckt. Die Welt der Gräser, Blumen, Pilze und Insekten lebt in aller Freiheit ihr eigenständiges Leben und nimmt uns nur dann in sich auf, wenn wir geduldig und demütig sind. Wenige Dutzend Meter Wald genügen, damit die Außenwelt erlischt, die eine Totalität einer anderen weicht, die dem Auge weniger wohlgefällig ist, in der aber Hören und Riechen befriedigt werden, da sie als Sinne der Seele näherstehen. Wohltuendes, das wir bereits für verschwunden gehalten haben, wird neu belebt: Stille, Frische und Frieden. Die intime Beziehung zur Pflanzenwelt belohnt uns mit etwas, das uns das Meer versagt und wofür das Gebirge einen höheren Preis abfordert. Sie belohnt uns mit alldem, wovon uns ein bei den Tupi-Kavahib Feldforschung betreibender Wissenschaftler aus dem Dickicht unter ungeheuren Baumriesen berichten könnte.

Obwohl ich im Zusammenhang mit Hollans Malerei niemals von Einfluss, sondern nur von geistiger Übereinstimmung spreche, gibt es auch zu seinem einmaligen Modell des Sehens, ja sogar zu seiner seismographischen Schreibweise Parallelen in der französischen Kunst: in der über das 18. Jahrhundert hereinbrechenden Chinoiserie, der China-Manie. Der Ernst seiner Schriftzeichen wird durch diese Tradition nicht herabgesetzt, sondern wächst durch den Scherz des Hinweises. Wir erinnern uns angesichts seiner Zeichen daran, aber sie öffnen unseren Blick für etwas anderes. Hollan sammelt Zeichen, Erscheinungsformen eines streng definierten kollektiven Materials, im Archaischen, im Magischen, ein bisschen auch im Mythischen, auf jeden Fall aber im Archetypischen. Er selektiert bei seiner Feldforschung visuelle Zeichen, Erscheinungsformen, elementare Vorgänge aus dem Dickicht der Menschheitsgeschichte, die ihrer Außergewöhnlichkeit oder gerade ihrer Banalität wegen niemand zur Kenntnis nimmt, obwohl jeder ihnen hundertmal am Tag begegnet. Wir sehen sie, aber ihre Banalität hat das Geflecht ihrer Zusammenhänge verborgen. Also sind sie gerade für das kollektive Bewusstsein unreflektiert geblieben. Tabu. In Anlehnung an Jung könnte man sagen, dass das kollektive Unbewusste nur individuell reflektierbar, auf kollektivem Weg aber nicht zugänglich ist. Direkt ausgedrückt, die Schritte der Progression müssen von Individuen geleistet werden. Deshalb tut sich der von Max Weber beschriebene universelle Prozess der Intellektualisierung so schwer mit uns. Wiewohl sein Ausgang vielleicht gerade deswegen nicht hoffnungslos ist.

Wenn wir uns der Malerei Hollans von den Formen aus der Zeit vor der Mythenbildung, der Mythopoiesis, nähern und auf die dokumentierte Geschichte der Malerei blicken, können wir beobachten, dass der Baum, sei es als Lebensbaum, also symbolisches Ebenbild, oder als Weltenbaum, also kosmisches Ebenbild, unter all den anderen Objekten, den Totems, Tabus und Ebenbildern, den Kulten, Riten und Göttern, keinesfalls einen zentralen Platz einnimmt. Weder im archaischen noch im magischen Bewusstsein. In der frühen Kulturgeschichte stehen die Bäume am Rande, obwohl ihre Macht und ihre Bedeutung nicht zu bezweifeln sind. Später, in den ausgereiften Mythologien, geraten sie noch weiter ins Abseits. Mit den Göttern gewinnt die Gestalt des Menschen an Größe, an unmäßiger Größe. Aber es ist nicht nur das. Im Archetypus des Baumes spielt nicht der Baum selbst die wichtigste Rolle, sondern sein abgelegener, geheimer Ort, der heilige Hain, die heilige Aue, jene für Außenstehende unbekannte, bedeutungsschwere verbotene Stelle, das Heiligtum, der sakrale Ort, an dem das Totem der Familie, des Geschlechts, des Stammes bewacht wird. Etwas, das samt allen damit verbundenen Bräuchen und Riten bis heute geheim gehalten werden muss.

Nicht dass wir nicht um diese Orte wüssten. Dass sich an ihnen das Naturbewusstsein zum Tabu verkapselt, macht sie den Stätten der späteren Mysterien, den auserwählten Opfer- und Kultstätten ähnlich. Wir wissen, an welchen Orten unter freiem Himmel oder in welchen Kirchen die Zeremonien dieser Mysterien stattfanden, doch wir wissen kaum, woraus sie bestanden. Das war etwas, worüber auch später niemand sprach. Oder es war keine Gelegenheit mehr, darüber zu sprechen, weil man die Initiation in das Geheimnis nicht überlebt hatte.

Hollan steht mit seinen Bäumen, seinen Gefäßen, seinen auserwählten Orten und seinem Licht genauso am Rande. Mit seinen malerischen und graphischen Techniken, seinen Doppelstrukturen und deren vielfältigen Ansichten hingegen nicht. Nicht weil er zu bescheiden wäre, nimmt er diese Position ein. Bescheiden ist er tatsächlich, aber seine Bescheidenheit gilt nicht uns, sondern dem Topos des Ortes; seine handwerkliche Demut rührt ausschließlich vom Motiv des Baumes her. Die Bedeutung des auserwählten Ortes und der Topos des Baumes lassen sich über eine lange Kette von Werken verfolgen, beginnend bei den Wandmalereien in Pompeji und fortfahrend mit den Miniaturen des Duc de Berry, Jan van Goyens im luftigen Raum stehender Doppeleiche, Rembrandts halb abgestorbener, in ihrem hohlen Stamm ein Liebespaar bergender Uferweide, Lorrains und Watteaus Hainen, die einen mit Schäfern, die anderen mit galanten Szenen bevölkert, mit Caspar David Friedrichs Klosterruine im toten Eichenwald, van Goghs winterlichem Garten, den Hainen, Baumalleen und Lichtungen István Nagys bis hin zum mehrfachen Gummibichromat-Verfahren des piktoralistischen Fotografen Rudolf Koppitz. Diese geheime Tradition führt in gerader Linie durch die Jahrtausende. Allerdings auch mit Unterbrechungen. Im 19. Jahrhundert banalisiert die Landschaftsmalerei die Bedeutung des auserwählten Ortes mehr und mehr, zu

Beginn des 20. Jahrhunderts, als sie noch immer lebendig ist, demokratisiert sie den Ort vollends bis zur Trivialität, bis ihn die darauffolgenden Jahrzehnte einstweilen gänzlich eliminieren. Die postmoderne Absicht dieser Eliminierung ist klar. Jeder Ort ist ein auserwählter Ort, darum gibt es keinen Ort, der ein kultischer Ort wäre.

Die wichtigste Eigenschaft der Kunst Hollans ist nicht ihre Naturnähe, auch nicht die kulturelle Rückeroberung des auserwählten Ortes. Seine Naturobjekte sind uns deshalb so nahe, weil wir in ihren Bewegungen ihr inneres Leben als Beobachter miterleben. Ihr Leben ist zwar keine strukturelle Entsprechung, kein Gleichnis, kein Abbild unseres eigenen Lebens oder unseres Geistes, doch mit ihrer Ausstrahlung und ihrer offenkundigen Autonomie im gemeinsamen Werk des Seins teilen sie mit uns denselben Kreislauf und dasselbe Licht.

Deutsch von Akos Doma

DER MENSCH ALS SCHÖPFER
UND ÜBERLEBENDER

Ich nähere mich, entferne mich, trete bald wieder näher, dann wieder weiter weg. Wippe auf den Fersen, vor, zurück. Ich bin allein. Außer dem Museumswärter ist niemand hier. Was ich hier veranstalte, ist lächerlich, aber ich kann es nicht lassen. Ich will den Punkt finden, von dem aus der Maler das Bild gemalt hat. Diesen Punkt gibt es nicht. Oder als könnte es zugleich mehrere geben, unzählige. Selbst der Fluchtpunkt ist schwer auszumachen. Das Bild lässt mich nicht zum Horizont, es sieht aufs Wasser, sieht aufs Land. Ich nähere mich langsam, damit es vor meinen Augen in seine Bestandteile zerfällt. Als nähme der Kurzsichtige die Brille ab, so dass sich die Umrisse plötzlich in Farben auflösen, in Flecke zerlaufen. Später setze ich mich auf die Sitzbank in der Mitte des ovalen Raumes, um abermals das Bildganze zu betrachten. Das ist äußerst beruhigend. Dann verfängt sich mein Blick wieder in einem Detail, es wird lebendig, und schon ist meine Neugier geweckt. Ich stehe auf, kann kaum erwarten, den magischen Kreis zu betreten, in dem das Bild wieder in die Bestandteile zerfällt, aus denen der Maler es aufgebaut hat. Meine Muskulatur nimmt förmlich den Raum, die Energie wahr, die ihn bewegte, den Maler vor dem entstehenden Bild, das enorme Gewicht seines Körpers, seine Person, im eigenen Raum. Innerhalb des magischen Kreises wird sichtbar, wie Details und Komposition zusammenwirken. Das jedoch verrät nichts darüber, was innerhalb der Details noch alles geschieht.

Ich gehe zwischen den beiden ovalen Sälen des Musée de l'Orangerie hin und her, zwischen den acht riesigen Panoramabildern. Ihre Bildsprache überschreitet alle Konventionen der Tafelmalerei jener Zeit. Ich stehe, sitze, gehe vor Claude Monets «Seerosen» auf und ab, nähere mich, entferne mich, und das betreibe ich so lange, bis der wachsame Museumswärter meine manische Beschäftigung zunächst mit dem Blick, dann auch mit einer Geste unterbricht. Das ist der Raum unserer dreidimensionalen Realität. Zugegeben, dies ist der schwächere Raum, stärker ist der zweidimensionale Raum des Kunstwerks. Der Wärter schöpft Verdacht, er misstraut mir, hält mich für einen jener Besessenen, die fähig sind, sich mit Messer, Stock oder gar Salzsäure auf das Objekt ihrer Begeisterung zu stürzen. So wenig wie ich können sie entscheiden, ob sich die Vollkommenheit, das autonome Universum des Gesehenen aus der Komposition selbst ergibt oder aus ihren unzähligen Details und damit aus dem Innenleben dieser Details. Zumal es sich um eine Komposition handelt, die den Dekonstruktionsprozess des Blicks rekonstruiert. Wie die einstige Tätigkeit des Malers die Komposition hat verschwinden lassen, so verschwindet nun sie vor unseren Augen in der Masse der Details ihrer Details. Da wird man gewahr, dass man in Wirklichkeit Flecken sieht, die Linie nichts als Konvention ist und wir Fleckenseher sind. Und wenn wir aus dem magischen Kreis des Malers in den Raum unserer eigenen dreidimensionalen Realität zurücktreten, wird zwar die Komposition, dieses System, Geflecht aus wirklichen und imaginären Linien wieder erkennbar, doch nicht mehr erkennbar sind dann die Details und die Gesten, die den Maler zum Wissen um diese Details geführt haben. Dabei hat er während der Arbeit gleichzeitig das Ganze aus Sicht der Details und alle Details der Details aus Sicht des Ganzen sehen müssen. Für das, was wir nun sehen, bürgt er mit seinem Leben; fürs Detail und fürs Ganze. Der gesamte Bewusstseinsinhalt ist auf der Leinwand. Der Bewusstseinsinhalt, über den einzig und allein die Person namens Claude Monet verfügt. Wobei es nach chemischen Analysen nichts anderes auf der Leinwand gibt als eine ziemlich ungeordnete Ansammlung schichtweise aufgetragener Substanzen. Das Goldgelb auf der Leinwand entsteht durch gelbes Kadmium und weißes Blei. Das Hellgrün durch grünes Chrom und weißes Zink. Das Weiß durch weißes Blei. Das blasse Rosa durch weißes Blei und eine kleine Menge Rot organischen Ursprungs, behutsam miteinander vermischt. Das Dunkelblau durch blaues Blei und blaues Kobalt, Letzteres ist ein Aluminiumoxid. Mit Ausnahme des Rot und Monets Ultramarin, das chemisch hergestellt wurde, handelt es sich ausschließlich um in der Natur vorkommende Mineralien und Metalle. Dann gibt es noch ein wenig weißes Blei, ein bisschen blaues Kobalt und blaues Zink. Sein Violett ist violettes Kobalt, ein Arsenat. Sein Dunkelgrün besteht aus grünem Chrom und blauem Zink, die Elemente und Mineralien nicht ganz rein, mit Öl vermischt.

Eingebettet in ein System der Beziehungen, das alles umfasst, was Monet je in seinem Leben gesehen hat. Die Erfahrung des Sehens und alles, was er dadurch verstanden hat. Die Erfahrung des Verstehens, alles, was er beim Betrachten der Seen im Park von Giverny beobachtet hatte, und das Ergebnis, zu dem er durch das malerische Denken gekommen ist. Was hat Vorrang, das Ding oder die Struktur? Ist die innere Ordnung der Dinge identisch mit der Struktur der Welt? Der Wärter beobachtet mich, und ich beobachte nicht mehr das zweidimensionale Bild der dreidimensionalen Welt, sondern die Natur der malerischen Aufmerksamkeit und Wahrnehmung. Während ich beobachte, wie Monet das von allen anderen Wahrnehmbare und das ausschließlich von ihm

Wahrnehmbare trennt, darf ich den Wärter nicht aus dem Auge verlieren. Ich bin in Gefahr. Er stellt sich in die Nähe der Klingel, die er drücken wird, sollte ich seiner Einschätzung nach das Bild gefährden. Hinter den Tausenden, Zehntausenden, Hunderttausenden Pinselstrichen Monets stehen ebenso viele Entscheidungen. Und hinter diesen Entscheidungen sicherlich noch zehnmal, hundertmal, tausendmal so viele Beobachtungen und Erwägungen. Wie er selbst sagt: «Ich habe nichts anderes gemacht, als zugesehen, wie sich das Universum mir gezeigt hat ...» Für mich ist dieses Bewusstsein sehr wichtig, sein Selbstbewusstsein. Die Vorstellung der Moderne vom Selbstbewusstsein. Blicken, sehen, begreifen, erkennen, abwägen, die Flut prüfender Fragen, alles, was es zu ergründen gilt, methodologische Einfälle, Scheitern, Sackgassen, Experimente, Skizzen, Zufallstreffer, die Entscheidung, und erst dann der unwiderrufliche Pinselstrich. Bestenfalls ist der Pinselstrich selbst die Erkenntnis. Aber selbst wenn Monet dazu in der Lage ist, zur Erkenntnis und dem Ziehen des unwiderruflichen Pinselstrichs, oder in der Lage ist, sich jeden Tag und über einen langen Zeitraum dazu in die Lage zu bringen, muss er, wenn nicht von selbst, so doch zumindest dank Henri Poincaré wissen, dass er in einem mehrdimensionalen Raum lebt, den er nicht in jeder Dimension kennen kann. Es gibt keine Lösung, die nicht im Raum der gewollt oder ungewollt offengelassenen Fragen stünde.

Falls der Begriff der Kreativität überhaupt sinnvoll ist, dann ist dieser Sinn auf der plastischen Spur der Verdünnungen und Verdickungen, Verdunkelungen und Aufhellungen der Farbschichten zu verfolgen und zu entdecken. In den Farbschichten liegen Abstraktes und Gegenständliches, Materielles und Geistiges, Individuelles und Kulturelles unter-, über- und nebeneinander. Es ist ein bisschen so wie das, was ich jetzt tue, wenn ich den Fleck und die Linie oder deren geistige und emotionale Erfahrung in Worte fasse, übertrage. Oder wie seit Platon und Aristoteles die Philosophie und die Theologie die philosophischen Dialoge schichtweise auf das Raster früherer philosophischer Dialoge gelegt haben und dabei bestimmte Arten des Handelns vom mythischen Denken, vom magischen Denken getrennt und aus den Begriffen der göttlichen Schöpfung, der *Creatio*, und des Menschengeschöpfs, der *Kreatur*, den Begriff als solchen erschaffen haben. Das Wort an sich ist uralt, der Begriff der Kreativität hingegen erstaunlich neu. Eine erstaunliche Übertragung der Bedeutung uralter Begriffe. Wir haben hier eine Leinwand, die, von Farbschichten bedeckt, nicht mehr zu sehen ist, und auf dieser Leinwand all die aus den Pinselstrichen gewonnenen Erfahrungen, Beobachtungen, Gedanken, Urteile und Entscheidungen, die sich nach den ihnen eigenen Ordnungsprinzipien klar zwischen die wirkliche Welt und die erdachten Welten schieben. Und das sollte keine Wirklichkeit sein? Aber warum? Sollte diese Welt ins Reich der Phantasie gehören? Wie sollte sie, wenn sie doch wirklich gemalt, komponiert, geschichtet, geordnet ist, den Gesetzen der Physik gehorcht und von keiner einzigen Geste zeugt, die nicht das sogar messbare Verhältnis von Erfahrung, Reflexion und Farbmenge ergründete. Theoretisch ist es eine Ebene, die einen dreidimensionalen Raum darstellt, aber nur theoretisch. Die Materialität der Farbe erschafft offenbar ihre eigene dritte Dimension und wird so selbst zu einer Übertragung. Als könnte ich sie mit dem Finger berühren. Ich muss auf meine neugierigen Finger achtgeben, nicht dass sie dem Weg des Pinsels folgen, nicht dass ich vor den wachsamen Augen des Aufsehers die aus Überlegung, Anziehung, Auswahl und dramatischen Entscheidungen geronnenen farbigen Spuren berühre.

In einem Meisterwerk ist nicht nur sichtbar, wohin den Meister seine Vorstellungkraft geführt hat, es ermöglicht auch, sich dorthin zurückzuversetzen, von wo er ausgegangen ist. Zurück zu den Gräsern, den Seerosen, den Seen des Parks in Giverny. Wenn ich mit meinem Freund oder meiner Liebe in der sanften Abenddämmerung am Ufer des Sees stehe, sehe ich nur das, was ich sehen kann, doch ich habe nicht die geringste Vorstellung davon, wie sie es sehen. Ähnlich wie ich, hoffe ich. Sie sagen schön, und das sage ich auch. Doch das Wort bleibt ein Wort, eine Annäherung, Orientierung, die verbale Umschrift des visuellen Erlebnisses. Unsere Sehnsucht nach Identität oder Ähnlichkeit, nach der schönen Brüderlichkeit aus der Französischen Revolution oder der Neunten Symphonie bleibt also nur eine Hoffnung. Doch ihre Realität ist nicht auszuschließen. Beim Anblick eines Meisterwerks verhält es sich umgekehrt, hier wird die Sichtweise des anderen Menschen zum unmittelbaren Erlebnis. Ich erfahre etwas, wovon ich ohne dieses Kunstwerk keine Vorstellung hätte, und nur so bekomme ich eine Ahnung, wie nah oder wie fern mir mein Freund oder meine Liebe sind. Wo ich stehe, wo meine Mitmenschen stehen. Der Begriff der Kreativität ist neu, er taucht erst nach dem Zweiten Weltkrieg in den Lexika auf. Unabhängig von der Begriffsgeschichte erschließt uns jedoch der künstlerisch erschaffene Gegenstand seit Jahrtausenden etwas, das ansonsten visuell nicht mitteilbar wäre. In einem physisch existenten zweidimensionalen Raum eröffnet das Artefakt den Raum der Virtualität und der Imagination. Es ist von materieller Natur, vermag aber auf der Grundlage unserer geteilten sensuellen Ausstattung Beziehungen herzustellen. Ja, Beziehungen sind ihm sogar wichtiger als die Materie. Nicht nur zwischen Natur und natürlichem Gegenstand, Äußerem und Innerem, Licht und Schatten, Teil und Ganzem, Persönlichem und Kollektivem schafft er messbare Beziehungen, sondern er überbrückt Zeiten und Räume, verschränkt sie ineinander und bringt so Menschen, die sich nicht kennen, näher als nah, so nah wie Liebende oder Freunde. Er löst etwas ein, was wir uns sonst nur ersehnen und erhoffen können. Ich denke, wir sollten den Ursprung des europäischen Begriffs der Kreativität an der Decke der Sixtinischen Kapelle suchen, dort, wo sich die neugierigen Finger des Schöpfers und seiner Schöpfung beinah berühren. Oder in der rauschenden Freude der Neunten, die keinen Zweifel kennt, alles ist eins, wir alle sind eins.

Man braucht sich auch nicht darüber zu wundern, dass die demokratischen Gesellschaften Europas bestrebt sind, genau diesen tiefen, uralten und nur selten befriedigten Wunsch allen zugänglich zu machen. Wenigstens durch das Wort, also durch Zauberei, Magie, wenn es anders nicht geht. Der Begriff der Kreativität vereint den Begriff der Schöpfung und den des Erschaffens, demokratisiert sie, popularisiert sie letztlich. Jeder, aber auch jeder kann kreativ sein. Die Kreativität spricht dich an, sagt, du kannst das Erbe des Schöpfers antreten, egal wer du bist. Wenn du eine gute Idee hast, wenn du mit einem Streich ein Problem lösen kannst, das anderen unlösbar erschien, wenn du dein Bücherregal aus vorgefertigten Elementen selbst zusammenbaust, wenn die von dir gegründete Bürgerrechtsbewegung den Stand der Dinge verändert, so kannst du dir die Auszeichnung «ein kreativer Mensch» verdienen. Wenn wir mit diesem Titel nicht vorsichtig umgehen, wird es bald keinen erkennbaren Unterschied mehr geben zwischen Gott, Einstein und einem heimwerkenden Familienvater. An dem Tag, an dem ich diese Zeilen schreibe, schlage ich die Zeitung auf, und mein Blick fällt auf folgende Sätze: «Dank der Schwulen hat sich die Welt verändert. In den vergangenen dreißig Jahren hat diese unterdrückte und kreative Minderheit, häufig an der Seite der Feministinnen, die Sensibilität der westlichen Welt gestärkt.» Was im Zeitungsjargon bedeutet, dass man auch als Teil einer Gruppe kreativ sein kann, die Kreativität also nicht unbedingt personengebunden ist. So weit wären Michelangelo und Beethoven nicht gegangen.

Der Begriff des Tisches bezeichnet einen Tisch, indem er weder Stuhl noch Suppengrün meint. Nicht so der Begriff der Kreativität. In der Sprache der europäischen Demokratien hat sich Kreativität nicht nur zu einem Begriff entwickelt, mit dem man sehr unterschiedliche und voneinander weit entfernte Tätigkeiten, Bewegungen, Gedanken bezeichnet, sondern zu einem Begriff, der darüber hinaus wertet, ja, auszeichnet. Ich selbst neige zu der Auffassung, dass dieses Wort so wichtig geworden ist, weil es dank seiner in die tiefe Vergangenheit zurückreichenden Bedeutung die hierarchischen Unterschiede verschwinden lässt, die den Schöpfergott und die menschlichen Geschöpfe jahrtausendelang voneinander trennten und in anderen Kulturen bis heute trennen. Wenn jeder *créateur* sein kann, kann keiner *créature* sein, und somit ist zumindest sprachlich eine der Grundforderungen der modernen Demokratie, die Chancengleichheit, verwirklicht. Wenn es keine Götter gibt, wenn theoretisch alle Schöpfer sind, sind auch Dinge und Menschen zwangsläufig von gleichem Rang, und wenn sie wirklich von Geburt an gleich sind, dann kann es auch keine Hierarchien geben. Der Begriff der Kreativität schwenkt die Flagge der persönlichen Freiheit. Verschiedene Personen sehen dasselbe höchstens anders, aus einem etwas anderen Winkel, aber wenigstens sehen sie ihren gemeinsamen und kollektiven Reichtum. Das ist der große demokratische Ertrag des Begriffs. Dieser Ertrag birgt jedoch auch eine Gefahr. Ich bin zwar nicht Sokrates, die in meinem Eigentum befindliche Warenhauskette verfügt jedoch über eine eigene Philosophie, also gibt es zwischen uns keinen Unterschied. Ich kann weder das Wasser noch die an der Wasseroberfläche schwebenden Seerosen malen, weder im Morgenlicht noch in der Abenddämmerung, aber deshalb bin ich nicht von niedrigerem Rang als irgendwer sonst, schließlich kann ich, wenn ich will, mit meiner Digitalkamera von denselben Seen und Seerosen in der Abenddämmerung oder an einem schönen sonnigen Sommermorgen hundert Fotos machen. Damit werden das reine Tun und die zu dessen Verwirklichung herangezogene Technik unweigerlich wichtiger als die ästhetische Qualität des Ergebnisses. So großzügig wie die Alltagssprache der demokratischen Gesellschaften mit der Kreativität umgeht, so vorsichtig geht sie mit Hierarchie um. Die Frage ist natürlich, wie sehr und auf welche Art eine sprachliche Großzügigkeit, die nicht mehr zwischen *techne* und *tyche*, Kunst und Zufall, zwischen dem Individuellen und dem Massenhaften, dem Persönlichen und dem Kollektiven unterscheidet, in eine mehrere tausend Jahre alte Kultur integriert werden kann, deren Grundlage unter anderem doch gerade die Fähigkeit zur Differenzierung und die Liebe zum Detail bildete.

Auch ist es interessant zu sehen, dass in den europäischen Gesellschaften, in denen die persönliche Freiheit vierzig oder gar siebzig Jahre lang keine rechtliche Garantie besaß, der Begriff der Kreativität gänzlich unbekannt ist oder nur jenen Intellektuellen etwas sagt, die die politischen Grenzen zumindest dadurch, wie sie dachten und sich informierten, zu überwinden vermochten. Das Fehlen von rechtlichen Garantien der persönlichen Freiheit setzt den Möglichkeiten der Produktivität in diesen Gesellschaften enge Grenzen, die Einschränkung der Produktivität brachte jedoch derart viele Mängel hervor, angefangen mit dem Mangel an Kenntnissen bis hin zum Warenmangel, dass es auch im persönlichen Handeln nur noch darum gehen konnte, das Fehlende durch etwas anderes zu ersetzen. Das Überleben wurde wichtiger als das Leben, die reine Reproduktion wichtiger als eine die Lebensbedingungen fortwährend erneuernde Produktion.

Dem Begriff der Kreativität im Wortschatz der westeuropäischen Gesellschaften entspricht der Begriff der Findigkeit in der Praxis der osteuropäischen. In den osteuropäischen Gesellschaften hat man täglich und stündlich materielle und geistige Mängel auszugleichen, was bedeutet, dass man den Funktionsstörungen der bestehenden Strukturen und Institutionen durch Gegenstände und Techniken beikommen muss, die in Wahrheit für etwas anderes bestimmt sind. Im Reich der Überlebenden entsteht die Vorstellung, alles sei durch alles ersetzbar. Als Folge des dramatischen Verfalls des Wertesystems entsteht sogar die Vorstellung, jeder sei durch jeden ersetzbar. Nichts wird in der seiner Bestimmung entsprechenden Funktion verwendet, sondern als etwas anderes, alles funktioniert zufällig, funktioniert vorübergehend. Jeder hofft, dass es funktioniert, aber keiner vertraut darauf, und deshalb neigt die Bevölkerung dieser Region dazu, das Funktionieren an sich als einen Sieg der menschlichen Findigkeit zu verbuchen, dabei müsste man von tagtäglichem Versagen, von einer Serie von Niederlagen sprechen.

In einer aufs Überleben zugeschnittenen Welt wird die Qualität der Dinge zweitrangig, aber nicht etwa, weil die Bevölkerung die Vorstellung nährte, die Dinge der Welt würden durch ihren Gebrauchswert gleichgestellt, sondern weil sie, dem Gebot des Überlebenswillens gehorchend, unter dem vielen Unmöglichen das einzig Mögliche finden muss, das heißt, sie muss blind aufs pure Glück vertrauen. Tätigkeit, Not und die Notwendigkeit des bloßen Lebenserhalts geraten zu nah aneinander, als dass die Findigkeit zu einer Erfindung führen könnte. Wenn ich dem Glück blind vertrauen muss, wenn ich die Vorstellung habe, dass zum Zweck des Überlebens alles durch alles ersetzt werden kann, dann bleibt die Frage, wie so eine Vorstellung in eine Kultur integriert werden kann, deren Grundlage nach wie vor die strenge Differenzierung der Dinge ist.

In der Welt der Kreativität ersetze ich das Fehlen der Götter mit den subtilsten Mitteln, Methoden und Techniken, in der Welt der Findigkeit gleiche ich das Fehlen der Dinge durch gröbste Mittel, ungeschickte Werkzeuge und ungenügende Techniken aus. Hier stehen sich zwei Zerrbilder derselben Welt Aug in Aug gegenüber. Die einen Augen sehen nur von zu nah, die anderen nur aus zu weitem Abstand. Die einen möchten dauernd an etwas herumbessern, das sie nicht mehr als Ganzes sehen, die anderen ein Ganzes besitzen, dessen kleinste Einzelteile sie mit groben Händen zerstören. Vielleicht müssten beide, entsetzt vom Anblick des anderen, von neuem die kulturellen Grundregeln jenes ausgewogenen Sehens erlernen, die Claude Monet, der Maler der Seerosen, der Weiden, des Wassers, der Abenddämmerung und des Sonnenscheins, als die seinen verstand.

Ich trete näher heran und wieder zurück. Und um das Bildganze zu erfassen, setze ich mich auf die bequeme Sitzbank in der Mitte des schönen ovalen Raumes. Der Aufseher kann beruhigt sein.

Deutsch von Hildegard Grosche und Timea Tankó

GOLDENE ADELE

*Der skandalträchtige Zusammenbruch
der Donaumonarchie und Klimts holde Kunst*

Skandal. Skandalös. So eine Schande. *Skandalon.* Unerhört. Ich bin entrüstet. So was aber auch. Unbeschreiblich, unverschämt, himmelschreiend, schrecklich. Das kann doch nicht wahr sein. Das verbitte ich mir. Nicht in diesem Ton. Gefühlskurve und Blutdruck steigen steil an. Der Mensch wird ein wenig unberechenbar, aber es ist ein gutes Gefühl, mitreißend. Jahrtausende europäische Skandalchroniken kommen in Gang, er beißt an, findet Geschmack und wird abhängig. Keine Angst, ich mache heute keinen Skandal, liebe Freunde. Falls es nicht schon skandalös ist, über den Begriff Skandal, über seine Erscheinungsformen, seine Tradition, mehr noch, die Kultur des Skandals, über die Herdenbildung, den Phänotyp zu sprechen.

Auf zweierlei Weise könnte ich öffentlich Anstoß erregen. Ich könnte hier auf der Bühne stehen und kein Wort sagen. Unbewegt ins Dunkel des Zuschauerraums starren. Die Gespanntheit der Menge, das Geraschel und Gehüstel gehört diesem Ort und dieser Zeit. Sie haben vermutlich mehr mit Selbsterkenntnis und Selbstbeherrschung als mit den Muskeln oder dem Hals zu tun. Der Ort gebiert den Skandal, und auch die Epoche ist darin erkennbar, jedenfalls etwas, das über die Person hinausweist, die den Skandal verursacht oder erleidet. In Moskau und in Paris sind die Voraussetzungen für einen Skandal sicherlich andere als in Wien und Budapest, was bestimmt nichts mit Schicksal zu tun hat. Eher mit der Wetterlage, der Geographie, der Geschichte. Jede Gesellschaft hat ihre eigenen epochalen Skandale. Um von den skandalösen Epochen gar nicht erst zu reden. Ich könnte aber auch heiter blicken, ergeben, verächtlich, gleichgültig. Ich könnte abwartend blicken, geradeaus über die Köpfe hinweg, dorthin, wo abends der Kaiser mit seinem Gefolge erscheint. Oder ich könnte herausfordernd blicken, als wüsste ich etwas, was jeder Einzelne im Zuschauerraum auch weiß, worüber aber niemand vor anderen laut zu sprechen wagt. Obwohl sich fast jeder hysterisch nach einem Skandal sehnt, hegt jeder zugleich eine unklare Angst davor. Ich könnte auf das in der dunklen Körperwärme gefangene Schuldgefühl anspielen, und schon käme damit das ganze Erinnerungsreservoir der versunkenen historischen Gemeinschaft zum Vorschein, Familienbilder aus allen Ecken und Enden des Bewusstseins. Die weltberühmten Feste, das Spalier weiß gewandeter Jungfrauen, die glanzvollen Bälle am Hofe, funkelnde Juwelen, geschmückte Pferde und die stolzen Embleme der Moderne: Eisenbahnlinien, Bahnhöfe, Messehallen, Fellners & Helmers Zuckerbäckertheater, die roten Backsteinschulen und Spitäler, das Wahnsinnsgelb der öffentlichen Gebäude, die rigide Ordnung des Verwaltungsapparats, die von Blasmusik begleiteten Paraden, die Festbankette, die weitschweifigen Trinksprüche, Orden aller Ränge und Klassen, Prunkschwerter, die Ehrenbegräbnisse in trauerbeflaggten Säulenhallen, die Fackelzüge, die geschnürten, mit Lavendel und Naphthalin getränkten Paradeuniformen, mit Halbedelsteinen besetzte Zierknöpfe, die eine zitternde Witwe irgendwann einzeln würde abschneiden und errötend versetzen oder, Gott bewahre, verkaufen müssen, die Festreden, Brücken- und Kircheneinweihungen, die Prozessionen mit in goldenen

Tabernakeln verwahrten Haarlocken und Knochen, die Vielsprachigkeit, die Zweisprachigkeit, die segensreiche Mischsprachigkeit, die Beständigkeit und Sicherheit, der ganze Zauber und die ganzen verderbten Freuden der Operette. Oder im Gegensatz dazu unsere verborgenen hiesigen Missetaten, Morde, Anschläge, die Schmach der Willkürherrschaft, Burgverliese, Unterdrückung, Ausbeutung, Leichen in nicht gekennzeichneten Massengräbern, Massaker, höfische Intrigen, Protektion, Wortbruch, Hochverrat, der mit Blut, Pisse und Scheiße vermengte Dreck, unsere verlassenen Schlachtfelder und Schützengräben. Unsere Liebesverwüstungen. Katharina Schratt mit der nüchternen Besonnenheit ihrer zwei Gugelhupfe jeden Morgen. Mary von Vetsera. Sisi in Blütenweiß, auf Wespentaille geschnürt. Königin der Ungarn, unser Schutzengel, unsere Fürsprecherin. Du fehlst uns immerdar. Ich könnte auch vorwurfsvoll sein, Rechenschaft fordern, drohen. Ich werde Tacheles reden. Es wird nicht angenehm sein. Es wird schmerzen. Jeder wird seine Strafe kriegen, jeder. Hüllenlos und skandalös werdet ihr alle da stehen, ohne Ausnahme. So weit die sentimentale Variante.

Oder ich könnte blöde vor mich hinstarren, ausgeliefert, wie jemand, der sich nicht mehr an den ersten Satz erinnern kann. Er hat die sorgfältig vorbereitete Rede zwar mitgebracht, aber erst jetzt gemerkt, dass er die Brille zu Hause liegengelassen hat. Er wollte über die großen historischen Integrations- und Desintegrationsversuche reden, deren Brandherd und Werkstatt Kakanien über Jahrhunderte war. Was nun wohl ohne Brille geschehen muss. Das wäre die tiefsinnige Variante. Eine Menschenmenge will mit Worten gefüttert werden. Das ist die einzige Chance des Redners, für die Versammlung allerdings eine Falle. Es sei daran erinnert, dass «Skandalon» im Griechischen nicht Ereignisse bezeichnet, die Aufsehen erregen, vom Üblichen abweichen, gegen die geltenden Regeln, gegen ethische und ästhetische Normen verstoßen; es bezeichnet nicht das Widerrechtliche, die moralische Provokation und die dadurch hervorgerufene Empörung oder Rebellion, nein, es bedeutet in erster Linie «Falle». Die jemand aufstellt und in die jemand tritt. Nur im übertragenen Sinne die Verführung zur Sünde. Auch im alttestamentarischen Hebräisch bedeutet jemandem eine Falle zu stellen, ihn aufzuhalten. Mehr als zehn Sekunden dürfen auch nach dem Aufzeigen der Hostie nicht vergehen, schon müssen die Glöckchen erklingen. Mehr als eine Minute stummes Stehen kommt selbst einem großen Toten nicht zu. Redner und Publikum vertragen kein gemeinsames Schweigen, sie wollen keine gemeinsame Kontemplation. Sie fürchten dann mit ihrer subjektiven Zeit, dem inneren Film, dem Schloss, den inneren Kontinenten konfrontiert zu werden, der schrecklichen Kluft, die sich zwischen Animalischem und Humanem, Kulturellem und Zivilisatorischem, Naturgegebenem und sozial Reguliertem auftut, den als Magma in der Tiefe brodelnden Gefühlen und Leidenschaften, dem siebenköpfigen, seine sieben Mäuler gleichzeitig aufreißenden Drachen oder dem gar nicht so märchenhaften Chaos, all dem, was der Intellekt nicht geordnet hat, möglicherweise nicht ordnen kann, nicht ordnen wird, weil er nicht die Zeit, nicht den Überblick dazu hat, das Ordnen zu schmerzhaft wäre, lauter Dingen also, von denen er selbst im Schlafzimmer oder auch in der Kirche nur in Maßen hören will. Er möchte sie schön unter den Teppich kehren. Blaubart wird Judith die Räume seiner Burg, in denen er die Leichen der getöteten Frauen verwahrt, natürlich nicht öffnen, er gibt den Schlüssel nicht her.

Das Chaos hat eine enorme Sogwirkung, wie das schwarze Loch im Universum. Auch das Licht wird spurlos verschluckt. Gegen diese Sogwirkung muss der Redner anreden, die Gefahr abwenden, dass das Chaos über die Köpfe der Menge hereinbricht. Auch die europäische Musik basiert auf diesem einzigartigen, skandalösen und sakralen Moment. Das Orchester hebt an, der Dirigent gibt den Einsatz. Vorher kann man sich noch mit den Einzelheiten des Tonsatzes, mit Harmonik, Rhythmus und Instrumentation beschäftigen, doch es kommt der Moment, wenn man all diese Künste gegen die teilnahmslose Stummheit der Schöpfung entfesseln muss. Heroischen Widerstand dagegen organisieren, ein System dafür finden. Die eigene Wortlosigkeit aufbrechen. Nicht den Tod wollen dürfen. Warum sollte ich ihn nicht wollen. Der Tag des Zusammenbruchs der Doppelmonarchie zum Beispiel war der Tag der Neugeburt der unter der Krone vereinten Nationen. Tod und Geburt berührten sich. Man muss fürs Leben stimmen. Was bedeutet, die durch Zeit und Raum beschränkten Bedingungen menschlichen Daseins, die lokalen und regionalen Gegebenheiten der Ewigkeit vorzuziehen. Wie kann ich das Individuelle über das Universale stellen. Das aber ist damals geschehen; beim Zusammenbruch der Doppelmonarchie triumphierte das Modell der Desintegration für eine ganze Weile über das der Integration. Der Monarchie war es nicht gelungen, im Rahmen des Integrationsmodells Staat und Gesellschaft auseinanderzuhalten. Was ohne vollendete Revolution, das heißt ohne Enthauptung oder zumindest Vertreibung des gekrönten Hauptes, von einer Monarchie auch kaum zu erwarten ist. Man darf aber nicht einmal in der Zeit, in der man sich selber Fragen stellt, zum Stillstand kommen, wichtiger ist, das Tempo zu steigern oder zu drosseln, eine Antwort findet man sowieso nicht. Den Takt angeben, Zeichen setzen, das Schweigen mit Tönen zerstören; von der Stille dürfen nur kurze Pausen zwischen den Sätzen bleiben.

Dem Zuschauerraum gegenüber sind schon zehn Sekunden Pause zu viel des Guten, ein Skandal. Vor Publikum ist schon eine harmlose Betriebsstörung skandalös, weil sie daran erinnert, dass das Chaos sich nicht organisieren, nicht regulieren lässt; es gibt keine Intelligenz, die sich mit ihm messen, kein System, in das es sich einspannen ließe, keine Aggression, die ihm auch nur einen Kratzer zufügen könnte. Das Versprechen der Aufklärung ist wohl tatsächlich nicht einzulösen, der Glaube an die Vernunft hat uns wahrscheinlich in die Wüste geführt. Das Chaos steht wieder vor der Tür, bricht jederzeit über uns herein, besetzt Parlamente, Banken, Börsen, Regierungsämter, Straßen. Der siebenköpfige Drache kommt aus seiner Höhle hervor. Allerdings ist es weniger, dass der Drache sich zeigt, als dass Einzelne oder Gruppen aus Eigeninteresse das Gemeinwesen unbemerkt und permanent auffressen. Wir haben auf den Drachen gestarrt, unterdessen haben sie die Kasse weggeschleppt. Das tun inzwischen nicht mehr die lokalen, die verschiedenartigen lokalen Mächte, auch nicht regionale, sondern globale. Die ganze Kontinente kahlschlagende Freibeuterei, die der geltende Sprachgebrauch mit einem gesegneten Euphemismus Landwirtschaft, Industrie und Handel nennt, die – mit einem ebenso gesegneten Euphemismus – als Kavaliersdelikt apostrophierte kriminelle Energie hat sich in den vergangenen zwei Jahrzehnten mit verblüffender Logik ihre Parallelwelten geschaffen. Auf nie erblickten exotischen Inseln haben sie ihre virtuellen Wirtschaftsbasen, ihre Steueroasen errichtet und der eigenen Legitimation zuliebe die legal funktionierende Volkswirtschaft mit einer überraschenden linguistischen Wendung «Realwirtschaft» getauft. Als gäbe es noch eine andere Wirtschaft, bei der sich hinter dem Geld keine Waren verbergen, bei der Rohstoffe nie Arbeiterhände gesehen haben, bei der man die Endprodukte nicht anfassen, aber doch mit ihnen handeln kann.

Ich bin ein ganzes Arbeitsleben zwischen den Kontinenten der Realität und der Phantasie gesegelt, um an keiner Stelle anlegen zu müssen. Hatte ich es hinübergeschafft, machte ich kehrt, ließ die Ufer nie aus den Augen, berührte sie nur gerade eben.

Navigare necesse est. Wenn wir die Realität nicht mit dem Abstand der Phantasie ermessen oder umgekehrt der Phantasie gegenüber der Realität freien Lauf lassen, können wir eine Menge Reinfälle erleben. Ich kann nur bestätigen, Fiktion ist fähig, die Macht nicht nur über eine Person, sondern sogar über Menschenhorden zu ergreifen. Vision und Imagination können sich auf Dauer über die Realität erheben. Es gibt eine Vielzahl von Dingen, die sich des Geistes bemächtigen können, wodurch alle zu Gefangenen und Sklaven von materiellen Gütern und Produktionsprozessen werden. Sind wir bereits so weit gekommen, genügt ein einziger Funke, jemand ruft nach Freiheit, und sofort laufen die anderen hinterher. Nicht unbedingt die Verdammten dieser Erde, die steigen eher in Barken, klettern in die Laderäume von Lastwagen oder trinken Bier, shoppen und gehen in die Disko; vielmehr die Schöngeister, die Gutmenschen, die Hitzköpfe, die Besessenen, die Renitenten. Für die Freiheit sind sie zu allem bereit, selbst gegen Panzer, sogar gegen Großmächte zu ziehen. Gegenüber der virtuellen Ökonomie aber sind wir offenbar hilflos.

Was weder Schicksal noch ein Wunder ist. Das Abstrakte, das Essentielle und Sublime stehen im Denken auf einer höheren Stufe als das Materielle, das Individuelle und Einzigartige. An der Spitze der Begriffshierarchie steht zwar unangefochten die Sache, *das Ding*, an der Spitze der Hierarchie der gegenständlichen Welt steht jedoch unangefochten Gott, *der Gott*, oder, wenn wir ihn ersetzen wollen, der Weltgeist, das Schicksal, die Vorsehung, das Absolute und so weiter. Gott und Ding lenken die menschlichen Gesellschaften quasi in Personalunion, obwohl das Verhältnis keineswegs symmetrisch ist. Erstaunlich, was sich in den letzten zwanzig Jahren in ihrer Beziehung getan hat. Seit das planwirtschaftlich gelenkte Sowjetreich zusammengebrochen ist und der von ewigem Wachstum träumende Kapitalismus mit seiner freien

Marktwirtschaft als Sieger auf der Weltbühne zurückblieb – allein und vor allem unbeaufsichtigt –, hat die auf der Spieltheorie und der Chaostheorie aufbauende Fiktion der Finanzmärkte nicht nur gewinnhungrige Laien in ihren Bann gezogen, sondern noch stärker die kapitalhungrigen Volkswirtschaften und die sich in populistischen Vertröstungen, Versprechungen und Verschwendungen verlierenden, Verschuldungen in astronomischer Höhe vor sich herwälzenden demokratischen Regierungen. Mathematiker und Banker tauften die Fiktion in ein Finanzprodukt um und korrigierten nebenbei noch geschickt Platons Ideenleere. Aus dem Virtuellen machten sie das Reale. Die Virtualität ist viel stärker als die Realität, unter ihrer Schirmherrschaft lassen sich die realen Defizite in ungeahnte Höhen treiben. Die Realität ist pure Illusion, nichts als ein Wort, eine persönliche Interpretation. Der Schweiß auf deinem Gesicht hat in Wirklichkeit keinen Geruch. Den hat nur die Ungewaschenheit. Das Schwitzen ist ein persönlicher Makel, durch Entfernung einiger Drüsen chirurgisch behebbar. Das ist zwar eine teure Angelegenheit, aber jeder kann ja reich werden. Starre keine Löcher in die Wand, ergreife deine Chance. Wenn du feststellst, dass das Tempo der Verarmung wächst, der Anschluss ans soziale Netz sich immer mehr verliert und von Chancengleichheit keine Rede mehr ist, so ist das lediglich deine persönliche Ansicht. Wegen der Drogen, für die wir sorgen, brauchst du dich nicht zu schämen, ohne ihren regelmäßigen Konsum konnte der Mensch schon seit Urzeiten nicht existieren, wir aber sind so anständig, mit deinen Steuern auch noch gegen Anbau und Konsum zu kämpfen. Du kannst ja auch Antidepressiva nehmen, ihr Konsum steigert die Gewinne der Pharmaindustrie, was wiederum die Zahl der Beschäftigten erhöht und so unmittelbare Auswirkung auf den Gemütszustand hat. Was waren es für ahnungslose Jahre, bevor sich Sozialwissenschaftler plötzlich Genetikern, Verhaltensforschern,

Biologen und Psychologen gegenübersahen, die im Namen der mechanischen Materialisten und der Klassiker des Naturalismus (jedoch mit ausdrücklich ethischem Vorsatz) das Bild des Menschen in physiologische Vorgänge und Merkmale der Animalität zurückübersetzten. Fressen oder gefressen werden. Mit biochemischen Prozessen und den Gesetzen der Tierwelt erklärten sie das skrupellose Wirken des Menschen, das – angefangen bei der Saatgutproduktion über Genmanipulation bis zu Stimmungsschwankungen – alles unter Geschäftskontrolle zu halten sucht. Der stärkere Hund darf ficken, die anderen schauen zu. Das muss auch dann noch so sein, wenn weder die Erde noch die sozialen Systeme die Bürde dieser wissenschaftlichen Weisheiten zu tragen vermögen.

Ich denke, das war die Falle, in die beinahe alle Steuerzahler und Wähler samt ihren demokratisch gewählten Regierungen hineinspaziert sind. Der politische Opportunismus, der seine heutige Gestalt in der Zeit des Kalten Krieges und der friedlichen Koexistenz annahm, der Zwang zum sogenannten positiven Denken, der dem Einzelnen kritisches Hinterfragen und die Möglichkeit vernünftiger Erwägungen raubt, die weltweite Korruption und globalisierte Kriminalität, an deren Segnungen, schien es, nun doch alle proportional teilhaben würden, all dies hat nur das Feld für die Übernahme der Macht durch die virtuelle Wirtschaft bereitet. Mir will scheinen, die sehr verehrten Steuerzahler und wahlberechtigten Bürger geruhten offenbar weder in der einen noch in der anderen Eigenschaft zur Kenntnis zu nehmen, dass 2008, in den ersten Oktobertagen, nicht nur der Begriff Realität, sondern auch der Begriff Demokratie nach den Interessen der virtuellen Wirtschaft umgeschrieben worden ist. Es geschah in jener Woche, als das amerikanische Repräsentantenhaus einen früheren Beschluss umstieß, wonach nicht die Steuerzahler, sondern die Eigentümer der risikofreudigen Banken die damals noch auf 700 Milliarden geschätzte Kröte hätten schlucken sollen. Ein Skandal hat die Eigenschaft, nicht nur die Beteiligten, sondern auch seinen Gegenstand zu verschlingen. Er geht stets mit großem Spektakel einher, Beschuldigungen, Anrufungen, Geschrei, wildem Getöse von Polizei und Staatsanwaltschaft; später aber wird niemand mehr sagen können, was passiert ist, wie die alte Ordnung wiederhergestellt wurde oder eine neue an ihrer Stelle entstanden ist. Vergesslichkeit und Unaufmerksamkeit werden zur Legitimation gesetzwidriger Geschehnisse. Als könnte es nicht anders sein. Auch die Banker und Regierungschefs werden vom vielen hektischen Reisen müde, dauernd diese Zeitverschiebung, sie wissen gar nicht genau, sind sie im Plus oder im Minus. Im Stillen läuft alles weiter, nur haben wir inzwischen akzeptiert, dass es so sein muss. Es gibt eine im gesetzlichen Rahmen funktionierende Wirtschaft, in der hinter dem Geld auch Waren stehen, Arbeit, Wissen, ja, vielleicht sogar Schweiß und Goldvorräte; und es gibt eine legitimierte virtuelle Wirtschaft, deren einzige Deckung und einziger Goldvorrat das Geld anderer ist. Fragt man die Finanzminister, warum sie den Handel mit den fiktiven Produkten der virtuellen Wirtschaft immer noch nicht reglementiert haben, dann erhält man die bemerkenswerte Antwort, die Wirtschaftsstruktur sei eine empfindliche Angelegenheit, man könne sich nicht auf Experimente einlassen und den Zusammenbruch der Börse und damit ganzer Industriezweige und Firmenimperien riskieren. In der Tat. Auf der anderen Seite besteht Grund zur Befürchtung, dass der inzwischen mit staatlichen Bürgschaftserklärungen gestützte Finanzmarkt in Ermangelung von Gesetzen seine aberwitzigen Seifenblasen immer weiter in die Welt pustet.

Doch wäre es leichtfertig anzunehmen, die Teilhaber der Realwirtschaft müssten im sogenannten Eigeninteresse nur das Risiko aus der Tätigkeit der anderen übernehmen, und auch das erst seit Oktober 2008. Nein. Sie tragen auch die Betriebs- und Strukturkosten der Fiktion vom ständigen Wachstum der freien Marktwirtschaft, sind aber nicht am Gewinn beteiligt. Waren es noch nie. Zwar gibt es in den Führungskasten Verbindungen zwischen den beiden ineinander verzahnten Wirtschaftsgefügen, aber auf einer streng bewachten Einbahnstraße. Die demokratischen Regierungen kann man im Verlauf von Wahlperioden abwählen, die Doppelstruktur der Wirtschaft nicht. Das ist nicht deshalb so, weil irgendjemand es so gewollt hätte; unter dem Druck von politischem Opportunismus hat sich allerdings auch kaum jemand gemeldet, der es nicht so will. Und so haben wir also die durch vernunftgeleitete Arbeit, gegenseitigen Warenaustausch, Steuerabgaben und Sozialsysteme organisierte Gesellschaft gemeinschaftlich dem Chaos geöffnet und schaffen es nicht, die schwere Eisentür wieder zu schließen. Die Ozeane wären auch dann leergefischt, hätten wir die Tür geschlossen gehalten, die Meere wären trotzdem Mülldeponien, die Atmosphäre auch dann voller Satellitenwracks, von den Bergen dennoch die Schneehauben geschmolzen, die Gletscher ins Rutschen gekommen, und Grönland wäre auch dann nicht mehr weit davon entfernt, vollständig abzutauen.

Würde ich den Mund gar nicht aufmachen, würden in der Stille zuerst nervöse anonyme Lacher das Aufkommen von Panik signalisieren, auf die unverzüglich anhaltendes Zischen folgte. Wir wollen doch mal sehen, warum der Redner nichts sagt und was ihm sein Schweigen bringt, worauf als Antwort rasch ein von Angst diktierter lautstarker und energischer Protest, höhnische und entrüstete Schreie ertönen würden. Das eine Lager hätte Vertrauen, würde sich versuchsweise auf mein Angebot einlassen, das andere würde nichts davon wissen wollen, mich auslachen, protestieren. In den großen alten Theatern Kakaniens hängt vielerorts noch immer ein Schild an der Wand, das das Mitnehmen von Stöcken und Schirmen in den Zuschauerraum untersagt. Manchmal kommt es vor, dass das Publikum in schönster Eintracht, einer an der Schulter des anderen, schluchzt. Man kann vorhersagen, wann. Wenn Despoten abdanken, Revolutionen anstehen, wenn die Saite nicht weiter gespannt werden kann. Dann gehen die Leute zusammen aus dem Theater auf die Barrikaden. Ein anderes Mal fallen sie gegenseitig über ihre Meinungen her, schreien gleichzeitig Buh und Bravo, wetteifern mit Mund und Händen, wessen Meinung stärker ist. Mit Getrampel und Pfeifen tragen sie Theaterschlachten um ethische und ästhetische Inhalte aus und würden sich ihre weltanschaulichen Schirme am liebsten gegenseitig auf dem Kopf zertrümmern. Das ist kein Scherz. Es trifft ins Mark. Man reizt sich aufs Blut, immer wieder, bis heute. Denn es ist in der Tat ein großer Unterschied, ob ich mich

1. dem Gang der Ereignisse anvertraue, der Spontaneität, auf den freien Wettbewerb von Kräften und Interessen, Emotionen und Affekten setze, und dann geht es nur um mich, ich, ich, mir, mich, oder ob ich

2. das Zusammenwirken aufgrund kritischer Prüfung regele, die sozialen Beziehungen der Kontrolle von Wissen und Verstand unterstelle, mich etwa

3. den Kräften des Chaos und der Anarchie durch streng eingehaltene Konventionen entgegenstemme, aus Konventionen Mauern und Wehrtürme gegen barbarische Einfälle errichte oder

4. aus der allgemeinen Unzufriedenheit tatsächlich eine Revolution entfache, um die mit ihren eigenen Sünden und Skandalen zumeist zufriedene, im Lustprinzip gründlich festgefahrene Spaßgesellschaft aufzuwühlen.

Das wäre am Ende noch zu entscheiden.

Doch ich könnte auch umgekehrt Ärgernis erregen. Indem ich einfach nicht mehr aufhören würde. Gelegentliches Gelächter, Heiterkeit, Zwischenrufe würden mir signalisieren, meine Zeit sei überschritten, mein Unmaß lästig. Ich solle heimgehen, man habe mich satt, ich solle verschwinden. Nicht die Kampfeslustigsten würden zuerst aufstehen. Die sind neugierig. Sie wissen, dass man für einen guten Skandal das Ventil lange zuhalten muss. Auch nicht die Maßvollen, denn die werden angesichts der Willkür und Hybris anderer gelähmt und von einem unerfüllbaren Verantwortungsgefühl erfasst. Die eingefleischten Egoisten werden zuerst aufstehen. Erst an den Rändern der Reihen, einzeln, mit gesenktem Haupt würden sie gehen, die Gesichter streng verschlossen, doch binnen kurzem schon würden andere von den Mittelplätzen hinzukommen. Ihr Gehen hätte nichts Aufgebrachtes. Sie möchten nur so rasch wie möglich den erlösenden Ausgang erreichen. Der Auszug der Egoisten befreit den Zuschauerraum von seiner Teilnahmslosigkeit, was eine große Erleichterung bedeutet. Ich aber stehe wie in einem Alptraum noch immer da und rede und rede. Warum sollte nicht auch ich gehen dürfen, wenn die da schon gegangen sind, sagen sich die Disziplinierten. Worauf der Druck des Skandals alle Dämme niederreißt, denn während sich auch sie auf den Weg machen wollen, springen die ewig Kampfeslustigen von ihren Plätzen auf. Der große Augenblick ist gekommen. Sie schreien, protestieren, singen wahre Arien der Entrüstung.

In einem dieser großartigen Augenblicke, als der Skandal gerade seinen Höhepunkt erreichte, erhob sich einmal Bernhard Minetti in der dritten Reihe, Mitte rechts, drehte sich wütend um und brüllte los. Mit seiner Stimmgewalt wollte er den massenhaften Auszug der Zuschauer stoppen. In seinem Auftritt war etwas Aufopferndes, Religiöses, wodurch er viele berührte, indes andere dachten, sein Auftritt gehöre zu der skandalösen Vorstellung. Jede Bewegung schien auf halbem Weg zum Stillstand zu kommen, jeder Laut brach ab, die wirre Bewegung der

Menge erstarrte. Er war wirkungsvoll, aber er hatte keinen Text, mit dem er den Aufstand der Dummköpfe ein für alle Mal hätte niederschlagen können. Und seine Wut war zu groß; zu offensichtlich verachtete er dieses Publikum, was man selbst von ihm nicht gern akzeptierte. Obgleich er wusste, was er wollte. Die Bühne ist nicht deshalb unbeleuchtet, damit ihr nichts seht, ihr Idioten, ihr schreit ganz umsonst mehr Licht, mehr Licht, es gibt deshalb nicht mehr, damit ihr seht, ihr Rindviecher, damit ihr unglückseligen Parias seht, wie die Bühne an einem langweiligen Vormittag aussieht. Libgart Schwarz spricht nicht deswegen nicht lauter, weil sie das nicht kann, ihr brüllt völlig umsonst lauter, lauter, sondern sie spricht deshalb nicht lauter, weil bei einer Probe kein Publikum da ist. So etwa schrie und stammelte er. Mit einem Drittel seines Körpers, dem Nacken und den Schultern, konnte er sogar noch darauf achten, wie die Vorstellung seelenruhig weiterging und Libgart Schwarz die von schummrigem Arbeitslicht erleuchtete leere Bühne überquerte. Sie sprach tatsächlich etwas, was man auch dann nicht verstanden hätte, wenn im Zuschauerraum ergriffene Stille geherrscht hätte. Doch es ging drunter und drüber. Im Theater fand ein überwältigendes Theater statt.

Der unbewegte Rücken von Libgart Schwarz und das Geschrei Bernhard Minettis hielten das Theater in Gang. Sie gaben nicht so leicht auf, sie kämpften. Überließen das Feld ihrer Profession nicht den tektonischen Kräften des Skandals, nein und abermals nein. Libgart Schwarz spielte für die zehn Leute, die sie verstanden, begriffen, und Bernhard Minetti verteidigte mit seinem Körper, seinem Ansehen die Idee der Ausdrucksfreiheit. Wer in einer Diktatur gelebt und einfältig gehofft hatte, mit dem Fall der Berliner Mauer werde der Freiheitskampf von Kunst und Literatur ein Ende haben, hat sich getäuscht, schwer getäuscht. Ich habe mich getäuscht. Mit Sicherheit hätten die beiden ihren Kampf auch dann nicht aufgegeben, wenn im Zuschauerraum kein kühler

Kopf mehr gewesen wäre. Schon der Apostel Paulus hat im ersten Korinther-Brief die heikle Grenze erfasst, die quer durch den Bereich von Verstand und Handeln verläuft und zu deren beiden Seiten fürchterliche Skandale lauern, im Ausdruck, im Begreifen und Verstehen. Der Verstand hemmt das Handeln, blockiert es manchmal, wiewohl der Mensch nicht existieren kann, ohne zu handeln. Er muss handeln. Er kann aber auch auf den Verstand nicht verzichten. Lässt er die Notwendigkeit zur Reflexion und Korrektur außer Acht, kann unter Umständen das, was er tut, wirksamer sein, doch wird er später meist erkennen, dass er dabei den Ast unter sich abgesägt und sich anderen gegenüber unmoralisch verhalten hat. Was der Apostel Paulus dem entgegenhält, ist bis zum heutigen Tag äußerst gefährlich. Ihm zufolge zählen nämlich weder die Zeichen, die die Juden so hochhalten, noch die Weisheit, die den Griechen so viel gilt. Nach seiner Ansicht gibt Gott den Gläubigen nicht durch Gewissheit oder Wissen Halt, sondern durch die «Torheit der Predigt». Wenn das so ist und der Glaube in der Hierarchie der Begriffe auf einer höheren Stufe steht als Gewissheit und Weisheit, dann ist es um den Verstand in der Welt wohl nicht so gut bestellt, wie es die Anhänger des Rationalismus seit zweihundertzwanzig Jahren hoffen und propagieren. Dann können wir, mit dem großen antiken Skandalhelden Diogenes gesprochen, die Herrscher tatsächlich nur noch bitten, uns ein bisschen aus der Sonne zu gehen.

Magische und mythische Formen des Glaubens und Aberglaubens halten die tieferen Schichten der kollektiven Bewusstseinsinhalte gefangen, sie schimmern durch das rationale Denken hindurch, gewinnen mitunter in skandalöser Weise die Oberhand, vergewaltigen es förmlich. Aber wie auch immer, die Verführung durch das Anstoßerregende erschien den frühen Christen im glücklich törichten Eifer ihres alles umfassenden Glaubens unwiderstehlich, auch wenn wir dies nach den Normen des Rationalis-

mus nicht nachvollziehen können. Es scheint jedoch, als sei ihre
Sicht des Menschen realistischer gewesen. Nach Jesu Lehre ist es
«unmöglich, dass nicht Ärgernisse kommen; weh aber dem, durch
welchen sie kommen!» (Lk 17,1) Das ist eigentlich keine Weisheit,
sondern eher Erfahrung und realistische Selbsteinschätzung. Jesus
redete und verhielt sich in seinem eigenen Umfeld anstoßerre-
gend, skandalös. Genau das war seine Absicht. Dafür gab er sogar
sein Leben hin. Zu gleichem, und aus gleichem Grund, jedoch
unter den Prämissen der Philosophie, war auch Sokrates bereit.
Sagen wir es so, das Bedürfnis nach Skandalösem, die Angst davor,
die damit verbundene Selbstaufopferung, seine Notwendigkeit
und seine Ächtung sind als Zwiespalt in die europäische Kultur
eingeschrieben und durch diese beiden skandalösen Ermordun-
gen besiegelt. Dennoch strebt die rationale Schule des Denkens
dem Skandalösen gegenüber Eindeutigkeit an. Noch unter dem
Druck des Rationalen folgt hingegen die christliche Moraltheo-
logie mit einem gewissen Unwillen der antiken Mehrdeutigkeit.
Sie macht einen Unterschied zwischen dem *scandalum diabolicum*,
einer Provokation, die aktiv zum Skandal führt, und den beiden
Formen passiver Skandale, *scandalum pharisaicum* und *scandalum
pusillorum*, sieht jedoch keine dieser beiden Formen als vermeidbar oder zu meiden an. Man wird vergeblich von guten Vorsätzen oder richtigen Überlegungen geleitet, wenn es denen, deren
Aufmerksamkeit man erregen müsste, an Einsicht fehlt. Doch es
kann auch so zum Skandal kommen, dass mein gründlich erwoge-
nes, maßvolles Handeln oder mein mit Bedacht gewähltes Wort
unwissende Menschen zu ungebührlichen Handlungen verleiten,
sie dazu verführen, Schuld auf sich zu laden. Kurz, aus dem Teu-
felskreis gibt es ohne aktiven oder passiven Skandal kaum einen
Ausweg. Doch wehe dem, der den Skandal verursacht. Obwohl
das schwarze Loch umgehend Verursacher, Opfer und Gegenstand des Skandals gleichermaßen schluckt.

Ich glaube nicht, dass der Skandal eine Spezialität Kakaniens ist, aber wenn ich eine einzige Sache benennen müsste, die die Völker der Krone bis heute verbindet, dann der ureigene Stoff ihrer Skandale, ihre kultische Affinität dazu. Ihre kultische Nekrophilie, die sich im Barock herausgebildet hat. Die selbst nach dem Traumdeutungsbuch nichts anderes verspricht als ein in kruder Todesangst verbrachtes Leben. Die kultische Todesangst bringt sie der eigenen Lebensgeschichte nicht näher, sondern entfernt sie davon. «Unerlöste Nationen», ruft Robert Musil mit nicht wenig Hohn und Schadenfreude. Was István Bibó und Jenő Szűcs aus historischer Sicht etwas nüchterner so formulieren, dass Kakanien als Staatsgebilde den Prozess der Nationwerdung zugleich behindert und gefördert, damit allerdings auch die Grundlagen zu einem Integrationssystem geschaffen hat, das für Europa zum Maßstab wurde. Der Alltag der Völker Kakaniens spielt sich noch heute im Zeichen der Desintegration ab, während man Intention und System der Integration nicht vergisst, auch nicht vergessen kann, da der große Integrationsversuch unterdessen in europäischem Maßstab fortgeführt wird. Mit dem Verstand fühlen sich diese Völker zu einem solchen Gedanken hingezogen, den sie mit ihrem Herzen gleichzeitig ablehnen müssen. Daher sind sie reizbarer, leichtgläubiger, verletzbarer und verletzter als andere und ihre Nerven den Strapazen der Mehrdeutigkeit von Skandalen weniger gewachsen.

Bei einer ähnlichen Gelegenheit war es György Kurtág, der aufsprang. Was heißt aufsprang, er hechtete wie ein Panther auf die Bühne und putzte das tobende Publikum derart herunter, dass es sich augenblicklich duckte. Und damit habe ich auch schon den phänotypischen Unterschied zwischen einem Berliner und einem Salzburger Skandal benannt. Beim Berliner Skandal sind es individuelle Hysterien, die in ihrer Masse den unstillbaren Furor in Gang setzen; ein Salzburger Skandal entsteht dagegen aus dem Furor einer kollektiven Verletztheit des Publikums. In Salzburg brach das seit geraumer Zeit anhaltende Buhrufen, Pfeifen, Schreien, Getrampel, Stühlerücken und Türenknallen sofort ab, obwohl der alte ungarische Meister in dunkelblauem Anzug und weißem Hemd mit seinem Gefuchtel auf der Bühne eher belustigend wirkte. Er war ausgeliefert und zerbrechlich. Niemand hätte ihm zugetraut, ein *scandalum pusillorum* durchzuziehen. Doch vielleicht tat gerade das seine Wirkung. Eine Stunde zuvor hatte er das gleiche Publikum mit seinem Werk und der Art bezaubert, wie er es gemeinsam mit Márta Kurtág vortrug. Philemon und Baucis saßen am Flügel und offenbarten uns mit einem vierhändigen Musikstück die Quellen eines Lebenswerks und der Beständigkeit einer Liebe. Die Leute schrien Bravo und feierten ihn. Nur er konnte es sich herausnehmen, jetzt, seinen Erfolg ausnutzend, sich gegen das Publikum zu erheben und das Werk seines jüngeren ungarischen Kollegen László Vidovszky in Schutz zu nehmen. Der mit seinen Musikern gerade dabei war, Hammer für Hammer, Saite für Saite vorzuführen, wie Henkersknechte einen Flügel zum Schweigen bringen, auf dem er sein Werk vortragen sollte. Doch eben diese Stille war beim Lärmen des Publikums nicht zu vernehmen gewesen. Auch Kurtág besaß keinen vorbereiteten Text, hatte aber sein erstes Wort in dem Radau gut gewählt. *Schande.* Wenn ich sage, gut gewählt, dann ist damit Ortskenntnis und ein darauf abgestimmtes dramaturgisches Gespür gemeint. Schande. Noch konnte man nicht wissen, ob das Wort, das jeder im weiten Kakanien als Entrüstungsouvertüre erstmals von seiner Großmutter gehört hat, sich auf die skandalöse Musik oder das skandalöse Publikum bezog. Wessen Partei die schreiende Berühmtheit ergreifen würde. In Kakanien muss man das wissen. Wo ist die Autorität, nach der wir uns bei einem Skandal richten können. In der atemlosen Stille war endlich das dumpfe Klopfen des zum Schweigen gebrachten

Klaviers zu hören, gerade so viel Ton, wie eine heruntergedrückte Taste von sich gibt. Das ist zwar minimaler als minimal, aber wer in einer Diktatur geboren worden ist, weiß, wie viel ein kleines Etwas bedeutet. Die schwache Hoffnung, bei gesundem Menschenverstand zu bleiben. Widerstand. Risiko. Die abgehackten Hände eines Beethoven spielenden chinesischen Musikers. In einer Diktatur wird das Gehör der Mächtigen für jede noch so kleine Nuance künstlerischen Ausdrucks schärfer als das der Plebs in einer Demokratie. Kurtág konnte mit dieser Wirkung noch nicht zufrieden sein, er versuchte seine Position deutlich zu machen. Schämen Sie sich, rief er dem Publikum zu, es ist eine Schande, was Sie hier machen. Voller Wut stotterte und stammelte er auf der Bühne etwas von Hohntreiben mit dem Schicksal der Erniedrigten und Beleidigten, vom hässlichen Spott über den Schmerz, die Tragödie, die Niederlage. Dann übergab er die letzten stummen Anschläge der Stille und den wenigen, die den Sieg des Klaviers feierten.

Ich will nicht von Kardinal Groer sprechen und auch nicht von Jörg Haider. Nur kurz erwähnt seien hier die rund hunderttausend Weihnachtskarten, die der im Gefängnis von Scheveningen einsitzende General Gotovina von seinen für all die Morde dankbaren kroatischen Landsleuten zum Fest der christlichen Nächstenliebe zugesandt erhielt. Ich will nicht von den skandalösen Fotos des tschechischen Ministerpräsidenten Topolánek in der sardischen Residenz seines italienischen Kollegen sprechen, denn ich möchte auch nicht von Berlusconi reden. Kein Wort über Meciar oder einen Slota. Auch über die berühmt gewordene geheime Rede des ungarischen Ministerpräsidenten Ferenc Gyurcsány möchte ich lieber schweigen. Aus patriotischem Pflichtgefühl vielleicht nur so viel, dass die öffentliche Meinung diese geheime Rede mit Sicherheit deshalb für einen so himmelschreienden Skandal hielt, weil Gyurcsány seiner eigenen Partei von den Betrügereien dieser eigenen Partei, vom Kassenanzapfen der eigenen Partei, von den Lügen ebendieser eigenen Partei samt seiner Rolle dabei berichtete, was man nach den herkömmlichen gesellschaftlichen Konventionen Kakaniens nicht einmal im engsten Freundeskreis tut.

Ich bin auf meine alten Tage geneigt zu sagen, dass im Vergleich mit den Abenteuern der Kunst nichts taugt, was die Menschen tun und wollen. Nur ein Kunstwerk verschluckt sein Anstößiges nicht, sondern legt den skandalösen Gegenstand offen dar und bewahrt ihn getreu. Nicht das Kunstwerk an sich, keinesfalls jedes, sondern stets nur bestimmte. *Goldene Adele.* Ich erwähne auch diesen Namen nicht deshalb, um an die skandalöse Geschichte zu erinnern, die um die Enteignung und Rückforderung dieses Kunstwerkes entstand. Ich rede von der mit Ölfarbe, Silber und Gold bemalten, eins vierzig mal eins vierzig messenden signierten und datierten Leinwand. Der Skandal ist zwischen Konvention und Chaos angesiedelt. Er bezeichnet den räumlichen und zeitlichen Moment, da Individuum oder Gesellschaft nicht länger durch Konvention vor den Einbrüchen des Chaos geschützt sind. Was die Gesellschaft weder sich noch dem Künstler erlauben kann, ist dem Kunstwerk erlaubt. Nicht jedes erlaubt sich allerdings, das Chaos heraufzubeschwören, es sind immer nur einzelne, das Kunstwerk *Goldene Adele* zum Beispiel. Es erlaubt sich, die erotischen Kräfte und emotionalen Energien eines einzelnen menschlichen Wesens in eine Ikone zu fassen, seine *ordinäre* Einzigartigkeit gewissermaßen als das Heilige zu feiern und öffentlich zur Schau zu stellen. Das von den Nazis gestohlene, vom demokratischen Staat in Besitz genommene, von der Familie auf dem Klageweg zurückerlangte, aus Kakanien abtransportierte emblematische Werk wurde vom Oktober 2007 bis Juni 2008 in New York auf einer Ausstellung gezeigt. Begleitend dazu hatte die Kuratorin Renée Price graphisches Material des Malers zusammengetragen. Vermischtes Material, Studien und Skizzen. Auf den frühesten Zeichnungen, die noch aus der Zeit stammen, die Klimt an der Wiener Kunstgewerbeschule beziehungsweise der Fachschule für Zeichnen und Malerei verbrachte, sehen wir die Arbeit eines jungen Mannes von begnadeter Begabung, der in diesen Schulen nichts zu lernen hatte. Hätte es Schiele nicht gegeben, man könnte sagen, ein solches Talent sei in jenem Jahrhundert nur einmal geboren worden. Nach dem Abgang von der Schule aber offenbaren seine Zeichnungen, dass er keine blasse Ahnung hat, was er mit seinen Fähigkeiten anfangen soll. Er sucht nach seinem Gegenstand, findet ihn aber nicht, findet nichts, was ihm beachtenswert genug erschiene. Als hinderten gerade seine Fähigkeiten ihn daran, etwas zu finden. Er kann alles machen, aber alles, was er macht, ist leer. Er ist auf dem besten Wege, ein großer hohlköpfiger Hofkünstler im besten Kakanien aller Welten zu werden, der alles nur Denkbare geschmackvoll dekoriert und es kaum schafft, die sich über ihn ergießenden Gunstbezeugungen des Publikums entgegenzunehmen. Renée Price stellte auch, vorsichtig dosiert, die Blätter aus, auf denen Klimt, mehr seinem Handgelenk als dem Verstand gehorchend, den alleinigen Gegenstand seiner Malerei dann doch gefunden hat. Am Publikum der Ausstellung ließ sich sofort ablesen, wie skandalös diese Skizzen in jeder Hinsicht sind. Nicht nur damals, nicht nur für uns, sondern zu jeder Zeit, überall. Nicht weil sie die moralische Auffassung der Epoche verletzten und Dinge darstellen, die der Künstler nicht einmal hätte denken dürfen, sondern deshalb, weil diese Skizzen wunderschön, vollendet und aufreizend sind, hinreißend, verstörend, aufrüttelnd, überall und jederzeit.

Wer will sich in aller Öffentlichkeit in die Betrachtung von Kunstwerken mit einem solchen Gegenstand versenken. Niemand. Nach einiger Zeit betrachtete auch ich nicht mehr die Blätter, sondern die Frauen, Männer und Kinder, die die Blätter betrachteten. Manche taten, als sähen sie nicht, was sie sahen. Andere taten ebenfalls so, doch dann schauten sie vorsichtig ein zweites Mal hin. Manche traten zurück. Manche glaubten, nicht richtig gesehen zu haben, und beugten sich vor, blieben stehen. Ein Kind, das es schon von weitem sah, zerrte an seinem Vater, wurde von ihm aber ebenso behutsam wie erschrocken vorbeigelenkt. Manche kicherten mit ihrem Begleiter, kehrten dann allein zurück und betrachteten es mit ernsterem und etwas finsterem Gesicht. Das unter der Berührung eines gestreckten weiblichen Fingers aufblühende weibliche Geschlechtsorgan. Das in die sanfte Wildnis der Schamhaare gehüllte weibliche Geschlechtsorgan. Die sich zwischen geöffneten Schenkeln auftuende Schamöffnung. Die Gustave Courbet vierzig Jahre vorher ebenso herrlich, nackt, ausgeliefert und geheimnisvoll als den Ursprung des Lebens *(L'origine du monde)* gemalt hatte. Klimts Kunst bestimmt sich vom Ursprungsort der Welt her. Die Skizzen lassen klar erkennen, dass nichts anderes ihn interessiert; alles Übrige – körperliche Umgebung, seelische Konsistenz, natürliches Ambiente, Charakter, soziales Umfeld – ist nebensächlich, interessiert nicht, wird nur eben so gestreift, bewirkt keine zeichnerische Erregung. Hier aber flammt die Aufmerksamkeit auf, Blick und Hände arbeiten in einer noch nie gesehenen Intensität zusammen. Aus seiner Biographie lässt sich der Zeitraum ersehen, in dem er vermutlich zu dieser Erkenntnis kommt. Im April 1897 beginnt er, Briefe mit Emilie Flöge zu wechseln, der Witwe seines früh verstorbenen Bruders, er verbringt den Sommer mit der Familie Flöge und beginnt Landschaftsbilder zu malen, auf denen ein alles überziehender, das ganze Bild bedeckender, als Draperie und Ornament auftretender Pflanzenwuchs mit seinen reifen Farben und sinnlichen Formen die eigentliche Landschaft verschluckt. Von nun an erlaubte er der Natur, ihn selbst zu verschlucken. Ich selbst bin die Landschaft. Noch war er nicht nach Ravenna gereist, doch was er dort finden würde, die byzantinische Ornamentik und Ikonographie, die alles Grobe bedeckenden Ornate und streng geordneten Draperien, das hatte er schon lange vorher in sich entdeckt. Er bezeichnet damit seltsamerweise nicht den virtuellen Ort, als den sich Kakanien immer selbst gesehen hat, sondern den realen Ort, den es als intermediäre Region Europas, gleichsam eingekeilt zwischen Rom und Byzanz, in Wahrheit einnimmt. Der Erkenntnisprozess kulminiert zwei Jahre später, im Sommer, als sein Modell Mizzi Zimmermann ihm einen Sohn gebiert, jenem bewegten Sommer, den er – soeben von einer mit Alma Schindler unternommenen Italienreise zurückgekehrt – erneut mit Emilie Flöge verbringt. Wegen seines Wandbilds «Philosophie», das die Wiener Universität ihm in Auftrag gegebenen hatte, bricht im Jahr darauf der öffentliche Skandal mit voller Wucht über ihn herein. Obwohl er kaum etwas von dem verraten hat, was er weiß.

Die *Goldene Adele* feiert das Persönliche, das Weibliche, das Holde, das Individuelle, vergegenwärtigt zugleich aber auch das Technische, das Gewerbe. Das Gewand, die Ornamentik, die Draperie erscheinen mit der wuchernden Kraft der Natur als Oberfläche, verdecken dekorativ das Körperliche. Lediglich Gottes fünfzehn alles sehende Augen sind als Zeichen der Schamlosigkeit auf Adeles Umhang belassen. Schiele reißt den Umhang dann herunter, seine nackten Figuren verlieren durch die Prüfung Hände und Füße, ihre Gesichter sind von Qual entstellt. Sie schwitzen vor Fieber. Ihre verstümmelten, blutenden Rümpfe bleiben auf der Weltbühne. Beide, Klimt und Schiele, sterben in jenem Jahr, als das blutige Abenteuer der Doppelmonarchie sein skandalöses Ende erreicht, als sie alle ihre Reserven ausgelebt, alles aufgezehrt, alles vernichtet hatte und nichts mehr übrig blieb, als am 28. Oktober lautlos zusammenzufallen. Die Frage, ob sich diese Koinzidenz und der ganze Zusammenhang aus dem Geist des Ortes ergibt oder im Gegenteil Klimt, Schiele, Trakl, Kafka, Mahler, Cankar, Ady, Krleža, Móricz, Hašek, Olbracht, Wittgenstein, Janáček, Attila József, Bartók, Webern, Kosovel, Musil, Ligeti, Jandl, Bernhard und all die anderen den Geist des Ortes ausmachen, werden wir so schnell nicht beantworten können. Oder zumindest ich kann es nicht.

Deutsch von Andrea Ikker

EIN ZU WEITES FELD

Ach, Luise, laß … das ist ein zu weites Feld.» Mit diesem Satz schließt Theodor Fontanes Roman *Effi Briest*.

Notwendiger und logischer Schlusssatz eines Romans, dessen Stoff das Bekannte ist. Der Stoff eines Romans ist wahrscheinlich immer das Bekannte. Doch ein veritabler Roman deutet vorsichtig auch die Grenze an, wo sich die Welt der bekannten Dinge mit der Welt der unserer Kenntnis nicht zugänglichen, nicht für wert gehaltenen, der nicht bekannten oder einfach unter Verbot gestellten Dinge berührt. Der Roman ist eine höchst gewöhnliche Sache, er stapft in Erfahrungen herum. Und daher muss er wenigstens erkennen lassen, dass es zwischen Himmel und Erde Dinge gibt, über die zu sprechen oder nachzudenken ihm nicht möglich, vielleicht auch nicht erlaubt ist. Ich kann sehr gut verstehen, dass Dichter und Philosophen, die sich mit den nicht bekannten, nicht für wissenswert erachteten oder einfach verbotenen Dingen befassen, den Roman verachten. Denn der Roman kann nicht anders, als von dem zu sprechen, was zumindest bekannt ist. Das, was einem unbekannt ist, ist Gegenstand der Lyrik. Die Philosophie aber kann sich sogar mit Dingen befassen, von denen noch niemand weiß. Unter dem Gesichtspunkt von Wissen, Erfahrung und Erkenntnis sind die Grenzen der Gattungen deutlich gezogen. Als würde ich die Stufen einer Treppe hinaufsteigen: Geschichtsschreibung, Epik, Lyrik, Philosophie.

Eine andere Frage ist, was kann ich mit einem Wissen anfangen, das das eines einzigen Menschen ist, und dieser bin ich selbst.

Wann bin ich mit diesem Wissen fähig, einen Roman zu schreiben, und wann nicht. Wenn ich dazu fähig bin, dann hat meine Phantasie mir die Genehmigung erteilt, meine schmerzhaften, von mir selber nicht verstandenen Lebenskrisen als Lebenskrisen anderer zu durchleben; in diesem Fall bin ich aber nicht mehr nur ich selbst, sondern spreche vom wechselseitigen und gegensätzlichen Wissen zweier oder sogar mehrerer Menschen, als ob es mein eigenes wäre. Oder aber ich bin gerade nicht fähig, einen Roman zu schreiben, dann wird nicht nur meine eigene Fähigkeit, einen Roman zu schreiben, fraglich, sondern es taucht in mir auch die Frage auf, ob zwischen meinen fortwährenden Lebenskrisen und der historischen Krise des Romans vielleicht irgendein Zusammenhang besteht. In diesem Fall aber muss meine Phantasie blind und taub bleiben, da ich höchstens über meine eigenen Erfahrungen nachdenken kann.

Viel brennender ist für mich aber die Frage, ob ich ohne meine Phantasie der berühmten Erkenne-dich-selbst-Forderung des Delphischen Orakels gehorchen kann beziehungsweise ob es überhaupt möglich ist, mich selbst zu erkennen, ohne andere zu erkennen. Oder anders formuliert, kann es eine Selbsterkenntnis geben, die nicht Welterkenntnis wäre, das heißt, kann es eine Welterkenntnis geben, die der Selbsterkenntnis ermangelt?

Die fürchterlichen Einbrüche und grausamen Niederlagen beim Schreiben haben mich zu der allenfalls vereinfachenden und für die Theoretiker des Romans gewiss unannehmbaren Feststellung gebracht, dass die Rede von der historischen Krise des Romans nur so lange Gültigkeit hat, wie es mir nicht gelingt, meine eigenen, von mir nicht verstandenen Lebenskrisen mit Hilfe meiner Phantasie als Lebenskrisen anderer zu durchleben. Gelingt mir das, dann habe ich mir mit meiner eigenen Einbildungskraft die Erfahrung anderer zu eigen gemacht und aus dem Blickwinkel dieser Wechselbeziehung eine Einsicht in meine eigenen Lebenskrisen gewonnen, und so werden erste und dritte Person Singular nicht nur gut trennbar, sondern durch diesen Vorgang erscheint die erste Person Singular auch als erste Person Plural, als ein Gemeinsames. Habe ich mich aus dem Blickwinkel der dritten Person erlebt, dann habe ich aus dem Blickwinkel des Individuums das Kollektiv gesehen. Und wenn das geschehen ist, hat sich die Situation des Erzählers geklärt: Es herrscht Harmonie.

Einfacher gesagt, ich bin nicht interessiert an der Geschichte oder der Theorie oder der Soziologie des Romans, möge an diesem abgenagten Knochen weiter knabbern, wer dazu Lust hat, aber ich bin unverändert interessiert an meinem Geschick, meinem Schicksal, an Krise und Harmonie, die in der Gestalt von Krise oder Harmonie als Geschick und Schicksal anderer erscheinen.

Die Frage nach dem Schicksal des Romans erledigt sich für mich also ganz einfach. Entweder sehe ich sie als Frage meiner persönlichen Krise an und sage mir, zwar bin ich heute nicht fähig, einen Roman zu schreiben, war es aber gestern noch irgendwie und werde demzufolge auch morgen dazu fähig sein oder auch nicht. Besser gesagt, zwar bin ich heute fähig, einen Roman zu schreiben, da meine Phantasie funktioniert, doch daraus folgt noch nicht, dass ich es auch morgen bin, weil sie dann vielleicht gerade nicht funktioniert. Einzig und allein die tägliche Praxis meiner schriftstellerischen Arbeit verrät mir, ob ich aus dem Zustand fortwährender Krisen in den Ausnahmezustand der Harmonie gekommen oder aus dem Ausnahmezustand der Harmonie in den Zustand fortwährender Krisen abgestürzt bin. Falls aber meine eigenen fortwährenden Lebenskrisen alles so maßlos verdunkeln, dass ich statt über die eigene erste und die von meiner Einbildungskraft erschaffene dritte Person eher über die Krise des Romans nachdenke, dann kann ich auch nur sagen, dass das Genre des bürgerlichen Romans möglicherweise ebenso in eine Krise geraten ist wie mein bürgerliches Ich; daraus folgt jedoch nicht, dass dieses Ich nicht gerade der Person des Erzählers und einer erzählerischen Möglichkeit bedarf, wie wir sie aus einer weit hinter der bürgerlichen Epoche zurückliegenden Zeit kennen und in den vielleicht naiv klingenden Worten Herodots als das Bedürfnis ausgedrückt finden, dass «die menschlichen Geschehnisse im Laufe der Zeit nicht in Vergessenheit versinken sowie bedeutende und bewundernswerte Taten … nicht ohne rühmende Kunde bleiben».

Ich kann kaum mehr sagen als der Historiker und weniger als der Lyriker, weil ich auf das, was mir unbekannt ist, zwar hinweisen, es aber nicht zum Stoff meiner Erzählung machen kann, und erst recht nicht das, wovon noch niemand weiß. Wenn auch nicht als denkender Mensch, als praktizierender Romancier muss ich unbedingt naiv bleiben.

«Madame Bovary, c'est moi.» Bei diesem naiven Satz muss ich bleiben. Und zwar nicht deshalb, weil ich so sehr auf dem bürgerlichen Roman beharren würde. Nein, ich beharre weder auf dem Bürgerlichen noch auf dem Roman. Bei diesem Satz muss ich deshalb bleiben, weil dieser naive Satz für die Phantasie die einzige Möglichkeit ist, durch die das uralte Bedürfnis nach Erzählung dessen, was sich zwischen den Menschen zuträgt, noch immer einigermaßen zu befriedigen ist. Ich würde mich lächerlich machen, wenn ich sagen würde, dass ich alles weiß, und deshalb kann ich auch nicht jede Überlegung in der dritten Person von mir geben, doch ich kann immer noch in der ersten Person von dem reden, was mir in der dritten Person vorstellbar ist. Denn wenn ich geruhe zu sagen, was die müde Romanliteratur in der zweiten Hälfte des zwanzigsten Jahrhunderts behauptet: «Je ne suis rien de plus que moi», dann muss die Phantasie in der Tat taub und blind bleiben, dann gibt es zwischen dem Individuellen und dem Kollektiven tatsächlich keine Verbindung, dann gibt es tatsächlich nichts anderes als die unverrückbare persönliche Erfahrung, dann würde die Krise der Sehnsucht nach Harmonie das Maul stopfen, dann wäre das, was jemand tut, wichtiger als sein Geschick, dann würde das Geschehen das Schicksal nicht auf-, sondern zudecken.

«Ach, Luise, laß ... das ist ein zu weites Feld.» Auch bei diesem Satz muss ich bleiben. Dieser Satz der naiven Erfahrung ermöglicht es noch immer, dass ich nicht von dem, was ich kenne oder nicht kenne, spreche, sondern über das Bekannte geradezu im Bewusstsein des noch Unbekannten. Aus dem Blickwinkel der Unkenntnis auf das Bekannte zurückblicken und nicht aus dem Blickwinkel der Kenntnis über das Unbekannte staunen. Schon deshalb, weil ich ja einen Roman schreibe, also von Dingen sprechen muss, die ich mir nicht selbst erzählen würde, da ich sie ja auch so weiß. Ich spreche nicht zu mir, und ich spreche nicht über mich. Mein Wissen besteht nicht darin, dass ich die Bedeutung der Dinge, Phänomene und Begebenheiten auch nur meines eigenen Lebens verstehen würde, nein, ich muss vielmehr aus dem Geschick und dem Schicksal anderer zu begreifen versuchen, was ich bezüglich meiner selbst nicht weiß.

Auf der Strecke, die man zwischen Phantasie und Erfahrung zurücklegt, gibt es vermutlich einen Punkt, wo Welterkenntnis und Selbsterkenntnis zusammenfallen. An diesem Punkt herrscht Harmonie. Sobald ich ihn passiert habe, setzt meine Krise wieder ein.

Wenn man einen Roman in der ersten Person schreibt, so bedeutet das nicht unbedingt, dass man von sich selbst sprechen will. Man kann es auch nicht. Man wählt dieses Personalpronomen vielmehr, um für sich selbst die für das zwanzigste Jahrhundert charakteristischen Schwierigkeiten im Bereich öffentlichen Sprechens als gelöst zu betrachten oder zumindest zu umgehen. Man sucht ein Ebenbild, bei dem es keiner weiteren Erklärung bedarf, warum es spricht und woher es sein Wissen hat, und das auch keine Rechenschaft darüber ablegen muss, wer hier spricht, da es ja schließlich man selbst ist, der spricht. Und spricht es, ist man es selbstverständlich nicht selbst.

Nun aber möchte ich einige Worte über das sagen, worüber ich letztlich nichts weiß.

So wie meine übrigen Texte habe ich auch meinen umfangreicheren Roman in der ersten Person Singular geschrieben. Vielmehr so, als hätte ich mich mit zwei Schnitten in drei Teile geteilt. Ich habe mir gesagt, vielleicht gibt es ein Ich, wer weiß, aber in meiner Phantasie gibt es sicherlich drei Personen, die parallel anstatt meiner von sich sprechen werden. Ich musste ziemlich vorsichtig und sparsam mit den Motiven umgehen, die ich aus meinem eigenen Leben unmittelbar auf das ihre zu übertragen gedachte, denn ich wollte mich ja selbst weder mit der einen noch mit der anderen, noch mit der dritten Person identifizieren. Ich wollte einen Roman schreiben und kein Selbstbekenntnis. Die erste Person Singular trieb mich gleichsam in Richtung Bekenntnis, und so war ich gezwungen, unablässig die Geschehnisse meines eigenen Lebens zu überprüfen, von denen ich nur so viel verwenden konnte, wie die drei Personen es mir erlaubten. In dem Spalt, der sich zwischen ihnen und mir auftat, konnte die Einbildungskraft ungehindert arbeiten, ja, sie konnte sozusagen mein Ich beiseiteschieben. Die Logik meines eigenen Lebens konnte weiter im Dunkeln bleiben, seine Struktur aber musste in ihren Schicksalen doch irgendwie sichtbar werden. Ich wusste nicht, was warum so ist, aber irgendwie sah ich, was wohin gehört und wohin es nicht gehört.

Nicht die Erfahrung, sondern die Logik der Phantasie gab mir ein, in welche Richtung ich zu gehen hatte. Dennoch musste ich immer wieder zur Erfahrung zurückkehren. Die, die nicht ich waren, haben mir dabei souffliert. Sie haben mich bis zum letzten Satz geführt. Ich hätte mich nicht selbst bis dahin führen können.

Diese Arbeit hat viele Jahre in Anspruch genommen. Und die vergehenden Jahre haben meinen Widerstand gegen ein Bekenntnis schon deshalb verstärkt, weil die Bezugspunkte der Selbstbetrachtung sich im Laufe der Jahre wesentlich ändern. Um die stilistische Einheit des Romans zu wahren, musste ich darauf achten, dass diese Veränderungen nicht in den Stoff des Romans einsickerten. Ich weiß nicht, ob dieses Bemühen erfolgreich war, doch es bestand zumindest.

Im dritten Jahr meiner Arbeit, als mein der Phantasie anvertrautes Ich skizzenhaft die Struktur des Romans entworfen hatte, sah ich schon verhältnismäßig klar, wie das letzte Kapitel aussehen musste. Ich machte Notizen von meinen Vorstellungen und hatte einen ziemlich heftigen Drang, diese Skizzen regelrecht auszuarbeiten. Ich überlegte, dass es in dieser zeitlosen Zeit leichter und geruhsamer wäre, sich einer Gegend zu nähern, die bereits vorher in allen Zügen bekannt wäre. Es gab einen Schauplatz, aber ich wusste nicht, wann ich bis zu ihm vordringen würde, wenn ich mich nicht meiner Phantasie überließ. Denn wenn ich das letzte Kapitel meines Romans wirklich im Voraus schriebe, wäre ich ja gezwungen, auf einem im Voraus festgelegten Weg fortzuschreiten, und würde die Arbeit meiner Einbildungskraft überflüssig machen. Nach ihr aber hatte ich ein großes Bedürfnis, um dem lästigen Zwang zum Selbstbekenntnis zu entkommen. Ich tat es also nicht.

Im sechsten Jahr meiner Arbeit artikulierten sich dann in mir die letzten drei Sätze meines Romans. Es war an einem nebligen

Winternachmittag, ich stand auf einer Wiese unter einem wolkenschweren, dunklen Himmel. Es gab keinen Zweifel, es waren meine letzten drei Sätze. Vom Spaziergang nach Hause zurückgekehrt, wagte ich es trotzdem nicht, diese Sätze niederzuschreiben. Sollte ich sie vergessen, dann sollten sie vergessen sein. Ich konnte jedoch auch dem riskanten Drang nicht widerstehen, die Tragfähigkeit dieser Sätze dennoch irgendwie im Voraus zu erproben. Vertraut man den letzten Sätzen doch das an, was einen am meisten quält. Und dieses letzte Kapitel hatte ein Motiv, das ich aus den quälendsten Geschehnissen meines eigenen Lebens zutage förderte und das ich zutage fördern wollte. Dieses Motiv jedoch war so stark, so beherrschend, so schwerwiegend, dass ich es mit meiner Phantasie nicht von der Stelle hätte bewegen können. Ich würde zu viel, mehr als geboten sagen, behauptete ich, dieses Motiv sei der Selbstmord meines Vaters gewesen. Zutreffender wäre es zu sagen, es war der konkrete Schauplatz dieses Ereignisses, der Ort, an dem er es getan hatte. Seit Jahren war ich bemüht, bis zu diesem Ort vorzudringen, wer aber hätte sagen können, wann ich ihn erreichen würde.

Ein junger Mann läuft über diesen leeren, verlassenen Platz, geht in ein Haus hinein, steigt die Treppe hinauf, klingelt an einer Tür. Er möchte die Augenzeugin kennenlernen. Die Tür wird von einer Frau geöffnet, die eine Brille trägt. Vier Jahre bevor ich den Roman beendete, habe ich ein Stück über die Geschichte dieser tragischen Begegnung geschrieben, nur so konnte ich der Versuchung entgehen, das letzte Kapitel des Romans im Voraus niederzuschreiben. Das heißt natürlich, dass ich nicht im Geringsten irgendetwas entgehen konnte. Ich war zwar herausgetreten aus dem Roman – und infolge der dramatischen Form für eine gewisse Zeit auch aus der ersten Person Singular – und hatte so die Tragfähigkeit der letzten Sätze im Voraus ausprobieren können. Doch als ich dann eines schönen Tages endlich so weit war, nun tatsächlich dieses letzte Kapitel in Angriff zu nehmen, war für meine Einbildungskraft keine Arbeit mehr übrig, es stand alles schon fest.

Ich schrieb die letzten drei Sätze des Romans am fünfzehnten April neunzehnhundertfünfundachtzig nieder. Und setzte einen Punkt. Der Satz lief ungefähr in der Mitte des Blattes aus, lange und dumpf starrte ich auf die leer gebliebene Fläche, wo nun mit Sicherheit kein weiterer Buchstabe stehen würde. Nach so vielen Jahren gab es für mich nichts mehr zu tun. Es hatte keinen Sinn, mein Schluchzen an seinen stummen Ort zurückzubeordern.

Auch damit erging es mir wie mit diesem letzten Kapitel. Ich hatte etwas niedergeschrieben, was bereits vorher feststand, und auch mit diesem schluchzenden Menschen hatte ich nichts mehr anzufangen. Sein Schluchzen verursachte mir weder Freude noch Erleichterung, aber auch keinen Kummer, und auch Mitleid empfand ich nicht mit ihm. Und so blieb mir, nachdem die Seele auch diese Arbeit bereits abgeschlossen hatte, auf dieser Welt tatsächlich nichts mehr zu tun, weder mit meinen Papieren noch mit mir selbst. Das Fließen des Flusses hatte nichts aufzuhalten vermocht.

Ich blickte um mich, was sollte ich tun? Sitzen bleiben? Aufstehen? Mich freuen? Mich noch ein wenig selbst bedauern? Ich tat etwas, indem ich das Datum unter die Seite setzte. Am Schlingern der Buchstaben und Zahlen merkte ich, dass ich vielleicht gar nicht hätte aufstehen können. Fünfzehnter April neunzehnhundertachtundfünfzig. Es war, als würden diese Buchstaben und Zahlen staunen. Der Tag, der Monat und die Jahreszahl. Vor dem Wahnsinn fürchtet sich der Mensch wahrscheinlich, solange sein Verstand nicht getrübt ist. Ich hatte nichts zu fürchten, ich hatte sozusagen die magische Grenze überschritten. Die Zahlen waren identisch mit dem Datum des Selbstmords meines Vaters. Der Tag, der Monat und sogar die Zahlen des Jahres. Mein Vater hatte sich am fünfzehnten April neunzehnhundertachtundfünfzig getötet, ich aber hatte meinen Roman am fünfzehnten April neunzehnhundertfünfundachtzig beendet. Sollte ich nichts weiter sein als das Werkzeug einer unbegreiflichen Vorsehung?

Wer hatte die beiden Ziffern der beiden Jahreszahlen vertauscht? Oder etwas dafür eingetauscht? Sein Leben für meinen Roman? Oder hatte ich für den Roman seinen Tod eingetauscht? Wer tauscht was ein? Und sollte mein Leben seither nichts anderes gewesen sein als ein auf diesen Tausch ausgerichtetes Streben? Aber seit wann? Und ich nichts anderes als ein Objekt für die Wiedergeburt meines Vaters? Oder das Werkzeug? In wessen Hand? War ich an jenem zurückliegenden Tag gestorben oder an diesem Tag wiedergeboren? Oder umgekehrt, sollte ich an jenem Tag endgültig zum Leben verurteilt worden sein und hätte an diesem Tage hinscheiden müssen?

Ich neige zu keinerlei Mystik, und die Zahlenmystik interessiert mich schon gar nicht. Aber diese Zahlen gehörten dennoch zu mir. Gut, dann versuchen wir auszurechnen, wie viel Zeit zwischen den beiden Jahreszahlen vergangen ist. Natürlich hätte ich die achtundfünfzig von den fünfundachtzig abziehen müssen, um ein Ergebnis zu erhalten. Aber was für ein Ergebnis? Das Ergebnis einer Subtraktion. Was aber sollte die so gewonnene Zahl besagen? Die tatsächliche Zeitspanne meines vorgestellten Lebens? Oder die vorgestellte Zeitspanne meines tatsächlichen Lebens? Und das wäre dann das Schicksal?

Für alle Fälle habe ich mir ein Blatt Papier genommen und die beiden Zahlen brav untereinandergeschrieben. Ich wusste, dass es eine solche mathematische Operation gibt. Festzustellen war die Differenz zwischen einer größeren und einer kleineren Zahl. Ich wusste auch, ich müsste mich erinnern können, wie diese Operation durchzuführen ist. Doch mir schien, als müsste ich sie gerade umgekehrt durchführen und von der achtundfünfzig die fünfundachtzig abziehen. Was keineswegs unmöglich ist, dann würde eben eine negative Zahl übrig bleiben. So viel wusste ich. Aber ich konnte die Operation weder so noch so bewältigen. Weder im Kopf noch auf dem Papier.

Und ich habe sie auch seither nicht zu bewältigen vermocht.

Deutsch von Hildegard Grosche

DER EIGENE TOD

Schon beim Aufwachen merkte ich, dass nichts so war, wie es sein sollte, doch ich hatte in der Stadt zu tun und machte mich auf den Weg. In diesen Tagen war es übergangslos warm geworden, ein regelrechter Sommereinbruch.

Prächtiges Wetter, redete ich mir zu, doch mein Körper sträubte sich. So oft wie möglich wechselte ich auf die schattige Seite der Straße.

Bei plötzlichen Wetterumschwüngen heulen in jeder Großstadt unaufhörlich die Sirenen der Rettungswagen. Kaum erstirbt ihr Ton im Verkehrsgewühl, nähert sich von anderer Seite gellend die nächste.

Ich verstand nicht, was vor sich ging.

Wenig später stand ich mit einer jungen Frau auf der Terrasse des Café Gerbaud, wo alle Plätze unter den weißen Sonnenschirmen besetzt waren. In der vorzeitigen Wärme hatten sich die Blätter der Platanen noch nicht ausgerollt.

In die pralle Mittagssonne hätte ich mich jetzt nicht setzen können, das immerhin spürte ich. Doch drinnen, im dicken Rauch, wäre es auch nicht besser gewesen. Die junge Frau wollte unbedingt in die Sonne. Wie sollte ich ihr begreiflich machen, dass ich es nirgends und mit niemandem gut aushielt.

Mit Widerwillen beobachtete ich, wie sie ihre von der Sonne bis in die Poren durchleuchtete milchweiße Haut zur Schau stellte. Während wiederum ich natürlich meine eigene Rolle spielte, den verständnisvollen und aufmerksamen Mann, obwohl mir unter der Sonneneinstrahlung immer sonderbarer zumute wurde. Als könnte ich nicht richtig anwesend sein, weil ich immer unkontrollierbar woandershin rutschte. Ich soll eine Erklärung unterschreiben, die sie in meinem Namen aufgesetzt hat. Das Schriftstück blieb lange zwischen Kuchenteller und Mineralwasser auf dem Marmortisch liegen. Als wolle sie keinen Augenblick auf den Genuss der Sonne verzichten, erläuterte sie es mit geschlossenen Augen.

Sie präsentierte ihre blau bemalten, schamlos zitternden Lider.

Ich musste weiter, der Zahnarzt wartete. Während er sich in meinem Mund zu schaffen machte, brach mir der Schweiß aus.

Zuerst trocknete ich mir nur die Stirn, was ihn bei der Arbeit störte. Bevor er mit Bohrer und Spiegel zu meinem weit aufgesperrten Mund zurückkehrte und meine Zunge erneut zur Seite drückte, wies er mich an, den Mund noch weiter zu öffnen. Beim zweiten Mal musste ich mir schon Gesicht, Hals und Nacken abwischen, und seine Aufforderung klang noch strenger. Er hätte doch sehen müssen, dass mehr nicht ging. Ich gab mir wirklich Mühe, mit dem ganzen Körper überließ ich mich dem Zahnarztstuhl. Trotzdem waren unter dem Tuch, das mir um den Hals hing, Hemd und Hose klatschnass, ich spürte, wie mir das Wasser die Beine hinabrann. Ich sah, dass ihm vor kaum bezähmbarer Gereiztheit Tröpfchen auf der Oberlippe standen.

Es nahm kein Ende.

Er bat seine Assistentin, eine ältere, gehetzte Frau, mich abzutrocknen.

Nicht nur die Stirn, ich bitte Sie, wies er sie gereizt zurecht. Ich sage doch, nicht nur die Stirn.

Ich muss erbärmlich ausgesehen haben, als ich schließlich aufstand. In solchen Situationen blickt man dem anderen höflich ins Gesicht und sonst nirgendwohin. Doch ich floh geradezu vor ihnen, hinaus aus der Praxis, das Treppenhaus tat gut, es war still und eiskalt. Ich stand in der offenen Korridortür des fünften Stocks und wartete, bis mein aschgraues Seidenhemd einigermaßen trocken war.

Die kläffenden Höllenhunde wünschen, dass ich den Mund halte, dass ich nicht davon erzähle.

Außer dem Morgenkaffee und dem Mineralwasser im Gerbaud hatte ich nichts zu mir genommen, trotzdem stieg ein heftiger Brechreiz in mir hoch. Möglicherweise eine Nikotinvergiftung, dachte ich. Das darf ich vielleicht erzählen. In den letzten Wochen war ich außerstande gewesen, so wenig zu rauchen, dass es nicht zu viel gewesen wäre.

Ein paar Bücher in einem Hotel in der Nähe abgeben. Druckfahnen abholen, die bis zum nächsten Morgen korrigiert zurückgebracht werden müssen. Eine Hand am Haltegriff, las ich stehend in der Straßenbahn.

Sie bellen und jaulen aus Leibeskräften, damit ich die passenden Sätze nicht finde.

Der Mittwochnachmittag war schon weit fortgeschritten, als mir beim Aussteigen aus einer anderen Straßenbahn der Gedanke kam, alles weitere sollte ich besser telefonisch absagen. Ohne größere Schwierigkeiten überquerte ich die Fahrbahn, doch auf dem Gehsteig in dem irren Licht ging es einfach nicht weiter. Als wären Knie und Knöchel zu weich zum Gehen.

Man hat keine blasse Ahnung, was im eigenen Organismus vor sich geht. Wieso kann ich nicht weitergehen, ich verstehe das nicht, ich bin doch bei vollem Bewusstsein. Man muss sich damit abfinden, es ist einfach nicht zu erklären. Am besten so tun, als wäre alles in schönster Ordnung. Anerzogenen Handlungsmustern folgen und die Realität des eigenen Zustandes leidenschaftlich leugnen. Unterdessen kritisch die möglichen Ursachen durchgehen. Alles ist zu komplex. Das Problem ist, dass mir heiß ist und ich schwitze. Dass ich unfähig bin, äußere und innere Komplikationen zu entwirren. Es gibt Gründe, die so peinigend sind, dass man sie nicht einmal im inneren Monolog vor sich selbst anzudeuten wagt, darum sind auch die ursächlichen Zusammenhänge nicht durchschaubar. In letzter Zeit habe ich zu viel gearbeitet, sagt man, ich bin angespannt, sagt man, ich bin erschöpft. Oder schwitzt man nicht deshalb, fragt man sich, weil man wieder von allem und allen angeekelt ist. Man flüchtet sich hinter Ausdrücke, die auch andere gebrauchen und die einem schon zum Hals heraushängen.

Ohne das Gedächtnis der Seele ist der Körper nicht zu verstehen.

Vor dem Hotel Gellért blieb ich stehen, und so lächerlich es klingt, meine physische Kraft reichte nicht aus, die sanfte Steigung des Gehwegs zu bewältigen.

Man freut sich natürlich, welch zweifelhafte Überraschungen der Körper zu bieten hat, bewundert sich selbst, zu welchen Sensationen man doch in den letzten Lebensmomenten imstande ist. Der Schmerz hatte eine unbekannte Intensität. Ich hoffte inständig, nicht aus purer Überraschung vor aller Augen zusammenzuklappen. Vielleicht bin ich einfach hungrig, fiel mir ein.

Wenn ich jetzt ins Bierlokal des Hotels gehe, ersticke ich.

Das Restaurant im ersten Stock ist erheblich teurer, dafür ist die Luft dort wesentlich besser. Aber dazu müsste ich die Treppe hinauf.

Der intellektuellen Freude über die Sensationen des Körpers wurden durch den Grad des Schmerzes Grenzen gesetzt. Ich überlegte, was tun, wie den Schmerz in den Griff bekommen, um peinliches Aufsehen und zudem eine hohe Rechnung zu vermeiden. Doch im Gefolge des Schmerzes hielt eine in dieser Heftigkeit unbekannte Angst Einzug. Nicht aufzuhalten wie Nebel im Winter. Sie flüsterte mir ein, das schaffst du nicht, du wirst nicht davonkommen, du entgehst deinem Schicksal nicht.

Neugierig blicke ich ihr in die starblinden Augen, sehe deutlich, es ist die Angst des Körpers, nicht meine, nicht die der Seele, Todesangst also. Jetzt kann ich sehen, was die Eigenschaften meines Ich und diejenigen meines Körpers unterscheidet.

Ich war einundfünfzig, auf dem Gipfel meiner geistigen und körperlichen Leistungsfähigkeit, hätte ich gesagt, würde ich nicht in diesem Moment abstürzen.

Kein Tag, an dem ich mir nicht meinen gewaltsamen Tod vorgestellt hatte, umgebracht zu werden oder mich selbst umzubringen, doch die Idee, ich könnte nicht gesund sein, kam mir nur selten, denn ich lebte in dem weitverbreiteten Irrglauben, dass Ängste keine Mahnungen des Körpers, sondern Hervorbringungen der Seele sind, mit denen man fertigwerden kann.

Nach Beendigung meines Tagwerks habe ich regelmäßig mit den Händen gearbeitet, Unkraut gejätet, gehackt, gemäht. Mehr, als ich auf schonende Weise produziere, wollte ich von den Gütern der Welt nicht verbrauchen. Ich glaube nicht, dass ich auch nur zweihundert Gramm zu viel auf die Waage brachte. Tierisches Fett, Fleisch aß ich kaum, hauptsächlich Gemüse, Obst, alle möglichen Körner. Ich wollte die Erde nicht übermäßig mit meiner Existenz belasten. Zugegeben, ich habe zu viel geraucht und beim Arbeiten Unmengen Kaffee auf nüchternen Magen getrunken. Das Ausmaß des Verzichts wird letztlich von der Neurose bestimmt oder umgekehrt, das Ausmaß der Ängste setzt der Selbstdisziplin eine natürliche Grenze. Ich habe Brennholz gehackt, habe gemauert, Bäume gepflanzt und all die schwereren Arbeiten verrichtet, die auf dem Land in einem überwiegend auf Selbstversorgung ausgerichteten Haushalt anfallen.

Wenigstens viermal in der Woche bin ich gelaufen. Wann immer sich die Gelegenheit bot, bin ich geschwommen. Auf den Grasstreifen stark ansteigender oder abfallender Landstraßen lief ich bis in die Nachbardörfer. Ich lief im Frühlingsregen und im Schnee, ich lief durch trocken duftende Wälder und bei kaltem Vollmond zwischen blühenden wilden Kirschbäumen. Acht Kilometer war das kleinste Tagespensum, etwa vierundzwanzig das größte. Mit nüchternem Verstand war nicht zu begreifen, warum ich an einer Steigung scheiterte, die höchstens ein Greis bemerkt.

Nach einer Weile wurde es besser, ich konnte weiter.

Ich lief nicht nur in heimatlichen Gegenden. Mit dem Strom der Atemluft nahm ich fremde Städte und Landschaften in mich auf. Wenn man, wie Lovelock, nicht mit den Beinen, sondern mit dem Kopf läuft, wird die Muskelarbeit durch den Atemrhythmus bestimmt. Die gleichmäßige Atmung hält den Anblick in der Erinnerung des Läufers fest. Und wenn er seine gleichschwebende Aufmerksamkeit auf die Strecke zwischen sich selbst und dem Horizont richtet, muss er nach einiger Zeit auch nicht mehr auf seine körperliche Befindlichkeit achten. Der Anblick ist stärker als das Körpergefühl. Durch wüste, sandgraue, nach Pflanzenschutzmitteln stinkende Spargelfelder lief ich hinüber nach Holland. Auf von Tau triefenden, wilden Feldwegen lief ich nach Frankreich. Es bereitete mir eine elementare Freude, ungestraft über die Staatsgrenze zu laufen.

Einzig mit meinem glühenden Körper, mit meinem bloßen Atem hätte ich mich ausweisen können.

Ja, das bin ich, wirklich.

Im Bierlokal bestellte ich sofort Mineralwasser. Während ich so tat, als würde ich bedächtig die Speisekarte studieren, zündete ich mir eine Zigarette an.

Auch ein Glas Rotwein ließ ich kommen.

Ein einziger tiefer Zug, danach lange aschgraue Stille. Ich blieb mit ihr allein, Atemnot ist ihr Name. Ich konnte gerade noch die Zigarette ausdrücken und den stinkenden Aschenbecher wegschieben, dann das Nichts, das absolute Nichts. Geschirr klappert, an den Nachbartischen wird mit Hingabe geplaudert, der beleibte junge Kellner schwebt mit einer Tasse Suppe an dir vorbei.

Eine Tasse brühheißer Suppe bleibt auf dem Tisch zurück.

Du verstehst nicht, was geschieht, etwas Vergleichbares hast du noch nie erlebt, trotzdem weißt du genau, Todesschweiß ist sein Name. Eiseskälte über der eigenen Glut. Zugleich siehst du, dass sich um dich herum nichts verändert hat, es entgeht dir nicht, dass deine Wahrnehmungen sich von denen der anderen stärker unterscheiden als sonst.

Ich bin mit einem Phänomen konfrontiert, das nur mich betrifft, nicht die anderen.

Schon am frühen Morgen war ich sehr weit von ihnen entfernt, nun offenbar noch weiter.

Ihnen tritt keine Hitze aus den Poren, deren Oberfläche ein eiskalter Panzer ist.

Ich hätte nie gedacht, dass mir wildfremde Menschen so nahestehen, jetzt aber begriff ich mit vor Todesangst geweiteten Augen, dass wir uns immer aneinander orientieren und in jedem Augenblick unsere eigene Lage an der Lage der anderen messen und die der anderen an uns selbst.

Lange saß ich reglos vor der heißen Suppe am weiß gedeckten Tisch im Bierlokal.

Ich wurde nicht unruhig, denn ich verfolgte mit klarem Kopf, wie die Todesangst von jeder Faser meines Körpers Besitz ergriff. Aber ich wäre froh gewesen, wenn mir jemand zu Hilfe gekommen wäre. Irgendjemand. Wo ist denn jemand. Der pochende und stechende Schmerz in meiner rechten Schulter und an der Innenseite des Schulterblatts zog mich so in seinen Bann, dass ich kaum imstande gewesen wäre, jemanden anzusprechen. So etwas nennt sich Knochenschmerz. Er kommt nicht aus dem Knochen, er geht in ihn hinein. Auf seinen dunklen Schleichwegen aus den unbekannten Tiefen des Körpers hat er keine mit Nervenenden versehenen Organe berührt.

Als hätte er die Knochenhaut an ausgesuchten Punkten getroffen.

In Wirklichkeit geschah nichts anderes, als dass infolge von Verengungen und Krämpfen in verschiedenen Verzweigungen der Herzkranzgefäße der Kreislauf stockte.

Und um nicht laut aufzustöhnen oder zu winseln, versuchte ich, meine Aufmerksamkeit auf die schmerzfreie Realität der anderen zu richten.

Türen und Fenster standen offen, ich konnte sehen, dass ein leichter Lufthauch die weißen Vorhänge ansaugte, aufbauschte, anhob. Es waren nicht viele Gäste da. Wenn ich sie ansah, konnte ich den Schmerz des Körpers und seine Angst mit Anstand ertragen. Der Oberkellner stand im weißen Anschwellen und Absinken der Vorhänge. Auf seine Art beobachtete, verfolgte auch er, was mit den anderen geschah. Er hätte nach einer Erklärung suchen müssen, warum ich meine Suppe nicht anrührte. Doch er wendete sich lieber ab.

Auch Wasser kann man nur hinunterschlucken, wenn man Luft hat. Es ging nicht, weil die platzenden Kohlensäureblasen es nicht durch meine Kehle ließen. Den Aasgeruch, den die Suppe verströmte, den Gestank verbrühter Hühnerfedern fand ich ekelhaft. Heute weiß ich, dass der Rotwein mir geholfen hat.

Er roch nach Kork und Fass, eigentlich hätte ich ihn ausspucken oder zurückgehen lassen sollen, trotzdem brachte ich davon mehr hinunter als vom Wasser oder von der Suppe. Nach einiger Zeit erweiterte er die Herzkranzgefäße, wodurch die Herzmuskulatur wieder ein klein wenig Sauerstoff bekam.

Ich breitete die Druckfahnen aus, um mich, während die unsinnig heiße Suppe abkühlte, an die Korrekturen zu machen und nicht an den Todesschweiß, den Ekel oder den Schmerz zu denken. Doch meine Augen verweigerten den Dienst, vielleicht streikte die Brille. Bald konnte ich die Buchstaben, bald die Zeilen nicht zueinanderbringen oder auseinanderhalten, dunkle Flecken tauchten auf und verschwanden, ich konnte auch nicht darauf hoffen, dass Haltung und Brillenputzen sie zum Verschwinden bringen würden.

Ich saß da im eiskalten Versagen meiner Erziehung.

Trotzdem gelang es mir kurz darauf, einen anderen starrköpfigen Entschluss auszuführen, nämlich umstandslos aufzustehen und, ohne Aufsehen zu erregen, sicheren Schritts in den Waschraum zu gehen, um mich im Spiegel zu betrachten. Ich duldete den Schmerz, wollte jedoch sehen, was das sei. Doch im Spiegel sah ich vor allem, dass sich jemand selbst betrachtet. Das Überraschende war nicht, dass ich mich mit den beiden Beobachtern nicht identifizieren konnte, sondern mich irritierte ihre wächserne, aschgraue Gesichtsfarbe. Ich blickte sogar zur Decke, um festzustellen, ob etwa das Neonlicht schuld war. Der Anblick passte nicht zu meiner Empfindung, und umgekehrt passte die Empfindung des Körpers nicht zu seinem Anblick, und das Licht war als Erklärung zu banal. Diese Diskrepanzen machten mich schwindeln. Auf dem wächsernen, aschgrauen Gesicht waren keine Schweißtropfen zu entdecken. Das war nicht ich, auch wenn ich unmöglich etwas anderes sehen konnte als mein Spiegelbild.

Höchst seltsam war auch, dass ich in dem geschlossenen Raum nicht noch weniger Luft spürte als draußen, wo Fenster und Türen offen standen.

Als wäre die Nase total verstopft, und durch den Mund bekommt man auch keine Luft.

Ich drehte den Wasserhahn auf, putzte mir gründlich die Nase, wusch mir rasch das Gesicht. Um wieder zu spüren, was ich sehe. Im Spiegel sah ich, dass mein Gesicht nass war. Ich erkannte sogar meine Züge, aber meine Empfindungen hatten sich weit entfernt.

Es gab keine Luft.

Trotzdem gelang es mir mühelos, an meinen Tisch zurückzukehren. Wenn die Bewegung der Luft die Vorhänge aufbläht und mit sich zieht, dachte ich mir, dann sei auch mir ein wenig Luft vergönnt, irgendwo muss es ja welche geben. Nicht, dass ich nicht geatmet und deshalb keine Luft bekommen hätte. Ich atmete. Vielleicht kommt mit der Luft nicht so viel Sauerstoff herein, wie für die Bewegungen notwendig wäre. Schon wieder bin ich maßlos geworden, auch das ging mir durch den Kopf, oder im Universum spielt sich etwas Außergewöhnliches ab. Andererseits wusste ich, dass ich nicht zur Kenntnis nehmen wollte, was ich empfand, und insofern in der Tat wieder taktlos war. Und während ich in die unsichtbaren Luftmassen starrte und darüber nachdachte, wurde offenbar, dass ich aus Luftmangel auch die gebackenen Champignons nicht würde essen können.

Noch immer stand der Oberkellner dort vor der spiegelnden Holzverkleidung, eingetaucht in die anschwellenden und absinkenden weißen Vorhänge. Noch mehr Zeit zu verlieren war nicht angebracht. Ohne jede Schwierigkeit hob ich den Arm, um ihm zu winken.

Es gab für mich so wenig Luft in der Luft, dass es keinen Sinn hatte, länger zu warten. Ob ich wohl noch aufstehen kann? Es gelang problemlos, ich konnte meine Sachen ordentlich zusammenpacken, die Zeitungen, die Druckfahnen, die Brille, meinen Schreibstift. Es interessierte mich brennend, ob ich es mit so wenig Sauerstoff bis zum Kellner schaffen und in meinem Panzer aus kaltem Schweiß genug Zeit haben würde, zu zahlen und auf die Straße zu kommen. An die Luft. Ich schaffte es ohne weiteres zu ihm, sagte, ich würde gern zahlen und möglichst bald gehen, erklärte ihm höflich, dass ich mich nicht besonders wohlfühlte. In seinen Augen sah ich Panik aufblitzen, jetzt endlich kam ihm zu Bewusstsein, was er längst in meinem Gesicht und an meiner Haltung wahrgenommen hatte.

Dass ich ihm bloß nicht ohnmächtig werde, nicht hier, er überstürzt sich, nicht hier soll ich den Löffel abgeben, sondern draußen auf der Straße. Abwehr und Entsetzen beanspruchen jeden seiner Gesichtszüge. Er möchte die Rechnung eintippen, findet aber mit seiner fahrigen Hand die richtigen Ziffern nicht.

Auch draußen gab es keine Luft, trotzdem beflügelte es mich, im Freien zu sein, endlich war ich die anderen los. Obwohl ich doch alles ihretwegen getan habe. In den ersten zehn Jahren seines Lebens wird der Mensch durch Liebesentzug dazu gebracht, anderen nicht ständig mit den Sensationen seiner einzelnen Organe zur Last zu fallen. Ich hatte alle meine diesbezüglichen Pflichten erfüllt, meine Lebenskomödie war vollendet, mein Erfolgserlebnis auch. Die Freude darüber machte mir klar, wie weit sich mein Bewusstsein von der Realität physischer Empfindungen entfernt hatte.

Ich stand mit meiner Freude außerhalb meiner selbst.

Doch in Wirklichkeit musste ich mich in einem bleigrauen Brei fortbewegen, dessen Hitze die Eiseskälte meines Körpers nicht lindern konnte.

Es gelang mir, die andere Seite des verkehrsreichen, lärmerfüllten Platzes zu erreichen und dort in ein schmutzig gelbes Taxi zu steigen. Es stank nach getrocknetem Schweiß, unrasierter Haut und billigem Tabak. Um ein Haar wurde man von den abgenutzten Federn des Sitzes aufgespießt. Ich schaffte es, das Fenster herunterzukurbeln, dabei blieb die Kurbel in meiner Hand. Es gelang mir, sie wieder einzupassen. Viel Luft bekam ich zwar nicht, aber der starke Zug kühlte mir wenigstens das Gesicht, den Hals und unter dem aufgeknöpften Hemd die Brust. Mein Magen rebellierte, aber ich schaffte es immer im letzten Moment, nicht zu erbrechen. Das Taxi raste in irrwitzigem Tempo durch den dichten Nachmittagsverkehr. Ich wünschte mir höchstens, dass es noch beschleunigt, damit wir möglichst bald ankommen. Oder irgendwo hineinkrachen, dann gibt es einen großen Knall, und es wird endlich völlig dunkel.

Als ich zahlte, hatte ich das Gefühl, wieder einmal davongekommen zu sein.

Jede Bewegung war genau kalkuliert, dem Fahrer fiel nichts auf, auch das gelang mir.

Ich schaffte es, über den Hof zu gehen, ich schaffte es, die Nachbarin so zu grüßen, dass sie nicht versuchte, ein Gespräch anzufangen. Wenn auch mit Schwierigkeiten, aber ich kam die Treppe hinauf und fand die passenden Schlüssel.

In der von der Sonne aufgeheizten Wohnung fühlte ich mich sicher, geschehe, was wolle. Die Sicherheit des Schlupfwinkels ist wichtiger als Luft. Weit weg sein von allem und allen. Der Mensch ist zu sehr von sich eingenommen, um seinen Egoismus, mit anderen Worten seine animalische Natur zu akzeptieren. Ich dachte aber auch an absolut niemanden. Es gab keine Luft. Ich dachte auch nicht daran, dass ich an jemanden denken sollte oder dass es ein Wesen auf der Erde gibt, an das ich nicht denke. In der Stunde seines Todes bleibt der Mensch tatsächlich allein, was aber als Gewinn zu verbuchen ist.

Eine unheimliche Kraft presste von innen gegen mein Brustbein, während es meine Schulterblätter nach außen drückte, es tat weh, als sollten mir, nach so vielen Jahren als gewöhnlicher Sterblicher, plötzlich Flügel wachsen. Bevor ich starb, wollte ich mir den anderen zuliebe wenigstens noch den Todesschweiß abwaschen. Auch das gelang mir. Die anderen traten an die Stelle namentlich bekannter Personen. Der Schmerz ließ nicht nach, auch mein Schlüsselbein tat weh, sehr sogar, trotzdem verlieh mir die Dusche neue Kräfte. Vielleicht bleibt genug Zeit, den Fahnenabzug zu korrigieren. Aus irgendeinem Grund war diese Korrektur nun wichtiger als alles andere, dass ich damit fertig bin, wenn ich nicht mehr bin. Ich zog frische Wäsche an, der Leute wegen, die mich finden würden.

Luft gab es nirgendwo in der Wohnung.

Ich streckte mich für einen Moment auf dem Sofa aus, obgleich ich wusste, dass mir nicht viel Zeit blieb. Auf dem warmen Samt bekam ich noch weniger Luft. Wenn man sich nicht bewegte, konnte man damit auskommen.

Beim Einschlummern ging mir noch durch den Kopf, dass beim Aufwachen alles wieder in Ordnung sein würde, auch die Fahnen würde ich noch ordentlich korrigieren. Hätte mich nicht der gnadenlose Luftmangel aufgeschreckt, wäre ich im selben Moment eingeschlafen. Doch es war unmöglich, die Lebensfunktionen so weit herunterzuschrauben, dass die wenige Luft reichte. Gegen den plötzlichen Herztod hätte ich nichts einzuwenden gehabt, aber es war klar, dass ich die anhaltenden Schmerzen und den sich eindeutig verschlimmernden Luftmangel nicht ohne ärztlichen Beistand würde ertragen können.

Na schön, dachte ich bei mir, als setzte ich einer leicht durchschaubaren Komödie ein Ende.

Ich musste einsehen, dass ein Nickerchen am Nachmittag bei einem Infarkt nichts hilft. Aber ich übereilte nichts, denn ich fürchtete mich nicht vor dem Tod, der höchstens meinen Körper in Schrecken versetzte, nur der Schmerz und der Luftmangel waren nicht auszuhalten. Die Drähte meiner Empfindungen laufen dort zusammen, wo mein Bewusstsein hätte arbeiten sollen. Bei solchen Schmerzen kann auch das Bewusstsein nicht klar bleiben. Insgeheim hoffte ich, das Schicksal möge mir, wenn ich eine weitere Runde durchhielte, doch noch die Chance auf einen schnellen Tod gewähren. Damit wäre unnötiger Wirbel vermieden. Langsam erhob ich mich in diesem großen, leeren Raum vom Sofa, es gelang mir, zum Fenster zu gehen. Ich öffnete es. Der andere in mir, der statt meiner den Körper beaufsichtigte, wollte zwecks unfehlbarer Diagnose noch zwei Experimente durchführen. Tatsächlich wurde die Luft durch das Öffnen des Fensters nicht mehr, sondern weniger. Genau um so viel, wie die Bewegung verbraucht hatte.

Nicht dass es mir schwergefallen wäre, dem Bedarf entsprechend schneller oder auch tiefer zu atmen, das alles konnte ich.

Ich hörte meinen eigenen, in raschem Rhythmus pfeifenden Atem.

Es gab in der Luft keine Luft, das war mein Problem. Die Menge der Luft blieb konstant, und mit dieser Tatsache konnte mein Bewusstsein nichts anfangen. Die vorhandene Luft reichte nicht aus, die normalen Lebensfunktionen aufrechtzuerhalten. Was die Situation nicht leichter erklärbar machte. Je energischer die Atmungsorgane arbeiteten, je mehr sich der Herzschlag beschleunigte, desto weniger Luft bekam ich. Eine völlig neue Erkenntnis und Erfahrung. Ich betrachtete die Menschen auf der Straße. Für sie war genug Luft in der Luft. Sie bemerkten gar nicht, dass es genau so viel davon gab, wie sie für ihre Schritte benötigten.

Der andere in mir will in dieser heiklen Frage auf Nummer sicher gehen.

In der gelben Medikamentenschachtel findest du ein Röhrchen mit ein paar vergilbten Pillen. Die Todesangst hat den Weg freigemacht, dass ich mich daran erinnern kann. Wenn die nicht wirken, brauchst du auch keinen Arzt mehr. Es war keineswegs so, dass die Dinge, die Erscheinungen und die fremden Menschen in meinen Augen an Realität verloren hätten. Ich fand das Medikament und platzierte es vorschriftsmäßig unter meiner Zunge. Dass ich aus beruflichen Gründen genötigt bin, doppelt zu sehen, eine doppelte Perspektive einzunehmen, hatte meinen Realitätssinn schon des Öfteren beeinträchtigt, deswegen musste ich auch meinen eigenen Wahrnehmungen gegenüber misstrauisch bleiben. Am Zungenansatz verläuft eine Ader, die *vena lingualis*, das gefäßerweiternde Nitroglyzerin kann an dieser Stelle leicht durch die Gefäßwand diffundieren. Kaum dass es sich aufgelöst hatte, zerstreute seine Wirkung jeden Zweifel. Der Luftmangel gab sich, die Oberfläche der Hitze starrte nicht länger vor Kälte.

Meine Schmerzen hatten kaum nachgelassen.

Als ich auf die Uhr blickte, war es zehn nach sieben, auch das überraschte mich zutiefst, ich musste immerhin eine ganze Stunde geschlafen haben.

Mein Puls war zählbar geworden, doch ich wollte lieber nicht wissen, wie hoch er war.

Solange ich genug Luft habe, um Schmerzen zu empfinden, solange ich mein Urteilsvermögen nicht eingebüßt habe, schaffe ich es vielleicht noch auf die andere Straßenseite, wo der Kreisarzt bis acht ordiniert.

Und damit können wir ein neues Kapitel aufschlagen.

Bereits im Rettungswagen bekam ich eine Infusion, unter großem Sirenengeheul wurde ich ins Sankt-Johannes-Spital gebracht.

Über die Infusion werden mir verschiedene Medikamente verabreicht, damit versuchen sie, die Schmerzen zu lindern, die Angst zu lösen, die Verschlüsse zu beseitigen, die von den steckengebliebenen Blutklumpen und den Gefäßkrämpfen herrühren. Das ist wirklich tapfer von diesen Ärzten. Allerdings lässt sich nicht immer entscheiden, ob der eingetretene Tod durch den Infarkt oder ihre Therapie verursacht worden ist.

Was aus der Perspektive des Todes herzlich egal ist, aus der Sicht der Lebenden mit ihren ethischen Verpflichtungen bei weitem nicht.

Am Moskau-Platz blieben wir stecken, Verkehrsinfarkt, es war alles andere als ermutigend, drinnen im Wagen zu hören, wie verzweifelt die Sirenen meinetwegen heulten mitten im gewaltigen Stau.

Solange mein Kopf noch so klar ist, kann es nicht so schlimm um mich stehen.

Wenn der Blutstrom in den Herzkranzgefäßen ins Stocken gerät, bekommt das Herz nicht genug Sauerstoff. Eine sehr junge Rettungsärztin fuhr mit, sie erzählte von sich, erklärte, aber im Grunde wollte sie nur das Gespräch in Gang halten. Ein Arzt kann nicht tatenlos zusehen, wie der Herzmuskel abstirbt. Der muss vierzigtausendmal am Tag schlagen, sich zusammenziehen, sich wieder ausdehnen, du aber lebst dein Leben und weißt nicht, was in deinem Organismus vorgeht. Sie redete mir richtiggehend zu, sie wollte nicht, dass ich mich aufregte. Dabei fiel ihr doch gerade meine bedenkliche Ruhe auf.

Die anderen gehen, wie es sich gehört, du aber schleppst dich zwischen ihnen dahin. Eine hinreichend große Veränderung, um sich darüber aufzuregen. Ein Wildfremder sagt dir, was sich in deinem Brustkorb abspielt, du weißt es nicht.

Nur mit Mühe hatte ich die andere Seite der Tárnok-Straße erreicht.

Es ist keine Luft da, die du atmen könntest, obwohl die Welt offenkundig voller Luft ist. Das Manöver beanspruchte mich dermaßen, dass ich mich, endlich drüben angekommen, an den Häuserwänden abstützen und entlanghangeln musste.

Zum Glück fiel ich nicht auf. Oder die Leute taten, als würden sie mich nicht bemerken, um mir nicht helfen zu müssen. Nächstenliebe steht bei weitem nicht jederzeit und jedermann zur Verfügung. Ziemlich bestürzend, mitten unter den anderen zu existieren.

Meine Verbindung mit ihnen ist größtenteils abgerissen.

Sensualität kann ihre Gültigkeit nur so lange behalten, bis man die Erfahrung der anderen zur eigenen in Beziehung setzen kann und sie in reflektierter Form speichert. Jedenfalls gingen die Menschen an mir vorbei. In der humanitären Nacht arbeitete mein Bewusstsein auf Sparflamme, deswegen fällt es mir bis heute schwer, mich zu erinnern, wie ich den Weg bis zur Arztpraxis zurücklegen konnte.

Je mehr ich mich anstrengte, umso tiefer das Dunkel, doch wenn ich haltmachte, wurde es bald wieder hell. Ich sah, dass in meiner Heimatstadt der Abend dämmerte, warm, rot und staubig. Das Bewusstsein hat sein eigenes System der Selbstverteidigung, es muss mit den verbliebenen Kräften haushalten. In Notlagen belastet der Körper das Bewusstsein nicht mit Panik, und die Todesangst, die mich eben noch auf die Gefährdung meiner physischen Existenz aufmerksam gemacht hat, stellt behutsam ihre Tätigkeit ein.

Es war durchaus sinnvoll, sich an die Häuserwände gedrückt voranzuarbeiten. In der Dunkelheit, die einen massiven Strömungswiderstand aufbot, hätte ich sonst nicht die Richtung halten können. Das Ende der Straße zu erreichen erwies sich als schwierig. Ich schleppte mich dahin, wie einer, der sich kaum noch erinnert, woher er kommt und wohin zum Teufel er will. Ganz zu schweigen vom Schmerz, aber von dem zu sprechen hat keinen Sinn. Eher hängt jetzt alles davon ab, ob die Verengungen so gütig sind, noch ein wenig Blut durchzulassen.

Um die Durchlässigkeit zu verbessern, gibt es verschiedene Methoden, verschiedene Medikamente. Eines davon ist Streptokinase, es wird durch Infusion verabreicht. Wiewohl diese tapferen Ärzte im Voraus wissen, dass der Organismus in gewissen Fällen mit einem anaphylaktischen Schock auf ihren Lebensrettungsversuch reagiert. So auch bei mir. Der Blutdruck fällt rapide ab.

Infolge der Verringerung des Blutdrucks kommt die Durchblutung der Herzkranzgefäße zum Stillstand.

Die von der Sauerstoffzufuhr abgeschnittene Herzmuskulatur zittert mit hoher Frequenz, da die Schläge ausbleiben, transportiert sie kein Blut, das Kammerflimmern ist eingetreten. Der Sinusknoten, der den individuellen Rhythmus bestimmt, den persönlichen Rhythmus jedes Menschen, hört in größter Verwirrung auf, den Takt anzugeben, und damit ist zumindest vorübergehend die Herztätigkeit eingestellt. Man verliert das alltägliche Bewusstsein, nicht aber das Bewusstsein an sich, wie ich im Gegensatz zu den Ärzten behaupten würde. Mein Geist war wacher als je zuvor.

Und nun nimmt etwas höchst Interessantes seinen Anfang, es geschieht etwas Phantastisches, das ist es, wovon eigentlich erzählt werden soll.

Was nun abläuft, ist äußerst schwer in Worte zu fassen, denn in dem Zustand, der dem Tod vorausgeht, wird die herkömmliche Auffassung von Zeit und Raum außer Kraft gesetzt. Ein großer Lichtschalter wird betätigt, der Hauptschalter. Womit Sehen, Wahrnehmen und Denken keineswegs aufhören. Jedoch ordnen diese parallel ablaufenden Funktionen die neu erworbenen Eindrücke nicht nach den Begriffen von Raum und Zeit.

Im Universum herrscht Zeitlosigkeit. Man könnte es Allerlebnis nennen.

Das Bewusstsein akzeptiert dieses Erlebnis mit solcher Bereitwilligkeit, als wäre es ihm nicht nur vorläufig bekannt, sondern durch ein früheres Erlebnis bereits vertraut. Durch dieses neue Wissen wird klar, wie die früheren Zeiteinheiten und Zeitstrukturen mit ihren im Bewusstsein hinterlassen Spuren in der Unendlichkeit und Zeitlosigkeit schweben.

Deine einstigen Erlebnisse schweben als Schatten von Planeten mit dir.

Es wird nicht vollkommen dunkel. In der gleichmäßigen Dunkelheit herrscht eine seltsame, gewissermaßen abstrakte Dämmerung. Gegenstände und Konturen gibt es nicht mehr, der Gegenstand der Anschauung ist das Denken.

Der Lichtmangel ruft ein fast heimeliges Gefühl hervor, während man, auf die Gegenständlichkeit der Gedanken angewiesen, darin schwebt. Mich jedenfalls traf er nicht unvorbereitet.

Raum kann man ihn guten Gewissens nicht nennen.

Das Medium, in dem ich mein vergangenes Leben überblickte, befand sich samt seinem zeitlichen Gefüge im unübersehbaren All der Zeitlosigkeit. Wohin ich, sieh an, nun heimgefunden hatte. Alle bisherigen Gefühle und Wahrnehmungen waren präsent, mit sämtlichen Geschmacksreizen und Gerüchen, doch ohne dass ich etwas davon spüren konnte. Mit dem Fühlen, Riechen und Schmecken, dem ganzen großen Theater der Sinne, war es vorbei. Was aber nicht bedeutete, dass meine Gefühle inhaltsleer geworden wären. Ich sah. Ich erinnerte mich.

Das von der körperlichen Empfindung getrennte Bewusstsein nimmt als seinen letzten Gegenstand den Mechanismus des Denkens wahr.

Anscheinend hatte ich, dem Mechanismus des eigenen Denkens unterworfen, ein Leben lang ins Nichts hinausgestarrt, das Allgefühl jedoch niemals richtig zur Kenntnis genommen.

Mein Sehen kannte jetzt keine zeitlichen oder räumlichen Grenzen mehr. Die Einzelheiten meines Lebens standen nicht mit der Geschichte meines eigenen Lebens in Zusammenhang. Eine solche Geschichte gibt es und gab es nämlich nicht. Was mich unendlich überraschte.

Deswegen also habe ich so krampfhaft nach der Positionierung der Einzelheiten in der ganzen Geschichte gesucht, sagte ich mir. Sie sind nicht an die Stelle in Raum und Zeit geknüpft, wo ich sie vermutet habe. Das Leben des Einzelnen beginnt tatsächlich nicht mit der Geburt und endet nicht mit dem Tod, wie soll es da ein aus Einzelheiten aufgebautes Ganzes sein. Jetzt verlasse ich den chaotischen Schauplatz der Einzelheiten. Doch mein Bewusstsein, mit dem ich die zu verschiedenen Zeiten und an verschiedenen Orten ablaufenden Ereignisse überhaupt erst erfassen und beurteilen kann, ist mit der Unendlichkeit verknüpft. Was ich wieder mit jener Überraschung zur Kenntnis nahm, die nur evidente Dinge auslösen können. Ich nahm etwas zur Kenntnis, was ich schon vorher gewusst hatte. An der Schwelle meines Todes kann ich das körperliche Dasein mit seinem Input und Output überblicken, sagte ich mir, weil die Wahrnehmung von vornherein über die Zeitlichkeit hinausgeht und nicht an die Räumlichkeit gebunden ist. Mir war, als würde ich plötzlich begreifen, was Rilke mit den stummen Engeln wollte, die uns über die Schulter schauen. Das rein sinnliche Erfassen hat mit seiner neutralen Anschauung immer schon von dort herübergesehen, wohin ich nun glücklich und verstummt zurückkehre.

Es begleitet mich.

Ich ertappe mich dabei, dass ich sehe, denke, aber nicht gemäß den beschränkten Gegebenheiten des Körperlichen registriere.

Der letzte Gedanke durchschaut die Struktur meines Bewusstseins.

Was eigentlich als traurige Vergänglichkeit aufzufassen wäre, beurteilt mein Intellekt mit größtmöglicher Kontemplation, denn es ist mit der Erfahrung der anderen nicht mehr zu vergleichen. Kein Gegenstand des Diesseits, ich suchte auch gar keinen, hätte diese unendliche Verzückung vermitteln können, nach der ich mich in meinem mit den anderen geteilten körperlichen Dasein immer unendlich gesehnt habe. Ich habe sie nie erlangt. Höchst amüsant und symptomatisch fand ich, dass ich die letzte Erfahrung mit niemandem würde teilen können. Mein Leben hat nur aus ein paar vom Glück begünstigten Augenblicken bestanden, in denen ich immerhin erfühlt habe, was es ist, dessen Nähe man suchen sollte.

Mit dieser Erkenntnis reißt es mich mit sich.

Jetzt geschieht es.

Das Ich wird zu dem, dachte ich noch, was früher ohne Körper war und nun auf ewig ohne Körper sein wird. Inzwischen wusste ich nicht nur, dass «jetzt» und «geschehen» bedeuten, dass ich sterbe, ich sah auch, wie die Lebenden im Namen ihrer unglücklichen Gemeinschaft fachgerecht und leidenschaftlich versuchten, mich in den Reihen der ihren zu behalten.

Um einige wichtige Details verständlich zu machen, muss ich in der Chronologie zurückgehen.

Zum Hintereingang des Krankenhausgebäudes, wo ich an stinkenden Mülltonnen vorbei in dunkle Korridore gebracht und mitsamt der Infusionsnadel in meiner Vene auf ein fahrbares Bett verfrachtet worden war.

Die Rettungsleute riefen in die widerhallenden Gänge, ohne Erfolg, niemand vom Krankenhauspersonal zeigte sich. Allerdings beorderten sie irgendwen neben meinen Kopf, der einstweilen den Infusionsbeutel mit der Flüssigkeit hochhalten sollte. Anscheinend waren noch andere anwesend, sie pafften ihr billiges Kraut, greisenhafte Gesichter glotzten mir entgegen, Frauen und Männer. An ihren wachen Blicken, die aus ihren verquälten Zügen hervorleuchteten, erkannte ich, dass wahrscheinlich kaum noch Leben in mir war.

Was er wohl hat, fragte jemand, als spräche er mit einem Schwerhörigen.

Na was wohl, sind Sie denn blind, einen Infarkt hat er, sehen Sie das nicht, antwortete der Schwerhörige.

Sie reden, als hätten Sie nicht auch selber einen gehabt, hörte ich über meinem Kopf gereizt und übermäßig laut.

Sie können auch einen kriegen, nur keine Angst. Schämen Sie sich, so mit mir zu sprechen.

Dann schlurften sie wortlos um mich herum, um einander schließlich zu anderen Themen zu überbrüllen.

Nach einer Weile erschien eine große Frau mit blond gefärbtem Schopf und in kurzem weißem Kittel, sie verzehrte eine stattliche Gurke. Die dunklen Haare waren schon ein gutes Stück nachgewachsen, das Rot auf ihren Lippen vom Essen verschmiert, die rot lackierten Nägel an ihren kräftigen Händen abgebrochen. Während aus einem entfernten Zimmer die lautstarken Erklärungen und das Gelächter der Rettungssanitäter drangen, griff die an ihrer Gurke knabbernde Frau nach meinem Bett und rollte es mürrisch in einen riesigen Saal.

Passen Sie mit dem Beutel auf, rief sie, weil wir mehrmals an Türrahmen und Wände stießen.

Sie können sich wieder hinlegen, Herr Pödrös, rief sie, als wir in der Mitte des Saales angekommen waren.

Sie nahm dem Greis den Infusionsbeutel aus der Hand und hängte ihn an einen Ständer.

Schönen Dank auch, sehr nett von Ihnen, das haben Sie wirklich gut gemacht.

Sie warf mein Jackett hinterher, das der Greis ebenfalls gehalten haben mochte.

Aber sehen Sie doch mal, Ihr Pyjama, Sie haben schon wieder eingenässt. So viele Pyjamas kann Ihre Tochter gar nicht bringen, wie Sie vollpinkeln.

Lachend ließen sie mich allein.

Hinter nachlässig zugezogenen grünen Vorhängen erwarteten andere ihr Schicksal, ein wenig röchelnd, ein wenig pfeifend, lauter oder leiser ächzend und stöhnend.

Die riesigen, staubigen Fenster waren geschlossen. Dahinter war ein Kesselhaus zu sehen, aus einem langen, ins Nichts ragenden Eisenrohr schoss ein fauchender Dampfstrahl.

Im toten Neonlicht sah ich zwei leere Betten.

Luft gab es nicht.

Klappernd mit ihren ausgetretenen, dreckigen weißen Pantoffeln kam die große träge Frau zurück, nahm mein Jackett und verschwand damit ohne ein Wort.

Meine Lage gestattete mir nicht, Meinungen oder Gefühle zu äußern, aber ich begriff, wohin ich geraten war. Alte Geräte knatterten, schnauften, hinter den grünen Vorhängen wurden Daten aufgenommen, Medikamente, Papier und Tinte dosiert.

Die Große kam mit trägem Klapperschritt angetrabt und verschwand samt meinem Jackett im grünen Labyrinth der Vorhänge, in der ganzen Abteilung sei kein einziger gottverfluchter Kleiderbügel zu finden, schimpfte sie. Ihre Verwünschungen klangen wie ein Selbstgespräch, als könnte niemand sie hören. Was das für eine verdammte Scheiße sei. Obwohl sie zu mir sprach, das war doch klar, sie vertraute es mir an, gab mir zu verstehen, dass sie mir freundlich gesinnt sei, allerdings würde ich hier kein leichtes Leben haben. Rohe Menschen äußern ihre Zuneigung oft auf diese Weise. Sie ließ die Türen von Metallschränken knallen, dann klapperte sie davon, und es wurde wieder still. Ich schloss die Augen, um noch weniger anwesend zu sein.

Jemand durchdrang mich mit seinem wunderbaren Blick.

Eine menschliche Gestalt stand am Fuße des fahrbaren Bettes, ein kleiner Mann, zart wie ein Halbwüchsiger. Unter seinem offenen Mantel trug er eine weiße Hose und ein weißes Hemd am schmächtigen Leib. Dünne Arme und Beine, vielleicht ein kleines Kugelbäuchlein. Mit gespannter, erregter Aufmerksamkeit hob er seinen im Neonlicht glänzenden, vollkommen kahlen Schädel. Mein Blick ließ ihn unbeirrt, denn er betrachtete mich mit seinen kindlich weit aufgerissenen Wissenschaftleraugen wie eine Erscheinung oder einen Gegenstand. Er war ergriffen, hingerissen, seine leidenschaftliche Aufmerksamkeit wechselte zwischen ihrem Gegenstand und seiner Intuition oder, einfacher gesagt, seinem ersten Eindruck hin und her. In seiner Aufregung hob er beide Hände zu den Lippen, als würde er beten. Seine Erscheinung vermittelte etwas zutiefst Asketisches, nicht nur seine Aufmerksamkeit, sondern auch das kaum zu verheimlichende Entsetzen, das er angesichts der Schöpfung empfand, seine Hühnerknochen, die dünne, gebogene Nase, die langen, zarten Finger.

Trotzdem flößte er mir sofort Angst ein.

In Wahrheit war er ein gehetztes Wild, das die anderen mehrmals am Tag aus ihrer Mitte vertreiben.

Als die große Krankenschwester träge klappernd zurückkam, weil sie schließlich doch einen Kleiderbügel für mein Jackett gefunden hatte, wich er sogleich erschrocken zur Seite.

Keine Angst, ich schließe alle Ihre Sachen ordentlich weg, sagte sie, wie um zu versichern, dass zumindest sie nichts stehlen werde. So ein teures Jackett, sagte sie neugierig und voller Anerkennung, das darf man nicht einfach so über einen Haken schmeißen. Im Handumdrehen werde man mich ausgezogen haben, sagte sie, ich würde gar nichts davon merken. Gleich werde es mir bessergehen, sagte sie lachend, um dann unvermittelt in den Korridor zu rufen, einen Frauennamen, mehrmals, ungeduldig, aber die Betreffende kam nicht. Den Infusionsbeutel werde man geschickt durchfädeln, sagte sie und fragte, aus welchem Material mein Jackett sei. Ich hätte es ihr sagen können, aber mir kamen die nackten Worte Seide und Kaschmir unpassend vor. Lieber sagte ich ihr, ich hätte keinen blassen Dunst. Dann erschien doch jemand und machte sich über meinem Kopf an dem Infusionsbeutel zu schaffen. Sie bugsierten ihn tatsächlich geschickt durch meinen Hemdsärmel, während sie gemeinsam wild über die Frau schimpften, nach der die große Krankenschwester vergebens gerufen hatte. Die zur Situation absolut nicht passende schwarze Miniunterhose war alles, was sie mir am Leib ließen. Auch die Armbanduhr nahmen sie mir ab. Jetzt machen Sie sich steif, schrie die Große, und fast unmerklich hievten sie mich auf das Krankenbett.

Da lag ich hingestreckt. Draußen pfiff der Dampf. Alles haben sie mir weggenommen. Stumm tropft die Infusion in mich hinein.

Es mochte ungefähr halb zehn sein.

Könnte ich doch in diesem höllischen Stimmengewirr reden. Polyhymnia, Mutter allen Erzählens, hilf mir mit alltäglichen Worten über den Styx.

Als hätten sie in ihren Verstecken auf diesen Augenblick gewartet, tauchten auf einmal Leute auf, von mehreren Seiten, sie eilten vom Korridor herein, traten zwischen den grünen Vorhängen hervor. Einer kam aus einer Seitentür, die ich bis dahin gar nicht bemerkt hatte. Sie zapften mich regelrecht an, ließen mein Blut in etikettierte Reagenzgläser fließen, befestigten die Saugknöpfe und Gurte für das EKG an Brustkorb und Handgelenken, ersetzten den Beutel mit der Infusionsflüssigkeit, pumpten an meinem Arm. Der von meiner physischen Existenz faszinierte Arzt mit dem scharf beobachtenden Blick trat ein, ihm folgte in respektvollem Abstand ein junger Mann mit pechschwarzem Haar. Als er sich über mich beugte, fielen ihm die fettigen Strähnen in die schwarzbehaarte Stirn. Auf seinem Kinn und seinen starken Backenknochen glänzten ölig dichte Borsten, die weiten Krater der Poren auf seiner Nase waren voll von schwarzem Fett. Wenn der eine meine Herzschläge abgehört hatte, tauschten sie die Plätze, und der andere hörte sie ab. Wenn ich dem einen die Zunge herausstrecken musste, dann musste ich sie auch dem anderen herausstrecken. Wir bewegten uns gewissermaßen stotternd auf das bekannte Ergebnis zu. In den kurzen Pausen zwischen den Prozeduren stand die Große immer am Fußende des Bettes und stellte Fragen. Meine Antworten trug sie in die Formulare ein, die sie auf das Fensterbrett gebreitet hatte. Manchmal wies sie die beiden Krankenschwestern gereizt zurecht, etwas nicht so, sondern anders zu machen. Noch gereizter knurrte sie den kahlköpfigen Arzt an. Er möge gefälligst warten, bis der Kranke einen Satz beendet habe.

Sie fragte, wer im Notfall zu verständigen sei.

Meine Frau, antwortete ich, als ich den Atem nicht mehr anhalten musste.

Ich soll ihr die Telefonnummer sagen.

Es erschien mir freilich sicherer, das nicht zu tun. Umsonst würde ich sie bitten, nicht in der Nacht anzurufen. Neben der

Korrektur der Fahnen war mir das jetzt das Wichtigste. Wie ich sie schonen könnte. Letztlich gar nicht. Wenigstens ihre Nachtruhe retten. Sie ist zweihundertzwanzig Kilometer von hier entfernt, wenn sie jetzt angerufen wird, muss sie tatenlos auf den Morgenzug und die schreckliche Abreise warten.

Ich würde Sie lieber bitten, sagte ich, das Notizbuch aus der Innentasche meines Jacketts zu nehmen und einen Freund von mir anzurufen.

Sie möge ihn bitten, in meine Wohnung zu gehen, er hat den Schlüssel, und bis morgen früh mit dem Manuskript die Druckfahnen zu korrigieren. Mit dem Manuskript, schärfte ich ihr ein. Die Große staunte ein wenig, aber eigentlich gefiel ihr die ungewöhnliche Aufgabe. Der Arzt und sein Famulus entfernten sich lautlos, auch die Krankenschwestern eilten davon, weil hinter den grünen Kulissen jemand immer heftiger Atem holte. Ein grässliches Gelärm und Geschrei erhob sich rund um das Röcheln. Etwas fiel herunter, das Metallgerät zerbarst auf dem Steinboden, woraufhin mehrere Personen hinter dem Vorhang hervorstürzten und wieder verschwanden. Jemand schlitterte, um schneller zu sein, mit stolz erhobener Spritze über die Fliesen des Krankensaals.

Unerwartet trat vollkommene Stille ein.

Wenig später kehrten Arzt und Famulus zufrieden zurück, der Arzt hielt triumphierend eine volle Spritze in die Höhe. Unverzüglich stieß er die Nadel in den Gummischlauch, der die Infusionsflüssigkeit transportierte.

Behutsam drückte er den Inhalt bis zum letzten Tropfen hinein, einige Augenblicke beobachteten sie die Wirkung auf meinem Gesicht. Unterdessen tauchte die Große wieder auf und verkündete lauthals, dass seine Versuche zwecklos seien.

Langsam verliere sie die Geduld.

Auf das Ächzen des Sterbenden hin verschwanden die beiden wieder zwischen den grünen Vorhängen.

Sie werde es später noch einmal versuchen, jetzt aber müsse sie wirklich mit der Datenaufnahme zu Ende kommen. Aber keine Angst, auf meinen Freund sei sie nicht sauer.

Auf wen sie denn sauer sei, fragte ich.

Gereizt antwortete sie, ich solle ihr lieber sagen, ob ich täglich Stuhlgang habe.

Habe ich.

Der Herrgott solle sie davor bewahren, setzte sie so laut hinzu, dass man es auch hinter den Vorhängen verstehen konnte, zusammen mit solchen Gschaftlhubern Dienst zu tun. Dann erkundigte sie sich nach Farbe und Beschaffenheit meines Stuhls.

Wir waren mit den Fragen noch nicht durch, als der Arzt mit dem Famulus auftauchte, wieder mit einer aufgezogenen Spritze.

Die Große klapperte unverzüglich davon, aber im Gehen beruhigte sie mich noch, ich brauche keine Angst zu haben, sie versuche nochmals, meinen Freund anzurufen.

Man muss dankbar sein, dass fremde Menschen einem helfen. Wie behutsam sie dir etwas in den Leib drücken, das ist sicher nur zu deinem Besten.

Sie standen am Fußende des Bettes und beobachteten stumm mein Gesicht.

Irgendetwas haben sie losgetreten. Das ist der erste Eindruck. Als hätte jemand einen Abzug oder einen Staubsauger von elementarer Gewalt eingeschaltet, aber versehentlich nicht auf Saugen, sondern auf Blasen gestellt. Außer mir gibt es noch etwas, das mit unglaublicher Kraft in meinem Körper spürbar wird. Der Stein ist ins Rollen gekommen.

Ich sah noch die Große zurückkommen, mit tiefer Verachtung machte sie einen Bogen um die Ärzte. Ich war schon dabei abzutreten.

Scheint ein ziemlicher Herumtreiber zu sein, Ihr Freund, sagte sie mit einem unwirschen Achselzucken. In Wirklichkeit hatte sie ihre Freude an meinem ihr unbekannten liederlichen Freund.

So große Frauen können roh und brutal sein. Sie lassen ihre blond gefärbten Haare lang wachsen, bringen das verschmierte Lippenrot nicht in Ordnung, es ist ihnen egal, ob der blutrote Lack auf ihren Fingernägeln abgesprungen ist, aber man ist ein offenes Buch für sie. Sie will meine Befragung fortsetzen, um die Formulare auszufüllen.

Ein anerkennendes Lächeln von mir war noch zu haben.

Der Tod reißt uns tatsächlich mit, wir verlassen unser Leben.

Mit sich selbst ist man nicht allein. Ich gerate in den Wirkungskreis des anderen, meine Seele nimmt mich mit sich.

Worunter man sich keineswegs etwas Luftiges vorstellen darf, sondern etwas Starkes und Essentielles.

Ich gebe Ihnen doch lieber die Telefonnummer meiner Frau, sagte ich vernehmlich.

Die Große sah mich verwundert an und griff nach Notizbuch und Bleistift. Ein wenig erschrocken, ein wenig geringschätzig starrte sie auf mich herab, als versuchte sie mir vom Gesicht abzulesen, was in mich gefahren sei, welche Überraschungen ich noch für sie bereithalten würde. Ich hätte ihr gern mitgeteilt, dass ich jetzt sterbe, was ich ihr nicht ersparen könne. Jetzt also trete ich ab, das war tatsächlich mein Gedanke.

Doch ich wollte sie nicht mit überspitzten Ausdrücken in

Schrecken versetzen, außerdem hatte ich nicht viel Zeit für Erklärungen.

Ich habe das Gefühl, äußerte ich vorsichtig, dass ich ohnmächtig werde.

Diese fachlich unbedingt angebrachte, präzise und wohlbedachte Wortwahl verschlang solche Mengen an Energie und Zeit beziehungsweise der Stein war so mächtig ins Rollen gekommen und alles aus den Fugen geraten, dass es zum Aussprechen der Telefonnummer nicht mehr reichte. Wodurch ich im Augenblick meines Todes unglaublich lächerlich wurde. Wie der alte Geizkragen im Märchen, mein liebes Kind, stöhnt er mit dem letzten Atemzug, denn er will noch ein großes Geheimnis loswerden.

Den großen Topf mit dem geraubten Gold habe ich drei Schritte vom großen Wildbirnenbaum vergraben.

Er weiß es noch, kann es aber nicht länger für sich behalten. Es machte mich glücklich, dass die erhabenen Dinge demnach tatsächlich so banal sind wie im Märchen. In diesem beglückenden Bewusstsein trat ich ab, aber ich sah noch, wie die Große Notizbuch und Bleistift hinwarf und aus dem Bild rannte. Die beiden Männer in Weiß stürzten sich mit aufgerissenen Augen und Mündern auf mich.
Die gigantische Kraft hatte mich mit hinübergenommen, von dort blickte ich zurück, und das faszinierte mich wirklich.
Mich erfüllte die elementare Freude, dass es mir gelungen war, noch mit dem letzten Atemzug hatte ich sie kräftig belogen.
Ich sah noch, wie der Famulus den Infusionsständer packte, der umzustürzen drohte, weil sich der andere auf meinen Brustkorb geworfen hatte. Es hätte die Nadel aus meinem Arm gerissen.

Sehen wir lieber zu, wo wir uns in Wirklichkeit befinden.

Dir wird ein Ganzheitserlebnis zuteil, wie es in dieser jämmerlichen Schattenwelt höchstens mit religiöser Verzückung oder den Ekstasen der Liebe vergleichbar ist. Und bei den Frauen wahrscheinlich mit dem Gebären. Die mutigeren bekennen, dass während der Geburt Freude und Schmerz ineinanderfließen und ein erotisches Abenteuer von kosmischen Dimensionen daraus entsteht. Ich bewegte mich hinaus, nicht infolge irgendeiner Anziehung oder eines Versprechens, sondern weil ich es mit der Gewalt der Schöpfung zu tun bekam. Die Ganzheit realisierte sich selbst in dir. Sie nahm mich mit. Nicht aus meinem Bewusstsein heraus, wie die Ohnmacht, sondern in mein Bewusstsein hinein. Eine ungeheure Kraft trug mich mit sich, sie wirkt innen und außen zugleich, deswegen wird eine solche Unterscheidung auch für das Bewusstsein überflüssig. Wir waren über alles Persönliche und Leidenschaftliche hinaus. Man wird ausgezogen; so wie man auf dem Laken liegt, ist jeder Körperteil jederzeit für jegliche lebensrettende Intervention zugänglich. Schmerz, Luftmangel, Todesangst und ein Puls von zweihundert verhindern nicht, dass eine narzisstische und exhibitionistische Zufriedenheit durch das Körpergefühl hervorschimmert.

So übel mache ich mich wohl doch nicht.

Auch auf dem Sterbebett fügt sich der Mensch ordentlich in die sadomasochistische Grundstruktur des Lebens ein. Bereitwillig liefert er sich aus, noch mit seinem letzten Atemzug nimmt er Rache.

Aber die Telefonnummer kommt ihm nicht mehr über die Lippen. Der Film reißt. Ich sehe das Bett nicht mehr, auch nicht die große Krankenschwester. Der große Hauptschalter wird umgelegt. Ein anderer Film folgt. Schweben im All. Nicht zu leugnen, es hat etwas von der Freude großer geistiger Erkenntnisse oder großer Liebesvereinigungen. Früher wusste ich das, dennoch habe ich es mir zeit meines Lebens anders vorgestellt. Aha. Die Kraft wirkt außerhalb von mir und in mir, sie bläst mich fort und saugt mich ein, ich bin nicht mehr Körper und deshalb auch nicht länger gebunden, weder gestig noch emotional. Irgend so etwas. Ich weiß, ich sterbe jetzt. Was mir weder Freude noch Schmerzen bereitet. Kein Gefühl, das mir bekannt ist. Doch ich vergesse auch nicht. Am ehesten ließe sich noch sagen, dass sich die Wahrnehmung der Zeit öffnet, aber zugleich nach vor und zurück. Die Gegenwart des Todes kennt weder räumliche noch zeitliche Grenzen. Ich weiß, was geschehen wird. Wenn ich will, kann ich sehen, was geschieht, und ich weiß genau, was geschehen ist.

Ich erlebe die Totalität meiner Erinnerung, und mit meinem Raumempfinden ergeht es mir ebenso. Sie sind ineinander geschrieben. Geistig der grandioseste androgyne Zustand, ein euphorischer Zustand. Gott ist in der Totalität der Zeit leider nicht zu entdecken, ich muss einsehen, dass er nicht existiert, ich habe mich getäuscht. Wie lächerlich ich war in meiner ganzen menschlichen Leichtgläubigkeit. Ein peinlicher Irrtum. Doch die Kraft ist mächtiger als jede menschliche Vorstellung. Sie zu denken mochte die Erdenschwere meines Körpers verhindert haben. Die Kraft der Schöpfung nimmt mich wieder in sich auf. Während in meinem Bewusstsein die Vorstellung von Raum und Zeit noch funktioniert, blicke ich auf sie zurück und lasse gleichzeitig ihre isolierten Schichten und Ereignisse hinter mir. In der Zeitlosigkeit hat das Vergessen keinen Platz. Im Augenblick des Todes laufen die Ereignisse des Lebens innerlich noch einmal ab, heißt es mangels einer besseren Formulierung. Ehrlich gesagt läuft gar nichts ab. Aber man kann sie endlich klar überblicken, denn in der Zeitlosigkeit ist auch für die Erinnerung kein Platz.

Ein Leben lang hat man sie nicht verstanden, weil man Körper und Seele niemals als Einheit gesehen hat.

Durch den Körper bleibt die Seele unberührt.

Das bedeutet, dass sich mit dem Tod abtrennt, was schon zuvor nicht zu dir gehört hat, wahrscheinlich nichts anderes als das begriffliche Denken. Damit bist du mit den anderen verknüpft gewesen. Frei werden, zuerst von den ewigen Körperempfindungen, dann vom Denken, das man für so wichtig gehalten hat. Rückkehr zu einem Urzustand, wo es kein begriffliches Denken gibt, weil der Unterschied zwischen Anschauung und Empfindung aufgehoben ist. Das Denken fällt ab, die Wechselbeziehungen zwischen den mentalen und kognitiven, sinnlichen und emotionalen Inhalten des Bewusstseins bestehen nicht mehr, und damit wird gleichzeitig bildhaft, im Hirnstamm, erfassbar, wie diese Bewusstseinsinhalte unabhängig von der gewöhnlichen Geschichte meiner Persönlichkeit mit der Heimat der Schöpfungskraft verbunden sind, mit jener universellen Struktur, die auch für die reine Anschauung nicht einsehbar ist.

In der ungarischen Sprache gibt es leider kein Verb, das auf dieses schicksalhafte Geschehen passen würde.

Es handelt sich um eine einzige, kurze Schwenkbewegung.

Sich von irgendwo herüberdrehen und dadurch irgendwo hingeraten. Das Deutsche hat dafür ein anschauliches Verb. *Umkippen*. Im Französischen lässt sich ebenfalls ein geeignetes Wort finden, *basculer*.

Herauskippen, aus dem dunkel dämmernden All, wo alles beisammen ist, Geborgenheit, Kraft, hinüberstürzen. Sich aus

der Geborgenheit, dem Kosmos der Kraft herausbewegen, über-
wechseln, sich ablösen vom einzig möglichen Urzustand.

Ich kippe um, gerate hinein, obwohl ich keinen Begriff davon
habe, wohin, wo ich hineingerate, hineinkippe. Die Kraft stößt
mich aus einer dämmrig dunklen Leere heraus, ich kippe irgendwohin, wo es Entfernungen gibt, Luft hingegen nicht, eine
Grenzlinie schon, aber an diese Dinge knüpfen sich keine selbständigen Begriffe.
     Indessen gelangt ein blendendes Licht in den Raum des
Bewusstseins.
     Verglichen mit dem Urzustand ist es auf jeden Fall fremd. Das
ist so zu verstehen, dass das Universum sinnlich mit jedem seiner Partikel bekannt, aber begrifflich vollkommen unbekannt ist.
Die Kraft gibt meiner Bewegung eine Richtung. Sie hat mich
aus dem bekannten Kosmos der Unendlichkeit hinausbefördert.
Das Hinüberwechseln, das Hinausbefördern, die Bewegung, die
Veränderung des Raums geschieht zum ersten Mal, zum ersten
Mal sehe ich, dass die Bewegung eine bestimmte Richtung hat.
Trotzdem hat vieles einen Namen. Nicht alles. Mit der Erfahrung
eines an begrifflichem Denken reichen Lebens blicke ich auf das
zurück, woran ich mangels Begriffen nicht denken kann, denn es
geschieht ja zum ersten Mal. Nicht mit meinen Begriffen fasse
ich auf, was ich erstmals erlebe, sondern lasse die Erfahrung des
Abstrahierens arbeiten. Worüber sich in der diesseitigen Sprache
sagen ließe, dass es mich kosmisch überrascht hat. Denn folglich
gibt es abstraktes Denken auch jenseits der Ebene des begrifflichen Denkens.

Das Zuerst und das Zuletzt sind nicht voneinander zu trennen.

«Sie gebären rittlings über dem Grabe.»

Von der Ebene der Abstraktion zurückblickend, bereitete mir das tiefe kollegiale Bewusstsein, dass Samuel Beckett sich tatsächlich nicht geirrt hat, unaussprechliche Freude. Meine Mutter hat meinen Leib geboren, ich gebäre seinen Tod.

Noch nie habe ich Licht gesehen, kenne seinen Namen nicht.

Zwar ist Gott auch im Universum des Lichts nicht auffindbar, dennoch ist Licht für ihn die glaubwürdigste Metapher. Für das interpretierende Verstehen bedeutete es einen amüsanten kleinen Vorteil, dass ich mich in meinem früheren Leben nicht nur als Schriftsteller mit dem Wert und der Bewertung der Worte beschäftigt hatte, sondern auch als Fotograf mit der Natur des Lichts.

Es kommt aus einer fernen Lichtquelle und verbreitet einen diffusen Schein. Eine Kraft trägt mich ihm entgegen, durch die Geschwindigkeit der Annäherung wird für das zurückblickende Bewusstsein die Absicht kenntlich. Die Kraft wird mich mit ihm vereinigen. Mein Tod wird meine Geburt sein. Die Beschaffenheit des Lichts hat sich durch die Annäherung nicht verändert, es lässt sich nur besser beurteilen. Es ist eine indirekte, sozusagen verschleierte Helligkeit, als hätte man eine Mattscheibe vor die in Wahrheit sehr starke Lichtquelle geschoben. Das Licht bricht sich am stark gekräuselten Saum einer ovalen Öffnung.

Wie man an einem trüben Tag tief im Inneren einer Höhle in Richtung ihres Eingangs blickt. Bis dorthin ist der Weg noch weit, wie weit, ist nicht abzuschätzen. Es ist ein unbekannter Weg, man hat ihn noch nie zurückgelegt.

Auch die eigene Person, die irgendwann irgendwas tun oder beurteilen müsste, kennt man nicht.

Man wüsste gar nicht, was der Weg zu bedeuten hat, würde man von der Kraft nicht so unaufhaltsam auf die Lichtquelle zubewegt.

Doch dadurch erhält man Kenntnis von seinem unbewussten Selbst, die Konstanz des Lichts bezeichnet seine Position.

Das ist also der Weg der Geburt, sagt man sich, wirklich sehr spannend, quittiert man befriedigt. Ich werfe sogar einen Blick hinaus aus der Zeit meines Todes, so sehr interessiert mich meine Geburt, ich will sehen, was sie in der Welt aufführen, die ich gerade verlasse. Ich sehe, wie auf meiner Brust eine Hand etwas befestigt oder auch entfernt. Hände mühen sich mit verschiedenen Drähten. Doch meine Position verändert sich im Verhältnis zur Lichtquelle stark. Nicht nur dass ich mich anscheinend darauf zubewege, buchstäblich darauf zurutsche, ich werde durch die enorme Kraft auch umgewendet. Der Raum scheint gleichmäßige Rippen oder Falten aufzuweisen. Der ovale Eingang der Höhle verschwindet. Noch zwei Hände lümmeln sich auf meinen Brustkorb. Ihr Gewicht spüre ich nicht, aber mir ist vollkommen klar, dass sie mir jetzt die Rippen brechen. Ich sehe, wie ein menschlicher Schatten auf mir hockt, sehe, wie er mit beiden Händen das ganze Gewicht seines Körpers in mich hineindrückt. Vielleicht der Famulus, denke ich. Im eiskalten Licht der Neonröhren blicke ich aus meinem Tod heraus.

Bis zum Bauch sah ich an mir herunter.

Mantegna stellt den entkleideten Leib Christi von den riesigen, nackten Sohlen aus gesehen in perspektivischer Verkürzung dar. Aus solch stark, fast parodistisch verkürzter Perspektive blickte ich auf meinen eigenen Körper, wie er auf den Riesenquadraten des Fliesenbodens lag.

Das war seltsam, denn mein Blickwinkel war etwas höher, als meine Lage auf dem Boden es erlaubt hätte. Davon überzeugte sich mein zögerndes Bewusstsein genauestens, weil es aufgrund der Ungewöhnlichkeit des Erlebnisses nach Informationen zu seiner Erklärung suchte, und es war auch nicht klar, wohin, in welche Schublade der Erinnerung, es als Erfahrung einzuordnen sei. Es war ganz so, als würde ich etwas von einem höheren Punkt aus fotografieren, als ich es sah. Die zur Erklärung des Phänomens notwendigen Stichworte fehlten im Bewusstsein. Bis zu einem gewissen Grad war selbst die Fähigkeit zur ironischen Betrachtung erhalten geblieben. Sogar die Fähigkeit, wie ein Fotograf zu sehen, war noch erhalten. Mit wohlwollender Nachsicht beobachtete ich die beflissenen Hände, die Behaarung auf ihnen, die emsige Aktivität meines Bewusstseins, meine unerklärliche optische Täuschung. Aber dieser gemessen an der Realität zu hohe Blickpunkt entsprach der Perspektive jenseits der begrifflichen Welt.

Mit sanfter Ironie blickst du zurück. Es hat keine Eile, denn du wirst es so enträtseln, wie du dich real von deinem Leben entfernst, in diesem Tempo und auf diesen Ebenen.

Das Zurückblicken vereint unterschiedliche Perspektiven des Bewusstseins in sich.

Jetzt endlich kannst du die verschiedenen Bewusstseinsebenen in ihrer Wechselseitigkeit sehen.

Die Strukturen des vorsprachlichen Zustands oder der reinen Anschauung sind jetzt synchron mit den Bezeichnungen, die den körperlichen Prozessen zugeordnet sind, allerdings decken diese sich nicht immer und nicht vollständig mit den Inhalten. Der Blick eines Außenstehenden war mir mein ganzes Leben lang eigen und wird mich, siehe da, auch weiterhin begleiten. Mangels eines Körpergefühls erlebe ich mich als Seele. Doch mein sogenanntes Bewusstsein, das mich ebenfalls ein Leben lang begleitet hat und mir nun jenseits des begrifflichen Denkens ein ganzes reiches und geordnetes Arsenal an philosophischen, soziologischen, theologischen, psychologischen und anthropologischen Begriffen zur Verfügung stellt, hatte nur an den weltlichen Erfahrungen der Seele teil. Das kosmische Wirken der Schöpfungskraft blieb ihm verborgen. Wenngleich die Seele sich unablässig daran erinnerte. Was aber ein Leben lang vom Erinnerungsmechanismus des körperlichen Seins verdeckt wurde. Die Schöpfung ist nicht symmetrisch. So viel neue Erfahrung passt noch bequem in mein Bewusstsein.

Doch die Kraft wendete mich noch einmal um, gab mir erneut einen Stoß, drehte mich geschmeidig und brachte mich damit dem Licht wieder ein Stück näher.

Aber ich sollte das Licht, das mich hätte blenden und verschwimmen lassen können, nicht erreichen.

Ich möchte betonen, dass ich mich nicht geradlinig aus der Tiefe auf das Licht zubewegte, sondern mich dabei drehte.

Als würde mich ein Schraubengewinde weiterbefördern. Ich glaube, ich vollführte insgesamt zwei volle Drehungen, doch nicht in einem Schwung. Zweimal schien sich mein Blickwinkel zu verschieben. Die geteilte Bewegung vermittelte mir zwar ein Bild, bewirkte aber keine selbständige körperliche Empfindung. Im Vergleich zum vorhergehenden Zustand, dem Urzustand, war sie von einer Unruhe und Spannung unbekannter Herkunft begleitet; allerdings könnte ich nicht behaupten, dass es sich um eine körperliche Empfindung handelte. Meine Erinnerung hat ein Bild bewahrt, das sich relativ zur Lichtquelle von unten nach oben bewegt, sich langsam dreht und dann zum Stillstand kommt. Ich sehe den ovalen, stark gekräuselten Eingang der Höhle. Dann beginne ich wieder, in dem Gewinde voranzugleiten, die Lichtquelle taucht unter, woraus sich nachträglich schließen lässt, dass ich mich in dem Raum, den mir mein Bewusstsein als Höhle darstellt, von links nach rechts bewege. Zwischen den beiden deutlich voneinander getrennten Bewegungen, der Drehung und der Annäherung, entsteht eine kurze Pause. Eine Stockung. Bis mich die Kraft erneut mit sich reißt und unablässig dreht und stößt, auf das Licht zu.

Unter der Neonbeleuchtung des Krankensaals wieder die zwei Menschengestalten, über mich gebeugt. Die dritte, die große Krankenschwester, hielt sich im Hintergrund, von wo aus sie misstrauisch beobachtete, was diese beiden jetzt wohl mit mir anstellen würden. Auf ihren in den Schatten getauchten Gesichtern wurde die professionelle Aufmerksamkeit vom Ausdruck elementaren, nicht zu bändigenden Glücks abgelöst. Sie lachten auf und hoben ihre Köpfe in das grelle Licht.

Was bedeutete, dass ich wieder da war.

So beendete ich eben noch schnell den begonnenen Satz. Ich nannte meine Telefonnummer.

Das erwies sich als wirkungsvoll, ich wusste, was ich tat, die Große kreischte vor Überraschung auf.

Meine kleine Frechheit machte mir Spaß.

Nun freuten sie sich darüber, dass ich bei Bewusstsein war, meine Gehirnzellen also nicht abgestorben waren. Ihr erneuter Freudenausbruch machte mir klar, dass ziemlich viel Zeit vergangen sein dürfte.

Allerdings zitterte mein Körper von den starken Stromschlägen unkoordiniert. Haut und Haare auf meiner Brust rauchten buchstäblich. Man hatte mir den Stempel der Reanimation ins Fleisch gebrannt. Ich zappelte, trat und schlug um mich, sosehr ich auch wollte, ich konnte meine Glieder nicht im Zaum halten. Jede Bewegung, jedes Wort und jeder Atemzug, das ganze bloße Dasein war von dem scharfen Schmerz begleitet, der von meinen gebrochenen Rippen ausging.

Mit klappernden Zähnen bat ich die große Krankenschwester, die sich mit ihrem ganzen Körper über mich beugte, sie möge mir helfen, dieses Zittern irgendwie abzustellen.

Darum soll ich mich nicht kümmern, sagt sie. Um gar nichts soll ich mich kümmern. Sie werden jetzt alles schön in Ordnung bringen.

Ich glaube, klapperte ich, meine Unterhose ist nass geworden. Wovon, weiß ich nicht.

Der Geruch des verbrannten Fleisches war eingerahmt von ihrem erschütterten Schweigen. Da begriff ich, dass ich unter den elektrischen Schlägen eingenässt hatte.

Ich soll mich um nichts kümmern, um gar nichts.

Sie simulierten Ruhe, ihr persönliches Glücksgefühl verbargen sie hinter ihrer beruflichen Würde. Schnell entfernten sie die Geräte, die sie für die Wiederbelebung benötigt hatten, hielten sie aber in Bereitschaft. Die Sache war keineswegs gelaufen. Zähneklappernd fragte ich den Arzt, was geschehen sei, und als ich die frische Brandwunde berührte und der Schmerz meinen Zeigefinger zurückzucken ließ, wollte ich wissen, ob ich reanimiert worden sei. Das Fremdwort ging ihm unter die Haut, er hatte gerade hinausgehen wollen, verlegen blickte er sich um, dieser Grad von Bewusstheit war zu viel für ihn. Er packte das Bett mit beiden Händen, als wollte er es statt meiner durchschütteln. Ich benahm mich nicht so, wie es sich für einen Sterbenden gehört. Fast beleidigt antwortete er, ja, allerdings, man habe mich reanimiert, in der Tat. Ich fragte, wie viel Zeit vergangen sei. Ich wollte selber wissen, ob mein Bewusstsein wirklich klar gewesen war. Er überlegte, versuchte sich zusammenzureißen. Dreieinhalb Minuten, antwortete er.

Seine Antwort war überzeugend, anders hätte sie nicht lauten können. Von Berufs wegen dazu verpflichtet, hatte er etwas Beliebiges gesagt, aber ich sah ihm an, dass er es letztlich nicht sagen konnte oder wollte. Möglich, dass es nur zwei Minuten waren, vielleicht auch mehr als sechs.

Innerhalb von dreieinhalb Minuten sind mehrere Millionen Jahre vergangen.

Wenn Tod und Geburt eines Menschen sich berühren, vollzieht sich der Schöpfungsakt.

Erst viel später, als ich wieder nach Hause kam, wurde mir klar, was geschehen war.

Diese Höhle war nämlich auf irgendwie vertraute Art zart gerippt. Ich schien in meinem Hirn zu kramen, aber nicht nur ohne eine Spur des Bekannten zu finden, sondern auch ohne überhaupt sagen zu können, was ich eigentlich suchte. Die in Umrissen erkennbaren, mir bekannt vorkommenden Rippen konnte ich nicht vergessen. Mir schien, als habe mich die Kraft in einem zart gerippten Rohr mit sich gerissen. Es genügte, daran zu denken, und schon nahm sie mich wieder mit sich fort. Ein zeitloses und unendliches All, das mich mit seinen Rippen umschließt, führt zum Licht. Vielleicht wäre es richtiger, von Falten, von einer Vielzahl feiner Falten zu sprechen. Ich hatte mich nicht gerade, sondern ein wenig von unten bewegt, sozusagen an meinem Kopf ansetzend hatte mich die Kraft umgewendet und den leichten Anstieg hinaufbefördert.

Zweimal hatte sie mich umgewendet, genauer gesagt.

Davon habe ich keine Körperempfindung, sondern ich sehe sie gleichsam. Ich sehnte mich nach dem Ort zurück, wo Körperempfindung Abstraktion sein kann. In dem Raum, der eine gerippte, eine zart gerippte Oberfläche hatte, wendete mich die Kraft am Kopf um und bewegte mich auf den Ausgang oder auf den Eingang zu. Wer weiß.

Der Eingang hatte die Form eines stehenden Ovals. Ein sacht gestrecktes Oval, stark nach rechts gezogen. Man könnte auch sagen, dass seine rechte Seite weiter geöffnet war als seine linke. Die Öffnung war nicht symmetrisch. Auf der linken Seite war die ovale Form deutlicher erkennbar. Während mich die Kraft darauf zubewegte, spielte sich in meinem offenen Bewusstsein noch eine ungeheure Menge anderer Dinge ab, es schien sich noch ein wenig mehr geöffnet zu haben. Ich wusste, wenn ich diese Grenze zwischen Dunkelheit und Licht überschreite, gibt es kein Zurück mehr. Ich hätte aber nicht sagen können, ob es sich um meine Geburt oder um meinen Tod handelte. Ein Stück lag noch vor mir, ich hatte den Ausgang nicht erreichen können.

Am nächsten Tag brachte man mich mittags auf die Herzchirurgie. Ich bemühte mich, alles so zu machen, dass man zufrieden mit mir sein konnte, aber ich war nicht präsent. Als man mich einige

Tage später nach einem kleineren chirurgischen Eingriff entließ, versuchte ich in jene Umwelt zurückzukehren, die der Mensch unter großen Zweifeln das diesseitige Leben nennt. Ich bemühte mich, zu den einfachsten, basalen Verrichtungen zurückzufinden, neu zu lernen, was ich vom Jammertal wusste. Ich staubsaugte. Staub, Teppich, Polster, ich bemühte mich, sie in ihrem realen Sein ernst zu nehmen.

All das war ziemlich seltsam.

Nachdem jemand gewaltsam zurückgeholt worden ist, geht ihn nichts mehr etwas an. Weder die Dinge noch die anderen Menschen, weder das eigene Wissen noch die eigene Lebensgeschichte, nichts. Gefühle gibt es, wenn man sich in den Finger sticht, tut es weh, aber es geht einen nichts an.

Vielleicht die Substanz des Himmels, seine Farbe. Die Umrisse einer Pflanze, die Erinnerung an ein früheres Parfum Magdas, ausgelöst vom Geruch ihres jetzigen, der Flug eines Vogels, eher die nicht greifbaren Dinge, sonst nichts, absolut nichts.

Man weiß, was zu tun ist, damit es die anderen akzeptieren, aber jede Beziehung muss neu geschaffen werden, indem man sich selbst Gewalt antut. Nicht den Platz der Dinge in der Struktur sehen, sondern die Dinge, die von den anderen für real gehalten werden. Die grobe Riffelung des Staubsaugerschlauchs mit deinen Fingern spüren.

Es ist doch klar.

Wieder einmal hatte es genügt, daran zu denken, damit es mich mit sich riss. Ich kippte aus dem Uterus meiner Mutter in den Geburtskanal, und damit war es vorbei mit dem Urzustand, zu dem ich im Moment meines Todes zurückgekehrt war.

Mir ging es wie einem, der dank eines anschaulichen Vergleichs den wirklichen Ort des Geschehens erkennt.

Die ovale Öffnung waren die auseinandergezogenen großen Schamlippen meiner Mutter, die ich aus der Perspektive des Geburtskanals kenne, die großen Schamlippen meiner vor Jahrzehnten verstorbenen Mutter, wie sie auseinandergezogen wurden oder sich dadurch, dass ich näher kam, um geboren zu werden, immer mehr dehnten.

Auf diese Art wird das Licht auf Entbindungsstationen von matten Fensterscheiben gefiltert.

Lange wagte ich mich nicht aus der Wohnung, weil es mir schwerfiel, die reale Existenz der Dinge ernst zu nehmen, da ich ihr Wesen nun einmal zu kennen glaubte. Ich bat meine Frau, zehn Kleiderbügel zu kaufen, die besten, schönsten und teuersten, damit ins Krankenhaus zu gehen und die große Krankenschwester aufzusuchen. Wenigstens Kleiderbügel soll sie nicht mehr suchen müssen.

Deutsch von Heinrich Eisterer

NACHBEMERKUNG

Ich habe mein ganzes Leben lang fast immer über dieselben Dinge nachgedacht, viel ist dabei nicht herausgekommen, höchstens, dass mich das Denken als Denken nie verließ, sondern immer tiefere Furchen zog», bekennt Nádas in seinem monumentalen Erinnerungswerk *Aufleuchtende Details* (2017). Auch wenn sich bei einmaliger Lektüre der dichte autobiographische Stoff, der sich mit Hunderten von Figuren in die totalitäre Vernichtungsgeschichte des 20. Jahrhunderts hineinverwebt, noch gar nicht fassen lässt, stellt sich während des Lesens eine fiebrige Aufmerksamkeit ein. Die keine Anstrengung der Recherche scheuende, immense Sorgfalt des Beschreibens, Rekonstruierens, des skeptischen, selbstreflexiven Erinnerns erzeugt eine Dynamik, deren mitreißende Kraft von der ruhigen Souveränität der Syntax gebändigt wird. Der Rhythmus der Sätze und Absätze, das musikalische Formgefühl, wie es sich im Ausbalancieren von schroff abbrechenden Sätzen und Phrasen des Atemholens zeigt, gewährt beim Lesen einen analogen Wechsel von unmittelbarer Teilhabe und Freiheit zur Distanzierung. Diese Poetik verbürgt, dass wir den Überblick nicht verlieren und der emotionalen Wucht des Erzählten standhalten. Vor der unerhörten Tragik der Geschehnisse erlaubt sich diese Poetik keine Verzagtheit. Vom Unaussprechlichen zu reden käme einer Kapitulation gleich. Der Gestus der Klage oder des Beschwerdeführens gegen den Weltlauf findet sich bei Nádas nicht.

Den geliebten Eltern, überzeugten Kommunisten, deren «Herz voller Toter» war und die selbst zermalmt wurden im «ungeheuren Zusammenbruch der tief in der christlichen Geschichte eingebetteten Utopien», setzt er ein Grabmal. Doch Nádas käme nie auf die Idee, sie als Opfer zu bezeichnen. Namenlose Opfer kommen in diesem Buch, dessen Erzähler «die Geschichte der zwei großen Massenmorde des Jahrhunderts kennen und verstehen» will, strenggenommen nicht vor. Die Gescheiterten oder Untergegangenen sind Subjekte, komplexe, für ihr Handeln belangbare Menschen. Noch das moralisch Verwerfliche, ethisch Abzulehnende befeuert die Erkenntnisleidenschaft.

Nádas studiert Kerényis *Mythologie* und die Schriften C. G. Jungs und Freuds, während im August 1968 die Panzer in Prag einrollen. Es gibt viele *clashs* oder *cluster* dieser Art in seinem Werk. Er bringt sich fast um vor Eifersucht, weil er nicht versteht, was seine Eltern in der Badewanne reden. Liebesakt und Austausch geheimdienstlich relevanter Details fallen ineinander, geschützt in einem Kokon, der ihn, den Sohn, ausschließt. Diese Szene ist typisch für das sensitive, erkenntnisgenerierende Erzählen, das Nádas wie kein zweiter Autor der Gegenwart beherrscht.

Seine Leser kann es nicht überraschen, dass er auch in den Essays seiner «gnostischen Leidenschaft» treu bleibt und die Grenzen seines Verstandes und seiner Kenntnisse maximal ausdehnt. Wer seit Jahrzehnten jeden Morgen mit der Zergliederung und Neuordnung des Bewusstseinsinhalts beginnt («In der Körperwärme der Schriftlichkeit»), ist längst ein Virtuose des Imaginierens und ein Genie des Erinnerns geworden. Anders lässt sich nicht erklären, wie intensiv in diesem Bewusstsein die erotische, die historische, die politische und die künstlerische Realität miteinander verschaltet sind. Die Essays machen sie zum Gegenstand der Analyse. Nádas tritt hier als Soziologe auf, als Psychoanalytiker, Kulturanthropologe, Kunstbetrachter, vor allem aber als scharfsinniger Kritiker der politischen Zustände. Als Schriftsteller, geübt im Hin und Her zwischen den Ufern der Phantasie und der Realität, hat er einen untrüglichen Blick für die Produktionsbedingungen des Scheins, für die Methoden der Täuschung, der Simulation und Dissimulation.

Sein historisches Wissen ist tief und ausdifferenziert. Wie die Schattenwirtschaft und Parallelstrukturen aus sozialistischer Zeit nach 1989 von der westlich geprägten Demokratie und Marktwirtschaft nur überformt wurden, statt zu verschwinden, schildert Nádas als komplexen Prozess, als Resultat individuellen und kollektiven Handelns. Progression und Regression wirken hier als Reaktionsmuster: Wer sein Leben gestalten will, bricht in die Zukunft auf; wer in den Überlebensmodus schaltet, vollzieht an sich selbst eine Regression. In «Stand der Dinge», «Einige unangenehme Fragen» und «Dafür und Dagegen» liefert Nádas eine Psychopathologie Ungarns, die an Erkenntnisse der Historiker István Bibó und Jenő Szűcs anschließt. Sie weitet sich zur aktuellen Gegenwartsdiagnose, die ihn in die Nähe eines Denkers wie Zygmunt Bauman rückt.

Die rund 2000 Seiten Essays, die neben den Romanen und Erzählungen entstanden sind, erscheinen in einer konzentrierten Auswahl, beschränkt auf Texte aus den Jahren 1989 bis 2014. Die große Abhandlung steht neben der Polemik, die Würdigung geistesverwandter Autoren neben poetologischen Meditationen, Kritiken und Vorträge neben essayistisch durchsetzter Prosa.

Die Auswahl ist weder chronologisch noch thematisch oder typologisch geordnet. Sie folgt einer Dramaturgie, die den Texten derlei Etikettierung sogleich austreibt. Denn was Nádas sich auch vornimmt – mit dem ersten Satz und dem unverwechselbaren Ton, den er anschlägt, zielt er bereits über die Grenzen des Genres hinaus. Ein mediokrer Gegenstand wie die Memoiren einer unbelehrbar nationalistisch gesinnten ungarischen Gräfin

(«Ungewolltes Bekenntnis»), ein zufälliges Gespräch im Garten («Arbeitslied») lassen den Schreibanlass weit hinter sich und fördern Erkenntnisse über antisemitische und chauvinistische Reaktionsweisen zutage, denen inzwischen eine unheimliche Brisanz zugewachsen ist.

Die Dramaturgie – sie schlägt zum einen den Bogen von der Beschreibung des Dorfes in Nordwestungarn, wo Nádas seit Jahrzehnten lebt, bis zur Rekonstruktion jener Stunden in Budapest, in denen er zum Zeugen seines eigenen Todes wird, teilnehmender Beobachter hier wie dort; zum anderen verknüpft sie einen Essay mit dem nächsten nach Kriterien der Korrespondenz und Affinität. Es sind im Wesentlichen drei Achsen, die sich in den Texten berühren: die historisch-gesellschaftlich-politische, die anthropologisch-psychologisch-ethische und die poetologisch-künstlerische. Sie laufen in der Mitte des Buches zusammen, dort, wo sich alles Menschliche verfinstert hat («Leni weint»).

Ausgehend vom alten Wildbirnenbaum vor seinem Fenster erforscht Nádas die naturgeschichtlichen Dimensionen seiner unmittelbaren Umgebung, er rückt die ethnographischen Aspekte des Dorfs ins Bild, zeichnet die Familien- und Clanstrukturen ein, um dann, je näher er der Gegenwart kommt, zu einer Soziologie des osteuropäischen Krähwinkels überzugehen. Vom kollektiven Schweigen und der Scheidung in «die» und «wir», über das Zeitempfinden, das gemeinsame Arbeiten, bis zur Vorstellung von Geld und Bestrafung. Es ist auch eine historische Ortsbestimmung innerhalb eines Europas, das in Zentrum und Peripherie zerfällt. Die Wende von 1989, in den Metropolen des Kontinents als epochales Ereignis begrüßt, erzeugt bei seinen Nachbarn daheim ein Gefühl der Hilflosigkeit. Jemand hat die Freiheit über sie verhängt, wie zuvor die Diktatur. Als Feldforscher weiß Nádas sich selbst als Teil des Szenarios. Dass die Menschen gar nicht frei sein wollen, wenn sie dafür ihr Sicherheitsgefühl hergeben sollen, dass Demokratie ohne Demokraten nicht lebensfähig ist und den neuen Demokratien im Osten eine gemeinsame Sprache fehlt – diese Erkenntnis zieht sich durch das ganze Buch.

Eine Meditation über das Schreiben schließt an, die am Ende des Buchs («Ein zu weites Feld») wieder aufgenommen wird: was es bedeutet, anderen von seiner Existenz Mitteilung zu machen, sie zu berühren. Auch die Figur des Schreibenden, der sich selbst als ein anderer imaginieren kann, wird hier exponiert. Hier schneidet die poetologische Achse die anthropologische, sucht doch der Schriftsteller Nádas immer wieder die tabuisierten Bezirke des Sadistischen, der Lust am Morden, am Lynchen und Demütigen, auf, beobachtet an sich selbst Regungen, die er als Anhänger des Rechtsstaats für unethisch erklären muss. Lust zu empfinden angesichts des Tyrannenmords, der Entwürdigung zuzuschauen, zu sehen, dass selbst das Auge eines Sterbenden dem Kamerablick ausgesetzt ist und als Trophäe um die Welt geht, macht alle, die den in den Weihnachtstagen 1989 gefilmten Mord am rumänischen Präsidentenpaar angeschaut haben, zu Komplizen der Diktatur.

Dieser Dreiklang exponiert die Komposition des Buches. Der ethische Skandal, dass die Menschen das Böse begehren und im Humanen das Animalische in Schach gehalten werden muss, bildet ein Thema, das von seinen Ableitungen umspielt wird. Besonders eines erklingt heute immer lauter: Nicht der Osten, nicht der Westen, Europa im Ganzen mit seiner dramatischen, komplementären Nachkriegsgeschichte muss Gegenstand der Selbstreflexion sein – für jeden echten Demokraten, den Péter Nádas nicht anders als einen freien Menschen denken kann.

Katharina Raabe

DRUCKNACHWEISE

Behutsame Ortsbestimmung [A helyszín óvatos meghatározása. Alaposan körbejárunk egyetlen vadkörtefát; 2001]. In: *Hátországi napló. Újabb esszék* [Tagebuch aus dem Hinterland. Neuere Essays]. Pécs: Jelenkor 2006.
    Deutsche Erstveröffentlichung in: *Behutsame Ortsbestimmung.* Berlin: Berlin Verlag 2006. Copyright © Peter Nádas, 2006, 2018.

In der Körperwärme der Schriftlichkeit [Az írásbeliség testmelegében; 2003]. In: *Élet és Irodalom,* 31. Januar 2003. Ferner in: *Hátországi napló. Újabb esszék* [Tagebuch aus dem Hinterland. Neuere Essays]. Pécs: Jelenkor 2006.
    Deutsche Erstveröffentlichung in: *Neue Zürcher Zeitung,* 28. Januar 2003. Ferner in: Ursula Keller / Ilma Rakusa: *Europa schreibt. Was ist das Europäische an den Literaturen Europas?* Essays aus 33 europäischen Ländern. Hamburg: Körber-Stiftung 2003. Copyright © Peter Nádas, 2018.

Großes weihnachtliches Morden [Nagy karácsonyi gyilkosság; 1991]. In: *Magyar Hírlap,* 23. Dezember 1991. Ferner in: *Talált cetli és más elegyes írások* [Gefundener Zettel und andere vermischte Schriften]. Pécs: Jelenkor 2000.
    Deutsche Erstveröffentlichung in: *Freiheitsübungen und andere*

Kleine Prosa. Berlin: Berlin Verlag 2004. Copyright © 2004 Berlin Verlag in der Piper GmbH.

Parasitäre Systeme. Vom geistigen und mentalen Trümmerhaufen, den der Kalte Krieg hinterlassen hat [Parazita rendszerek; 2000]. In: *Esszék* [Essays]. Pécs: Jelenkor 2001.
Deutsche Erstveröffentlichung in: *Neue Zürcher Zeitung*, 4. November 2000. Danach in: *Spurensicherung.* Berlin: Berlin Verlag 2007. Copyright © Berlin Verlag in der Piper GmbH.

Anvertrautes Leben. Skizze zweier psychoanalytischer Grenzfälle [A másik ránkbízott élete. Két pszichoanalitikus határeset vázlata; 2008]. In: *Élet és Irodalom*, 21. November 2008.
Deutsche Erstveröffentlichung in: *Merkur* 63. Jahrgang, Heft 718, März 2009. Copyright © Peter Nádas, 2018.

Die Tagebücher Thomas Manns [Thomas Mann naplóiról. 1989]. In: *Holmi*, Oktober 1989. Ferner in: *Esszék* [Essays]. Pécs: Jelenkor 2001.
Deutsche Erstveröffentlichung in: *Heimkehr. Essays.* Reinbek: Rowohlt 1999. Copyright © Peter Nádas, 1999, 2018.

Der Mensch als Ungeheuer [Az ember, mit szörnyeteg; 2004]. In: *Élet és Irodalom*, 13. Oktober 2003. Ferner in: *Hátországi napló* [Tagebuch aus dem Hinterland. Neuere Essays]. Pécs: Jelenkor 2006. Rede zur Verleihung des Kafka-Preises.
Deutsche Erstveröffentlichung. Copyright © Peter Nádas, 2018.

Von Mensch zu Mensch [Egyetlen embert, egyetlen emberig; 1996]. In: *Talált cetli és más elegyes írások* [Gefundener Zettel und andere vermischte Schriften]. Pécs: Jelenkor 2000.

Deutsche Erstveröffentlichung in: *Freiheitsübungen und andere Kleine Prosa.* Berlin: Berlin Verlag 2004. Copyright © 2004 Berlin Verlag in der Piper GmbH.

Geheime Gesellschaften. Reise in eine phantastische Welt [Fantasztikus utazáson. Richard Swartz tíznyelvű kelet-európai antológiája; 2008]. In: *Fantasztikus utazáson. Esszék* [Reise ins Phantastische. Essays]. Pécs: Jelenkor 2011.
Deutsche Erstveröffentlichung in: *Lettre International,* Nr. 83, Winter 2008. Copyright © Peter Nádas, 2018.

Streifzüge in den Quellgebieten des Vertrauens [Kalandozás a bizalom forrásvidékén; 2008]. Rede vor der Magyar Nemzeti Bank Monetáris Tanácsa [Monetärer Rat der Ungarischen Nationalbank] in Budapest am 15. September 2008. In: *Élet és Irodalom,* 19. September 2008. Ferner in: *Fantasztikus utazáson. Esszék* [Reise ins Phantastische. Essays]. Pécs: Jelenkor 2011.
Deutsche Erstveröffentlichung. Copyright © Peter Nádas, 2018.

Der Stand der Dinge. Warum der Versuch einer dritten Modernisierung Ungarns nicht gelungen ist [A dolgok állása; 2010/2011]. Eine Kurzfassung als Eröffnungsvortrag der Konferenz des Netzwerks für Osteuropa-Berichterstattung am 6. Oktober 2010 in Pécs. Die erweiterte Fassung in: *Élet és Irodalom,* 22. Dezember 2011. Ferner in: *Fantasztikus utazáson. Esszék* [Reise ins Phantastische. Essays]. Pécs: Jelenkor 2011.
Deutsche Erstveröffentlichung in: *Lettre International,* Nr. 95, Winter 2011. Copyright © Peter Nádas, 2018.

Einige unangenehme Fragen. Über die Korrelationen von Regression und Progression [Néhány esti kérdés. A regresszió és a

progresszió kölcsönösségéről; 2014]. In: *Évkönyv* [Jahrbuch] (=Jahrbuch des soziologischen Forschungsinstituts TÁRKI). Budapest 2014.
Deutsche Erstveröffentlichung u. d. T. «Einige Gretchenfragen» in: *Lettre International*, Nr. 107, Winter 2014. Copyright © Peter Nádas, 2018.

Dafür und Dagegen. Über das Individuelle und das Kollektive, das Einzelne und das Allgemeine [Ami mellette szól, s ami ellene; 2013]. In: *Élet és Irodalom*, 13. September 2013.
Deutsche Erstveröffentlichung u. d. T. «Dafür und Dagegen. Gefährdungen der Demokratie – über Individuelles und Kollektives, Einzelnes und Allgemeines» in: *Lettre International*, Nr. 103, Winter 2013. Copyright © Peter Nádas, 2018.

Die Sache mit Václav Havel und Madeleine Albright [Václav Havel esete Madeleine Albrighttal; 2001]. In: *Hátországi napló. Újabb esszék* [Tagebuch aus dem Hinterland. Neuere Essays]. Pécs: Jelenkor 2006.
Deutsche Erstveröffentlichung. Copyright © Peter Nádas, 2018.

Schockwellen und Zeitenwenden [Csöndes hátországi napló; 2002]. In: *Hátországi napló. Újabb esszék* [Tagebuch aus dem Hinterland. Neuere Essays]. Pécs: Jelenkor 2006
Deutsche Erstveröffentlichung u. d. T. «Schockwellen und Zeitwenden. Ein stilles Hinterlandtagebuch über den Terror» in: *Neue Zürcher Zeitung*, 26./27. Februar 2002. Copyright © Peter Nádas, 2018.

Arbeitslied [Hatodik levél; 1990]. In: *Talált cetli és más elegyes írások* [Gefundener Zettel und andere vermischte Schriften]. Pécs: Jelenkor 2000.

Deutsche Erstveröffentlichung in: *Freiheitsübungen und andere Kleine Prosa*. Berlin: Berlin Verlag 2004. Copyright © 2004 Berlin Verlag in der Piper GmbH.

Die geheimen Tresore des Rassismus. Erfahrungen beim Nachlesen der Walser-Bubis-Debatte [A rasszizmus titkos trezorjai; 2000]. In: *Hátországi napló. Újabb esszék* [Tagebuch aus dem Hinterland. Neuere Essays]. Pécs: Jelenkor 2006.
Deutsche Erstveröffentlichung u. d. T. «Die geheimen Tresore des Rassismus. Über eine Dokumentation der Walser-Bubis-Debatte» in: *Neue Zürcher Zeitung*, 26./27. Februar 2000. Copyright © Peter Nádas, 2018.

Leni weint [Leni sír; 2006]. In: *Élet és Irodalom*, 26. März 2006. Ferner in: *Hátországi napló. Újabb esszék* [Tagebuch aus dem Hinterland. Neuere Essays]. Pécs: Jelenkor 2006.
Deutsche Erstveröffentlichung in: *Kursbuch*, Heft 163, März 2006. Copyright © Peter Nádas, 2018.

Das Humane und das Animalische. *Der Fremde* von Albert Camus [A humánus és az animális; 1999]. In: *Kritikák* [Kritiken]. Pécs: Jelenkor 1999.
Deutsche Erstveröffentlichung. Copyright © Peter Nádas, 2018.

Ein Meisterwerk des unverstellten Blicks. Über die *Denkwürdigkeiten eines Antisemiten* von Gregor von Rezzori [Hetedik levél; 1990]. In: *Talált cetli és más elegyes írások* [Gefundener Zettel und andere vermischte Schriften]. Pécs: Jelenkor 2000.
Deutsche Erstveröffentlichung u. d. T. «Ein Meister des unverstellten Blicks». Vorwort zu Gregor von Rezzori: *Denkwürdigkeiten eines Antisemiten*. Ein Roman in fünf Erzählungen.

Berlin: Berliner Taschenbuchverlag 2004. Copyright © 2004 Berlin Verlag in der Piper GmbH.

Imre Kertész und sein Thema [Kertész munkája és a témája; 2002]. In: *Élet és Irodalom*, 8. Oktober 2002. Ferner in: *Hátországi napló. Újabb esszék* [Tagebuch aus dem Hinterland. Neuere Essays]. Pécs: Jelenkor 2006.

Deutsche Erstveröffentlichung in: *Neue Zürcher Zeitung*, 7./8. Dezember 2002. Ferner als Vorwort zu Imre Kertész: *Die exilierte Sprache. Essays*. Frankfurt am Main: Suhrkamp 2002. Copyright © Peter Nádas, 2018.

An einem denkwürdigen Tag seines Lebens. Milán Füst und die «Geschichte meiner Frau» [Élete nevezetes napján. Füst Milán A feleségem története című regényének új német kiadásához; 2007]. In: *Élet és Irodalom*, 31. August 2007.

Deutsche Erstveröffentlichung als Vorwort zu Milán Füst: *Die Geschichte meiner Frau*. Aus dem Ungarischen von Mirza von Schüching. Frankfurt am Main: Die Andere Bibliothek / Eichborn 2007. Copyright © Peter Nádas, 2018.

Ungewolltes Bekenntnis. Die Memoiren der Ilona Gyulai Edelsheim [Önkéntelen vallomás. Edelsheim Gyulai Ilona emlékezései; 2001]. In: *Élet és Irodalom*, 21. September 2001 und danach in: *Hátországi napló. Újabb esszék* [Tagebuch aus dem Hinterland. Neuere Essays]. Pécs: Jelenkor 2006

Deutsche Erstveröffentlichung. Copyright © Peter Nádas, 2018.

Unser guter alter Solschenizyn [A mi régi jó Szolzsenyicinünk; 1994]. In: *Kritikák* [Kritiken]. Pécs: Jelenkor 1999.

Deutsche Erstveröffentlichung. Copyright © Peter Nádas, 2018.

Geheimes Selbstbildnis eines Schriftstellers [Egy iró titkos önarc-képe; 1992]. In: *Talált cetli és más elegyes írások* [Gefundener Zettel und andere vermischte Schriften]. Pécs: Jelenkor 2000. Deutsche Erstveröffentlichung. Copyright © Peter Nádas, 2018.

Arbor mundi. Die mythopoetischen Formen in der Malerei Alexandre Hollans [Alexandre Hollan. Le chemin de l'Arbre. Hollán Sándor. A Fa útja]. In: Katalog des Szépművészeti Múzeum, Budapest 2011 und Musée Fabre de Montpellier 2012 (zweisprachig).

Deutsche Erstveröffentlichung in: *Arbor mundi*. Wädenswil: Nimbus 2012. Copyright © Nimbus Kunst und Bücher AG, 2012.

Der Mensch als Schöpfer und Überlebender [Mi, mit jelent, nekem, neked; 1992]. In: *Talált cetli és más elegyes írások* [Gefundener Zettel und andere vermischte Schriften]. Pécs: Jelenkor 2000.

Deutsche Erstveröffentlichung u. d. T. «Wer was wie und wie was wen bezeichnet» in: *DU*, 3/1992, danach in: *Heimkehr. Essays.* Reinbek: Rowohlt Taschenbuch Verlag 1999. Der Übersetzung liegt eine neue Fassung aus dem Jahr 2013 zugrunde. Copyright © Peter Nádas, 2018.

Goldene Adele. Der skandalträchtige Zusammenbruch der Donaumonarchie und Klimts holde Kunst [Goldene Adele; 2009]. Eröffnungsvortrag für die Reihe «Kakanien, neue Republik der Dichter» im Akademietheater Wien am 14. Oktober 2009. In: *Fantasztikus utazáson. Esszék* [Phantastische Reise. Essays]. Pécs: Jelenkor 2011.

Deutsche Erstveröffentlichung u. d. T.: «Kakanische Rede über Opportunismus, Skandal, Kriminalität und Kunst». In: *Lettre International*, Nr. 87, Winter 2009.